隐婚

半截白菜 著

上 册

青岛出版集团 ｜ 青岛出版社

图书在版编目（CIP）数据

隐婚/半截白菜著. —青岛:青岛出版社,2023.4
ISBN 978-7-5736-1076-8

Ⅰ.①隐… Ⅱ.①半… Ⅲ.①长篇小说－中国－当代 Ⅳ.①I247.5

中国国家版本馆CIP数据核字（2023）第056940号

书　　名	YINHUN 隐　婚	
作　　者	半截白菜	
出版发行	青岛出版社（青岛市崂山区海尔路182号）	
本社网址	http://www.qdpub.com	
邮购电话	18613853563	
责任编辑	郭红霞	
特约编辑	徐晓辰	
校　　对	郭金乔	
装帧设计	蒋　晴	
照　　排	梁　霞	
印　　刷	三河市良远印务有限公司	
出版日期	2023年4月第1版　2024年2月第2次印刷	
开　　本	16开（640mm×920mm）	
印　　张	39.5	
字　　数	680 千	
书　　号	ISBN 978-7-5736-1076-8	
定　　价	69.80元（全2册）	

编校印装质量、盗版监督服务电话 4006532017　0532-68068050

目录 上册

目 录

下 册

第一章

她是许倾

"马导，您看我们许倾，不仅科班出身，又敬业。最重要的是，她的片酬便宜。林曼……"苏雪深吸一口气，咬着牙笑着说道，"林曼也不一定有档期啊。您就不要换掉我们许倾了，行不行？"

电话那头，马导低声说："不行啊。"

苏雪脸上的笑容消失了，但她还是温和地回应道："好的好的。"接着，她挂断电话，转头看向许倾。

许倾坐在沙发上，取下墨镜，看着苏雪。苏雪看了一眼许倾手里拿着的剧本，气愤地说道："林曼突然要这个角色，打一个电话就把我们换下来了。《幕后》这部电影已经没有多余的角色了，你的第一部电影夭折了。"

许倾把剧本和墨镜一块扔在桌子上，说道："知道了。"

苏雪看着许倾宠辱不惊的表情，觉得非常心疼。许倾出道多年，专业功底和长相都是上乘，偏偏就是碰不到伯乐。

许倾拍了那么多部电视剧，都是捡林曼不要的剧本和角色。这些电视剧的制作班底可想而知。苏雪走过去，把剧本拿起来，卷一卷就要扔掉。

许倾拦住了："别扔。"

苏雪差点儿落泪："他们这样对你，太过分了。不对，整个欢颜娱乐都太过分了！"苏雪想到什么，又问，"我们的合同什么时候到期啊？"

许倾拿过苏雪手里的剧本，放回桌上，看着剧本道："电影是好电影，就

· 1 ·

是可惜了。我们的合同还有五年到期，你想干吗？"

苏雪红了眼眶。五年啊，她也知道还有五年。欢颜娱乐如今的资源全在林曼身上，许倾只能在夹缝中求生存。五年，违约金太高了。

"我想违约。"苏雪流着泪说道。

许倾听罢，轻轻一笑，拉了拉她的手："行了，别想这些了。我们穷。"

苏雪坐下来，擦干眼泪，拿起手机开始翻，说："那我只能给你接那档综艺节目了——《我们相爱吧》。这档节目也有挺多要求的，不过好在是在暑假黄金档播出。上一季带火了两三个演员，对我们来说也是一次机会。"

"好，听你的。"许倾点头。她拿着手机，正在看护工发来的母亲的视频。

这时，一条财经新闻推送出来。苏雪在旁边扫了一眼，"哎"了一声，立即帮许倾点开："这不是我们公司的大股东顾随吗？"

许倾看着新闻页面，只见新闻配图是一张照片。照片中，一辆黑色轿车停在雨中，车旁有几个保镖给一个高大的男人撑着伞，而那个男人正在上车。照片中完全看不到男人的上半身，只能看到他裹着黑色西裤的长腿，却也看得出他身材比例堪称完美。而新闻内容大概就是凌盛投资的合伙人顾随回国了。

苏雪脸色难看："这下子林曼要更嚣张了。"

许倾把视线从手机页面上收了回来，连母亲的视频都没看完就放下手机，说："我们谈谈接下来的那档综艺节目吧。"

她的话刚说完，化妆室的门就被推开了。一名工作人员探头进来，看到苏雪和许倾，立即挤出一丝笑容，紧接着就说："许老师在啊！是这样的，林老师的化妆间这两天需要稍微布置一下，暂时不能用，所以我们想借许老师的化妆间用两天。"

"不行。"苏雪第一时间就回道。

工作人员似乎早知道是这个结果，笑着说道："上面的人已经说了，苏姐你看看手机吧。林老师这几天很忙。辛苦了。"

苏雪的脸色更难看了。这名工作人员是吃定了她得答应——苏雪拿起手机一看，果不其然，信息已经到眼前了。

许倾抄起桌上的墨镜和手机，站起身。她穿着黑色长裤和黑色衬衫，因身材高挑，一站起来就让人略有压迫感。她对苏雪说："走吧。"

工作人员看了一眼许倾，多少有些被她的气场压迫到，赶紧拉开门。苏雪提起桌上的化妆包，狠狠地看了那个工作人员一眼。许倾把墨镜戴上，带着苏雪出了门。

穿着一身华丽演出服的林曼带着一个团队的人，正抱着手臂站在门口。

见许倾出来，她朝许倾微微一笑。那一笑，带着隐约的优越感。

许倾轻描淡写地看了她一眼，转身就走。林曼在身后笑着说道："这两天要辛苦许老师换个地方化妆了。"

许倾："不辛苦，您打的粉比较多，需要一间更像样的化妆间。"

林曼的脸色略微一变，身后的经纪人赶紧一把握住她的手臂。苏雪见林曼这样，笑意来到唇边，急忙跟上许倾。两个人很快消失在拐角处。

林曼偏头看向经纪人："你听到她刚刚说什么没有？她是什么意思？！"

经纪人摁着她的肩膀，说："没必要跟她生气，她翻不起什么水花。"

林曼的脸色好了一些，她心想：也是，人不能跟狗一般见识。

这时，经纪人的手机响起，她拿起来看了一眼，赶忙走到一旁去接。几分钟后，经纪人低声在林曼耳边问道："晚上有个酒局，你要去参加吗？"

林曼问："都有谁？"

"《幕后》的投资人。"

林曼不知道《幕后》的投资人都有谁，只知道欢颜投资了这部电影。她冷着脸说道："不去。你们把我当什么了？成天要我参加这个酒局那个酒局。我晚上有事。"

经纪人点头："行。"林曼作为欢颜娱乐的一姐，确实可以任性一点儿。经纪人再次拿起手机，回绝了对方。

天气并不好，有些阴冷。许倾上了车，摘下墨镜。苏雪跟着上车，关上车门后很不平地问："那我们这两天怎么办？"

许倾看着窗外的天空，说："在车里解决一下。"

苏雪感觉胸口堵着一口气，难受得很。这时，她的手机响起。来电显示是她的上司。她马上接起来，下一秒就变了脸色。但她没顶撞上司，毕竟很多资源还得靠上司分配给她们。

苏雪低声应道："知道了。行。"

等苏雪挂了电话，许倾看了她一眼："怎么了？"

苏雪扔下手机，看向许倾说："今晚有个酒局，你得参加一下。她说是《幕后》的投资商，说不定你去参加的话还有点儿机会。"

许倾淡淡地看着苏雪，那眼神似在询问：你觉得有吗？

苏雪只觉得喉咙里像着了火。

向来只有林曼抢许倾的资源，许倾哪里抢得过林曼？但许倾还是得参加这个酒局，别无选择。

苏雪让司机开车，然后让助理准备，接着对许倾说："那我们先去吃点儿东西，垫垫肚子。衣服嘛，你今天穿的这套就可以。我再让助理给你稍微整理一下头发。"

许倾靠着窗户，"嗯"了一声。

晚上七点，夜幕降临。

黑色保姆车开到嘉华酒店门口，车门打开。许倾下了车。她已经把头发扎了起来，露出天鹅颈般的脖子，踩着高跟鞋走进酒店大堂，然后在服务员的指引下，来到二楼的玉兰包间。服务员看过她的电子邀请卡，点点头，一把推开门。

包间里的大圆桌旁坐着不少人，其中欢颜娱乐的总裁肖仲也在。他看到许倾，示意她过去。许倾冲其他人微笑，随后走上前："肖总。"

"坐。"肖仲点了点一个位子。

服务员拉开椅子，许倾坐下。她跟肖仲中间隔着一个座位。那个座位空着，而且是主位。肖仲示意她坐下后，便没有再搭理她，回头跟别人继续聊天。

许倾坐在座位上看着其他人，知道他们在等人，而且等的还是最重要的人，连菜都不敢上。她环视一圈，端起水杯喝了一口茶水。

这时，门突然被推开，一个高大的男人走了进来。全场安静下来，肖仲立即起身，笑着迎上去："外面堵车吗？"

男人脱下西装递给一旁的助理，声音低沉："堵了。"

肖仲笑着说道："黎城的路就是这样。"他边说边引着男人往主位走。

来人就是凌盛投资的合伙人顾随。顾随的眼眸漆黑，他轻描淡写地一扫，跟许倾的视线对上。许倾在那一刻想挪开视线，但忍住了。

原来他们等的人是他。三年没见，他更成熟了。

顾随只是扫了她一眼，没有任何表情。服务员立马拉开许倾身侧的椅子。顾随一坐下，肖仲就低声跟他说起公事。顾随低头认真地听着。

许倾坐在顾随的旁边，从一开始的浑身僵硬到后来放松下来，端起杯子又喝了一口茶水。这时服务员上来给她换了一个杯子——这下换成了酒杯。接着，黄色的酒倒入杯中——是香槟。

肖仲笑着看了许倾一眼。许倾微微一笑，朝顾随举起酒杯，说道："顾总，我敬你一杯。"

酒杯轻碰。顾随看了一眼许倾，点点头："慢一些。"说完，他只抿了一口。

因为是许倾敬的酒，所以她仰头把酒一口喝完。顾随放下酒杯，轻笑一声："酒量挺好。"

许倾弯了一下眉眼，眼中含笑，衬得一张脸如出水芙蓉。

服务员再上酒，给她倒了半杯。许倾在肖仲的示意下，又敬了顾随一杯。

两个人偶尔目光相触，男人却没有对她流露出任何别的情绪，甚至没有问她的名字或者叫出她的名字——他不记得她了。

许倾放下酒杯，耳根微微发红。她撑着额头，拿起筷子夹了一块牛肉放进嘴里。

顾随放在桌上的手机响了一下。他拿过来看了一眼，随即摁灭。顾随端着酒杯的手虚搭在扶手上，听着肖仲说话，视线不经意地落在一旁的女人身上——她热得解开了衬衫领口，黑色的衬衫衬得她肌肤白皙。她这么穿不显中性，反而有种别样的女人味。

肖仲顺着他的视线看了一眼，然后凑在顾随的耳边："你对我们的艺人感兴趣？"

顾随听罢，淡淡一笑，没有否认，也没有承认，那样子令人捉摸不透。

肖仲低声一笑："要她的联系方式吗？"

顾随轻轻摆手，肖仲也就没再多问。

酒局结束的时候，许倾已经半醉，一下楼就被苏雪扶上车。黑色的保姆车在白天就很低调，在晚上更是如隐者一般。

苏雪拿着毛巾擦拭许倾的脸颊："怎么样？有没有谈到《幕后》这个项目？"

许倾没有回答，而是看着窗外。

酒店的大门外，一辆黑色的宾利车开了过来。顾随整理着衬衫领口走出大堂，身侧跟着他的助理。助理开了车门，顾随弯腰坐了进去。

车窗被关上了，她看不见里面的男人，只能看到漆黑的玻璃窗。

苏雪又给许倾擦了几下脸，问道："怎么样？你醉傻了？"

许倾收回视线，声音有些哑："没傻。没谈到这个项目，我全程只陪投资商喝酒。"她连名字都没有被问起。

苏雪："肖总是不是也没介绍你啊？"她知道今晚肖仲在。

许倾："嗯。"

苏雪顿时扔了毛巾，气得咬牙切齿。

黑色的宾利车启动，驶离酒店，堪堪擦过两边的绿化带，开上大路。两边路灯的光明晃晃地打在车身上。

顾随的衬衫领口敞着，露出一小片肌肤。他闭目养神，而后声音低沉地说道："刚刚敬酒的那个女人，挺眼熟。"

助理开着车，抬起头看了一眼后视镜，回答："她是您的妻子，许倾。"

顾随睁眼："哦？"

后座男人的眼神略有些凌厉。助理与他对视一眼后，收回视线，平稳地开着车，问道："您忘记了？"

顾随看了一眼车窗外的风景，揉了揉眉心："确实忘记了。"

助理其实早就猜到了，自己老板要是还记得，今晚就不会是那个表现了，还摆出一副猎人欲擒故纵的姿态。

助理没再继续这个话题。

对顾随来说，许倾是不是妻子好像并不是那么重要，毕竟当初他们只是因为一场交易才领的结婚证。

许倾回到家里时，已经醒了点儿酒。苏雪扶着她在沙发上坐下，然后去捣鼓醒酒汤。许倾就靠在沙发上发呆。

不一会儿，苏雪端着醒酒汤出来放在桌上，抬手在许倾面前挥了几下。许倾这才回过神，说："我没事，你先回去吧。"

苏雪叉着腰看她，说："今晚在酒局上发生了什么？你怎么一直发呆啊？都从酒店门口到家里了，你还在发呆。你以前不是很讨厌喝酒吗？每次应酬回来你都赶紧换衣服。"

许倾笑了一下，推开苏雪："我等一下就去换。"

"行吧。"苏雪见时间不早了，想起明天许倾还要去签合同，便站直身子，说："赶快喝完醒酒汤去睡觉。"

"嗯。"许倾摆手与苏雪道别。

苏雪拿了手机便走，顺便给许倾关上门。

门一关上，屋里就安静下来。许倾看了一眼桌上的醒酒汤，没急着喝，而是起身走进卧室，蹲在床头柜前，一把拉开柜子——里面有很多合同文件，摆在最上面的是一本红色的本子，比巴掌稍微大些。

她把小红本拿起来翻开，只见里面有一张红底的照片。照片里她和顾随都穿着白色的衬衫，挨在一起看着镜头。顾随微微眯着眼睛，勾着嘴角，神情带着几分随意。

当时拍完这张照片，他就直接去签字了。跟他一起来的人不多，有他的助理，还有几个保镖，而她则是一个人。等她拿起笔的时候，他已经签完了自己的名字，如例行公事一般。

接下来就是拿证。他把自己的那本结婚证递给一旁的助理，随后看了一眼许倾，问道："收到钱了吗？"

许倾紧紧地捏着属于自己的那本结婚证，点点头："收到了。"

顾随点头："好，明天跟我家里人见面。"

"嗯。"

随后他让助理送她，自己则带着保镖搭另外一辆车先走了。她拿着结婚证站在民政局的门口，看着手机里转来的救命钱，又看了一眼他那辆车离开的方向。

他需要她应付他爷爷霸道的催婚手段，而她需要他的钱给母亲治病。他们各取所需，十分公平。

所以，他不记得她了也正常，他们不过是彼此生命中的过客罢了。

许倾合上大红色的结婚证，把它放到那些合同的下方遮住。

她起身走回客厅，弯腰端起醒酒汤一口一口地喝着，同时点开微博随意地翻看，突然就翻到了林曼昨天的踪迹。被拍到的照片里，林曼的车子开回她住的小区，另外还有一辆黑色的宾利车，车牌号跟今晚顾随的那辆一模一样。

许倾只怪自己记性太好，这都能记住。

她放下手机，把碗拿到厨房顺手洗了，出来后就看到孟莹发来的信息："这段时间太忙了，太累了。"

许倾："偶尔给自己放个假。"

孟莹："嗯。对了，顾随是不是回国了？"

许倾："不知道。"

孟莹："好吧。"

许倾没再回复。

有一次孟莹来她这儿休息，不经意看到了她和顾随的结婚证。后来她和盘托出，孟莹才知道具体情况，包括她对顾随那点儿隐秘的情感。

男人有英雄梦，女人也有英雄情结。更何况在许倾最脆弱的时候，顾随的出现就如一道突如其来的曙光。

宾利车疾驰在马路上。车里很安静，助理从后视镜里看了一眼后座的老板，稍微调高了一点儿空调温度。

顾随睁开眼，低沉的嗓音突然响起："知道许倾现在住哪里吗？"

助理一愣，立即看向后视镜，说："我让人查一查。"

"嗯。"

助理没问原因，立即戴上蓝牙耳机，拨打了一个号码。通话没一会儿，他关掉蓝牙耳机，说："许倾如今还住在原来的那套房子里。"

顾随："嗯，掉头。"

"好。"助理听罢，立即掉转车头，往许倾住的小区开去。

许倾住的小区不算特别好。宾利车在小区门口停下，助理安静地握着方向盘。

顾随降下后座车窗，点燃一根烟。他指间夹着烟，手搭在车窗上，烟雾缭绕间透出几分邪气。抽完一根烟，他对助理说："明早过来接我。"

"好的。"助理秉持着不多嘴、不多问的职业操守。

顾随打开车门，下车走进小区，找到许倾住的那栋楼，坐电梯一路上行。顾随来到1802号房的门口，按响门铃。

屋里，许倾洗完澡，穿着睡裙擦着头发刚从浴室里走出来，就听到了门铃声。她放下毛巾，走到门口看向猫眼。看到是顾随，她愣了一下，一把拉开门。

门外的男人衬衫领口微敞，眉目刚毅。他见许倾一身水汽，白皙的脸微微泛红，还有水珠流过锁骨，顿时眼色黯了几分，手抚上她的腰。

他问道："阿姨最近好吗？"

许倾回神，低头看了一眼他的手。她不禁想起了三年前去见他家人的那一天。他爷爷对她的背景刨根问底，包括家庭、学历、工作，等等。除了对她的职业不满意以外，他爷爷对其他方面都算认可。

因为他们已经领证了，爷爷也不好反对。老人家还拿了一个手镯给她。虽然后来她把手镯还给了顾随，而顾随也明显没有要她收下手镯的意思，顺着她就把手镯收了回去，但是这已经代表老人家对她还是满意的。

当晚老人家很开心，特地开了酒。她得知母亲开始手术了，也很开心，喝了不少酒，却不想应了那句"酒后误事"。

当晚，她和顾随被安排在同一间房间里。她醉倒在他的怀里。顾随的酒量比她好，他顺着她的头发，几秒后拉着她的手臂把她带起来，在透进屋里的月光下，扣住她的脖颈，提议："玩玩？"

她被他如墨的双眼吸引，鬼使神差地点了点头。他的薄唇就落了下来。

后来就是一阵凌乱。她埋头在他的怀里，止不住地颤抖。他俯身拨弄她的耳垂，一下、两下，掌心的热度跟现在的热度一模一样。

从某种程度上说，顾随骨子里挺随性的。

"嗯？"

他的声音让许倾回了神。许倾对上他的眼眸，说："她很好，医生说有望恢复。"

"嗯。"顾随点了点头，手指在她的腰上放肆。

这暗示很明显了，许倾不是傻子。她抿抿唇，又闻到他身上的酒气，问："你要喝水吗？"

顾随挑眉，随即笑着说道："喝。"

"进来吧。"许倾后退半步，转身进屋。

顾随跟在她的身后，顺手关了门。屋里有股淡淡的沐浴露的香味，是从许倾的身上散发出来的。

许倾走到橱柜前，拿出一个杯子接水。她长发湿润，玲珑的身材在睡裙下若隐若现。顾随上前，一把搂住她的腰。许倾的腰细，他可以直接圈住。

他带着淡淡的酒味，把头埋在她的脖颈旁，低声说道："你这儿没怎么变。"

许倾接水的手一顿，杯子轻晃，里面的水也跟着晃动了一下。她说："变了。这套房子被我买了，我在还房贷。"

"哦？"他的唇若即若离地在她的脖颈上游移。

许倾干脆放下杯子，低下头，露出一副柔顺的样子。在圈里，她算高挑的，顾随却还要高她一个头。他抱着她，将她全部笼罩住。

过往那仅有的一次回忆涌了上来。

许倾闭上眼，低声问："你今晚认出我没有？"

顾随捏着她的下巴摩挲了几下，笑了笑，接着堵住她的嘴唇，与她舌尖相触。许倾垂眸，心里明白：他没认出来。

至于现在他为什么又追上来，可能是被他的助理提醒了。毕竟他的助理今晚也在酒局上，看了她好几眼，欲言又止。

柔软的沙发上，许倾揽着顾随的脖颈，低头跟他接吻，久违的滋味。许倾咬他的薄唇，他轻笑了一下。他有些霸道，又有些坏，还像三年前那样。两个人心照不宣。

…………

许倾的澡白洗了，后来两个人又洗了几次澡。天亮了，许倾趴在床上昏昏欲睡，隐约听见他在窗边打电话的声音。

又过了十来分钟，床边塌陷，顾随伸出修长的手指抓了抓许倾的头发，低声说道："我先走了。"

许倾睁开眼，随即坐起身，说："我送你。"

"你睡。"

许倾没有听他的，下床穿鞋。顾随慢条斯理地扣上衬衫的纽扣，拿起腕表戴上，走到门口，看着她说道："记得吃早餐。"

许倾打了一个哈欠，点点头。顾随走出门。许倾斜靠在门边，目送他走向电梯。

此时电梯门刚好打开，提着早餐的苏雪从电梯里出来。迎面碰上顾随。苏雪猛地睁大眼睛，紧接着看到了靠在家门口的许倾，眼睛顿时瞪得更大。

顾随淡淡地看了苏雪一眼，进了电梯，随即又看向许倾。许倾朝他点头。

苏雪冲到许倾面前，等电梯门一关，立即说道："你你们……他……他是……顾随啊！是不是？那张脸我见一次就忘不了。"说到这里，她震惊地看到许倾脖子上的吻痕，大喊，"许倾……"

许倾把食指放在唇边："嘘——我就是馋他的身子。"

苏雪更震惊了。

而这时，高大俊逸的男人去而复返。他理着衬衫袖口，听到什么，脚步微顿。苏雪感觉背后有人，一转头，看见了顾随。许倾也跟着看过去。

顾随看着许倾，几秒后，指了指她的屋里，说："我忘拿手机了。"

许倾微微一笑，让了让："请。"

楼道里非常安静。顾随走进门时，微微偏头看向斜靠在门上的许倾。突然他抬起手，轻轻地捏住她的下巴，指腹在她的嘴角揉了揉——那儿有一个他吮出来的印子——被他一揉，更明显了。

许倾扭开头，顾随才松了手，说："有点儿红。"

许倾没吭声。顾随笑了笑，直接往她的卧室走去，不一会儿便拿着他那部黑色的手机走出来。

他低垂着眉眼，却气势凛然。来到门边，他看了一眼许倾："走了。"

许倾点点头，没有动，依旧懒懒地斜靠着门。顾随又看了她一眼，随即低头笑着出去了。

苏雪看着高大的男人进了电梯，赶紧推着许倾进了门。关上门，苏雪把早餐放在鞋柜上，叉着腰说："这到底是怎么回事？发生这么大的事情，你得提前跟我说呀。我至少可以给你兜底。"

许倾浑身酸痛，坐在沙发上不说话。苏雪急忙走过去，坐在茶几上，与许倾面对面。苏雪只扫了一眼就全明白了，但怎么捋都捋不清这条线。

他们怎么会有交集？！

顾随是黎城新贵，书香门第。尤其是近几年，他的名号很响。凌盛投资像是无声无息的藤蔓，等所有人反应过来的时候，凌盛旗下公司的业务已经囊括了人们的衣食住行。

顾随这个"掌舵人"也成了媒体特别关注的对象。

伴随一个男人的成功而来的，自然还有他的花边新闻。顾随很低调，媒体至今都没有爆出他的照片。但也因为他在圈内颇有声名，偶尔也会有一些捕风捉影的花边传闻。

因为顾随是肖仲的好友，同时也是欢颜的大股东，还似乎跟林曼这个有强硬后台的一姐暧昧不清，所以即使顾随这两年大部分时间在国外，苏雪对他也并不陌生。

反正，顾随不单跟林曼暧昧不清，据说在投资圈内也是美女环绕。

而许倾现在连二线都还没挤进去，离他们的圈子还很遥远。要不是苏雪见过顾随一面，都要以为自己认错人了。

许倾的腰舒服了一些。她抬头看向苏雪，说："我也不知道他昨晚会找来。"

"他找来？所以他知道你家住在这里？"苏雪更震惊了。

苏雪跟许倾是高中同学，考上不同的大学后两个人就各奔东西了。直到三年前许倾在欢颜遇见苏雪，才知道苏雪当了经纪人。后来许倾就成了苏雪手下的艺人。她们以前就是同学，在这个圈子里，关系要比其他人更为亲近一些。

但是许倾和顾随之间的事都发生在她和苏雪重逢之前，而且后来顾随就出国了，她就一直没告诉苏雪。

许倾想了想，觉得那本结婚证似乎没什么用，她和顾随也不会成为货真价实的夫妻，所以即便给苏雪看了结婚证，也只会让苏雪多想。

她和顾随之间，还是简单一些比较好。

许倾看向苏雪，说道："我跟他三年前就认识了，有过一些交集。"

苏雪已经在乱七八糟地猜测了，此时得到答案，也不惊讶："我说呢。你们这么早就认识了？"

许倾："嗯，但也不算什么大事。"

苏雪拿过早餐拆开，说："这还不算什么大事？这是非常大的事情好吗？！万一被媒体拍到呢，怎么解释？还有林曼，你可别忘记林曼似乎和他也有牵扯。"说到这里，苏雪看向许倾，递给许倾一把勺子。

许倾接过勺子，问："我和他的事是我和他的事，和林曼有什么关系？"

苏雪听罢，说道："行。"这确实和林曼没关系。

她看出许倾并不把和顾随的关系当一回事，迟疑了一下，说："如果媒体拍到……"

许倾："不会拍到。"

苏雪一愣，想起那些新闻里基本不会出现顾随的脸，就明白了：即使媒体拍到，顾随也有办法处理。她松了一口气："你跟他……还会……吗？"

许倾笑笑，没应。他们还会不会有关系，她也说不准呢。

这边顾随一进电梯，就打开手机看了几封邮件。电梯到了一楼，他收了手机走出去。

清晨的一缕阳光打在地面上，空气清新。陈助理一早就把车开到了馨月小区，黑色的奔驰车车身明亮。见顾随走过来，陈助理赶紧给他打开车门。顾随还穿着昨天的衣服，身上除了酒味还有一丝淡淡的香味。

陈助理关上车门，绕过去坐进驾驶座："顾总，先回家？"

顾随："嗯。"

车子启动。顾随捏着一支细长的烟，把玩了几下。忽地，他的脑海里响起许倾说的那句话："我就是馋他的身子。"几秒后，他把烟放在唇间，偏头点燃。眼前烟雾缭绕，车窗被缓缓摇下。他眯眼笑了起来，笑声低沉："她馋我的身子？呵。"他笑得有些坏，有些玩味。

他拿起手机翻了很久，终于在联系人列表的末尾部分翻到了许倾的微信。

两个人之前没多少消息记录。

顾随点开和许倾的对话框，编辑内容。

顾随："今天有什么活动？"

许倾吃过早餐，刚准备去洗个澡，桌上的手机就响了。她拿起来看了一眼，没想到竟是顾随的信息。许倾挑眉看了几秒，随即编辑回复。

许倾："有个采访。"

顾随："在哪儿？"

许倾打开行程表，扫了一眼。

许倾："世贸。"

顾随："嗯。"

随后便没了下文。许倾刚准备放下手机，对面的苏雪就叫了起来："她们在群里嘲笑你。"

许倾一愣，点开苏雪发来的截图，是林曼的团队在微信群里的聊天内容。他们嘲笑许倾昨晚代替林曼去参加酒局，肖仲却没给投资商介绍许倾，许倾白白喝了一肚子酒回去，啥好事都没捞着。

林曼发了一个微笑的表情包在群里。苏雪觉得她可真做作。

苏雪脸色难看，说："感觉我们在欢颜永远出不了头。"

许倾放下手机，淡淡地说道："慢慢来。"

苏雪突然看向许倾："你要是和顾随在一起，不能借势吗？"

许倾一愣，笑了笑："我借势？我何德何能，借顾随的势？"

苏雪一想，也是。那是顾随，可不是谁都可以随意摆弄的。要是惹得他不开心，别说借势了，他轻轻松松就能把许倾封杀了。

她黑着脸问道："那为什么他让林曼借势呢？"

许倾摊手："我怎么知道？"

苏雪见许倾这样，不禁心疼她，又佩服她这么淡定强大。许倾从沙发上站起来，扯了扯睡裙，说："我去洗个澡。"

半个小时后，许倾洗完澡，换了一身衣服，两个人一起出门。她们先去了《我们相爱吧》制作组签合同。在许倾签名的时候，制作人有意无意地笑着问："据说林曼是您的师姐，不知道她那边有没有时间呢？"

许倾捏着笔，觉得有些好笑。她和林曼的关系并不好，这个制作人找她问算什么意思？

许倾微微一笑，问道："要不我现在打电话给她，帮你问问？"

制作人咳了一声，立即笑着说道："不用了不用了，我就是随口问问。"

许倾和苏雪对视一眼。这节目要是能请得动林曼，也不会请她许倾。

她们签完合同就离开了制作组。上了保姆车后，苏雪一边打理许倾的头发，一边抱怨："啥时候我们能反压她一头啊？真是令人无语。"

许倾没吭声。

下午，她们去公司见了商务，临近四点又马不停蹄地赶往世贸参加一个采访。一周前许倾参演的一部电视剧播出，虽然开播后没什么水花，但是一些采访还是要参加的。许倾一进后台就看见了合作的男演员。男演员长得很阳光，名叫程寻，在剧里和许倾饰演情侣。他笑着站起身跟许倾握手。

"许老师，我听说你也要参加《我们相爱吧》？"

许倾一愣："也？"

程寻笑着看她，顺势拉着她的手走向沙发，说："我也参加，我们团队让我跟你做个伴儿。"

许倾回头看苏雪。苏雪指着手机，表示自己刚知道。

程寻看着许倾："怎么样，许老师？"

许倾笑着说道："可以啊。"

采访现场的门被推开，陈助理探头看了一眼，接着猛地缩了回去。

顾随咬着烟站在一旁，看他那样，问道："在里面吗？"

陈助理顿了顿，干笑着答道："在。"

顾随没吭声，看着陈助理的表情。几秒后，他上前推开那扇黑色的门，往里面扫去，一眼便看到了许倾，还看到了她身边的男演员。

只是一个采访现场，许倾却笑着支着下巴，男演员低头看着她，还给她拿着话筒。那画面就像是恋爱现场。

顾随看了几秒，随即目光落在许倾的脖颈处——他昨晚留下的吻痕已经被她遮盖住了。

他松了手，关上门，说："你先回去，车子留下。"

陈助理"哎"了一声，走出去两步，不太放心，又回头看顾随，想了想，还是说了一句："许倾最近正在宣传新剧。"

顾随看了他一眼："你想说什么？我会在乎这个？"

陈助理一愣，立即笑着说道："哎，您不在乎。"

您不在乎好啊，但愿您永远不要在乎。

采访完，一行人回到后台。许倾感觉脸上的肌肉笑得都有点儿僵了，便揉揉脸颊。程寻接过小助理递来的矿泉水，拧开了递给许倾。

许倾接过水，笑着看了程寻一眼："谢谢。"

程寻笑着说道："客气什么。"

两个人在剧里有很多亲密戏份，虽然不至于出不了戏，但是那种亲密感还在。

许倾喝了一大口水，问他："你除了《我们相爱吧》这档综艺节目，接下来还有什么活动？"

程寻："还有几个商务。对了，你不是去试镜《幕后》的角色了吗？现在怎么样？"

"别提了。"苏雪正在一旁跟程寻的助理聊天，听到这话，立即开口。

程寻愣了一下，疑惑地看向许倾。许倾笑笑，苏雪则把林曼抢走许倾角色的事情说了。

程寻又是一愣："这……唉。"他叹了一口气，"其实我也觉得你各方面都挺好的。"

许倾喝水略微呛了一下，程寻赶紧拿了纸巾给她擦。

正巧有其他工作人员走进来，见状，笑着调侃："许老师和程老师的感情很好啊！"

许倾笑着看了程寻一眼。程寻有些不好意思，收回了手。他的人气比许倾高，但是他跟许倾搭戏后，才发现许倾的演技很不错，绝对在他之上，只是不知为何她一直没火。另外，许倾不仅长得漂亮，身上还有种野性，十分吸引人——吸引得让他偶尔失神。

"许倾……"程寻喊了一声。

许倾把喝完的矿泉水瓶扔在垃圾桶里，看了他一眼："嗯？"

程寻笑笑："没事。"

苏雪忙完后喊许倾一起走。许倾跟程寻道别，跟着苏雪离开。进了电梯，许倾打了一个哈欠，说："困。"

苏雪："那就回去睡觉，反正你今天没事了。"

许倾一笑。也好，昨晚她都没怎么睡。

一行人来到负一楼，保姆车就停在电梯斜对面。司机下车开了车门。许倾弯腰正要上车，一道低沉的声音从旁边传来。

"许倾。"

许倾一愣，其他人也纷纷转头看去。只见一辆黑色的捷豹车停在隔壁的车位上，车窗被摇下，紧接着顾随那张俊朗的脸露了出来，眼眸深沉如墨。

"晚上有空吗？"

苏雪和两个小助理还有司机都下意识地看向许倾。许倾站直了身子，钩下了点儿墨镜："去哪儿？"

顾随神色慵懒，嗓音低沉平稳："带你出去散心。"

这话没人信。但是许倾长这么大，还没有听过男人说要带她去散心。她淡漠地看着顾随，既没有答应，也没有拒绝。

顾随见她这样，笑了。几秒后，他下车绕到副驾驶座一侧，打开门，看着她。

顾随这人……总是这样，看似绅士的行为，透露着霸道的性子。

许倾勾唇笑了笑，对苏雪说："你们先回去。"

苏雪呆了呆，回过神正想说话，许倾就揉了揉她的头发，然后走向了顾随。

两个人的身高差摆在那里。顾随垂眸看着许倾，许倾抬起眼皮看了他一眼，随后弯腰坐进车里。

顾随关上车门，冲苏雪点了点头，随后坐进驾驶座。黑色的轿车从保姆车前开走。苏雪陡然回神，立即拿起手机，飞快地编辑。

苏雪："借势，借势。"

听到"嘀嘀"两声，许倾从包里拿出手机。看完苏雪发来的信息，她摁灭了手机屏幕。车子出了地下车库，她才发现已经夜幕降临。路灯灯光打进车里。她转头看了一眼顾随，男人正安静地开着车。

他偏头看一眼腕表，随后看了她一眼："吃晚饭了没？"

许倾："吃了。"

顾随眉梢微挑："这么早。"

许倾："嗯。"

"跟新剧的人一起吃的？"

许倾："嗯。"

顾随单手开车，一手支着下巴，说："好。"

许倾看了一眼窗外的夜景，问道："去哪儿？"

顾随换了一只手开车，另一只手伸过去，握住她的手，把玩了几下。他垂眸看了一眼她白皙的手指，随即抬起眼帘看她，说："我有个牌局，你陪陪我。"

许倾看着他："好啊。"

车子在一栋别墅外停下。这片别墅小区位置很偏僻，但很高档，每栋别墅之间的距离很远。眼前这栋别墅门口已经停了不少豪车。许倾推门下车，看了一眼自己身上的衣服——她今天穿的黑色衬衫裙。

顾随也下了车，伸手牵过许倾的手。许倾垂眸看了他的手一眼。

顾随牵着她走向大门。大门敞开着，有音乐声从里面传出来。他们上了台阶，穿着西装的管家和保姆迎上来："顾先生，晚上好。"

在看向许倾时，管家迟疑了一下。顾随偏头看了一眼许倾，对管家笑着说道："她姓许，许倾。"

"你好，许小姐。"管家立即招呼道，然后引着两个人走向楼梯："几位先生都在楼上，已经开了局。"

"好。"顾随牵着许倾走上楼梯，又看了许倾一眼："怕吗？"

许倾也看了他一眼："你杀人放火吗？"

顾随挑眉一笑，重新审视自己这位登记在册的妻子。

三年前他为了应付老爷子，不得不走这一招。当时是陈助理找的许倾，具体在哪里找的，顾随并没有过问。他只看了对方的详细资料，就定了下来。

在领证前，两个人吃了一顿饭。在他的印象中，这就是个漂亮但挺可怜的女人。和她的最后一次接触，是在跟家里人见面那天，吃完晚饭后的床上。柔若无骨的身子、一头如丝的长发、特别好听的声音——基本印象就停在这里了。

二楼只有两间房，其中大的那间房门开着，屋里光线有些昏暗，里面传出麻将牌的碰撞声和说笑声。

顾随带着许倾走进去。

麻将桌旁只有三个人。服务员看到顾随和许倾进来，赶紧拉开了一张椅子。那三个男人看着顾随，笑着说道："还以为顾总今晚没时间呢。"

顾随："盛情难却。"

"那是我们的荣幸。"

其中两个男人都穿着衬衫、打着领带，长得都挺不错的。两个人中一个年纪稍大的打量了一下许倾。

许倾认出三个人的其中一个是荣创控股的老板陈想，欢颜的股东之一。

顾随偏头看许倾，问："会玩吗？"

许倾摇头。顾随低声笑着说道："没关系，我教你。"说着，他钩着许倾的手指让她坐下。

许倾看了一眼那三个人，微微一笑，只能坐下。很明显，这是一场商务应酬，顾随安排她上牌局，就是没打算赢这些人的钱。

对面荣创控股的老板陈想笑着问道："这位是许倾？"

许倾："你好。"

"你好。"

"原来是许小姐啊。"

"我看过你参演的电视剧，拍得不错。"

许倾摆出微笑。

"那我们开始吧。"

说着，麻将桌就动了起来。

顾随站在许倾的身后给她看牌。许倾拿了牌后开始码，一时间麻将牌的碰撞声此起彼伏。许倾没学过打麻将，只是看别人玩过，所以出牌很犹豫。

· 17 ·

顾随接了别人递来的一支烟，点燃后咬在唇边，俯身握住许倾的手指，低声说道："不要犹豫。这牌没什么用。"说着，他就替许倾把牌扔了出去。

许倾"哦"了一声，看着光线落在顾随摁着她手指的指尖上，随即淡淡地挪开视线。

旁边那个比较年长的男人突然喊了顾随一声。顾随咬着烟，往他那儿凑过去。那男人的声音压得很低："你说要带个人来，我还以为你要带吴倩来呢。"

尽管周围声音嘈杂，许倾还是听到了这句话，却不动声色地拿起旁边的牌，又放下去。

顾随低沉一笑："这关吴倩什么事？"

那男人点了顾随一下："你啊。"

顾随拿下嘴里的烟，在一旁弹了弹烟灰，偏头看向许倾。许倾正垂眸看牌，似乎有些犹豫，眉眼却依旧精致漂亮。她突然转头，问："这里怎么打？"

顾随笑了一下，拿起烟咬着，凑过去，呼吸近在她的耳边。看了一会儿，他说："把八条打了，不会有杠的了。"

"哦。"

这时，许倾的手机响了一下。她打掉八条的牌后，拿出手机看了一眼。

苏雪发来的信息，是一张话题的截图——"林曼凌盛"。话题的内容是林曼和顾随在小区碰面的照片——当然，顾随没有露脸，只是有人猜测这是凌盛的老板。

话题的下面，一群网友议论纷纷：

"我就说了林曼肯定有后台。她能不火吗？"

"哎哟！凌盛的老板啊？"

"还真别说，我光看背影就觉得这个男人肯定长得很帅。"

"林曼什么时候跟他结婚啊？"

"凌盛的老板娘啊！"

"在看什么？"低沉的声音在许倾的耳边响起。

许倾回过神，把手机放在他的面前："在看你和林曼的绯闻。"她的语气非常平静。

顾随拿起许倾的手机看了一眼，不知是看到了什么评论，笑了一声，说："荒唐。"然后他就把手机还给了许倾。

许倾把手机放进小包，继续看牌。

两个人，一个没有吃醋，一个对微博上的话题没有什么反应。对面的陈想看了他们一眼，眼中带着几分兴味。

许倾是真不会玩，输了不少。不过反正顾随没说什么，她就继续输。

临近晚上十点半，牌局终于结束了。一行人下楼，各自离开。

许倾频繁地打着哈欠。顾随看了她一眼："吃点儿夜宵再回去？"

许倾摇头："特困。"

顾随看着她，抬手摸了一下她的脖颈，将上面的遮瑕膏抹开，露出昨晚留下的吻痕。顾随把她拉到跟前，低头吻住她的脖颈。许倾抱着他的脖子，懒懒地靠在车旁。

顾随坏笑着问道："真的很困？"

"嗯。"

"行，送你回去。"顾随抬起眼皮，眼珠漆黑。他还是拉开了副驾驶座的车门，把她抱上车，扣好安全带。

车子启动，许倾靠着窗户看了一眼手机。苏雪在轰炸她。

苏雪："本来想让你借顾随的势，谁知道反而是林曼上了热门话题。"

苏雪："你今晚该不会不回来了吧？"

苏雪："你们去哪儿了？"

许倾："在回家的路上。"

车到馨月小区后，顾随送许倾上楼，结果许倾一进门就反手关了门。顾随被关在门外，愣了几秒，随即拿出手机开始编辑。

门里，许倾脱掉鞋子，低头看手机。

顾随："晚安。"

许倾："晚安。"

放下手机，她就去洗澡了。

顾随下楼，驱车回家。车子开到家门口，他边下车边看了一眼另外一辆正等着他的车。车旁站着的陈助理一动不动，抱着一份文件正在看手机。

顾随走上前，眯眼："陈顺。"

陈助理被吓了一跳，猛地回神："老板。"

"看什么？"顾随走向大门。

陈助理赶紧抱着文件跟上，握着手机，说："在看许倾的采访。"

顾随进门，一愣，问："什么采访？"说着，他伸手拿走陈助理的手机。

陈助理来不及反应，手机就到了顾随的手里。

顾随低头一看，见是今天下午许倾和程寻的采访视频，但是此时的画面上很花，全是弹幕。

"程寻和许倾好甜啊！"

"我觉得程寻喜欢许倾，你看他的眼神。你们原地结婚好吗？"

顾随看向陈助理。陈助理咳了一声："粉丝喜欢他们，觉得他们很配。"

顾随："哦。"

陈助理见老板这副神情，也品不出他是什么意思，但还是赶紧把手机收了起来，恭敬地把文件放在柜子上。

"老板，如果没事的话，我就先走了。"

顾随翻着文件，"嗯"了一声。

陈助理转身走向门口，走了几步，想起今晚的话题。他想回身问问顾随要不要撤掉，但是又想起话题都出现那么久了，如果要撤的话，顾随早就安排撤了。再说，他虽然身为特别助理，却也不好干预老板的私生活。

林曼在顾随这儿是个什么样的存在，陈助理目前不敢轻易下结论。不过，他出门后又拿起手机——他是真的喜欢程寻和许倾这一对荧屏情侣。

陈助理走后，顾随拎着文件，一边解衬衫纽扣一边上楼。他把文件放在书房桌子上，便去洗澡了。

这套房子是复式的，目前只有他一个人住。

顾随洗完澡出来，穿着黑色的睡袍回到书房，听见放在桌上的手机响了好几声。

他微信里有个大群，里面除了黎城同一个圈子的少爷，还有商界的好友。因荣创控股的老板陈想的宣传，几个少爷在群里好奇地发问。

周扬："顾总，听说你带嫂子出场了？"

江郁："顾总有那么多绯闻女友，总算有一个浮出水面了？"

荣创陈想："女艺人，好像是欢颜旗下的。"

周扬："哈哈哈，那吴倩怎么办？"

荣创陈想："但顾总似乎没有介绍那是女友。"

周扬："那就只是女伴？"

周扬："所以你们都想多了。"

顾随："是，想多了。"

群里瞬间安静下来。

顾随关闭了群聊，本想放下手机，却迟疑了一下。他单手支着下巴，靠着椅背，点开了某视频网站。

某电视剧的宣传采访视频跳了出来，最热门的那个正好是今天刚出炉的。采访视频时长十几分钟，但弹幕里全在讨论程寻和许倾。

　　顾随不怎么看这些，向来只关注结果。然而他这么一看，许倾和这位姓程的男演员亲密到有点儿分不清真假。

　　顾随定定地看着视频里的许倾，跟入了神一般。

　　许久，"哐"的一声，手机被放回桌上。他面无表情地拿起一支烟，咬着点燃，眉宇间露出一股淡淡的邪气。

　　许倾进门后就拿了睡衣去洗澡，洗完后却没那么困了。苏雪发信息过来，问她忙完没有。

　　许倾："刚躺下。"

　　苏雪："我还以为他会留下。"

　　许倾："我太困了，没精力应付他。"

　　苏雪："那你早点儿睡，明天飞海城。"

　　许倾的通告虽然不多，但也是有一些的，比如一些品牌的站台、直播以及代言广告的拍摄。最近因为她的新剧上映，活动就增多了。但比起那些忙得飞起的艺人，她算是很清闲的了。

　　许倾处事向来都是别人吃肉，自己喝汤，这些年靠参演一些电视剧、跟一些男演员炒作，稍微累积了些人气，这才有品牌选她合作。

　　圈内很多男演员会跟女朋友或别的女艺人捆绑炒作，而许倾因为人气不高，只能跟像程寻这样合作过的男演员走走荧屏情侣的路子，还得注意拍完戏后和那些有女朋友的男演员保持距离，免得招惹麻烦。至于人气演员，许倾根本够不着，也不想去够。

　　许倾信奉识时务者为俊杰，不会去惹不能惹的人。

　　不过还是有粉丝会担忧，时常在微博上劝她：

　　"倾倾，你可不要去碰瓷顾炎啊。"

　　"倾倾，听我的，咱们好好拍戏行吗？不要再跟别人炒作了。但是我相信你和程寻是真的。你们只是碍于都还不火，所以要努力赚钱，不会那么快官宣的，对吧？"

　　许倾看评论看笑了。

　　不过林曼上了热门话题后，许倾的微博也被人围攻了。

　　"许倾看到了吗？"

　　"许倾，别想着跟林曼争了，你是争不过她的。"

许倾回复那人："呵。"

随后她又看了一眼林曼和顾随的那条话题，虽然热度降了很多，但还挂在热门话题上。

孟莹发了微信过来。

孟莹："倾，顾随他什么情况？"

孟莹："你还好吗？"

许倾："我很好。"

孟莹："你对他还……喜欢吗？"

许倾："喜欢又不能当饭吃。"

孟莹："好吧。"

孟莹："我想你啦！"

许倾："嗯，我也想你。"

姐妹俩聊了一会儿，许倾就撑不住了，赶紧放下手机睡了。

第二天一早，苏雪过来接许倾，两个小助理上来提行李。苏雪提着小包，一边走一边翻微博，说："那条话题终于降到最下面了，稍微一滑就不见了。"

许倾戴着口罩和墨镜上了保姆车，随后车子启动，前往机场。

本来时间还早，谁知道他们的车开到半路，居然碰上林曼的车。林曼似乎被一些粉丝围住了，粉丝中大部分是男的。可能是因为昨晚的话题，还有一些媒体记者在场。

见林曼的车被围住，许倾便让司机绕路，不料保姆车突然抛锚，于是两条道一下子都被堵得严严实实。

有粉丝似乎发现了许倾这辆车，指指点点地就要过来。

苏雪黑着脸说道："要被林曼害死了。我们先下车吧，拦个出租车先去机场。"

许倾看着乱成一锅粥的堵车现场，戴好口罩，弯腰准备下车，不想一开车门，就见一辆黑色的宾利车停到车门前。

驾驶座的车窗被摇下，陈助理看向许倾："许倾，上车。"

许倾愣了一下，看到后座车门被打开。

陈助理立即说道："我们也要去机场。"

苏雪一听，拉了许倾一下："正好，你先走，我们叫出租车。"

许倾没再犹豫，绕去后座，一弯腰便看到里面西装革履的男人。顾随从报纸后抬头，看了她一眼："上车。"

许倾抿唇，坐了进去，关上车门。

苏雪在车外朝她挥手，然后就被记者和粉丝围住了。

许倾收回视线，车子启动。

陈助理掉转车头，开向另外一条路才冲出乱局。

许倾看了一眼顾随："你这么早？"

顾随偏身往许倾靠去，伸出手指钩住她的口罩，一把取下，露出那张化着淡妆的脸。

许倾伸手想把口罩拿回来，顾随没给她，笑着问："吃早餐了没？"

许倾看着他的眼睛："吃了。"

顾随："我也要去海城，我们顺路。"

许倾："哦。"

顾随又靠近了一些，咬住她的嘴唇，辗转亲吻。许倾愣了几秒，闭上眼——她还挺喜欢他的吻的。

许倾被吻得往边上缩，顾随就追过去，抓着她的双手按在玻璃窗上。他吻得更深，过分地勾缠。退开时，他玩味地笑看她。

许倾舔了一下嘴角："一大早的，干什么呢？"

顾随想了想，在她耳边说了两个字："吻你。"声音低沉而平稳。

下一秒，他的手机响了。许倾用力推了他一下，顾随才坐回去，拿起手机一看，又看了一眼窗外才接起来。

许倾坐得近，一眼就看到他的手机屏幕上显示的名字——林曼。

电话那头的林曼问道："顾随，我看到你的车了。你是不是也要去机场？能回来解救我一下吗？"

顾随："我已经上大路了，没法儿回去。"

林曼："啊！这些粉丝太难应付了。"

顾随笑了一声："先挂了。"

林曼："顾随……"

顾随挂了电话，转头看了一眼许倾。许倾抬手整理头发，也看了他一眼。顾随凑过去，捏着她的下巴，把她的头转过去，看她后脑勺儿的头发。

许倾挣扎："别打扰我。"顾随挑眉看她。

陈助理从后视镜里偷看了好几眼，发现自家老板面对许倾时，那股漫不经心的坏劲儿还真不太一样。他思来想去，觉得老板不太对劲，但又不知道哪里不对劲，索性就不想了。

因为不是保姆车，所以抵达机场后他们没有被在机场蹲守的粉丝发现。

许倾戴上口罩和墨镜，对顾随说："我先走了，谢谢你的便车。"

顾随看着她："等会儿啊。"

许倾没搭理他，直接开了车门走出去。

她这么打扮倒是没被林曼那群粉丝认出来，轻松地从这些粉丝中穿行而过。顾随在车里望着她的背影，几秒后才让陈助理把车开到停车场。

许倾进了机场，又等了七八分钟，才看到苏雪带着小助理匆匆而来。

苏雪左右看看："顾随呢？"

许倾拿过挎包，说："不知道，我在门口下的车。"

苏雪"哎"了一声，看着许倾问道："你真不打算借势啊？"

许倾捏了苏雪的鼻子一下："老实人干点儿老实事吧。赶紧的。"

"哦哦哦。"

几个人办理完登机手续，过安检时才听到身后大厅传来喧哗哄闹的声音——看来是林曼来了。

几个人走向商务舱时，许倾的手机突然响起。她拿出手机一看，是顾随。

顾随："给你们升个舱？"

许倾一愣，没想到这人还有这个打算。

许倾："不了，谢了。"

顾随："你们过安检了？"

许倾："嗯。"

她回完这句话，顾随就没再回复了。

商务舱里人很多，还有一些粉丝，不过都是林曼的。许倾刚坐下，就看到程寻走进来。他也戴着口罩和墨镜，但还是有粉丝认出了他，小声地尖叫起来。

程寻看到许倾也笑了，弹了一下机票。许倾见他也去海城，心想：太巧了。

这时粉丝也发现了许倾。虽然林曼的很多粉丝都不喜欢许倾，但并不妨碍他们好奇地盯着许倾和程寻。

"我还想着今天会不会碰上你。"程寻在自己的位子上坐下，转身朝后面的许倾说。

许倾仍戴着口罩，笑着说道："这段时间我们的活动都在海城，碰上了也正常。"

"对。我刚在门口碰上林曼，她在头等舱。"

许倾点点头。程寻看了她几眼，才收回视线。

与此同时，头等舱里，陈助理隔着宽大的走道偏头问道："老板，许倾要不要升舱？"

顾随靠着扶手翻杂志，语气平静："不要。"

陈助理高兴地"哦"了一声，顾随闻言抬起眼皮看了他一眼。陈助理赶紧收起脸上可疑的笑容，收回视线。

顾随点了点桌子，问道："你笑什么？"

陈助理咳了一声，说："程寻也在商务舱。这也许是许倾不肯来头等舱的缘故吧。"

粉丝特别喜欢研究这种小细节。

顾随眯眼，定定地看着陈助理，看得陈助理冷汗直流。

陈助理迟疑了一下，正想解释，顾随却收回了视线，垂眸继续看杂志："别影响工作，也别试探我。"

陈助理："老板，你想多了。"谁试探你啊？

顾随刚才随手拿的是一本娱乐杂志。他随意翻了几下就没了兴趣，正准备合上，却看到版面边角上有程寻的采访。

《飞花》杂志主编："在这么多合作过的女演员当中，哪个是你最期待的？"

程寻："许倾吧。"

《飞花》杂志主编："为什么呢？"

程寻："她演技好。"

《飞花》杂志主编："是吗？还有别的原因吗？"

程寻："她……嗯，漂亮。"

"啪"的一声，顾随合上杂志，调整了一下坐姿，端起咖啡喝了一口，翻开收购合同。

这时，从机舱门口走进来两个人。林曼提着小包，摘下墨镜看向顾随，笑着说道："我就猜到你肯定也在这架飞机上。"

顾随抬眼看过去，淡笑着说道："你挺会猜的。"

林曼看了一眼坐在过道另一边的陈助理，有点儿想换座位。顾随偏头看向陈助理，只见陈助理还在低头看许倾和程寻的视频。

顾随眯眼看了几秒，收回视线，问林曼："你最近在海城有活动？"

林曼把小包递给助理，娇笑着俯身撑在顾随座位的扶手上，说："对啊，海城最近有电影节。我还有很多商务活动，特别忙。"

女人在他面前总是这副姿态，眼神充满暧昧。顾随笑了笑，抬手在小桌板上敲了敲，说："忙些好。"

旁边的陈助理听到老板在小桌板上敲击的声音，顿时想起老板开会时的状态，夺命惊魂似的抬头。看到林曼，他立即反应过来，笑眯眯地喊道："林曼小姐，快起飞了——哇！你今天又漂亮了。"

林曼的表情顿时僵了几分。她站直身子，看向陈助理："是吗？你这小嘴真会说话。"

陈助理"嘿嘿"一笑。林曼整理了一下裙子，大步朝头等舱后部走去，脸色却并不好看。她长得漂亮，所以大部分男人见到她会很主动，唯独顾随，从没主动过。而刚才陈助理就是在打她的脸，他的话虽说得特别好听，实际上却是在赶她。

林曼坐下后，她的助理赶紧给她端来了一杯咖啡，却被她迁怒地瞪了一眼。

飞机即将起飞，此时无论哪个机舱都座无虚席。

苏雪在关机前看了一眼许倾，说："刚刚林曼的助理在群里说，在头等舱见到了大股东顾随，还说偷拍了他跟林曼聊天的照片。一群人叫她把照片放出来给大家看。"

许倾"嗯"了一声，接着看向苏雪："你怎么老关注他们？"

苏雪哽了一下，低声说道："我本来只关注林曼和她的后台，但自从知道你跟顾随有牵扯，就难免连他也一起关注了。"

许倾捏了一下苏雪的鼻子，说："你适合当记者。"

苏雪"啧"了一声："我这是为谁啊？"

许倾笑笑。苏雪看着许倾，迟疑了一下，问道："你会爱上他吗？"

许倾像看傻子一样看着苏雪。苏雪瞬间明白，比画着说道："好好好，我说傻话了。"

黎城和海城之间的距离不算远，加上航班时间早，飞机抵达海城时正好日头高挂。机场的到达口处围着大群粉丝，其中大部分是林曼的粉丝，还有一部分是程寻的粉丝，也有许倾的粉丝，但不多。

一行人下了飞机，取了行李。许倾戴着墨镜和口罩，双手插在裤袋里，跟着苏雪走向门口。程寻迟疑了一下，选择跟许倾一起走普通通道。

外面的粉丝看到他们，立即尖叫：

"程寻，许倾！我的妈呀，他们一起出来了！"

"妈呀！他们是真的！"

…………

即使许倾和程寻离得很远，粉丝依旧无比激动。

另一边，顾随走了 VIP 通道，主要是图清静。林曼自然也走 VIP 通道，既为了躲避粉丝，也为了跟着顾随。

而那边，粉丝一声又一声的"寻倾是真的""程寻、许倾太甜了"直往他们这边冲，像海浪一样扑面而来。

顾随将西装搭在手臂上，一边单手扣着白色衬衫最上面的纽扣，一边淡漠地走出 VIP 通道，仿佛没有听到远处的声浪。

林曼跟在他的身侧，看着他说："那边粉丝实在太多了。"

陈助理笑着接话："那是，林曼小姐现在太火了。"

林曼笑笑，扶了扶墨镜。她看了一眼身侧俊逸的男人，觉得他连扣个纽扣都那么好看。

终于，许倾和程寻挤出了粉丝群，各自上了车。许倾在车里坐好后，扯掉口罩，看了一眼手机。

顾随："中午一起吃饭？"

许倾："中午没空，要给品牌站台。"

顾随："好。"

许倾的保姆车启动，程寻的车跟着启动，两辆车一前一后驶离机场。而在他们前方，一辆黑色的保时捷车也疾驰而去，林曼的商务车紧跟其后。四辆车在粉丝的注视下离开。

许倾等人很快就抵达了 COCO 购物中心。为了这场活动，商场正门口摆上了宣传立牌等物料。

许倾从后门进去，直接去后台上妆。品牌方希望许倾的着装配色跟品牌商标颜色相近，于是她挑了一条黑色的露肩开衩紧身裙。许倾穿上，身材曲线展露无遗。

助理敲门，笑着问："许姐，好了吗？"

苏雪拉开门，说："好了好了，走……"

许倾踩着高跟鞋，在品牌方工作人员的簇拥下，走上位于商场中庭的小舞台，紧跟着台下响起一阵掌声。

"许倾！许倾！"

"许倾，你好美！看我！"

许倾勾唇一笑。她的长相并不属于很有亲和力的那种，而是惊艳型的。

接着，活动便开始了。

与此同时，一辆黑色的保时捷车停在商场门外，车窗紧闭。

顾随从文件中抬头，透过大门望进去，看到舞台上的女人穿着露肩紧身裙，露出白皙纤细的脖颈。他收回视线，对陈助理说："订几杯咖啡过去。"

陈助理"哎"了一声，拿起电话就安排。

舞台上的许倾一直面带微笑听旁边的主持人说话，随后又是抽奖又是合影，忙到没时间喝一口水。

这时，一个穿着咖啡店工作服的人从人群中挤到舞台边，举起几杯咖啡递给主持人。主持人一愣，那人笑着说道："有人送给许倾的。"

主持人笑着接过咖啡，看向许倾。许倾微微一笑，不清楚是谁送的咖啡，但也不好当众拒绝。

然而她这一笑就被粉丝误会了。粉丝叫起来："一定是程寻订的吧！一定是他。"

"我要被甜晕啦！"

"程寻！一定是程寻！程寻真的好爱许倾哦。"

声浪冲进停在门外的黑色保时捷车内。顾随翻着文件的动作一顿，随即合上文件，对陈助理说："先去吃饭，再订个餐。"

陈助理也听到了粉丝们的声音，看了一眼自家老板，"哦"了一声，启动了车子。

咖啡的口感很涩，但许倾一连喝了好几口——从下了飞机到活动现场，她连一口水都没喝上，实在是渴得厉害。

活动结束时，已经到了下午两点半。许倾有气无力地换下裙子。苏雪将打包的饭菜递给她。许倾端起来就吃，苏雪又给她打开保温杯。

"喝点儿水，别吃那么快。"

许倾喝了一大口温水。比起咖啡之类的饮料，她更喜欢温水。

苏雪看着她问道："谁送的咖啡啊？"

许倾："可能是粉丝。"

苏雪："这一届粉丝还挺细心的。不过会不会真的是程寻？你要不要问一下？如果是他送的，你就找个机会送回去，礼尚往来。"

许倾"嗯"了一声，拿出手机点开。手机里正好跳出一条信息。

顾随："我在你下榻的酒店。你下午没活动吧？"

许倾："你怎么知道我下午有没有活动？"

顾随："你的行程很透明。"

许倾"啧"了一声，退出和顾随的聊天框，准备给程寻发信息。谁知道

· 28 ·

程寻先发来了信息。

程寻："咖啡不是我送的。我下次会记得送的，粉丝比我贴心。"

许倾："哦，好的。"

她放下手机，跟苏雪说了咖啡的事情。苏雪"哎"了一声："那就不用礼尚往来了。不过粉丝误会就误会吧。"

已将近三点，许倾吃过午饭才算满血复活。下午没有行程安排，一行人便收拾好了起身离开。

许倾订的酒店靠近海港，整个团队都住在酒店五楼。一行人拖着行李，一出电梯就看到一个高大的男人靠在墙边，一只手把玩着一支烟，另一只手里提着一袋外卖。

这个男人光看侧脸就知道很帅。他听见动静，看了过来，眸色如墨。在走廊昏暗的光线里，男人隐隐透着一股坏劲儿。

苏雪看了一眼许倾。许倾面无表情地拿过房卡，走向自己的房间。

苏雪立即指挥两个小助理和化妆师、造型师，说道："走走走，回各自的房间。许倾，你好好休息。"

许倾晃了晃房卡："知道了。"

许倾走到门前刷卡。高大的男人立刻站直了身子，跟在她的身后走进房间。

"砰——"门被关上。走廊里其余的人纷纷收回视线，闪进自己的房间。苏雪又看了一眼许倾的房门才进了自己的房间。

房间里很亮，许倾的行李早就被放在了客厅里。许倾一进门就揉着脖子。顾随放下手里的吃食，揽住她的腰，直接把人抱了过去。

许倾抓着他的手臂，偏头看他："顾总吃饭没有啊？"

顾随的薄唇就落在她的脖颈上。他密密地吻着，低沉地说道："吃了，就差你了。"

许倾"喂"了一声。顾随把她摁在柜子上，低头看她："你呢？是先吃我带的燕窝，还是——"

许倾惊讶，看了一眼外卖袋子："那是燕窝啊？"

顾随轻笑："不是，那是燕子的唾液。"说着，他咬住她的嘴唇。

许倾仰起头，裙子从肩头滑落。不一会儿，他靠在沙发上抱着她的腰，许倾低头吻着他的薄唇。窗帘飘起，沙发上的人影起起伏伏。

许久，许倾把手撑在沙发靠背上。顾随环着她的腰不让她动，眼神中透出几缕坏意。他轻声问："你拍戏有没有亲密戏？"

许倾的额头上都是汗。她垂眸看着他，和他四目相对。几秒后，许倾勾唇一笑："有，很多。你问哪一场？"

哪一场？

这会儿窗帘遮住了室外的光线，屋里昏暗了一些。顾随掐着许倾的腰，眯眼笑着看她。接着，他将手摁在她的脖颈上，把她压向自己。

他低声问道："那么多场？有没有比这场更好的？"

许倾趴在他的怀里，正想说话，便被他偏头堵住了嘴唇。紧接着，不需要他堵着她的嘴唇，她也说不出话来了，只能发出浅浅的低吟声。

神志迷离中，许倾盯着他的眼眸。男人眸色如墨，眼神中除了欲念倒是没有别的情绪。

一个小时后，许倾一边拉着浴袍的带子一边从浴室里走出来。顾随衣衫凌乱地站在柜子旁，端着一杯温水，一边喝一边低头看手机。

他看到她出来，说："把燕窝吃了。"

许倾系好浴袍带子，走过去看了一眼，说："凉的？我不喝凉的。"

顾随伸手在白盅上摸了摸，又把盖子打开，放下勺子，推给她："不凉。一个多小时而已，还热着。"

许倾端过来，在沙发上坐下。她一边吃一边看手机，偶尔看一眼顾随——他靠着柜子，衬衫没扣好，露出少许腹肌。他一直用手机看文件，而手机还响起了几次来电铃声。

许倾说道："你该走了。"

顾随"嗯"了一声，一边扣衬衫纽扣一边走向她。他的皮带被扔在她旁边的扶手上。他拿起来系上，眼睛却一直看着她。她已经吃完了燕窝，似乎是刚刚被折腾累了，这会儿正在发呆。她支着额头，有点儿慵懒，浴袍又穿得不规整，看起来秀色可餐。

顾随拿起桌上的领带，一边系一边弯腰，伸出修长的手指拉了拉她的浴袍下摆，不经意地从她的大腿上滑过。

许倾回神，盯着他："快走，我等会儿要出门。"

顾随眼中含着几缕邪气："几点？我派车来接你？"

许倾："不需要。"

顾随站直了身子，倒没强求，说："那注意安全。"

说完，他抄起手机转身走向门口。这时手机又响起来，他一边接听一边拉开门，迎面对上正准备敲门的苏雪，而她的身后还带着化妆师和助理。

苏雪见是顾随，手顿时僵在半空中。顾随朝苏雪点点头，一身齐整的样子看起来还真是道貌岸然。

苏雪立即挤出微笑，也朝顾随点头。抛开别的不说，这男人浑身上下都带着贵气，而且颜值高，放在哪里都是被追捧的对象。

直到他走进电梯，几个人才收回视线，进了许倾的房间。

化妆师小兰惊叹道："啧啧，真帅。"小助理也跟着点头。

小兰拉住苏雪："咱们家倾姐跟他在一起，以后资源不得如江水一样滚滚而来？"

苏雪点点她的额头："清醒点儿好吗？我们倾姐可以靠自己。"

小兰吐吐舌头："哦。"

顾随一路下到一楼，看到黑色的保时捷车停在门口。保镖已经给他打开了车门。

见顾随上了车，陈助理揉揉脸，赶紧坐直身子，喊道："老板。"

顾随扯了一下领带："开车。"

"哎！"陈助理立即启动车子。

陈助理一边开车一边看了一眼腕表，接着跟顾随报备今天的行程——晚上六点沸节公司董事设宴，晚上九点有一个商务会谈。

说完后，陈助理突然想到什么，看了一眼后座："老板，你有没有跟许倾解释今天的咖啡是你送的？"

顾随翻着文件，声音低沉平稳："没说。"

陈助理看了一眼顾随的表情，不经意间看到他的衬衫领口下有一点点咬痕。陈助理咳了一声："您不说，她会误会是程寻送的。"

顾随的动作停顿，随即他抬起眼皮看着陈助理："然后呢？"

陈助理感到后背一凉，猛地收回视线，心想：然后呢？没然后。您不在乎就算了，我也不管了。呸，是我咸吃萝卜淡操心了。

小兰给许倾上完妆后，许倾换了一身衣服。苏雪上上下下地打量许倾，说："幸好没留太多痕迹。"

小兰在一旁听到了，咳了一声，脸微微泛红。

苏雪看了一眼小兰："你脸红什么？"

小兰指了指许倾的前胸和后背，说："露在外面的地方没留痕迹，其他地方全都是。"

苏雪猛地看向许倾。许倾一边摁着手机，一边说道："我已经叫他注意了。"

小兰没法儿忘记，刚刚许倾拉不上拉链，自己跑过去帮忙，结果看到的就是星星点点的痕迹。那些痕迹像是故意印上去的一般，加上许倾皮肤本来就白，衬出一种凌乱的美感，看得她脸红心跳。

许倾收拾妥当后，一行人下楼，驱车前往品牌公司的大楼，准备直播活动。这是一家做护肤品的公司，许倾代言的是一款热销面膜。

主播跟许倾合作过两次，彼此还算熟悉。直播开始后，许倾进入镜头，主播笑着拍手说道："欢迎许倾。"

许倾看着镜头笑着说道："大家好，我又来了。"

直播间的观看人数慢慢地开始攀升，评论也多了。

"倾倾，我们在这里。"

"许倾，你的男朋友程寻呢？"

"今天只有许倾，我不满意，他们应该一起来。"

许倾反问："我一个人来不行吗？那我走？"

"哈哈哈，别走别走。"

"许倾真美啊！"

接着又有人问她：

"许倾，林曼跟顾随的事情是不是真的？"

"许倾，你快告诉我们，林曼是不是你们欢颜股东的老婆？"

许倾看了一眼："你们去问林曼，别问我。"

"看来你跟她的关系真的很不好。"

"如果林曼是你们欢颜股东的老婆，那么你拿不到资源也不奇怪了。林曼明显也不喜欢你啊。"

许倾不再回答这些问题。她偶尔回答是为了增加些热度，毕竟林曼的话题摆在那里，粉丝对八卦也非常感兴趣。她几乎不在公共场合表达对林曼的态度，但是所有人都知道她跟林曼关系不好。不过林曼偶尔会为了表现自己的大度而假装夸许倾，可惜总被人找到一些细节揭穿她的假大度。所以许倾的粉丝经常觉得林曼假惺惺的，不如许倾坦荡。

这场直播活动很顺利，不过在快结束的时候，直播间里有粉丝突然躁动起来。许倾见苏雪站在摄像机后摆手，不禁挑眉，用疑惑的眼神询问苏雪发生了什么事，但苏雪没有回答。

许倾又看了一眼直播间的人数，发现少了很多人。主播赶紧拉着许倾跟粉丝告别。

直播镜头关闭后，主播偷偷地问许倾："林曼跟凌盛投资的老板，到底是什么关系啊？"

许倾淡淡地看了一眼主播："你居然也这么八卦。"说完，她起身离开了位子。

苏雪上前拉住许倾，低声道："顾随从酒店出去时被拍到了，现在全网都在猜测他去酒店见谁了。而且你是不是咬他的脖子了？那个痕迹被拍到了。"

许倾眯眼，说："我想不起来了。"

她当时怕自己发出太大的声音，于是一下子连咬他好几口。她是咬了，但咬了哪里就不知道了。

苏雪拉着她，说："我们先回去。我感觉林曼要跳出来承认了。毕竟上一条新闻还在猜测她跟顾随的关系。如果她不承认这条新闻，岂不是破了她一开始借势的局？"

许倾没吭声，跟品牌方的工作人员打了招呼，婉拒了他们一起去吃夜宵的邀请以后，便和苏雪先行离开了。

上了保姆车后，许倾才拿到手机。一通翻看后，她才了解顾随这次来海城是有很重要的事情，所以从他跟林曼一起走出机场起，就被很多人盯上了。

而顾随下榻的酒店是海城的麒麟山庄，并不是许倾所住的金海湾酒店。从他走出金海湾酒店门口到上车，不过几步路，就被拍了照片。当然，他依旧没有被拍到脸。

他本来就受关注，加上此前跟林曼的话题，导致这次偷拍的关注度更高，所以新闻一出来网友就沸腾了——因为，林曼不住这家酒店。

"所以说，上次林曼跟顾随的那条热门微博有假？"

"你们没听说吗？凌盛投资的总裁，身边美女如云啊。"

"啧啧，所以林曼也只是其中一个而已喽？"

"来了来了！有消息称，林曼去过金海湾酒店，就在下午两点多的时候。"

大家又沸腾了，转而去看林曼的超话。看到林曼抵达海城后的行程图里赫然有她去金海湾酒店的痕迹，林曼的粉丝才松了一口气。

"吓到我了，我还以为曼曼被劈腿了。"

"许倾好像就住金海湾。"

"许倾？快别搞笑了。顾随看得上许倾，还纡尊降贵跑去金海湾找她，怎么可能？"

"对，许倾就算了，你换个人猜测吧。怎么可能是她？"

苏雪翻了一个白眼："林曼什么时候去了金海湾？你打算回应吗？"

许倾反问："我回应什么？火烧到我的身上了？"

苏雪指着手机："你没看这些人怎么说你的？"

许倾："随他们说吧。"

苏雪："行吧。"她也知道，只要顾随不发话，许倾怎么说都不对，所以许倾的决定倒也是对的。

这时，许倾的手机响了一下。她拿起来一看，竟是林曼的消息。

林曼发了语音过来，语气很温和："许倾，你今天在金海湾有没有看到顾随去见的是什么人？"

苏雪一听就来气了，伸手就想拿许倾的手机。许倾的手指刚松开，林曼就撤回了消息。

苏雪心说：可真谨慎。许倾也按了语音，回复林曼："你猜？"

林曼那头没再回复。苏雪"啧"了一声，说道："她肯定怀疑了。"

许倾笑笑，拿回手机，看到对话框顶部显示"对方正在输入"。可惜，林曼输入了很久，却什么都没发过来，最后对话框归于平静。

许倾和工作人员回到金海湾酒店时，发现蹲守的媒体明显变多了。许倾回到房间后，收到顾随发来的信息。

顾随："要吃夜宵吗？"

许倾："不吃，我要休息了。"

顾随："行。"

许倾去洗澡之前又看了一眼新闻，发现顾随来金海湾酒店的新闻热度降了很多，反而是"林曼金海湾"的话题热了起来。

林曼的粉丝在话题下纷纷评论。

"曼曼，你们怎么跑到金海湾去了？在麒麟山庄不行吗？"

"曼曼，什么时候让顾随露个脸？"

许倾看了几眼，放下手机，进了浴室。

因为第二天就是电影节，许倾洗完澡就赶紧睡觉了。然而睡到半夜她就被苏雪的电话吵醒了。她迷迷糊糊地接起电话一听，顿时整个人清醒了。

苏雪在电话里说："你上热搜了。林曼抢你《幕后》的角色的事曝光了，但是现在的风向不太好。"

许倾靠在床头，点开排名第四的话题"林曼抢许倾角色"。

话题最初是一个娱乐博主的爆料，大意是说电影《幕后》的演员原本定的是许倾，后来林曼打了一个电话就抢走了许倾要演的角色，还说林曼跟后辈抢资源，等等。

一开始还有人帮许倾说话，但风向很快就变了。

"好笑，《幕后》的投资商是顾随，林曼那是抢她的角色吗？林曼需要抢许倾的角色吗？"

"如果许倾适合这个角色，林曼怎么抢都抢不走吧？"

"好好想想，人家林曼跟顾随是什么关系。顾随投资电影不就是为了给林曼捧场吗？"

苏雪说："看到了吗？简直颠倒是非黑白。也不知道是谁那么蠢，在这种时候发这个，这不是害你吗？"

许倾也想知道是谁在爆料。不过就算她现在发声明，解释不是自己授权这位娱乐博主爆料的，恐怕也没人会相信。

要是许倾承认了自己是下午那条新闻的女主角的话，那么今晚这个话题出来后，林曼的下场会很惨。结果呢？偏偏林曼顶了那条新闻的女主角。

"没事，我先睡了。"许倾说着就躺下了。

苏雪自然没有那么舒心，干脆打开网页，和粉丝一起为许倾解释。

凌晨两点多，一辆黑色的保时捷车驶入麒麟山庄。顾随扯下领带随手放在一旁，闭目养神，身上带着淡淡的酒味。

山庄内一片宁静。陈助理没敢打扰他，开了车窗透气。

过了一会儿，陈助理拿着平板电脑说道："老板，许倾上热搜了，评论的风向不太好。"

顾随睁眼，看向陈助理，那眼神仿佛在说：一个艺人上热搜，有负面评论不是很正常吗？

陈助理心想：所以您不想管对吗？他收回视线，把平板电脑放到一旁。

顾随也收回视线，靠着车门，拿起一支烟点燃，散散酒气。薄荷味的定制香烟令人头脑清醒很多。他咬着烟解开衬衫袖口，突然问道："什么原因？"

陈助理将平板电脑递给顾随。顾随随便扫了几眼就理清了情况，把平板电脑还给陈助理，说："你让公关部发条声明……"

"不用了，老板，程寻发声明解救了许倾。"陈助理看着手机说。

顾随的话戛然而止。

许倾那个话题的症结在于"许倾被林曼抢了角色"，而消息又是在《幕后》的投资商顾随和林曼闹绯闻的情况下被爆出来的，网友们就觉得是许倾弄这条话题来博眼球。

而程寻直接发了微博："发布'林曼抢许倾角色'消息的博主是我的圈内好友。这条微博也是在我点头后发出去的，我只是为许倾打抱不平。在拍摄《在一起好吗》这部电视剧的时候，许倾就为了《幕后》的这个角色做了大量的准备工作，熟读了《幕后》的原著小说，还去《幕后》原作者的家乡待了一段时间。她没有打扰原作者，只是默默地去了又默默地回来。除了我，谁也不知道她曾经去过那个地方。

"然而，马导说换演员就换演员，确实厉害。站在高处的人可能永远不会明白，处于泥潭中的人想要往上爬，得费多大的劲儿。"

程寻的这条微博顿时掀起了轩然大波。

"居然是你爆料的？程寻，如果你不说后面的话，我们都以为你跟许倾有仇。"

"我懂了，你为她打抱不平！"

"直接把导演拉了出来，程寻，你可以的。"

"好心酸。程寻说的就是林曼吧，一个电话就让人家的努力打了水漂儿。"

"许倾已经试镜成功了。林曼是因为《金融街》突然要重新制作，所以有了空档，就伸手去抢许倾的角色。"

"最后一句话道尽了底层打工人的辛酸。"

"所以，抢角色是真的？"

"'寻倾'要好好在一起！"

…………

评论终于出现了不同的声音。

入夜后的麒麟山庄比白天凉爽很多。陈助理说完"程寻发声明解救了许倾"后，没敢看顾随。

顾随拿下嘴里的烟把玩了几下，说："既然没事了，那就好。"说着，他解开衬衫领口，推开车门，迈着长腿下了车。

陈助理见状，赶紧抱起副驾驶座上的文件跟着下车。他悄悄翻了一个白眼，看着前面的老板，心想：所以老板，你不想看看程寻发了什么声明吗？

进了房间，陈助理把文件放在茶几上。顾随对他说："你先回去休息，今晚辛苦了。"

陈助理"哎"了一声，欲言又止。顾随抬起眼皮看他："还有什么事？"

陈助理回过神，摇摇头："没了。"

"出去。"顾随轻轻一挥手。

陈助理转身离开，并且顺手轻轻地带上门。

陈助理走后，顾随进了浴室洗澡。他打开花洒，仰头冲洗。洗着洗着就摸到了肩膀上的咬痕，他偏头看了一眼，挑了挑眉。

十几分钟后，他走出浴室，拿起手机发了一条语音信息："明早想吃什么早餐？"

时间已晚，许倾自然没有回复。顾随坐在沙发扶手上，把玩了几下手机。他突然点进许久没有登录过的微博，搜出程寻的声明。一通看下来，他只注意到许倾为这个角色做了大量准备工作那几句。

几秒后，他拨打陈助理的电话。陈助理很快就接听了。

顾随说："让公关部发个声明……"

陈助理立即应道："好的，我马上去办。"

顾随挂了电话，视线轻轻地从那句"除了我，谁也不知道她曾经去过那个地方"上扫过。

一个小时后，凌盛影业的官方微博发布了一则声明。

> 凌盛影业：我们确实是电影《幕后》的投资商，但我们投资的是作品，而不是投资给谁当资源。

这条微博再次掀起风浪。

"不是投资给谁当资源"这句话，就差点林曼的名字了。凌盛相当于直接表明，顾随投资这部电影不是给林曼当资源的，瞬间打了林曼的脸。

"哟！官方微博亲自发声明了。林曼的粉丝还有什么要说的吗？"

"看清楚了，别再一副林曼是凌盛老板娘的姿态了好吗？林曼就是欺负后辈，抢了人家的角色好吗？"

"林曼别总往顾随身边贴。我谢谢你了。"

"说真的，凌盛的老板顾随不是跟吴家千金走得很近吗？人家才是正牌女友吧。"

许倾睡下没多久就再次被苏雪叫醒了，才发现微博上的舆论已经发生了天翻地覆的变化。

苏雪抱着平板电脑，坐在许倾的床边说："我真没想到啊，居然是程寻让那个娱乐博主发的微博。幸好他出来说明了，不然我真得找他的经纪人好好聊聊。"

许倾翻着手机，说："是的，他太蠢了，怎么在这个当口儿发这种微博呢？我都以为他要害我。"

苏雪哈哈大笑："对啊，粉丝也都这么想。不过现在好了，舆论转向了，你和程寻的粉丝还增加了不少。"

许倾："嗯。"

苏雪笑着笑着，突然问："顾随居然让人发了声明，你也没想到吧？"

许倾一愣，靠在床头上看着眼睛亮晶晶的苏雪，摇头："我确实没想到。"

苏雪凑近她，问道："你说，他是不是因为你才让人发的声明？"

许倾推开苏雪越凑越近的脑袋："可能不是。"

苏雪点点许倾："肯定是。"

见苏雪信心十足的表情，许倾一时不知道说什么，想了想才说："据我了解，顾随这个人不太喜欢别人揣测他的行为。他这么不留情面地让公关部发声明，有可能是因为林曼触到他的底线了。"

苏雪翻了一个白眼："据你了解？你了解他多少？你们相爱过吗？"

许倾抬起长腿一踢："滚回你的房间去。我要睡觉了。"

苏雪："你们没有相爱过，你就谈不上了解他。在我看来，他就是为你出头。你的好日子要来了，许倾。"

许倾直接把苏雪赶了出去。已经是凌晨四点多了，她还能再睡两个多小时。因为太累了，她躺下后直接就睡着了。

至于微博上，许倾一个晚上涨了不少粉丝，评论里全是喊程寻的留言。

第二天早上七点多许倾就醒了。

苏雪带着小助理和化妆师小兰挤进房间，把早餐摆在桌子上，然后开始给许倾上妆。许倾一边吃早餐，一边点开微信的语音消息。

突然，男人低沉的声音传出来："明早想吃什么早餐？"

所有人瞬间安静，连正在给许倾弄头发的小兰都停顿了一下。许倾也愣了一下，随后咬了一口烧卖，回复顾随："我已经吃好了。"

苏雪立即朝许倾挤眉弄眼，那表情好像许倾已经成为顾随的老婆，要扶摇直上了一般。许倾懒得搭理苏雪，发完信息后就把手机放下了。

接下来就是一阵忙碌。艺人的造型非常重要，尤其是在电影节这种大场合。苏雪不停地跟其他人对接、联系，避免许倾跟其他艺人撞衫、撞造型，等等。

为了避免堵车或者发生其他不可抗力造成的意外情况，许倾团队提前三个小时就出了门。一行人上车后，苏雪突然看了一眼许倾的手机，问道："顾随没有回复你吗？"

许倾正打算闭目养神，没想到苏雪还惦记着这件事，睁开眼说："没有。"

苏雪："行吧。今天电影节，像他这种身份的人应该也被邀请了。"因为凌盛影业的那则声明，她已经把顾随当自己人了。

许倾再次闭眼，打算再休息一会儿。苏雪见状也就不再打扰她了。

电影节会场内外都已经架起了"长枪短炮"，红毯一路蜿蜒从场外铺到场内，还有很多粉丝等在会场外围。

许倾的车好巧不巧地跟林曼的车一起到达。林曼提着裙子下摆迈下车，厚重的妆容都挡不住她惨白的脸色，一看就是一夜没睡好。反观许倾，精神好得很，眉眼漂亮，脖颈修长，身材高挑，气质尽显。

林曼穿着曳地的黑色长裙，冷冷地看了许倾一眼，接着走上红毯。周围顿时传来了欢呼声和尖叫声。

许倾淡淡一笑。苏雪给许倾整理了一下裙摆，说："她昨晚肯定没睡好。要是今天顾随来了就有好戏看了……"

话音未落，一辆熟悉的黑色保时捷车从不远处缓缓驶来。后车窗没关，可以看到一个长相精致的女人坐在里面。她往许倾这边看来，扫了一眼便收回了视线。

苏雪的话顿时卡在了喉咙里。她看向许倾："那不是顾随的车吗？他车里坐着一个女人？"

第二章

合法妻子

苏雪只觉得自己的脸被打得"啪啪"作响。因为凌盛影业昨晚的声明，她还以为许倾的好日子到了，结果顾随就给了她狠狠一击。

苏雪忍不住说道："是我天真了。"

许倾笑笑，一脸的从容淡定。见林曼已经走到会场入口台阶处了，许倾偏头对苏雪说："我先走了。"

苏雪赶紧又给她理理裙摆，确定许倾并没有受顾随车里那个女人的影响，才松了一口气，说："走慢点儿。我们里面见。"

"好。"

许倾提着裙摆，踩着高跟鞋走上红毯。她今天穿的是一袭红色的开衩长裙，白皙的长腿在裙摆下若隐若现。

她的名气不如林曼，也不算知名演员，所以关注她的媒体和粉丝并不算多。不过她这一袭长裙确实惹眼，加之身材高挑，所以一路走来，不少记者因为觉得好看而多按了几下快门。

"许倾——加油！"

人群中偶尔传来粉丝的叫声，许倾听到后便朝人群挥手。

前方的林曼走得极慢。在许倾快超过她时，林曼突然一个趔趄。四周尖叫声顿起，很多人都想上前扶她。不过林曼很快站稳了身子，飞快地走上台阶。前面一名男演员赶紧伸手扶住她。这时，许倾也走到了跟他们齐平的地方。

那名男演员问林曼："你没事吧？"

林曼抬起头，脸色有些苍白地说："没事。"接着，她的视线扫到许倾。她推开男演员，走到许倾身边，当众挽住许倾的手。

四周的闪光灯闪个不停。许倾避无可避，面带微笑，轻微挣扎。

林曼却挽得死紧，在许倾的耳边轻声说："别以为我不知道你的经纪人什么想法。你们以为凌盛影业昨晚发个声明就是为你出气？别做梦了。你知道刚刚顾随车里载的人是谁吗？吴倩，吴家的千金小姐。那才是含着金汤匙出生的。顾随去美国那两年，吴倩也在美国留学。她拿着相机走遍美国的大街小巷，顾随都陪着。你别以为人家会看得上你，让你的经纪人收收那副嘴脸吧。"

看来刚刚林曼听见了苏雪对许倾说的话。这个圈子的人既复杂又敏感，林曼一下子就看出了苏雪的态度。

许倾低了低头，在林曼恶意的眼神下，笑着回道："林老师那么在乎顾总，我可不在乎。"

林曼的眼神冷了几分，她偏头看向许倾。

许倾又笑着说道："你当成宝的人，在我这儿，不过是一根草。"说完，她甩了下胳膊，"松开。"

林曼朝媒体的镜头微微一笑，然后自然地松开手、挥手。一套动作下来，仿佛她只是跟许倾小姐妹似的挽了一下又松开。她又看了一眼许倾，眼中有点儿难以置信的情绪——不敢相信许倾竟然不把顾随当一回事。

许倾也朝媒体的镜头微笑，接着来到会场入口的签名板处。前面的男演员已经签完名进了会场，接着轮到林曼，随后就是许倾。许倾接过笔，签下自己的名字，然后走进会场。

会场里面没有了纷乱的闪光灯，让人舒服很多。程寻看到许倾，为她拉开椅子。许倾提着裙摆走过去，坐在他的旁边，问道："你的位子怎么也这么靠后？"

程寻笑着说道："我又不是什么大咖，被安排得靠后点儿也好，打瞌睡都容易。"

许倾轻笑："我们都是陪跑的。"

程寻点头："是啊！"

他去年一直演男二号，虽然有几部电影，但是都没被提名，而他的人气主要还是做偶像时积累的。许倾则更不用说，至今还没摸到电影的边儿。

这时，第一排右侧的角落里出现了少许的骚动。只见几名工作人员上前，引导着一个身穿黑色紧身裙、提着小包、长相精致的女人入座。

许倾认出她就是顾随车里的那个女人——吴倩。

周围顿时有人悄悄议论起来。

"她是谁啊？怎么这么大阵仗？"

"好像是吴倩，吴家千金。"

"这才是凌盛老板的正牌女友，林曼算什么？！"

"听说本来今天凌盛的顾随是不来的，但因为吴小姐要来，才专门送她过来玩玩。"

"哇！这么好？"

程寻一边听八卦，一边给许倾打开了一瓶矿泉水递过去。

许倾笑着说道："谢谢。"她一笑起来，眉眼弯弯的，眼睛里像落了满天星辰一般。

两个人离得近，程寻看得有些失神，回道："不用客气。"

许倾说："早上吃的早餐太咸了，我刚刚就渴了。"

说着，她接过水，一边喝一边听程寻说话。她看向舞台，正巧看到舞台边顾随用修长的手指撩开幕布，偏头跟陈助理说话，而那双如墨的眼眸正往她这边看来。四目相对，许倾淡淡地看了顾随几秒，随后礼貌地点头，收回视线。

陈助理顺着老板的视线也看到了许倾。说实在的，坐在倒数第三排的男演员比较多，仅有的几位女演员穿的礼服颜色都很素，唯有许倾穿一袭露肩的红色裙子，像一朵艳丽的玫瑰花，惹人注目，让人一眼便能看到她。

陈助理下意识地看向自家老板。顾随在许倾收回视线后，也收回了视线，对陈助理说道："你陪着吴倩，我先走了。"

陈助理点头："好的。那晚上的派对您参加吗？主办方邀请您好几次了。"

顾随松开幕布转身正要走，听罢，回身看向陈助理，说道："看情况。"说着，他的目光又一次透过幕布的缝隙落在许倾和程寻那儿——许倾似乎被程寻逗笑了，眉眼弯弯，正捂着嘴跟程寻说悄悄话。

陈助理抬头正想再确认行程，不料又看到老板在看许倾，便跟着转头，正好看到许倾笑着低下头，似是抵在程寻的肩膀上。

陈助理猛地转回头，想去看顾随的表情。但顾随已经收回视线，低头看了一眼手机，摁了接听键，接着电话转身迈开长腿走了。

陈助理没看到老板的表情，觉得有点儿可惜。

电影节开幕式结束后，晚上还有一个派对，就在会场楼上的宴会厅里举行。艺人们纷纷结伴换场地，许倾和程寻也说说笑笑地顺着红毯走上楼。

宴会厅装潢奢华，人头攒动。他们刚踏进大厅不久，程寻便被他的经纪人叫走了。而苏雪去给许倾拿点儿东西，许倾就成了一个人。

不远处，林曼被众星捧月地包围着。吴倩似乎在让陈助理打电话给顾随。林曼时不时看向吴倩，但吴倩似乎懒得搭理林曼。也许因为吴倩在这儿，也没人敢再开顾随和林曼的玩笑。

许倾提起裙摆正准备去找点儿吃的，不料裙子背后的拉链突然滑了下来。她拧眉，立即转到就近的屏风后，伸手到背后去拉，可惜够了几次都没够着。就在她准备放弃的时候，一只修长的手捏住她裙子的拉链。

紧接着，一道低沉的声音传来："拉链已经坏了。"

许倾愣了一下，回头看去，就见顾随嘴里斜斜地咬着烟，正偏头给她拉拉链。感受到许倾的视线，他抬眼看向她。近距离四目相对，许倾可以感觉到他眼中隐隐的邪气。

许倾说道："把它拉好就行。苏雪已经去拿衣扣了。"

顾随微抬下巴，在烟雾缭绕间笑了笑："那你这会儿就不能出去了。"他扫了一眼她的后背，蝴蝶骨、腰后的背沟，春光无限……

许倾伸手摁住后腰的裙子，说："我没打算出去。"

顾随挑眉，另一只手抚上她的蝴蝶骨。

许倾踢他一下："顾随。"

他停下动作，伸手拿下烟，摁灭在一旁的烟灰缸里。

屏风前人来人往。这时突然传来一道熟悉的男声，接着是一道甜美的女声。许倾猛地摁住裙子，往前走了一步。

拉链已经被拉好了。她看向顾随："你出去。"

顾随收回手，虚虚地插在裤袋里，笑着看了她几秒后点点头，转身从屏风后走出来。

一见到顾随，吴倩就飞奔过来，挽住他的手臂，问道："你不是到了很久了吗？怎么才上来？"

顾随顺着手臂的力道，带着吴倩走开，说："遇见了一个朋友，交谈了一会儿。"

"哦。"

而屏风后的许倾很快等来了苏雪。苏雪跟顾随、吴倩和陈助理三人擦肩而过。苏雪匆匆地看了一眼顾随，又看了一眼吴倩，然后就闪进了屏风后。

许倾松了一口气，把后背转向苏雪。苏雪弯腰给她弄拉链。

弄好后，许倾站直身子，动了动手臂，确认裙子紧紧地贴在身上，才松了一口气。苏雪一边替许倾整理裙子，一边说："这赞助商是不是故意的啊？这拉链完全不能用了。"

许倾："可能是我太胖了吧。"

"你可不胖。"

两个人一边说着话，一边从屏风后走出去，然后就看到了不远处的一对璧人。只见吴倩挽着顾随的手臂，而顾随在跟肖仲以及荣创的陈想聊天。

苏雪一时语塞，看向许倾。

许倾只是轻描淡写地扫了他们一眼，就挪开视线，说："我们找吃的去。"

苏雪"哎"了一声，赶紧拉着许倾去找吃的。她们经过林曼身边时，却见林曼脸色苍白，仿佛随时会晕倒一般。

苏雪又看了一眼许倾，心想：这两个人都跟顾随有牵扯，但林曼的心理素质完全不如许倾。

许倾和苏雪二人来到甜品区，才吃了两块小蛋糕，经纪人总监——苏雪的上司就走过来，低声对苏雪说："带上许倾，过去给顾总、陈总敬杯酒。"

苏雪一愣，看向许倾。

许倾抬起手指抹掉嘴角的奶油，说："好的。"

经纪人总监笑了笑，拍了拍许倾的肩膀，然后又去通知林曼。苏雪抽了一张纸巾递给许倾，又让服务员给许倾换了一杯鸡尾酒。

许倾端起酒杯，转身走向顾随所在的那片区域。

欢颜的总裁肖仲、荣创的合伙人陈想都以顾随为中心聚在一起。他们所处的位置是全场最受瞩目的地方。而在这个区域里，目前只有吴倩一个女人能一直待着。她长得精致甜美，此刻正津津有味地听着男人们聊天，偶尔仰头看向顾随。只要眼睛不瞎，任何人都能看出吴倩喜欢顾随，女孩子家的心思根本藏不住。

许倾走近他们时，正在谈笑的陈想第一个把视线扫过来。他笑着看了一眼许倾，又不经意地扫了一眼顾随。

肖仲看见许倾，对陈想和顾随说："这是我们公司的艺人许倾。"

陈想微笑着说道："许倾，我们好像见过。"

许倾含笑说道："您都说好像了，那就是不确定。"

陈想："哦，是吗？顾随，你见过她吗？"他转头看向旁边的男人。

顾随刚喝完一口酒，感受着冰凉的酒液顺着喉咙滑落。他朝许倾看去，似笑非笑地说："应该是见过的。"

肖仲立即说道："上次酒局，她坐在你身边。"

"是吗？难怪印象深刻。"

许倾微微一笑。

吴倩听见男人们调侃许倾，也看向许倾，脸上带着甜美的笑容，说："许倾，我看过你参演的电视剧。"

许倾看向吴倩："吴小姐平日里也看电视剧吗？"

"看啊！我最近在看《在一起好吗》，你和程寻很甜啊！"吴倩说话的声音很好听，甜得像撒娇似的。

许倾掩嘴笑了一下，眉眼弯弯，耳朵微红，露出恰到好处的害羞之态："是吗？"

顾随转着酒杯，目光从她的眉眼和耳尖一扫而过。吴倩转头看向顾随，说道："你家助理也喜欢许倾和程寻这一对。"

顾随嘴角微挑："是吗？"

他把酒杯放在一旁的桌子上，手指在桌面上点了点。服务员见状立即又给他添了点儿酒。

肖仲看了许倾一眼，用眼神示意她敬酒。许倾端着酒杯上前，来到陈想面前，笑着说道："陈总，我敬你。"

陈想"哟"了一声，笑道："好啊！"他晃了晃酒杯，轻轻跟许倾碰了一下杯。

这时，旁边另一位欢颜的股东说道："许倾，你跟陈总来喝个交杯酒吧。"

许倾的嘴唇都已经碰到酒杯了，闻言，她停顿了一下，看向肖仲。

肖仲笑着说道："那得看陈总想不想。"

陈想顿感头皮发麻，用余光瞥了一眼顾随——顾随正偏头听陈助理说话，听见这话连眉梢都没动一下，没有显露出半点儿在意。

陈想一眯眼，顿时笑着说道："想啊！跟许倾这样的大美女喝交杯酒，怎么会不想？"说着，他看向许倾。

许倾也笑："陈总不介意，那我也不介意。"

她让服务员添了些酒，而后上前，如玉般的纤细手臂伸向陈想。陈想笑了笑，也伸出手臂。

两个人因为这个动作不得不站近一些，手臂相钩后便贴得更近了。许倾那张漂亮的脸近在咫尺，陈想顿时感觉呼吸有点儿急促。他的嘴唇抵住酒杯，许倩的嘴唇也抵住酒杯。

顾随就在他们的旁边,刚跟陈助理说完话转回头,就看到了他们喝交杯酒的一幕。他依旧面无表情,如墨一般的眼眸看着他们,轻微地摇晃酒杯,随即薄唇抵住杯沿,抿了一口冰凉的酒液。

许倩喝完酒,便一步退开。

陈想笑着说:"好酒量。"

许倩含笑说道:"陈总也是。"

这时,林曼也走了过来。她好像收拾好了自己的心情,看起来精神了许多。林曼很干脆,端起酒杯就说:"陈总,我敬你。"

陈想笑笑,赶紧跟她碰杯。

敬完陈想,林曼迟疑了一下,看向顾随。吴倩见状,眼神顿时发生了变化,仿佛带着杀气般不爽地看着林曼。

林曼咬咬牙,笑着上前说道:"顾总,我敬你。"

顾随挑眉,吴倩就说:"还没轮到你,许倩还没敬顾随呢。许倩呢?"

闻言,所有人齐刷刷地转头去找许倩,却见许倩已经端着酒杯跟程寻站在了一起,两个人正低头说笑着。许倩因为背对着他们,正好露出洁白的后背。

这时,程寻突然抬起手,整理了一下许倩散落在肩膀上的头发。

许倩低声问道:"是不是很乱?"

程寻:"现在好了,不乱了。"

两个人的互动似乎跟情侣没多大区别。

林曼回头对吴倩说:"许倩正在跟程寻聊天呢,没空。"

说着,她举起酒杯:"顾总。"

顾随靠着一旁的桌子,挑了挑眉,举起酒杯很轻地跟林曼碰了一下杯。吴倩见状顿时脸色微变,下意识地挽紧顾随的手臂晃了几下。林曼则仿佛重获新生一般,脸上全是笑意。

顾随喝完后把酒杯放回服务员的托盘上,撩开袖口看了一眼腕表,然后对陈助理说:"去把车开过来。"

陈助理应声而去。

肖仲立即问道:"顾总要回去了?"

"嗯,先走了。"顾随看了一眼吴倩。

吴倩挽紧他的手臂:"那就走吧。"说完,她跟上顾随的脚步。

这对璧人就这么从正门离开了。临走前,吴倩还甩了林曼一个不屑的眼神，把林曼气得要命，却又不敢上前把吴倩的手从顾随的手臂上扒下来。

"顾随跟吴倩走了。"苏雪凑到许倾的耳边说。

许倾正在夹鸡排吃，一边吃一边说："走了就走了。"

苏雪拿纸巾给许倾擦嘴角："你今晚也喝了不少酒。"

许倾笑着说道："没事，我吃了不少东西，垫了肚子。"

苏雪"啧啧"两声。

又过了一个小时左右，派对接近尾声，许倾便和苏雪准备先走。不巧的是，她们在会场门口恰好碰上程寻和他的助理，然后又碰上了媒体记者，便被拉着一起接受了一会儿采访。

等上了保姆车，许倾觉得头都晕了。苏雪说道："看吧，头晕了吧。"

到了酒店，苏雪下车想扶许倾。许倾摆手，推开她，说："不用管我，我自己能上去。"

苏雪："我怎么放心？"

苏雪坚持伸手扶着许倾，但许倾突然想起有东西忘在车里，让她去车里拿。

苏雪嘀咕："你可真行。"

许倾便独自上了电梯。待电梯门再打开时，她一眼就看到高大的男人正站在她的门口，低头把玩着一支没有点燃的烟。

他转过身，眼眸如墨，如深夜里的狼。

"喝了不少？"

许倾的脚步顿了顿，随后她才走到门前，从随身小包里拿出房卡，说："一般吧，还不到我酒量的三分之一。"

顾随走上前，单手拉住门把手。许倾没法儿开门，偏头看他。

顾随咬着烟，也偏头看她，随后手掌抚上她的细腰，说："我来开。"

说着，他的另一只手插入许倾的指间，包裹住她的手，握着她的手用房卡刷了一下。

"咔嚓"，门开了。

许倾抿唇："多此一举。"

顾随挑眉，揽着她的腰，一把推开门。许倾这才觉得眩晕感确实很重。

顾随扶着许倾往里走。许倾说："把烟扔了。"顾随偏头看了她一眼，拿下嘴里的烟夹在指间，直到把她放在沙发上，才将烟扔进茶几上的烟灰缸里。

许倾把随身的小包扔到一旁，闭眼靠在沙发靠背上揉着额头。

顾随去餐厅倒了一杯温水过来，递给她："喝点儿。"

许倾睁开眼，接过水杯，见杯子里有吸管，便咬住吸管一口气喝了很多。此时的她交叠着长腿，一边的肩带自肩膀上滑落，宛如一幅美丽的画卷。

顾随俯身，单手撑在靠背上，大手骨节分明。他用另一只手解开衬衫纽扣，垂眸看着她："要洗澡吗？"

许倾仰头，望进他如墨的眼眸中，仿佛坠入深不见底的深渊。她一动不动，只是与他对视着。

顾随勾起嘴角，低头咬住她的耳垂，随即说道："那就先不洗。"说完，薄唇在她的耳垂上辗转亲吻。

而后他拿走许倾手里的杯子，推开她交叠的长腿。许倾顺势抬手搂住他的脖子。

一分钟后，许倾"哎"了一声："你那么用力咬我的耳垂干什么？"

顾随撑起手臂看着她，嘴角微挑，紧接着堵住她的嘴唇。许倾的手臂搭在顾随的脖颈上，脚不沾地，涂着红色指甲油的脚趾紧紧绷起。客厅里开着窗户，偶尔有风吹进来。

两个小时后，"噼里啪啦"的水声响起。许倾站在花洒下，看到自己手臂上的痕迹，眯眼说道："你下口太重了。"

顾随伸手抓住她的手臂抬起来，说："我看看。"

许倾的手臂纤细白皙，肌肉线条很美，此时上面都是斑驳的痕迹，透着些凌乱的美感。

顾随看了一会儿才放下，说道："是重了些。"

"你出去吧，我再好好洗个澡。"

"别着凉了。"顾随说完就走出浴室。

许倾又单独洗了澡，然后穿上睡衣出去。顾随已经穿上了白色衬衫，袒露着胸膛，腹肌明显。他夹着烟，正在翻看许倾看到一半的书。

许倾绕到床边，掀开被子躺进去，说道："你回去。"

顾随偏头看她，却见许倾已经盖上被子。她的头发凌乱地散开在枕头上。他合上书，随手放到床头柜上，问道："你要在海城待几天？"

许倾打了一个哈欠，将手臂缩进被子里，然后拉紧被子，说："至少待到电影节结束。"

顾随看了她一眼，然后弹了弹烟灰，俯身给她拉了拉被子，说："那我先走了。"

回应他的是许倾轻缓的呼吸声。

顾随从卧室里出来，低头扣好衬衫纽扣，捞起掉在地上的手机，然后离开了许倾的套房。

顾随在电梯旁的烟灰石上摁灭烟后，坐电梯下了楼。

黑色的商务车停在酒店门口，车门敞开。顾随弯腰坐进去。陈助理从后视镜看了他一眼，然后启动车子。

顾随撑着额头，回想起自己今晚的一系列行为——他失去了平日里的冷静。许倾若是再细心一点儿，就会发现她跟陈想喝交杯酒的手臂上，还有挨近陈想一侧的耳后，顾随留下的痕迹最多。

"老板？"陈助理小心地喊道。

顾随回过神，往车窗外一看，发现已经到了麒麟山庄。他问道："跟同易的合伙人约在什么时间？"

陈助理立即回道："明天早上十点。"

顾随点点头。

他这一趟出差来海城，主要就是为了跟同易的合伙人见面。这在投资圈内也算是一大新闻。这几年，凌盛跟同易一直水火不容，竞争已经到了白热化的程度，圈内不少人甚至打赌哪家公司先吃掉对方。而在这样的背景下，两家公司的老板不仅要会面，还可能谈合作，自然引来了许多人的关注。

这一次会面对顾随来说非常重要，他们到底是握手合作还是重新做战略部署，就看明天了。

顾随收拾好心情，一边下车一边说："早点儿休息。"

陈助理摇下车窗，"哎"了一声，看着老板的背影，突然觉得老板刚刚似乎有心事。

许倾被折腾得太厉害，疲惫得睡到了天亮，还睡过了头。苏雪打她的电话没人接，实在没办法才带着小助理刷房卡进了许倾的套房。

进卧室后看到许倾还在睡，苏雪赶紧上前拉扯被子："哎呀，我的倾，你今天还有很多活动啊！"

许倾迷迷糊糊地睁开眼，对上苏雪的眼睛后才清醒了些。她坐起来，问道："几点了？"

"八点半了。"话音刚落，苏雪突然一把抓住许倾的手臂，然后拨开她的头发，从衣领里扫视进去，问："你身上这些痕迹怎么回事？"

许倾彻底清醒了，抓着头发偏头看了一眼，说："昨晚顾随来过。"

苏雪震惊："什么？他什么时候来的？他不是带着吴倩走了吗？"

许倾拉好睡衣领口，一边起身去浴室洗漱，一边含糊地说："你下楼给我拿换洗内衣时，他到的。"

苏雪简直难以置信："你今天的衣服比较透啊！"

许倾的动作顿了一下。她看着镜子里满脸泡沫的自己想了想，觉得顾随昨晚确实有点儿不像平时的样子，有些失控，也不知道发什么神经。

抓了毛巾擦完脸，许倾看向苏雪。苏雪对上许倾无辜的小眼神，顿时什么话都说不出来，最后只得无奈地说："我让小兰给你重新调衣服过来。你给我看看你的后背。"

许倾任由苏雪看，苏雪看完后也不知该说什么，只庆幸这段时间除了电影节外，许倾需要参加的活动并不算多，衣服也可以自己选择。苏雪只好带着小助理上上下下给她抹遮瑕膏。

许倾看她们这么忙，拿起手机编辑信息，发给顾随："最近不要见面了。"

麒麟山庄内，顾随一边系领带一边走出卧室。等在外面的陈助理见他出来，便递上西装，顾随接过穿上。

套房的客厅里，顾随的团队正在整理核对等会儿要用的资料以及筹码。

手机"嘀嘀"地响了起来——是顾随放在床头柜上的手机响了。

陈助理立即将手机拿出来递给顾随。顾随点开微信，看到是许倾发来的信息。他顿了顿，随即点开聊天框。

"最近不要见面了。"

这条信息映入眼帘。

顾随看了几秒，修长的手指点了几下屏幕："好。"

旁边的陈助理偷偷摸摸地看向顾随的手机屏幕，顿感震惊，猛地看向顾随。顾随面无表情地回复完信息后摁灭了手机，将手机递给陈助理。

陈助理赶紧接过收好，莫名觉得这个手机很烫手。

顾随转身走向门口："走吧。"

整个团队的人立即跟上，一行人出了门。

陈助理突然问道："顾总，吴倩小姐说今晚要回黎城了。我需要安排人送送她吗？"

顾随理了理袖口，偏头说道："送送吧。"

陈助理："好的。"

他又看了一眼老板的表情，完全没看出什么情绪。他在心中猜测：老板跟许倾吵架了？

许倾上完妆后拿起手机，才看到顾随发来的微信消息。

"好。"

许倾看了一眼就退出了聊天框。

这时，小兰拉起许倾的裙摆，许倾跟着站起来。苏雪上前，上上下下、左左右右地检查了一圈许倾露在外面的肌肤，最后满意一笑："走吧，出门。"

于是，一行人出门前往活动现场。

今天有点儿巧，到了活动的会场，许倾刚进门就碰到了《幕后》的马导。当初许倾参加试镜时，马导是评分最高的人，也是拍板让许倾参演的人。同时，因为林曼的一通电话就换掉许倾的人也是马导。

如果没有之前的话题，马导可能完全不觉得换角色这件事有什么。但正是因为之前那个话题，此时面对许倾，他多少感到有点儿尴尬。

许倾知道马导去年执导的电影被提名了，歪头笑着说："马导，恭喜《一家子》被提名最佳导演奖。"

马导扯着嘴唇笑笑："谢谢。海城这边有点儿潮湿，你还习惯吗？"

许倾含笑回道："还行吧，这边气候跟黎城差不多。"

马导点点头："那是，还算好适应。"

他正说着，他的助理突然神色有些焦急地拿来了手机。马导看了一眼，对许倾说："我接个电话啊。"

许倾点点头，马导转身就往会场里面走。

苏雪"啧"了一声，这一声里带着一些情绪。她抬手整理了一下许倾的头发，说："我真佩服你的从容。"

许倾笑笑。

两个人往里走了没多远，就看到马导在低声打电话，顺路听了一耳朵。

"抄袭什么？不用管，把帖子删了。你们把剧本给我捋好就行。这点儿小事，那么紧张干吗？"

苏雪掩嘴在许倾耳边问道："谁抄袭啊？"

许倾："不知道。"

苏雪嘀咕："会不会是《幕后》的剧本？如果是《幕后》，那我们得庆幸没接了。"

许倾看了苏雪一眼："会那么巧吗？"

苏雪"嘿嘿"一笑："我想多了。"

许倾参加了一整天的活动，直到晚上八点多才能回酒店。

许倾提着裙子刚上车，就见苏雪打开平板电脑，愣了一下说："凌盛跟同易居然握手言和了。"

许倾偏头扫了一眼屏幕，就看到了财经新闻的热搜——《凌盛顾随与同易周坤达成战略合作》。新闻配的照片里，周坤举着酒杯跟顾随碰杯，但没有出现顾随和周坤的脸，只有两个虚化的人影。

苏雪："投资界要变天啊，作为外资进来的卓盛这次怕是要完。"

卓盛一进入国内市场，就运用各种手段"吃掉"国内的企业，并且制造争端激化凌盛和同易的矛盾。卓盛单打独斗不行，就一直用阴招。顾随一直任由其将雪球越滚越大，在卓盛以为有机可乘的时候，突然跟同易的周坤合作。这一招下去，卓盛即使不死也得少半条命。

苏雪"啧啧"几声："厉害，还是顾随厉害。"

刚说完，她又看到了另一条新闻，于是把平板电脑递给许倾。

许倾支着头扫了一眼，看到新闻说今晚八点半，顾随和吴情现身机场，一起离开海城，前往黎城。

苏雪看了一眼许倾："他回黎城了。"

许倾推开平板电脑："知道了。关我什么事呢？"

接下来的一段时间，许倾特别忙。忙完电影节后，她只回黎城待了一天，就收拾行李前往《我们相爱吧》拍摄地所在的城市——会连市参加节目录制。根据安排，许倾是第二个到达的女艺人。下了飞机后，她就上了节目组的车。

这次，苏雪将许倾送达后就得离开。她跟程寻的经纪人联系好后，突然想到了什么，凑近许倾，问道："对了，你跟顾随是不是很久没见面了？他都不来找你了？"

许倾看了苏雪一眼，笑着说道："走开。"

苏雪愣了愣："你们结束了？"

许倾揉着额头，说："结束什么？我们都没开始。"

苏雪："行吧。"然后她把节目流程递给许倾看。

许倾早看过了，只是点点头。

《我们相爱吧》的录制场地是一栋超大的玻璃屋，在周围秋天景色的衬托下显得格外漂亮。

许倾下车，拉着行李箱走过不长的小径后来到玻璃屋门前，一把推开门。听到动静，屋里的两男一女看了过来。程寻笑着站起身，接过许倾的行李箱。

另外两位嘉宾，男的是实力派演员林乎，女的是早年火过但如今已经沉寂的齐佳佳。

林乎笑着问道："你们是不是应该来个拥抱？你们演的上一部电视剧里，不是有这样的场景吗？"

程寻愣了一下，看向许倾。

许倾笑笑，走上前，大方地抱住程寻。

凌盛公司内，会议室的门被一把拉开，顾随一边往外走一边吩咐陈助理："明天把周坤喊来。他这办的是什么事？！"

陈助理点头："知道，我立即联系周总。这是资产重组的文件。"

顾随伸手接过平板电脑，低头看文件。陈助理帮他滑动页面，正想说话，突然不小心点到了一张照片。

照片里，许倾穿着一条黑色的西装裙，交叠着长腿靠坐在椅子上，眉眼微挑着看向镜头。那种妩媚和性感几乎要溢出屏幕。

陈助理在心里尖叫了一声。

顾随沉默下来，如墨的眼眸盯着照片里的女人。

此时两个人已经走到了办公室门口，陈助理赶紧上前推开门，有些胆战地看着顾随。顾随把视线从女人的照片上挪回来，扯下领带扔到一旁的衣架上，走到办公桌后，撑着桌面拿起手机，点开和许倾的聊天框，打算编辑信息。

突然，一道熟悉又好听的女声从平板电脑里传出来："老公。"

顾随的动作一顿，他抬起眼皮看向陈助理。陈助理胆战心惊地把平板电脑放到他的面前。视频里，许倾对着程寻喊："老公。"

顾随慢慢放下手机。

陈助理："您……您不是说不在乎吗？"

按照往常来说，顾随是不在乎的。但此时此刻，他竟一时不知怎么回答。

他斜坐在桌子上，拿起一旁的烟点燃，眉眼低垂，看着陈助理放在桌上的平板电脑，里面正在播放《我们相爱吧》的先导集。

烟雾缭绕间，顾随嗓音低沉："在乎不代表喜欢，也不代表爱，有时更多的是男人的劣根性——自以为有了关系就算占有了。"

陈助理愣了几秒，问道："老板，那您这是……"

顾随低头抚过平板电脑，居高临下地看着节目里围绕着客厅转悠的几个人。节目录制那天，许倾穿的是黑色上衣和低腰牛仔裤，很普通的穿着，但依旧难掩女人的魅力。

"跟你说了你也不懂。"一句话直接把陈助理后面的话堵死了。

但是陈助理现在很明确：老板在乎许倾，至于这种在乎有几分真心，那就不好说了。从跟着顾随实习起，他就见识了从顾随身边一晃而过的各色美女。可顾随跟那些美女的关系究竟到了哪一步，陈助理竟然无迹可寻。

唯一可以肯定的是，顾随虽然表面文质彬彬，骨子里却存着股坏劲儿。比如现在，他仅仅是靠着桌子抽烟，可眉梢带出的那点儿漫不经心的坏劲儿就很明显。

《我们相爱吧》的先导集只是记录参演艺人刚住进玻璃屋时的相处情况以及节目未来规划布局之类的。许倾之所以喊"老公"，是因为林乎开玩笑让许倾跟程寻还原一下《在一起好吗》里的主要剧情。

由于《在一起好吗》还在热播中，热度也挺高，所以这也算是一种宣传，于是许倾跟程寻大大方方地还原了电视剧里的剧情。

许倾喊"老公"时，眉眼弯弯，神色中尽显甜蜜，那演技信手拈来，毫不费力。她还因为害羞，把头靠在程寻的肩膀上，一个劲儿地笑。

又一声"老公"出炉，让屏幕前的粉丝燃烧了起来，一个劲儿地刷着弹幕。

"太甜了！"

"我从很早之前就盼着你们参加这个节目了！我的梦想终于实现了！"

"许倾好甜！你们什么时候宣布在一起？"

"不得不说，他们很般配。"

"很般配。"

"这一声'老公'叫得我心都酥了。"

…………

陈助理下意识地看向自己的老板——这位才是真正的"老公"啊。他心想：陪着老板看他的妻子在综艺节目里喊别人"老公"，这实在太诡异了。

就在陈助理想着要不要转移话题时，顾随将烟掐灭，说："重新把文件调出来。"

陈助理立即松了一口气，拿起平板电脑。

顾随坐回椅子上，挪过笔记本电脑，突然抬头看向陈助理："你没事的时候都在看他们的视频？"

陈助理顿时动作一僵，抬头看向顾随。

顾随用手背轻轻地蹭着下巴，挑眉看着他。

陈助理小声说道："我之前跟您说了，我喜欢他们啊！"

顾随问："合适吗？"

男人的声音没有起伏，很平稳，很低沉，但是陈助理这会儿感到脖子一凉。他没回答，低下头继续戳着文件，心想：您以前也没说不行啊！

顾随拿起一旁的文件翻了几下，又用力地放回桌上，发出"啪"的一声。

他说："你是工作太闲了。"

综艺节目《我们相爱吧》这一季改了规则：除了原有的四位主要演员嘉宾以外，其他嘉宾都不是公众人物。

上一季有粉丝吐槽，《我们相爱吧》就像是都市爱情剧，节目全靠演员演出来，这跟看电视剧有什么区别吗？不过是电视剧需要加入亲情线、事业线之类的剧情来拉长剧集，而《我们相爱吧》单单靠演员演出来的暧昧以及对爱情的追求就赚足了关注度。

只是到了后期，因为观众对演员越来越熟悉，产生了审美疲劳，加上很多观众都觉得节目效果是演出来的，嘉宾之间不会有结果，所以观看人数少了很多，影响了收视率。

节目组尝到了暧昧的甜头，又为了提高收视率，所以在这一季请了普通嘉宾参演，使节目成为普通人和演员的相亲会场。

普通人增加了神秘感，也增加了代入感，而演员可发挥的地方也更多了。

普通人喜欢演员？演员喜欢普通人？他们到底会选择谁？或者表面上的选择只是演给大家看的，实际上他们心里还有别的人选？

他们到底会碰出什么样的火花，这就很令人期待了。

第一天，嘉宾只有许倾、齐佳佳、程寻和林乎四个人。他们一起布置了一下玻璃屋。林乎会写一手好看的毛笔字，其他三个人就让他写对联。

许倾抽签抽到负责午饭，正在厨房里择四季豆。程寻则站在一旁，给她帮忙。

齐佳佳挽起袖子，看着许倾和程寻，笑着说道："那就不用我帮忙了，你们俩搞定。"

许倾看了她一眼，笑着说道："那你洗碗。"

齐佳佳摇头："不，让程寻洗碗。你们俩的厨房，我可不想掺和。"

许倾"啧啧"两声，看了程寻一眼。

程寻笑着打趣道："就知道你是来偷懒的。"

齐佳佳："怎么能这么说呢？这么说我可不乐意啊。等一会儿我还要去接我们的普通嘉宾呢。"

林乎写完对联，放下毛笔，笑着说道："许倾，我刚刚看了一下节目组官方微博上的每日提问。他们问了你一个问题——这么多年来，你有没有碰上心动又不敢言明的人？"

许倾择着四季豆的手指一顿，她看向镜头，而旁边的程寻一直看着她。

许倾微微一笑，说："有啊！"

"大家看程寻的眼神，程寻全程看着许倾。"

"许倾说的是程寻吧？她不敢明目张胆地看程寻，却当着他的面这样回答。她的耳朵红了。"

"他们肯定已经在一起了！"

黑色的宾利车疾驰在马路上，两边的高楼一路往后退去，路灯的灯光映在车身上。顾随戴着蓝牙耳机，翻看文件。

突然，他听到耳机里传来声音："许倾，我刚刚看了一下节目组官方微博上的每日提问。他们问了你一个问题——这么多年来，你有没有碰上心动又不敢言明的人？"

"有啊！"女人好听的声音透过耳机传来，宛如在耳边吐气一般。

顾随顿时动作一滞，拿起一旁的平板电脑，想看看许倾。然而，镜头直接往程寻的脸上扫去。屏幕里的男演员眼睛微亮，视线一直黏在许倾的脸上。

顾随突然摘下蓝牙耳机，将耳机和平板电脑一块儿扔在一旁，眯了眯眼。

几分钟后，陈助理提醒："老板，到了。"

车门打开，顾随伸出长腿迈下车，走向吴家大门。吴倩从屋子里噔噔噔地跑出来，笑着问道："路上塞车了吧？我都叫你早点儿出发了。菜都要凉了。"

顾随看了她一眼："你催得我都不想来了。"

吴倩听罢，撇撇嘴："不催你不准时吃饭啊。"

顾随挑眉，没应。

他们进了大厅，正对门的就是一台大电视。此时电视里正播放着《我们相爱吧》的最新一期节目——许倾和程寻正并排站着一块儿择四季豆，一边择一边说笑。许倾穿着白色上衣、灰色裙子，既居家又有女人味。

顾随突然脚步一顿，看了几秒电视，随后挪开视线，走向餐厅。

吴倩跟上他说："这一季《我们相爱吧》可好看了。听说还有普通人参加，等一下普通嘉宾就来了。"

顾随："是吗？"

"是啊，我得看看是什么样的普通嘉宾。你等会儿吃完饭陪我看吗？"

"吴倩，顾随不是来找你的，是来找爸爸谈事情的。"吴父从楼梯上走下来，闻言立即呵斥。

吴倩不满："爸爸。"

吴父说："顾随，坐。我们边吃边聊，别管这丫头。"

顾随给吴父拉开椅子，吴父抬着不太方便的脚坐下。

这时，陈助理提着礼品进来。顾随招手："过来。"陈助理赶紧跑过去。

顾随看着客厅里的电视，在陈助理耳边说了句什么。

陈助理瞪大眼睛，愣愣地问道："老板，您真的要这么做啊？"

顾随低头整理袖子，声音平稳："我要看看，我们之间，到底谁才是猎人。"

陈助理无语，心想：是您是您，您是猎人。

《我们相爱吧》这一季的第二期第一天迎来了一男一女两位普通嘉宾。男生叫黄淼，穿着简简单单的一件 T 恤、长裤，从事互联网工作。女生叫陈佳瑶，从事广告策划。她穿着白色的裙子，看起来温柔似水，说话也温温柔柔的。

陈佳瑶明显很害羞，不怎么说话，时不时地看向许倾等人。黄淼爱笑，一笑起来就露出两个酒窝，跟林乎特别聊得来。

观看直播的粉丝们顿时活跃起来。

"我看这位瑶妹妹看了好几次那位三水兄弟。这两个人有火花？"

"三水兄弟看了齐佳佳好几眼。他喜欢齐佳佳？"

"我要稳稳站定许倾跟程寻，坚决不动摇。"

"但是你发现没有，齐佳佳也看了好几眼程寻？这到底是怎么回事？我感觉全场最干净的人只有林乎了。"

"不，还有许倾。她似乎也很平静。"

"我有点儿期待明天的普通嘉宾了。我想知道，明天来的又会是两个什么样的人。"

第二天，又到了接普通嘉宾的时间。许倾跟陈佳瑶在客厅里整理前一晚弄乱的书本。

陈佳瑶轻声细语地问道："倾倾，你入行多少年了啊？"

许倾笑着回道："三年吧。"

这时，门口传来脚步声。同时，齐佳佳的声音传了进来，听起来声音里竟带着一丝紧张的颤抖："鞋子放在柜子里就好了。"

陈佳瑶闻声赶紧起身去招呼新来的普通嘉宾，却见一个男人提着行李箱走进来。

他穿着白色衬衫、西装长裤，鼻梁上架着一副金丝边眼镜，嗓音低沉地说道："你好。"

陈佳瑶愣住了，呆呆地看着眼前的男人。

许倾觉得气氛不太对劲，放下手里的书本，抬起头扫过去，就看到高大的男人朝她点了点头。

那是——顾随。

许倾眯眼。

齐佳佳挤进屋里一看，问道："咦，男人们都出去了？"

许倾回过神，说："嗯，都出去了。"

"那……"齐佳佳迟疑了一下，介绍道："他叫顾行，是我们第三位普通嘉宾。顾行，先过来坐吧。"

齐佳佳看向顾随。顾随点点头："好。"

陈佳瑶下意识地想上前替他拿行李箱，但顾随抬了抬手，含笑看了陈佳瑶一眼，说："不用，我自己来。"

陈佳瑶面红耳赤地收回手，有些无措地站在一旁。

有些男人天生就和普通人不同，不仅长得帅气，连说话的声音都别人好听。顾随的到来，像是往平静的湖面投入了一颗石子，泛起满湖的涟漪。

许倾一开始还有些怀疑，但对上顾随的眼眸，又听到顾行这个名字后，就确定了这个人就是顾随。

顾随有个母亲起的小名，叫阿行。"顾随"是顾老爷子给他起的名字，他的家里人大多叫他"阿行"。

等顾随放好行李后，许倾起身走到一旁倒了一杯柠檬水回来，弯腰放在茶几上。顾随摘下金丝边眼镜放在茶几上，手肘轻轻地搭在大腿上，半边身子微微倾斜，看着许倾，说："好久不见。"

许倾嘴角含笑，说："好久不见。顾总，您露脸了。"

顾随："正确地说，你是我的妻子。"

许倾抬起眼皮看了他一眼。男人挑了一下眉梢。

许倾轻笑："你喝醉了吧？"说完，她退开了。

两个人说话不过三两秒的时间，对话时几乎用气音，并关掉了麦克风。

齐佳佳和陈佳瑶已经选了另外一张长沙发坐下。陈佳瑶腼腆害羞，并不说话。齐佳佳则盯着顾随，眼睛都不转，过了好久才想起来，问道："顾行会做饭吗？"

顾随揉了揉眉心，笑着说道："会一些。"

齐佳佳问道："那你什么时候露一手？"

"都可以。"

齐佳佳笑着说道："那我就期待你的手艺了。"

"好。"

此时，直播间里的弹幕已经疯了。

"这是什么品种的普通嘉宾？如果有这种普通嘉宾，我也要参加。"

"哈哈哈，陈佳瑶已经呆了，一直在看顾行。"

"齐佳佳也傻了，你们没看到她一直在找话题吗？她这个人要是喜欢谁，就很喜欢主动找话题。"

"此时男人们都不在家，三个女人已经沦陷两个了。许倾什么态度啊？"

"许倾好像最正常，给顾行倒水后就继续整理书本去了，还是那样，不怎么主动搭理人。"

"人家说第一印象很重要。你们觉得这样帅气的男人第一眼看上的是谁？"

"我感觉是陈佳瑶。他刚刚进门时，就对着陈佳瑶笑了。那笑容带着几丝漫不经心，帅晕了。"

"一般男人都喜欢陈佳瑶这种柔柔弱弱、温温柔柔的女生。"

"反正和许倾无关，许倾是程寻的。"

"哎，他是做什么的？会不会是哪家的公子？"

"对了，顾行，你还没自我介绍，你是做什么的啊？"齐佳佳又在找话题了。

顾随端着杯子喝了一口水，说道："开了一家小公司。"

"哦，什么行业的？"

顾随含笑回道："做医疗的。"

"做医疗的？这还是小公司？齐佳佳好懂啊，是真的认真在相亲了。之前那些嘉宾都是演的。"

"齐佳佳看上顾行了。"

"那顾行又喜欢谁呢？"

"陈佳瑶。"

"哦，医疗这块啊……"齐佳佳不懂这些，看了一眼时间，说，"我带你去你的房间吧。"

"谢谢。"顾随放下杯子。

这时，齐佳佳的手机突然响起——有工作来了。她没法儿送顾随去房间了，左顾右盼，在看到陈佳瑶的样子后，立即喊道："许倾，你帮忙带顾行去房间吧。"

许倾正好整理完书本，闻言站起身。顾随戴上金丝边眼镜，目光透过镜片落在她的身上。

许倾从抽屉里找出房门钥匙，对顾随说道："走吧。"

顾随点点头，提起行李箱跟上，衬衫袖口下隐约露出名贵的腕表。

他们走上台阶，离客厅越来越远。许倾一边走一边扫了一眼正在拍摄的工作人员。只见他们一个个神色镇定，而副导演在一旁朝自己这边笑——他肯定不是在对自己笑，而是在对顾随笑。也就是说，整个节目组的工作人员都知道顾随的真实身份。

来到房间门口，许倾打开了门。她靠在门边看着顾随："这是你的房间。你看看有什么需要采买的，记得跟我们说。"

顾随垂眸看着她——她穿着短款上衣和灰色的直筒长裤，稍微一抬手臂，就会露出腰线。

顾随微微往她那儿靠："你觉得我缺什么？"

两人顿时呼吸相缠。许倾定定地看着他，反问："总不会是缺女人吧？"

顾随挑眉，提着行李箱走进房间。

许倾随手把钥匙扔在门口的柜子上，说："你慢慢收拾。"

顾随放好行李箱，解开衬衫袖口，看了她一眼："不进来坐坐？"

"砰！"回应他的是一道关门声。

许倾回到客厅，看了一眼陈佳瑶，只见陈佳瑶还傻坐在那里，理着头发。许倾收回视线，拿起杂志随意翻看。

不一会儿，齐佳佳回来了，带来了另外一位普通女嘉宾。

这位普通女嘉宾名叫林欢，也很漂亮，是那种高山流水一般的感觉，有种仙女的气质。许倾笑着起身，又给林欢倒了一杯柠檬水。

林欢虽然长相高冷，说话却很亲切："我今天早上差点儿没赶上飞机。"

许倾抱着抱枕笑着问："你从哪里来的？"

"东市。许倾，你比电视上漂亮好多。"

许倾挑眉："是吗？谢谢。"

"你帮我签个名吧。"林欢立即拿出小包里的卡片。

许倾接过卡片，拿起笔在上面签了名。

齐佳佳看了一眼男嘉宾那边的房间，坐到许倾的身边，嘀咕道："我刚刚听说，只有顾行那间房间里没有装摄像头。你说，他到底是什么人？"

许倾盖上笔帽，闻言愣了一下。在这个圈子里混的果然都不是普通人，齐佳佳这就察觉到了异常。

许倾支着下巴，说："我也不知道。普通人吧。"

齐佳佳"啧"了一声："是吗？"

许倾笑着反问："那不然呢？"

齐佳佳看了许倾一眼，见许倾眼神清澈，完全不像陈佳瑶那样失魂落魄，又想想自己，顿时觉得自己今天有点儿过分激动了。

不一会儿，林乎、程寻、黄森陆续回来了。他们采买了很多食材，看到新来的漂亮女生林欢，都眼睛一亮。

许倾赶紧给林乎介绍："林老师，她跟你同姓呢。"

林乎赶紧擦擦手，上前跟林欢握手，众人见状都笑了起来。观众也大笑。

"哈哈哈，不知道的人还以为林乎老师对林欢一见钟情呢！"

"不，他今天进门时，许倾要去拿他手里的食材，他不给，还笑着说他来。"

"喂，怎么听你们这么一说，我发现林乎老师好像对许倾不太对劲？"

"我感觉他从问倾倾有没有那个不能言说的人开始，似乎就不对劲了。这别是也喜欢我们倾倾吧？"

"我感觉八九不离十。"

"对了，另外一位普通嘉宾也来了吗？"林乎拍拍手，坐到许倾的旁边问道。

程寻想坐过去却慢了一步，只能在许倾对面的椅子上坐下，看着许倾。

齐佳佳指了指屋里，说："他在里面。"

林乎："要不要把人叫出来打个招呼？"

陈佳瑶迟疑了一下，说："不要了吧，他好像在休息。"

齐佳佳猛地看向陈佳瑶。

林乎发现了不对劲，看了她们两眼，又低声问许倾："怎么回事？"

许倾轻轻一笑:"不知道。"

林乎看着许倾,说:"你肯定知道。"

程寻凑过来,也看着许倾:"是不是跟新来的普通嘉宾有关?"

许倾正想回答,顾随房间那边就传来了脚步声。紧接着,高大的男人走下台阶。他的出现,仿佛为客厅里的一切摁了暂停键。

顾随洗了脸,脸上还挂着少许水珠,如墨的眼眸扫过去,正在寻找许倾,却一眼看到她被两个男人簇拥在中间。

他神色一沉,手握紧了几分。

程寻在看到顾随的那一刻也愣住了。林乎和齐佳佳则因为没有参加这次的电影节,自然都不认识顾随。

程寻下意识地看向许倾。许倾低声说道:"就是你想的那样。"

程寻愣了一下,接着点点头。两个人旁若无人地说着悄悄话。

顾随透过镜片看着他们两个,随后走下台阶来到客厅,弯腰从茶几上拿起纸巾,摘下眼镜低头擦拭。

他声音低沉地问:"许倾,你说缺东西可以采买,对吗?"

许倾猛地抬头:"对,你那里缺什么?"

顾随慢条斯理地擦拭着镜片,说:"缺两条大毛巾,最好是黑色的。"

"好,我记一下。"许倾说完就要去拿笔和纸。

程寻回过神,先她一步拿了本子和笔递给她。许倾笑着看了程寻一眼:"谢谢。"程寻则含笑点头。

林乎看了他们几眼,然后才收拾心情看向顾随。他站起身,伸出手:"我叫林乎。"

"顾行。"顾随言简意赅,也伸出手。两个人礼貌地一握。

林欢看了一眼顾随,也站起来跟他打招呼:"我叫林欢。"

黄森也站起来打了招呼——顾随的气场实在太强,令人不得不站起来。

一下子,几个人算是初步认识了。

观众在弹幕里尖叫。

"林乎跟程寻的斗争太明显了!他们都喜欢许倾,林乎老盯着许倾跟程寻。"

"对对对,这两个人好明显,太精彩了!"

"你们听到许倾跟顾行的对话没?我怎么感觉他们的对话带着点儿暧昧呢?"

"楼上的那位，你不要乱想。你看看顾行对陈佳瑶的那个笑容，再看看顾行对许倾，冷静自持，公事公办。"

"是的，感觉许倾跟顾行没戏。"

"不，只有我一个人觉得顾行刚刚盯着许倾了吗？"

"好了，做饭。"许倾放下记事本和怀里的抱枕，从沙发上站起来。

她觉得这档综艺节目最有趣的事就是可以每天做美食，满足口腹之欲。她这些年因为工作，厨艺都生疏了，多亏了这档节目帮她找回了手感。

许倾走向厨房，跟顾随擦肩而过。

程寻立即跟着许倾，也与顾随擦肩而过，说道："我帮你。"

顾随动作微顿，眸色如墨，指尖轻轻地在金丝边眼镜上摩挲。

齐佳佳笑着倒了一杯水放在茶几上："顾行，坐下吧。"

顾随拉开椅子坐下，问道："一般做饭都是怎么安排的？"

齐佳佳一听，笑着答道："轮着来。不过许倾更喜欢一些。"

"哦，是吗？"

林乎仰着头，望着厨房的方向。黄淼低声问道："林老师，你要不去帮个忙？"

闻言，顾随定定地看向林乎。

林乎揉揉后颈，干笑了一声："之前许倾做饭很利索，不让我们帮忙。"

顾随眉梢微挑："所以，都是程寻帮忙吗？"

陈佳瑶找到了插入话题的时机，说："大多数时候都是程寻帮忙。程寻和许倾有挺多粉丝的，他们合作演过电视剧。"

这时，从厨房传来"啪"的一声。声音很大，像是盘子摔在地上发出的声音。客厅里的人都吓了一跳，林乎还没反应过来，顾随就已经起身往厨房走去。

其他人这才反应过来，赶紧跟着起身。他们一进厨房，就看到许倾正蹲下要捡地上的碎片。

顾随上前，弯腰俯身，一把捏住许倾的手指。他紧紧地捏着许倾的指尖，抬起眼皮看着她。

男人声音低沉："拿扫帚来。哪有人用手捡碎片的？"

手指被他抓得有点儿疼，许倾挣扎着抽了回去。程寻赶紧拉着她的手臂，将她拉离了有碎片的地方。

顾随站直身子，看了他们一眼，然后接过陈佳瑶递来的簸箕和扫帚，低头去扫碎片。许倾站在程寻身边，看着顾随做这种事，感觉还挺稀奇的。

林乎立即问道："许倾，你没事吧？"

许倾回过神，笑着摇头："没事，刚刚就是手滑了一下。"

陈佳瑶拍了拍胸口："没事就好。"说着，她弯腰拿起一旁的垃圾桶递给顾随，还悄悄地看了顾随一眼。

顾随似笑非笑地看了陈佳瑶一眼，说："谢谢。"

陈佳瑶不禁脸上一红。齐佳佳见状，脸色顿时黑了几分。许倾在他们对面看得一清二楚——这个男人无时无刻不在勾引人。

陈佳瑶已经被顾随迷得七荤八素。站在陈佳瑶身后的黄森见状，默默地转身出了厨房。

"摔碎一个盘子而已，居然引发了'修罗场'。"

"我都说了，顾行铁定喜欢陈佳瑶，他们是双向奔赴。"

"可是我怎么感觉顾行握住许倾的手指时，看了许倾好几眼呢？"

"你看到了啥？这么远的距离你能看到顾行看人？"

"我的妈，顾行真是帅。你们看看，他明显有腹肌，再看看那腰线。天哪，他戴着金丝边眼镜的样子真的太好看了！"

"有些人只要出场两秒就能俘获我的芳心。"

林欢问道："许倾，需要帮忙吗？"

"不用，我们两个人就可以了。"程寻可能是觉得自己刚刚没有表现好，被顾随抢了风头，此时站出来抢话。

顾随停顿了一下才抬起簸箕，将里面的碎片倒进垃圾桶。他神色淡漠地说道："我们进门的时候，看到的是许倾在捡碎片。"

他的声音平稳，仿佛只是在说今天天气很好，说的话却让程寻脸色一僵。其他人纷纷看了一眼程寻。

没保护好跟自己搭档的女人，这个男人的形象一下子就大打折扣了。

程寻张嘴想解释，但还没来得及出声，许倾就已经说道："我弄碎盘子的时候，程寻在削土豆，所以没及时过来。"

这话是在替程寻解释，又给程寻留了面子。毕竟顾随的话非常犀利，几乎给程寻钉上了保护不了女人的标签。

顾随语气平稳："是吗？那我们就没看到了。"

许倾："你没看到的事情多了。"

顾随点点头："那是。"

说着，他把扫帚和簸箕放回原位。明明只是扫了点儿碎片，他却感觉很热，抬手想解开衬衫领口的纽扣，但似乎又嫌解得慢，用力一扯。随后，他走出了厨房。

"他扯衬衫的动作好帅好帅！我到底是在看综艺还是在追剧？"

"怎么觉得顾行有点儿烦躁，是因为被许倾顶嘴了吗？"

"但他还是面无表情啊。"

"我感觉就是因为被许倾顶嘴了。因为他那句话明显是针对程寻的。"

"我不管，最好的爱情就是双向奔赴。许倾替程寻解释的样子像极了女朋友维护男朋友。"

齐佳佳见顾随出去了，立即跟许倾说："那我们也出去了，把厨房留给你们哈。"

"辛苦了，许倾。"林乎跟着说。

许倾笑笑："快出去吧，别耽误我们做饭。"

齐佳佳笑起来："好的好的。"

随后他们几个人就呼啦啦地出了厨房。

厨房里一下子安静下来。许倾穿着围裙，站在中岛台旁继续刚才切肉的工作。程寻站在一旁，看着许倾。

几秒后，他说："对不起，我刚刚反应太慢了。"

他没有及时上前帮忙，这本来是一件很小的事情，可是不知为何，被顾随一说，似乎就变得很严重。

许倾偏过头，见程寻这样，说道："别管他说什么。"

程寻揉了一下脸，叹了一口气，说："我的粉丝怕是都觉得我对你保护不力了吧。"

许倾："没有的事……再说了，谁说就一定要男人保护女人，女人不能保护男人吗？"

"许倾好帅！"

"对啊，女人也可以保护男人的。许倾，我爱你。"

"程寻你就不要愧疚了，你是被保护的那个。"

"但就事论事，我还是觉得顾行说得没错。厨房里只有两个人，许倾手滑打碎了盘子，这么大的声音，程寻居然没反应过来，还得许倾自己蹲下去捡碎片，我不理解。"

齐佳佳跟陈佳瑶走出厨房后，两个人的视线都先去找顾随，然后一眼便看到他坐在摄像机镜头外，指间夹着一支烟，正在翻看桌上的杂志。

他垂着眼眸捏着烟的样子，带着点儿漫不经心的坏劲儿，眉眼间隐隐有一丝烦躁，又似乎没有。

齐佳佳和陈佳瑶一时都不敢去打扰他。镜头前不能抽烟，但镜头外若是想抽，谁都管不了。陈佳瑶想了想，还是跑去倒了一杯水，放在顾随面前的桌子上。

顾随抬眼看了陈佳瑶一眼，微挑眉梢："谢谢。"

陈佳瑶："不客气。"

镜头前的齐佳佳见状，气得差点儿破口大骂。

很快，许倾就做好了饭。一共八个人吃饭，她做了五菜一汤。许倾和程寻看着做好的饭菜，大松一口气。

许倾说道："你去喊他们吃饭。"

程寻点点头："好的。"

许倾从另一个门走出厨房，来到后院的洗手台前，打开水龙头洗脸。洗完脸，她伸手去解脖颈后的围裙绑带。

这时，一个高大的男人走进后院。许倾从镜子里看到他，顿了顿。

顾随走上台阶，来到她的身后。他把她白皙的手腕拉开，低头为她解围裙绑带。

"你跟那个姓程的，关系挺好。"他低沉地说道。

许倾："是啊。"

顾随的下颌不自觉紧了紧。

顾随抬起眼眸，看着镜子里的女人。因为做饭，许倾把头发全扎了起来，露出漂亮的眉眼，面容如怒放的鲜花一般艳丽。

她也看着他，与他四目相对，在镜子里无声地较量。

顾随微微眯了眯眼，手指用力一扯，绑带便散开了。许倾赶紧接过围裙。

顾随理了理衬衫袖口，也走到洗手台边，将修长的手指放入水中，慢条斯理地洗着："他知道你跟我睡过吗？"

许倾一愣，半晌，淡淡地说道："顾总未免管得太宽了。"

说完，她转身走下台阶，从拐角处离开后院。

顾随垂眸洗手，眼神深沉，让人一时看不出他在想什么。

许倾在回餐厅的路上碰到陈佳瑶。陈佳瑶一看到许倾，立即笑着说道："我正要找你们呢。对了，顾行呢？你看到他了吗？"

许倾看着陈佳瑶这副温柔美好的样子，心想：她跟那个男人还蛮般配的。

许倾说："刚刚在后院碰上了。你去喊他吧。"

"好的，谢谢。"

陈佳瑶说完就从许倾身侧走过，没走几步就碰上了顾随。

顾随勾了一下嘴角，问："来找我的？"

陈佳瑶脸一红，笑着说道："嗯，吃饭了。"

"那走吧。"

于是两个人一前一后进了餐厅。

餐厅里，许倾也刚到，程寻正替她拉开椅子。此时只有他们四个人还站着，如此一看就像两对情侣。顾随的目光从许倾的脸上滑过。随后他绅士地给陈佳瑶拉开椅子，就如同程寻替许倾拉开椅子那样。

许倾看了一眼腼腆害羞的陈佳瑶，挑挑眉。

齐佳佳暗自咬牙切齿，笑着问顾随："你刚才去干吗了？我们找了半天都没找到你。"

顾随端起果汁喝了一口，说道："在后院打电话。"

"哦，难怪。许倾不是去后院洗手了吗？她没喊你一起吃饭？"

顾随抬起眼皮，正巧看到程寻在给许倾夹菜。他一眯眼，嘴角微勾："她解了半天围裙没解下来，我就帮了一下忙。可能是我扯得太用力，扯到了她的头发，她瞪了我一眼就走了。"

顿时，整张餐桌周围的人都安静下来。几个人齐刷刷地看向许倾。

许倾一愣，抬起头面对其他人的视线，从容一笑，说道："那确实很疼。"

林乎一笑，说道："难怪她没告诉你可以吃饭了。"

顾随："是的。"

程寻立即说道："许倾，下次换一条围裙吧，换没有绑带的。储物柜里应该还有。"

许倾点头："好。"

说完，程寻生怕自己忘记，当场起身走到餐厅的柜子旁，弯腰搜罗了起来。

齐佳佳立即对许倾露出暧昧的笑容："哇，好贴心啊！"

林欢也笑着说道："原来粉丝的火眼金睛一点儿都不假。"

"就是。刚说完立马就给你找围裙了。"

陈佳瑶笑着问道："许倾姐，除了上部戏，你跟程寻还有没有合作啊？"

许倾含笑说道："以前还合作过一部戏。"

"那就是合作了两部了？"

许倾点了点头。

一时间，几个人都围攻似的追着许倾提问。

顾随又端起果汁喝了一口，看了一眼许倾，见她嘴角含笑，落落大方。他轻轻地靠在椅背上，镜片后的眼眸黯了几分。

"许倾，谈过男朋友吗？"

餐桌上又安静了。

许倾看过去，却见顾随微挑眉梢，似笑非笑。

其他人也看向顾随。林乎笑着问道："顾行，我们可是在镜头前，你怎么问这个？"

"就是，你让许倾怎么回答嘛！"齐佳佳笑着掩嘴说道。

陈佳瑶离顾随近，凑向顾随低声说道："许倾之前说自己有心上人。"

顾随看了许倾几秒，随即偏头问陈佳瑶："哦？是吗？那你呢？你谈过吗？"

他这一问，陈佳瑶的脸一下子红透了。

"刚刚后院发生了什么？为什么没有镜头？我想看看。"

"顾行真的帮许倾解围裙了吗？我想看啊。节目组，快把这个镜头切出来给我们看。"

"楼上的，你们别激动了，很明显顾行只是单纯地帮一下忙而已。估计他还有点儿不耐烦，不然怎么会扯到许倾的头发？"

"程寻真是小天使。"

"总感觉暗流涌动，这是怎么回事？"

"顾行问许倾的是什么话啊？像是套人家话一样。"

"顾行肯定喜欢陈佳瑶，一直逗人家。"

"对，他就喜欢陈佳瑶。"

"我……"

陈佳瑶正打算回答，顾随却突然拿起手机跟大家示意了一下，然后起身走到角落，摘下麦克风接电话。

几个人看着那道顾长的身影，都感觉到顾随不是一个简单的人，因为他总能轻而易举地挑起一些犀利的话题。

这时，程寻也回来了，把刚找到的围裙递给许倾。

许倾接过围裙，对程寻说："赶紧坐下吃饭吧。"

"好。"

顾随站在镜头外，一边听着陈助理说话，一边看着餐桌旁的许倾和程寻，神情阴鸷。

陈助理说了好一会儿，却没听到顾随的反应，愣了一下："老板？"

顾随的声音很低、很冷："你在看直播吗？"

陈助理又一愣："在看。老板，有句话我不知道当讲不当讲——您一直在提许倾。"您不是去当猎人的吗？

听到陈助理的话，顾随突然陷入一阵沉默。

人类的很多行为都是下意识的。

顾随转身，一把推开和餐厅相连的小阳台的门走了出去。他看了一眼节目组的工作人员，就立即有人给他递了一支烟，并关上了小阳台的门。

顾随望着屋后的一片远山，点燃斜斜地咬在嘴里的烟。

陈助理在电话另一端听见打火机的声音，也不敢再开口了。跟着顾随工作这么久，陈助理觉得顾随其实不是嗜烟的人。

顾随抽的这种特制的香烟不同于市面上流通的普通香烟。特制香烟可以根据个人的喜好定制。即便如此，顾随平日里也很少抽。但最近他抽得挺多，因为什么，不言而喻。

陈助理想了想，还是挂断了电话。

安静下来后，顾随把手机扔在一旁，回顾自己这几天的行为。

二十分钟后，顾随带着淡淡的烟草味拉开小阳台的门，一眼就看到在厨房里忙碌的许倾——她穿着程寻重新给她找来的那条围裙，戴着橡胶手套，恰巧回过头来。

这一刻，顾随鬼使神差地想到了"家"这个字。

许倾看了他一眼，说："我们不知道你打电话要多久，就留了些菜在桌上。"

说完，她就转回头去，继续清理灶台。灶台其实很干净，而且本来也不该是她洗碗——按照安排，应该由别人来洗碗，但是许倾觉得自己身上已经有油烟味了，索性就等清理完厨房再去洗澡吧。

顾随走到桌前，掀开罩在餐桌上的盖子，只见里面放着一碗饭菜，还冒着热气。他端起碗，拿起勺子，看着许倾的背影，问道："哪些菜是你做的？"

许倾一边整理灶台一边说："我做的都被吃完了。"

也就是说，这碗里的饭菜都是程寻做的。顾随一眯眼，走进厨房，直接将那一碗饭菜倒进了中岛台旁边的垃圾桶里。

许倾听见"哗啦"一声，偏头一看，顿时微拧眉心。

顾随走过去把空碗放到洗碗槽里，一边解开袖子的纽扣，一边说："我没那么大度，吃一个跟我妻子炒作的男人做的饭菜。"

许倾眯眼，问道："你是不是弄错什么了？"

顾随偏头，嗓音低沉："难道你不是我的合法的妻子吗？"

许倾定定地看了他几秒。若不是亲眼看见他跟别的女嘉宾打情骂俏——尤其是陈佳瑶，她都要信了他的话了。她虽然谈不上非常了解顾随，但是在娱圈子里见的人多了，自然判断得出顾随是个什么样的人——他绝对不是那种可以托付终身的人，否则，惨的就是自己。

许倾拿下挂在墙上的洗碗布，说："少开这种玩笑，顾总。"然后，她撩了一下洗碗布："你洗吗？"

顾随已经把袖子挽了起来，露出精瘦的手臂。他取下腕表，随意地放在一旁，然后接过洗碗布，打开水龙头，开始慢条斯理地洗碗。

许倾已经见过他拿扫帚扫地，此时再看他洗碗，已经不惊讶了。

顾随把洗好的碗放在另一边的洗碗池里，看了她一眼，说道："愣着干什么？过水啊。"

许倾"啧"了一声，站到他的身侧，捞起洗好的碗碟过清水。

一时间，厨房里只有哗啦啦的水声。

顾随偏头看了一眼身侧的女人，见她把头发高高扎起，露出天鹅颈般修长的脖颈。她安静下来时像一朵待放的玫瑰花，但干家务活儿时又有种别样的感觉。

顾随："阿姨最近还好吗？"

许倾愣了愣："还行，只是还不知道什么时候能醒。"谈起母亲，她收敛了身上的刺。毕竟当初是因为有了顾随的钱，母亲才得到了救治。

顾随"嗯"了一声："回头我请别的医疗团队过去给阿姨看看。"

许倾抿唇："好，多少钱我都愿意出。"

顾随笑了一声，正想继续往下说，厨房的门就被敲响了。两个人抬起头看去，就见程寻拿着一部手机站在门口。

程寻迟疑了一下，说："许倾，有你的电话，是苏雪打来的。我看她应该挺急的。"说完，他看了顾随一眼，冲顾随点头。

顾随却没搭理他，视线落在程寻手里的那部手机上。手机如此私密的个人物品，程寻随意就能动？

许倾摘下手套，拿起擦手布擦干手上的水，取下围裙，接过手机，就走出厨房去接电话了。

程寻想跟上去，但脚步顿了顿，又看向顾随，问道："顾总，要不等会儿我来洗吧？"

顾随关了水龙头，抬起眼皮看了程寻一眼，说："好啊，你洗。"说完，他也擦了擦手，拿起腕表戴上。

程寻微微一笑："那等会儿。"说完，他就转身朝许倾那边走去。

顾随戴腕表的动作停顿了一下。占有欲这个东西，只会烧得人心头发火。

苏雪接到一部电影，名叫《股神》，于是打电话想要让许倾去试镜。这部电影的导演是主动找上门来的，就希望许倾能去试镜。

"天大的好机会啊。"苏雪在电话那头兴奋得很。

许倾笑着说道："好，我抽一天空过去。"

苏雪："行，到时你给我打电话。"

许倾："嗯。"

苏雪："现在《我们相爱吧》热度可高了。那个，顾随不是也去了吗？我都震惊了，然后托人去问，听说他就是去玩玩。啧啧，圈内消息都被封了。"

玩玩？许倾已经听顾随说过很多次"玩玩"了。不过她自己也猜到了，说："嗯，知道了。"

苏雪想要再叮嘱许倾几句，却发现没什么需要叮嘱的。在和顾随有关的事情上，许倾明显比她有经验。

苏雪说："你们没看手机，所以不知道。林曼叫嚣着想去参加这档节目，跟肖仲大吵了一架。肖仲不仅不让她去，还让她好好反思。啧啧，资本家翻脸无情。"

许倾也猜到了林曼的反应。不过若是林曼来了，顾随的身份就不一定能瞒得住了。

许倾："嗯。"

苏雪："那没什么事我就先挂了。"

"好。"

挂了电话，许倾返回屋里。其他几个人在聊天看电视，程寻不在，看样子是去厨房了。顾随也不在。

齐佳佳看到许倾，招手："快来，我们在聊外面两排树要怎么装饰呢。"

许倾觉得自己身上有点儿油烟味，便说："你们商量就好，我听你们的。我去洗个澡。"

"好吧。"齐佳佳点头。

许倾说完，转身上了楼。她上楼没多久，台阶上第一扇房门就打开了，顾随穿着黑色卫衣和休闲长裤，鼻梁上架着金丝边眼镜走出来，一下子就吸引了现场所有人的目光。

他挑眉："都在干吗呢？"

顾随白天时穿衬衫、西装长裤，手戴腕表，看起来贵气十足、气势强盛，多少给人一些距离感，晚上这么一穿，就显得斯文、亲切很多。

齐佳佳抓了抓怀里的抱枕，笑着答道："我们在商量怎么装饰院子。"

顾随挑挑眉："哦？有好的思路？"他扫了一眼整个客厅，没看到许倾，也没看到程寻，于是不动声色地坐到沙发上。

齐佳佳笑着刚想继续说，陈佳瑶就抢答道："就是想去买点儿彩色灯泡之类的挂在树上。"

齐佳佳脸色微变。旁边的林欢拍了一下齐佳佳的手，示意她在镜头前。齐佳佳笑了笑，这才收敛了表情。

顾随听陈佳瑶这么一说，点头说道："挺好，挺有气氛。"

陈佳瑶被夸了，有些腼腆地低下头。

顾随看向齐佳佳："那许倾跟程寻去买灯泡了吗？"

齐佳佳立即笑着说道："没有，哪需要那么着急去买啊。这么晚了，这里位置又很偏，不建议出门。程寻在厨房呢，许倾去洗澡了。"

顾随点点头，端起柠檬水抿了一口。

这时，黄淼开口问林乎："林乎哥，你要不要也去厨房给许倾做个小蛋糕之类的？"

林乎一愣，笑着说道："我的手艺不行啊，没程寻那么好。"

说最后那句话时，他有点儿咬牙切齿。就因为他的厨艺不好，所以厨房里的活儿都被程寻和许倾包圆儿了，让他们多了很多相处的机会。

顾随抬起眼皮看向林乎，如墨的眼眸深不见底，隐隐闪过一丝冷意。

程寻，林乎，呵。

"感觉林乎有点儿可怜，怎么回事？"

"陈佳瑶一直看顾行，齐佳佳也一直看顾行。她们两个人的斗争也要白热化了，可真精彩。"

"看着顾行好像是喜欢陈佳瑶，但是此时又感觉不太像。"

"这个顾行的心思猜不透，不知道他到底是什么意思。他到底看上了谁？"

坐了几分钟后，顾随就接到了电话。他便拿着手机边接边走向卧室，恰好碰见许倾从楼上下来。她穿着白色的棉睡裙，头发披散在肩膀上，漂亮的眉眼间还带着点儿水珠。她看过来时，顾随的视线落在她红润的唇上。

两个人擦肩而过。顾随打开门进了房间，许倾走向客厅。

许倾坐下来跟其他人聊天的同时，她的手机响了起来。她低头一看，发现是微信上有人加她好友，备注是"我是吴倩。许倾，通过我一下"。

许倾一愣，通过了对方的好友申请，不过对方没有立即发信息给她。许倾也就没在意，跟齐佳佳他们商量明天采买的事情。

商量完，夜已深了，许倾和齐佳佳上楼回房。

因为房间里装了摄像头，许倾便拿了一块布挡住镜头，然后打开手机搜索《股神》的原著小说来看。一开始她觉得这部小说的开篇好像看过。看了两页后，她就放下了手机，感觉整个人有点儿蒙——因为这部小说的故事脉络跟《幕后》有点儿相似。

这时，她的手机响起。许倾拿起来一看，是顾随发来的信息。

顾随："我的房间里没有毛巾了，你那里还有吗？"

许倾："你怎么不找工作人员？"

顾随："他们下班了。"

节目组的工作人员确实辛苦，一整天都在忙拍摄，而现在确实是下班时间。许倾沉默了几秒，随后起身开灯下楼。

在这次节目里，所有人都慢慢习惯依赖许倾，所以很多物品都是由许倾归置的。许倾从储藏柜里拿出一条浅灰色的毛巾，然后走向顾随的房间。

许倾屈指敲敲门，几秒后，门被打开。

顾随的眉梢上带着水珠，如墨的眼眸看着她。

许倾把毛巾递给他："你的。"

顾随伸手，下一秒却直接揽住她的腰，一下子把人抱了进去。许倾反应过来时，已经被他抵在了墙壁上。他的大手贴在她的腰部，隔着衣服传送热度。

许倾抬起头跟他对视。他勾了勾嘴角，掌心用力，眼中隐隐带着坏意。

许倾："你的房间里不安摄像头，就是为了这个吧？"

顾随："是啊。"说完，他低头堵住许倾的红唇。

不一会儿，许倾抓着沙发，一头黑发披散在肩膀上。

顾随摁着她的脖颈压下来，低声问道："隔壁就是程寻吧？"

许倾眯眼冷哼。

房间里无风，挺热的。

两个人折腾到三更半夜。顾随横抱着许倾从房里出来。许倾看了一眼摄像头，顾随低声说道："别怕，都关了。谁也不敢说什么。"

许倾懒得理他。

因为二楼都是女嘉宾的房间，顾随不方便上去，便在楼梯口把许倾放下，然后半蹲下身子，给她理了理睡裙。他看着她白皙的长腿，突然握住。

许倾低头，问："你干什么？"

顾随抬起眼皮看她，勾起嘴角坏笑道："明天穿及膝的裙子。"

许倾这才看到腿上有个咬痕，"嗖"的一下收回了腿，转身上楼。要是听他的，她就是个傻子。

顾随站在楼梯口，看着她的裙摆从半空中撩过。他将手插进裤袋里，金丝边眼镜下藏着捉摸不透的表情。他回身时看了一眼隔壁程寻的房间，随后走向自己的房间。

回到房间后，许倾又洗了澡，换上另外一条白色的裙子，顺便回想了一下顾随的行为。她刚刚被顾随抱进卧室时，被抵在紧靠程寻房间的飘窗上——她当时掐了顾随几下。

许倾眯了眯眼，心想：神经病。随即她拉开被子靠在床头，拿起手机，这才发现吴倩发了信息过来。

吴倩："许倾，我看到顾随上你们那个节目了。"

吴倩："你帮我看着他。"

许倾："什么？"

吴倩："许倾，你帮我看着他吧，还有陈佳瑶那个女人。要不是因为被我爸拦着，我早就杀过去了。"

许倾："我看不了啊。"

吴倩："你可以的。顾随对陈佳瑶这种女人向来都比较有耐心。"

许倾："是吗？"

许倾："我没法儿帮你看。"

吴倩："啊啊啊！求求你好吗？"

许倾："再求我，我就拉黑。"

吴倩："……"

那头终于安静了，许倾也终于可以安静地休息了。她关了床头灯，感觉身上有些酸软，但是这也让她更容易入睡。

第二天，许倾睡醒后又洗了澡，换上瑜伽款的上衣、长裤。她下楼时客厅里还没有人，便进厨房淘米，煮小米粥。

忙完后她从厨房出来，打开瑜伽垫，刚准备伸展身体，就听见房门打开的声音。不一会儿，顾随穿着黑色衬衫、西装长裤，握着手机走下台阶。

两个人四目相对。

顾随一挑眉梢："早。"

许倾："早。"

这时，楼梯上也传来脚步声。陈佳瑶背着小包和电脑包急匆匆地跑下楼。看到顾随，她的脚步微顿。

顾随看了她一眼，问："上班？"

"对。"

陈佳瑶和黄森都是本市人，还有一些零散的工作。

陈佳瑶看了一眼腕表，问："我搭你的车行吗？"她知道顾随要去机场。

顾随笑着回道："行啊。"说完，他先走出去了。

陈佳瑶回身看了许倾一眼："倾倾，我先走了。"

许倾正盘腿坐在瑜伽垫上看着陈佳瑶："好，注意安全。"

陈佳瑶今天穿着泡泡袖的裙子，脚踩高跟鞋，跟小公主一样。在某种程度上，她跟吴倩有点儿相似。

许倾收回了视线，开始练瑜伽。

门外，顾随拿着车钥匙走在前面，陈佳瑶跟在他的身后。玻璃屋外的斜坡下停着一辆黑色的保时捷车。顾随坐进驾驶座，陈佳瑶看了他几秒，有些迟疑。

顾随说："你坐后座吧。"

陈佳瑶有点儿想坐副驾驶座，但是想到自己跟他还不算太熟，确实不适合坐副驾驶座这个位子，于是乖乖坐进了后座。

顾随启动车子，平稳地开向机场——他今天得往返于两个城市。

陈佳瑶看着开车的男人，只见他支着下巴，单手转着方向盘。虽然她参加这档节目原本主要是为了多一种体验，顺便多涨点儿人气，没打算真的在节目里找谈恋爱的对象，但是现在这个想法有点儿变了——她想谈了，可这个人得是顾行。

陈佳瑶笑着问道："昨天你问我谈没谈过恋爱，我今天想问问你，你喜欢什么类型的女人？"

天真的女孩儿问的问题就很天真。

顾随回过神，看着前方的路况勾起嘴角，正想回一个模棱两可的答案，脑海中却闪过一个女人的脸和腰肢。

顾随眯了眯眼，从一旁拿起一支烟放进嘴里，然后从后视镜看了一眼陈佳瑶："介意吗？"

陈佳瑶笑着摇头："不介意。"她反而觉得顾行抽烟的样子很帅。

顾随笑了一声，回答她的问题："长得漂亮的吧。"

陈佳瑶没想到是这样的答案。

顾随弹了一下烟灰，含糊地说道："还有一点，是跟我领证的。"

领证的？也就是说喜欢自己的妻子？这倒是也正常。想到这儿，陈佳瑶的脸一下子就红了。

顾随却看着外面的路况，慢条斯理地抽着烟。

所以为什么想到的是她？本来她明显就不是他喜欢的类型。

齐佳佳醒来后得知陈佳瑶坐顾随的车走了，整个人泄气似的躺到了瑜伽垫上。她拉着许倾说："我跟你说，陈佳瑶就是个虚伪做作的人。"

许倾看了一眼旁边的镜头："你的耳麦关了没？"

"关了。"这种话肯定不能让观众听到啊。

而观众们则正在直播间里狂呼。

"顾行送陈佳瑶去上班了！"

"齐佳佳可能要气死了。"

"全场最淡定的还是许倾，跟程寻牢牢地站稳了。"

"摄像师怎么也不跟到外面去？我想看看顾行开的是什么车。"

"陈佳瑶一定能拿下顾行。"

…………

接下来的一天比较平静。顾随出差了，玻璃屋里的气氛不变，但黄淼对陈佳瑶的热情消退了很多。

因为黄淼跟林欢一起出去采买装饰品，两个人的关系突飞猛进，进门后还一直在说笑。林乎有点儿羡慕他们，于是又看了一眼许倾。但是，程寻依旧跟许倾在一起，两个人正商量晚上吃什么。

有些人真是命中注定的。林乎突然有些烦躁。

"哇，我能感受到林乎的失落。"

"但是其实早上许倾跟林乎一起到后院打扫的时候，两个人有说有笑，也很般配啊。"

"话说，顾行什么时候回来？陈佳瑶跟齐佳佳都要变成望夫石了。"

"少了顾行，好像少了点儿火花一样。"

…………

吃完晚饭，天色渐黑，许倾等人把装饰品灯泡找出来，准备给院子里的两排树做装饰。

这时，从门口传来了开门声。几个人抬头望去，便看到顾随穿着白色衬衫、手臂上搭着深色的西装外套走了进来。

顾随顺手把钥匙放在玄关柜上，看了他们一眼。看到跟程寻坐在一块儿的许倾时，他的眼眸黯了几分，但是依旧神色淡然地笑着说道："晚上好。"

"晚上好。你忙完了？"齐佳佳率先站起来问。

顾随走进客厅，把外套搭在沙发靠背上，正好站在许倾的身后。他伸手撑在靠背上，垂眸看了许倾一眼，才回答齐佳佳的话："嗯，忙完了。"

他长得高，这样站着就像把许倾拢在怀里。

陈佳瑶问道："你回公司去了？"

"嗯，你们在做什么呢？"

林乎看了顾随一眼，心想他的动作看似不经意，但不知为何就是觉得这一幕有点儿不太对劲。许倾若是转头，就能跟顾随来个深情对视。

林乎笑着摇摇头说道："我们在商量怎么快速地给两排树上灯泡。"

"哦？商量出什么对策了？"顾随似乎挺感兴趣。

林乎下意识地看了许倾一眼。

许倾说："我们准备分成两组，一组三个人一组四个人。现在你来了，正好就每组四个人。"

她说着，转头看了一眼顾随，视线一触即分。

顾随垂眸看了她一眼："那怎么分？"

许倾说："我跟程寻带林欢跟黄淼，你就跟齐佳佳、陈佳瑶、林乎一组吧，正好。"

顾随听罢，抬手理了理袖口，说："程寻比较适合林乎这组，我跟你们一组吧。"

许倾从沙发上站起来，拿着装饰卡片在掌心拍了几下，笑着问道："那你让陈佳瑶……瑶妹怎么办？"她的脸上带着似笑非笑的表情。

顾随玩袖子的动作一顿，如墨的眼眸看着许倾。

许倾又补了一句："我都安排好了，你这个刚来的就听从组织安排吧。再说了，程寻跟我一组不是更合适吗？"

许倾说完，齐佳佳跟林欢都笑了。

齐佳佳说道："得了，许倾你再这样炫耀，我们可受不了了啊！"

许倾笑起来，拉了一下地上装着灯泡的袋子，说："走吧。"

程寻笑着弯腰提起地上的袋子，带着林欢和黄淼走出屋子。许倾看了看安装说明书，也跟着走出去。

屋里剩下顾随四人。顾随垂着眼睛挽袖子，但如果认真观察，就会发现他的眼神有些冷。

陈佳瑶小声喊道："顾行？"

顾随停下手，袖子已经完全挽了起来。他回身，挑眉："走吧。"

林乎立即弯腰拿起另一袋灯泡，而齐佳佳和陈佳瑶则故意落在后面，跟着顾随出了门。

顾随转着手机，看了一眼另一组的几个人，只见他们已经架起了小梯子。许倾当场扎起头发，满天的星光都落在她的眼里。顾随眯起眼，眉眼间隐约可见烦躁之色，甚至没心情应付跟他说话的陈佳瑶。

听到陈佳瑶又喊了他一声，顾随才转过头去，面无表情地看着她。陈佳瑶愣了一下，下一秒，却见顾随勾起嘴角，问道："什么事？"

陈佳瑶松了一口气："帮我拿一下。"

"好。"

而观众们则飞快地发起弹幕。

"我怎么觉得这次顾行回来后像变了个人？"

"我觉得还好吧。他可能是心情不好，或者工作不顺？但是他对陈佳瑶还是有耐心的。"

"你们没发现，他刚刚撑着许倾身后沙发靠背的样子，跟她像是一对吗？"

"不，我站稳'寻倾'。"

"我觉得顾行对许倾也有种说不上来的感觉。"

"你们错了，顾行一看就喜欢陈佳瑶。你们看，他在帮她拿灯泡。哇，白色衬衫下的腹肌。"

"还是顾行跟陈佳瑶更适合一些，许倾看着就适合程寻。"

…………

装这种灯泡看似很简单，实则并不容易。一排树将近三十棵，他们要想把每棵树都装饰得好看，就必须用梯子爬上去。

好在每组有四个人，许倾这组又分成林欢跟黄淼、她跟程寻两小组。他们说说笑笑，干起活儿来也挺快的。而且到后来，两组的人多少有点儿比赛竞争的意思。

口袋里的手机不停地振动，许倾抽空拿出来看了一眼。

吴倩："许倾，你不可以这样！你居然把顾随跟陈佳瑶安排在一起！"

吴倩："啊啊啊！许倾，你不是人！你知道他是我的未婚夫吗？"

许倾："我不知道。"

许倾："我才知道。"

许倾想了一下，又回复："顾随订婚了？"

吴倩："我自封顾随的未婚妻，但是他迟早是我的。"

许倾心里松了一口气："那还好。"

她回头看了一眼，看到顾随确实跟陈佳瑶在一起——顾随负责装灯，陈佳瑶在梯子下面拿灯。两个人那样子看起来还挺登对的。

许倾把手机放回裤袋里，继续干手头的活儿。忙了一会儿，她也爬上梯子。程寻站在下面说："你小心点儿。"

许倾坐在梯子的坐板上，抬手摆弄灯泡。这些灯泡有各种形状，许倾手里的这个正好是心形的，她看着觉得挺美的。

许倾装完后正准备下去，眼前却突然一黑，脚下踩空往下摔去。

程寻大喊一声："许倾——"赶紧跑过去把许倾扶起来。

其他人听见声音全跑了过来。

"怎么了？摔了？"

"许倾？怎么样？"

"许倾……"

许倾觉得额头非常疼，半睁开眼便看到顾随半蹲下来。顾随的眼中带着怒火，他弯腰刚想接过许倾，程寻却将许倾往自己那边拉，也想要把她抱起来。

一时间，空气近乎凝滞。顾随抬起眼皮看了程寻一眼。因为顾随背对着其他人，所以只有程寻看到了他眼中的戾气，却又不太确定。

这时，许倾突然开口："程寻，抱我回屋里。我头晕。"

程寻"哎"了一声。

顾随将视线挪到许倾的脸上，但许倾一脸无惧。顾随挑了一下眉，阴着脸站直，居高临下地看着程寻："快把人扶起来，抱进去。齐佳佳，去找医药箱。她脑门儿上的伤得消毒止血。"

齐佳佳"哎"了一声。

程寻把许倾抱起来，一行人齐刷刷地跟着走向玻璃屋。许倾是真的头晕，一直闭着眼睛。

回到客厅后，齐佳佳从储物柜里找出医药箱。顾随站在沙发后，骨节分明的大手捏着沙发靠背，看着齐佳佳给躺在沙发上的许倾消毒额头上的伤口。

程寻额头出汗："许倾，你还有哪里不舒服吗？"

许倾声音低弱："没有。"她其实一直有点儿低血糖。

程寻点点头，说："没事就好。"

这时，顾随突然俯身一把抓住许倾的小腿，挽起她的裤腿，只见那里有一道伤口也在冒血，应该是刚刚刮到树枝导致的。

他声音低沉地说："这里还有。"

其他人愣了一下，纷纷看过去。

陈佳瑶脸色有些白："那么多血呢。倾倾，我帮你擦掉。"说完，她弯腰用棉签给许倾擦去血迹。

顾随松开许倾的脚踝，看了她一眼。

许倾神色淡淡地说："谢谢。"

顾随摁着沙发扶手，说："不客气。"

"我觉得顾行超级有领导能力，而且他能发现其他人发现不了的地方。这样的男人我好爱啊。"

"刚刚他算是第一个到许倾身边的吧？"

"算的，可惜许倾最后选择了程寻。幸好顾行不喜欢许倾，否则会很生气吧。"

"我倒回去看他跟陈佳瑶的相处，真心觉得好甜。"

"我也觉得好甜！这是一个会把陈佳瑶捧在手心里的男人。"

"不愧是我看中的男人，太帅了。我口水直流。"

"陈佳瑶每次出击都恰到好处。"

"你们没人发现林欢跟黄淼也越来越有戏了吗？"

"我们倾倾宝贝怎么样了？你们没人关心我们倾倾的死活吗？太过分了。"

"你们倾倾有程寻，还有林乎。她没事！"

"觉得程寻护不住许倾，每次都让她出事，哎。"

"你没看到他刚刚接住许倾一起摔的吗？"

"不管，'寻倾'最甜！"

林乎跟节目组的工作人员商量，准备明天再继续给小树做装饰。这毕竟只是一件小事，加上现在有嘉宾受伤了，节目组也不敢再强求。而林欢自认帮不上什么忙，就拉着黄淼准备给大家做点儿甜品当夜宵。

"不用给我留夜宵。"顾随说完，拿起西装外套，走向自己的房间。

齐佳佳则坐在椅子上，拉着许倾的手："刚才吓死我了。"

许倾感觉晕眩感已经缓解了，笑着说道："我没事了。你们先去洗澡吧，我再躺一会儿。"

陈佳瑶给许倾小腿上的伤上了药，贴上了止血贴。其实她也有点儿晕血，便说："那倾倾，我先去洗澡了。"

许倾点头："去吧去吧。"随即她又让齐佳佳也去洗澡。

齐佳佳没法子，而且天色也晚了，便起身上了楼。

许倾又让程寻回去。但程寻拿着一本杂志，说："我不急。"许倾就随他了。

顾随回房间后直接进了浴室洗澡。水"哗啦啦"地落在他的身上，水珠一颗颗滚过腹肌。他此刻眸色深沉，看似面无表情，实则眼中暗潮汹涌。他脑海里不断闪现许倾刚刚从梯子上摔落的画面，还有她那些只选择程寻的行为。

占有欲怎么了？占有欲也能摧毁一切。

十五分钟后，他穿着黑色短袖、灰色长裤从浴室里出来，弯腰拿起眼镜，走到窗边，慢条斯理地擦拭镜片。几分钟后，他才重新戴上眼镜，顿时看起来斯文了一些。

随后，他拉开门走了出去，可刚走下台阶，就看到程寻一手撑着沙发靠背，俯身靠近许倾，似是要亲下去。

此时节目组的工作人员已经下班。顾随隐忍了一个晚上的戾气瞬间爆发。他大步走上前，一把握住程寻的肩膀，用力地将程寻推倒在沙发上。程寻跌在沙发上，摔了个七荤八素，下意识地想要坐起来。

顾随用力摁住他的肩膀把他推了回去，眉眼间戾气横生："滚！"

其他人听见动静纷纷跑出来，看到这一幕却都愣住了。

许倾从睡梦中惊醒，迷迷糊糊地看到这一幕，挣扎着坐起来，问道："顾随，你干什么？"

她的话音刚落，顾随用一只手摁住许倾的肩膀，偏头堵住她的嘴唇。他亲下去之前，声音低沉冰冷："闭嘴。"

至于其他人，已经全蒙了。

第三章

先去离婚？

现场一片安静，一个个像被定身了似的。

许倾一手抓着沙发靠背，另一只手抓住顾随的手，进而将他推开。顾随退开了一点儿，透过镜片看她。

许倾："滚。"

顾随顿了几秒，但没有纠缠，此时也不适合纠缠。他站起来，转身坐到一旁的单人沙发上，摘下鼻梁上的金丝边眼镜扔在茶几上，整张脸的轮廓顿时更加棱角分明了。

其他人纷纷对视了几眼。许倾看了一眼程寻，就见程寻跌坐在沙发上，整个人像是没了精气神。

许倾："你怎么了？"

顾随微抬下巴，眼神冰冷地看着程寻："他要亲你。"

程寻顿时抱住了头。许倾愣了一下，有些惊讶，又转头看向顾随，沉默了几秒，反问："你又能好得了多少？"

顾随一愣，眯眼笑了："老婆？"

其他人纷纷倒吸一口凉气。林乎总算找回了一些神志，问道："这是……这是怎么回事？"

齐佳佳见林乎开口说话了，也迟疑小心地看着顾随："刚刚……刚刚许倾喊你什么？"

"顾随。"顾随接了话。

齐佳佳："凌盛的投资人！"

林乎也蒙了。

顾随："我是为许倾而来的。"

陈佳瑶下意识地看向许倾，似是有点儿接受不了。本来她已经胸有成竹，以为自己最后会选择顾行，再被顾行选择，却没想到他是为许倾而来。她又下意识地看向顾随。顾随却看都没看她，只是拧着眉心偶尔扫一眼许倾。

陈佳瑶咬了咬下唇，喃喃地说："幸好节目组的人已经下班了。"不然所有的观众都会觉得她自作多情。

齐佳佳也反应过来："对，幸好节目组已经下班了，否则……"整个圈子都得炸了，想想就可怕。

林欢和黄淼把甜品放在茶几上——他们做了南瓜牛奶。林欢看着许倾："你吃点儿吧。你刚刚肯定是低血糖导致的。"

许倾现在其实还有点儿晕。她点点头，说："谢谢。"起身想去拿甜品。

顾随伸手端过一碗，拿起勺子搅拌了几下，然后舀了一勺递到许倾的嘴边。他说："你就算再生我的气，也得吃点儿东西。"

许倾看着他没有张嘴。

程寻偷亲她，不对。顾随发火，也不对。因为，顾随有什么资格呢？

顾随跟她对视几秒，放弃了，把碗和勺子放回茶几上："行。"

齐佳佳见状，赶紧上前解围，挤开程寻坐到许倾的身边，说："我喂你吧。"说着，她端起了碗。

许倾伸手接过碗，说："不用，我自己能吃。"她现在感觉脑子有点儿乱，确实也需要一些食物暖暖胃。

程寻坐在沙发另一头一直没有吭声，好一会儿才坐正了身子揉了一下脸，偏头看向顾随："顾总，你说你是为许倾而来的？你们是什么关系？"

他虽然心如死灰，刚刚偷亲做得不地道，但是也要弄清楚一些事情。

听见程寻的问题，顾随放下交叠的长腿，将手肘搭在膝盖上，带着威胁的眼神看着程寻："你说呢？"

程寻正想说话，却听许倾突然放下碗，发出"哐"的一声。这声音在安静又暗流涌动的客厅里很是刺耳。

顾随偏头看向许倾。许倾已经精神了很多。她整理了一下头发，也微微倾身看着顾随。尽管顾随身上的气势强盛，但许倾的气势跟他的碰撞在一起，一点儿都不怵。

许倾反问："你想说什么？"

她的眼神也在无声地反问：玩伴，或者是假夫妻？

顾随沉默地跟她对视，半晌，紧了紧下颌，对着其他人，也是对着程寻说："我们……"他说到这儿，又似笑非笑地看了一眼许倾。

许倾眯眼看了他几秒，突然发觉他眼底有深意，瞬间咬了咬牙，笑着说道："那种关系。"

其他人都惊呆了，程寻简直难以置信。

林乎搓搓脸，有些颓废地说："难怪我总觉得你们之间的气氛不太对。"那种隐隐的不经意的暧昧……原来他的第六感是对的。

许倾这话一出口，对程寻和陈佳瑶是致命的打击。他们所有的希望都被这句话击碎了。

顾随见许倾如此洒脱，眸色更深了一些，半晌才垂眸冷笑了一声。随后他拿起手机，拨打了节目组制作人和监制、导演的电话，让他们过来一趟。

十来分钟后，玻璃屋里坐满了人。大家一起针对今晚的意外商讨接下来的拍摄安排。顾随没有参与，也没有必要参与。他走到外面，坐在廊下的长沙发上抽烟。

他已经很少这么冲动了。他垂眸看着手机，看到了满屏的消息提醒。

吴倩："顾随，你跟节目组说一声，我也要去参加。行不行？"

吴倩："顾随，你回我信息。"

吴倩："顾随！！！"

修长的手指摁灭了屏幕。他叼着烟站起身，将手插进裤袋里，回头看向屋里靠在沙发上支着下巴的女人。

节目组的人都不傻，知道顾随突然联系上节目组，肯定是有目的的，不只是"玩玩"那么简单。他们也一致认为，幸好这事发生在晚上下班后，若是在直播镜头前，如今都不知该怎么收场。

这季节目还有三期就结束了。现在不管大家的关系有多乱，他们都得好好拍完，并且都得签保密协议。毕竟，那男人可是"大资本家"。

有了节目组的安排，其他人也都安心了一些，失落归失落，还是以大局为重。

安排好后续的拍摄进程后，节目组的人起身告辞。制作人下意识地看了一眼许倾，心想：能让"资本家"亲自为她下场，不知许倾以后会发展成什么样，是一夜昙花一现，还是站上顶峰呢？但无论如何，节目组是不敢小看她了。

"许倾，你早点儿休息，注意腿不要沾水。"制作人温柔地嘱咐道。

许倾点点头："好的。"

制作人说完就带着其他人出了门，走到门口时看到站在廊下的顾随，便朝顾随点头。顾随偏头看了他们一眼，说："辛苦了。"

制作人："嗯。"制作人当然不会说没事，好好的节目还要为这个男人保驾护航，没要利息就不错了。当然，她也算卖个人情。

节目组的人走后，几个嘉宾都松了一口气。

林乎伸了一个懒腰，说："那就都先休息吧，今晚也够折腾的了。"

程寻欲言又止地看了一眼许倾。齐佳佳拉着许倾的手："走吧，我们一起上去。"

许倾站起来打了一个哈欠，准备跟着齐佳佳上楼，顾随正好从外面进来。两个人的视线撞上，顾随询问："我抱你上去？"

齐佳佳下意识地要松开拉着许倾的手。许倾一把抓紧齐佳佳的手，淡淡地说："不必。"说完，她拉着齐佳佳走向楼梯。

两个人上了楼梯后，齐佳佳看了一眼面无表情的许倾，说："真没想到啊。"

许倾："小事一桩，有什么没想到的？"

齐佳佳："你有没有想过，如果粉丝知道的话，你们……"

她们来到二楼，正好遇上陈佳瑶。陈佳瑶扫了许倾一眼，然后打开自己的房门进去了。

齐佳佳："看到没？她对你一下子就冷下来了。"

许倾开了房门，说："女孩子天真了。"说完这句模棱两可的话，她便进了房间。

齐佳佳看着许倾进屋，然后回了自己的房间。

今夜注定是一个不眠夜。

许倾的腿伤不能碰水，她只能用胶带贴好，然后才去洗澡。洗完后，她吹好头发坐在床边，拿起手机一看，发现收到很多条信息。

程寻："许倾，对不起。"

程寻："我当时鬼迷心窍，看到你睡着了，就……"

程寻："或许你不知道，从我们合作第一部戏开始，我就对你心动了。"

程寻："我只是没想到，你跟顾随有……有关系。"

许倾："你不要想太多，好好录完节目吧。"

程寻那边一直在输入，却没发送新信息过来。许倾便直接退出和他的聊天框，随即一眼便看到顾随发来的信息。她眯了眯眼，点进去。

顾随："伤口别沾水。"

许倾："你玩够了吗？"

这句话发过去后，顾随没有回复。

或许他至今还没能完全理解自己的行为。对他而言，当初和他领证结婚的那个女人不过是一个可怜又漂亮的女人。家里的那一夜只是他一时兴起，而她又肯配合。彼此都欢愉是挺好的，但绝对达不到能让他那么冲动的地步。

许倾放下手机便躺下休息了。她睡得比别人好很多。第二天醒来，她换好衣服，拉开遮挡摄像头的布，新的一天的拍摄又开始了。

许倾洗完脸，一边扎头发一边拉开门，正好碰上了陈佳瑶。陈佳瑶明显没有睡好，黑眼圈深得连粉底都遮不住。

许倾一愣："早。"

陈佳瑶抿抿唇："早。"

两个人一块儿走下楼梯，陈佳瑶时不时看向许倾。许倾想了一下，问道："你想吃什么早餐？我们早上弄点儿三明治好吗？"

陈佳瑶立即回道："好，我帮忙吧。"

许倾微微一笑："嗯。"

于是，两个人拐进了厨房。许倾从冰箱里拿食材，陈佳瑶取下铁锅，两个人分工合作。

许倾说："我以前读书的时候，就喜欢在小店里买那种简单的三明治。里面只有一片早餐肉和一点点番茄酱，咬一口，番茄酱就全跑出来了。"

陈佳瑶说："我喜欢吃关东煮。"

许倾笑了："嗯，这个也不错。"

陈佳瑶正想再说点儿什么，却突然停住了。许倾顺着她的视线看去，对上了门口那个男人的目光。

顾随穿着黑色衬衫，鼻梁上架着金丝边眼镜，眉梢微微挑起，看着许倾，说："我回黎城了。"

许倾点头："好啊。"

顾随走到她跟前，低头看她，几秒后突然伸手。

许倾愣了一下，看到男人的指尖落在她的发丝上，紧接着他拿下了一根弯弯曲曲的白色绒毛。他嗓音低沉："玩偶的毛？"

许倾："可能吧。"她的房间里有些大型玩偶。

顾随点点头，扔了那根小绒毛，说："我走了。"

许倾："好。"

顾随看了她一眼，没等来别的话，便眯了眯眼，转身走了。

陈佳瑶顿时感觉心里有点儿慌，下意识地往前走了一步。许倾在她身后说："想说什么就追上去，别给自己留遗憾。"

陈佳瑶愣了一下，看向许倾，接着拔腿追了过去。顾随在靠近门边时听到了许倾说的话，于是脚步微顿，将手插在裤袋里，停住了。

陈佳瑶来到顾随的身边，拿出自己的手机："我们能加个微信好友吗？"

顾随偏头看向身边的女人，只见陈佳瑶一脸的忐忑紧张。他勾起嘴角，漫不经心地拿出手机递给陈佳瑶。陈佳瑶立即扫了他的二维码，添加好友。

陈佳瑶略显激动，想跟顾随说点儿什么。顾随却看了一眼手机，随即面无表情地摁灭屏幕，接着走向许倾，直接俯身堵住许倾的嘴唇。

许倾愣了一下，差点儿捏碎手里拿着的鸡蛋。顾随往前一步，将她抵在了中岛台上，与她唇舌纠缠。许倾捏着鸡蛋的手在半空中晃了几下，终究没舍得浪费粮食。

陈佳瑶愣愣地看着这一幕，只觉得刚加的微信好友凉透了。

不远处的摄像师觉得自己的第六感实在很灵，在顾随靠近许倾时就立即掉转镜头，去拍客厅那边了。

"我在黎城等你。"说完，顾随离开。

许倾眯着眼："狗东西。"

顾随却仿佛没有听到，只留下了顾长的背影。许倾把鸡蛋放下，擦擦嘴角。

陈佳瑶这才慢慢地走向许倾，张了张嘴："倾倾。"

许倾看向陈佳瑶，语重心长地说："佳瑶，没有感情基础发生的一切关系，最终只会让彼此成为过客。"

陈佳瑶有点儿茫然，但还是挺难过的。许倾也不解释那么多，觉得没必要。

顾随肯加陈佳瑶的微信好友，说明他对陈佳瑶不是完全没有想法。而他这样的男人，即使再坏，也有女人想试一试。

稍晚，程寻、林乎、林欢、黄淼以及齐佳佳起床后才得知顾随已经离开了，所以节目嘉宾少了一个人。

广大观众也惊叫连连。

"什么？顾行退出了？那我以后就看不到这么帅的哥哥了。"

"天哪天哪！我好难过。"

"陈佳瑶肯定也难过吧。"

"不过你们发现没有，许倾跟程寻之间的气氛变了，有点儿怪。"

"你们没看错，真的变了。许倾现在更多的是跟陈佳瑶或齐佳佳一起行动。"

"许倾跟程寻吹了？我的心好痛。"

"听说是因为许倾的那个心上人。程寻不是许倾的那个心上人吧。也不知道许倾的心上人到底是谁。"

"我们倾倾永远最美，就算不和程寻捆绑，依然最美，谁都不能反驳。"

"我上次就说了，程寻总是护不住许倾，他们不合适。我反而觉得顾行更适合许倾一些。"

"这节目最高潮的地方，顾行退出也就算了，'寻倾'也要解绑？"

"心碎了一地。"

"寻倾不甜了，呜呜呜。"

"感觉少了顾行，这节目都不好看了。"

"救命，只有我喜欢冷门的吗？比如黄森跟林欢。他们的样子实在太甜了！"

"今天'森欢'在过节，'寻倾'在失恋。"

…………

又过了一天，节目还剩下最后一期。许倾却不得不离开玻璃屋一天，回黎城去参加《股神》的角色试镜。她抵达黎城机场时是下午三点多。黎城的天气有些阴冷。

许倾走出机场大厅，拨通苏雪的电话："你到了没？"

苏雪支支吾吾几声，然后说："倾，是这样的，今天公司开股东大会，顾随居然来了，然后说他去接你。"

许倾眯眼，正想说话，却见一辆黑色的宾利车停在自己面前。车窗被摇下，后座上的顾随抬起眼皮看她："上车。不上的话，我去抱你上来。"

许倾"呵"一声，弯腰坐了进去。

陈助理从前面递了一束玫瑰花给顾随，顾随接过来递给许倾。许倾挑眉，接了花束，瞬间闻到扑面而来的花香味。

顾随看了她一眼，眼眸里含了一丝笑意："喜欢吗？"

许倾："还行。"

车子启动。许倾单手抱着花摁手机，跟苏雪确定行程。顾随似乎也忙，在一旁翻着文件。一时间车厢里安静下来。

又过了两分钟左右，顾随摘下蓝牙耳机，随手放在一旁，看着许倾问："晚上一起吃饭？"

许倾抬头看向他："不了，忙。"

顾随："试镜最晚六点结束。"

许倾："忙啊。"

顾随眯眼，两个人对视了几秒。

许倾："你在追我？"

顾随一愣。

此时试镜地点到了。许倾推开门下车，又弯腰回来，把玫瑰花放在了她刚刚坐的位置上。她撑着座椅，看着眼眸有些深的男人："留给更需要它的人吧。"

一束玫瑰花而已，谁会更需要？只不过她不想要而已。

顾随理了理袖口，紧抿薄唇，没回应。

许倾："谢谢你们送我过来。"她说完，"砰"的一声关上了车门。

许倾走进大厦，前往十二楼的试镜地点。一出电梯，她就看到了七八个女演员。她们看到许倾，也陆陆续续地和她打招呼。

最近《我们相爱吧》确实很火，许倾的热度直线飙升。而且昨晚许倾还上了热门话题，网友都在讨论许倾跟程寻如今的关系。

既然她们都打了招呼，许倾也礼貌地回她们。这个圈子就是这样，一旦有了一些热度，搭理你的人就多了。

"许倾来了没？"林导的助理打开门问道。

许倾立即回道："我在。"

林导的助理看到许倾后，笑着说道："请进。"

"好。"

林导在里面，看到许倾点点头。许倾也朝他点头。林导说："我看过你之前参加《幕后》试镜的小片段，很不错。"

许倾："谢谢林导给我机会。"

林导："开始吧。"

黑色的宾利车还停在原地。陈助理在驾驶位上，连呼吸都不敢太大声。

今天这束玫瑰花，是老板一早就让他订的，如今却连送都没送出去。老板还被许倾一句话问得口不能言。

陈助理迟疑了一下，问道："老板，您刚才怎么不回许倾的话？"

"回什么？"顾随睁眼，看了一眼陈助理。

陈助理咳了一声："您不是要追许倾吗？"

顾随伸出手指拨弄玫瑰花，说："是要追。"

"那……怎么不趁机表达？"

顾随："她不让我追。"

陈助理心想：您还挺听话。

陈助理想了想，突然问道："老板，您要不要去看一样东西？"

顾随挑眉："什么？"

"走吧。"陈助理说完，立马启动车子。

车子疾驰上了大路。顾随垂眸把玩着打火机。陈助理透过后视镜看了他一眼，虽然看不出他的表情，但可以感觉到他有些烦躁。

不一会儿，车子抵达凌盛，两个人上了楼。顾随抬眼看了一眼陈助理。他倒要看看是什么东西这么神秘。

一出电梯，很多员工向他们打招呼。随后顾随进了办公室，而陈助理立即去拿了平板电脑放在顾随的面前。顾随一眼便看出是《我们相爱吧》的流程，也看到了上面写着的打分环节——相处过两天后，男嘉宾和女嘉宾互相打分。

顾随回过神，点开了自己的打分表：陈佳瑶8分，齐佳佳8分，林欢8分，许倾6分。

陈助理轻咳一声。顾随看着自己给许倾打的分数，心头微震，紧接着打开了许倾的打分表：程寻9分，林乎9分，黄淼8分，顾随0分。

他们都给彼此打了最低分。

顾随猛地一把推开了平板电脑。

陈助理赶紧接过平板电脑，提醒道："老板，您怎么看待许倾，许倾就怎么看待您。"

好一句"您怎么看待许倾，许倾就怎么看待您"。

顾随坐在椅子上，往后退了一些，拿起一旁的烟低头点燃。火光跳跃中，顾随低垂着眉眼："你出去。"

陈助理"哎"了一声，又看了顾随一眼，才转身出去。出门后，他才发现自己后背上都是冷汗。

办公室的门被关上，百叶窗外却频繁有员工走过。如今正是跟同易战略合作的紧要关头，公司里没有一个人能闲下来，这就更衬出了顾随办公室里的安静。

顾随咬着烟想了几秒，拨打了内线电话。陈助理很快接起来，听到顾随问道："许倾的母亲现在在哪家医院？"

陈助理："我查一下，发给您。"

不一会儿，一条信息发送到顾随的手机里。

《股神》的试镜非常顺利。试镜结束后，林导对许倾说道："你对这个角色很了解，诠释得很好。"

许倾看着林导的眼睛，有点儿想提出自己的疑虑——关于《股神》跟《幕后》的相似度，但是有些话不能直接说，便笑着说道："可能是之前为了《幕后》做了很多准备。这次感觉《股神》蛮熟悉的，所以比较有把握。"

林导扯了一下嘴角，说："应该就是你了。回去等通知吧。"

"谢谢林导。"说完，许倾转身出了门。

外面还有一些演员在等着试镜。

苏雪还在忙，便只派了保姆车过来接许倾。许倾上车后，司机回头问："回家还是回公司？"

许倾："去医院。"

司机："好的。"

许倾摘下墨镜和口罩，放在小包上面。这时，她的手机响了一声。她拿出来一看，是孟莹发了信息过来。

孟莹："我这段时间都在深山老林里拍戏，连一点儿信号都没有。刚刚下山才发现顾随居然跟着你上了综艺！"

许倾："你接的什么戏？"

孟莹："一个女三号，恐怖悬疑剧。"

许倾："还可以，至少有戏拍。"

孟莹："你这次上综艺直接火了呀！话说，你跟顾随什么情况了？"

许倾："回头跟你说。"

孟莹："等我忙完了，我们聚聚。"

许倾："好啊。"

放下手机，许倾闭上眼睛揉揉眉心，脑海里却浮现出一束红色的玫瑰。

她愣了一下，然后摇了摇头，把那个男人甩出脑海。

孟莹对爱情有幻想，所以一直觉得许倾跟顾随之间还有发展。但她或许不知道，他们的发展不是情感的发展，有什么值得说的呢？

快到医院时，许倾的手机再一次响起。这次来电的是医院的护工。

"许小姐，有位先生过来看罗女士。"

许倾一愣，刚甩出脑海的那张脸又跑了回来，在脑海里晃悠。她戴上墨镜，对护工说："好的，我到楼下了。"

挂了电话，许倾让司机先回去，随后下车走进医院。她的母亲成为植物人已经三年了，一直在这家医院疗养。尽管花费不少，但对许倾来说，只要母亲活着，钱就不是问题。

到了病房门口，许倾没有着急进去，站在门外往里看，就见顾随穿着白色衬衫、西装长裤坐在床边的椅子上，似是在跟护工说话。许倾一把推开门，正巧顾随抬眼看过来，与她四目相对。

许倾："你怎么来了？"

顾随："来看看阿姨。"

许倾抿紧唇："谢谢。"

她接过护工手里的棉签，沾了些水，弯腰为母亲湿润嘴唇。她今天穿的黑色上衣配牛仔裤，这么一弯腰，身材尽显。

顾随起身来到许倾身边，一手插在裤袋里，看着躺在床上的名义上的丈母娘。因为请了最好的护工，许倾的母亲被照顾得很好，看起来像是正在安睡，眉目慈祥。

顾随将视线转到许倾的脸上，想起三年前陈助理找到许倾后，给他的资料里还附带了一些她过往的情况，包括她父母的车祸。

车祸那晚，许倾正为了一点儿资源在酒桌上陪人喝酒。接到消息，她惊慌失措地从酒桌上离开，最终见到的是当场死亡的父亲和奄奄一息的母亲。

陈助理当时说，这个女艺人家庭负债很多，父母出车祸于她来说是雪上加霜。

顾随伸手理了一下许倾脸颊边的发丝。许倾的动作一顿："顾总，有何贵干？"

顾随："晚上一块儿吃饭。"

许倾站直身体，把棉签扔进一旁的垃圾桶里，看着他问："你还不死心？"

顾随挑了一下嘴角:"死心怎么写?"

他从裤袋里拿出手机,当场拨通了一个电话。那头很快有人接了电话,声音略微粗哑:"顾总?"

顾随:"姜主任,麻烦你抽空到黎城日月私人医院,帮我看一个病人。"

"什么病人?"

"我丈母娘。"

"什么?你丈母娘?你结婚了?"

许倾紧拧眉心,看着顾随。顾随也看着许倾,对电话那头的人道:"说来话长,你就说你最近有空吗?"

"有空,三天后见。"

顾随:"感谢。"说完,他挂了电话,对许倾说道:"姜主任的团队刚从国外进修回来。他主修的就是神经科,是江氏联合医院的权威医生。他过来帮阿姨看,正好。"

许倾也听说过姜主任的大名,也不是没有去找过姜主任,但是人家出国进修了,而且并不好预约。她一直想等姜主任回国后再亲自去拜访,而换成顾随出马就很简单,一通电话就把人约来了。

许倾很感动,说:"谢谢你,真的很谢谢你。"

顾随看着她:"那晚上一起吃饭?"

许倾微微一笑:"可以啊。不过我得先回家洗个澡。"她一笑眉眼就弯起来,很漂亮。

顾随微挑眉梢:"那我送你回去。"

许倾:"你送我回去还得等。"

顾随含笑:"我可以等。"

许倾抿了一下唇:"好啊。"

又待了一会儿,许倾叮嘱了护工一些日常事项后就离开了病房。

许倾没有跟顾随一起下楼。两个人各搭乘一部电梯,一前一后出了医院。陈助理将黑色宾利车开过来,停在医院门口。许倾出来的时候,车门从里面打开,顾随正偏头看着她。许倾扶了一下墨镜,弯腰上车。

车子启动。顾随拿起一旁的平板电脑,点开随意地翻看,问道:"晚上你想吃什么?"

许倾看了他一眼。男人眉眼如墨,如果忽略骨子里的浪荡,平日里看起来还算斯文稳重,难怪身边美女环绕。

许倾淡淡地说："都可以。"

顾随嘴角微挑："那我挑了。"

"嗯。"

陈助理听着后座的对话，心想：打蛇打七寸，老板从许倾母亲那里下手确实是明智的，没准儿会有点儿进展。

离开医院时天色还亮，等到了馨月小区时天却已经暗了下来。许倾的手机响了一声，她拿出来一看，是苏雪发来的信息。

苏雪："晚上林导那边可能会公布今天的试镜结果。"

许倾："好。"

她发完信息抬起头，正对上顾随的眼眸。他低声问道："有事？"

许倾笑着摇头，说："你跟我一起上去吧。"

顾随一愣，偏头看她："我上去等？"

许倾："嗯。"

顾随定定地看了她几秒，随即勾起嘴角，说道："行。"

说着，他迈开长腿下了车，同时解开西装纽扣，走到车子另一边把许倾牵出来。许倾戴着口罩、墨镜，低头摁着手机。

巧的是，今晚也有《我们相爱吧》的直播。许倾打算吃过饭看。

顾随不是第一次来许倾家。她家里飘着淡淡的香味，既不是香水味，也不是熏香的香味，是一种说不上来的香。

顾随靠在门板上，指间夹着烟，对许倾说："你快去洗澡。"

许倾把小包放下，回身看他，随即走上前，问道："你不一起吗？"

顾随一愣，眯起眼："你以为我只会想这个吗？"

许倾淡淡地看着他，接着两手抓住衣摆上提，随即一用力，将上衣脱了下来。

顾随咬牙："我是约你去吃饭。"

许倾笑笑，拆下马尾上的发带，头发瞬间披散而落，垂在肩膀上。灯光投在她的身上，照得她美得如玉一般。

她说："这是饭前菜。"

顾随咬紧后槽牙，捏了捏指间的烟。烟变成烟碎从他的指间掉落。他走上前，一把握住她的腰："那么，吃完饭前菜，也得吃个主菜，最后再上个甜点。"

许倾笑笑，伸出手指碰了他的眉心一下。顾随俯身，堵住她的嘴唇。

他偏头在她的耳边说道："男人是不能轻易引诱的。"

话音落下后，许倾的身子颤了一下，不知是因为凉还是因为他的动作。顾随脱下自己的衬衫直接罩在她的肩膀上，拉着她去了卧室。

　　不一会儿，许倾抱着顾随的脖颈，顾随的大手扣着她的脖颈。两个人的肌肤颜色多少有些差别，顾随的肌肤颜色要深一些，许倾的太白了。窗帘翻飞，卧室里偶尔传出声音。

　　其间，顾随说："我今晚是正经约你的。"

　　那句"我在追你"终究没说出口，但是"正经约你"就表达了那个意思。许倾闷哼一声，像是应了。

　　一个小时后，许倾裹着浴袍从浴室里出来。顾随正在穿衬衫，抬眼看她："怎么还不换衣服？"

　　许倾拿起空调遥控器调空调温度，看了他一眼，说道："你帮我请了姜主任，我刚刚算还给你了。晚饭我就不去吃了。"

　　顾随扣纽扣的动作一顿。他看着她："你说什么？再说一遍？"

　　许倾靠在衣柜上，说："我不去吃饭了。"

　　顾随眯眼："不对，上一句。"

　　许倾挑眉："哦，你帮我请了姜主任，我刚刚算还给你了。"

　　顾随大步上前，抵住许倾，眼中带着怒意："还？这个能叫还？"

　　许倾也看着他："那你再来一次？"

　　顾随："我再问你一遍，去吃饭吗？"

　　许倾摇头。顾随伸手往下，用力地一把扯开了许倾的浴袍带子。

　　许倾"啧"了一声："轻点儿。"

　　顾随偏头堵住她的嘴唇，把刚穿上的衬衫再次扯下，带着怒意和狠意。

　　又一个小时后，许倾连指尖都在发抖。顾随拨弄着她的头发，说："早点儿休息。"说完，他一边穿衣服一边走出卧室，然后捞起沙发上的外套、腕表和手机就出门下了楼。

　　他一路走到馨月小区门口，一把拉开车门坐了进去，将外套扔在一旁。他的胸膛起伏，衣服凌乱，衬衫纽扣只扣了最下面的几颗。

　　陈助理愣了一下，从后视镜里看了顾随一眼："老板？"

　　顾随一边扣衬衫纽扣，一边低沉冰冷地说："把玫瑰花给她送上去。"

　　陈助理一愣，转头看了一眼副驾驶座上那束新的玫瑰花："哎。"然后他迟疑了一下，问道，"怎么不下来吃饭？"

　　顾随冷笑："哦，她吃了，引诱我，吃完就让我走。"

　　陈助理无奈地想：这追求是一点儿进展都没有啊。

看得出老板正在生气，陈助理赶紧抱着玫瑰花下了车，然后急匆匆地进了小区，一路来到许倾家门口，深吸一口气，敲门。一分钟后，门打开，只见许倾穿着睡衣，头发包在毛巾里。

比起老板气急败坏的样子，许倾这气色可真好。

陈助理咳了一声，把玫瑰花递给她，说："老板送你的。"

许倾对陈助理的印象一直挺好。她微微一笑，看了一眼玫瑰花，又看了一眼陈助理："怎么还麻烦你送上来？"

陈助理："老板让送的。"

"挺费钱的。"许倾伸手接过，闻了几下，说，"以后别浪费了啊。"然后她又把玫瑰花塞回了陈助理的怀里。

"晚安。"说完，她关了门。

陈助理蒙了，看着紧闭的房门，意识到自己被许倾溜了。

十分钟后，陈助理抱着玫瑰花下楼，又将花藏在身后。车窗摇下，漆黑的夜里，顾随的眼眸深沉如墨。他眯眼问道："送出去没？"

陈助理硬着头皮把玫瑰花从背后拿出来。顾随见状不禁咬紧了牙。他"呵"了一声，说："她喜欢现在的状态，不想改变，没打算给我机会。"

陈助理赶紧应话："对。"

顾随抬起眼皮："对？"

陈助理暗道：这是您自己说的啊。他想了想，觉得还是不要告诉老板，自己刚刚隐约闻到许倾屋里有饭香味。

她已经吃上饭了，而他们俩，还在这里挨饿。

关上门后，许倾拿着手机回了厨房。苏雪下午抽空来过，往许倾的冰箱里塞了自己爸妈做的菜。许倾回来一热就行，比跟顾随出去吃舒服多了。

吃过晚饭，许倾坐在沙发上看《股神》的小说。不一会儿，苏雪发信息给她，说试镜通过了。紧接着，许倾就被拉到了《股神》的群里。制片人在群里发布了剧本围读会的时间，许倾赶紧记下了时间。

苏雪私信问她："你知道男一号是谁演吗？"

许倾："谁？"

苏雪："张驯。"

苏雪："去年你们合作过一段时间。"

许倾："想起来了。不是说他退圈了吗？"

苏雪："哪里退圈了，他只是为了跟原来的公司解约。扯皮了那么久，今年一复出就搭上了林导这条线。"

许倾："哦。"

跟苏雪聊了一会儿，许倾打开平板电脑，开始看最新一期的《我们相爱吧》。经过《我们相爱吧》这档节目的助力，加上这段时间她跟程寻的"捆绑"，她的微博粉丝涨了差不多五百万。

之前她都是在镜头里的，今天这期她不在，嘉宾只有林乎、林欢、程寻、齐佳佳、黄淼和陈佳瑶。他们几个正在厨房里包饺子。

程寻一个人站在一旁全程沉默。陈佳瑶也有些失神的样子。林乎到底是经历过世面的，已经可以跟齐佳佳说笑了，偶尔还调侃一下黄淼和林欢这对目前最被看好的情侣组合。

因为经历过父母的生死，许倾现在是知足常乐，对很多事情都看得很淡。她愿意偶尔配合炒作，就是为了热度，而有热度就意味着有钱。她一直以为程寻也是这样。人要往上爬，总要付出些什么，却没想到他动了真心。

许倾的脑海里不自觉地浮现出一个男人的轮廓。她挑了挑眉，敛下心神。

苏雪又发来信息："来公司一趟。我去接你。"

许倾回了神："怎么了？"

"肖仲找你。"

许倾愣了愣，关掉平板电脑进屋换衣服。

不一会儿，黑色的保姆车就到了楼下。许倾戴上墨镜和帽子，下楼钻进车里。她问道："肖总没说什么事吗？"

苏雪摇头："不知道。这大半夜的，我问了公司里的人，其他人也都不知道。"

许倾拧眉，转头看了一眼窗外的夜景。

欢颜娱乐所在的大楼里还有很多人在加班。他们到达时苏雪仍在不停地发消息，希望能提前知道些什么。

两个人上楼来到肖仲的办公室。苏雪推开门，就见肖仲穿着黑色上衣、牛仔裤，坐在办公桌后面。而桌前还坐着两个人，是林曼和她的经纪人。

苏雪愣了一下。肖仲抬抬下巴："进来。"

两个人走进去。许倾摘下墨镜放在桌子上，看了一眼林曼。林曼交叠着长腿，拨弄着耳钉，冷冷地回看了许倾一眼。

许倾在椅子上坐下后，苏雪笑着说道："肖总，这么晚喊我们过来，是有什么事吗？"

肖仲揉了揉额头，点了点桌子说："让林曼说吧。"

许倩和苏雪看向林曼，见林曼的经纪人拍了拍林曼的手。林曼看着许倩，说："你把《股神》的角色推了。这部电影的上映时间跟我的《幕后》冲了，也不是我们欢颜投资的作品，而且他们私下还有纠纷。我是为你好。"

苏雪第一个反对，质问："凭什么？"

林曼脸色难看："我不是说了吗？这作品不是我们公司的，而且以后还有别的纠纷。我是为许倩好啊。"

苏雪冷冷一笑："你别骗人了。两部电影一个题材，你是什么心思，我们不明白吗？"

林曼觉得苏雪简直不知好歹，便看向肖仲。肖仲揉着额头，叹了一口气，看向许倩，说："推了吧。"

许倩："不推。"

肖仲沉下脸色，看着许倩。

许倩拿起墨镜，站起身，说："没什么事的话，我们先走了。"

林曼气得站起来，又看了肖仲好几眼。肖仲突然喊道："站住。"

见许倩脚步微顿，肖仲说："我现在给你一个新资源。"

许倩转过身子，神色淡淡地看着肖仲。

肖仲抄起手机，找到一个号码拨打过去。很快，电话接通，肖仲问道："顾随，《龙山》那部电影，你们公司投资了？"

一听"顾随"二字，林曼唰地看过去。她难以置信，狠狠地瞪着肖仲。肖仲没搭理她。

而那边，顾随低沉的嗓音传来："嗯，是有这个项目。怎么了？"

肖仲说："我介绍一个演员过去。你帮个忙，说句话。"

顾随："谁？"

肖仲："许倩。"

这个名字一出，顾随便沉默了。林曼瞬间得意地看着许倩。

肖仲也有点儿无奈，觉得顾随可能不愿意答应，便解释道："因为她参加试镜的《股神》和林曼的《幕后》可能会面临一些纠纷。为了她好，所以让她把角色推了。"

那头顾随慢悠悠地问道："就这个原因？"

林曼听着又看了一眼许倩，突然想到什么，笑着抢过肖仲的手机，对顾随说："哦，还有，她去《股神》估计是想跟张驯炒作。毕竟许倩是个不炒作会死的女演员。"

"什么？"张驯是谁？

顾随在那头沉了脸色，几秒后，说道："我跟《龙山》的总导演说……"

"不必，我就要参演《股神》。"许倾突然开口打断顾随的话："而且，我演定了。"

说完，许倾看都没看他们，转身就走。

全场安静。

苏雪紧跟着出了门，还顺手关上了办公室的门。

林曼简直对许倾的态度厌恶至极，下意识地看向肖仲，仿佛在说：你觉得这人还能要？

肖仲没搭理林曼，拿过手机说道："顾随，不好意思，让你见笑了。她不懂事，你别计较。"

顾随本打算挂断电话，听见这话，眯了眯眼："不懂事的人是谁？"

肖仲愣了一下。

顾随扯了扯领带，说："你要宠女人可以，但记得教她点儿教养，否则贻笑大方。"说完，他直接挂了电话。

嘟嘟嘟的声音传来，肖仲沉默了几秒，把手机扔在桌上。

林曼被他吓了一跳："你干什么？"

肖仲抬起头看她："你问我干什么？好好的电影不去拍，你在这里干什么？"

林曼的脸色顿时更加难看。

肖仲："以后这种事情别找我出面。我没那么多时间。"

林曼咬紧下唇。

肖仲："滚出去。"

欢颜虽然是老牌的娱乐公司，但是跟顾随的公司比起来还差了太多。肖仲仗着跟顾随在国外有几年的同学情谊，回国接手欢颜后就一直试图打入顾随的圈子。某种程度上，肖仲就像是顾随的小弟。所以顾随的一句呵斥，让肖仲感到不爽和难堪。而跟顾随一比，林曼算得了什么。

林曼的脸色青一阵白一阵。见林曼还想说什么，经纪人赶紧拉住她，拽了她几下。林曼犹豫了几秒，愤愤地转身跟着经纪人出去了。

出去后，林曼抱着手臂踱步。经纪人看了她一眼，说："好好拍《幕后》，别起别的心思了。自信点儿，你不比许倾差的。"

林曼停下脚步，看向经纪人："你觉得刚刚顾随跟肖仲说了什么？肖仲按着听筒，我听不见。"

经纪人摇头："不知道，但肯定跟你和肖仲有关。顾总应该知道你跟肖仲之间的关系。"

林曼的脸色顿时又白了几分。经纪人又说道："另外，许倾这次因为参加综艺节目，热度涨了那么多，公司更不会轻易放弃她。局势会变，你要做好准备。"

林曼冷笑："一只野鸡还想当凤凰吗？"

上了保姆车，许倾摘下墨镜扔在一旁。苏雪让司机开车。

车子在大路上疾驰。苏雪立即找人帮忙查《幕后》和《股神》这两部电影会产生的纠纷。很快就有人传回了消息，苏雪一看，愣了一下，看向许倾，说："目前的消息是说这两部小说的故事、人设有相似之处。这可能就是肖总说的纠纷。你看过这两部小说，你怎么看？"

许倾也猜到了，说："过两天再问问林导。"

苏雪"嗯"了一声，觉得好不容易争取来的角色，怎么都不能轻易放弃。

车子抵达馨月小区，许倾跟苏雪告别，随后上楼。她刚进家门，手机就响了。她看了一眼手机，是顾随打来的电话。

许倾直接挂断了顾随的来电，并把手机放在床头柜上，拿了睡衣进浴室准备再洗一个澡。

她需要算算，接下来姜主任给母亲治疗的费用够不够，需不需要用这套房子去做抵押。

半山别墅二楼，顾随看着被挂断电话的手机屏幕，把手机扔在桌上，拿过一旁的文件翻看。

陈想带着助理和秘书坐在一旁。陈想看了顾随一眼："怎么？没接？"

顾随抬起眼皮看了陈想一眼。

陈想咳了一声，放松了一下身体，说："刚刚离得太近了，我都听到了。"

顾随翻着文件，嗓音低沉："然后呢？"

陈想笑着说道："没想到你会来真的，让你给资源你就给资源。那你给我点儿资源呗。"

顾随："滚。"

陈想笑起来。听顾随的助理说，顾随起了追许倾的心，陈想觉得稀奇又好笑。这次顾随突然改名跑去参加综艺节目，圈内很多人都觉得他是冲着陈佳瑶这类女生去的。只有陈想在看到那个叫许倾的女人时，知道事情没那么简单。

论起顾随的好友，陈想才算是其中一个——肖仲那种算不上，所以陈想才更了解顾随。

顾随这人确实一直被美女环绕。这些年参加一些宴会、酒会或者商务会议时，顾随身边经常是有女伴的，只是基本不固定。但女伴有是有，就是没听说顾随跟谁谈过恋爱，或者追求过谁。

当然，追他的人肯定不少，只是他从没点头而已。吴倩算是追求者中比较有恒心的存在。

但这一切，在顾随带着许倾出现在那天晚上的私人商务会上时被打破了。更何况，顾随还要追许倾。

陈想没忍住，问道："你来真的？真追那个女演员啊？"

顾随正在跟陈助理谈文件上的漏洞，听罢，平静地反问："你觉得我很像开玩笑？"

陈想笑着摇头："不，你很真诚，连玫瑰花都买了，真棒！"

顾随"呵"了一声，懒得搭理好友的调侃，目光转向安静的手机，然后又挪开，就这样一个晚上。

许倾没有回复他，哪怕一条微信消息都没有。顾随的眸色深了几分。

陈想："惨喽，你把人得罪了。"

因为许倾还要参加《我们相爱吧》最后一期，所以第二天就得离开黎城。苏雪订的飞机航班是凌晨四点多的，所以许倾三点多就得起来，几乎没怎么睡觉。

苏雪带着小助理进门，趁许倾上妆的时候，给许倾做早餐。小助理收拾着许倾的行李箱，一脸困倦。

苏雪端着早餐出来，看了一眼许倾，问道："我想了一个晚上，如果《股神》的小说是模仿的，你打算怎么办？"

许倾整理了一下头发，说："不一定。你也没必要想太多，顺其自然。"

苏雪叹了一口气："我还不是怕你好不容易接到一部可能会翻身的电影，突然又打了水漂儿。"

许倾："不用担心，至少我相信林导。"

苏雪："那倒是。"

吃过早餐，一切准备妥当，三个人下楼，却见小区门口除了自家的保姆车外，还多了一辆黑色的宾利车——车牌号很熟悉，是顾随的车。

苏雪下意识地看向许倾。许倾看了宾利车一眼便收回视线。

宾利车的车门被打开，顾随坐在后座，揉了一下眉心，转头看她："早上好。"

男人低沉的声音在此刻显得格外浑厚好听。许倾淡淡地看他："早上好。"

顾随往后指了指："刚刚似乎有媒体往这边来，暂时被我的保镖拦住了。我们谈谈你妈妈的事情？"

这话里有两个意思，一是"有媒体，你想被媒体拍到我们吗"，二是"你妈妈的事情"。说白了，他就是想让她上他的车。

许倾沉默了几秒，随后对苏雪说："我上他的车，我们分开走，机场见。"

苏雪迟疑了一下，点点头："记得准时到机场啊。"

许倾嗯了一声，走向宾利车。

车里飘着淡淡的酒味。顾随仰靠在椅背上，微敞着衬衫领口。他目不转睛地看着许倾弯腰坐进车里。

关上车门，许倾调整了一下姿势，说："开车吧，我赶飞机。我们路上谈。"

陈助理看了一眼顾随，见顾随点头，便立即听话地启动车子。

车子刚走，果然就有媒体紧跟着来到馨月小区。许倾看了一眼远去的小区大门，才收回视线看向顾随。

顾随凑过去，捏住她的下巴亲了一口，说："昨晚的事情，我跟你道歉。我的本意仅仅是不想让你继续炒作而已。"

许倾定定地看着他。他应该是一夜没睡，脸色有少许的憔悴，但垂眸的样子又带着几分邪气。

许倾"啊"了一声，说："你管不着这个。"

顾随盯着她，捏着她的下巴的手略微用力："你说，我怎么样才能管得着？"

许倾："人在这个世界上，赤裸裸地来，又赤裸裸地去，为什么一定要管别人呢？管好自己不就行了？"

顾随紧绷下巴，说："如果我非要管呢？别忘了，你是我的妻子。"

许倾："那不过是一桩交易罢了。"

顾随望着她的眼睛，只见她眼神淡然，没有波澜。

顾随紧抿薄唇，大手一揽，把许倾抱进怀里，低头看着她，用手掌顺着她的后背，问道："你总不能永远跟我保持这种关系吧？你的心上人怎么办？"

许倾被他禁锢着，闻着他身上淡淡的香味，感受着他的胸膛起伏，懒得挣扎了。

听到他说"心上人"三个字，许倾下意识地一眯眼。她笑了笑，说："心上人就是在心里挖个地方放着他，谁都不能把他挪走。"

顾随抚着她后背的大手一顿。他看了一眼窗外，眸色深沉。

这就是她不肯改变现状的原因吗？

沉默了几秒，顾随捏着许倾的下巴把她的脸抬起来，许倾也看着他，彼此对视。

许倾淡淡地问道："我妈的事情，你想谈什么？姜主任突然没空了还是……"

顾随没有回答她的话，而是用指腹摩挲着她的下巴，说："我想追你。"

许倾一愣。顾随紧接着说："你把你的心上人挖走。"

许倾突然笑起来，整个人凑近顾随，用纤细的手指在他的下巴上撩拨："你可能还没睡醒。要不要再回去睡一会儿？"

顾随用力握住她的手腕，眼神中带着戾气："你的心上人是谁？程寻？张驯？是哪一个？"

许倾冷笑："你猜啊，你继续猜。"

顾随的脸色彻底黑了。

许倾见顾随脸色难看，感到压迫感扑面而来。她松开手，不再撩拨，撑着身子想坐起来。顾随一个用力又把人拽回了怀里，低头堵住她的嘴唇，手指在她的领口处流连。

许倾知道陈助理还在开车，前后座之间也没遮挡，便略微挣扎了一下，又不敢幅度太大。

顾随按着她的腰，薄唇来到她的脖颈处，低声说道："我总有一天会弄清楚这个人是谁的。"

许倾的声音微颤："你不配提他。"

顾随一咬牙，动作幅度又大了一些。许倾确实怕被陈助理发现，一直不敢发出太大的声音。两个人就这样在后座较劲。

等车子抵达机场时，他们都没想到外面竟然有送机的粉丝，还拉了应援牌，上面写着"倾倾，我爱你"。

许倾坐直身子，一边扣纽扣，一边看外面的应援牌。她愣着看了几秒，突然笑了笑。顾随也在扣纽扣，循着她的视线看了一眼外面的应援牌，然后移回视线看着她。

她笑得很美，可惜不是对着他笑的。

许倾拍了拍前座的椅背："陈助理，麻烦你换个地方让我下车。"

陈助理"嗯"了一声，看了一眼后座的老板，见顾随点头。陈助理一眼就看出，老板虽然刚刚似乎跟许倾亲热过，但是明显不开心，于是赶紧将车子开到一个没那么多粉丝的地方。

许倾借着自家保姆车的遮掩，推开门下了车。走之前，她看了一眼顾随："姜主任他有时间吧？"

顾随靠在椅背上，偏头看着她。因为光线昏暗，男人此刻看起来有些危险。他说："进来亲我一下，我再告诉你。"

许倾眯眼，弯腰凑近他，在他唇上落下一吻，随后说："亲再多下，你也代替不了我的心上人。"她立即退了出去，"你要是约不到姜主任就说，我自己去约他。"

顾随的眼神冷了几分。他没再回应她。

许倾"砰"的一声关上车门，回头就见苏雪等人已经提着行李在等她了，便飞快地走过去。

苏雪一眼就看到许倾脖颈上的痕迹，愣了一下，赶紧将手里的外套递给她，又指了指她的脖子。许倾抬手摸了一下脖子，老实地穿上外套，把领子竖起来。

一行人走进机场的瞬间，许倾的粉丝立马认出了许倾，急忙冲她而来，一下子就把她团团围住。

"倾倾早上好。"

"我们都不知道昨天你回了黎城，哼。"

"哇！倾倾你这个外套好好看，你好白好美。"

许倾一边走一边回应虽然不算多但也有七八十人的粉丝，笑着说道："你们也都很美。辛苦了，这么早还来送我，睡眠不足可不好。"

"你好亲切啊！一点儿都不像电视剧里看到的那样。"

许倾问道："剧里的我怎么样？"

"有点儿高冷，可能是你身高的缘故吧。"粉丝抱着应援牌，一直追着许倾跑。

许倾闻言勾了勾嘴角，说："错觉。"

"哈哈哈。对，我们现在也觉得是错觉。"

"倾倾，你跟程寻解绑了吗？"

许倾一愣，笑了笑，说："你们猜。"

"猜不出，但不妨碍我喜欢你们两个。"

"对，我们只是喜欢许倾和程寻而已。"

许倾："谢谢，程寻是个非常好的演员。"

…………

直到许倾进了安检口，不少粉丝还在外面徘徊。苏雪笑着给许倾递了一杯咖啡提神："感觉到自己受欢迎了没？"

许倾端着咖啡，说："挺好。"

有人气确实好，总比冷冷清清地出现在机场里好。

苏雪："是的，挺好，还要感谢节目组。"

"嗯。"

许倾抵达会连市时还很早。她提着行李来到玻璃屋，一进门就碰到刚从房里出来的程寻。四目相对，程寻愣了一下。

许倾微微一笑："早上好。"

程寻回神："早上好。我帮你拿行李吧。"

许倾笑着说道："谢谢。"

程寻帮着把行李拿到楼梯口，又问许倾："你想吃什么早餐？"

"我吃过了。"

"好。"程寻没有勉强。

许倾提着行李上了楼。她的自在让程寻也跟着自在很多，于是观众们就在弹幕上叫。

"他们两个之前只是吵架而已，现在和好了。"

"一看他们互动，就觉得好甜好甜。"

许倾回到房间把行李放好，然后下楼。最后一期节目的录制就这样开始了。为了完美收官，嘉宾之间似乎比之前更亲密了。

最后结尾还有一个环节，就是嘉宾们互相打分。这个打分是整季节目最后的爆点，会看看观众们看好的情侣能否诞生。一般来说，录制节目的时候相处得特别好的嘉宾，都会给自己心动的人打高分，满分是十分。

最后一天，七个人吃过晚饭后，各自泡了一杯茶，坐在沙发上看着工作人员点开打分表。

第一个是程寻的。程寻的打分表很简明，从头到尾，许倾的分数都是最高的。

几个人愣了愣，看向许倾和程寻。程寻揉揉脖颈，看了一眼许倾。许倾微微一笑。

接着是林乎的。林乎的打分前面都是许倾的分数最高，后面的高分却给了齐佳佳。

齐佳佳顿时感觉有些害羞，看了林乎一眼。

林乎笑着摊开手，坦坦荡荡地说："没办法，只能给你打高分了。谁让你表现那么好？"齐佳佳"哈哈"一笑。

随后就是林欢和黄淼的。他们给彼此的分数都是最高的，当之无愧最有希望成为小情侣。林欢抱着抱枕遮住脸，压根儿就没想到真的会在这档节目里找到情投意合的人。黄淼也红着脸看了林欢好几眼。

许倾笑着搓搓手臂："哎哟！"

接着就是陈佳瑶的。曾经最有希望的陈佳瑶，别人给她的打分都不高。她也没有给别人打高分，唯独给一个人全打了十分——那就是顾行。

几个人神情复杂地看看陈佳瑶，又看看许倾。

许倾笑笑，说："陈佳瑶要加油。"

见陈佳瑶的眼眶微红，观众都替她感到难过，于是都发弹幕："我们要看顾行的打分，我们要看顾行的打分。"

节目组考虑了一下，看向许倾。

许倾含着笑意，大大方方地说："那就先看顾行的吧。"

制作人也在现场，见许倾这么大方，心想不知许倾看到顾随的打分会是什么心情。她收回视线，让节目组公开顾随的打分。

顾随只打了一次分，因为他只参加了两三天。

陈佳瑶虽然知道中间横着一个许倾，但还是隐隐有些期待。可惜分数出来后，她只得了八分，跟齐佳佳她们是一样的分数。她非常失落，观众们也非常失落。但是紧接着她就发现许倾的分数才六分。

现场所有人都看向许倾。

许倾看了一眼顾随的打分，神色淡定地笑着说道："那该我了。"

齐佳佳简直不敢相信，低头用手机编辑："你怎么才六分啊？怎么那么少？顾随不是很喜欢你吗？"

下一秒，看到许倾的打分后，齐佳佳安静了。

上面写着：顾行零分。

与此同时，黎城飞往会连市的航班陆陆续续登机中。头等舱今日满员，顾随垂眸翻着手中的杂志，袖口处微微露出腕表。突然，安静的机舱内响起一阵阵细碎、兴奋的尖叫声。

"都说了，许倾跟顾行是不可能的。你看，许倾居然给他打零分。"

顾随翻杂志的动作一顿。

紧接着又有声音叫道："可不是，他也没给许倾打高分，六分刚及格。什么意思啊？所以在群里说他们很配的人是不是眼瞎？一个给对方打六分，一个给对方打零分，算什么配？不配，不配好吗？！"

顾随眯起眼眸，手一松，杂志落回了桌面。

陈助理转头看了一眼身后那几个年轻的女孩子，随即又看了一眼自家老板。

这时，身后的女生又叫道："和许倾最般配的果然还是我们程寻，他给许倾的全是高分啊。他们最配！"

"对对对，程寻这个小傻子。不过许倾也回馈他了，给他的分数很高。"

"就是不明白这些站许倾跟顾行的是什么心思。呵呵呵，他们一个六分一个零分，般配吗？笑死了。"

"快看！许倾的脖子上有红痕。"

陈助理的心脏突然跳快了一拍。他立即拿起平板电脑匆匆点开微博——这种时候微博上的信息是最快的。他点开后，果然看到许倾的名字挂在微博上。

他愣了一下，看向顾随："老板，话说许倾回节目组好像也有两天了吧？"

两天——如果是老板留的痕迹应该早消了。那现在的痕迹是谁留的？

见顾随没吭声，陈助理迟疑了一下，把平板电脑挪过去："老板，你看吗？"

顾随声音冰冷："不看。"

陈助理只得把平板电脑挪了回来。恰好这时飞机准备起飞，身后那些女生的声音也渐渐消下去。整个机舱安静下来。

顾随看了一眼旁边充电的手机，随后收回了视线，闭目养神。

飞行平稳后，那些女生又开始聊天。虽然声音不大，但是顾随都能听到，且听得出她们是许倾和程寻的粉丝。

空姐从顾随身边走过时，顾随抬手拦了一下。

空姐微微俯身，面带微笑："先生，有什么可以帮到您吗？"

顾随："让她们安静点儿。"

空姐看了一眼后面的几个女生，点点头："好的。"说完，她走到后面，

· 107 ·

看着那几张稚嫩却清纯漂亮的脸，温柔地弯腰小声提醒："不好意思，可否稍微小声点儿。"

几个女生一愣，"哦"了一声，纷纷安静下来。

空姐微微一笑，转身走了回去。几个女生的视线跟着她，只见空姐走到前排的座位边，不知在跟谁说话——那个人的手臂搭在扶手上，黑色衬衫的袖子下腕表微露，手指修长，骨节分明。几个女生对视一眼，接下来说话倒是都压着声音了。

陈助理转头看了一眼自家老板，却见顾随正垂眸翻着杂志，看起来很淡定。不过，真淡定的话，就不会让人家小女生闭嘴了。

飞机抵达会连市后，顾随走 VIP 通道出去。陈助理联系了自家司机后，握着手机问道："老板，要提前跟许倾说一声吗？"

顾随："不用。"

车子就停在门口，顾随弯腰坐进去。车后座上还放着一束玫瑰花和一个小礼盒。顾随看了一眼，然后收回视线，用指尖揉了一下眉心。

陈助理上车后让司机开车，然后点开平板电脑翻看微博，发现许倾的话题已经挤到前八了。

陈助理回头看了一眼顾随，问："老板，你真不看看微博？"他其实也不敢点开看，怕真看到什么不好的信息。

顾随睁眼，眼神阴沉，几秒后倾身点了点扶手箱。陈助理立即把平板电脑递过去。

顾随拿过平板电脑，点进"许倾吻痕"的话题里，然后就看到了几组高清图片——许倾穿着黑色 V 领上衣，露出锁骨窝处的一个红色痕迹，而且这个痕迹的面积还挺大的。

送许倾去机场的前一晚，顾随也在那个地方留下过痕迹，但面积没有这么大。如今这样子倒像是有人看着不爽，非要多添一块上去，导致痕迹变大。

"哐"的一声，平板电脑被扔回扶手箱上，吓了司机和陈助理一跳。

陈助理急忙伸手去捞平板电脑，但没来得及接住掉落的平板电脑。他没敢去捡，回头看了一眼顾随："老板？"

顾随眯眼看向陈助理，眼中涌动着狠戾。

陈助理想了一下，说："或许不是我们想的那样。"

顾随冷笑："我不介意。"

这一声"不介意"似曾相识。陈助理却听得出顾随的弦外之音——不是不介意吻痕这件事，而是即使明知她和多个男人有关系，现在也只能让自己不介意。

陈助理头一次见自家老板这么委屈。

《我们相爱吧》终于收官。在展示完所有人的打分后，整季节目正式结束，直播也被关掉了。摄像机一关，大家瞬间就放松下来。

程寻看到许倾给自己和顾随完全不同的打分后，心情竟然好了很多。他觉得在许倾的心里，他的印象分至少比顾随高。所以即使他得不到许倾，这也算是一种安慰，以及一种隐晦的希望。

陈佳瑶也因为顾随给自己的打分比许倾高而沾沾自喜，同样产生了一种隐晦的希望，甚至拿出手机给顾随发了信息。

陈佳瑶："终于结束了。"

陈佳瑶："你最近好吗？"

不过，顾随没回复，但陈佳瑶依旧心情不错地放下手机。

这时，齐佳佳突然"哇"了一声，其他人都看向她。

齐佳佳握着手机问许倾："你锁骨上的那个是怎么回事？"

经齐佳佳这么一问，所有人又齐刷刷地看向许倾，下意识地往许倾的锁骨上扫去——那里有一个很大的红色印子。所有人的脸色顿时变得有些复杂。

除了顾随，还能是谁留的？

许倾挑眉，抬手摸了一下锁骨，又拿手机照着看了一下，才发现顾随留下的吻痕上因为被蚊子咬了一下，又被她抓了几下，变成现在这样。

齐佳佳凑过去想说话，许倾的手机却响了起来。

许倾接起电话，就听苏雪在那头惊呼："你的锁骨是怎么回事？都被发到微博上了！现在网友都在猜是程寻干的！那天上飞机之前，我不是让你遮一下吗？怎么还没消？顾随当时咬得那么重吗？"

齐佳佳在一旁听到了，瞪大眼睛。

所以，真的是顾随留的！

许倾低声解释："被蚊子咬的。我今天抓了好几次，因为上了遮瑕膏，可能还有点儿过敏。"

苏雪："吓到我了。"她知道许倾不会乱来，但是话题的热度升得太快，她肯定要了解一下，"行，我想办法降一下热度。"

许倾："嗯。"

这条话题挂在榜上太久的话，许倾和程寻就真的跳入黄河也洗不清了。

除了齐佳佳，其他人都只听到许倾说的那句"被蚊子咬的"。但是程寻和陈佳瑶已经开心不起来了——遮瑕膏被许倾抓掉以后，留下了一个模糊的指甲抓挠的红印子，可新的红印下隐约有个旧痕。

隐约，所以才更令人觉得不安、可疑。

林乎懒得去想有的没的，笑着说道："这边的蚊子确实很毒。你们看我的脚上有个包，到现在都还没消。"他撩开裤腿给大家看。

齐佳佳"啧啧"两声："我也有，在手臂上。"

"我也有啊，在后腰。"林欢指了指后腰处。

黄淼偷偷看了一眼，被林欢一把推开脑袋，于是耳根一红。

这个话题就这么过去了。

另一边，苏雪想办法降了话题热度，又用经纪人的名义在这条话题的评论里留言："那是被蚊子咬的，还有些过敏。"

"哦，原来是蚊子。那边蚊子确实挺多的，之前陈佳瑶不是经常喷花露水吗？"

"对啊，齐佳佳也是，买了一堆防蚊膏。笑死。"

"我觉得 ×× 牌的防蚊膏最好用。"

"喀，还是容我偷偷幻想一下吧。"

"对对对，我们懂的，我们懂的，隐蔽隐蔽。"

天下没有不散的筵席。

晚上十点多，几个嘉宾就要说再见了。除了陈佳瑶、黄淼和林欢，其他人都是艺人，还有别的工作，所以都坐晚上的航班离开。

许倾提着行李从屋里出来时，程寻、林乎和齐佳佳已经拿了行李在门口聊天了。许倾走过去，笑着问道："你们都去哪里？"

林乎笑着答道："我去京市。"

齐佳佳摊手："我去海城。我要回趟家，明天才飞横市。"

许倾看一眼程寻。程寻抿抿唇："我飞去东市，要开始路演了。"

许倾想起来了，点点头："哦，你去年拍的电影要上映了。"

程寻："嗯。"

许倾看他这样，歪歪头，笑了笑，说："那祝你电影大卖。"

程寻："谢谢。"

许倾又转头跟来送他们的陈佳瑶、林欢和黄淼告别。这次节目录制，撇开感情纠葛不谈，其实大家都很喜欢许倾。许倾看似高冷，实际却很亲切，特别有同理心，人也好相处，做饭又好吃。在节目录制过程中，大家都渐渐以她为中心。

告别完，许倾拉着行李箱准备走。这时，程寻突然开口："许倾。"

许倾停下脚步，转头看程寻。

程寻笑了笑，张开手臂，说："拥抱一下。"

当初他们两个合作第一部电视剧的时候，程寻饰演男一号，许倾饰演女四号。电视剧播出很长一段时间后，程寻的人气上涨。有一次他跟许倾一起出席一个活动，帮许倾拉了一下曳地的裙摆，于是产生了一些情侣粉。

后来，因为这些粉丝的存在，《在一起好吗》的制片人找上他和许倾，邀请他们出演男二号和女二号。他们便有了第二部合作的电视剧。

如今，借着《我们相爱吧》的热度，《在一起好吗》的收视率也一路飙升。在某种程度上，他们都在成就彼此。

许倾笑起来，眉眼弯弯的，大大方方地走上前抱住了程寻。

而不远处，一辆黑色宾利车的车窗摇下。高大俊朗的男人坐在车里，转头望着玻璃屋门口，眼眸中带着冷意。陈助理感觉自己的呼吸都停住了，心想那两个人拥抱的时间也太长了吧。

这时，后座的车门打开。陈助理扭头看去，只见顾随单手抱着玫瑰花，反手关上门，大步走向玻璃屋门口。

会连市的秋天到了，风挺凉的，顾随却微敞着衬衫领口，另一只手插在裤袋里，走到众人面前，微勾嘴角，冷笑一声："抱够了吗？"

这低沉的声音一出，程寻猛地松开了许倾。

许倾转头看去，入目的就是男人高大的身影。他站在出入玻璃屋的唯一的木质小径上，眸色深沉如墨，似乎可见眼中的狠意。

许倾面色如常："你怎么来了？"

顾随走上前，把花放在她的怀里："来接你。节目不是今天结束吗？我们该回家了。"

被这么多人看着，许倾只能伸手接住花，说："我自己能回去。"

顾随垂眸看了她一眼，抬手拨弄了一下她额前的头发，随即抬眼看向其他人："好久不见。"最后，他将目光落在程寻的脸上。

程寻大大方方地点头："顾总，好久不见。"

陈佳瑶有些激动，上前说："没想到你会来呢！"

顾随转头看了一眼陈佳瑶，含笑说道："你没想到的事情多了。"

陈佳瑶闻言，脸微微一红。

这时，许倾拉着行李箱准备走了。顾随像是早已察觉到她要做什么，立马揽住她的腰，顺手拿过她的行李箱。许倾抬眼看了他一眼，正巧和他四目相对。许倾看到他眼中荡着一丝阴鸷。她挑眉，没搭理他。

两个人走下小径台阶，就见节目组的车停在一边。许倾本来打算搭节目组的车，但现在估计他们也不会载她了。而另一边的陈助理赶紧开了车门。

许倾抿唇，问道："姜主任什么时候有空？"

顾随把行李箱推给陈助理："大后天。他临时得去做个手术。"

许倾："哦。"

顾随按着她的腰，嗓音低沉："上车。"

许倾"啧"了一声，弯腰上车。顾随紧跟着上车，又不经意地扫了程寻一眼。

这时，苏雪给许倾发来信息。

苏雪："我等下去机场接你。"

许倾："好。"

发完信息，许倾放下手机，就见顾随从一旁拿了一个盒子递过来。她低头看了一眼："什么？"

"前几天拍卖会上买的。"

那是一个黑色的木雕盒子，看起来很贵重。许倾推开："我不要。"

顾随打开盒盖，露出里面水头特别足的翠玉手镯。他说："专门为你拍的。"

许倾看着玉镯，不由自主地想起领证后去他家吃饭的那天，他的爷爷拿出一个手镯让她收下，说是给孙媳妇的传家宝。因为戏要做足，她当场收下了手镯，只是回头又还给了顾随，而顾随也收下了。因为那本就是一场交易，她不配拥有那个传家手镯。

许倾那个时候就想过，不知道手镯以后会落在哪个女人的手里，但肯定是个美丽的女人。

如今的这个手镯也很漂亮。

许倾回了神，看向顾随，就见对方挑了挑眉。下一秒，她凑近他，含住他的薄唇。

"唔——"盒子被放下，顾随捏住她的下巴，探出舌尖撬开她的红唇，随后倾身覆过去。许倾靠在椅背上闭上眼睛，抬起手臂钩住他的脖颈。

男人捧住她的半边脸，发狠地亲吻，又偏头就要去咬那一片红痕。许倾赶紧推他的肩膀："擦了药的。"

顾随顿时停住，抬起头看着她："你跟程寻是什么关系？"

许倾一愣，眯着眼看他。半晌，她笑着反问："你猜？"

顾随用指尖在她锁骨的肌肤上揉了几下，闻到了淡淡的药味。他揉了许久，就是不回答她的话。

许倾拧眉："疼死了。"

顾随"呵"了一声："疼死你活该。"

许倾挣扎，把他推了回去。顾随顺势坐回去，低头嗅了一下指尖上的药味，随后抽了一张纸巾，慢条斯理地擦拭手指。

许倾觉得锁骨隐隐作痛，骂了一句："神经病。"

顾随挑起眉梢，没应。

明天就是剧本围读会，许倾得赶快回到黎城。她本来买的是商务舱的机票，只是陈助理不知道什么时候给她升到了头等舱，她也懒得再去折腾了。上了飞机，许倾直接倒头就睡。此时已经是零点。顾随就坐在她的旁边，翻看文件，偶尔看一眼已经熟睡的女人。

高挑漂亮的女人熟睡后，看起来要甜美很多。

两个人睡在一起的时间不算多。一般折腾到最后，他们就都累了。顾随完全不记得她睡着时是什么样子。他抿了一口咖啡，眯眼看着她的睡颜。

陈助理打着哈欠，一转头就看到老板很专注地看着熟睡的许倾。他想了想，拿起手机偷偷地调出了相机模式。

"咔嚓。"

陈助理刚拍完，顾随就抬眼看过来。

顾随："删了。"

陈助理："哦。"

那么敏感干什么？

飞机落地后，许倾穿上薄外套，打着哈欠打开手机，发现苏雪发了好几条信息过来。

苏雪："接机口粉丝很多。"

许倾："好。"

随后，她看了一眼顾随。顾随穿着西装，但没扣好衬衫纽扣，看起来有种斯文败类的感觉。

他偏头看许倾："嗯？"随着他的动作，锁骨从衬衫领口处露出。

许倾说："你走你的 VIP 通道。接机口粉丝太多。"

顾随："你跟我一起走 VIP 通道。"

许倾："不去。"说完，她拉着自己的行李箱先走了。

顾随站在原地，眯着眼眸看着她的背影，几秒后才低声对陈助理说："叫保镖跟着她。"

陈助理立即说道："已经安排了。"

顾随点头，随后走向 VIP 通道。

许倾走到接机口时，没想到这个时间点居然还有那么多粉丝在等她。很多粉丝举着给许倾的应援牌，还有些粉丝追着许倾拍。

"倾倾，程寻没有跟你一起吗？"

许倾看了一眼那个粉丝手中应援牌上的名字——不只有她，还有程寻。她一笑，问道："你不知道程寻有路演吗？"

粉丝"啊"了一声："我忘记了，就只关注你了。对对对，程寻的电影要上映了。"

许倾含笑往机场外走。粉丝们飞快地跟着。

有些粉丝则盯着许倾的锁骨："倾倾，你锁骨上真是被蚊子咬的？"

许倾低头看了一眼，说："是啊！"

"可是我怎么看到上面有指痕？是不是很痒啊？抓得很厉害。"

许倾又看了一眼，只见锁骨上被顾随留了新的痕迹。她笑笑说："很痒。"

"我以为是哥哥留的呢。"

许倾这下懒得应了。

就在这时，突然有一个粉丝问许倾："倾倾，那个顾行跟陈佳瑶最后成没成啊？"

"对对对，我们都好好奇啊！"

"我觉得顾行肯定喜欢陈佳瑶。不过顾行真的太帅了。"

闻言，许倾微微一笑，没有回答。很快，她找到自己的保姆车，坐进车里，朝粉丝们挥手告别。接着，车门被关上。

许倾揉了揉脖颈，说："困死了。"

苏雪端了一杯热咖啡给她，她接过来喝了一大口。

苏雪说："粉丝真的比以前多很多。"

许倾："嗯。"

第二天天刚亮，许倾就起来锻炼身体了。吃完苏雪送来的早餐，两个人便出了门。在林导的工作室楼下，她们碰到了张驯。

许倾有一段时间没在圈子里看到张驯了。如今他把头发剪成了寸头，看起来硬朗了很多。

张驯笑着说道："许倾，好久不见。"

许倾点点头："好久不见。"

张驯："握个手。"

许倾笑着跟他握手。接着他们上了电梯，来到围读会现场。

林导捧着一个泡着枸杞的保温杯站在门口，说："进来。"

许倾："林导，一早就这么养生。"

林导："没办法，人老了。"

张驯："哪里老？您还不到五十岁。"

坐下后，许倾跟林导说起《幕后》和《股神》剧情、人设相似的问题。林导摇了摇头，说："这件事一言难尽，以后再跟你说。"

许倾："行。"她放下心来。

围读会结束后，许倾刚上了自家的保姆车，就见苏雪匆匆拉开车门也跟了进来，然后看了自己一眼。

许倾愣了一下："怎么了？"

苏雪说："我刚听到消息，程寻的路演还没开始就结束了，他从东市赶了回来。据说是电影上映受到了阻碍。"

许倾："怎么回事？"

"另外，据说跟他合作的品牌方似乎都有要换掉他的意思。对了，他新谈的电视剧也夭折了。感觉像是他一夜之间得罪了人。"

许倾顿时感觉脑中一阵电闪雷鸣。

她拧眉看向苏雪："他得罪谁了？"

苏雪迟疑了一下："我只是听说而已……凌盛好像有份儿。"

许倾："你再查。"

苏雪："嗯。"

在这个圈子里，总有些演员在不知不觉间得罪了人，然后悄无声息地被雪藏，这种事情不少。如果程寻是自己得罪了别人，那没办法。但若是因为她，许倾觉得自己不能旁观。

在保姆车快抵达馨月小区时，苏雪收到了资料。她看了一眼，惊疑不定地把资料递给许倾。

许倾扫了一眼，看到"凌盛投资"四个字就什么都明白了。她说："去凌盛投资。"

苏雪："就这样直接去吗？"

许倾："嗯。"

车子掉转方向，往 CBD 开去。车里很安静。苏雪看着许倾，一时不知该说什么。

很快车子就到了凌盛投资大厦。许倾让苏雪在车里等，然后戴上墨镜，给陈助理打了电话。陈助理接到电话，立马吩咐前台员工接许倾上来。

前台员工看了一眼这个美丽的女人，很好奇她是什么身份。

顶楼到了，许倾走出电梯。此时办公大厅里的人不算多，都是秘书室的秘书。她们看到许倾都愣了一下。

陈助理为许倾指了顾随办公室的门，许倾一把推开门走进去。

办公桌后，男人正咬着烟看文件，听见动静抬起眼皮，看到是许倾，挑了挑眉："你怎么来了？"

许倾走上前，把手机放到顾随面前："看看你们这些资本家的嘴脸。"

顾随将视线从她漂亮的脸上挪到手机屏幕上，待看清了上面的资料后，连眉梢都没动一下，淡定地拿下嘴里的烟，夹在指间，将手腕垂放在扶手上，问道："就这事啊？"

许倾冷笑，倾身往前靠："我们想要火，想要热度，想要钱，有错吗？"

顾随："没错。"

许倾："那你这是干什么？"

顾随见她这样，笑了："我就问你一个问题。你的心上人是谁？是他吗？"

许倾："不是他。"

顾随张嘴想说话，许倾却扫来一个揶揄的眼神，冷笑着说道："哦，也不是你。"

顾随捏断了指间的烟。

在顾随问出那句话后，许倾就更确定了程寻的遭遇是因为自己。她软了态度，温和地说："你不要这样针对他，有什么事冲着我来。"

顾随即使气得捏断了烟，依旧面色冷静。有时成年人就是这样，而习惯掌控一切的高位者更是如此——他们只想用手段，却不愿承认自己的内心。

他看着许倾，凉薄一笑："你觉得我这么做是因为你吗？"

许倾抿唇，有一瞬间又不确定了，说道："如果不是因为我，那你就随意。但是我想告诉你，在这个世界上，没有资本的人有很多。我们都在努力地活着，靠自己才有今天。你们轻而易举地就可以封杀一个人，终究会遭到反噬的。"

"你们？"顾随嘴角的笑意渐淡，双唇慢慢地抿成一条线。

许倾见他变脸，不知道自己的话有什么不对。她一直认为顾随白手起家，应当会有一些同理心，所以在心里考虑要不要继续给程寻说情。

然而，此刻的顾随醋意翻涌，问道："你跟程寻那么好，你的心上人知道吗？"

许倾定定地看着顾随，突然笑了。她俯身靠近顾随，看着他如墨的眼眸："他知道啊。他无所谓，因为他是一个圣人。"

顾随从她的眼里看到了挑衅，捏住她的下巴，把她拉了过来："我当不成圣人，挖不走你的心上人，就弄走和你炒作的热门'男主角'。"

许倾的头发在刚刚的动作中有些散落，垂在肩膀上，使她多了一种别样的美。她微眯眼眸看了顾随几秒，在顾随忍不住想伸手碰她的发丝时，一把挥开他的手，猛地站直身体。

顾随气定神闲地收回手，抬起眼皮看她。

许倾冷笑道："行吧，你不答应收手对吗？可以，那我只能努力地带他了。以后接了电视剧、电影，我就举荐他；有商务活动、代言，我也拉上他。这你就管不着了吧？"说完，她转身就走。

顾随闻言，脸色微变，喊道："站住。"

许倾转头看他，顾随也看着她。四目相对，两个人的视线仿佛碰撞出无数火花，噼里啪啦的，烧得人心口又疼又烫。

两个人僵持了将近一分钟。许倾没等来顾随的低头，于是直接拉开门走了出去。

凌盛的员工正趴在门上偷听。许倾一开门，这些人差点儿摔了。陈助理是带头的那个，尴尬得想钻到地缝里，小声地喊道："许倾。"

许倾笑笑，戴上墨镜，说："辛苦了。"说完，她走向电梯。

许倾路过那些女秘书的时候，视线轻描淡写地从她们的脸上扫过，发现清一色全是美女。她收回视线，进了电梯。

电梯门合上后，办公大厅里的人才敢大喘气。几个女秘书看了一眼办公室，看向陈助理："这许倾跟老板是什么关系啊？"

陈助理在嘴边做了个拉拉链的动作，说："别问那么多。"

"陈顺，进来。"

从房门紧闭的办公室里传来男人低沉的声音。陈助理听得心脏一紧，赶忙拉开门走进去。

顾随烦躁地扯了一下领带，说："程寻的事情，重新处理。"

陈助理愣了一下："您是说放过他吗？"

顾随没回应，解开领带扔到一旁，说："去办。"

陈助理跟在顾随身边这么多年，当下就明白了。顾随确实要放过程寻，至于因为什么，那肯定还是因为许倾——因为许倾，想要封杀程寻，又因为许倾，立即放过程寻。

陈助理："哦，好。"心说虽然不知道许倾说了什么，但是老板你反应过来了吗？你现在做决定很受许倾的影响啊。

苏雪一直在楼下等着，看到许倾下来，立即拉开车门："怎么样？"

许倾坐进车里，摘下墨镜，看了一眼窗外，说："不怎么样。我原本以为是因为我才害程寻被封杀，但应该是我高估自己了。"

因为她刚刚都说了会亲自带程寻，顾随也没反口。

苏雪愣了一下，问道："那是不是程寻真得罪了凌盛啊？"

许倾："不知道，可能吧。"

她拿起手机，翻找出程寻的微信，编辑信息。

许倾："你现在如何？"

程寻："还在商谈。"

许倾："有结果告诉我。"

程寻："嗯，不用管我，你忙你的吧。"

既然程寻都这么说了，许倾也就不再多问。

回家后，许倾开始收拾行李箱，因为《股神》就要开机拍摄了。洗过澡，又看了一会儿《股神》的剧本，她正准备躺下，手机便响了起来。

许倾接起电话："喂。"

苏雪："程寻的事解决了，他的所有商务又恢复了正常。你出面似乎真的有用。"

许倾翻剧本的动作一顿："是吗？"

"嗯。许倾，你跟顾随说了什么，他居然就收手了？"

许倾想了一下，说："没说什么。"她不可能跟苏雪说自己要亲自带程寻，毕竟她自己都混得不怎么样。若她要再带一个人，身为经纪人的苏雪肯定第一个不愿意。

苏雪笑了一声："我才不信呢，你肯定说了什么。好了，我不问了。你早点儿睡吧。"

许倾：“好。”

挂了电话，许倾靠在床头发了一会儿呆。几分钟后，她看了一眼手机，鬼使神差地伸出手，在指尖碰到手机时，又仿佛梦醒一般突然收了回来。

人最不应该有的就是妄念。

许倾下床去倒了一杯温水，回到床边打了一个哈欠准备睡觉。就在这时，孟莹发来信息。

孟莹：“我的戏快拍完啦。”

许倾：“哇，恭喜。”

孟莹：“这次又有人拿我跟杨彤比。”

许倾：“是前两天的杂志照吧？你比她好看多了。”

孟莹：“又说我蹭她的热度。”

许倾：“别搭理他们，等姐火了带你飞。”

孟莹：“好啊。”

两个人聊了一会儿后，许倾随意点进朋友圈，看到吴倩两个小时前发的朋友圈动态——吴倩要去参加一个小聚会，和顾随一起。

许倾去找顾随时，他还打着领带。而照片里，男人的领带已经不见了。他穿着西装，衬衫领口微敞，多了几分性感和不羁。

许倾看着看着就笑了，然后给吴倩的动态点了赞，随后放下手机，拉起被子躺下便睡。

吴倩挽着顾随走进星空俱乐部。

看到他们进门，陈想就“哟”了两声：“我还以为你们不来呢。”

顾随微微抬了抬手臂，吴倩只能放下挽着他胳膊的手。她噘嘴说：“谁说我不来啊？还不是因为顾随，怎么求他他都不来。要不是我爸出马，他都不接我的电话。”

陈想笑着说道：“你只能让你爸出马，否则你都叫不动顾随。”

吴倩翻了个白眼：“我觉得在这个世界上，如果连我都叫不动他，那就没人能叫得动了。”

闻言，陈想下意识地看了一眼顾随：“是吗？除了你，没别人了？”

吴倩点头：“当然了。”

陈想笑笑不说话。顾随端起杯子喝了一口香槟，即便听见了他们的对话也没搭腔。

吴倩跟陈想说完话，就跑过去坐在顾随的身边。她不喝酒，就靠着椅背刷手机，突然说道："咦？许倾还不睡啊，居然给我点赞。"

顾随含着一口酒，猛地咽下去。他垂眸看了吴倩的手机屏幕一眼："你发了什么，她给你点赞？"

吴倩点着手机，说："就发了我跟你出门的照片啊。"

顾随突然感觉心尖一紧，不明原因地一紧。

几分钟后，吴倩跟她的小姐妹聊天去了，陈想便坐过来跟顾随聊天喝酒。他低声问道："我是听你的助理说你在追许倾。现在什么进展了？"

顾随抿着酒，说："没进展。"

陈想："我提个不成熟的看法——你身边还有这么多莺莺燕燕，这样要是能追到人才怪。"

顾随抬眼看向陈想："莺莺燕燕？"

陈想点着手机，又说道："你看，这么晚了你跟吴倩出来，还让吴倩挽着你的手臂，然后被拍了照片。许倾给吴倩点赞，明显就是看到了。你觉得她还会答应你的追求吗？"

顾随微挑眉梢，端起酒杯碰了一下陈想的杯子，说："你错了。她不答应我的追求是因为她心里有人，压根儿就不在乎我的身边有多少女人。再说了，她跟那么多男人炒作，我身边有几个女人又怎么了？"

半晌，陈想拍了拍手："行啊，我看出来了，你们谁也没打算对谁忠诚。那你何必追求她？你们不是偶尔的床伴吗，那不挺好？"

顾随轻笑了一声："嗯，挺好。"他握着酒杯的手指微微泛起青筋。

陈想看到他的脸色，心想：你就嘴硬吧，酒杯都要被你捏碎了。

第二天一早，许倾醒来后进厨房给自己做了一顿早餐，随后拿起手机走到飘窗边，拨打顾随的电话。

这个时间点，外面天色刚亮，天空灰蒙蒙一片。

十来秒后，电话接通了。男人声音低沉，带着些微喘息："嗯？早上好。"

许倾犹豫了一下，问道："打扰你了？"

顾随沉默了几秒，低笑一声："那倒没有。我刚从跑步机上下来。"

许倾喝了一口水，又问："我就是想问问，今天姜主任会到吗？"

顾随走上楼梯："会的，他下午到。我有个会议要开，他会直接到医院去看你妈妈。"

"好的，谢谢。"许倾松了一口气。

顾随问："吃早餐了吗？"

许倾回神："吃了。"

"哦？行。"

"那我挂了。"许倾说。

顾随在沙发上坐下，突然道："有点儿想你，去看看你？"

许倾一愣："早上没空。"

顾随挑眉："那就晚上。"

"好。"

随后，许倾挂了电话。

她坐在窗台上，看着外面灰蒙蒙的天空，意识到不应该这么早给顾随打电话——若是碰巧他的身边有人，这理就说不清了。她抓了抓头发，"啧"了一声。

过了一会儿，她从窗台上下来，换了一身运动服下楼去跑步。九点左右，她出发去医院看母亲。

许倾一进病房就看到护工正在给母亲擦拭身子，立马上前接过。

护工见是许倾，笑着说道："早上好。"

许倾含笑："早上好。我妈的情况怎么样？"

"你妈妈的情况还不错。你不知道，隔壁的那个，昨晚走了。"

许倾捏毛巾的手指一紧。她看向护工："怎么走的？"她的指尖有些抖。

护工低声回道："呼吸道感染。很严重，没抢救过来。"

许倾抿唇，下意识地看向仿佛安睡般的母亲。就算是植物人，也可能因为疾病去世。她对护工说："你一定要好好照顾她，我给你加工资。"

"你放心。"护工说道。

"多给我妈翻翻身。"

"好的。"

护工自然明白，如果没有护理好，病人容易产生褥疮之类的疾病，这对长期在床上躺着的植物人来说是致命的。

许倾："谢谢。"

说着，两个人一起为许倾的母亲翻身，给她擦拭后背等地方。

中午，许倾叫了附近一家很有名的饭店的外卖，跟护工一起吃。吃完后，她就坐在床边给母亲念书。

两点半左右，陈助理发来了微信消息。

陈助理："许倾，姜主任已经到了。"

许倾立即放下书，起身出门。拉开门，她便看到不远处一名穿着灰色外套、头发有些发白、戴着眼镜的中年男人带着人走出电梯。

许倾在电视上见过姜主任无数次，自然认得他。她立即走上前，笑着说道："姜主任，您好。"

姜辉看了眼前漂亮明艳的女艺人一眼："你是许倾？顾随的妻子？"

许倾第一时间想要否认，但想到母亲，又把话咽了回去。她笑着回道："是的。"

姜辉点点头，大步往前走，说："没想到他居然悄无声息地结婚了。"

许倾眉眼带笑，没有搭话，将姜辉等人引进病房。

此时，许倾母亲罗素的主治医生和值班医生以及院长也来了。姜辉也不废话，带着人围在病床旁，给罗素做检查、商讨病情、交流有效的信息。

许倾让护工给大家准备茶水，然后自己站在一旁安静地看着。她轻轻地捏了几下手指，缓解紧张的情绪。

不一会儿，其他人都出去了，只留下姜辉。许倾正想上前问问情况，这时病房门被推开。

许倾转头看去，就见高大俊朗的男人穿着白色衬衫、挽着外套站在病房门口。

"姜主任，好久不见。"

姜辉也抬起头看向顾随，笑着说道："是好久不见。我以为你应该是跟吴家那孩子……"话到后面，他觉得有点儿不合适，便把话收了回去。

"吴家那孩子"指的是吴倩吧。

顾随微勾嘴角，正想回话，视线却对上了许倾那双漂亮的眼眸。她淡淡地看着他，眼神淡然如水，几秒后收回了视线。

顾随嘴角的笑意淡了些。他看了那女人一会儿，不知为何，心里竟有点儿慌。随后，他扯了一下领带，走进病房，顺手把外套搭在床尾，来到许倾身边。

许倾看了他一眼，问道："忙完了？"

顾随："刚开完会。"

许倾点点头。

姜辉听他们的对话，觉得不像夫妻之间的相处，却也没多说什么。他直奔主题，说："治疗方案是有的，江氏在神经科这块也有新的进展。你若是愿意，就让我们一试。"他说着，看向许倾。

许倾立即点头："当然愿意。"

姜辉："你考虑一下再答复我。你对江氏不了解，可以问问你的丈夫。"

许倾笑了笑，看向顾随。顾随垂眸看她，说："我让人把资料发到你的邮箱里。"

"好。"许倾点头。

顾随撩了一下腕表，随后抬起头对姜辉说："这么晚了，让我们夫妻请你吃顿饭。"

姜辉点头："好啊，你确实得请我吃饭。"

我们夫妻——那代表还有许倾。

即使顾随不说，许倾肯定也要请姜辉吃饭。当然，如果是她开口，姜辉不一定赏脸。但既然他们是夫妻，顾随开口也就顺理成章了。

许倾叮嘱了护工一些事情，才走向门口。顾随正站在门口跟姜辉说话，听见脚步声，顺手揽住她的腰。

姜辉在一旁见他动作这么自然，又有点儿疑惑——这两个人看起来不像夫妻，在搂搂抱抱上却蛮自然的。

一行人走向医院门口。许倾拿出墨镜、口罩戴上，低声说道："我们别一起走吧。"

顾随垂眸看她，笑了笑，把外套抖开披在她的肩膀上。他低头跟她咬耳朵："你偏着头说两句话，躲一下就过去了。"

许倾低头"啧"了一声。

两辆黑色的车停在门口。顾随拉开车门，摁着许倾的腰将她送进后座，随后自己也弯腰坐进去。姜辉等人则上了另一辆车。两辆车启动，前往顾随订好的酒店。

顾随跟姜辉的交情不只是商业合作上的，当初顾随爷爷的病也是姜辉负责主治的。

饭桌上，姜辉低声问顾随："你结婚的事，难道老爷子也跟我一样不知道吗？"

顾随拿起酒瓶给姜辉倒了酒，说："知道。当初是老爷子让我们结婚的。"

"然后呢？"

顾随轻声笑着说道："婚后老爷子就管不着了。"

姜辉愣了一下，看了一眼旁边漂亮的女人。他知道几年前老爷子一直想让顾随结婚，否则没法儿安心回老家。

据说以前老爷子给顾随算过命，说顾随若是在那一两年内不结婚的话，就会遭血光之灾。老爷子想退休回乡下，又放心不下顾随，除了担心顾随的身体，更怕顾随花心，于是一直催婚，希望在回老家之前能看到顾随安定下来。

难道顾随就是在那个时候跟这位叫许倾的女人结的婚？这样一想，倒也说得通。

饭后，顾随和许倾在酒店门口送别姜辉一行人。许倾恭敬地说："姜主任，一切麻烦你了。"

姜辉点点头："不必客气，也不必送了。"说着，他跟顾随点头示意，便离开了。

秋天的夜晚已经很凉了，许倾抱着手臂搓着胳膊。顾随咬着烟，从陈助理手里拿过外套，搭在许倾的肩膀上，随后大手一揽，从身后抱住她的腰。

许倾愣了一下："你干什么？大庭广众之下。"

顾随低头，在她的耳边问道："去你家还是去我家？"

许倾拉高口罩——幸好她习惯性地戴着口罩，说："我家。"

"好。"他低笑了一声，突然打横抱起她。

许倾僵了一下，也懒得挣扎，让顾随把自己抱进车里。一只高跟鞋却掉在了车外。顾随弯腰捡起她的高跟鞋，坐进车里，俯身抬起她的脚。

许倾垂眸看他，男人的侧脸线条分明，眉眼锋利。顾随给她穿上高跟鞋，目光在她白皙的脚上流连，嘴角勾起一丝坏笑。

车子抵达馨月小区，两个人一前一后上了楼。一进门，顾随就把她抵在门后，低头堵住她的嘴唇，手在她的身上放肆。许倾后背贴着门，曲线玲珑。她的指甲掐入他的肌肉里，脚尖上还钩着高跟鞋。门板微微发出些许声音。

不一会儿，二人到了窗台边。许倾低头埋在他的脖颈边，手指抓着窗帘。

顾随在她的耳边问道："看到外面的夜景没有？"

许倾抬起头，说："看到了，还看到了夜景外的画面。"

顾随回头看见窗户上两个人的影子，接着坏笑起来："这画面挺好。"

随后，窗帘被拉了几下。许倾捧着他的脸，凑近去吻他。

这时，许倾脚下的手机"嘀嘀嘀"地响起来。两个人都没理会，但是手机不厌其烦地响着。

许倾偏头，汗珠顺着后背滑落。她看到了手机上的来电显示——吴倩。她收回视线，推开顾随的吻，突然低声问道："我们要不要先去离婚？"

顾随的吻一停，他半眯着眼，偏头看着她。

"不离。"

顾随哑着嗓子说完，按住她的腰。在一阵阵的来电铃声中，许倾被折腾得有些无法集中精力，便把这事忘了。

后来许倾被顾随抱到卧室里，脚尖都在发颤。顾随伸出手指抓抓她的头发，低声问道："我帮你洗？"

许倾摇头："不用，你回去吧。"

"我先帮你洗澡。"说完，他直接把她抱进了浴室。

水声"哗哗"地响着，顾随俯身拿着毛巾帮她擦拭。许倾趴在浴缸沿上，一头长发披散在肩膀上。顾随垂眸看她，眼中竟有几分柔情。

半个小时后，许倾把头发吹干，趴在床上翻杂志。顾随的长裤、衬衫都有些打湿了。他扣着纽扣，看着她跷起的长腿，询问："我今晚留下来？"

许倾把腿放下，转头看他："不了吧。我明天就要飞去海城了。"

顾随："拍《股神》？"

许倾："嗯。"

"张驯是男主角？"

许倾："是啊。"

顾随挑了一下眉峰，走过去坐在床边，俯身把许倾笼罩在怀里。许倾转头，对着他的眼眸。他凑到她的耳边说："我有空去探班。"

许倾抿唇："随你。"

他亲吻了一下她的耳朵，一触即离。接着，他起身，扣上最后三颗纽扣，然后又看了她几眼，转身出去。许倾完全没有回头，趴在床上继续看杂志。

外面的小客厅被弄得很乱，配上昏暗而暧昧的灯光，暗示着这里刚刚经历了一场什么事情。顾随翻起地毯的一角，找到自己的手机。手机屏幕上显示了十个未接来电，全都来自吴倩。他垂眸看了几眼，眉眼低沉。不知想到了什么，他点开吴倩的手机号准备回拨，却迟迟没按下回拨键，最后把手机放回裤袋里，然后离开了许倾的家。

黑色的轿车在楼下等着。陈助理看到顾随下来，赶紧开了车门。顾随弯腰坐进车里。

陈助理关上车门，上了驾驶座，然后转头说："老板，刚刚吴倩小姐打电话到我这里找你，看样子有急事。"

"什么急事？"

陈助理一愣："没说呢。"

顾随："嗯。"

陈助理见顾随揉了一下眉心，似乎心情不豫的样子，便没再继续往下说，只得握住方向盘启动车子。

车子融入黑夜。两旁的路灯一晃而过。

顾随将手搭在中间的扶手上，把玩着打火机，突然问道："你觉得许倾像猎物吗？"

陈助理一愣，看了一眼后视镜——顾随如墨的眼眸里没什么情绪。陈助理反应过来，顾随问的是他自己跟许倾的这场追逐。

陈助理心想：你总算是反应过来了。他说："这我不懂，但许小姐无疑是美丽的猎物。"

顾随挑了一下眉梢，从一旁拿了一支烟放进嘴里点燃。他笑着说道："嗯，最后我一个猎人沦为了猎物。"

陈助理不知如何安慰，但顾随似乎也不需要安慰。这世间的事情一贯无常，不是吗？

陈助理想了想，问道："老板，是不是今晚许倾说了什么？"

顾随低头弹了弹烟灰，没应。她说了，要离婚。对这场交易性质的婚姻，她竟看得比他这个主导者还清楚。

这时，手机又响了。顾随拿出来一看，来电显示还是吴倩。

他接起来，就听吴倩在那边叫："你终于接电话了！我喝醉了，你过来接我吧。"

顾随咬着烟说道："给你家的司机打电话。"

吴倩"哇哇"大叫："我家的司机下班了。你又不是不知道，他上有老下有小，每天都得准时下班。"

顾随嗤笑："我也上有老下有小。"

吴倩："小？你家有什么小的？"

顾随："小女人。"说完，他便挂了电话。

而那头的吴倩蒙了，彻底蒙了。半分钟后，她炸了，所以顾随的手机也像炸弹一样炸了。

与此同时，微博上也炸了。

明天就是电影《股神》的开机仪式，所有演员都陆陆续续地赶往海城。顾随离开后，许倾只休息了不足四个小时，就起来准备前往机场。苏雪来接她。但是苏雪一进门，就脸色难看地说道："《股神》上热搜了。"

许倾打开平板电脑一看，就见"《股神》抄袭《幕后》"这个话题后面有个"沸"字，此时话题已经挤上了第一名。

话题里有《幕后》和《股神》两部小说的发行时间，并公开了两部作品几乎没什么区别的人设以及故事主线。

《幕后》的发行时间是 2016 年 12 月 5 日，《股神》的发行时间是 2017 年 3 月 21 日，谁先发行一目了然。如今《幕后》已经拍摄了近一个月，《股神》却还敢开拍。

"抄袭可耻""抵制抄袭作品""尊重原创"，这三个标签直接被钉在《股神》的海报上。

因为《股神》之前发布开机消息的微博中提到了许倾，所以许倾的微博也跟着沦陷了。很多网友开始对许倾接这样的作品议论纷纷。还有些匿名的内幕，说林曼之前为了保护许倾，让许倾离这部作品远点儿，结果许倾不领情，非要出演。

许倾直接关闭了私信，并开启了不关注无法评论的功能，说道："问问林导那边怎么安排的。"

苏雪气得发抖，拿起手机拨打了林导的电话。

林导那边也一团乱，说："先到海城再说。我们没有抄袭。我已经联系上作者了。"

苏雪："好的好的，麻烦了。"

挂了电话，苏雪继续翻着评论，说："这个内幕肯定是林曼那边透露出去的，故意要把你踩死。"

许倾："给肖仲打电话。"

苏雪"嗯"了一声，立即给肖仲打电话，但肖仲没接。苏雪脸色难看："他没接。他肯定护着林曼。"

闻言，许倾起身，回卧室拿了一件薄外套穿上，说："先去机场，后续再说。"

"好。"

一行人下了楼。但是楼下已经有记者蹲守，一见许倾就直接把话筒伸过来。

苏雪带着助理拼命地推开那些记者。许倾一声不吭地上了保姆车。小助理连鞋子都被记者踩了，狼狈地上了车。

许倾看了一眼，说道："辛苦了。"

小助理："没事没事。"

苏雪让司机开车。车从一众记者中冲了出去。许倾拿起手机又一次拨打肖仲的电话，但肖仲依然没有接。

前往机场的路上，许倾捏紧手机，一声不吭。她倒没什么怕的，就是怕伤到小助理和化妆师几人。她问苏雪："公司里还有人可以借一下保镖吗？"

苏雪迟疑了一下，摇头："没有。"

许倾抿唇，接着想办法。

苏雪低声问道："我们要不要跟顾随借一下保镖？"

许倾看向苏雪。苏雪一激灵，说："我再打电话问问吧。"

这时，一辆黑色的商务车从后面开过来，紧紧地跟着他们的保姆车。

抵达机场时，远远地就可以看到人群一片混乱。

看到这个阵仗，许倾对苏雪说："你联系一下柳烟。我跟她有过一面之缘。你跟她说，我跟她借几个人。"

话音方落，就有人敲车门。苏雪有些担忧地看过去。

这时，许倾的手机响了。她看了一眼来电显示，是顾随。

许倾抿唇接了："喂。"

顾随："我拨了十个保镖跟着你。你先用着，到海城再说。别拒绝。你要是出了事，我不会放过你身边的人。"

许倾本也没打算拒绝。但是不得不说，顾随这人威胁人还真有一套。她说："谢谢。"

顾随似是刚睡醒，声音有些慵懒："嗯。"

许倾听得出他在休息，就说："先挂了。"

顾随却突然问道："你从头到尾就没打算求助我？"

许倾沉默。

顾随："你行。"说完，他挂了电话。

许倾看着暗下去的屏幕，失了一下神，又放下了手机。

知道外面的保镖是顾随安排的，苏雪打开车门，对那些保镖说了声辛苦。许倾戴上墨镜、口罩，跟着小助理、化妆师等人下了车。这些保镖训练有素，把许倾等人围在中间，宛若铁桶。

机场一片喧哗。有记者挤过来追问："许倾，有人说你接这部电影是准备跟林曼对着干，是真的吗？你知道它是抄袭作品，为什么非要接呢？能跟我们说说吗？"

没有一个问题是善茬儿，许倾一个字都没回应。

在保镖和助理们的帮助下，几个人进了安检口。可即便被保护着，许倾依旧有些狼狈。这些保镖也跟着进了安检口。进入候机厅后，情况就好多了。

可偏偏在登机的时候，他们遇上了林曼。

两队人马迎面对上，林曼那嚣张的气焰就快要上天了。她看着许倾，抱着手臂笑着说道："我当初就劝过你了。你看看，让你不听我的，一意孤行。"

接着，她偏头看了一眼站在许倾身后的十个黑衣男人，嘲讽地说道："从哪里借来的保镖啊？一天的费用肯定很多吧？你要是需要也可以给我打电话，我给你安……"

话没说完，林曼就注意到最前面的两个保镖的脸，顿时脸色微变。

那不是顾随的私人保镖吗？

第四章

不 熟

林曼见顾随的次数比许倾多，加上有点儿别的心思，就特别注意顾随身边的人，所以即便在路上碰见，也能认出他的保镖。

此时看到他们跟着许倾，林曼简直不敢相信："你的保镖是哪儿来的？"她的声音几乎是紧绷着的。

许倾笑笑，没有搭理林曼，走向登机口。林曼想要追上去，被经纪人一把拉住："你别那么丢脸！几个保镖而已，你慌什么？"

林曼扶了扶墨镜，回头看着经纪人："这些都是顾随的保镖。他把保镖给许倾，他们是什么关系啊？"

经纪人看着已经在登机的一行人，说："指不定是借的。我听说许倾跟柳烟认识。柳烟跟顾随也认识。"

林曼："不可能。那她怎么借的是顾随的保镖？"

"柳烟不是去京市了吗？"

林曼平静下来，心想：也是，顾随和许倾怎么可能认识？如果他们认识的话，那《幕后》的角色，她当初就不会一抢就抢过来了。

进了机舱后，苏雪突然笑起来，靠在许倾的肩膀上说："你看林曼那表情，真好笑。但是她对顾随也太熟悉了，连他的保镖都能一眼认出来。"

"嗯。"

许倾坐下，苏雪在许倾的旁边坐下。

她们订的是商务舱，顾随的保镖也在商务舱。许倾让苏雪算清他们的费用，回头得还给顾随。苏雪应下了。

许倾这几年在经济方面的压力挺大的。为了还债，她的代言费和片酬等一般到手就没了。尽管今年过年的时候，她把债务还清了，但母亲在医院的开销仍然很大。又因为欢颜给她安排的助理等人都不太行，她自己招了小助理和化妆师，所以得自己掏钱付工资。

这也是为什么许倾没安排一两个保镖的原因——一来是觉得没必要，二来是觉得费用高。

抵达海城时，天色已经大亮。

网上的舆论发生了一些转变，因为林导放出了一段音频。音频的内容是《幕后》的作者和《股神》的作者的谈话，大意就是两个人一起用、一起写这些人设和故事情节。

音频里，《幕后》的作者有点儿咄咄逼人，而《股神》的作者则有点儿懦弱，声音很小，听起来没什么威慑力。最后的局面就是《幕后》的作者赢了。

于是，话题就变成了"一梗两用"，一群网友蒙了。如今这两部作品都卖了影视版权，一梗两用不说，还要观众看两部几乎一样的电影，简直太无耻了。

"无语了。"

"反正我到时看林曼的就好。"

"我看许倾的，她太委屈了。"

许倾的微博里终于清静了一些。

苏雪说："难怪之前林导说一言难尽，原来如此。两部一样的作品都影视化了，这……就是拼演技的时候了。"

许倾："我感觉《股神》的作者性格太软了吧。"

苏雪："我也觉得，感觉她是被逼着答应的。也不知道还有没有内幕。难怪林曼想让你退出这部作品——她之前就很怕你超过她。"

许倾没再吭声。

抵达开机现场后，苏雪先去酒店安顿，许倾则戴上墨镜去跟林导打招呼。

林导看到许倾，松了一口气，说："辛苦了。这次最辛苦的就是你和张驯。"

许倾看向张驯。张驯微微一笑，说道："辛苦你跟我一起'糊'。"

许倾轻轻一笑："我现在也'糊'。"

"你？你火了。"

两个人交谈了一番，一起去参加开机仪式。开机仪式结束后，整个剧组就整装待发了。

《股神》的故事跟股票有关，讲述了四个天才型的金融系年轻人，误打误撞地跟国外的金融大鳄对上，发现一场巨大的金融海啸即将席卷全国，于是想尽办法与之对抗的故事。

这部作品涉及很多专业知识，不过剧组请了金融专家做顾问，所以拍摄很顺利。

许倾饰演的角色是一个戴着眼镜、有点儿老土却很精明的女学生。张驯饰演的角色则比较张狂。在一次聚会上，许倾饰演的角色摘下了眼镜，张驯饰演的角色见到摘下眼镜后的同学，对她一见钟情。

剧组很快就拍到了这场戏。

许倾饰演的范范坐在泳池边，抓了抓头发，顺便把眼镜摘下来。张驯饰演的陈临一端着香槟走过来，坐在范范的旁边，正想说话，一低头却对上了范范那张明艳漂亮的脸。

陈临一愣住了，几秒后才找回了神志："你把眼镜摘下来了啊？"

范范"嗯"了一声，晃了晃泡在水中的长腿。陈临一低头看了她许久，接着伸手碰了碰她湿透的长发。

范范笑着看他："抓我的头发干吗？"

"你很美。你不戴眼镜的样子真美。"

"是吗？"范范撑着下巴，"你是不是喜欢我？"

陈临一有些结巴："嗯。"

两个人对视了几秒后，导演喊道："Cut（停）！"

两个人瞬间松了一口气。许倾要从地上起来，伸了一下手。张驯立即伸手握住她的手腕。同时，从旁边伸过来另一只手，也握住了许倾的手臂。

抱着浴巾跑上前的苏雪看到来人，惊了一下。张驯转头，对上了一双略带戾气的眼睛，愣了一下。

许倾看到穿着黑色衬衫的顾随，拧眉问道："你怎么来了？"

顾随看了许倾一眼，随后看向张驯："松手。"

张驯反应过来，不知道这人是许倾的什么人，只能松手。

许倾却对顾随说："你才需要松手。"

一时间，空气都仿佛安静下来。

顾随用力地把许倾拉了起来，单手抢过苏雪怀里的浴巾，直接打开包在许倾的身上，然后看向林导："收工了吗？"

林导不认识顾随，但是旁边的出品人认出来了，立即推了林导一下。

林导反应过来："收工了。"

顾随："谢谢。我先带她走了。"

他拥着许倾的肩膀，动作有些霸道。两个人一起走向片场外的车子。苏雪跟林导解释了一下，带着小助理赶紧跟上。

保姆车跟黑色轿车停在一起。顾随把许倾推进自己的车里。许倾浑身湿漉漉地坐进车里，浴巾下面还穿着泳衣，露出大片美背。涂了红色指甲油的脚尖也沾了水，晶莹艳丽。

许倾有些不耐烦地问："你突然把我带走，什么意思？"

顾随关上车门，坐在她的旁边打量她，从脸到脖子再一路往下看。他一想到刚刚那个男的也这么看她，就觉得心里烧得慌，不禁伸手撩了一下她的浴巾。

"你们拍戏都这么穿？"

许倾用力地拍开他的手："拍戏需要什么衣服就穿什么衣服。"

"一部电影非得有这样暧昧的情节吗？"顾随的声音低沉冰冷。

许倾："剧情需要。"

顾随冷笑，扯了扯领带："你不许拍戏了。"

许倾听罢，简直难以置信。坐在前面的陈助理也觉得老板过分了。

许倾懒得去管他的占有欲，伸手打开了车门。顾随见她下了车，也跟着下车，甩上车门，大步走到她的跟前，一把将她推到车门上。

他说："故事可以改，剧本也可以改，你还可以找替身帮你演。"

许倾仰着头看他："我为什么要听你的？你是我的谁啊？管好你自己吧。"

顾随似是清醒了，低声反问："你想要我怎么做才肯答应我的追求？你的心上人我不在乎了，我只要你。"

顾随的话一出口，四周的风仿佛都静止了。许倾的动作也停止了。她抬头看着跟前的男人。顾随单手撑在车子上，也低头看着她。

四目相对，视线纠缠。

这些年，许倾的心性被磨平了，只要母亲好，有钱赚，其他都是身外事。但此时，她的心跳微微加快。

一滴水珠顺着小腿滑落，有点儿痒，加快的心跳又跟着缓慢下来。一阵风吹过，她立即感到了凉意。

许倾回过了神，说："外面有点儿冷，我想先回酒店。"她现在身上除了泳衣就只有一块浴巾。浴巾还打湿了，长腿上也全是没干的水珠。

"我送你回去。"

顾随揽着她的腰，单手打开车门，把她塞进去。许倾拢了一下浴巾。车里暖和很多。

顾随关上车门，又绕去另一边打开车门坐进去。经过这阵折腾，他的衬衫领口开得更大了一些。许倾拿起浴巾擦了擦头发，看了他一眼。

顾随伸手把人抱过来，说："过来，我帮你擦。"

许倾跌进他的怀里。顾随抓起浴巾的两个角，包住她的头。

车子启动。车内很安静，许倾悄悄打了一个哈欠。顾随一边擦，一边说："我刚才说的话，你考虑一下。"

许倾懒懒地问："你指哪句？"

顾随："我追求你的事。"

许倾没应，车里再次安静下来。

顾随这辈子都没这么低声下气过。他如果想要女人，勾勾手指就能得到，压根儿不需要去追求。可他跟许倾的情况实在复杂，婚是先结了，感情却没有跟上来。

许倾下榻的酒店里住的全是《股神》剧组的人，好在这个时间剧组的人还没下班。车子抵达酒店时，许倾有些昏昏欲睡。因为顾随怕她着凉，开了点儿暖气——身子舒服了，瞌睡就上来了。

车子停下时，许倾坐直身子。顾随开了车门，率先下车。许倾见状，准备从另一边下车。顾随却俯身单手搂着她的腰，把她抱了出去。

许倾条件反射似的用浴巾遮住脸："顾随，这里有很多记者。"

"不怕。"男人低沉的声音在她的头顶响起。他抱着她大步走向酒店。

苏雪等人从车里下来，急匆匆地跟上。

进了酒店大堂，一道手机铃声响起。许倾听出是从顾随身上传来的铃声，掀开浴巾一角，看向顾随："你的电话。"

顾随说："等会儿再接。"

许倾："万一真有事呢。吴倩那晚喝醉了，就是打的你的电话。"

话音一落，顾随的脚步一顿。他低头看着许倾，见她眉梢微挑，不像吃醋的样子，只是陈述一个事实。

顾随的眼神深沉。他沉默了几秒，说道："我跟吴倩不是你想的那样。"

这么久以来，这是他唯一一次解释。

许倾眯眼："关我什么事？"

顾随裤袋里的手机依旧响个不停，跟催命似的。许倾都烦了，说："你放我下来，先把电话接了。"

"你接。"顾随走向电梯说道。

许倾空着两只手，被顾随横抱着，那铃声仿佛就在她的耳边。她忍耐了几秒，伸手摸进他的裤袋里，抽出一部黑色的手机。

屏幕上显示的果然是吴倩。

许倾举起手机给顾随看。顾随扫了一眼，随即看向电梯："你接。"

许倾："我才不接。"

顾随："那就不接。"

一出电梯，许倾就挣扎要下来，顾随不让。苏雪赶紧开了许倾的房门，说："你们有话先到屋里说。许倾，我给你叫吃的上来。"

许倾："好。"

顾随冲苏雪点点头，随后走进房间，门关上后才稍微松手。许倾从他的怀里下来，他便单手握住她的腰。

顾随的手机还在响。许倾把手机塞进他的怀里："你还是接吧。"说完，她就想走开。

顾随搂着她的腰又把她捞回来，用另一只手点了通话键："吴倩，你记住了，你很打扰我的生活，包括对我的老婆……"

"啊！"吴倩尖叫了一声，紧接着说道："顾随，你说什么我都不会信的！我现在跟着你到海城来了。但是这么晚了我很害怕，你快叫车子来接我。"

顾随一眯眼。许倾勾了勾嘴角，挣扎着要离开，但顾随不让。

他看着许倾，对吴倩说："我让陈助理去接你。"

吴倩："我不要！我要你来接！那天我喝醉了，你说了那些话后就一直闹失踪！我好不容易才找到你的踪迹，肯定要见到你的人！你有什么事情当面跟我说。"

顾随绷紧下颌，显然是耐心已经到了极限。而怀里的女人正懒散地看着他，眼里非常平静，又似乎带着隐约的嘲讽。他回想起陈想的话，不禁抿紧薄唇，直接挂断电话。

许倾见状，问道："你挂了？她要是出事怎么办？"

"那是她的事。"

话是这么说，顾随还是联系了吴父，让吴父安排人去接吴倩。处理完这些事，他抚摸着许倾的头发，问："去洗澡？"

许倾拨开他的手:"要洗,但是我自己去洗。你还是早点儿回去休息吧。"说着,她推一把他的胸膛,想挣开他的怀抱。

顾随的力气比她大很多,任许倾推搡,他自岿然不动。他抬高她的下巴,说:"不管如何,我已经表明我的态度。你的心上人是谁都好,你给我一个机会。"

许倾看着他的眼睛,不说话。她一直觉得这个男人骨子里就是放荡、花心、不羁的,尽管表面上彬彬有礼、稳重成熟,令人觉得可靠,但谁知道他的心里是怎么想的呢?他或许只是因为碰见她这么一个反骨,才格外上心。

许倾戳他的胸膛,说:"我也说明一下,可以保持原来的关系,不谈感情。而且今晚不要,我明天还要拍下水的戏份。你早点儿回去吧。"

这时,顾随的手机再次响起。这次来电的是陈助理,顾随接起来。陈助理立即说道:"老板,还是你出马吧。吴小姐现在赖在机场不肯走。吴先生叫的人完全没用,帮不上忙。"

顾随眉眼间跟山雨欲来似的,眼眸里满是怒火。

许倾见状,低声说道:"你去吧。"

顾随看了许倾一眼,突然挂断手机,低头堵住她的嘴唇。许倾踮了一下脚,搂着他的脖颈。

吻毕,顾随贴着她的嘴唇:"明天我去探班。"

许倾:"随你。"说完,她终于可以从他的怀里出来了。

顾随松开她,转身出了门。门关上后,许倾在原地站了一会儿才走进浴室。洗完澡,她走出浴室,就看到苏雪捧着一碗米粉站在客厅里。

许倾一边擦着头发,一边说:"好香啊。"

"是吧。楼下这家米粉很好吃,我特意给你买来的。"苏雪把碗放下,扫了一眼房间:"顾随走了?"

许倾坐在沙发上,拿起筷子、勺子开动,说:"走了。"

苏雪"哦"了一声。

许倾吃着米粉,突然问道:"黎城吴家是个什么样的家族?"

苏雪:"你是说那个珠宝大亨吗?"

许倾:"是吧。"

苏雪说:"我想想哦。这珠宝大亨虽然现在没以前厉害了,也没挤进黎城四大家族,不过早年很厉害,旗下的店铺遍布全国,还创立了自己的奢侈品牌。不过也因为创立了这个品牌,他们家在国外遭人针对。后来店铺也没法儿继续在国外开下去,就又回到国内。吴倩的母亲好像就是被人绑架后撕票遇害的，所以她父亲很疼爱吴倩。吴倩挺让圈内那些千金羡慕的，因为虽然现在她家里没有了雄厚的背景，但是她的日子过得比其他世家千金还要舒服许多。"

许倾："哦。"

苏雪紧接着又说道："我听说顾随的父母跟吴倩的父亲关系很好。顾随早年就是由吴父引荐入投资圈的，所以他跟吴父关系也很好，有点儿像忘年交吧。"

"原来如此。"许倾点头。她得顾随的帮助，顾随得吴倩父亲的帮助，挺好。

苏雪突然问道："我怎么觉得顾随在追你呢？"

许倾笑笑，没应。

黑色的宾利车疾驰在大路上。陈助理看了一眼后座上的男人。顾随夹着烟，时不时地抽一口，视线落在一旁的座位上。

夜晚的海城国际机场灯火通明，还有很多夜归人在机场内穿梭。顾随一走进机场就看到抱着小包坐在充电处的吴倩。她的旁边站着几个吴家安排的人。吴倩看到他，满脸兴奋地挥手。

顾随没动，对陈助理说："让她过来。"陈助理赶紧上前去喊吴倩。

吴倩挥了挥手，却看到顾随转身就走，也顾不得要脾气了，提着小包赶紧追过去。

顾随已经坐回车里。吴倩追到车旁，绕到另一边打开车门，却听顾随低沉的声音响起："你坐副驾驶座。"

吴倩一愣，看了一眼顾随旁边的座位，隐隐约约闻到车里的空气中带着的清香味——这香味绝对不是顾随身上的。她迟疑了几秒，去了副驾驶座。

吴倩知道顾随身边有很多女人，但从没有一个能越过她。所以今晚跟顾随打电话时，为了不让他说那些话，她非常快地打断了他。她捏紧小包，怎么都不信有人越过了她。

车子启动，前往吴父给吴倩订的酒店。巧的是，他们路过了许倾住的那家酒店。吴倩想了想，笑着说道："许倾好像住在这家酒店。我看到她发在朋友圈的照片上露出了一点点标志。"

顾随靠在椅背上闭目养神，没有搭理她。

吴倩下榻的酒店是一家花园酒店。车子停在门口后，吴倩说："你送我上去吧。这酒店太大，我害怕。"

顾随："陈顺，你陪她上去。"

吴倩不干了，从副驾驶座扭过身子看着顾随问道："你不是有话要跟我说吗？"

顾随看着平板电脑，正想不咸不淡地打发了吴倩，却突然看到一条话题："张驯亲自从海城有名的艇仔粥店买了一份粥送给许倾。"

话题里有张驯提着夜宵进酒店的照片，还有他进许倾房间的照片。虽然现场还有许倾的经纪人，但也足够网友沸腾了。

"顾随，你不是有话要跟我说吗？"吴倩拍着椅背又问道。

顾随抬起头，如墨的眼眸宛如深色的寒潭。几秒后，他撑着下巴，看着吴倩冷淡一笑："以后别有事没事打我的电话，你该有自己的生活了。"

吴倩的心一凉：原来，他来真的了。

接着，他用指尖点了点平板电脑的屏幕："我现在心情很不好，你安静点儿。"

车里陷入了一种窒息般的安静。吴倩心里很慌，泪水直掉。她看向陈助理，陈助理也没法子，摊了摊手。

陈助理扫了一眼顾随放下的平板电脑，看到了上面的话题，顿时明白了老板不开心的原因，轻微地叹了一口气。

这叫什么？三方互相折磨。

吴倩哭了一会儿，见顾随一直没搭理自己，便拿着纸巾抽泣着问道："你为什么心情不好？你看到了什么？"

顾随："下车。"

吴倩快止住的泪水又流了下来。

陈助理怕顾随真的发火，赶紧催促吴倩下车："吴小姐，我送您上去吧。您行行好，放过我的老板吧。"陈助理心说：我这是在救你。

吴倩刚刚被顾随那一眼看得有点儿怕了，哭着推开门下了车。陈助理帮她提着行李箱，带她进了酒店大堂。

吴倩一边哭一边问道："顾随有女朋友了？"

陈助理给她办理入住，说："还没有。"

吴倩："那他……是有喜欢的人了？"

陈助理："嗯。"

吴倩突然号啕大哭起来。

宾利车里很安静。顾随夹着一支烟，许久才拿出手机点开，拨打了许倾的号码。

那头过了好一会儿才接听。许倾的声音懒懒的："喂？"

顾随看了一眼腕表——他离开酒店不过两个小时："还没睡？"

"没有。你接到吴倩了吗？"

许倾一问，顾随就感觉喉咙烧得厉害。他应道："接到了。你想吃什么夜宵？"

许倾："不用了，我吃过了。接到了就好，我挂了。"

顾随："好。"

刚说完，许倾便挂了电话。嘟嘟嘟的声音传来前，顾随听到了电话那边有男人说话的声音。他一用力，捏碎了香烟。

驾驶座的车门打开，陈助理坐了进来，看了一眼顾随："老板，我们回酒店吗？"

他们这次来海城也是有工作的，只不过一下飞机，就直接往许倾那边去了。

顾随拍了拍大腿上的烟灰，说："不回，去中山二路。"

陈助理愣了一下，"哦"了一声，随即启动车子。

中山二路？这么晚了去那里干吗？直到看到灯火通明又人满为患的粥店时，陈助理明白了。

顾随："去跟店家订二十份粥。"

陈助理："好。"

另一边，许倾放下了手机。桌上放着几本剧本，张驯和另外两名演员都坐在对面。

苏雪拿着手机，低声跟许倾说："这些粉丝又叫起来了。明明照片里还有其他人，他们就只看到你们两个人，还特意把你们俩给圈起来。"

刚刚张驯跟许倾都在微博上发了晚上讨论剧本的照片，主要就是为了避免误会，毕竟外面处处都有媒体记者。谁知道这么多人的合照，他们只看到她和张驯。而张驯也确实亲自去粥店买了粥回来，偏偏还是从许倾曾在微博上说好吃的那家店买的粥，于是就这么上了热门话题。

至于今晚之所以要讨论剧本，是因为作者突然想改剧情——也不知道是不是受之前抄袭事件的影响。于是，张驯等人就来了许倾的房间。

许倾笑笑，说："别管了。"

苏雪："但是又会有人说你炒作。"

许倾："那是事实。"

苏雪："也是。"

张驯在对面悄悄打量许倾。他进门的时候就扫了一眼许倾房里的情况，明显没有男人的东西。据出品人说，今晚出现在片场的男人是圈内的某位大佬。张驯觉得有点儿可惜，因为他其实想追一下许倾——明面上合作，私下谈谈恋爱，也挺好的。

编剧听着电话，一边记一边说："这改动篇幅也太大了，情感戏都变了。"

作者要把男女主角一对一的情感戏改成增加男二号插足的三角关系。许倾闻言"啧"了两声，想起拍了几天的情感戏，估计得重拍了。

这时，门铃响了。张驯离门口最近，起身说："我去看看是谁。"

其他人看了他一眼，又低下头讨论，不以为意。许倾靠着沙发扶手，翻看着原来的剧本。

不一会儿，张驯回来了，手里提着两大袋的粥，似乎都有些不堪重负了。他把粥放到桌上，其他人齐刷刷地看去。

许倾看到袋子上的标志，问道："你又订粥了？"

张驯摇头，神色有些晦暗，说："刚刚有人送来的。他说你的男朋友怕大家吃不饱，所以多订了一点儿。"

现场一下子安静下来，众人纷纷看向许倾。

编剧有些好奇地问："许倾，是今晚那位大佬吗？"

许倾抿了抿唇，说："不是，我没有男朋友。既然送来了，大家就吃吧。"说完，她继续翻剧本。

张驯坐回许倾的对面，又看了一眼许倾。其实刚刚送粥的那个人说的话没那么客气。

那个人应该是今晚那位大佬的助理，把袋子递给张驯时说："你买的太少了，我们老板怕他的女朋友吃不饱，所以特意让我多送几份过来。你也尝尝吧。"

那语气似乎在说他很小气，所以才买了四份粥——虽然他确实只买了四份，就为了提前给许倾和她的经纪人吃。

张驯越想，脸色越难看，觉得那个人太有心机了。

陈助理送完粥，带着保镖下楼。顾随坐在车里一边抽烟一边看文件，见陈助理上了驾驶座，低声问道："送了？"

陈助理："嗯。"

顾随："她屋里什么情况？"

陈助理："有很多人，估计有七八个。看样子是在讨论剧本。"

"好。"

陈助理心想：老板，你可以放心了吧。人家许倾可没有跟别的男人乱来。你还特意买粥上去试探，真行。

不一会儿，黑色宾利车驶离酒店。保镖们则找了地方休息。而许倾房间的灯一直亮到凌晨一点多才熄灭。大家离开时都顺手拿了一份顾随送来的粥，连演员们的助理也都有份儿。

许倾洗了脸，在床上躺下，拿起手机刷微信，看到《股神》群里的人都在提她。

小场务："@许倾，谢谢你的粥。我们刚收工，回到酒店就有吃的，谢谢哇。"

副导："谢谢许倾的男朋友才是。"

道具小妹："不是，好像只是追求许倾的男性朋友而已。"

林导："@许倾，替我谢谢顾先生。喝了一碗粥下去，暖和多了。"

小助理："啊啊啊，特别好吃！特别好吃！我还想着等下工了去买呢，没想到倾倾就买来了。真棒。"

场务姐姐："我也吃到了。这家店的粥确实好吃。@许倾，我怎么觉得这位大佬有点儿眼熟啊，是不是在哪里见过？"

许倾："没见过吧。"

场务姐姐："不管怎么样，谢谢啦。"

承受这些不属于她的谢意，许倾真不知该说什么，最后回了一句"你们吃得开心就好"，就火速关闭了群聊。放下手机后，许倾拉起被子准备睡觉，但想了想还是拿起手机。

许倾："剧组的人都说谢谢你。"

顾随："你吃了没？"

许倾："没吃。"

顾随顿时神色不太好——没吃他买的，那就是吃了张驯买的。他眯着眼，半晌才回复。

顾随："早点儿睡。"

许倾："嗯。"

顾随："晚安。"

许倾没再回应了。

第二天早上，许倾翻了一下微博，发现她跟张驯的那条话题不知道去了哪里，仿佛昙花一现，有点儿不太对劲。她点进超话，看到还有不少人在讨论，但就是没有出现在热门话题上。

许倾想了一下便没再理会。她洗漱完走出洗手间，就看到苏雪已经进门了。苏雪正想说话，门铃响了。

苏雪嘀咕一声："这么早，谁啊？"

她打开门，就看到门口高大的男人穿着黑色衬衫，手臂上搭着外套，提着一份早餐。他对苏雪点头："早。"

苏雪愣了一下："早。"

许倾探头："谁啊？"

苏雪让开身子，许倾看到了顾随。

他走进来，把早餐放在茶几上，说："我早上得开个会，顺路给你带了早餐过来。你趁热吃吧。"

许倾看着他说："不用这么麻烦。我们这边都有早餐。"

"先走了。"顾随点点头，转身就离开了。

见顾随走了，苏雪摊手，看向许倾："专门给你送早餐来？这也太体贴了吧。"

桌上有两份早餐，一份是苏雪带来的，一份是顾随带来的。苏雪指着顾随带来的早餐，说："我们拆开看看吧。"

许倾："行。"

苏雪一边拆，一边说："对了，你跟张驯的话题怎么不见了？这冷得也太快了吧？最近也没有什么新消息啊。"

许倾抱着抱枕，看苏雪拆开顾随送来的早餐———一份燕窝粥，只有一份。

苏雪："这就有点儿小气了吧……"

这时，许倾的手机响起。她拿起手机看了一眼，接着递给苏雪看。

陈助理："许倾，我们老板说你的经纪人跟助理们可以到酒店一楼的自助餐厅吃早餐。我们已经买过单了。"

苏雪："哇，他真的在追你，打算对你的生活无孔不入啊！"

许倾冷笑一声，放下手机，没吭声。

苏雪其实也不知道许倾跟顾随怎么样，但很明显，顾随目前是打算进一步的。她笑着说道："你不要让他那么轻易得逞。"

许倾笑笑。

两个人吃着早餐，苏雪让人再给昨晚那个话题添一下热度。但是不知道怎么回事，花了钱也没人买账。苏雪询问了一番后，顿住了。

许倾拿起纸巾擦嘴，看向苏雪："怎么了？"

苏雪："昨晚的热度降得那么快，是凌盛撤下去的。"

许倾一愣，几秒后，脸色变得阴云密布。她拿起手机，拨打了顾随的电话。

那头很快接了。男人低沉的声音传来："吃完早餐了？"

许倾的声音很冷："我跟张驯好不容易上了热门话题，你给降了？"

顾随："是。"

许倾："既然你这么有闲情逸致，就再帮个忙，给我们把这个话题再推回去。顾随，你不想我生气的话，就照办。"

顾随沉默了几秒后，喊了一声："陈顺，滚过来，把他们的话题推回去。"

"谢谢。"听到顾随那边的安排，许倾丢下这两个字便挂了电话。

苏雪惊呆了，半天才回过神："你居然敢这么跟顾随说话。"

许倾站起身，拿了外套穿上，说："我只能这么说话。他有时很强势，我若是不这么说，他理直气壮地三言两语就能打发我。"

苏雪眼中带着崇拜。说实在的，她就算把这事说出去，估计都没人会相信。毕竟谁能想到那个在投资圈声名显赫的男人居然会这么听话，听的还是一个普普通通的女演员的话。

两个人收拾好出门，在电梯里碰上了张驯。张驯用一种开玩笑的语气说："昨晚的话题热度降得很快，我还想着是不是你们公司降的。"

苏雪立即道："怎么可能？"

张驯含笑看了一眼站在一旁的许倾。许倾穿着黑色的吊带裙，外面穿着长款外套，显得身材很是高挑。她还抹了点儿唇釉，红唇艳艳。张驯看着她，觉得她更漂亮了。

电梯抵达一楼，两方人马从电梯里出来，一眼便看到大堂里有零星的粉丝。粉丝看到张驯和许倾，马上拿出手机拍照，还喊了几声他们的名字。

"哇！他们是从一部电梯里出来的。"

"对啊对啊！说真的，许倾和张驯也很配。"

许倾朝粉丝们点点头，便走向门口的车子。张驯慢她一步，走在她的后面，看着她上车。不管是有意还是无意，这个细节被粉丝捕捉到了。

上了保姆车，门一关，苏雪就说："张驯看着比程寻更有目的性。他的团队很明确地表示这次要跟你炒作，增加一些热度。"

许倾："嗯。"

苏雪又说道："主要是你的形象好，所以你跟谁都有点儿配。有粉丝在网上分析了你的五官，说你的眉眼自带'钓系'。"

许倾："'钓系'？"

"对，'钓系'。上次你和陈佳瑶不是在节目里一起做早餐吗？粉丝居然也很喜欢，你们还有超话呢。"

许倾愣了一下，随即笑起来："真行。"她又问苏雪，"话题回来没有？"

苏雪这才想起来："我看看。"

说着，她拿起手机翻找，不一会儿便看到排名第十二的话题。昨晚那条话题回来了，只是排名很低。

苏雪："回来了。"

许倾："嗯。"

苏雪感叹："顾随真听话啊。"

顾随这一天很忙，跟同易的合作因为周坤的摆烂操作，惹得他差点儿把周坤摁在办公室里打一顿。他大步离开办公室，陈助理赶紧跟上。

顾随冷着脸说："找机会收了同易的股票。"

陈助理："好。"

他们坐进车里，陈助理拿起平板电脑点餐，问道："老板，把饭送到酒店吗？"

顾随抽出一支烟咬在嘴里，看了一眼外面的夜景，又撩开袖口，看了一眼腕表，已经是晚上八点多了。

顾随："去探班。"

陈助理"哦"了一声，启动车子往许倾的片场驶去。

顾随弹了弹烟灰，问："那话题……推上去没有？"

陈助理立即回道："推了。"

顾随看了他一眼："你可真听话。"

陈助理心想：不是您听话？赖我？

车子抵达《股神》的片场，远远就看到波光粼粼的泳池。陈助理把车停下，迟疑地看了一眼顾随："今晚似乎还是泳池的戏份。"

顾随抬手搭在车窗上，指间夹着烟。他抬眼往片场的方向看去，想起昨晚自己的心烧得那么烫。其实他还是第一次因为一个女人这样，两次失控都因为许倾。

陈助理对昨晚抢人那一幕记忆犹新，低声地提醒道："老板，要不我们回酒店去等许倾吧？她应该也快下班了。"

顾随却推开车门，说："我去看看。"

陈助理想了想，还是不放心，干脆跟着顾随下车。两个人来到片场，找了个隐蔽的位置。顾随靠在走廊的柱子上，一只手夹着烟，一只手插在裤袋里，看着不远处的游泳池。

许倾还穿着昨天那套泳衣，但因为今天这场戏拍了太多条，导致她现在很冷，所以不入镜的时候都裹着一条大浴巾。美还是美，就是有几分可怜。

相比起昨晚那些令顾随生气吃醋的画面，今晚顾随亲眼看到了许倾拍戏的辛苦。

只见许倾伸出脚先碰了碰冰凉的池水，让自己适应一下水的温度，然后咽了一下口水，才缓缓整个人坐下去。她拿开毛巾，弯腰掬了一把水拍拍胸口，深吸一口气，才朝林导点头。

那样子，看着令人心疼。

顾随捏烟的手指攥紧了几分："她拍了多久了？"

陈助理："听说……好像拍了三个小时左右了吧。她一直都穿着这件泳衣，加上泳池的水冷，好几次冻得嘴唇发紫。因为昨晚原著作者改感情戏，三位主演今天一直没进入角色。"

顾随的脸色沉了几分，但他克制住了自己，没有上前打扰。陈助理有些诧异，按顾随的性格，以前碰到这种情况，他应该已经让他们停下了。

陈助理看向顾随，说："老板，您不过去？"

顾随："再看看，说不定等一下他们的这场戏能过。我不想毁了她一整晚的努力。"

陈助理心道：老板，您可以啊。

可惜，这场戏一直没过。两个人的戏份变成三个人的戏份，还要演出修罗场般情绪暗涌的感觉，即便许倾的演技可以跟上，其他人却不行，尤其是突然被加了感情戏的男二号。

许倾抱着手臂，冷得发抖。

林导在监视屏前说道："再来一次。许倾，你先下水……"

话音未落，一道低沉的声音从身后传来："拍完这场能收工吗？"

这声音突兀地出现在片场里，所有人齐刷刷地看过去。林导也转头看去，只见穿着黑色衬衫的高大男人从阴影里走出来。

虽然顾随的语气是询问的意思，眼神却带着压迫感。林导愣了一下，下意识地看向许倾。

许倾抿着唇站在泳池旁，看看顾随，又看向林导，说："我没关系。"说完，她又看了一眼顾随。

顾随站在原地，脸色阴沉地看着她。

林导被男人的压迫感压得后背冒汗，挥挥手回到机器后面，拍手让所有人准备重新开始。许倾把咖啡杯递给苏雪，然后坐下，将长腿伸入泳池。张驯和另外一名男演员走过去，在许倾的左右蹲下。

"开始。"

许倾的脚荡着池水，她强忍着身体的颤抖，开始跟他们对台词。许倾的眉眼很漂亮，像一条美人鱼。

顾随目不转睛地看着她，看着她笑，看着她说话，心如擂鼓。若说之前他对许倾是占有欲作祟，那么现在肯定不只是占有欲那么简单。她的那种美，令人想要收藏。

然而就在这时，正拍着戏的许倾突然感到脚在抽筋，偏偏两个男演员又在演暗流涌动的对视戏，没有注意到她。许倾撑了一下身子，没撑住，反而滑落到水里。

"扑通"一声，现场顿时一片混乱。

张驯回神，第一时间想要跳入水里，却不料身边有人比他的速度更快。顾随解开衬衫领口，一跃跳进水里，衬衫一下子就贴在了身上。他找到许倾，一头扎进水里，单手抱住许倾的腰把她捞出水面。

只听"哗啦"一声，两个人从水里冒出了头。

许倾呛了好几口水，脚还在抽筋。她一边咳嗽，一边匆匆扫了顾随几眼。

顾随直接把她摁在泳池边上，语气里带着浓浓的嘲讽："还没关系？"

许倾咳得厉害，强忍不适出声："你管得着吗？"

顾随眯眼，忍住了在这里吻她的冲动，接着把她抱起来，直接上了岸。

其他人立即围了过来。苏雪拿来了干燥的浴巾。顾随接过浴巾裹在许倾的身上，随后弯腰抓住她的脚踝，在她抽筋的位置按摩，并且拉着她的脚尖做拉伸，一看就经验丰富。周围的人见状，就知道许倾不会有大事了。

下水救人的机会被抢了，张驯便端了一杯热咖啡过来递给许倾。许倾正需要热饮，立即接了过去。顾随抬眼看她，又看了张驯一眼，然后收回视线继续给她按摩。

许倾抿抿唇，低头看着男人，说："我感觉没事了。"

顾随："你感觉？你刚才还说没关系呢。"

过了好一会儿，顾随才松手。他站起身，又把许倾拉起来，说："看看还

146

疼不疼。"

许倾站起来跺了几下脚，说道："不疼了，谢谢你。"

顾随看了她一眼，突然拦腰把她抱起来。许倾的手一抖，差点儿把咖啡洒了，苏雪赶紧接过咖啡。

这时，顾随的手机突然掉在了地上。许倾低头一看，拍拍顾随的手臂："你的手机。哦，吴倩来电。"

顾随手臂上的肌肉顿时紧了几分。他看了一眼陈助理："接了，跟她说我没空。"

结果不只吴倩打来了电话，还有人发来微信消息。手机屏幕上跳出两条信息。许倾看了一眼就收回视线，说："你还是看看吧，陈佳瑶也给你发了微信。"说着，她就挣扎着要下地。

顾随用力抱紧她，看着她的眼睛对陈助理说："关机。"

他像是要向她证明什么似的。

陈助理立即拿起顾随的手机关机。

一旁的林导见许倾没事，松了一口气，说："今天收工了，明天再继续。江谦，你回去再好好练练。明天再拍不好就真的要拿你是问了。"

男二号江谦点点头。他有些愧疚，今晚这场戏的主要问题在他，他的感情经历不够，拍不出这场戏需要的感觉。张驯至少比他发挥得好，是他接不住戏。

剧组的人开始收拾东西。苏雪也给许倾收拾东西——顾随已经抱着许倾先走了。

车里，许倾看了顾随一眼，说："酒店门口有粉丝。"

顾随此刻也浑身都湿透了，便解开衬衫纽扣，露出大片的胸膛。他说："开到地下车库。"

许倾愣了一下："哦，也行。"

顾随伸手拨弄她的头发，许倾往后缩了缩。

这时，陈助理递来手机，顾随接过。许倾打了一个哈欠，靠在窗户上，看了一眼黑屏的手机，随即就见顾随开了机。许倾见状，懒得再去看，转头看向窗外。

刚一开机就有来电，顾随摁灭后，把吴倩拉入黑名单，紧接着点进微信，把陈佳瑶的微信也拉入黑名单。看着黑名单里陈佳瑶的名字，顾随沉默了几秒，倒不是不舍，而是——他借着月光看着坐在旁边的女人——而是想到因为她，他才做了这些事情。

许倾从玻璃窗的影子里看到顾随那双如墨的眼眸。他正看着她，两个人通过玻璃窗对视了几秒。突然，身后的男人动了。他撑着座椅俯身过来，吻住她的后背，薄唇贴上她的肌肤。

冰凉的肌肤感受到他薄唇的热度，许倾深吸一口气，略微挣扎，但也没那么强硬。他紧贴过来，把她抱在怀里，落下密密麻麻的吻。

他含住她的耳垂说："回去得喝点儿姜汤。"许倾没理他。

车子停在酒店后门，陈助理没打扰后座的两个人，自己下车去找保镖，确认附近有没有媒体记者或者粉丝。确定没有记者和粉丝后，他才把车开到地下车库，停在电梯口。

车后座的两个人都挺安静的。顾随单手撑着玻璃窗，咬着她的嘴唇，辗转亲吻。许倾感觉自己身子也热起来了。

顾随的薄唇离开了些，他垂眸看她。他的衬衫敞着，许倾往下看了一眼，感叹他的身材确实很好，好到看一眼就让人上头。她说："你回去吧，我也上去了。"

顾随拉住她的手臂，问她："明晚《龙山》的总导演在这边有个聚会，你也一起去？"

许倾愣了一下："《龙山》？"

"萧正明导演。"

许倾知道，这是一位很厉害的导演，专门拍红色电影。虽然她不知道《龙山》是什么题材的电影，但是肯定差不了——这位导演执导的电影，基本上已经半只脚踏入了"最佳"这个奖项的门槛。

许倾眯眼："你要给我资源？"

顾随勾唇："你还是得自己争取。"

许倾："好，我明晚到。"

聚会而已，既不是试镜，也不一定能让人家导演注意到自己，不过这确实是个机会。

许倾说完，在他的嘴角亲了一口，就要离开。顾随却又拉住她的手臂，再次堵住她的嘴唇，极致缠绵。他的脑海里全是许倾今晚拍戏的画面。她又美，又坚韧，他看得无比心动。

许倾敏感地察觉到他的吻不再霸道，变得有些缠绵，而这种缠绵很容易让人动情。可惜，她还是顾忌着陈助理这个人的存在。最后，她气喘吁吁地靠在他的怀里，亲吻他的脖颈。顾随垂眸，别有深意地看了她一眼。

许倾停下动作，说："我上去了。"说完，她推开他，打开车门下车。

顾随跟着下车，又从车里拿了浴巾披在她的肩膀上，把她紧紧地裹住，接着直接把她送上楼，看着她进了房间。不一会儿，他就回到了车里。

陈助理瞅准机会跑回驾驶座，启动车子。

顾随靠在椅背上，想起刚才许倾情动的样子，眉眼间隐隐带着一丝笑意。

抵达顾随入住的麒麟山庄后，陈助理从后视镜看了一眼自家老板。他明显感觉到老板的心情很愉快，也不知道刚刚在车里许倾跟他说了什么。

或许是今晚老板对待吴倩和陈佳瑶的态度取悦了许倾吧。

这才对嘛。

苏雪在房里等许倾，见她回来了，赶紧起身拉着她的手说："去洗澡。我给你在浴缸里放满了热水，你好好泡个澡。"

"好。"许倾点头，把浴巾扯下，走向浴室。

苏雪一眼就看到许倾后背的痕迹，愣了愣，说："你们……"

许倾从镜子里扫了一眼后背，说："没有。"

苏雪："哦哦哦。"

许倾进了浴室，躺进浴缸里。热水让她觉得全身舒畅，泡了十来分钟她才起来，穿上浴袍走出去。

这时正好门铃响了。苏雪放下手机，起身去开门。

不一会儿，苏雪端着一大碗姜汤，还提着一份夜宵进来。她看了许倾一眼，说："顾随的保镖送来的。"

许倾擦着头发在沙发上坐下："哦。"

苏雪把姜汤放在茶几上，说："我本来是打算让酒店的人帮忙送上来的，没想到他倒是提前安排了。"

许倾端起姜汤捏着鼻子喝完了——不能跟身体过去，明天要是感冒了就麻烦了。苏雪给她拆开夜宵，发现是鲍鱼粥。

"啧啧，对你真好。"

许倾放下姜汤碗，对苏雪说："你去拿个碗一起吃吧，我吃不完。"

苏雪也不客气："好啊。"她去小厨房拿了碗和勺子，把粥分成了两份。

许倾又说："我点个外卖，送点儿给小兰他们吃。"

苏雪笑着说道："我已经点了。"

许倾笑道："谢谢。"

然后两个人分吃了鲍鱼粥。

吃完粥，苏雪摁着平板电脑，说："林导在群里说，如果江谦能演出顾随昨晚那个气势就好了。"

许倾拿着纸巾擦拭嘴角，闻言顿了顿。昨晚那个气势，是指顾随因为张驯握她的手腕而吃醋的事吧。

苏雪"啧啧"两声，道："顾随那是真吃醋。江谦又不喜欢你，他怎么吃醋？"

许倾轻轻一笑，没有回答。顾随吃醋，然后呢？不过是占有欲而已，他自以为睡过了就是自己的。

苏雪看着电脑，突然又翻到了什么，道："林曼打算拿下《龙山》的角色，今天下午就飞来海城了。《龙山》不是上次在电话里顾随说要给你的那个资源吗？"

许倾愣了一下，眯起眼，没吭声。

苏雪："该不会因为你不要，顾随就给林曼了吧？"

许倾想起今晚顾随说话的语气、态度都挺认真的，应该不会。但也不一定，林曼跟他指不定也有一腿。

许倾笑笑说："不知道。我正要跟你说这件事，顾随让我参加明天《龙山》总导演萧正明的聚会。"

"什么？"苏雪惊了。

"《龙山》。"许倾提醒。

苏雪反应过来："好机会啊！是明晚吗？"

"嗯。"

"快，你先看看《龙山》的资料，确实是红色电影哦。"苏雪说着，把平板电脑递给许倾。许倾接过，开始专心地看资料。

第二天，许倾只拍了白天的戏份。下午五点多，她跟林导请假。林导知道许倾要去争取《龙山》的角色，表示非常支持，点头放行。

许倾回酒店换了一条黑色紧身裙，看起来大方得体。陈助理给她发来了聚会的地址。

许倾："好，谢谢。"

陈助理："不客气。我们老板还在开会，今晚不一定能过去。许倾，加油。"

许倾："好。"

苏雪陪着许倾一起前往聚会地点，但因为苏雪没有受邀请，所以不会跟许倾一起进去。车子一路开到海城的休斯顿酒店门口，许倾下了车。

苏雪说："那我们等你。"

许倾："好。"

这时，又一辆保姆车停在酒店门口。车门打开，肖仲先下车，林曼穿着一袭长裙紧随其后。

三个人对上，肖仲和林曼一愣。林曼激动地问道："你怎么在这里？"

许倾笑笑："晚上好，肖总。"

肖仲看着许倾，点点头："晚上好。"

许倾没有再跟他们多话，在他们之前走进酒店。

林曼的脸色有些难看。她拉了肖仲一下："她怎么来了？她也争取这个角色吗？"

肖仲有时候很烦林曼这种小家子气的行为，拨开她的手，说："顾好你自己。"说着，他走向电梯。

许倾高挑的身影就在前面，肖仲看了许倾好几眼。林曼在原地停顿了一下，收起情绪，才老老实实地跟上肖仲的步伐。

如林曼所料，许倾确实是来见萧正明导演的。林曼跟肖仲进去时，许倾已经坐在餐桌旁，旁边是《龙山》的女制片人，另外一边是《龙山》的副导演。

林曼努力控制好自己的表情，跟着肖仲落座。她扫了一圈，发现收到邀请的女演员只有她和许倾，那么许倾就是她最大的竞争对手了。

许倾跟《龙山》的女制片人有过一次交集，所以制片人安排许倾跟自己坐在一起。比起林曼的表情多变，许倾神色淡然，漂亮大方，正跟女制片人低头交谈。

萧正明笑着看了一眼手表："顾随真不来啊？"

出品人立即道："那不知道，要不要给他的助理打个电话？"

"算了，他日理万机，哪里有空啊？"

林曼听罢，立即笑着说道："我听说他这会儿在谈与同易的合作，确实是很忙的。"

萧正明一听，看向林曼："你跟他很熟？"

林曼又故作微笑："还行吧。"

萧正明笑了笑，又看向许倾："你呢？你跟顾随熟吗？"

许倾正喝着红酒，闻言抬起眼眸，笑着摇头："不熟。"

萧正明正想问许倾是谁引荐的，包间的门就被推开了。一桌子的人看过去，只见顾随风尘仆仆地挽着袖口走进来，立即有人给他拉开了椅子。

顾随眉眼含笑，带着几分散漫，坐下后目光从许倾的脸上扫过。

萧正明笑着说道："我们刚刚还在聊你。"

"哦？聊我什么？"顾随解开几颗纽扣，抬起头笑着问。

萧正明说："我正问许倾跟你熟不熟。"

顾随看了许倾一眼，又看向萧正明："她怎么回答？"

萧正明摆手："不熟。"

顾随脸上的笑意淡了些："哦，是吗？"

"是啊。所以我想问问，是谁引荐她来的？"萧正明说话很直接。

而旁边的林曼也笑着说道："我也好奇呢。"

萧正明听罢，看向林曼："你们是一个公司的，你都不知道？"

林曼微微一笑，抬手拨弄耳垂，说："我是真不知道。许倾，你跟我们说说呗。毕竟你认识那么多男演员。"

其他人"唰"的一下看向许倾，眼中都隐隐带着看好戏的意味。

许倾捏着酒杯，神色淡然，显然早就习惯了林曼时不时地拿自己跟其他男演员炒作的事情来说事。她笑着看向林曼，准备将她一军。

这时，对面的高大男人开口了，声音低沉："哦，是我引荐的。"

漫不经心的语气令林曼脸色骤变，她猛地看向顾随。其他人也齐刷刷地看过去，只见顾随的指间不知何时夹了一支没点燃的烟，手肘搭在桌上。他轻描淡写地扫了一眼林曼——就那一眼，让林曼后背发凉。

顾随紧接着笑着说道："也算肖仲引荐的。前两天肖仲打电话给我，说他觉得他们公司的女演员许倾很有潜力，希望我能帮忙引荐一下，介绍给萧导。"

林曼猛地转头看向肖仲。肖仲下意识地坐直身子，难以置信地看着顾随——肖仲压根儿没这么做过。

顾随咬着没点燃的烟，眼神阴冷地看向肖仲。肖仲瞬间反应过来，掩去眼中的震惊，笑着看向萧正明："是有这回事。希望萧导能给许倾一个机会。她是一个非常好的演员。"

局面一下子发生了变化，所有人都有些怜悯地看着林曼。

林曼的脸色青一阵白一阵。她没想到，顾随引荐许倾也就算了，居然连跟她相好的肖仲也有份儿，而她像个小丑一样坐在这里，颜面尽失。她紧紧地捏着小包，指尖泛白。

"肖仲！"林曼咬牙切齿地喊了一声。但肖仲没有回头，也没有看她。而此时，有那么多人看着，她想走也走不掉。

许倾看到林曼的表情，感慨万千。

萧正明听到顾随和肖仲的话，转头看向许倾，说："明天上午，你来我的工作室试镜。"

许倾回了神，笑着点点头："好的，谢谢萧导。"

这时，她放在桌上的手机响了一声。她趁其他人聊天的时候，拿起手机低头看了一眼——顾随发来了微信消息。

顾随："不熟？昨晚是谁在我的怀里气喘吁吁？"

许倾没回复他，摁灭了手机，抬眼看了一眼对面的男人。顾随正靠在椅背上，跟一旁的另一个投资商聊天。他端着酒杯，眉宇锋利，神情似笑非笑。许倾看了几秒，收回视线，跟旁边的制片人有一搭没一搭地聊着。

聚会过半，林曼终于受不了了，拿着小包去洗手间后就再也没回来。肖仲也没去追。或许在他的眼里，林曼不过是个玩物而已。

这个聚会也很简单，吃吃喝喝聊聊天。除了刚开始的时候被关注了，后来基本没人再把话题引到许倾的身上。

萧正明一开始那么问，也是为了确定顾随引荐的人到底是许倾还是林曼。毕竟他不想浪费时间见太多的人，确定好后也就安心了。他偶尔举杯跟许倾碰个杯。许倾也大方，一碰杯就喝。

许倾和顾随也没怎么交流。偶尔她喝酒时，他的目光会扫过去，眼神中带着几分深沉。直到此时顾随才发现，这女人能喝，她的酒量挺好。

酒过三巡，夜也深了。众人谈笑着散场，陆陆续续地进了电梯。顾随跟萧正明一起进了电梯。许倾也跟女制片人走进电梯，就站在顾随的跟前。顾随将手插在裤袋里，眯着眼看着跟前的女人。

电梯到了一楼，许倾因为站在门前，所以跟着女制片人先下。尽管有点儿晕，但她依旧维持着得体的笑容，走向大堂门口。可惜她的高跟鞋不听话，害她略微崴了一下脚。

这时，一只大手从身后扶住她的肩膀。许倾愣了一下，抬头对上顾随的眼睛。顾随垂眸看她，声音低沉："坐我的车。"

他的声音很轻，只有他们两个人能听到。许倾抿唇看了他一眼，随后从他的怀里站好。

萧正明在一旁问道："许倾，你还好吗？"

许倾笑着看向萧正明，点点头说："没事，就是不小心崴了一下脚。"

153

"那就好，小心点儿。"萧正明见她真没大碍便放下了心。

一行人陆陆续续地上车离开。许倾目送大家走后，才揉了揉额头，朝自己的保姆车走去。这时，一辆黑色的宾利车开过来停在她的面前。顾随钩住她的腰，单手打开车门，摁着她的腰将她推进了车里。

许倾坐稳，抬眼看去。顾随反手关上门，绕到另一边上了车。

顾随："开车。"

陈助理立即启动车子。许倾揉揉额头，往后看了一眼，看到苏雪开了车门往这边看来，于是从包里拿出手机发信息。

许倾："你们先回去，我晚点儿再回去。"

苏雪："好。我看到他把你推进车里了，真是霸道。那我回去给你煮点儿醒酒汤。"

许倾："不用，等我回去再说。"

苏雪："行。"

许倾放下手机，因为坐得不太舒服，便脱下高跟鞋，整个人往后靠去。

顾随抓住她的脚踝往自己这边拖。他绷紧下颌，靠在扶手上看着她："引荐人明明是我，你为什么不敢说？"

兴师问罪来了。许倾干脆把脚放在他的大腿上，懒懒地问道："为什么要说是你？"

顾随眯眼："你知道我今晚为什么出现在这个酒局上吗？"

许倾挑眉。顾随咬紧了牙，把她往自己这边拉了一下。许倾猝不及防地跌了过去。他摁住她的脖颈，把她的脸抬起来："我是为了你，想给你撑腰。"

许倾愣了几秒，摇头："大可不必。"

顾随沉默地看着她，不置一词。

许倾笑着说道："你给那么多人撑腰，我就不需要了吧。"

顾随的眼眸黯了几分："那你打算怎么化解林曼对你的刁难？"

许倾仰头看着他，眉眼含笑，一派潇洒："很简单啊，肖仲是我的老板，我找他化解不就行了？还能一箭双雕，让林曼猜疑。"

实际上，顾随拉肖仲下水也是打的这个主意。让林曼心慌害怕，倒是跟她的想法不谋而合。

顾随黑着脸："你宁可捱上肖仲，也不肯捱上我？"

许倾笑笑，没有回答，反而抬起手臂环住他的脖颈："顾随。"她明显有些醉了，声音格外好听。

顾随的脸色依旧难看。他开始没有跟萧正明说明自己引荐的人是谁，就是想等许倾主动告知萧正明。可她不仅不主动告知，还说和他不熟，甚至打算在无路可走的情况下挨上肖仲。

许倾往顾随身上靠。顾随搂着她的细腰，垂眸沉沉地看着她。两个人对视，许倾的眼里除了情欲和醉意，什么都没有。这发现宛如往顾随头上浇了一桶冷水——昨晚他以为她动真情了。

顾随看了她许久。许倾打算退开："算了，送我回去……"

话没说完，顾随用力地把她搂了回去，直接把她抱到大腿上，低头堵住她的嘴唇。昨晚什么都没有发生，今晚许倾格外主动，抱着他的脖颈，仰着头跟他亲吻缠绵。这男人的接吻技巧太好了，许倾很遵从自己内心的渴望。

抵达麒麟山庄后，高大的男人抱着许倾从车上下来。陈助理急忙跟着下车，给他们按了电梯，然后垂目站在一旁。

一进房间，许倾就被扔到床上。她被摔得头晕，撑着身子想起来，顾随却已经俯身堵住她的嘴唇。她被迫仰着头，感受到顾随的大手带着热度，握住她的后颈。

不一会儿，昏暗的房间里呢喃声起，窗帘上隐约出现一对起伏的人影。

夜深人静，房间里的人不知疲倦。门外走廊却传来了嘈杂的脚步声。接着，敲门声响起，很大声。

许倾神志不清地拿起枕头捂住自己的头。顾随眯眼，抽了身，额头的汗顺势滴落。他拿开枕头，继续吻她。

许倾："有人敲门，你快去看看。"

顾随的脸色难看。他随意穿上衣服，走向门口，一把拉开门。

门外，陈助理拉着吴倩的胳膊。吴倩像女战士似的带着满脸的杀气，还带了不少的保镖来。但是在看到顾随衣衫凌乱又脸色阴沉时，她那堆积起来的杀气瞬间决堤，变成了满脸的泪水。而顾随毫不掩饰，衬衫没扣好，脖颈和胸膛上都有吻痕，更别提身上隐隐的女人香味。

"你……你房间里真的有人……"

顾随眼神阴冷，忍耐到了极点："吴倩，你该庆幸我不打女人。"

吴倩浑身发抖。她害怕他的眼神，他从没这么看过她。她还试图看向屋里，想看看里面的女人到底是谁。她颤着声音："但是你拉黑了我，你什么解释都没有……"

顾随冷笑，居高临下地看着吴倩："我需要给你解释？我有没有说过只是把你当好友的女儿？"他看向陈助理："我让你找的结婚证呢？"

陈助理："老板，你要不要去问问那位有没有结婚证？我没找到，家里的阿姨也没找到。"

"结婚证？"吴倩惊叫起来，"什么结婚证？什么……你为什么有结婚证？"

陈助理低声跟吴倩说："老板已经结婚了，三年多了。他之前真的只是受你父亲之托在照顾你。"

吴倩："我不信。"

"让她滚。"顾随懒得再说，反手关上门。

陈助理听了老板的话，不再对吴倩客气，拽着她离开。

顾随转身回到卧室，看了一眼床上的女人，走上前俯身试探道："我们的结婚证还在吗？"

许倾没睡，早被门口的声音给吵醒了。她从被窝里抬起眼皮，眼中带着水气，低声说道："你都没找到，我能有吗？早就不知道丢哪儿去了。"

如果陈助理在这儿，一定会觉得这两个人一个比一个绝情，真是不相上下的绝配。

许倾说完，抱着被子频频打哈欠。顾随咬紧了牙又松开，拨弄她的头发，忍住追问的念头，询问道："我给你叫吃的，嗯？"

许倾其实很累，醉酒让她累，现在清醒了更累。她点点头："喝点儿粥就好。"

顾随挑眉，伸手拿过话筒拨通了前台的电话："送点儿粥上来。燕窝粥。"

"好的。"那边的人应道。

顾随挂了电话，俯身拉了拉许倾的被子："去洗澡。"

许倾翻个身，说："好累，不想动。"

顾随低笑了一声，手伸进被窝里把她拦腰抱了出来。许倾不着寸缕，下意识地要抓住什么遮挡住身子。顾随却没给她这个机会，大步走向浴室。许倾难得红了脸。

两个小时后，许倾终于喝上了粥。此时已是凌晨两点多。苏雪给她发信息，问她还回不回去。

许倾刚打完一个"回"字，顾随就拿走了她的手机。

"今晚在这里睡。明早再让他们过来接你，送你去萧导的工作室。"

许倾偏头看着顾随，眉眼淡淡地说："不习惯。"

顾随紧抿薄唇，几秒后，把手机递还给许倾。许倾拿过来，正准备继续编辑，却看到苏雪一连发了好几条信息过来，里面还配了图片。她点开一看，竟是林曼抓着肖仲的领口哭泣的照片。

苏雪："晚上我们在等你的时候，看到林曼一个人从酒店里跑出来，边哭边跑，像受了很大的委屈。"

苏雪："没想到刚刚在她下榻的酒店里，她竟然跟肖仲吵架了，吵得那么凶。"

苏雪："公司的群里都在聊这件事。"

这全靠顾随的那些话，成功地让林曼猜疑发狂。许倾看着林曼的样子，"啧啧"两声，没想到林曼有时候还挺恋爱脑的。

她继续编辑信息："过来……"

信息还没发出去，顾随又拿走了她的手机。许倾抬起眼眸，顾随看着她："我送你，别让苏雪他们跑一趟了。"

许倾："行。"

又过了一会儿，吃完了粥，许倾的胃舒服很多。她进卧室去换衣服，但是找了半天也没找到她的内衣。她回过身，看向顾随："我的内衣呢？"

顾随靠着沙发扶手看文件，抬头看着她，勾了下嘴角："你找找，是不是掉床底下了？"

许倾眯眼，几秒后，也懒得找了，直接穿着浴袍抄起手机："走啊。"

顾随微抬下巴："你就这么走？"

许倾把手插在浴袍的口袋里，转身走向门口，说："三更半夜的，有什么怕的？"说着，她伸手拉开房门。

"砰——"一只大手从她的头顶把门推了回去。

许倾盯着门板沉默。顾随伸手搂住她的腰，低声道："留下来吧，好吗？"

许倾挑眉。顾随的薄唇在她的耳边厮磨。他的声音低沉，又有点儿温柔："就一晚，嗯？"

许倾把手插回浴袍口袋里，转过身，靠在门板上仰头看着他："我真的不习惯。"她踮起脚，在他的唇边亲了亲，"开门。"

顾随垂眸看了她几秒，见这女人软硬不吃，眼眸深了几分，但也只能伸手开了门。许倾正要走出去，顾随黑着脸取下衣架上的黑色薄款大衣，从身后包住许倾："穿上。"

许倾伸手拢了一下领口。顾随揽着她的腰，直接下楼。

陈助理已经去休息了，换了另外一名保镖当司机。许倾弯腰上车，顾随也跟着上车。随后，车子启动，把许倾送到了剧组入住的酒店。许倾拢着外套下车，弯腰跟顾随挥手。顾随点点头，看她上了电梯才离开。

许倾回到自己的房间，没想到苏雪还留了一份醒酒汤。她摸了摸，还热着，便赶紧喝了。随后她又洗了澡，换上棉款的睡衣才躺下。

第二天一早苏雪等人就来了，一边说着林曼跟肖仲吵架的事情，一边给许倾上妆。随后，他们赶往萧正明导演的工作室。

《龙山》这部电影里没有爱情，只有家国情怀。许倾将要试镜的角色为了完成一项任务牺牲了，但牺牲前她尽力拖住敌人，为战友们争取了宝贵的时间，让他们最终取得了胜利。许倾第一次尝试这样的角色，多少有点儿紧张。而萧正明让她自由发挥，只看演技不看人。

从萧正明的工作室出来后，许倾还有些恍惚。不管能不能拿到这个角色，她都尽力了。

苏雪也安慰说："没事的，尽力就行了。想想你昨晚差点儿就丢失了这个机会啊。"

许倾回过神，想了一下，点头："倒也是。"

参加完试镜，他们回了《股神》的片场。因为昨晚请了一个晚上的假，许倾今天的戏份更多。好在江谦的状态好了很多，许倾跟他搭戏时都能感觉到。

有粉丝来探班张驯，不过都在片场外面，不敢进来。

张驯怕许倾冷，拿了好几片暖宝宝给她。许倾接过来，笑着说道："谢谢。"

张驯坐在椅子上笑着说道："贴在镜头拍不到的地方，可以缓解一些。"

许倾："好。"

这一幕被粉丝们拍到了。接着就有人开始制作视频，放到网上去。

张驯看了许倾好几眼，发现她对此一点儿都不在乎，感觉那个姓顾的大佬半点儿都影响不到她。他松了一口气，还可以按照原来的计划走。

到了晚上，又继续拍那场两男一女的修罗戏，不过这次非常顺利。林导大喊一声："Cut！可以收工了。"

许倾笑着转身，紧接着就听到"啪啪啪"的鼓掌声传来。吴倩穿着兜帽上衣、牛仔裤从台阶上跳下来，笑着夸道："倾倾，你好棒。刚刚你演得好好啊。"

看到吴倩，许倾有些心情复杂。她还记得昨晚这个女孩儿在顾随门前哭的声音。许倾接过苏雪递来的大浴巾包在身上，问道："你怎么来了？"

"我来探班啊！我才知道你在这边拍戏，就过来这边玩了。"

许倾递了一杯咖啡给吴倩，吴倩颔首接过，看起来大小姐范儿十足。

许倾在长椅上坐下来。吴倩也跟着坐下，托着脸说："我都没地方可去。你知道吗？我这次是来找顾随的。"

听到这个名字，许倾看了吴倩一眼，想从吴倩眼里看出什么。可惜吴倩依旧一脸天真，并不知道旁边这个女人就是自己痛苦的原因。许倾微微拧眉，不作声地喝着咖啡。

吴倩转头看着许倾说："其实我知道顾随迟早会有喜欢的人，但我就是不甘心，不信自己等不到他。谁知道，我是真等不到了。你知道吗？我昨晚……昨晚像个泼妇一样闯去了顾随的酒店。"

许倾看了她一眼："然后呢？"

吴倩摊手，又似乎不知道怎么开口，过了一会儿才说："我看到他衣服凌乱，明显有女人。其实这不是我第一次看到他这样了。"

许倾挑眉，突然好奇起来："哦？那你见到过多少次？"

吴倩看许倾八卦的样子，愣了一下，说："其实三年前我见到过一次。当时我跟我爸去看顾爷爷。我在客厅看到他从楼上下来，然后不知道出门拿了什么，又回了楼上。那会儿他的样子就跟昨晚一样。"

许倾眯眼，又喝了一口咖啡。她对此隐隐约约有些印象，那个时候是不是她在？因为那晚顾随太放肆了，导致她的身子受不了，他就下楼给她买药膏。

是这样吗？许倾想了一下，或许不是。但她也懒得问吴倩时间细节了，反正都跟她无关。

吴倩似乎是没有可以倾诉心事的对象，撑着脸，看着许倾说："我是真找不到可以说这些的人了，就想着你在这里拍戏，来探班，顺便跟你聊聊天。结果你跟微信上一样高冷，都不回应我。"

许倾笑笑："是你太自来熟了。"

吴倩加了她的微信以后就让她帮忙看住顾随，现在还跑来探班，跟她说这些。许倾觉得头都有点儿疼了。

这时，苏雪走过来，把手机递给许倾，说："你跟张驯又上热门话题了。牛啊！就刚刚暖宝宝的事。"

许倾一听，拿起手机点开微博，果然看到了"张驯、许倾暖宝宝"的话题。

"张驯特别贴心，还给许倾准备暖宝宝。"

"感觉他们站在一起都在冒粉红泡泡。"

"说真的，许倾就是跟谁都很般配。这句话我放在这里了，谁都不能反驳。"

吴倩跟着探头，问道："许倾，你和这么多男艺人合作过，到底喜欢谁啊？"

许倾笑笑："你猜？"

吴倩："我觉得你跟程寻比较配。"

苏雪在一旁忍着笑打量这位千金大小姐，觉得吴倩还是个天真可爱的小女生。

这时，许倾的手机又响起来。她一看，竟然是顾随的电话，直接挂断。结果又跳出微信消息，她不得不站起来点开。

顾随："收工了吗？我去接你。"

许倾："不必，不想见你。"

黑色的宾利车停在中心大厦门口。陈助理握着方向盘，从后视镜看了一眼坐在后座上的高大男人："老板，要出发吗？"

顾随看了一眼手机，她的拒绝显而易见。

没得到老板的回复，陈助理下意识地看向放在旁边的平板电脑——屏幕页面停在微博上，上面"张驯许倾暖宝宝"的话题热度正在发酵。陈助理微叹一口气，又看向老板。

顾随垂眸，也看了一眼平板电脑的屏幕，声音低沉地说："去她的片场。"

陈助理："哎。"他立即启动车子。

路灯的光斜斜地打进车里，似割开了顾随的五官，他的眉眼显得越发锋利。

即使她表示了不想见他，他依旧要去。他要看看，她跟张驯到底有多甜。或者，这个女人是因为跟张驯在暧昧，所以暂时不想见他？

顾随绷紧下颌，微眯眼眸。他拿了一支烟，低头点燃，缓缓降下少许车窗，让烟雾从窗口飘出去。

陈助理借着红灯的时间看了一眼后座上的老板。虽然老板没表现出来，但陈助理其实看得出，顾随在这场狩猎中早就一败涂地了。

《股神》的片场其实离得不远。因为《股神》的故事发生在金融中心，所以片场就在环境、气氛类似的 CBD 中心。

顾随抵达片场时，还有一些粉丝在，不知是许倾的还是张驯的，一个个抱着手机在拍。

陈助理把车子停下，说："老板，外面挺多粉丝的。"

顾随掐灭了烟，"嗯"了一声，推开车门下车。他走进片场，一眼便看到坐在长椅上的许倾和她身旁的吴倩，瞬间拧起了眉心。

这时，许倾喊苏雪去拿外套，余光却扫到了不远处高大的男人。她愣了一下，下意识地看了一眼抱着手机在搜索夜宵地点的吴倩——女孩儿有些天真的眉眼此时看起来更纯洁无害。

许倾抿紧唇，拿起手机，随后用眼神示意顾随看手机。顾随伸手插进裤袋，拿出手机。

许倾飞快地敲字："我说了不想见你。"

顾随看见信息，咬了咬牙，没有回复，而是直接拨打了许倾的电话。许倾握紧手机，见吴倩看手机看得聚精会神，走远了一些才接起电话，跟顾随遥遥相望。

顾随正站在台阶上。他今天穿的黑色衬衫，身材颀长，容貌俊朗。不少粉丝已经注意到他了，即使她们看不清他的长相。

顾随声音低沉地说道："正好吴倩在，我带你们去吃夜宵，顺便跟她说一声，你是我的妻子。"

许倾看着男人，轻轻笑了："我是你的什么妻子？"

顾随看着许倾："我们那是合法有效的婚姻。"

许倾："有没有效，顾总不明白？"

两个人从领证到今天，压根儿就没住在一起过。这算什么婚姻？这算有效？

顾随也心知肚明，脸色沉了几分。

许倾紧接着说："顾总回头再亲自约吴倩小姐吧。另外，你最好对我们结婚的事守口如瓶。"

顾随长这么大，从没被人威胁过，而许倾的话就是在威胁他。他的脸色更沉了。他突然咬牙说道："许倾，你对我们之间这段时间发生的事情，都不当一回事吗？！"

他的声音带着几分嘶哑，几分低沉，还有几分无力。许倾握紧了手机，纤细白皙的手指略微弯曲了一下。

那边的男人眼神冰冷，带着戾气。许倾抿了一下唇，冷淡道："我们只是肉体关系，谈什么感情？"

瞬间，顾随的神情越发阴冷。他说："好，好一个肉体关系。"每一个字都像是从牙缝里挤出来似的。

许倾一言不发地挂断电话。顾随也放下手机，摁灭了手机屏幕，看了她几眼，随即转身离开。

陈助理见老板黑着脸回来，赶紧给他开了车门。顾随坐进车里，狠狠地扯了一下领带，整个人都仿佛笼罩在阴影里。他拿出一支烟点燃，却没有抽，只是在指间把玩转动。

过了好一会儿，顾随说："开车。"

陈助理愣了一下，看了一眼外面，只隐约看到许倾的身影，也不知道他们之间发生了什么，只能启动车子。

探班的粉丝其实也没看出什么，只是盯着开走的车悄悄议论。

"那男的感觉有点儿帅啊。他来找谁的？是不是找许倾旁边的那个女的？"

"感觉是。应该不是来找许倾的吧？"

"如果是来找许倾的，那就精彩了。不过剧组里还有不少女演员呢。话说你们都没看到他的长相吗？"

"隔那么远怎么看？很明显他可以直接进片场。不像我们，还被拦着。不过看身材就知道他肯定很帅，黑衬衫绝了绝了。"

"我猜应该他是来找许倾旁边那个女的，她看着就跟他很搭。许倾是我们张驯的。"

粉丝的动静被吴倩发现了。吴倩扭头一看，隐约看到熟悉的车子开过。她立即从长椅上下来，第一时间就追过去，还拨打了顾随的电话，才反应过来自己被拉黑了，于是立即拨打陈助理的电话。

陈助理看到来电愣了一下，本想挂断，但想到吴倩冲动的性子，还是接了。

吴倩在那边跳脚："陈助理，我看到你们的车了。你们来片场干吗？"

陈助理小声答道："我们只是路过。"

"我要见顾随。"

吴倩还在继续叫。陈助理很想立马挂断电话，但迟疑了一下，看向顾随："老板，要不要接上吴小姐？有些话总要说清楚的。"

顾随看了陈助理一眼，许久才开口："回去，接上她。"

于是，正跳脚的吴倩看到那辆黑色宾利车又开了回来，满脸笑容地看向许倾："刚刚顾随的车来了片场。他说路过，我叫他的助理开回来接我。我就不跟你们去吃夜宵啦！这样吧，我给你点外卖，直接送到你的酒店去，好不好？"

许倾正在穿外套，闻言动作顿了一下，随即笑着看向吴倩："不用了，你赶快回去吧。这么晚了，小心被人骗了。"

"我才不会呢！你演戏很棒，我下次再来探班。"吴倩说着，收拾好自己的小包，随后绕过长椅跟许倾挥手告别。

许倾含笑目送着吴倩离开。

黑色的宾利车安静地停在那里。坐在后座上的男人沉默着，透过窗户看着那个高挑漂亮的女人。

吴倩的身影越来越近。她伸手拉开后座车门，一眼就看到了面无表情却压迫感十足的男人，愣了一下。

顾随冷淡地说："坐副驾驶座。"

吴倩抿唇，有些委屈："哦。"然后她关上车门，绕去副驾驶座。

她其实猜到了顾随旁边那个位子是留给谁的，肯定是留给那个女人的。她咬牙，回头看向顾随。

顾随正看着外面，看的方向是许倾那个方向。

吴倩心头一跳，突然问道："顾随，你们真是路过这边吗？"

陈助理下意识地想替顾随回答，结果身后的男人直接说："不是，来探班。"

吴倩心跳得更厉害。答案呼之欲出，她不敢往下问了。

顾随收回视线，揉了揉额头："来看你的嫂子。"

吴倩又开始扑簌扑簌地掉泪了。

苏雪看到吴倩上了顾随的车，下意识地看向许倾，凑过去问："刚刚顾随不是来找你的吗？怎么又接了吴倩走？"

许倾拢了拢外套，拿着保温壶和手机，扫了一眼宾利车开走的方向，笑了笑，说："可能就是专门来接吴倩的。"

"真的？"苏雪问。

许倾笑着没应，走向保姆车。苏雪立即喊上其他人。

张驯笑着问道："许倾，要不要一起去吃夜宵？"

许倾听罢，摆手："减肥。"

林导立即说道："减什么肥，现在这样正好。走吧，张驯请客。"

苏雪笑着撞了一下许倾："听说他们要去吃烧烤。附近有一家无烟烧烤，特别好吃，一起去吧？"

许倾想了想："行。"

最后剧组三分之一的人都去了。许倾等人正好就跟张驯一桌。苏雪给许倾倒了一杯可乐。许倾靠在椅背上刷手机，不经意间看到了十分钟前吴倩发的朋友圈动态。

吴倩："买夜宵。"她还在文字后加了一个笑脸，配图是她站在一家寿司店门口的自拍照，身后还有一辆黑色的宾利车。

许倾给吴倩点了赞，吴倩立即发信息过来。

吴倩："倾倾，你有没有出去买夜宵？"

许倾过了几秒才回复："出来吃烧烤。"

吴倩："你们居然吃烧烤啊！在哪里？"

许倾："吃你的寿司去吧。"

吴倩："你们谁请客啊？"

许倾："张驯吧。"

收到这条消息，吴倩没多问。许倾放下手机，发现其他人的饮料居然都换成了啤酒，便点点桌面，说："我也要啤酒。"

林导看了许倾一眼："跟我喝白酒吧，他们都不会喝。"

许倾拿了一个小杯，推给林导："来。"

张驯立即问道："许倾，你能不能喝啊？还是喝啤酒算了。"

林导笑着说道："你小看许倾了。"说着，他就给许倾倒了点儿白酒，"工作之余放松放松，挺好的。"

烧烤跟酒是绝配。许倾一边喝酒一边听他们聊天说笑，支着额头眉眼低垂，脑海里偶尔闪过顾随今晚说的话，不知不觉就喝了不少白酒下肚。

苏雪见状，拍拍许倾的肩膀："别喝那么多啊。"

许倾笑着说道："没多少。"

另一边，吴倩提着寿司坐回车里，喝了一口奶茶，问陈助理吃不吃。陈助理摇头。她想了一下，转头看向后座上的男人，带着点儿试探，迟疑地说道：《股神》剧组的人去吃夜宵了，是张驯请客。许倾也去了。"

咬着烟的男人将目光扫过来，挑眉："然后呢？"

见他似乎并不在意，吴倩犹豫：所以到底是不是许倾啊？！

第五章

心形项链

这一晚，许倾有点儿放纵自己，喝了不少白酒，到最后都有点儿晕了。苏雪唠唠叨叨："都让你别喝太多了，还喝那么多。"许倾笑着站起来，靠着苏雪。

旁边除了剧组的工作人员，还有跟着他们来的粉丝。张驯见状，伸手想扶住许倾，苏雪立即挡开了他的手臂。张驯愣了一下，讪笑着收回手。

许倾站稳了身子，挽着苏雪的手臂，说道："走吧。"

苏雪"嗯"了一声，扶着许倾走向保姆车。她说："刚刚张驯想扶你，我拒绝了。"

许倾点头说："知道，拒绝得好。"

苏雪把许倾送进车里，小助理和造型师们也跟着上车。苏雪关上车门后，倒了一杯温水给许倾。许倾一边喝，一边听苏雪唠唠叨叨："炒作可以。但是这些男演员啊，你平日里少跟他们来往。"

许倾笑着说道："我基本不跟他们来往。"

苏雪："嗯，不过你要是真有喜欢的人，就跟我说。"

许倾："知道了。"

苏雪低声问许倾："你跟顾随现在关系还行，不打算借他的势吗？你不喜欢他没关系，借完他的势再说。"

许倾靠着椅背揉着额头，摇摇头："不，我只想单纯地馋他的身子。"

苏雪："行吧。"

抵达酒店后，一行人上楼回到房间。苏雪的手机响了一声。她拿出来一看，竟是顾随的助理陈顺发来的信息。

陈顺："我的老板有颗纽扣好像掉在许倾的房里了，你帮忙找找。"

苏雪："你的老板什么时候来过许倾的房里了？他只来送了一次早餐。"

陈顺："哦，是吗？忘记了。你们到酒店了吗？"

苏雪："到了。"

发完这话，苏雪愣了一下，感觉自己好像被套话了。这么晚了，陈顺问这个是什么意思？

苏雪立即把手机递给许倾看："你觉得他有几个意思？"

许倾有点儿头疼，看向屏幕，半晌后说："他在试探我们回酒店了没。"

太有心机了。

过了一会儿，许倾觉得舒服了一些，便起身去洗澡。苏雪也不打扰她，给她关上门就走了。洗完澡后已是凌晨两点多，许倾擦干头发，忍着一阵阵晕眩躺下休息。

第二天一早，许倾收到吴倩发来的照片和信息。

吴倩："我回黎城了。"

照片是她坐在头等舱的自拍，隐隐约约还能看到旁边有个男人。

许倾看了几眼，回复："好。"

接下来的一段时间，《股神》的拍摄进度加快。江谦、张驯与许倾三个人的感情戏拍得尤其精彩，另外金融危机的剧情也拍得很好。

许倾以前拍的电视剧，完全不能给她这种全身心投入的感觉。她的心情很好，所以很长一段时间，她看到张驯都会笑。

张驯看到许倾也会笑。来探班的粉丝拍了很多两个人的视频。许倾和张驯的情侣粉也越来越多。

刚拍完一场戏，苏雪给许倾擦汗，说："第一次见你拍戏有这样的状态。果然就应该跟好的导演、好的剧本。"

许倾笑着说道："这部电影剧情太精彩了。不枉此行。"不管这部电影最后能不能成就她，都是一部好电影。

苏雪看了一眼行程本，说："你得抽空回黎城一趟。我们需要拍两个代言广告。"

许倾："嗯。"

苏雪合上笔记本，迟疑了一下，问："你跟顾随很久没见面了吧？"

许倾靠在椅背上，看着落地窗外的风景，顿了顿，说："似乎是很久了。"

苏雪看了一眼手机："一个月了，都入冬了。"

最后那次见面，还是吴倩来探班许倾的那天。后来许倾忙到飞起，顾随也没有再来过。

苏雪问道："你们该不会分了吧？"

许倾看了苏雪一眼："又没谈，怎么分？"

苏雪："也是。"

"不过据说最近凌盛有很多动作。顾随买下了同易的股票。同易的老板还放狠话，说要搞垮凌盛。"

这则新闻似乎上了热门，有人形容顾随就是一条咬人的狼。

第二天，许倾跟林导请了一个星期的假，随后带着苏雪前往黎城拍摄代言广告。黎城比起海城要暖和一些。一下飞机，许倾就赶往品牌公司。

拍摄完代言广告，许倾刚上车，苏雪就看着她说："肖总找你，说今晚有个公司聚餐，让你参加。"

许倾挑眉："公司聚餐？"

苏雪："对啊。我感觉他是有话要跟你说。"

许倾："哦，行。"

肖仲安排了一间包间。许倾推门进去，就看到里面都是公司的女演员，肖仲就坐在最里面。她扫了一眼，没看到林曼。

肖仲的助理走过来，让许倾去坐在肖仲身边。许倾挑眉，刚走过去，助理就给她拉开了椅子。

肖仲把玩着酒杯，看了她一眼。女人高挑的身材映入眼帘，眉眼精致，艳丽大方。他说："坐。"

许倾坐下，说："肖总今晚好兴致。"

"还行吧。给她倒酒。"肖仲示意助理。助理弯腰给许倾倒了半杯人头马白兰地。

许倾闻到酒味，笑着钩了一下头发，说："肖总，我明天还有代言广告要拍，可不能喝醉。"

肖仲笑笑："没事，你的酒量不是挺好的吗？"

许倾眯眼，肖仲已经端起酒杯要敬她酒了。许倾的指尖摸上酒杯，摩挲了几下。随即她举杯跟肖仲的酒杯碰了一下。

肖仲说道："喝光吧，让我看看你的实力。"

许倾将嘴唇抵着酒杯，下一秒，一口喝完。她刚把酒杯放下，助理就又给她添上酒。许倾悄悄拿出手机，想给苏雪发信息。但肖仲发现了她的动作，拿走她的手机放到一旁。

许倾抬头跟肖仲对视。肖仲一笑，说："我以为你跟顾随有点儿关系。但是这一个月来，也没见他对你有什么行动，比如在圈内公布你们的关系……"

许倾笑笑："我从没说过我跟顾随有关系。"

"没有？那他为什么助你拿到《龙山》的角色？"肖仲笑着问，往许倾面前靠近了些，想摸她发丝的手在半空中停留了两秒又放下。说到底，在没搞清楚之前，他还是有点儿怕。

许倾："大概是眼缘好吧。"

肖仲冷笑道："你就实话说吧，你跟顾随到底是什么关系？"

许倾笑笑，摇了摇头。

肖仲点了点桌面："喝。"

许倾感觉胃不太舒服，将酒杯推开："不喝了。"

"让你喝你就喝！"

许倾眯眼，还是端起来喝了一小半。

星空俱乐部内，江郁把一个文件袋递给顾随，倚靠在沙发里笑道："这就是你要的资料。顾总，你这么大张旗鼓地调查和一个女演员有过联系的男人干什么啊？"

"谢了。"顾随咬着烟，接过文件袋拆开。

文件袋里是许倾从小到大的资料，有她的父母、家庭的资料，还有那些跟她有过联系的男性朋友的信息。

陈想凑近顾随，低声问道："你是在找她的心上人吗？"

顾随没吭声，随意地翻看着。陈想"啧啧"两声，其实早猜出来了。

江郁好奇地问："顾总，你追那位女演员现在什么情况了？"

陈想笑着说道："估计是没进展。"

江郁笑起来："周扬他们可好奇了。"

顾随看了一眼江郁："谢谢你们的关心。"

江郁笑着咳了一声。

这时，陈助理从外面进来，俯身在顾随的耳边不知说了什么。顾随翻资料的动作一顿。然后他合上资料装进文件袋里，起身捞起一旁的外套穿上，说:"我先回去了。江郁,回头请你吃饭。"

陈想一愣:"怎么才来就走啊?"

顾随没搭理他,大步走向门口。陈助理拿起文件袋,跟陈想、江郁打了招呼,也赶紧跟上。

顾随上了一辆黑色的保时捷车。陈助理坐进驾驶座启动车子,没一会儿就停在了一家高级餐厅的门口。他们刚到,便看到一个女人提着小包,有些摇晃地走出来。

许倾是趁着肖仲被人敬酒的时候匆匆跑出来的。她喝了很多杯人头马,此时晕眩不已,凭着仅剩的清醒意识往台阶下走。

这时,身后传来肖仲的助理的声音:"许倾,肖总让你回去。"紧接着就是密密麻麻的脚步声。

许倾听罢,眉头一紧,加快脚步,同时掏出手机拨打苏雪的电话,结果脚下一个踩空。许倾晕得更厉害了。天旋地转之间,她感到一只大手猛地揽住了她的腰。

"啪"的一声,手机掉在地上。许倾抬起头,对上顾随坚硬的下巴。听到身后吵吵闹闹的声音,她又下意识地转头,只见肖仲的助理带了好几个服务员跑出来,显然是来拦她的。

不过,此时齐刷刷地走来一群穿着黑衣的保镖,挡在了肖仲的助理等人跟前,无声的威吓令肖仲的助理腿脚发软。

顾随眼神狠戾,扫了那个助理一眼。随后,他收回视线,抱紧怀里的女人,捏住她的下巴把她的脸转过来。四目相对,一阵沉默。

许倾眼眸带水,醉意明显。顾随盯着她,从牙缝里挤出一句话。

"你真狠心,可我放不下你。"

肖仲得知消息,匆匆赶到门口,拨开人群便看到高大的男人抱着许倾。这一幕冲击力非常大,肖仲顿时感到脊背发凉,膝盖发软。

"顾总。"他试图解释,"顾随,就是喝点儿酒,应酬而已。我可不知道你们之间的关系啊。你也没跟我说。"

顾随好像没有听到肖仲的喊声,拦腰抱起怀里的女人,转身走向车子,把晕眩不已的许倾放进后座。随后,他回来弯腰捡起地上的手机,还轻轻地拍了拍手机外壳上的灰尘。

他看都没看肖仲一眼。但这种漠视的行为令肖仲感到一阵恐惧。

肖仲不敢跟顾随的保镖硬抗,匆匆地喊了一声:"顾总,只是喝杯酒而已，不是什么大事。"可惜，这话说出去却没人应。

顾随把玩着许倾的手机弯腰坐回车里，轻轻关上门。车窗贴了黑膜，外面的人完全无法看到车内的场景。

许倾掩嘴打了一个酒嗝，身子微微倾斜，又因为晕眩无力而摔到了顾随的肩膀上。顾随垂眸看她，把手机递给她，说："给苏雪回个电话，让她不用过来了，我送你回去。"

刚才手机那一摔，把来电摔断了。此时有电话进来，结果许倾一接过来手机，又不小心挂断了。许倾揉了揉额头，拨了回去。

很快，苏雪接了电话，慌里慌张地说："刚刚赵茜说你喝醉酒跑出去了，你现在……"

"我没事，就是喝多了。"

"我去接你。"

"不用，顾随来了。"

苏雪一愣，消失了一个月的男人又出现了？她呼出一口气，说："好，到家再给我发信息。"

许倾："好。"

说完，她的头一阵抽疼，手一松，手机就要掉下去了。顾随伸手接了她的手机放在一旁。许倾却伸出手臂钩住了他的脖子。

顾随见她这样，荒谬地觉得自己简直呼之即来挥之即去。他抱住她的腰，直接把人抱到大腿上。

许倾直接靠在他的怀里，声音很轻："谢了。"

顾随眯眼，冷哼了一声。

而此时，肖仲越想越害怕。他看到车子还没开走，还心存了一丝希望，觉得或许顾随是给他机会解释的。再说了，他只是让许倾喝点儿酒而已，有什么大不了的。只是他越这样想，心里其实越慌。毕竟他认识顾随这么久，从没见过顾随今晚这样的阵仗。于是，他想走到车边解释。

然而就在这时，面前的黑色车子启动了。肖仲愣了一下，下意识地往前走了两步，并试图让保镖们让开，却被保镖用力推了回去。紧接着，不等他反应，他的脖子就被保镖掐住，身体被按在了墙上。

肖仲的脸顿时涨成了猪肝色。他的两只脚胡乱踢着地。就在他感觉自己濒临死亡的时候，保镖松开了手。他跌坐在地上，一脸惊恐慌乱。一身体面的西装只是令他看起来更像一团垃圾。

保镖扭了扭手腕，带着其他人转身离开。肖仲的助理这才敢冲过去扶起肖仲，但他的手也在一个劲儿地发抖。

这种无声的教训简直致命，把肖仲这几年的骄傲自满全打碎了，也让他明白，在黎城还轮不到他为所欲为。

酒精渐渐侵袭许倾的理智，人头马的酒劲儿太大。她在顾随的怀里昏昏欲睡。顾随闻着这股酒味，额头青筋暴起。

陈助理一边开车，一边用蓝牙耳机通电话。几分钟后，他从后视镜看了一眼后座上的两个人，说："阿青他们已经离开了。"

顾随伸手解了点儿领口，语气冷漠："便宜他了。"

陈助理懂顾随的意思，但不便宜能怎么办，难不成真把人弄死？也就只能给肖仲一个教训。现在该庆幸的是，他们去得及时，不然谁知道肖仲存着什么坏心思。

车子没有去馨月小区，而是开往顾随的住所。顾随住的是独栋别墅，此时屋里亮着灯。

陈助理下车给顾随开了车门。许倾完全醉过去了，已经不省人事。顾随抱着她下车，陈助理拿着许倾的外套、小包还有手机跟着进门。

这房子一看便知道只有顾随一个人住，色调也很冷清。

顾随抱着许倾上楼。陈助理不敢再跟，就把许倾的东西放在沙发上，对着老板的背影说："老板，我先走了。"

"嗯。"

陈助理得到准许后走向门口，顺便把大厅的灯调暗了一些。

大门被关上，整栋别墅里就只剩下顾随和许倾。许倾的高跟鞋掉在楼梯上，顾随没给她捡，直接上到二楼，把人放在主卧室的床上。许倾沾床就翻了个身。顾随拉起被子搭在她的身上。

随后，顾随下楼，顺便把许倾的鞋子捡起来放在楼梯下。然后他走进厨房，挽起衬衫袖子，一阵捣鼓。不一会儿，他端着一碗热汤出来。

此时，许倾的手机响了。他走过去弯腰拿起来。见是苏雪来电，顾随接了。

苏雪："许倾，你到了吗？"

"她在我这里。"顾随开口，声音低沉暗哑。

苏雪听到低沉的男声，一愣，随即反应过来："顾总，她……在你家？"

"嗯，你们早点儿休息，明天再联系她。"

说完，顾随挂了电话，拿着许倾的手机、端着汤转身上了楼。进了主卧室，顾随把许倾的手机放在床头柜上，随后坐在床边搅动汤勺。

许倾空着肚子喝的酒，此时酒劲儿上来，胃还有点儿不舒服。她感觉有些热，抬手拉扯着领口。她身上的裙子是紧身裙，领口是一字领。她往下拉扯，便露出春光无限，肤白如玉。

顾随垂眸看着她，没有阻止她的动作。然后他单手搂着她的腰，把柔软的身子扶起来，说道："张开嘴，喝点儿汤。"

许倾靠着床头，睁开眼睛，眼神蒙眬，尤其好看。她揉着额头，问道："什么汤？"

"醒酒的。"

许倾"啧"一声："这玩意儿有用吗？我喝过一次孟莹做的，没用。"

顾随冷笑："还喝过谁做的？你心上人？"

许倾定定地看了顾随一眼，随即闭眼，嘴角含笑："是啊。"

顾随眯眼，舀了一勺汤，自己喝了一口，随后搂着她的肩膀，撬开她的嘴唇，用嘴把汤渡给她。

温热的汤水入喉，许倾觉得挺舒服的，不过他的薄唇更让她觉得舒服。她猛地钩住他的脖子，说："不喝了。"

顾随冷眼看着她的表情："不喝你怎么醒酒？"

"不用醒，这样更舒服。"说着，许倾挨近他，眯着漂亮的眼睛看他，眼神已经有点儿凌乱了。

顾随微微俯身，把碗和汤勺放在床头柜上，低垂着眼眸看她，然后握着她的肩膀，把她推开了些："我要是不想呢？"

许倾的动作一顿。她抬起头看了他几秒，随后退出他的怀抱，翻身躺下，说："那就睡觉吧。我眯一会儿，等清醒些再让苏雪来接我。"

那冷静的语气、冷漠的背影像极了一个不负责任的女人。

顾随绷紧下颌，微抬下巴。衬衫领口露出一点儿锁骨，像刀锋一样。他俯身撑在她的背后，问道："跟我在一起行吗？"

许倾微微睁眼，看着床头柜上的小灯，眼神有些复杂。最后她拉紧了被子。那样子刺痛了顾随的眼。他伸手摸进被窝里，掐住她的腰。

她的腰细如柳枝。慢慢的，他的掌心滚烫。最终，他认命似的俯身，吻住她的嘴唇。许倾抬起手钩住他的脖子，露出半边肤白胜雪的肩膀。不一会儿，床上的被子滑落到地上。

许倾的脚尖都在发抖。顾随搂着她的腰，看着落地窗上的影子，俯身在她的耳边说道："有空介绍你的心上人给我认识。我想知道他为什么满足不了你。"

许倾的额头上全是汗，像水珠一样滴落。她笑笑，没应。顾随见状，动作越发狠厉。

许倾咬着被子，手抓向顾随的脖颈。顾随躲了一下，抓痕还是留在了他的脸上、脖子上，长长的一道。

这一晚，主卧室的灯就没灭过。凌晨四点左右，许倾弯腰想捡衣服，结果膝盖一软。顾随伸出长臂一揽，把她抱了回去，说："今天不回去了，老实待着吧。"

许倾叹了一口气，确实没力气了。

顾随："你自找的。"

在别人的床上，许倾是真睡不好。她翻了好几次身，依旧很精神，是那种身体疲惫、眼皮打架，但就是睡不着的状态，而且这个男人还抱着她。

许倾略微挣扎了一下："你去别的地方睡行吗？"

顾随一愣："你说什么？"

许倾反应过来这是他的家，往床边挪了挪，说："你家还有客房吗？我去你家的客房借宿一晚。"说着，她的脚尖就要沾地，但下一秒，身子又被男人拖了回去。

顾随起身，垂眸看着她，声音冰冷："上次在你家不是睡得好好的吗？"

许倾叹了一口气："那不是在我家吗？"

顾随紧抿薄唇，脸色阴沉地下了床，随意地捞起浴袍穿上："你在这里睡，我去客房。"说完，他就走向门口。

许倾抬起手枕着头，看着他的背影，说道："谢谢啊。"

虽然把顾随赶出了主卧室，但许倾并没有立马就睡着，依旧处于一种难以入睡的状态。她翻来覆去，抓着被子把自己卷成蚕蛹，又松开透气。

为了拍戏和参加各种活动，她成天飞来飞去，也经常在酒店落脚，但并不影响她的睡眠。那么，为什么在顾随的房间她就睡不着呢？

许倾"唰"的一下从床上坐起来，靠在床头，扫视着顾随的卧室。或许，在潜意识里，她就认为肯定还有别的女人来过这间房间。

许倾揉揉额头，拿过床头柜上的手机，打开护工发的她母亲的视频。

姜辉已经带着团队制定了一套治疗方案，然后留下自己的学生在这边全程跟着。而视频里的母亲，看起来气色比之前要更好一些。

护工在视频里说："我很注意看她有没有哪里动一下，每次都非常专心。"

是的，只要手或者脚或者眼睛稍微动一下，那都是希望。

许倾发了一句"谢谢"过去，随后又看了母亲的几个视频。看着看着，她的心也安定下来，慢慢地困意袭来，她终于睡着了。

一楼客厅里，顾随坐在沙发上，拆开了江郁给的那份资料。许倾从小到大经历的事和接触的人，全都在资料里。

许倾不是黎城本地人，而是惠安人。她的父母年轻时就来黎城打工。而许倾一直很优秀，高三那年以优异的艺考成绩考进了黎城的影视学院，之后专业成绩一直都很好。她毕业后踏入演艺圈不到半年，父母就出了车祸。接下来的经历，顾随也知道了。

至于与许倾接触过的男人有很多，连惠安那边都有两个，至今还有联系。而在这些男人中，顾随的存在似乎微不足道。

顾随看着那两个惠安人，同时，也看到了许倾以前的照片——很漂亮。她一直都非常漂亮。跟那两个惠安人一起的合照里，她站在中间，两个男人各站一边，三个人都笑得很灿烂。

"啪"。顾随把资料扔在桌上，揉了揉眉心，然后拿起手机拨打陈助理的电话。陈助理很快接了起来。

顾随："许倾那两个竹马的资料有吗？"

陈助理："没有。您要的话，我联系江总。"

顾随："联系。"

陈助理点头："好。"

顾随挂了电话，放下手机，又扫了一眼那些资料，目光从许倾的照片上一一扫过。先是父母出车祸后的照片——梨花带雨，几次崩溃。再往后是他跟她做完交易以后的照片，她的笑容渐渐从容，再到如今的气质淡定，她是经过了蜕变的。

顾随看着照片许久，眼中隐隐有了一丝柔情。许久，他才转身走向一楼的客房——二楼只有一间主卧室和一间书房，仅有的一间客房安排在一楼。

顾随躺在客房的床上，可怎么都睡不着。他抬手搭在额头上，呼吸间仿佛能闻到她身上的香味。

若是这场婚姻更真实一点儿，那该多好。

第二天，保姆阿姨一进门，就觉得家里似乎不太对劲，再认真一看，发现沙发上有女人的小包、外套，楼梯口还有一双高跟鞋。

阿姨愣了一下，下意识地看了一眼二楼。她有些惊讶，但也不敢去打扰，于是走向厨房。

这时，一楼的客房门打开，顾随穿着黑色的浴袍从里面走出来。

保姆阿姨愣住了。顾随抬起眼皮，看到保姆阿姨，语气平稳："早。"

保姆阿姨又看了一眼二楼，心想：这是什么人啊，居然敢让顾先生睡客房？她回过神："早上好，先生。想吃什么早餐？"

顾随走向楼梯，说："按平时的来，顺便热一杯牛奶。"

保姆阿姨"哎"了一声。她知道顾随很少喝牛奶，看来这牛奶是给楼上的人准备的。她急忙进了厨房，怀着一点点激动的心情，小心翼翼地准备早餐。

主卧室的窗帘紧闭，屋里光线昏暗。床上的女人睡得很熟。只见她卷着被子，两手抱着枕头趴着，露出一条长腿。

顾随走过去，在床边坐下。这栋别墅是他在黎城的唯一住所，平日里就他一个人住。而他的床是一米八宽的大床，铺着冷色调的床单，大多数时候枕头被子都很整齐，少见这么凌乱。

如今这床上睡着一个女人。顾随的眉眼柔和。他伸出手指顺了一下她的头发，揉了几下。许倾毫无知觉，依旧熟睡着。

顾随索性靠坐在床头，五指插进她的发丝里，拿起手机翻看邮件。这一坐就是半个多小时。

这时，许倾的手机响了。许倾听到响声，迷迷糊糊地睁眼，下意识地撑起身子，越过顾随去拿手机。拿到手机后，她回神，仰头，和顾随四目相对。男人如墨的眼眸正看着她。

许倾这才反应过来，自己趴在他的身上。她的声音有些哑："早。"

顾随的手落下，搭在她的腰上，说："早。"随后，他低头亲了她的嘴唇一下。

许倾的眼神有一瞬间的迷茫，又陡然清醒。作为回馈，她也上前亲吻他的薄唇。等他按着她的脖颈要继续时，许倾却坐了起来，点开手机接了电话。

苏雪在那头问道："起了吗？你看新闻了吗？"

许倾回道："刚起。什么新闻？"

"快看微博。我的天！昨晚发生了什么？"苏雪很惊讶，"我去接你。你在哪儿？"

一条手臂从身后搂住许倾的腰，男人俯身对着手机说："不用。你们今天有什么活动？我送她去现场。"

苏雪听到顾随的声音，咳了好几下，说："麻烦顾总把许倾送到欢颜公

175

司来。”

“好。”

说完，苏雪挂了电话。

许倾点开微博，看到“欢颜老总肖仲被打”的话题挂在第五的位置。许倾一愣，点进话题，就看到了一个视频——肖仲被人压在墙上，那张还算可以看的脸因为缺氧而扭曲，很难看。

许倾抿抿唇，转头看向顾随，跟他对视几秒：“你干的？”

顾随收回视线，松开她，低头懒洋洋地整理了一下领口：“给他一个小教训而已。”

许倾凑过去，在他的脸颊上亲了一口，说：“谢谢。”

顾随动作微顿。

许倾则从床上下来，裹着被子转身看着他：“你家有别的衣服吗？”

顾随靠在床头上，神情闲散：“没有。”

许倾拉紧被子：“那你还不让苏雪来接我？”

顾随笑了一声，拿起床头柜上的电话拨打了内线电话。放下话筒时，他抬起手指碰了碰自己的脸颊，讨要一个吻。许倾没理他，走向窗边

许倾裹紧被子，拉开窗帘看了一眼外面的景色。不一会儿，门被敲响，顾随起身去拿衣服。

保姆阿姨好奇地想看看房间里的女人。但是许倾站在落地窗边，保姆阿姨只能隐约看到一抹高挑的身影，加上顾随堵着门，她也不敢多看。离开时，她突然问顾随：“是个什么样的女孩儿啊？”

顾随看了她一眼：“好女孩儿。”说完，他关了门。

许倾在里面听到了。顾随把衣服递给许倾，说：“我让陈助理送来的。上面还有吊牌，你拆掉再穿。”

“嗯。”许倾拿着衣服进了浴室。

这是一条全黑的长裙，许倾能认出品牌。她拆了吊牌换上。裙子衬得她的身材曲线玲珑。等她洗漱完出来时，顾随也换好了衣服，正在扣衬衫的纽扣。

许倾走过来，拿起手机，说：“我得去公司了。”

“吃了早餐再去。”说着，顾随拿起领带，一边系一边带着许倾下楼。

两个人来到楼下，保姆阿姨正端着牛奶出来。她立即看向许倾，眼中带着点儿惊喜。

保姆阿姨笑着说道：“来来来，给你热了牛奶。”

许倾："谢谢阿姨。"

"叫什么呀？"

"许倾。"

"哦。"保姆阿姨点点头。

不一会儿，顾随和许倾吃完早餐。陈助理已经开车过来，车就停在门口。

许倾穿上外套，跟顾随上车。顾随很忙，拿着平板电脑看邮件，还接了几个电话。陈助理直接把许倾送到欢颜的门口。

许倾看了一眼微博，那个话题还挂着，网友们正在好奇肖仲得罪了谁。

"我的天，他得罪谁了？"

"听说肖仲挺好色的，会不会是碰了大佬的女人被教训啊？"

许倾准备下车，顾随抬起头看着她说道："不用担心。从今天开始肖仲不敢对你做什么了。"

许倾愣了愣，说："谢谢。"

顾随犹豫了一下，突然倾身靠近许倾，接着用手指点了点侧脸，索要一个吻。那示意很明显，许倾抿唇，顿了顿，说："得寸进尺。"

说完，她就走了出去，而顾随还维持着那个姿势。

驾驶座上的陈助理则恨不得就地把自己给埋了。

苏雪在公司门口等许倾，一见到许倾上台阶，便盯着那辆黑色的轿车，拉过许倾问道："昨晚是不是顾随的人出的手？肖仲喊你去干吗？"

许倾："喝酒。"

"就喝酒吗？"

许倾："灌酒。"

苏雪神色一惊："什么？灌酒？你喝了多少？肖仲怎么敢？我听说林曼跟他闹翻了。他该不会盯上你了吧？"

许倾摇头。两个人一起进了电梯。见电梯里还有其他人，苏雪瞬间闭嘴。但是身边的人也在议论老板被打的事，看样子很热闹。

出了电梯，苏雪拉住许倾："是肖仲喊你来公司的。他是不是要伺机报复？"

许倾："是不是，见过他就知道了。"

苏雪瞬间满脸担忧，思考着如果肖仲真的那么不要脸看上许倾，她们要怎么应对。

公司的人都在议论肖仲被打的事情，所以看到许倾和苏雪一大早来到肖仲办公室门前，他们都很好奇地盯着许倾。

苏雪推开门，许倾走了进去。

一看到许倾，肖仲就立马绕过办公桌走到许倾的面前，猛地弯腰鞠躬，说道："许倾，对不起。昨晚是我太过分了。我想跟你赔罪。"

苏雪一愣，许倾的脚步也停住了。

这时，办公室的门被猛地推开，林曼脸色难看地走进来，叉着腰说道："肖仲，许倾，你们这两个不要脸的……"后面的话陡然卡住。

林曼震惊地看着肖仲——他居然在向许倾鞠躬。

为什么？！

办公室里安静了几秒。林曼难以置信地看看肖仲，又看看许倾。许倾踩着高跟鞋，身材高挑，神色淡然，跟以往一样，但是此时看起来却仿佛高高在上一般，尤为刺眼。

"肖仲，你……"

"闭嘴！"肖仲带着不耐烦又厌恶的语气吼了一声。

林曼愣住。肖仲懒得去理林曼，继续说道："许倾，你来我们公司三年多了。这三年来我对你不够尽心，都是我的错。之后几年，公司答应你，一定会力捧你。至于昨晚那种事情，以后绝对不会发生。希望你摒弃前嫌，给我个机会。"

林曼听到"力捧"二字，蒙了，脸色惨白。这是肖仲之前给她的承诺。他怎么反悔了？林曼感觉被背叛了，但仍努力维持着自己的体面。

肖仲紧接着又强调："你认真考虑一下，行吗？"

苏雪满脸欣喜，朝许倾眨眼。这也算是间接借到顾随的势了，最重要的是，可以不用再看林曼那张小人得志的嘴脸了。

既然肖仲先低头了，许倾也没必要揪着不放。她母亲的治疗马上开始，她很需要钱，现在也没能力违约离开欢颜。

许倾说："肖总，你先起来。"

肖仲这辈子还没这么对人弯过腰，弯了这么久确实有点儿腰酸，听见这话便直起腰来。

许倾看着肖仲说道："我不需要力捧。资源分摊，谁有能力谁拿。我只希望你能保密。"

林曼的嚣张早就惹怒了公司的其他艺人。赵茜等几个女演员平日里跟许倾的关系不错，以前都跟许倾站在同一条战线上。而许倾若是成为那个被力捧的人，最后压迫又会回到赵茜她们身上，就如林曼针对许倾的压迫一样。

肖仲听了许倾的话，愣了一下，随即问道："你要我保密什么？"

许倾："顾随。"

肖仲又一愣。这是要保密她跟顾随之间的关系吗？但因为林曼在场，肖仲没有立即问出口，点点头说："行。"他还从没碰见过这样的女人，有这么好的靠山居然不用，还要保密。

"顾随？许倾和顾随是什么关系？"

林曼在一旁听到这个名字，又震惊又心慌。偏偏许倾和肖仲都不再往下说了，仿佛达成了共识。

许倾扫了一眼脸色惨白的林曼，对肖仲说："没什么事的话，我出去了。"

"好，去吧。"肖仲点头。

许倾带着苏雪转身就走。

门一关上，肖仲松了一口气，走回办公桌后。林曼找回了神志，走上前盯着肖仲。林曼那张漂亮的脸早已扭曲变形。

"你刚刚说什么？力捧？那我呢？你让我丢了《龙山》的角色还不够，居然还要力捧许倾？"

肖仲坐在椅子上，看着林曼："你得认清楚，风水轮流转。"他的意思是让她接受现实。

林曼指着门口说道："许倾跟顾随是什么关系？肖仲，你曾经也支持我的，就让她这么嚣张吗？"

肖仲沉下脸，冷冷地道："以后不许再说这种话。你以为人人都跟你一样？你听清楚了，以后绝对不能惹许倾，否则我绝对不会保你。滚！"

这一声"滚"，斩断了两个人这两年来的情意。不，不是情意，他们只是互相利用罢了。

出了门后，苏雪满脸笑意，感觉胸口的郁闷之气全部吐了个干净。

此时，许倾的化妆间人进人出。赵茜走上前，说道："林曼终于舍得把你的化妆间还给你了。"

苏雪笑着说道："是啊，之前说是借用。这一用就是大半年。"

赵茜轻笑了几声。

旁边搬东西的人都是林曼团队。他们看到许倾，略微低了低头，匆匆地从许倾的身边走过。

肖仲办公室的门再次打开，林曼从里面走出来。许倾等人看去，就见林曼脸色惨白。林曼看到许倾，不禁挺直了腰背。当她看到自己的助理正从许倾的化妆间往外搬东西时，脸色僵了僵。

这时，肖仲的助理从办公室出来，询问许倾："我们重新给你把化妆间装修一下，一个星期后再启用，可以吗？"

许倾看了一眼有些凌乱、面目全非的化妆间，点点头："好，麻烦了。"

"不客气。"肖仲的助理又叮嘱工作人员说："以后许倾没有点头，谁都不可以随意使用她的化妆间。"

他这话就是在打林曼的脸。一些人下意识地看向林曼。林曼走回自己的化妆间，"砰"的一声关上了门。

苏雪"啧"了两声，看了一眼手表，对许倾说："走吧，昨天的拍摄还没完。"

许倾"嗯"了一声，跟赵茜打了招呼，随后与苏雪走向电梯。

许倾这次代言的还是美妆产品，是一款最新崛起的国货。广告拍摄完已经是下午五点多。许倾晚上可以休息一下，第二天下午出发去京市，拍摄下一个代言广告。回到馨月小区，许倾在楼下看到了孟莹。

孟莹戴着贝雷帽，穿着米色系的裙子，笑着把蛋挞和鸡爪递给许倾。

"喏，欠你的。"

许倾"啧"了一声，看了她几眼："感觉晒黑了。"

孟莹："在山上生活能不黑吗？"她挽住许倾的胳膊，一起走向电梯。

许倾说："前几天看到你的杂志封面，拍得不错。我买了两本。"

孟莹笑着说道："杨彤没空，所以杂志社那边就邀请了我。"

"哦。"许倾点头。

闺密二人进了家。孟莹抱着抱枕坐在沙发上，盯着许倾，说："你跟顾随现在是什么情况啊？"

许倾倒了一杯水给孟莹，坐在她的身边，拿起蛋挞咬了一口，说："还不就那样。"

孟莹摸了一下耳钉，迟疑了一下，问道："我怎么听说他在追你啊？"

许倾转头看了她一眼："你怎么知道？"

孟莹笑了笑。她的表情和刚才的问话让许倾猜测：孟莹认识了顾随圈子的人？

许倾问："你有情况？"

孟莹摇头。许倾眯了眯眼，心里是不信的，但既然孟莹暂时不想说，她就没再多问。

两个人坐着聊了一会儿天。许倾的手机突然响了一声。她拿起来一看，是顾随。

顾随："晚上有空吗？"

顾随："帮个忙。"

许倾："什么忙？"

顾随："陪我去参加一个慈善晚会。"

许倾犹豫了几秒，想起昨晚的事，最后答应了。

顾随："等下我去接你。"

许倾放下手机，跟孟莹说了一声。

孟莹一听，笑着说道："你们俩……好啊。行，我先回去了。"

许倾送孟莹到门口。孟莹戴上贝雷帽，回头看了许倾一眼，然后抱住许倾。许倾拍拍她的肩膀，然后目送她走进电梯。

许倾刚准备去换衣服，就收到了孟莹的微信消息。

孟莹："啊，我真有情况了。还记得我跟你说过，我有个暗恋的男人吗？"

许倾："嗯，然后？"

孟莹："我们有了交集。"

许倾挑挑眉，心想：可以啊，孟莹。她等着孟莹继续说，可孟莹没有再回复。

许倾回到房里换了一条红色的修身开衩裙，又化了妆。等她全部弄好，就接到了顾随的来电："到了。"

小区门口停着一辆黑色的宾利车。顾随穿着黑色衬衫、西装长裤站在车旁，指间夹着烟，正在接电话。他一抬头，便看到一抹高挑靓丽的身影。

四目相对，顾随挂了电话，把烟放在嘴里，上前搂住她的腰。他垂眸看她："真美。"

顾随单手打开车门，许倾弯腰坐进去。顾随关上车门，将烟掐灭，扔进一旁的垃圾桶里，随后绕过车子到另一边，拉开车门坐进去。

车里有暖气。许倾感觉有点儿热，便把外套脱下来搭在腿上。

顾随靠着椅背看她，问道："肖仲今天跟你说什么了？"

许倾交叠双腿，钩了钩高跟鞋，说："道歉。"她的脚白皙干净。

顾随不由自主地看向她的脚，眸色微深："除了道歉呢？"

许倾靠在扶手上，看了他一眼："没了。"

顾随微眯眼眸："真没了？"

许倾托着下巴反问："不然呢？"

顾随伸手拨弄她的发丝，又把玩她的耳垂，随后低头堵住她的嘴唇，把她刚刚涂的口红全吃了。亲完，他略微离开，用指腹抹了一下嘴角的口红，声音低沉地问道："他没说力捧你之类的话？这么不懂事。"

许倾说："我不需要。"

顾随捻了几下指腹上沾的口红，偏头看向许倾，正想问她为什么不需要，又突然想到她跟那些男演员炒作的事。

所以她乐在其中吗？顾随的脸色沉了几分。

许倾从包里拿出口红，打开小镜子补妆。顾随拿出手机，拨打了肖仲的电话。肖仲在电话那边"喂"了一声。

顾随看着许倾补口红，对肖仲说："欢颜的一姐，该换了。"

肖仲听得出顾随的暗示，立即说道："顾总，这点我同意。"

许倾感觉到顾随的视线，微微侧头看向他。顾随微眯眼眸，问道："你今天跟许倾说了没有？"

肖仲："当然说了。但是她只要求我一件事情。"

"什么事情？"

"对你和她的关系保密。她一点儿都不想让别人知道你们之间的关系。"

顾随绷紧下颌，眼神冰冷地看着许倾。

肖仲紧接着问："顾总，要不要保密？"

顾随低笑了一声，正想说"不用"，许倾就抬脚踹在了他的小腿上。半晌，他说："听她的。"

肖仲心想：行吧。

这就对了，看来许倾很懂圈内这个规矩，所以才能得顾随的青眼。毕竟像这种关系，大多数男人都比女人更希望保密。而许倾在这方面拎得清，才能让顾随喜欢。

肖仲私心以为顾随也想保密，在电话里笑着说道："顾总，好眼光。"

顾随扯了下嘴角："挂了。"

踢他的那只脚正要收回去，顾随突然微微弯腰，一把握住许倾的脚。许倾晃了一下，后背靠在车门跟座椅之间。

顾随俯身过去，紧紧地盯着她的眼眸："你要是借我的势，不用一年就翻身了，还用得着炒作吗？还是说，你舍不得那些跟你炒作的男人？"他语气冰

182

冷，眼神宛如淬了冰块。

许倾跟他对视，神色淡淡地说："是挺舍不得的。"

顾随的脸色更黑了。他拉了一下许倾的长腿，俯身就要吻她。许倾刚重新上了妆，立即用手挡住他的嘴唇。顾随的吻就落在她的手背上。彼此的动作都停住了。

顾随抬手拉开她的手。许倾见躲不过，直接两手钩住他的脖子，整个人往他身上挨去。她低声说道："不要只接吻啊……车里能伸展得开吗？"

顾随单手撑在座椅上，偏头看她，见许倾眼里略带挑衅。他看了一眼腕表，大手从她的背部往下，最后停住。

他低声说道："等会儿散场了，你就知道能不能伸展得开了。"说着，他抱住了她。

许倾愣了一下，抿了抿唇，忽略加速的心跳。

车子抵达一个别墅庄园。整个别墅庄园占地面积非常大，装饰非常豪华。车子刚在门口停下，就有服务员上前打开了车门。

许倾愣了愣，提着裙子下车。顾随整理了一下袖口，也从车里下来，然后绕过车子来到许倾的身边，搂住她的腰，顺便递出了一张邀请卡。

服务员接过卡，做了一个"请"的手势："顾先生请。"

顾随点头，看了一眼许倾，只见许倾嘴角含笑，落落大方。他低声说道："你等我一会儿。"

许倾"嗯"了一声。顾随转身回了车上。许倾没有回头，站在原地等他。

宾客们络绎进入大堂。许倾看得出这个慈善晚会的隆重性，比她之前参加的某杂志举办的慈善晚会要高级很多。

等了一分钟左右，她突然感到脖子上一凉，愣了一下，低头一看，只见一条漂亮的心形钻石项链落在自己的脖颈上。她下意识地回头，看到顾随正垂眸给她扣项链。

顾随说道："裙子是好牌子，也得配一条好项链。"

许倾顿了顿，看了一眼旁边的陈助理。陈助理面带微笑，手里捧着一个珠宝盒子。

终于扣好了。顾随再次搂住许倾的腰，带着她走向大堂。

许倾低声说道："我的裙子是向品牌方借的，还得还回去。"

顾随在她的耳边轻声说道："项链不用，我送你的。"

许倾笑了笑，没应，垂眸看了一眼脖颈上的心形吊坠。

进了主厅后，上前打招呼的人就多了。许倾看到了柳烟，见柳烟朝自己点头，于是也微微一笑，点头回应。

接着，越来越多的人过来跟顾随打招呼。其中有一个跟吴倩长得有点儿像的中年人，是吴倩的父亲。

吴父端着酒杯跟顾随碰了一下杯，说道："今晚的作品，得给我留几幅。"

顾随含笑："可以。"随后，他朝吴父介绍，"这是许倾。"

吴父看向许倾，也跟她碰杯，说："我女儿看过你的综艺节目，很喜欢你。"

许倾微微一笑："我也很喜欢她。"

"谢谢，小女孩儿不懂事。"

他这话意有所指。许倾含笑不语，没接话。

随后，有几个公子哥儿喊顾随。许倾正要去洗手间，便没跟顾随过去。顾随给她指路："从这条路走过去，那边拐弯就到了。"

许倾："好。"

顾随想了想，还是转身揽着她，带着她走到那条路上。随后，许倾从他的怀里出来，自己提着裙摆走向洗手间。

她在洗手间门口碰上几个刚刚跟顾随打招呼的男人带来的女伴。许倾始终面带微笑，却被她们无视了。许倾倒无所谓，若无其事地进去洗手了。

许倾出来时，她们几个人还在前面边走边聊。

"顾随这次又换了一个女伴。"

"这次的好像是个女演员。"

"是吗？我都懒得打招呼了。"

"除了吴倩，他带哪个女伴来我都不惊讶。反正他也不跟别人介绍。"

"这个刚刚介绍了，好像叫许倾。"

"介绍了吗？我怎么没听到？"

"你们还是悠着点儿吧，他这次真介绍了。这个女人不简单。"

她们说的，全被许倾听见了。她没急着回大堂，而是来到门边，靠在走廊的柱子旁。

这时，一抹窈窕的身影从不远处走过来，将一支烟递到许倾的面前。许倾转头，对上柳烟的眼睛。

柳烟抖了一下烟："抽一支？"

许倾推开，笑着说道："不，我不喜欢这个味道。"

柳烟"啧"一声，靠在柱子上，咬着烟，问道："刚刚听到那些人的话，怎么不上前吓一吓她们？"

许倾抱着手臂，看着垂落的树枝，答道："她们说的是事实啊！"

柳烟一愣，笑了："哦，好像是的。不过我挺好奇，你怎么跟他在一起了？"

许倾看了柳烟一眼，笑着说道："馋他的身子。"

柳烟笑起来："可以。"

不一会儿，柳烟抽完一支烟，拍了拍许倾的手臂，转身进了大堂。

许倾在外面又待了一会儿，才走进金碧辉煌的大堂，一眼便看到了顾随。顾随端着酒，旁边围着几个公子哥儿，看起来都很年轻。看到许倾，顾随走上前朝她伸手。许倾笑了笑，把手放进他的大手里。

顾随轻轻地拉着她过去，几个公子哥儿笑着起哄。许倾看了一眼其中一个戴着金丝边眼镜的男人，总觉得他有点儿眼熟。

这时，另外一个眉目含笑、举止风流的男人笑着调侃道："顾总，你都能带人出门了，是不是追妻也快成功了？"

顾随看向许倾："你说我成功了吗？"

许倾微笑不语。顾随轻笑一声，为许倾介绍其他人——戴金丝边眼镜的男人是许殿，眉眼风流的那个是周扬。

"这位是江郁。姜主任工作的江氏联合医院就是他们家的。"另外一个看起来有些狂妄的男人便是江郁。

许倾看到江郁，神色恭敬了很多："您好，江先生。"

江郁转着酒杯，笑着说道："你好啊。"

打完了招呼，许倾站在顾随旁边，听着他跟这几个公子哥儿聊天。许倾这才反应过来，这三个人竟是黎城四大家族其中三家的公子哥儿。

而此时，林曼正跟一个中年男人站在不远处。林曼总算亲眼看到了许倾和顾随在一起，既不敢相信，又满眼忌妒。

原来都是真的，许倾真的跟顾随有关系，她真的爬上了顾随的床。

林曼捏着酒杯的手微微发抖。她身侧的中年男人问："你认识顾随？引荐一下。"

林曼抿唇干笑："我不认识。"

"他不是你们公司的股东吗？你之前不是还跟他闹绯闻吗，怎么不认识？走吧，引荐一下，也不枉费我带你进这样的宴会。"

林曼下意识地挣扎："我不去。我说了，我不认识他。"

"你骗谁呢？"中年男人明显不信，脸色难看。

林曼看着男人变了脸色，咬了咬牙，仍坚决不过去。她不想让许倾看自己的笑话，而许倾只不过是比自己更早爬上顾随的床而已，迟早也会被甩的，就跟以前那些只出现过一次的女伴一样。

林曼始终坚信这一点。

顾随他们聊天的内容，许倾都听不太懂，就默默地喝着手中的香槟，但后来被顾随拦住了，给她换了一杯果酒。许倾喝着果酒，觉得没滋没味的。聊了一会儿，顾随便跟他们分开了。

慈善晚会的重头戏开始了。舞台上挂着多幅参加拍卖的画，拍卖所得的全部钱款会投入各个慈善项目，比如建设希望小学，扶持助学基金，援助残疾人、罕见病病人，等等。

这些画的起拍价并不高，但最后的成交价非常吓人。顾随举了三次酒杯，用八千万元拿下第一幅画。全场哗然，所有人的目光都聚焦于顾随的身上。顾随偏头跟陈助理交代事情，并不在意那些目光。但是这样一个男人，自然而然成为全场的焦点，甚至那些有男伴儿的女人，看着顾随的眼里也全是倾慕。

许倾也偏头看着顾随。这时，他的眼眸稍微往上抬了抬，许倾默不作声地收回了视线。紧接着，她听到身后细碎的说话声。

"真不知道顾随以后会娶什么样的老婆。"

"我更好奇他会娶谁。吴倩有可能吗？"

"我想此时此刻，很多女人想嫁给他。如果他今晚没女伴就好了。"

那声音离得并不远。许倾面色如常，静静地听她们在身后说话。

后面剩下的七幅画，顾随又拍走了一幅，剩下的被黎城那三个公子哥儿包揽。尽管如此，顾随的八千万元仍是此次拍卖会的最高价。

他们离开时，后车厢里多了两幅画。

许倾喝果酒还是有点儿微醺，上车就揉了揉额头。顾随脱下外套，解开衬衫领口，偏头看了她一眼，紧接着侧身低头堵住她的嘴唇。

许倾微微直起身子，抬手搭在他的脖颈上，尝到舌尖全是酒味。吻了许久，顾随稍微离开，低声问道："你喜欢今晚这两幅画吗？"

许倾微眯着眼，呼吸起伏，笑着摇头："不喜欢。"太贵，她可要不起。

顾随拨弄她的发丝，说："等会儿拿一幅回家。"

许倾坚决地摇头，顾随倒没再强求。

这时，驾驶座的车门被打开，陈助理坐进车里，启动车子："老板，去哪儿？"

顾随本想说回家，但想起许倾昨晚因为认床睡不好的情形，便说："去馨月小区。"

"好的。"

抵达馨月小区后，顾随把许倾从车里牵出来。这时，许倾突然把什么东西往扶手上一放。顾随往那儿一看，脸色顿时阴沉如墨。

扶手上是他送的那条项链——她不要。

"项链……"

"嘘。"男人一开口，许倾就用手指堵住了他的薄唇。顾随居高临下地看着她。许倾半靠在他的身上，说："好累，快上楼吧。"

她的身上带着果酒清甜的香味，身体又柔若无骨。明知她是在转移话题，但顾随沉默地看了她几秒，随后认命似的弯腰把她横抱起来。

许倾立即钩住他的脖颈，埋在他的脖颈里，说道："真的累。"

声音依旧好听，隐隐带着一丝撒娇的语气。顾随的喉结滚动了一下："这就送你上楼。"说着，高大的男人抱着她转身就走。

转身时他的视线扫过那条垂落到扶手上的项链。没被女主人看上的项链，发出的光芒都显得苍白无力。而没有送出去礼物的男主人，心中烦躁，却无可奈何。

今天小区进门的感应器坏了，门卫大叔不得不从门卫室走出来，手动开门。顾随冲他点点头，教养极好的样子让门卫大叔咧嘴一笑。

俊朗绅士的男人抱着漂亮艳丽的女人，两个人身上还都穿着正装，宛如一幅人物画。门卫不禁感叹真是郎才女貌。

这时有点儿晚了，小区里没有多少人。这个小区的私密性还行，物业管理也非常好，虽然是公寓式的，但很多住户是身份比较特殊的人，而且大多数是女性。圈内很多艺人都住在这里，还有一些艺术家也住在这里。

来到家门口，许倾猛打哈欠，挣扎着从顾随怀里下来。顾随松手，等许倾站稳后，单手搂着她的腰，另一只手拿过许倾手里的钥匙开门。

温暖的气息扑面而来，家里要比外面暖和很多。

两个人进门。许倾踢掉高跟鞋，跌坐在沙发上，抱着抱枕，看起来懒洋洋的。顾随解着袖子纽扣，靠坐在沙发上，看着她问道："晚会上你没吃什么东西，这会儿想吃点儿什么？"

许倾抬手解开头发，乌黑的长发散落在肩上。她说："今天孟莹送来了鸡爪和蛋挞，还没吃完。"

她这样很是柔媚。顾随勾了勾嘴角，凑上前亲吻她的额头，说："都是凉的，我给你做点儿热的。你先去洗澡。"

两个人离得很近。他用如墨的眼眸看人，给人一种很深情的错觉。

许倾也凑过去，亲他的嘴角："好。"

顾随偏头，又亲了亲她的嘴角，随后起身挽起衬衫袖子，露出肌肉线条分明的手臂。

许倾仰头，目光跟着他，看着男人进了厨房，打开冰箱。冰箱还没他的人高。他垂眸在冰箱里看了一会儿，拿出鸡蛋、番茄和瘦肉，随后拿下冰箱上的挂面，走向岛台。男人肩宽腿长，一副衣架子身材。

许倾看了一会儿才放下抱枕，起身走向主卧室。主卧室地上还摆着行李箱。许倾从衣架上取下棉睡裙，走进浴室。

洗了澡后一身清爽，瞌睡也清醒了很多，许倾擦着头发走出来，看到顾随正端着拌面出来放在桌上。

他抬眼看了她一眼，说："还有个汤。"

许倾凑上前看了一眼，说："我还以为你煮的番茄鸡蛋面。"

顾随挑眉，笑而不语，挽了一下袖子，返回厨房。

许倾跟进去，一边擦头发一边探头，一些水珠滴落在岛台上。顾随用一只手煎鸡蛋，另一只手抱着她的腰把她挪开。

"别溅到锅里。"

许倾："哦。"

不一会儿，顾随将鸡蛋翻了一个面，随后又放进番茄，开始炒，然后放水，鸡蛋番茄汤浓郁的香味就飘上来了。

顾随端着汤："出去吃。"

许倾转身跟出去。不闻到饭香味不知道饿，此时她觉得真饿，拉开椅子坐下，拿起筷子。

顾随拉开椅子，坐在她的旁边，说："吃吧。"

许倾看他："你不吃？"

"我先洗澡。"他说。做完一顿夜宵，他依然一副精英模样，没有半点蓬头垢面的感觉。

许倾是真饿了，也懒得客气，低头开始吃。有几缕头发从毛巾里跑出来，衬得她眉眼精致，皮肤白皙，随性中带着性感。

顾随一边解纽扣一边看她，几秒后才起身走向主卧室的浴室。

那天离开前，陈助理送了一些衣物、洗漱用品过来，好在许倾没有把它们扔了。顾随拿着睡衣进浴室时，扯了一下嘴角。

什么时候，他竟然连这个都需要担心了？

不得不说，顾随的手艺真不错，拌面上的瘦肉做得又香又软。许倾本想给顾随留一点儿，最后又舍不得，多吃了几口。

顾随洗完澡，穿着黑色上衣、长裤，擦拭着头发走出来。他垂眸看了一眼，笑了："哦？吃完了？"

许倾咽下嘴里的面条："给你留点儿？"

"我不饿。"顾随说着走向沙发，弯腰拿起手机。

许倾喝着汤，说："你有两个电话，我没帮你接。"

顾随："是陈顺打来的。"

"哦。"许倾说，"不用跟我解释。"

顾随一愣，转头看了一眼餐桌旁可恶的女人。

许倾留了一点儿汤，还有一些面，看着他说道："你还是吃点儿吧。你晚上也没吃什么东西。"说完，她擦了擦嘴角，回了主卧室。

主卧室不算大，行李箱放那儿就有点儿占地方。浴室里还有些热气，墙壁上全是水珠。许倾进浴室洗漱，出来后坐在床上看书。

客厅里响起顾随讲电话的声音。男人说话的声音低沉、平稳。偶尔她还能听见汤勺碰在瓷碗上的声音，细细碎碎的。

许倾拿着书翻了一个身，继续看。

十几分钟后，顾随走进主卧室，看到的就是许倾趴在床上翻书的画面。她跷着白皙的长腿，偶尔晃一下。他看了几眼，转进浴室，五分钟后出来，走过去坐在床边，俯身撑在她的头顶看她看的是什么书——《养了一只小猫咪》。

顾随轻笑，轻轻的吻落在她的颈后。许倾翻书的动作一顿，裙摆被撩起。许倾放下书，翻身抱住男人的脖颈。顾随停下动作，看着她，随即低头堵住她的嘴唇。

两个人用的是一样的牙膏，相同的甜味在口中炸开。许倾的手脱去睡衣。顾随俯身，这次他的耐心更足。

房间里光线渐渐昏暗，只有食色男女在博弈。

这一晚很长。平静之后，许倾翻手抱住他，顾随的大手搭在她白皙纤细的腰上。

他低声问："睡了？"

许倾："嗯。"

"这会儿睡得着了？"

许倾没搭理他。这不是废话吗？这是在她家，目之所及都是她自己熟悉的。

　　她渐渐有些发困。顾随偏头吻她的眉心，问道："你平时出差，在外面的酒店里也那么难入睡？"

　　许倾摇头。顾随眯眼："那为什么在我家入睡就那么难？"

　　许倾把脸埋在他的脖颈旁："睡了睡了。"

　　顾随拨开她的头发一看，发现许倾已经熟睡过去了。这入睡速度，仿佛昨晚在他家那睡不着的样子都是假的。

　　一觉睡到天亮。许倾调了闹钟，早上七点半就响了，特别吵。顾随从被窝里伸出手，摁掉了闹钟，然后转过身，抓了抓头发，才从床上起来。他看了一眼时间，有点儿晚了。

　　这时，他的手机也响了。他接起来，就听陈顺在那头说："老板，您终于醒了。"

　　顾随向来都是早上六点多起床，很少有睡到这么晚的时候，所以陈顺斟酌了好久才打了这个电话。

　　顾随下了床，听到门铃在响，就一边接电话一边走到门口，一把拉开门——门外是提着早餐的苏雪。

　　苏雪看到穿着黑色家居服的顾随，愣了一下。如果不知道情况，她都要以为许倾和顾随是情侣了。

　　顾随声音低哑："早。"

　　"早，顾总。许倾呢？"

　　"她还在睡。"

　　顾随的神色里有晨起的懒散，眉宇却依旧锋利。他倒了一杯温水，走进主卧室去给许倾喝。那样子，仿佛是在自己家里的感觉。

　　苏雪咳了一声，赶紧把早餐拿出来摆在桌上——幸好，多买了。

　　不一会儿，顾随换了衣服，扣着衬衫纽扣从主卧室里走出来。苏雪笑着提议："顾总，一起吃早餐吧？"

　　顾随："不用，谢谢。"说完，他走向门口。

　　主卧室的门再次打开，许倾端着水杯走出来，抓了抓头发，坐在椅子上，说："睡过头了。"

　　苏雪转头，看了一眼关上的门——顾随已经走了。她回过头，敲着桌子："你们行啊，昨晚居然睡一起呢。"

　　许倾浑身透着慵懒倦怠，睡裙的衣领下全是吻痕。苏雪"啧啧"几声，捏捏许倾的脸。

半个小时后，许倾吃完早餐，收拾妥当，便跟苏雪出了门。下午要飞往京市，所以她打算早上去医院看看母亲。

一进病房，她便看到姜辉带着学生正在给她的母亲做检查。

许倾老老实实地站在床边。护工上前，说："你来了。"

许倾含笑："嗯。"

不一会儿，姜辉检查完了，抬起头看到许倾，说："我们陆续给你的母亲进行了一些治疗，初步有了一些成效。这是她这段时间的变化，你看看。"

许倾紧张地伸手接过姜辉递来的病例，低头翻看。护工因为整天都在照顾病人，比许倾更懂一些医学知识，便在许倾的身边为她解释。看到母亲的变化，许倾感觉到了巨大的希望，猛地抬头看向姜辉。"谢谢你，姜主任，谢谢你。"许倾眼眶微红。

姜辉说："不客气。后期还要继续治疗。这是一个漫长的过程。好在你的母亲身体机能各方面都不错，过了这个冬天，应该多少能有一些进展。"

许倾激动地点头。几分钟后，许倾和护工送姜辉一行人离去。

护工说："姜主任确实厉害啊。我听说京市那边有两个植物人也在他的手里苏醒了。"

许倾更觉得有希望了，说："我不在的时候，你要好好招待姜主任。我给你涨工资。"

"放心。"

许倾看着母亲，心情依旧有些激动。她是独生女，从小受父母的疼爱。父亲老实，年轻的时候因为创业被人骗了钱，欠了很多债，但是从没短了她吃的喝的。父亲去世后，她甘愿背上父亲留下的一屁股债，就是想还清债务，帮父亲洗清骂名，让他清清白白的。

如今债还清了，剩下唯一的希望就是母亲能醒过来。

"阿姨怎么样？"见许倾上了保姆车，苏雪放下平板电脑问道。

许倾掩下激动，说："还可以，治疗很顺利。"

"那太好了。"苏雪也很欢欣，想到如果许倾一直沉睡的母亲醒过来，许倾身边就有亲人了。

许倾笑笑，又不敢抱太大的希望，就怕期待落空。

保姆车启动，前往机场。许倾正打算休息一会儿，却听到手机响了。她打开一看，是顾随的信息。

顾随："你去看阿姨了？"

许倾："嗯。"

顾随："治疗有进展吗？"

许倾："嗯。"

顾随："那就好。"

许倾突然想起一些未结的账，立即让苏雪把上次借用顾随保镖的费用按照最高的价位合算一下。

苏雪看着平板电脑，嘀咕道："啧啧，以后万不得已才用保镖，实在是请不起啊。真贵。"

许倾看了一眼金额，随后点进顾随的微信，发起了一笔转账。

顾随："这钱是？"

许倾："上次借用你家保镖的费用。"

另一边，顾随刚开完会，留了一个高层主管正在谈话，看到许倾发来的信息，脸色顿时沉了几分，把手机扔回桌上。

"哐"的一声，吓了那个高层主管一跳。他惶恐地看了一眼陈助理。陈助理知道顾随在跟许倾发信息，虽然不知道许倾发了什么，但肯定又是油盐不进、软硬不吃，惹得自家老板难受。

陈助理咳了一声，把手里的资料放下——上面正是许倾那两个竹马的资料。

顾随扫了一眼，挥了挥手，让高层主管出去。

高层主管看了陈助理一眼，见陈助理点头，确认自己没弄错，便起身抄起本子赶紧跑。

顾随对陈助理说："你也出去。"

"好。"陈助理出门，顺便关上办公室的门。

顾随拿起那份资料翻看。

许倾从小学到高中都是在老家上的学，跟这两个竹马的联系颇深。惠安市那个地方，大多数的人都姓许。两个竹马，一个姓许一个姓文——许秦，文曜，如今一个在惠安市，一个在京市。

资料里还有一些细节——他们几乎上学放学都在一起，形影不离。许倾十八岁生日的时候，许秦送她一部手机，文曜送她一台平板电脑。

顾随看完后，神色阴冷。想到许倾现在住的地方就有一台平板电脑，再想起昨晚被她留在车后座的项链，顾随的脸色越发难看，还有一种无力感。

这时，手边的手机响起来。顾随垂眸看了一眼，是家里的保姆阿姨打来的。

顾随接了："什么事？"

保姆阿姨有些欣喜地说："顾先生，你要找的结婚证找到了！还真的有。原来那天你带回来的那位美女就是太太啊。"

顾随一挑眉梢，顿时勾起嘴角："找到了？"

"嗯，对。"

顾随反手扔了那份资料，揉了一下眉心，嘴角挑起笑意："很好。"

许倾这次也在机场遇到了一些粉丝。不过这些粉丝只是温柔地跟着她。

"许倾，你走慢点儿。"

许倾含笑说道："我赶时间。"

粉丝："对哦，确实快来不及了。"

十几个粉丝把许倾送到安检口。许倾钩下墨镜跟她们挥手，随后带着苏雪等人进了安检口。

苏雪一直在看手中的平板电脑，沟通许倾的工作——品牌方突然要加两个代言产品，所以合同得重新签。

上了飞机后，许倾取下墨镜，揉揉眉心，戴上眼罩开始睡觉。这一觉一直睡到飞机落地，许倾收到文曜的微信消息。

文曜："这次过来，约不约？"

许倾："看情况吧。"

文曜："好。"

一下飞机，许倾就直奔品牌方公司，一直忙到晚上九点半。从品牌方大厦出来，苏雪提议去露天餐厅吃晚饭，放松一下。许倾点头答应了。

餐厅离得并不远，几个人步行过去。难得放松，苏雪还拍了精致的美食照片放到朋友圈。

这时，小兰"哎"了一声，挨近许倾，指着不远处的一个人影问："那是不是林曼？"

许倾抬起头看去，确实看到了林曼。

苏雪想了想，说："最近林曼好像也有工作在这边。"

小兰："那在这里碰到她就不稀奇了。我早上听公司的人说，林曼跟肖总闹掰后，现在好像跟一个老男人在一起。"

苏雪看了一眼小兰："没有证据的话，不要乱说。"

小兰："好。"

几个人不再关注林曼。许倾懒洋洋地靠在椅背上，喝着咖啡，跟她们聊天。这时，苏雪"啧"一声，看着手机说道："顾总的助理还挺闲的，居然给我点赞。"

许倾划拉了一下手机，看到了陈助理给苏雪点的赞。下一秒，她收到微信消息，是顾随发的语音信息。

许倾点开。男人低沉的声音传来："在京市？"

许倾抿唇，看了一眼苏雪，苏雪吐吐舌头。

许倾按了语音，回复："嗯。"

顾随："去那边待多久？"

许倾："两天。"

顾随："好。"

紧接着，顾随又打来了电话。许倾想了想接了，随后站起来，在不远处的藤椅上坐下。

顾随说："我得出国一趟。阿姨最后的治疗开始前会赶回来。"

看来顾随对她母亲的治疗情况很清楚。许倾心里挺感激的，说道："已经很麻烦你了，你不用特意赶回来。"

顾随沉默了几秒，随即道："我已经找到结婚证了。你呢？"

许倾一愣，说："还没。"

顾随的声音又低又沉："找找吧。"

许倾笑了一声："扔都扔了……"

顾随："你要是想离婚，还需要呢。"

许倾顿了几秒，回道："行吧，我找找。"

顾随沉默了半晌，冷笑了一声。

漫长的沉默之后，许倾挠挠下巴，说："挂了吧。"说完，不等他回应，她就挂了电话。

那头，顾随站在落地窗前，眉眼冰冷。他看了一眼手机，顺手扔在一旁的桌子上。不知从什么时候起，他在这场狩猎中一直处于下风。

他倒也想知道为什么。

在京市两天的代言广告拍摄很快就完成了，许倾没能跟文曜见上一面。文曜是某互联网公司的产品经理，非常忙。而这两天许倾的身边一直有粉丝跟着，为了不给文曜带来麻烦，他们这次就没见面。

《股神》还要继续拍摄，许倾赶回了海城。接下来的一个多月，许倾一直待在海城拍《股神》。而顾随似乎也要出国很久。

很快，新年将至。

《股神》剧组因为拍摄进展顺利，林导给大家放了一个年假。许倾收到黎城电视台的节目邀请，于是带着苏雪等人又一次踏上回黎城的飞机。过年能有假期正好，她可以陪陪母亲。

抵达黎城后，许倾等人先休息了一晚，第二天赶往黎城电视台，参加节目彩排。

许倾原本选了一支单人舞。不过电视台的编导说："你大学的时候不是跳过双人舞吗？我去拉个舞伴给你。"

说完，编导就去拉人。不一会儿，许倾看到了张驯的身影，笑了起来。

张驯摊手说道："电视台也邀请我了。但是不知道让我卖弄点儿什么才艺，看到你跳舞才想起来。"

许倾笑着说道："那正好。"

两个人一起拍戏这么久，对彼此都很熟悉了。虽然网络上很多人觉得他们很般配，但是他们私下的关系就像好朋友。张驯对许倾体贴，若即若离。许倾看得出他有些花心，对这样的人反而放心——不认真反而更好一些。程寻就太认真了，认真容易成为负担。

这一天，许倾又在彩排，却接到护工的电话，说："许倾，你快来。你妈妈好像要醒了。"

许倾拿着手机僵在原地，直到编导大声呵斥其他的工作人员，才反应过来。她立即捞起外套，说："我现在过去。"

她马上跟编导请了假，甚至来不及喊自家的保姆车，直接打了出租车就前往医院。

下车时，天色已黑，华灯初上。许倾只觉得心跳加快。她飞快地进了电梯，一路小跑赶到病房。

护工看到她，立即抓住她的手："快，我真的看到她的手在动。"

病房里，姜辉团队的人已经到了。护工喊人喊得很及时，也幸好姜辉还在黎城。许倾上前一步，姜辉摆了一下手，示意她安静。许倾点点头，攥紧了拳头。

接下来的半个多小时，许倾像是过了一辈子。直到姜辉后退一步，示意她上前，她才压着心口走上前。

病床上，躺了三年多的植物人罗素睁开了双眼。许倾的眼眶一下子就湿润了。这时，一抹高大的身影突然走进病房，带着外头的寒气，来到罗素的床边。

罗素先看到女儿，一眨不眨的眼睛渐渐微红，紧接着转了转眼珠，目光转到旁边那个男人的脸上。她抬起手指，朝顾随那边一点。

许倾抬起头，看到了正在扯领带、眉梢上挂着水珠的高大男人。外面下雨了，他似乎是匆匆赶来的，连外套都被打湿了。

顾随看了她一眼，说："阿姨醒了。"

许倾张了张嘴，半晌，点头："嗯。"

罗素钩了一下女儿的手指。许倾回过神，看到罗素正看着自己，眼中带着询问。许倾突然点了点头。

她知道母亲想问什么。母亲想问：这是你的男朋友吗？

罗素得到答案后，便又闭上了眼睛，仿佛只是睁开眼看看女儿过得好不好、孤单不孤单。许倾一时慌了，抓住罗素的手。罗素也用微小的力气抓住许倾的手，许倾这才放松些。

姜辉一边记录一边对许倾说："罗女士的认知情况良好，但是刚苏醒，需要时间缓冲。接下来的康复理疗必不可少，距离完全恢复还需要很长一段时间。你得做好心理准备。"

许倾点点头，说："好的。"她能感受到母亲手指的力道。

罗素一直抓着许倾，又过了一会儿，才又慢慢地睁眼，只看着许倾和顾随，仿佛他们是她苏醒的最大动力。她现在除了能睁眼，用手指的力道抓住许倾，连说话都不行，身体的所有器官都在恢复当中。

许倾这三年的花费很值得。她一直给母亲用江氏集团的医疗器材。前期的主治医生更是神经科的主任医师，才能让罗素有这样良好的情况。

许倾此时也知道不能急，母亲能苏醒就很好了。

顾随听了姜辉的话，心里也松了一口气，拨开额前的头发，把外套挂在衣架上，随后拿了纸巾擦拭脖颈上的水珠。

许倾看了他一眼，拿了一条干净的毛巾给他："你什么时候到的？"

顾随接过毛巾，说："刚下飞机。"

窗外淅淅沥沥地下着雨。冬天的雨最阴冷。许倾看了一眼窗外，再看看男人被打湿的外套，让护工去倒热茶给顾随和姜辉几个人喝。

顾随放下毛巾，向姜辉询问了一些有关罗素的问题："需要换到江氏联合医院吗？"

姜辉："不用。"

"还需要再做些什么？这边的康复理疗不如江氏联合医院。"

姜辉："我会派一支团队过来。"

顾随点头："行，麻烦你了。"

姜辉笑了笑："这些还需要你问？我就那么不会安排？"

顾随笑着说道："我关心嘛。"

他的目光一扫，却扫到了罗素的眼睛。她一直看着他。顾随愣了一下，走到许倾的身边，低声问道："阿姨，你有话想说吗？"男人的语气带着几分温柔。

罗素没法儿点头或摇头，只是用手指钩着许倾的手指，用了点儿力道推到顾随那边。许倾的手指贴上顾随的手指。顾随挑眉，垂眸看了一眼，直接握住许倾纤细的手指，轻轻地把玩。许倾感觉心跳有些快，偏头看向母亲。

罗素此时没有表情，只有一双眼睛在转动。不知是不是因为长时间的昏睡，她的眼睛很清亮。许倾仿佛看到了母亲眼里的笑意。

顾随捏了一会儿许倾的手指，也发现了罗素的不对劲——罗素对他这个素未谋面的人格外亲切。他偏头，低声问许倾："你刚刚跟阿姨交流了什么？她对我这么亲切。"

许倾感到耳根微热，说："你猜。"

顾随挑眉，随即抬起手牵住许倾的手，在罗素面前晃了几下。罗素的眼睛立即有了些变化，看起来更亮了一些。

顾随顿时有了猜测，在许倾耳边问道："你承认我们的夫妻关系了？"

这个男人实在太聪明，这样无声的对视也能看出花样。许倾垂眸，低声说道："不是。"

"那就是答应我的追求了。"

答应他的追求，就意味着成了男女朋友，也是一层新进关系。这会儿许倾没应。顾随定定地看了她几秒，扬起嘴角，接着在她的唇边落下一吻。

现场其他人见状，都觉得被这两个人的恩爱闪到了眼睛。

姜辉认识顾随多年，知道这个男人稳重成熟、内敛低调，做事又不乏狠厉，才能自己杀出了一条路。这还是他第一次见到顾随这样满含笑意地亲吻一个女人。

姜辉总算知道顾随为什么肯结婚了——

这是他喜欢的女人嘛。

外面的雨还在下。姜辉还要带着团队回去开会，制定针对罗素苏醒后的治疗方案。许倾和顾随送走姜辉等人，又返回病房。

许倾听见顾随的手机不停地响，说："你先回去吧。我在这里看着就好。"

顾随接了一个电话，捂住话筒，看了她一眼，说道："先陪你吃完晚饭我再走。"

话音刚落，病房门就被敲响了。许倾看过去，就见陈助理提着两大袋外卖进来。袋子上也沾了雨水。护工立即接过外卖袋子，放到一旁的桌子上。

护工看到袋子上的标志，感叹："哇！下这么大的雨还跑那么远去这家酒店打包呀？"

陈助理笑着说道："我们老板让订的。"

顾随一边接电话一边拆开筷子，然后看向许倾："过来，吃了再说。"

许倾还抓着罗素的手。罗素似乎听到了顾随的话，松开了许倾。许倾抿唇，只能先去吃饭。

顾随把筷子递给她，又揭开一个炖盅盖，里面是鱼翅。他说："你的。"

许倾也不矫情，拉开椅子坐下，看着他说道："你也吃。"

顾随点点头，挂了电话，把手机放在桌上。陈助理也给自己拿了筷子，四个人围着桌子开始吃饭。

顾随偶尔给许倾夹菜。许倾想快点去陪母亲，吃得很快。顾随把炖盅推给她："把这个喝了。"许倾没拒绝，接过来开始喝。

不一会儿，吃完饭，护工收拾桌子。顾随又有电话，就坐在沙发上一边接电话一边写写画画。许倾则去打了一盆热水回来，帮母亲擦拭手臂，尤其仔细地擦了手指。

顾随挂了电话，拿下衣架上的外套穿上。他走上前，拨弄了一下许倾的头发："我回公司一趟。"

许倾抬眼看了他一眼："嗯。"

顾随看了她几秒，想亲，但还是忍住了。他轻柔地钩起她耳后的发丝，说："你什么时候回去？我来接你。"

许倾："我今晚可能不回去了。"

"我去家里给你拿衣服吧。"顾随也能理解她的心情，失而复得，确实一秒都不想离开。

许倾本想说让苏雪去拿，但想了想，看着顾随说道："好，我拿钥匙给你。"

"行。"顾随的心情有些愉悦。

"你走吧。"许倾低头继续给罗素擦拭手指。

顾随松开她，俯身跟罗素告别："阿姨，我还有工作。晚点儿过来看你。"

这个男人彬彬有礼，教养十足。罗素眼中含笑，就差点头了。许倾看母亲这样，微勾嘴角，在顾随看过来的时候又收回了笑意。

顾随看了她一眼，转身离开。陈助理提着笔记本赶紧跟上。病房里少了两个高大的男人，就显得空旷很多。

护工去打水，说："今晚给你妈妈擦下身子吧。"

许倾直起腰，说："好。"

打来水，关上病房门，拉上窗帘，许倾和护工翻动罗素的身体，细心地擦拭。

罗素这几年被照顾得很好，除了瘦了一点儿，皮肤干净红润。但其实也有过不好的时候，就是刚出车祸那半年。那时许倾请的不是现在这个护工。那个护工做事有点儿粗心，导致罗素的脚上出现了皮肤溃烂。那个时候，许倾想杀人的心都有。后来她花高价请了现在这个护工，付出比别人更高的工资留住了她，所以罗素才被护理得这么好。

晚上九点半，罗素清爽且疲惫地睡去。

许倾守夜，便让护工回去休息一晚，但护工不想回。护工离了婚，孩子被判给了丈夫。这几年她已经习惯在医院陪着罗素了，再说许倾给的工资高。离了婚的女人对很多事情都看透了，知道赚钱最重要。

许倾坐在沙发上看书，说："那你去小房间休息吧。"

护工想了想，点点头："行，有事你喊我。"也只有许倾在的时候，她才回小房间休息。

"好。"

小房间的门被关上后，病房里就剩下许倾和熟睡的罗素。许倾支着下巴，翻着书。孟莹发信息给她，她拿起来看了一眼。

孟莹："我明天去看阿姨。"

许倾："你这段时间不忙？"

孟莹："还行。有一部戏要开拍，又是边缘电影。"

许倾："什么时候开机？"

孟莹："过两天。我今年也不想回去过年。"

许倾："嗯。"

许倾："你跟那个人有联系吗？"

孟莹："不知道，我在等。"

许倾："你等他联系你？"

孟莹："嗯。"

许倾一时不知该说什么。等一个男人来找自己，这是什么滋味？她想象不出来，脑海里却浮现出顾随的身影。她猛地甩头。

孟莹："你跟顾随呢？我听说这次阿姨能苏醒，他帮了不少忙。"

许倾："我打算给彼此一个机会。"

孟莹："要公开你们已经结婚的消息吗？"

许倾："先不吧，谈谈再看情况。"

孟莹："也是，还是给大家一个缓冲的时间。"

毕竟许倾的身份特别，顾随的身份更特别。如今许倾也还不清楚顾家那边的情况。两个人必须相处过、磨合过，觉得真的合适再公开吧。

孟莹是真的替许倾高兴。许倾其实对孟莹说的那个人也很感兴趣，但是孟莹现在似乎不愿多谈，许倾便暂时不再勉强。

两个人不知不觉聊了很多。后来许倾有点儿困了，抱着抱枕趴在扶手上，迷迷糊糊地睡了过去。

外面的雨一直不停，依旧阴冷。从公司出来后，顾随先回家洗了澡，随后开车去了许倾的房子，拿了一个小行李袋装了点儿衣服和日用品，随后驱车来到医院。

雨很大。顾随撑着黑色的雨伞，提着行李袋，走进医院。水珠顺着伞面蜿蜒而下。来到病房门口，他顺手将伞插在门口的小桶里，随后推开病房门，一眼便看到趴在沙发上的女人。

顾随看了一眼熟睡的罗素，走到沙发前，轻轻地把行李袋放下，然后伸手扶了扶许倾："许倾……"

男人的声音很轻。许倾迷迷糊糊地睁开眼，看到了熟悉的俊脸，她下意识地伸手搂住了他的脖颈。

顾随愣了几秒，随即偏头，薄唇压着她的发丝，在她的耳边问道："你给个准话，是不是答应我了？"

许倾在他的脖颈旁，点了点头。

顾随一扬眉梢，吻落在她的耳边。

第六章
想要她的心

　　听着雨声很好睡，许倾还是困。顾随坐在沙发上，搂着她的腰，问道："你不去洗澡？"

　　许倾靠在他的怀里猛打哈欠，说："一会儿。"她闻到他身上淡淡的沐浴露香味，"你洗过澡了？"

　　"嗯。"顾随伸手拿起许倾放在沙发上的书翻看。

　　许倾看了一眼时间，发现已经零点了，顿时清醒过来。她说："我去洗澡。你先回去吧。"

　　顾随按着她的腰，用指腹揉了揉她的眼角，说道："再躺会儿。你这样去洗澡，会晕倒的。"

　　许倾："不会。"虽然她嘴上这么说，却没起来。

　　顾随的指腹一直在抚摩她的眼角，摸着摸着往下，手指捏住她的下巴。许倾不耐烦，转开了头。顾随却突然抱起她。

　　许倾反应过来时，已经坐在了他的大腿上。她再仔细一看，注意到这个男人穿着白色的上衣、灰色的长裤，没有穿正装，整个人风度翩翩，眉眼俊朗。这样子可真欺骗大众。

　　许倾搂着他的脖子，低头看他："干什么啊？"她这样很妩媚。

　　顾随顺着她的发丝，说："明晚跟我出去吃饭。"他约她吃晚饭已经约了几个月了，她一直没答应过。

许倾跟他对视，说道："我明天还要彩排。"

"我去接你，女朋友。"他咬着牙根儿挤出后面的三个字，提醒她现在不能轻易拒绝了。

许倾笑了："好。"

顾随捏着她的脖颈，堵住她的嘴唇。许倾抱着他的脖颈，缩着肩膀回应他。

这里是医院的病房，顾随见好就收，薄唇在她的脖颈上吮了一下，随后说："洗澡去。"

"嗯。"许倾从他的腿上下来，穿上拖鞋，扎起头发："你先回去吧。"

顾随没有应她，拿起掉落的书继续翻看。

许倾打开行李袋，发现顾随收拾得还挺精细的，睡裙和明天要穿的衣服都带来了，还带了几片面膜和一些卸妆用的东西。许倾忍不住抬头看那个坐在沙发上懒散地翻书的男人，"啧"了一声。

这边的病房安排了两个浴室，主要是为了跟病人分开使用。许倾以最快的速度洗完澡，然后穿上睡裙，擦着头发走出来。她身材高挑，长发及腰，黑色的裙子衬得皮肤更加白皙。顾随看了她一眼，就没挪开视线。

许倾搅着头发，弯腰去拿吹风机，然后走向小阳台。外面整座城市都笼罩在雨幕中。雨下得淅淅沥沥的，没有停歇。

许倾给吹风机插上电，抬手吹头发。顾随放下书，站到她的身后，接过吹风机，轻轻地给她吹着头发。她看着窗外，侧脸很美。顾随一边撩起她的头发，一边看着她，感觉心跳加速了，眼神越发柔情。

过了一会儿，吹风机停了。许倾被推到角落里，被男人拥着亲吻。顾随辗转吮着她的嘴唇，又因情动紧紧抱着她。

这时，小房间那边传来脚步声。许倾的身子一僵，伸手推顾随。顾随听了几秒，略微松开她，搂着她的腰，低头跟她对视。许倾用口型告诉他，是护工。

顾随笑了笑，亲了亲她的鼻子，紧接着手臂一用力，抱起许倾贴在自己的身上，再次吻住她的嘴唇，与她的舌尖勾缠。许倾情动，拨弄他的领口，隐约看到他的锁骨。

他们身后的房间里，护工上完厕所，又去倒了一杯温水。因为没看到许倾，所以她喊了几声。

护工怕吵醒罗素，不敢太大声，可喊了几声没人应。她又时不时转回去看罗素，有几次甚至走向小阳台。每次许倾的身体都会变得紧绷。顾随低低地笑，吻落在她修长的脖颈上，那样子坏透了。

好在小房间的门终于关上了。许倾一把推开顾随，大步走回病房。见护工回了小房间，母亲安静地睡着，许倾松了一口气，回头看了顾随一眼。

顾随靠在墙上，手插在裤袋里，眉眼含笑。

许倾"啧"了一声，在沙发上坐下，说："你回去吧。"

顾随走过去，在她的身侧坐下，说："我再陪你一会儿。"

许倾打开面膜的盒子，从里面拿出一片面膜，拆开敷在脸上，问道："你怎么会记得拿面膜？"

顾随翻着书："顺手拿的。"

许倾往后靠。顾随直接伸手搂着她的腰，给她靠着。

面膜很凉，许倾则有点儿昏昏欲睡。她以前不是没有在医院守过夜，但是那会儿都是一个人。今晚有了旁边这个男人，感觉不太一样——有人陪伴的感觉终究是不一样的。

不一会儿，许倾居然睡着了。顾随发现女人滑到了自己的胸前，合上书垂眸一看，没想到她敷着面膜就睡过去了。

顾随微勾嘴角，揭下面膜，随后把面膜扔进垃圾桶里。他伸手点了点她的脸颊，弯腰把女人抱起来。

许倾醒了，睁开眼。顾随看了她一眼说道："睡吧，我抱你去床上。"

"谢谢。"许倾低声说道。

顾随："这不是应该的？"说着，他就把许倾放在了陪护床上。

许倾伸手摸了一下脸，问道："我的面膜呢？"

"扔了。"

许倾"哦"了一声，开始在脸上按摩。

顾随垂眸看她："这是干吗？"

许倾说："用完面膜得按摩，促进吸收。"

顾随挑眉，笑了："还有这道工序呢？"

许倾看他："你回去吧。"

顾随拿开她做按摩的手，低头咬她的嘴唇："行，我回去了。晚安。"

"晚安。"

许倾半撑起身子，目送他出门。顾随在门口拿了雨伞，然后走向电梯。

许倾看着被关上的房门，又躺了回去。她抹了一下下巴上的精华，脑海里突然闪过一个念头——他似乎对护肤品还挺了解的——但也只是一闪而过的念头。

这时，罗素醒了。许倾急忙下床。

罗素是被渴醒的。许倾在杯子里倒上水，插了吸管递到她的嘴里。罗素含着吸管，喝了很多水。许倾看着母亲温柔的脸，心情很好。

"妈，你能醒，真的太好了。"

罗素喝着水，看着许倾，眼底带着笑意。她钩了一下许倾的手指。许倾跟母亲心灵相通，笑着说道："他刚走。"

罗素喝完水，许倾给她拉好被子。

许倾陪着罗素坐了一会儿，等母亲睡了，才回去睡。

第二天，许倾一早就醒了。外面的雨停了，只有水珠从树枝上滴下来。护工端了早餐回来。许倾吃过早餐，换了衣服，陪了罗素一会儿才出门。

黎城过年的气氛越发浓重了。一些广告招牌都换成了喜庆的红色。

许倾戴着口罩，刚走到医院门口，就看到熟悉的黑色宾利车。车窗被摇下，顾随看向她。许倾一愣。

陈助理下车给她开了车门。许倾微微一笑："谢谢。"说完，她弯腰坐进车里。

顾随递了一瓶牛奶给许倾。许倾摘下口罩，接过牛奶，问道："你怎么来了？"

顾随翻着手中的文件："来接你啊！"

许倾笑笑。

他们到黎城电视台的时候正是早高峰，很多人赶着上班。许倾戴好口罩，把牛奶瓶递给顾随，然后打开车门下车。一下车，她就吸引了很多人的目光。

陈助理绕过车子，将一束玫瑰花递给许倾。许倾抿了一下唇，还是接了，又看了一眼顾随。顾随正含笑看着她。

这玫瑰花，终于送出手了。

许倾抱着玫瑰花走进电视台大厦，前往演播厅。后台很多人都在做准备，张驯也在，编导正和工作人员说话。许倾走进后台休息室，把玫瑰花放下。

编导一愣，笑道："哟，这么早就收到玫瑰花啊？"

许倾笑着摘下口罩，说："是啊，路边捡的。"

编导："谁信啊！"

张驯坐在化妆椅上转悠，说："我也不信。"

许倾听出张驯的调侃，笑而不语。

彩排开始，许倾今天的状态很好。

来彩排的人不多，但是电视台的很多人都在议论早上许倾被一辆黑色宾利车送来的事情，都在猜车子的主人是谁。

下午六点左右，许倾跟编导说晚上有事。

编导笑着调侃："该不会是去约会吧？"

许倾半真半假地答道："是啊。"

说着，她抱起一旁的玫瑰花，戴上口罩，准备离开，同时摁着手机回复顾随发来的微信消息。

这时，手机"嘀嘀嘀"地响了好几次。林曼发来好几张照片，什么话也没说，极其嚣张。

许倾眯眼，心想：怎么没有拉黑林曼？接着，她顺手点开了那些照片。

里面全是吴倩的照片。不单如此，还有几张是第三视角。照片里的顾随正在给吴倩拍照，背后是欧式建筑，看起来是那么浪漫。

许倾进电梯的脚步一顿。她停了足足一分钟，直到有人打来电话——是顾随。

她看了一秒，接着挂断。

停顿的这一分钟，许倾想了很多，得出的结论就是自己没有想周全，过于冲动，太容易被感动、被气氛感染，以致做出了那样的决定。

明明，她对那个人是那么不信任。

手机又一次响起，许倾再次挂断。她转身走向安全楼梯，打算从后门走。碰到刚刚一起彩排的舞蹈演员，笑着调侃许倾。

"去约会啊？怎么走这边呢，电梯很多人？"

"咦，我看到车子不是在前门吗？"

许倾微微一笑，说："电梯确实有很多人。"

说着，她推开消防门走了进去，踩着高跟鞋一步步地下楼。楼层不算高，但走起来也挺累的。

许倾的手机再次响起，依旧是顾随打来的电话。已经到了一楼。她看着来电，终于接了。

顾随问道："人呢？下来没？"

许倾笑了笑，用高跟鞋点了点地面的小碎石，说道："顾随，我昨晚说的话，你就当我是喝醉酒说的吧。"

"什么意思？"

许倾直截了当："我们还是别交往了，之前那样挺好的。"

"你说什么？！"

"再见。"

许倾说完就挂了电话，又看了一眼怀里的花，直接扔到一旁的垃圾桶里，随后提着小包绕到另外一栋大厦。此时正好有出租车路过。许倾拦下一辆，弯腰上车。

天色已暗，黑色宾利车停在电视台大厦门口。车里的男人摁着蓝牙耳机，听着那头嘟嘟嘟的忙音，面无表情的俊脸隐在黑暗中。他看了一眼放在副驾驶座上的锦盒和那束新鲜的玫瑰花，久久没有动作。过了一会儿，他摘下耳机扔在一旁。

下一秒，一个留着寸头的男人从大厦里出来，正是张驯。顾随猛地转头，阴鸷地看着张驯。不远处的张驯陡然感到一丝冷意，搓搓手臂，赶紧上车。

黑色的保姆车开走，顾随似是才找回了少许的理智。他看了一眼腕表，随后启动车子。

黑色的宾利车看似要开走，却突然倒车，紧接着一个漂移，轮胎在地面上留下了两条黑色的痕迹。车子拐弯开向电视台的后门，然后一个急刹车。

后门非常安静，不像前门偶尔还有零零散散的人出入。

顾随偏头，视线落在垃圾桶里那束冒头的玫瑰花上。它歪在垃圾桶的边缘，花瓣将掉未掉。

这花，是他早上送给许倾的。

早上离开医院的时候，许倾跟护工说了晚上可能不回来。但既然约会不成，她便直接去小区附近的商超买了一些菜。

罗素现在还不能吃食物，全靠营养液维持生命。许倾便给自己和护工炖了一些汤，还做了两份菜。接着，她进浴室洗澡——为了防止顾随突然找来，她还把房间里的大灯都关了，只留了壁灯。

洗完澡，她换上黑色的上衣和牛仔长裤，将头发扎成丸子头，随后提了保温盒出门。许倾还是叫了出租车，突然觉得自己是不是应该买辆车了。

很快到了医院，许倾提着保温盒上楼，刚出电梯便看到了坐在走廊长椅上的高大男人。他穿着黑色衬衫和长裤，领带随意地扔在一旁，袖子挽起，腕表似乎也新换成了金边表盘。

顾随交握手掌，交叠长腿，听到动静转头看去，如墨的眼眸中带着疏离和山雨欲来的危险气息。

许倾走过去，问道："吃了吗？"

顾随声音冰冷："你说呢？"

许倾走到母亲的病房门口，握上门把手却没有开门。她从门缝里看了一眼里面被扶起来正在看电视的罗素。

许倾又放下手，转头看向顾随。四目相对，彼此沉默。尤其是许倾，表情依旧很淡，仿佛什么事情都无所谓。

顾随感到心口一阵钝痛，咬紧牙根儿。他突然站起来，一把握住许倾的手腕，拉着她来到安全楼梯口，推开门一把将她拽了进去。

"砰！"门被关上。

顾随将许倾摁在墙上，冷冷地问："你什么意思？"

许倾握紧手中的食盒，挺直背部。她抬起眼皮，对上男人危险且探究的眼眸，回道："我说了，昨晚是我冲动了。"

"冲动？你看起来像冲动吗？我追求你已经有一段时间了，你现在才说冲动？你是不是过分了？"

许倾眯眼看着这个男人。顾随一把掐住她的腰，语气阴冷："我为了今晚的约会，推掉了几个会议。你现在告诉我你冲动了。你怎么赔？"他气得几乎没了理智。

许倾抿唇，反问："你想我怎么赔？"

顾随狠狠地看着她。彼此对视，视线纠缠。

顾随握在她腰上的大手紧了又松，松了又紧。几秒后，他低声说道："看来你是想让我去丈母娘面前展示一下我们的结婚证，让她对你和我之间的期待更高。等她可以出院了，你就得乖乖跟我住在一起。丈母娘眼神里的期待，我看得太清楚了。"

他句句都是威胁，但只有他自己清楚，自己处于崩溃的边缘。

许倾咬牙，母亲就是她的软肋。她冷冷地反问："你敢？"

顾随掐着她的腰往自己身上带，另一只手撑在墙上，居高临下地拢着许倾。他说："你试试我敢不敢。"

许倾的心跳逐渐加快。那种被威胁的愤怒，以及预见自己无奈跟顾随在一起的画面，让她心律失调。她盯着顾随："顾随，你不要让我恨你。"

"哦？我怕吗？"顾随死死地掐着她的腰，"你不是说我'资本家的嘴脸'吗？我可以让你不管情愿不情愿，这辈子都只能当我的女人。我们公开关系以后，你猜还有人敢跟你炒作吗？会有人敢跟你拍亲热戏吗？你那个心上人就该死心了吧。"

"心上人"三个字刺激了许倾，她略微挣扎。顾随却不让她挣扎，眼带威胁地看着她。半晌后，许倾突然停止挣扎，笑了起来，然后伸出没提食盒的手抱住了顾随的腰。

这一抱让顾随整个人一僵。他低头，小心而隐忍地看着她。看到许倾仰头，男人收起那一丝小心，目光冰冷。

许倾踮起脚，亲吻他的下巴："像之前那样不好吗？我也很符合你想要的样子。我们很愉快啊。何必打破现状？"

顾随感到喉头发紧，死死地看着她。

是，她说得没错。明明这样很好，那么他在不满什么？他想要什么？

他想要这个女人的心。

许倾踮起脚去吻他的薄唇。顾随却一动不动。就在她贴上他的嘴角的那一刻，顾随猛地握住她的肩膀，把她一把推开。

顾随垂眸看着她："我想找女人太简单了，你不是最出色的那一个。你凭什么说你符合我想要的样子？"

许倾眼中的笑意散了。她笑了笑，转身走向消防门，对他说："滚。"随后她一把拉开门，走了出去。

门"砰"的一声弹回来。

顾随站在楼梯间一声不吭，眉眼阴郁，密密麻麻的疼痛向他袭来。过了许久，他拉开门走向电梯，一路来到楼下，坐进车里。

他拿出蓝牙耳机，拨打了陈顺的电话："最近有谁跟许倾联系过，都跟许倾说了些什么，你找到后回复我。"

陈顺今晚因为老板约会而放假了，本以为可以休息一个晚上，没想到却接到这样的电话。他愣了一下，说道："好的，老板，我这就去查。那个……约会……"

顾随直接挂了电话。

从楼梯间出来后，许倾握紧了食盒，在病房门口深吸一口气，才拧开了门。罗素立即看过来，眼中隐隐带笑。

许倾也露出笑容，三两步来到病床边，把食盒递给护工，随后握住罗素的手："妈，你今天怎么样？"

罗素今天做了理疗，所以脖子没那么僵硬了，点了点头。

许倾见状，满眼欣喜。母亲现在能点头了，以后能恢复更多。许倾有些激动。她坐在床边，伸手给罗素整理头发："等你能吃东西了，我给你做好吃的。你还记得爸爸做的糖醋鱼吗？我现在也会做了。"

罗素一直眼睛亮亮地看着许倾。许倾笑着说道："我真会做了，你不要怀疑。"罗素又笑。

母女俩就这样交流了一会儿。罗素下意识地看向病房门口。知母莫若女，许倾顿了顿，低声说道："他最近很忙，没空过来。"她想继续往下说，却有些不是滋味，于是停住了。

罗素又点了一下头，像是回应许倾：好的，知道了。

许倾感觉喉咙干涩，笑着转移了话题，说："我先去吃饭了哦。你坐着看电视。"

罗素看向餐桌那边。她的脖子还有些僵硬，此时动作幅度不大，但也能看到。护工已经把许倾带来的食盒打开了，饭菜香味四溢。罗素有些调侃地钩了几下许倾的手指。

许倾笑着说道："对，我做的。不相信吧。"

罗素笑笑，像是在说：别是买的吧？

许倾"啧"一声，松开母亲的手，将自己的那份饭菜端过来给罗素看："喏，茄子炒肉，你的拿手好菜。还有这个，你教我做的蛋饼。还有这个，酸辣藕片。看看，看看，你以后不能说我五谷不分了。"

因为思念父母，许倾这三年来学了很多父母的拿手好菜。她记住了菜谱，想要做出和父母的手艺一样的味道，以此来怀念他们。

罗素听着许倾介绍，眼中的笑意更深。

母女俩之间的气氛很温馨也很美好。许倾看到母亲这样，所有的烦恼都消散了。

黑色的宾利车开进了市中心，最后停在了柳烟的酒吧门口。顾随靠在车门上，低头点燃一支烟，整个人少了稳重，多了不羁。不少出入酒吧的人都在看他，尤其是女人。

柳烟在二楼看到他，愣了一下，探头喊道："不进来？"

顾随抬起眼皮，对上柳烟的脸。他咬着烟含糊地说道："没有预约。"柳烟的酒吧是需要提前预约的。

周扬从窗口探出头，笑着调侃："顾总这么守规矩啊？你随随便便从指缝里漏点儿钱，就能让柳烟把店让给你，还管什么预约？"

半响，顾随将手插在裤袋里，走进了震耳欲聋的酒吧。

卡座确实没了，每一张桌子上都摆着"已预约"的桌牌。店长亲自过来为顾随服务，问道："里面还有包间，顾总去包间吗？"

顾随："外面。"

店长应下，直接把其中一个已预约的卡座安排给顾随。顾随坐下，咬着烟，交叠长腿，看向了舞台。他气质出众，一下子成为目光聚焦之处。

他端起酒杯喝了一口。这时，手机"嘀嘀"响了几声。他拿出来一看，是陈顺发来了几张照片和聊天记录。

林曼花高价让人去挖了吴倩在美国那段时间的照片。那时候，顾随因好友的请求，去美国照顾吴倩，陪着吴倩逛街，又给吴倩拍照，于是就有了那些照片。至于第三视角的照片，是陈顺拍的。因为陈顺觉得顾随的技术有限，所以帮忙拍了照。

最后呈现出来的，就是这些令人误会的照片。

顾随手背的青筋凸起。他把这些照片和聊天记录截图发给许倾。

顾随："就为了这个？"

许倾没回。

顾随："你有什么想知道的可以问我。"

那头依旧没回。

顾随："不问我，直接给我钉上死刑柱，这算什么？"

十来分钟后，许倾终于有了动静。

许倾："这些难道不是你经历过的？"

许倾："我只是觉得我们还不合适。昨晚冲动了。"

昨晚冲动了。五个字将顾随钉死在原地。

他俯身，咬着烟，半天没有动静。

"顾总，在干吗呢？"一道带笑的声音传来，周扬端着酒杯坐下。

顾随拿下烟，微微抬起头看向来人。看清是周扬后，他往后靠在椅背上，在指间转着烟，说道："周公子。"

周扬也靠在椅背上，摇晃着酒杯，狭长的眼睛看着杯中的液体，说："看你心情不太好啊。"

顾随声音低沉喑哑："还行。"随后，他看向舞台。

柳烟也跟着过来，坐在卡座沙发的扶手上，举起酒杯跟顾随的酒杯碰了一下。顾随端起酒杯，礼貌地回碰，然后抿了一口。

柳烟笑着问："怎么没带许倾过来？"

顾随喝酒的动作一顿，说："她忙。"

柳烟一笑。

这时，舞台上的歌手拿着吉他轻摇慢弹，开始唱歌。

"你说不在乎，不在乎是没有过往，没有未来。你说不心疼，不心疼是没有哭泣，没有存在。容我说一句，你只不过是眼里容不进一粒沙子的存在。"

容我说一句，你只不过是眼里容不进一粒沙子的存在。

顾随嘴里含着酒，没有错开视线，一直看着舞台，耳边全是这些歌词。

周扬笑着问道："顾总喜欢这个歌手吗？"

顾随挑眉："你觉得呢？"

周扬脸上全是笑意，故意道："我觉得她挺漂亮的，是不是比许倾更好看？"

顾随盯着那名女歌手。女歌手似是察觉到了，抬起头看过来，刘海儿下的眼睛很漂亮。四目相对，顾随的脑海里却只闪现了许倾的那张脸。

顾随低头吸了一口烟，吐出。烟雾缭绕中，他问道："周公子喜欢这款的？"

周扬看了一眼那个女歌手，笑了："啧，一般吧。"

这话题就这么跳过去了。

柳烟又让人调了三杯酒送过来，放在桌上。顾随咬着烟，靠着沙发扶手，拨打了一个电话。

很快，那端的男人接起来："顾总，晚上好。"

顾随："林曼最近做了不少好事。"

他什么都没多说，仅仅一句话就让对方感到了压力。

对方立即回道："我知道了。"

顾随直接挂了电话。

那端的男人随即拨打了肖仲的电话。

肖仲刚到公司的车库，接到电话后沉默了几秒，随即说道："好。"他的掌心冒汗。挂了电话后，他转身回了电梯。

电梯一路上行到了十楼。此时的十楼灯火通明，各个化妆间里都还在忙。肖仲推开一个化妆间的门，里面谈话的几个人都没注意到他的出现，还在聊天。

小助理说道："听说顾总今天去黎城电视台没有接到人。他们是不是闹翻了？"

林曼拨弄着头发，说道："许倾啊，以为自己跟顾随有点儿关系就得了万年船票了，殊不知吴倩和顾随的关系还大着呢。男人啊，都喜欢如花的年轻女孩儿，又怎么会真心想要跟许倾长久呢？许倾太把自己当回事了。她这个年纪怎么比得过人家年轻女孩儿？人啊，不要做梦。"

她这话说得惆怅万千，似阅尽千帆。

另一个小助理不敢看她，怕自己笑出声。林曼早前怕肖仲和自己分手，一直巴结肖仲，就差给肖仲生孩子了，此时却说出这种话。小助理想笑，可还没等她背过身去，便看到了开门进来的男人。

小助理愣了一下，就见肖仲走上前，一把转过林曼的椅子。

林曼看到肖仲，愣了一下："你干……"

话音未落，就听"啪"的一声，一个巴掌就落在林曼的脸上。小助理们尖叫，林曼捂着脸难以置信地看着肖仲。

肖仲松了手，站直身子，冷冷地看着林曼："你等着被雪藏吧。"说完，他转身就走。

他在公司里已是四面楚歌，林曼还尽给他惹祸。若不是看她是女人，肖仲此时能把林曼打死。

林曼捂着脸站起来，指着肖仲："你雪藏我？你……你敢？！肖仲！"她哭喊起来："你别也是看上许倾了吧！她算什么？她什么都不是！"

肖仲回头，恶狠狠地指着她："闭上你的嘴。"

他的眼里带着恨意。林曼被吓住了，膝盖发软，跌坐在地上。两个小助理赶紧上前扶起她。

肖仲冷冷地看了她一眼，转身便走。林曼只觉得天旋地转，"雪藏"两个字在她的脑海里盘旋。

今晚许倾依然打算在病房里陪母亲。苏雪也提了水果过来看罗素。罗素不认识苏雪，许倾就跟罗素介绍。罗素眉眼含笑，点了点头，看着苏雪的眼神越发亲切，因为许倾说她们除了是工作伙伴，还是同学。

这三年来有人陪着女儿，对罗素来说，这些人都是恩人。

苏雪走后，罗素也困了，许倾照顾母亲睡下，然后在沙发上坐下，拿出《龙山》的剧本看。

这时，手机突然响起。她打开一看。

苏雪："快看微博。林曼在跟你道歉，非常突然地道歉。"

许倾愣了愣，点开了微博，看到"林曼向许倾道歉"的话题挂在第二名，后面还有个"沸"字。

许倾拧眉，点进话题，一眼便看到林曼的微博。

　　林曼：对不起。@许倾

许倾被迫接受了林曼的道歉，拧着眉问苏雪情况。

苏雪紧跟着甩了一张聊天记录过来，上面是林曼的经纪人跟苏雪的聊天记录。林曼的经纪人是业内出了名的金牌经纪人，办事牢靠，可惜的是摊上了林曼这个性格嚣张的艺人。

林曼的经纪人跟苏雪说，希望许倾能别计较林曼的过错，包括最近给许倾发那些照片的事，还说林曼会悔改的，希望许倾能重新考虑雪藏林曼的事情。

苏雪："雪藏？！"

苏雪："为什么要雪藏？"

许倾也被这两个字震惊了。她思来想去，只能想到是顾随所为。林曼发的那些照片跟顾随有关，顾随也知道是林曼搞的鬼。

许倾回复苏雪："应该是得罪人了。你不要管这个，也别回复她的经纪人，更不要给她承诺什么。"

苏雪："我当然不会承诺，就是好奇谁要雪藏她。难道跟顾随有关？"

许倾没有回复苏雪，而是放下手机，靠着沙发看向窗户，神色愣怔，直到许久后在沙发上睡着。

外面新年的气氛更加浓郁，隐隐有鞭炮的响声。许倾放在桌子上的手机突然响起。她睁开眼，接了电话。

"喂。"

男人低沉的声音传来："出来。"

许倾清醒了一些，看了一眼母亲，低声问道："去哪儿？"

顾随："医院门口。"

许倾："这么晚了。"

"你想让我上去吗？"他冷冷地问。

许倾抿唇，起身穿上外套出门。

夜晚的医院很安静，偶尔传出咳嗽和走动的声音。许倾一路来到医院门口，看到顾随正靠在车门上，看着自己这边。

顾随看到许倾，转身打开车门，从里面捧了一束花出来。许倾走上前，看到花愣了一下，转身就走。

顾随抱着花跟着她。许倾走了两步，回头看他："你这么晚想干吗？"

顾随眯着眼看了她半晌，突然单膝下跪。

"我就跪在这里。你有什么问题现在问我，一个别漏，否则我就不起来了。"

许倾晃了一下神，随即下意识地两手插进外套兜里。

她在戏里不是没有被单膝跪过，但凡求婚求爱都有这一幕。在刚刚结束的《在一起好吗》这部电视剧里，程寻就为了向她求婚单膝下跪过。

但人家是求婚，而顾随仿佛是隐忍到了极点，才选择用这样的方式来让她把话说清楚。

可惜，许倾并不想说，因为没什么可说的。许倾拢了一下外套，蹲下。这样两个人就变成了平视。

顾随伸手握住她的手肘："你干什么？"

许倾看着他说道："我没什么想问的。"

"那些照片你不想问？"顾随握紧她的手肘，用了点儿力。

许倾又往他那儿挪了两步："不想。"

顾随紧紧地盯着她。彼此沉默。

安静了半晌，顾随叹了一口气，从口袋里拿出一个锦盒并打开，只见里面是一枚简约款的女式戒指。他钩出那枚戒指，握住许倾的手拉到跟前，低声说道："这枚戒指是爷爷留给你的。他留给你的不只有戒指，还有手镯。"

在戒指快碰到许倾的手指时，她突然收回手。

顾随的动作一顿。他身上隐隐带着酒味。也许是夜黑风高，也许是急于表明自己的态度，也许是走投无路，所以他听从了周扬的建议来到这里，想以此唤醒两个人法律上的身份。

毕竟他曾有恩于她，不是吗？

许倾看着那枚戒指，也有些愣怔。人间清醒不是一开始就清醒的，而是敏感以及经历堆积起来的。她不否认，在三年前看到爷爷给的那个手镯时，曾动过心。不是因为手镯值钱，仅仅因为那是顾随妻子身份的象征。

此时，这枚她没见过的戒指，也是象征。

医院的高墙之外，车子呼啸而过的声音窜入耳中。许倾回了神，低声说道："顾随，你还不明白吗？我是不信任你，跟这些都没有关系。"她上前在他的唇边落下一吻："快起来吧。"

紧接着，她起身，转身走回住院楼。进去后，她拿出手机拨打了陈助理的电话。陈助理像是一直握着手机一样，不到一秒就接了。

许倾说："陈助理，麻烦你照顾好他。"

陈助理"哎"了一声，说："会的。"

许倾说完便挂了电话。她上了楼，走到走廊窗户边往外看，见顾随还单膝跪在原地。他低着头，看不清表情，还捏着那枚戒指。

陈助理打开车门跑下来，快跑到顾随身边时，却看到顾随起来了。他单手捧着那束玫瑰花，直接扔在了一旁的垃圾桶里。

陈助理上前给他开了车门。顾随弯腰坐了进去。

许倾看了一眼留在垃圾桶边的锦盒，几秒后才收回了视线，回到病房。

罗素得换尿袋了。许倾低头半蹲下给她换，换完后起身，见母亲睡得很香。许倾看了一会儿，心情才平静了一些。她回到沙发上坐下，拿起书本挡在脸上，呼吸轻缓。

这时，孟莹发来信息。

孟莹："林曼怎么跟你道歉了？她做什么事了？"

许倾："她得罪了顾随。"

孟莹："得罪顾随，那怎么跟你道歉呢？跟你有关？"

许倾："多少有关吧。"

孟莹："跟我说说呀！"

许倾把电话打过去，趴在沙发上跟孟莹说了发生的事情。孟莹在那边听着，不解地问道："他有向你解释的意思啊，你怎么不听听呢？"

许倾："重点是我不信任他，不是我听不听的问题。"

闻言，孟莹大概有点儿理解了。

现在不信任，以后有一点儿风吹草动就会影响这段感情。这样的恋爱也会千疮百孔，所以，恋爱双方还是要有信任才行。

孟莹："你这样太累了。如果是我，只要我答应了，肯定就信任他。"

许倾笑笑，抱着书说："好了，不聊了。我睡了，晚安。"

"哦，晚安。"

两个人挂了电话。许倾把手机放在桌子上，直接拉起被子趴在沙发上就睡了。第二天，护工起来看到许倾这样睡吓坏了，赶紧喊醒许倾。

许倾翻身坐起来，揉着额头说："沙发比床舒服。"

护工无奈："你这样睡容易感冒啊。实在不行你去小房间吧。"

许倾起身走向洗手间，说："不用，我接下来挺忙的。你好好照顾我妈，辛苦了。"

"这有什么。"

洗漱完,许倾换上衣服。这时,罗素也醒了。

许倾走上前,见罗素转头看了一眼门口,接着又看向自己。那神情像是在问:他呢?

许倾笑着说道:"他很忙。最近过年呢,公司有事。他还得回家,可能就不过来了。"

罗素定定地看着女儿,见许倾嘴角带笑,无懈可击,这才信了。

不管如何,醒来那天看到的都是真实的。

许倾陪了母亲一会儿便出门了。今天是最后一天彩排。

今天就是农历二十九,明天就是农历年三十。新的一年即将到来。

保姆车来到医院门口。苏雪给许倾开门。许倾弯腰坐进车里,搓了搓手。

苏雪拿了一个暖手宝给许倾。许倾接过抱在手心里翻转。不一会儿,僵硬的手指暖和了很多,许倾又把暖手宝放在肚子上取暖。

到了电视台,许倾跟苏雪道别。苏雪嘱咐道:"晚上有个品牌直播活动,我们会准时来接你。"

许倾点头:"好。"

说着,她正准备走进电视台大厦,突然听到旁边有人喊她。

"许倾。"

许倾转头一看,竟是林曼和她的经纪人。林曼戴着口罩、墨镜,还戴了一顶帽子。她的经纪人上前一步,问道:"能借一步说话吗?"

许倾抿唇看了一眼四周。这会儿正是早高峰,很多人看向她们这边。

许倾说:"没必要。"说完,她朝保安示意了一下。

谁知道保安一动不动。林曼的经纪人立即说:"许倾,这不是你的人,他们不会听你的。我们找你只是为了点儿小事而已。麻烦你给我们几分钟可以吗?"

这时,经纪人拽了一下林曼。林曼迟疑了一会儿,扯下帽子。看到林曼剃光了头发,许倾愣了一下。

经纪人说:"之前林曼逼你剃光头,虽然你最终没有听她的,但是这次,她剃光了头发,就是为了跟你赔罪。"

那已经是很久之前的事情了。许倾都快忘记了,没想到林曼她们还记着。

注意到这边的人越来越多,甚至有人拿起手机偷拍。许倾眯眼,觉得现在不把事情说清楚,怕是以后林曼会一直找自己,于是找了一个没人的拐角处站定。

林曼和她的经纪人跟着走上前。林曼已经把帽子戴上了。经纪人看着许倾说："你也是艺人，应该知道雪藏是一件多么严重的事情。林曼家里还有两个弟弟要读书，母亲和父亲身体也不好，全靠她一个人养着。她呢，也只会演戏，别的都不会。这一雪藏，几乎会要了她们一家子的命。许倾，你也是为人子女，应该能明白这种感受。"

　　许倾把手插在外套口袋里，看了一眼林曼。倒是看不出林曼如此嚣张，家里却是这么个情况。

　　许倾说道："这件事确实跟我无关，我起不到什么作用。你们找错人了。"

　　经纪人："你只要跟顾随说一声。只要不雪藏，以后所有的资源倾向你都可以。若是你觉得这还不够，以后可以让林曼带你。我们私下可以谈一谈。你的母亲现在做治疗需要很多钱，这些钱我们出了。你看如何？"

　　先是放弃资源，又让林曼带她，最后还要给钱。果然人被逼到份儿上，真的脸皮都可以不要。

　　许倾看着林曼的经纪人说道："我说真的，你求我没用。有这个工夫，你们怎么不去顾随的跟前闹一闹呢？林曼花钱买别人的隐私，买的还是凌盛投资人的。你觉得求我有用吗？"

　　经纪人一愣，看了一眼林曼。林曼抱着手臂，隐约还有过去嚣张的样子，但又像纸片搭起来的堡垒似的，一推就碎，至少隐约可见她苍白的脸色。

　　经纪人又道："我们不是没去求过顾随，但是我们见不到他。要不你帮忙引荐一下？"

　　这话更不要脸了。许倾扯唇冷笑："我凭什么帮你们引荐？"说完，她就要走。

　　林曼突然挡在许倾的面前，低声颤抖着问："你帮个忙，可以吗？我以后带你，所有资源都带你。"

　　许倾绕开林曼要走，又被她的经纪人挡住。许倾拿出手机正准备叫人，经纪人则拿出手机拨打了陈助理的电话，也不知道她从哪儿弄来的联系方式。

　　电话很快接通，传来陈助理熟悉的声音："凌盛投资，陈顺。请问您是？"

　　经纪人立即对陈助理说道："你好。许倾有话要跟你说。"

　　陈助理愣了一下："许倾？"

　　许倾不得不赞叹一句，林曼的经纪人不愧是业内的金牌。许倾看着手机道："陈助理，她们想要见顾总。你觉得以我这个身份，有资格引荐吗？"

　　陈助理一听，顿时想说：废话，你当然有资格了，只要你开个口，老板立马就听你的。但是他听出许倾话里有话，意识到许倾正在做一件非常不情愿的事。而且见顾总？见顾总干什么？嫌他的老板现在事还不够多吗？

陈助理迟疑了几秒，说："哦，您还不够资格。"

闻言，旁边的林曼和那位经纪人一下子就变了脸色，难以置信地看着许倾。

许倾摊手："听到没？"

陈助理也直接挂断了电话。

许倾冷冷地看了林曼和她的经纪人一眼，转身大步走向大厦。结果刚进去，她的手机就响了。她拿起来一看，是陈助理的来电。

许倾接了："你好。"

陈助理问道："许倾，刚刚我的回答可以吗？"

许倾来到电梯前，看着楼层显示屏上跳动的数字，听他这么问，笑了笑，说道："很好，谢谢。"

陈助理："那就好。"

许倾："我挂了。"

陈助理立即问道："许倾，你今天有空吗？能不能过来看看我的老板？他病了。"

许倾一愣："什么？"

陈助理："他病了。"

这时电梯门开了，身边的人都走进电梯，门外只剩下许倾一个人。她回过神，跟着走进电梯，低声说道："我今天很忙。晚上还有一个品牌直播活动。"

陈助理："了解。"说完，他便挂了电话。

许倾迟疑了一下，放下手机，看着数字跳动的显示屏。

江湾别墅内，陈助理放下手机，探头看向书房。

书房里，顾随的手背上扎着吊针。他穿着黑色的睡衣坐在沙发上，偏头听着陈想说话。他往门口扫了一眼："你刚才是打给谁？"

陈助理咳了一声，走进去，笑着拉开椅子坐下，说："没有。"

顾随眯了眯眼，掩嘴咳了几声。

陈想把合同推给顾随，催促道："赶紧签了，签了去休息。就一个晚上，怎么搞成这样？"

顾随拿过一旁的签字笔在合同上签下名字。

陈想看着他，问道："昨晚许倾到底跟你说了什么，让你今天醒来直接就病了？"

顾随把合同推了回去，揉着额头不住地咳嗽，然后点了点陈助理，示意陈助理把这人赶走。陈助理上前收起合同，笑着招呼陈想："陈总，走吧。"

陈想"啧"一声，起身说道："你这身体也太弱了。我觉得人得想得开，如果实在拿不下这个女人，就放弃吧。这世间的美女千千万，多她一个不多，少她一个不少。"

顾随咳得声音嘶哑："滚。"

"行，这就滚。"陈想说着，走出了书房。陈助理把陈想送下楼。陈想又想了想，问道："他这样病着，顾家那边怎么办？"

陈助理答道："老板总有他的手段。"

陈想点头："也是，行吧。走了。"

今天彩排的工作强度很大。一天下来，许倾的后背全是汗。她休息了一会儿，才换了衣服下楼。

外面天色已黑，很冷。许倾先回馨月小区匆匆洗了澡，换了一身衣服，然后赶去品牌直播现场。

直播间的摄像机都架了起来，产品也摆好了。许倾上前跟主播握手，进入镜头。粉丝很快拥进直播间。

"许倾晚上好。"

"倾倾今晚状态看起来不错。"

"倾倾今天穿的是红色裙子，特别好看。"

"倾倾，《股神》快拍完了吧？"

"林曼跟你道歉是为了什么啊？我们想知道。"

许倾看着镜头，笑着说道："今晚主打的这款面膜我也在用，补水效果很不错。给你们看看我用这款面膜的照片。"她打开相册，把自己敷面膜的照片给直播间的观众看。

主播笑着说道："哎呀，回头还得送许倾一箱。各位宝宝们，下单有赠品哦。喜欢这次的设计吗？"

"喜欢。"

"许倾推荐的一定买。"

"很喜欢这个设计啊！许倾都在用的，姐妹们都用起来。我去下单啦。"

"快过年了，许倾一个人吗？"

"我买了，记得送我小礼物哦。许倾最棒。"

许倾笑着说道："谢谢。"

直播结束的时候已经是晚上九点多了。外面的街道上早已挂起了很多灯饰，都是为了迎接过年。

苏雪正在接她妈妈的电话。她妈在电话那头催她抽空去相亲。许倾在一旁听到了，抬起头笑着看了苏雪一眼。

苏雪觉得丢人，匆匆忙忙地挂了电话，然后看着许倾说道："成天在圈子里混，见惯了那么多不堪入目的事情。我啊，对爱情都没期待了。我觉得婚姻就是利益共同体。"

许倾笑了："那倒是。"

"所以我还是别去祸害那些'良民'了。"这些"良民"是指她的母亲介绍的那些圈外的男人。

许倾闻言，赞同地点点头。

前往医院的路上，苏雪摁着手机，突然出声："陈助理发了朋友圈。我怎么看这办公的地方好像是家里？边上似乎有一只手，还扎了针……好像是顾随的……他病了？"

许倾一愣，顿时想起早上陈助理的那通电话。她忙了一天，没有看手机，更别提看朋友圈了。

苏雪看向许倾："你知道吗？"

许倾："不知道。"说完，她就看向窗外。

苏雪便不再问了。

今晚的医院更加冷清——要过年了，大多数病人都会回家过年，而不是待在冷冰冰的医院里。不过对许倾来说，在哪里都行，只要母亲在。

她把双手放在嘴边哈了一口气，来到病房门口，直接推门进去，却一眼看到了站在床边的高大男人，脚步一顿。顾随戴着金丝边眼镜，穿着黑色大衣，抬眼看她，神色平静，脸色却有些苍白——那副眼镜衬得他有些冷漠疏离。

许倾回了神，脱下外套，问道："你怎么来了？不是生病了吗？"

顾随偏头闷咳几声，回答道："我过来看看阿姨。明天就过年了。"

许倾看到放在柜子上的礼盒，接着又看向母亲。罗素看着顾随，神色明显有些着急，似是在问：怎么生病了呢？吃药没有？

许倾上前给母亲披了披被子。罗素看向许倾，也像是在询问。

许倾回答："他看医生了，只是感冒而已，没事的。"

顾随看了一眼这个可恶的女人，眯了眯眼眸，随后对罗素说："阿姨，我还病着，就先回去了，免得过了病气给你。"

罗素点点头。顾随扶了一下眼镜，转身走向门口。他又掩嘴咳了几声，低头看了一眼腕表——今年顾老爷子要回黎城过年，还差一个小时飞机就落地了，他得去接人。明天开始会很忙，所以他才匆匆过来看罗素一眼，顺便也看看许倾。

病房里有些安静，罗素顿时看向许倾，用手指抓了许倾几下。

许倾愣了愣，回神，说："妈，你休息，我去送送他。"说完，她在罗素欣慰的眼神中转身出了门。

走廊里很安静。顾随正在等电梯。他双手插在口袋里，看着电梯上方跳动的数字。

许倾走了几步，喊道："顾随。"她的喉咙发紧，声音有些干涩。

前方的男人顿了顿，转过身看着她，镜片冰冷，眼神似乎也冰冷。许倾呼一口气，挑眉问道："你看医生了吧？"

顾随眯眼："看了。"

许倾点头："那就好。"

然后双方陷入沉默。许倾在想要不要送他下楼，或者干脆回去算了。而顾随透过镜片，看着她一袭红色长裙，美艳不可方物。

顾随："过来。"

许倾一愣："嗯？"

"过来。"

许倾有些莫名其妙，但还是往前走了几步，想着送他下楼算了。她刚走到他的跟前，顾随就突然伸手搂住她的腰，猛地把她抱到怀里。

许倾愣了一下，过了半晌才伸手回抱住他的腰，却在碰到他的肌肤后，发现他滚烫无比，跟他表现出的那种冰冷完全不一样。

"你在发烧。"许倾提醒。

顾随冷哼，没应，紧紧地抱着她，说道："迟早有一天，我会让你信任我的。"

许倾没吭声。

这时，顾随的手机响起。他拿出来看了一眼，是陈想的来电。顾随单手搂着许倾的腰，用另一只手接了电话。

"什么事？"

陈想在那头说道："明晚我给你介绍一个漂亮的女人。等你见了，你就不会再想着那个许倾了！！"

顾随一愣，下意识地看向怀里的女人。许倾挑眉。

顾随对陈想说："滚。"

挂了电话后，两个人之间突然有些安静。

顾随觉得叫陈想滚太便宜他了。他上一秒刚刚表明自己的心意，下一秒就被陈想破坏了。他尴尬地扶了一下眼镜，张嘴想说话。

许倾抬手整理了一下他的领口，说："早点儿回去休息。"

顾随咬牙，说："明晚我不会去的，没空。"

许倾点点头，不太在意。顾随藏在镜片后的眼眸沉沉的。他心里知道取得许倾的信任需要点儿时间。他松开她，说道："你回去，这儿冷。"

走廊里没有暖气，冷风直往许倾的身上吹。

许倾搓搓手臂，看到电梯门开了，说："那你到家了发个信息给我。"

"好。"说着，顾随走进电梯。

他咳了几声，揉揉眉心，挥了一下手，让她回房。许倾"嗯"了一声。

电梯门关上前，男人目不转睛地看着她。许倾抱着手臂，跺了几下脚，最后挪开视线，转身走回病房。

病房里暖气很足。罗素一直看着门口，看到女儿回来，眼睛一亮。许倾回神，来到罗素床边，低声说道："他回去了。"

罗素点点头。许倾上前理了理母亲的衣领，说："今晚帮你洗澡，然后我们换一套新的睡衣。"她眉眼含笑，看着母亲的眼睛，"预示新的一年，我们有新的开始。"

罗素眼眶微红，点了点头。

下了楼，顾随依然在咳嗽。陈助理在车旁等着，见顾随下来，赶紧打开车门。坐进车里，顾随掩嘴咳嗽，颈边的青筋凸起。

陈助理赶紧拿了保温杯递给顾随："老板，那我们出发？"

"嗯。"顾随喝了一口温水。

陈助理赶紧启动车子。

抵达机场时，顾老爷子的航班还没到。黑色的轿车就停在出口处。后座上的男人时不时地咳嗽一声。陈助理担忧地看着他。

顾随支着下巴，低头翻手机，翻着翻着就看到许倾最新的朋友圈动态——她给罗素换上了一套红色的新睡衣，自己也穿上了红色的睡裙，母女俩挨在一起，拍了一张自拍照。

许倾配文："新的开始。"

照片里的她，笑得很美很温柔。顾随看着看着，勾起了嘴角。

陈助理正担忧地转过头看顾随，结果看到他嘴角的笑容，愣了一下，再一看顾随的手机页面，然后赶紧拿出手机翻了一下朋友圈，便看到这个万年不看朋友圈的男人，在那个不怎么发动态的女人的朋友圈点了一个赞。

陈助理话不多说，紧跟老板的步伐，也点赞吧。

很快，顾老爷子到了。顾随扶住老爷子的手臂："爷爷，新年好。"

顾老爷子这几年在乡下，日子过得悠闲，又经常练武，精气神特别好，眼睛很亮，两撇胡须翘着。他看了一眼顾随，语气冷淡："好，这几年我过得是真好。"一上来这话就阴阳怪气的。

顾随偏头咳了一声，眉宇含笑，没有接话。

顾老爷子反手握住他的手腕："你这是怎么回事？身体这么虚。"说着，他抬眼看向陈助理。陈助理低了头。

顾随扶着顾老爷子走向车子，说："就一点儿小毛病，明天就好了。"说着，他给老爷子开了车门。

顾老爷子看了一眼一看就很昂贵的车，"哼"了一声，坐进去。顾随从另一边上车，又咳嗽了几声。老爷子看他这样，真是看哪儿哪儿不顺眼。

"你爸妈就这么丢下你一个人在黎城？这么年轻就退休，还全世界旅游，连儿子假结婚都不管了？！"

老爷子中气十足，陈助理听得手都抖了几下。所以说，纸终究是包不住火的。也亏得老爷子待在乡下不上网，否则在许倾第一次和男演员炒作的时候，老爷子就能杀到黎城来。

顾随挠了一下眉峰，微微往扶手边靠，低声说道："爷爷，那证是有法律效用的。您也达到您的目的了，成功让我成为已婚人士。这不算假结婚。"

"不算假结婚？你跟她三年没联系！你很好啊，你就知道骗我。"

"我们有联系。"

"有吗？孩子呢？"

顾随无言以对，咳了一声，慢慢地坐回去，示意陈助理开车。陈助理能感受到老爷子的气势，抖着手启动车子，往顾家本家所在的丽湾金域开去。

自从老爷子去了乡下，本家基本没人住。好在顾随提前让保洁收拾过。顾随的父母都知道儿子为了应付老爷子，和一个女人做交易假结婚。这两个教授级别的人抚养孩子是放养的方式，所以两年前就全世界旅游去了，今年甚至都不回来过年。于是，本家的房子富丽堂皇，但就是有些安静冷清。

丽湾金域这个小区不算新，房子都有一定的年份了，比较适合老爷子住。进门后，老爷子对陈助理说："赶紧叫医生给他上吊瓶，等下咳成肺炎了。"

陈助理应下，转身就给医生打电话。

顾随脱下外套递给保姆，懒懒地靠在沙发上，支着额头。鼻梁上的眼镜微微滑落，他又给抵了回去。

老爷子坐下，看着他，问道："你那个妻子呢？"

顾随一愣，抬起眼皮："她在忙。"

"明晚叫她到家里过年。"

顾随挑了一下眉："爷爷，这太突然了。"

"不突然。"

顾随想起许倾那个性子，无奈地捏了捏眉间，顺手摘下眼镜扔在茶几上。他说："我不希望你介入我们之间。我……我在追求她。"

老爷子本以为这不过是一场交易，听到这里也愣了，捋了捋胡须，问道："她不喜欢你？"

顾随不想回答。

老爷子笑了："还有不喜欢你的女人？"

顾随无语凝噎。

当初就是因为这个孙子太受欢迎了，老爷子怕自己回了乡下，顾随就跟一些不三不四的女人来往，或是碰上别有用心的人，所以要求顾随先结婚，他才能安心离开黎城。

最后顾随是结婚了，也把那个女孩儿带回来了。那个女孩儿除了职业，其他各方面都很不错。而且听保姆说，那晚女孩儿住在家里，顾随出了一趟门买了什么东西回来——这么晚出门买什么？稍微一想就猜到了。

这两个人那晚就睡在一个房间里，所以后来得知那不过是一场交易时，老爷子才会那么震惊，更加难以置信。

不一会儿，医生来了。顾随咳得厉害，老爷子只得把这事先放一放，让顾随先看病。

许倾从家里拿了相册来，翻给母亲看。许久没看到丈夫的样子，看到照片里的丈夫，罗素手指微微颤抖，眼眶一红，泪水成串成串地掉。

三年前出车祸后，她被推进手术室，然后一直昏迷至今，连看丈夫最后一眼都没有机会。或许在昏迷的前一刻，她是想陪着丈夫一起去的。

许倾赶紧上前抱住罗素，说道："爸他当时保护了你。"

罗素哽咽着点点头。最后那一刻，丈夫挡在她的面前，她是记得的。尽管她现在不记得当时为什么要出门，又为什么会发生车祸——在她醒来后，这些记忆都已经模糊不清了。

许倾给母亲擦眼泪，说："爸爸永远跟我们在一起。"

罗素又点了点头。

活着的人需要一点儿希望。许倾也红了眼眶，她按了按眼角，跟母亲说："明晚我得上电视台的春晚，忙完了就回来陪你过年。萧姨她不回去，就在这里陪着你。你们等我回来。"

罗素点点头。

许倾看了一眼时间："妈，你差不多得睡了。"

罗素确实也累了。她现在可以转动脖子，手上的力道越来越大，也可以稍微站立，唯独喉咙一直出不了声。

这个事情，许倾已经报给姜主任了。

但姜辉过年这段时间很忙，需要离开黎城去别的城市参加会议，并且有几台比较特殊的手术，连过年都没法儿停下来，所以许倾也只能等。

看着母亲躺下睡着，许倾才窝到沙发里，看着窗外。

医院的对面有一家商场，被布置得喜气洋洋的。许倾歪头看了一会儿，随后拿起手机翻了一下朋友圈。

朋友圈里也是一片喜气洋洋。除了艺人们奔波在各种通告的路上，其他人都在准备过年。许倾翻到自己的那条动态，看到很多人的点赞和评论。她随意一翻，翻到顾随的点赞，愣了一下，随后想起他回去后没有发信息给她。

许倾点进顾随的头像——这个男人的头像简单得很，就是凌盛的英文标志，看着就生人勿近的样子。

许倾想了想，编辑信息。但她还没发出去，那边的人就先发过信息来了。

顾随："睡了？"

许倾只能把编辑好的内容删除，然后回复。

许倾："还没。"

许倾："你的身体好些了没？"

顾随："没事。"

许倾："嗯。"

顾随："照片拍得很漂亮。我保存了。"

许倾愣了一下，才反应过来他说的是她发在朋友圈的那张自拍。许倾抿抿唇，下意识地点开朋友圈去看那张照片。

照片里的她穿着 V 领红色睡裙，露出一边的锁骨，一头鬈发披在肩膀上，眉眼弯弯，少了平时的清冷，多了点儿居家的甜美。

许倾回到聊天页面。面对顾随的信息，许倾一时不知该怎么回复。说谢谢？说拍得不好？怎么说都觉得不合适，许倾干脆说别的。

许倾："这么晚了，你早点儿休息。"

顾随："晚安。"

许倾："晚安。"

就这样，自然而然地说了晚安。发完后，许倾倒回沙发，举着手机看着这段聊天记录好一会儿，才把手机放下，然后拉过被子、抱枕睡觉。

第二天一早，许倾醒来后推开窗户通风。今天黎城天晴，感觉暖和很多。护工萧姨端着早餐进来，笑着问道："你今天没工作？"

许倾看着还在熟睡的母亲，说道："有，在晚上。我下午就要出门。萧姨，今天辛苦你了。"

"跟我客气什么？先吃早餐吧。"萧姨把早餐放下，说道："吃完早餐，你妈妈就该醒了。我打算布置一下病房。"

许倾："好啊，我也帮忙。"

说着，两个人坐下来吃早餐。许倾刚吃完，手机就响了，是黎城的一个陌生号码的来电。

许倾擦擦嘴，接起来："你好。"

"你好。"那头是一个有些苍老的声音，"是许倾吧？"

许倾愣了一下："您好。"

"我是顾随的爷爷。"

许倾擦嘴的动作一顿，记起了这个声音。三年前老人家说话还有些虚弱，如今倒是中气十足。

许倾站起身，走到阳台接听："爷爷，新年好。"

"我新年好不好不重要，现在顾随一直高烧不退。你身为妻子，是不是该过来看看他？"老人家说话一贯高高在上的。

许倾听到顾随高烧不退更愣了。他昨晚不是还挺好的吗？

她抿了抿唇，问道："爷爷，他在哪儿？"

"在家。你们交易的事情我知道了。这事不论谁对谁错，我不想追究。但结婚证是有法律效用的，这没错吧？"

许倾："没错。"

"既然没错，那就过来看看他。他要是有个三长两短，你身为他的妻子，那就变成丧偶了。"

许倾心跳了几下。她说："我这就过去。"说着，她转身走向衣架，取下外套穿上。

老人家说："丽湾金域，三年前你来过的。"

"谢谢爷爷。"

说完，对方挂了电话。许倾捞起小包。萧姨见她这么匆忙，立即问道："有工作吗？"

许倾："嗯。"她换了鞋子，快步走向门口，走了几步又回过头来嘱咐萧姨，"有什么事情记得电话联系我。"

"好的，快去吧。"

许倾直接在医院门口拦了一辆出租车，前往丽湾金域。当出租车驶入小区，三年前的画面一下子涌入许倾脑海。三年来小区里的一草一木变化并不大，这也让她的记忆更加清晰。

三年前，许倾坐顾随的车来这里。顾随坐在她的旁边，懒散地捏着烟，慢慢地把玩。他那会儿有很多电话，一路上接了好几个。许倾听着男人说话的声音，觉得时间仿佛停止了，好想永远停在那一刻，车里是两个人的世界，只有她和他，没有其他人。即使那个时候的他很疏离，有些高高在上，许倾仍然觉得那个时候她和他很近。

出租车开到顾家本家门口。许倾刚从车里下来，就看到吴倩站在门外，抱着手臂探头探脑。

吴倩也看到了许倾，立即上前拉住许倾的手臂："你可来了。他都快烧成傻子了。"

许倾："你怎么不进去？"

"顾随不让我进去啊。他说怕你误会。"吴倩这会儿说得理直气壮，显然是什么都知道了。

许倾闻言一愣。

这时，大门从里面打开。一名保姆站在门旁，微微躬身。许倾看了一眼吴倩，吴倩抿抿唇，松手。许倾也不是这个家的主人，自然不好开口带吴倩进去，便拍拍吴倩的肩膀，随后走了进去。

保姆说："老爷子在二楼，顾先生也在二楼。许小姐请随我来。"

许倾点点头，跟着保姆走上楼梯。这儿真的没变，什么回忆都涌了上来。来到二楼，她一眼便看到站在顾随卧室门口的老人家以及一个穿着白大褂的男人。听到动静，顾老爷子转头看过来，眼睛很亮，神色威严。

跟三年前相比，顾老爷子变化很大，皮肤黑了，看起来精神特别好。老爷子轻轻地冷哼一声，随后说道："进去看看他。"

许倾点头："好的。"

李医生往旁边让了让。许倾走进房间，入目的就是小客厅里的沙发——她和顾随的第一次就是在这张沙发上发生的。

房间里很昏暗，也很安静。沙发后的大床上，顾随穿着一身黑色的睡衣平躺着，一只手搭在额头上，仅露出高挺的鼻梁和薄唇，另一只手上正插着吊针。他的脖颈皮肤泛红，呼吸轻缓。

许倾来到床边，低头看着他，心情有些复杂。他这样看起来挺脆弱的。怎么病成这样？

这时，顾随挪开手，睁开眼睛，看到了站在床边的女人。他眯了眯眼，似乎不敢相信。许倾俯身，伸出手想碰碰他的额头，可还没碰到就被他一把抓住了。

触碰到他的肌肤，许倾才发现他真的发高烧了，没忍住问道："你怎么不去医院？在家里能好吗？"

顾随摇了摇头，抓着她的手放到唇边轻吻。他嗓音低哑，眸色如墨："许倾，能不能给我一个机会啊？"

许倾愣怔了一下。而顾老爷子和李医生彼此对视一眼。顾老爷子简直不敢相信，自家孙子开口的第一句话居然是说这个——太卑微了，顾随居然会这么卑微，只是为了一个女人。他下意识地看向自家这位孙媳妇。

"许倾。"顾随估计是烧糊涂了，用力拽了几下许倾的手。许倾不得不弯腰，离他更近了。顾随轻吻许倾的指尖，说道："给我一个机会。你知道吗？那天你答应我的时候，我很开心。"

许倾抿唇，有些恍惚地说："你赶快好起来。"

顾随伸手，把她的发丝拨到耳后，说："亲我一下。"

许倾更是一愣，问："亲你，你就能好？"

顾随："亲不亲？"他的语气霸道又无赖。

许倾确认他烧糊涂了。她下意识地抬眼看向站在门口的那两位。李医生咳了一声，偏头说道："他应该真的是有些糊涂了。"

顾老爷子见状，心想也不能为难人家女娃，毕竟人家不喜欢自家孙子。他说："你随便敷衍他一下。"

许倾低头看向顾随。顾随也看着她，紧接着偏头咳了起来，咳完了又问：

"你亲不亲？"霸道中带着一丝哀求。

许倾看得心头一紧，低头亲了他的额头一下——他的额头是真烫。她亲完额头，又低头想要亲他的薄唇。男人却突然转过头，使她扑了一个空。

许倾顿时有些尴尬。顾随却说道："别传染给你。"

许倾愣了愣。突然，顾随捧着她的脸，滚烫的薄唇贴上她的脖颈，嗓音低沉："我好想你。"

这个男人此时软得让许倾不知该说什么。她偏头在他的耳边说道："等你好了。"

顾随："你就只想着那种事。"

听见这话，李医生还好，假装神色淡定。顾老爷子就不淡定了，看着许倾，心想：没想到他们还有别的关系。

总而言之，顾老爷子看许倾的眼神很怪异。许倾顿时感觉脸上一阵滚烫。要是顾随现在是清醒的，她能把他打死。

一个小时后，顾随睡着了。许倾起身准备离开。

顾老爷子送她下楼，问道："你妈妈现在怎么样？好些了吗？"

顾老爷子既然已经知道了他们的交易，自然就知道许倾母亲的情况。

许倾点点头："好些了。"

顾老爷子想起孙子的样子，叹了一口气，说："那就好。我让司机送你回去。"

许倾说："不用了。我自己搭车。"

"也行。"

许倾打开门，一眼便看到停在外面的车——是吴倩的。吴倩从车里下来，喊了一声："顾爷爷。"

顾老爷子定睛一看："哎，小丫头，你还没走呢？"

吴倩走上前，问道："顾随怎么样了？"

顾老爷子见吴倩这么关心顾随，再看看旁边这位孙媳妇淡漠的表情，叹了一口气，觉得可能得不到的更香。

他说："顾随没事。你先回去吧。"

"顾爷爷，我不能进去看他吗？"

顾老爷子："他不是不让你进吗？"

吴倩下意识地看向许倾。许倾当作没看到，恰好她叫的出租车到了，便和他们告别，上了车。吴倩撇嘴，目送许倾离开。

许倾揉了揉额头，看着窗外的景色，觉得心情有些乱。但是接下来也没时间让她想东想西了，下午她就得赶去电视台做准备。她看了一眼时间，决定直接去电视台。

电视台后台已经有很多人在做准备了。许倾一进休息室就看到了张驯。张驯从一旁捧了一个饭盒给她，说："赶快吃，不然等下就没时间了。"

许倾接过来，有些感动："谢谢。"

随后，她在化妆台旁边坐下，开始吃饭。

舞台上的音乐声震耳欲聋，有几个艺人还在排练。吃过午饭，许倾跟张驯又排练了两个多小时。到了四点多，排练结束，工作人员进行休整，所有艺人在后台上妆、换衣服。

晚上七点整，黎城的春节联欢晚会正式开始。

许倾的舞蹈服是一条紧身开衩的红色裙子，张驯的则是一身黑色的套装。许倾第一次上这么大型的节目的舞台，有些紧张地搓了搓手。

张驯拿了一瓶牛奶给她。许倾接过来，笑着说道："谢谢。"

张驯指着耳麦说："等会儿跟着节奏来，不要慌，就跟我们平常训练那样。"

"好。"

苏雪在一旁看了一眼张驯，心想：张驯还挺体贴的。

在后台候场的时候，许倾一边整理着耳麦，一边望着硕大的舞台。张驯一直看着许倾。今晚许倾的妆容非常漂亮，眉眼艳丽但绝不庸俗。

许倾突然抬起头，说："我觉得摘掉一个耳麦比较好。"

张驯见她抬头，立即挪开视线，说："我也拿下来一个。这样我们可以交流。"

"对。"

终于，他们前面的节目表演结束。主持人跟台下的观众互动了一会儿，紧接着报幕："舞蹈《凤求凰》，表演者张驯、许倾。"

台下的观众尖叫声连连，直播间里的弹幕也多了起来。

"许倾！张驯！"

"太棒了！"

"他们太甜了！"

"我喜欢的组合啊！"

一束灯光投在舞台中央，照亮台上一黑一红的两个人。台下的观众和直播间的粉丝瞬间又尖叫起来。

张驯一手搂着许倾的腰，一手抬起。音乐一响，两个人各自转圈跳着舞步离开，紧接着又挨近对方，眼睛注视着对方，热情而暧昧。许倾不停地转圈。张驯拍着手跟上，一个转圈弯腰搂住许倾的腰，把她高高地举了起来。

许倾被他托举着在半空旋转了一圈后落下，然后定格动作，笑着看张驯。张驯也紧紧地盯着她。

全场掌声雷动。

下午五点左右，顾随的烧总算退了。晚上九点多，他穿着睡衣下楼，还戴上了那副金丝边眼镜。

顾老爷子放下手中的卷烟，说："正好，吃年夜饭了。"

顾随抬起眼皮："等我啊？"

顾老爷子："废话。家里只有我们两个人，你看看你那对好父母。"

顾随对自己的父母没有什么看法。他们夫妻恩爱，他也乐见其成。而且他从小就比较独立，不太需要父母陪在身边。

他说："那吃饭去。"

顾老爷子拿起遥控器，准备关掉电视，结果电视屏幕一亮，镜头拉近，就看到许倾穿着红色的紧身舞裙出现在屏幕上。这也就算了，跟她一起出现的还有一个男舞者，正搂着许倾。

许倾跟男舞者对视一眼，热烈地跳起了暧昧的舞蹈。顾老爷子顿时神情一僵，看向一旁的孙子。

顾随双手插在裤袋里，镜片反射出冷冷的光。他看着电视屏幕，看着许倾那张脸，看着张驯那张脸。他记得早上许倾来看过自己，事后想起两个人的对话，觉得又好笑又丢脸。但是她的吻非常温柔，于是他的心情好了很多，所以他才会退烧退得那么快。

客厅里的气氛有些凝滞，连正在摆放碗筷的保姆都放轻了动作。

顾老爷子咳一声，说："她身为演员，需要和搭档一起表演。这很正常的。"

顾随却只注意到张驯那跳舞也不安分的眼神，又掩嘴咳了几声。顾老爷子听到，吓得立马把电视关了："赶紧吃饭，吃完了就去休息。你这还没好呢，今晚尽量不要洗澡。"

顾随看了一眼被关掉的电视，抵了一下眼镜，说道："我已经洗过了。"说完，他走向餐厅。

顾老爷子顺手把遥控器放下，也走向餐厅，看着孙子高大的背影，合理怀疑他是因为求爱不得才生病的。

顾老爷子是真没想到，时隔三年见到的是这样一个孙子。要知道，三年前他去公司找顾随，正巧看到顾随跟几个女性商业伙伴在聊天——那几位女性都非常漂亮，坐在顾随的身边巧笑嫣然。那时候，顾老爷子想，幸亏这个狗孙子结婚了，否则他的重孙都不知道该找哪个妈。

今年的年夜饭有点儿冷清。顾随婉拒了姑姑一家要来过年的请求，所以只有他和顾老爷子一起。顾老爷子坐下后，让保姆都一块儿上桌。几个保姆有些犹豫，在顾随的默许下才坐下来。

顾随拿起虾给老爷子剥。这时，他手边的手机响起，是陈助理的来电。

顾随随手滑开手机屏幕："什么事？"

"老板，许倾出事了。"

顾随的动作一顿："她怎么了？"

"她似乎被围住了。"

"她在电视台？"

"对。电视台门口的人很多，连保安都没拦住。"

顾随立即起身，抽了纸巾擦拭手指。顾老爷子也听到了，立即说道："让保镖去就行了。你这身子去不了。"

顾随停顿几秒，最后还是转身，一把捞起衣架上的大衣穿上。他抄起手机，说："爷爷，你先吃。我去去就回。"

顾老爷子握着筷子看着他，问道："她不喜欢你，你还去吗？"

顾随愣了半晌，才坚定地说："去。"说完，他大步朝大门走去。

顾老爷子沉默了几秒，扫了一眼其他人。几个保姆都不敢动了，握着筷子不知所措。顾老爷子叹了一口气，说："吃，不用管他。他要这样就让他去。"

几个保姆对视一眼，其中一个拿起顾随刚刚剥到一半的虾，说道："老爷子，我们帮你剥虾。"

"好啊！"

顾随出门时，陈助理恰好把车开到门口。顾随直接上车，顺手拿出一支烟点燃。陈助理见状，劝道："老板，你还是别抽了。"

顾随抬起眼皮，冷冷地扫了一眼陈助理。陈助理瞬间闭嘴，乖乖开车朝电视台而去。

此时电视台的后门乱成了一团。苏雪和许倾还有小兰三个人被人围住。

张驯听见动静，想下楼掩护许倾，却被他的经纪人拉走，然后在楼梯间跟他的经纪人大吵了一架，但没有再出来。

苏雪见张驯不出来了，便跟小兰等人挡在许倾的前面，还嘀咕了一声："大难临头各自飞啊……"

许倾想保护小兰，把她拉到身后，拦住她，不让她出来，结果不小心往后倒去，被小兰扶住。她们已是前无路可走，后无路可退。苏雪报了警，但是警察还需要一些时间才能到。

这时，突然出现了一群保镖，拦住了那些人。门口被清出了一条路，一辆黑色的轿车停在了许倾的面前，一个高大的男人从车里走下来。

许倾看到了顾随。他戴着眼镜，看起来有些冷漠。顾随看着她，打开车门："过来。"

许倾没有犹豫，拉着苏雪等人飞快地走向轿车。但是车子坐不了这么多人，苏雪拉住化妆师和助理，说："我们跟着警车吧。警察应该快到了。"

顾随点点头，毫不犹豫地揽着许倾的腰直接坐进车里。许倾脱下外套，看向旁边的男人。

顾随已经关上车门，问道："他们都是你的粉丝？"

许倾摇头："不知道，感觉不像。"

顾随看向外面那些想跑却被保镖拦住的人，脸色阴沉地对陈助理说："去查。"

陈助理说道："正在查。"

这时警车也来了。这些人一个都没跑掉，全被抓了。陈助理启动车子，跟着去警局。

许倾抓抓头发，一声不吭。她此时很狼狈，而且是在顾随的面前很狼狈。她沉默了一会儿，又抬眼看了顾随一眼，见他正懒懒地支着下巴看着自己。她抿了抿唇，问道："你退烧了？"

顾随坐正身子，点头："嗯。"

许倾："那就好。"

说完，车里又安静了。退烧后恢复正常的顾随看起来跟昨晚一样，有些疏离，尤其是戴着这副金丝边眼镜的时候。

这时，许倾的手机响起，是萧姨的来电。她这才记起来，母亲在等自己回去，于是立即接了电话："萧姨。"

"你妈妈问你什么时候回来啊，不是说表演完了吗？"

许倾："突然有点儿事，可能得晚点儿。你跟我妈说，让她先吃……"

"哦，这样啊。行吧，那早点儿回来啊。"那头的人说完便挂了。

许倾却红了眼眶，赶紧遮住眼睛。

这都是什么事啊？

一只手突然伸过来，带着比常人稍烫的体温抓住她的手腕拉开。顾随眯眼正想说话，却看到了许倾含泪的眼眸。

顾随愣了几秒，半晌，靠近她，如墨的眼眸盯着她："你知道我看到你和张驯在舞台上的时候气得要死吗？结果听到你有事，我立马就赶来了。看到你我依然有气，可你……别哭了，我一定揪出幕后指使的人。"

顾随用指腹碰了碰许倾的眼角。许倾愣怔，然后推开顾随，猛擦眼泪："我没事。"

顾随顿时眼神一冷，一把抓住许倾的手腕，把她拉了过来。许倾挣扎，最后还是顾随占了上风，用力把她抱进了怀里。许倾趴在他的怀里，闻着他身上好闻的沐浴露香味，心情复杂。

顾随垂眸正想说话，许倾就突然亲了上来。他有些迟疑。许倾却抬起眼皮，抬手拍了一下他的脸，并冷冷地看着他。

可恶的女人。

第七章
爱的广告牌

顾随的喉咙有些痒。他摘下眼镜，慢条斯理地收好，偏头吻住她的嘴唇。那样子有些坏，吊儿郎当的。吻毕，顾随捂住嘴，一个劲儿地咳嗽。

许倾靠在他的怀里，眯眼看他："你都这样了还抽烟？"他的舌尖有薄荷的味道，那股薄荷味很冲。

顾随闷咳几声后戴上眼镜，说："没抽。"

许倾冷笑："没有？"

这时，车子终于到了派出所。大年三十的晚上，派出所里也有人值班。没出警的值班民警正在看春晚。

出警的民警带着那些人进去，值班的民警见状"唰"地站起身。顾随下车，把许倾牵下来。两个人也跟了进去。

半小时后，听完审讯结果，顾随看着民警："现在有什么解决方案？"

许倾却说："和解吧，让她们回去过年。"

顾随看了许倾一眼，半晌，扶了一下眼镜，低声说道："你对别人总是那么宽容，对我呢？"

许倾抬眼看着他："那你想怎么样？"

顾随咬紧牙关，偏头咳嗽一声，摆手，表示这事他不管了。

民警这才松了一口气。他当然认识顾随，知道若顾随真不放过这群人，估计事情就闹大了。他朝许倾点点头，对许倾说："过来这边，签个名，摁个手印。"

许倾上前，在笔录上签上名字，摁上手印。

一场闹剧就这么结束了，民警还得挨个儿把那些人送回家。

许倾上了顾随的车。苏雪带着小兰上了另外一辆车。

车子启动。许倾对顾随说："我得去看我妈。你先送我回馨月小区洗个澡。"

顾随皱了一下眉，回道："嗯。"

许倾的唇边隐隐带笑。顾随偏头看着她："好笑？"

许倾抱着手臂："还行吧。"

顾随把人拉过来，从身后抱住，说道："今晚这事绝对没有那么简单，肯定有人在幕后指使。"

许倾："嗯。"

"我去查，回头给你答复。"

许倾："好。"

顾随抱了她一会儿，突然说道："是该洗个澡。"

许倾冷哼，低头看了一眼自己的情况——漂亮的舞裙已经变了样，上面还有刚才留下的污渍。好在他们很快到了馨月小区。许倾拉开车门，说了一句"走了"就直接下了车。

顾随让陈助理开车回丽湾金域——老爷子还在等着他。

许倾回家洗了澡，换了一身干净的衣服。但是她今天穿的舞裙是借的品牌方的，她不想赔钱，干脆送到楼下的干洗店去干洗。

直到晚上十二点多，许倾才赶到医院。一进门，她就看到罗素已经换了睡衣躺在床上，有些困倦地看着门口，而餐桌上摆放着一动也没动的饭菜。

许倾的眼眶一下子就红了。她上前问道："妈，你吃饭了吗？"

萧姨打开炖汤的盖子，说："她喝了点儿汤，就等着你呢。这也太晚了。"

许倾立即跟罗素道歉："妈，不好意思，我实在是太忙了。电视台的人非要请客吃饭，我就随便吃了点儿。"

罗素看着许倾笑了笑，点点头。

许倾接过萧姨端来的热粥，开始喂罗素。罗素为了等女儿饿了一晚上，其实没什么胃口，但是许倾要喂，她多少得吃点儿。

罗素吃了半碗就吃不下了，露出一脸困意。

许倾也不勉强她，扶着罗素躺下，说道："睡吧，我在这里陪着你。"

罗素伸手抓住许倾的指尖，就这样抓着许倾睡着了。

此时此刻，许倾希望那些少男少女没有幕后指使人，否则她会恨死那个人的。她顺着母亲的头发，看到一根白发，轻轻地拔了下来。

萧姨见罗素睡了，叫许倾也赶紧吃。许倾没什么胃口，可这些菜是萧姨特地做的，她就吃了点儿。

许倾吃完饭，萧姨收拾好桌子，又收拾了屋子。此时已经很晚了，萧姨开始跟孩子和前夫视频通话。

许倾趴在母亲的床边，抓着母亲的手。这时，她的手机响了一声。她拿起来看。

顾随："阿姨睡了吗？"

许倾："睡了。"

顾随："我让陈顺去接你，过来见一个人。"

许倾："跟今晚这事有关的？"

顾随："嗯。"

那她得去。许倾起身，跟萧姨说了一声。

萧姨点点头说："你去吧，我守着她。你晚点儿回来没事的。"

许倾："我办完事就回来。"说着，她拿下衣架上的外套，转身出门。

陈顺这次开了一辆沃尔沃车。许倾弯腰上车，说："辛苦了，陈助理。"

"许小姐客气了。"

最终，车子停在星空俱乐部门口。陈顺带着许倾上了三楼。

许倾一推开门，便看到顾随靠在台球桌旁抽烟。她走上前，淡淡地看了他一眼。顾随犹豫了几秒，拿下嘴里的烟夹在指间，垂下手随意地搭在大腿上。

他说："带出来。"

话音一落，包间小房间的门被推开，保镖把林曼带了出来。林曼穿着一身很漂亮的紧身黑裙，脸色有些苍白。

许倾指着林曼，问顾随："她指使的？"

顾随弹了一下烟灰："嗯。"

许倾听见这话，走上前，直接扬手。"啪"的一声，响亮的巴掌声响起。

这时，包间的门又被推开，一道带笑的声音传进来："顾随，我听说你来俱乐部了。啧啧，看，我给你带了一个大美女过来！"

许倾甩了甩手，转头看去，见陈想带的大美女是陈佳瑶。许倾按了按发麻的手掌，看向顾随："你们有约啊？"

顾随："没有……"

许倾没再说话。

顾随偏头，夹烟的手搭在桌边，眼神中带着几分威胁和恨不得弄死陈想的阴狠："你滚不滚？"

陈想咽了一下口水："这就滚。"

陈想没想到顾随会带许倾出现在这里。他准备要走，身旁的陈佳瑶却小声地喊了一句："倾倾。"

许倾听见陈佳瑶喊自己，笑着应了一句："佳瑶，新年快乐。"

"新年快乐。"陈佳瑶看了一眼靠在桌旁的男人。在她的印象里，顾随一直是彬彬有礼的。她还是第一次见他有些狠戾又有些邪气的样子。

陈佳瑶是会连市人，会连市与黎城是有一段距离的。她紧接着解释："今年我跟家人来黎城过年。我姑姑嫁到了这边。"

许倾点点头："原来如此。"

陈佳瑶看着许倾："我有些想你们哦。"

许倾一愣。《我们相爱吧》这档节目对他们这些演员来说，只是很普通的经历，但对这些普通嘉宾来说，可能确实会留下一些难忘的回忆，生活也会有一些改变。比如陈佳瑶的微博账号就涨了三十多万粉丝，改变是显而易见的。

许倾笑着回道："我也挺想你们的。"

陈佳瑶："你这几天有空吗？我们一起吃顿饭吧。"

许倾想了一下，说道："好啊！"

"不行。"一道低沉的声音陡然打断她们。几个人齐刷刷地看过去，就见顾随低头擦着眼镜，道："她还没跟我吃过饭，就跟你吃？"

说完，他才把眼镜戴上，看向陈佳瑶，镜片后的眼神冰冷。

陈佳瑶心里一慌，只觉得顾随变了很多。

陈想察觉气氛不对，咳了一声，笑着说："既然今晚这么有缘，不如一起喝杯酒吧，这样就不用下次约了。大家都忙，谁知道下次是什么时候啊。"

陈想作为顾随的好友，不是第一次见许倾，但确实好奇为什么这么一个女人居然能让顾随这么上心。

许倾看向陈想。陈想朝许倾挑了挑眉。许倾笑着说道："好啊，难得一聚，喝一杯吧。"她转头看向顾随。

顾随挑了挑眉梢："听你的。"随后，他挥了挥手，让保镖把林曼带出去。

林曼也算是知名艺人。陈佳瑶忍不住好奇地看向林曼，却见林曼低着头，一脸难堪的表情。陈想则一点儿都不好奇，也不感兴趣。被公司抛弃的人基本成了弃子，何况林曼劣迹斑斑。

包间的门关上。许倾拉着陈佳瑶的手："走吧，我们去那边坐。"

陈佳瑶"嗯"了一声。

这家俱乐部的环境很高端，台球桌后面有沙发、茶几、电视机，一点儿都不像普通的娱乐场所。

许倾和陈佳瑶两个人挨着坐下。陈想拿出色盅坐到陈佳瑶的旁边。

顾随掐灭了烟，从酒柜里拿了一瓶威士忌。他今晚穿着黑色衬衫，又架着金丝边眼镜，整个人看起来斯文又禁欲，但又透着疏离感。他回到茶几边，低头打开酒瓶盖子，随后慢条斯理地给每个人倒了半杯酒。

陈佳瑶看了他一眼，脸依旧有些红。许倾看着这个男人，又起了点儿色心。

倒完酒，顾随在许倾的身旁坐下来，大手握住她的腰，偏头看她："我们俩先喝一杯。"

许倾听出他的嗓音有些暗哑，说道："你少喝点儿。等一下回去爷爷怪我。"

顾随看着她，笑道："他怪不了你。他怎么舍得怪你？"

许倾："你少喝。"

顾随挑眉："行。"他用酒杯碰了一下许倾的杯子。许倾摇晃了一下酒杯，准备要喝，突然听见顾随说："交杯酒。"许倾一愣。

旁边的陈想一听，"啧"了一声，探头问道："喂，上次我和许倾喝交杯酒，你那么不爽的话，为什么不阻止？"

这话一说出口，顾随的指尖一紧。他看着许倾。许倾淡淡地扫了他一眼，往后一倚半靠在他的怀里。顾随摸不清许倾的心情，一时没动——这交杯酒自然也喝不了了。他仰头一口喝完酒，脖颈上青筋微凸，看了陈想一眼。斯文的表面下，眼神中全是想要杀死陈想的刀子。

陈想掩了半边脸，心想幸好两个人有过命的交情，否则此时自己可能已经被顾随踢出去了。但他说的是实话啊！

旁边的陈佳瑶仿佛隐形人一般。她借着跟许倾套近乎，本想融入他们，结果发现顾随跟许倾好似在较劲。顾随连一杯交杯酒都没讨到，又怎么会搭理她？

"来玩色子吧。"许倾从顾随怀里起来，拿起桌上的色盅，问陈佳瑶："你会玩吗？"

陈佳瑶立即回神："会啊！叫点数对吗？"

许倾笑着回道："嗯。"

陈想："来来来。正好手痒，很久没玩了。"

许倾拉顾随的手，让他也玩。顾随放下酒杯，单手拿起色盅。

他的手指骨节分明，昏暗的光线衬得他的手更好看。陈佳瑶频频看向他的手。

许倾微微往后靠，给陈佳瑶创造看顾随的机会。

顾随随意地转着色盅，有点儿懒洋洋的。他看着许倾："你先？"

"好啊。"许倾往前靠一点儿，拿起色盅开始摇。

她换了一条一字肩的红色裙子，露出仿佛能盛水的锁骨，手腕上戴着纤细的银色手链，摇动色盅时很专心，动作干脆利落，整个人看起来性感又带劲。

陈想也在看着许倾，看着看着眯起了眼，突然有些明白顾随为什么会对这个女人这么上心，还放不下——许倾太带劲了。

"砰"的一声，色盅落回桌面。

许倾转头看着陈佳瑶，笑着说道："八个六。"

一上来就喊这么大，陈佳瑶愣了。猝不及防被许倾抓包，陈佳瑶忙收回看顾随的视线，看了一眼自己的色盅里——她只有一个一。不知道许倾哪儿来的勇气说八个六。

陈想笑着对陈佳瑶说："不如开她。"

陈佳瑶又看向顾随。这是她第几次看顾随了？

许倾也转头看向顾随。顾随却只看着许倾，大手在她的腰上按了按，说："你够大胆啊。"

许倾笑着看向陈佳瑶："怎么样？开不开？"

陈佳瑶觉得许倾很有自信，说不定真的有八个六，于是说："九个六。"

陈想"啧"了一声，笑起来："不是吧，你也敢叫？"他看了一眼自己的色盅，最后把难题扔给顾随："十个六。"

顾随想了想，看着许倾的眼睛说："十一个六。"

许倾的心一紧，她是诓他们的。她也看着顾随，说："开。"说着，她打开了自己的色盅——桌上总共只有八个六。

顾随突然笑起来，薄唇挨到许倾的脸侧："你真行。"

顾随拿起酒瓶往自己的杯子里倒了半杯酒，端起来仰头一口喝尽，眼睛一直看着许倾。

陈想鼓掌："许倾，你这招可以。"

陈佳瑶又一次成为隐形人，并且渐渐发现，连陈想的目光都落在了许倾的身上，更不用说顾随了——顾随从始至终没往自己这儿看一眼，毕竟许倾那种敢说敢叫、敢骗敢诓的性子是她所没有的。

陈想到后来不时看向许倾，就是为了看许倾喝酒，还调侃许倾。

其实这种局，顾随要是认真玩，基本不会喝到一滴酒。但是他还不太舒服，又觉得许倾聪明，而且不经思考地玩还挺带劲的。

陈佳瑶开了顾随好几次，每次许倾都抱着手臂看他们。陈佳瑶看顾随的眼神认真专注，但顾随不怎么看陈佳瑶，就顾着喝酒。只有在许倾开他的色盅时，他的眼中才会带着若有若无的笑意看着她。

许倾心想：这个男人变了吗？还是故意装的？她挑了挑眉，把玩着酒杯。

之前在录制《我们相爱吧》的时候，顾随和陈佳瑶对视时偶尔带着笑意，都会让人误会。

许倾觉得自己有点儿无聊。

这局结束后，陈佳瑶去了洗手间。陈想突然想起工作上的事情，找顾随聊了几句。

许倾挡在中间不方便，就起身走到台球桌边，拿起球杆懒懒地击球玩。她把头发扎起来，留了一点点碎发，拿着球杆的样子懒洋洋的，加上身材好，浑身上下都散发着性感和妩媚。

陈佳瑶从洗手间回来，正拿着纸巾擦手，却看到沙发上的两个男人时不时地往许倾那儿看。

顾随看了许倾几眼后，正想推了陈想聊的话题，却突然发现陈想的目光。他猛地伸手，一把抓住陈想的领口。

陈佳瑶见状尖叫了一声。许倾听见声音，"哐"的一下扔了球杆，转头去看。

沙发上的两个男人瞬间剑拔弩张起来，周围仿佛弥漫着硝烟。

顾随用眼神警告着陈想。陈想自觉心虚，咳了一声，说："我的错我的错。"

许倾："你们俩干吗呢？"

顾随提了一下陈想的领口，从胳膊上鼓起的肌肉就能看出他用足了力气。紧接着，他松开手，抬起长腿狠狠地踹了一下陈想的膝盖。

陈想跌在沙发上，捂着喉咙咳了好几声，看样子有些狼狈。他看了一眼腕表："这么晚了，我也得回去了。陈佳瑶，你跟我的车走。"

说着，陈想起身抄起桌上的手机和车钥匙，招呼陈佳瑶。陈佳瑶收起惊慌的表情，赶紧应了一声，匆匆地捞起自己的小包跟上。

从许倾的身边经过时，陈想走得更快。他抓抓头发，一把拉开门。

"砰"的一声，门被关上，包间里一阵安静。

许倾有点儿不明所以，看向顾随，摊手问道："怎么回事？"

顾随解开衬衫领口，端起酒杯喝了一口，喉结滚动。正巧酒里的冰块入口，他咬着冰块起身，扶了一下眼镜，朝许倾走去："没事，他急着回家。"

许倾看了一眼时间，心想：都这个点儿了还这么急？这不是明显被你打的吗？但是她也懒得多问，毕竟她和陈想不熟，陈想和顾随又是兄弟，他们之间的事情她懒得管。

顾随来到台球桌旁，拿起她之前用的那根球杆，问道："我教你？"

许倾盯着一桌子的球，掩嘴打哈欠，说道："我以前打过。"

"打给我看看。"

说着，顾随就从身后搂住她的腰，把球杆塞进她的手里。他将骨节分明的手指插入她的手指间，微微俯身把她拢在怀里。

许倾一偏头就看到他戴着眼镜的侧脸，问："你近视吗？"

"平光镜，偶尔戴戴。来，打几球给我看看。"

被他按着腰，许倾只能弯下腰，看着不远处的球撞了一下球杆——"哐"。球动都没动。

顾随嗤笑一声："水平不错。"

许倾用手肘捅了他一下。结果不知捅到顾随哪里，他开始咳嗽。许倾猛地放下球杆，转头看他。

顾随偏头咳着。许倾看了一眼腕表，说："回去了。都这么晚了，你还喝了不少酒。"说着，她就要走。

顾随突然握住她的手腕把她抓回来，抱住抵在台球桌上。他摘下眼镜，堵住她的嘴唇。两个人的舌尖都带着酒味，特别香甜。

许倾被抱到了台球桌上，揽着他的脖颈，被吻到身体发烫。顾随偏头亲吻她的脖颈和肩膀。

许倾伸出手指钩着他的领口。顾随抬起眼皮看了她一眼，心跳飞快。他吻住她的嘴唇，含混地问道："你觉得陈想帅吗？"

许倾定了定神，看向顾随："你说陈想干什么？"

顾随按着她的脖颈，在她的唇畔含混地说："没什么。"

两个人吻得难舍难分。她钩着他的脖颈，低声说道："我们回家吧。"

顾随松开她，把她从桌子上抱下来。

许倾整理了一下裙子。顾随拿回桌上的手机，捞起她的小包和外套，给她穿上外套。两个人收拾好，一块儿离开包间。

这个时间点儿，又是大年三十，俱乐部里其实比平时要冷清很多。

两个人走出大门，发现门口蹲着一个人——是陈佳瑶。陈佳瑶正抱着垃圾桶在吐，而陈想坐在车里抽烟。注意到顾随和许倾出来，陈想的第一反应是想启动车子逃。

许倾上前拍拍陈佳瑶的肩膀，问道："你没事吧？你们怎么还没走？"

陈佳瑶估计是醉了，抱着垃圾桶没理会许倾，只是一个劲儿地吐。

陈想不敢看许倾，只得看向顾随，解释道："代驾在路上了。她突然想吐，吐着吐着还哭起来。我懒得哄她。"

许倾抬头看向陈想："她为什么哭了？"

陈想匆匆看了许倾一眼，结果看到她的脖颈上的痕迹，愣了几秒后回过神，看着顾随，故意说道："还不是因为顾随一个晚上都没看人家大美女一眼。"

许倾一愣，转头看向顾随。

顾随紧了紧下颌："关我什么事？"接着，他抓住许倾的手腕："我这一晚上只专注看你了，哪儿有时间看别人？走了。"

说完，他用力扯开许倾拉着陈佳瑶的手，直接拦腰把许倾抱了起来，大步走向自己的车子。

陈佳瑶被这么一拉一扯，跌坐在了地上。

陈想揉着额头，咬着烟看了一眼地上的陈佳瑶："别哭了，上车。还嫌不够丢人吗？"

陈佳瑶摇摇晃晃地站起来，指着陈想问："你不也丢人吗？"

陈想的脸色马上黑了。他看了一眼不远处的黑色轿车，看到许倾被塞进了车里，顾随绕到车子另一边的门上车，然后车子掉转车头，不一会儿就开上了大路。

许倾支着额头，偏头看顾随。顾随低头捏着烟想点上，懒懒地说道："我今晚确实只看得见你。"

许倾："哦。"然后，她转头看向窗外。

顾随也看向了那边的窗外，把没点燃的烟放进嘴里。车窗外一闪而过的都是喜庆的街景。他回过神来发现，原来现在自己的眼里真的只能容得下她一个人了。

车里很安静，谁都没说话。

顾随不是想向许倾证明什么，但等他反应过来时，已经这么做了。

许倾也不知道自己在想什么。她的脑海里闪过很多画面——有《我们相爱吧》的画面，也有今晚的画面，它们正一点一滴地侵蚀着那座不信任的山头。

车子在江湾别墅的地下车库停下时，许倾愣了一下。开车的保镖已经离开，车库的门也被关上了。

车里只有微弱的灯光。许倾偏头看向顾随。顾随仰头靠着椅背，嘴里叼着烟，没有点燃。

"顾随。"她轻轻地喊了他一声。

顾随偏头看着她，眸色如墨。几秒后，他拿下烟，伸手握住许倾的手腕，用力一拽。许倾笑着一个跨步坐在他的腿上，低头看着他。

顾随冷哼："你真是把'馋我的身子'这五个字表现得淋漓尽致。"

许倾笑着吻住他的薄唇："可不是吗？你喜欢吗？"

顾随又冷哼一声。

不一会儿，车里有了声音。许倾抓着椅背。顾随俯身吻着她的嘴唇，手撑在她的头顶，免得她撞上车门。但很可惜，车门还是被许倾一用力撞开了。

好在是自家车库，没有别人，任由这两个人折腾。

顾随："我抱你进屋。"

说着，他直接把她抱起来。两个人在电梯里接吻，还把走廊搞得一片混乱。

顾随偶尔咳几声。许倾笑着亲他："你完蛋了，咳成这样。"

"牡丹花下死，做鬼也风流。"他轻笑着回道。

凌晨四点多，许倾穿上有些褶皱的裙子。顾随取下外套给她穿上，随后抱着她上了另外一辆车，喊来保镖开车把她送回医院。

许倾偷偷摸摸地回到病房。好在罗素还在睡觉。萧姨在小床上睁开眼。许倾见状"嘘"了一声，取了睡衣进浴室里换上。

等许倾出来后，萧姨低声问道："怎么这么晚？"

许倾咳了一声，在沙发上躺下，说："跟朋友喝了点儿酒。"

萧姨点点头，也能理解年轻人，下床给许倾拉了拉被子，说："快睡吧，天都快亮了。"

"嗯。"许倾拉高了被子，沉沉睡去。

楼下，顾随看到罗素病房的灯灭了才让保镖开车。黑色轿车驶离医院。顾随不时掩嘴咳几声。

一路回到丽湾金域，顾随推开车门下车。他揉揉嘴角，把手插在裤袋里，走进屋里。一进门，他便看到顾老爷子穿着一身练功服坐在小客厅里，精神十足。

顾随愣了一下："爷爷，早上好。"说着，他咳了一声。

老爷子冷哼："早？身体都成这样了，还夜不归宿。"

顾随解开衬衫纽扣，挽起袖子，走到桌边倒了一杯温水喝下，说："许倾的事情解决了。"

顾老爷子："那是你的媳妇。如果你连那么点儿事都没法儿解决就别提追求人家了。"

顾随点点头，虚心应下。他感觉有些热，拨弄了一下领口。

顾老爷子正准备出去，突然回头看了一眼孙子，却见顾随靠着桌子仰头又喝了一口温水，修长的脖颈上全是红印。

顾老爷子问道："你又送上门了？"

顾随一愣，把领口立起来，遮住那些红痕，说道："我去睡会儿。"说完，他走向楼梯。

顾老爷子见他这样，无奈地摇摇头。

身体一好就胡来，人家不负责还老送上门，啧。

顾老爷子一把打开门，走到后院去练武了。

昨晚发生了很多事。除了许倾被粉丝围堵的新闻，全都上了热门——是顾随把许倾的这条新闻压下去的。因为新的一年新的开始，顾随不能让许倾开年以这样的新闻面对大家。

但是许倾和张驯的话题"驯倾热舞"挂在了前十名。

"说真的，我从来不知道许倾跳舞这么好看、这么性感。张驯也很帅，看着许倾的眼神绝对有情。他们真的好般配。"

随后，"林曼注销微博账号"的话题到了第二名，后面还有一个红色的"爆"字。很多人都蒙了：怎么一觉醒来，林曼的微博账号就注销了？发生了什么？

有人到欢颜公司的官方微博询问，只得到一句"林曼违反了公司条例，破坏了圈内规则，主动注销微博账号"的回答。

紧接着,《幕后》的官方微博发了声明。

电影《幕后》:@江琳雅,合作愉快。

《幕后》已经开拍一段时间了,这个时候突然提到新晋小花江琳雅。这是怎么回事?是不是要换掉林曼?

就在她的粉丝打算亲自到欢颜找人要一个解释时,欢颜公司的官方微博发了一张林曼亲笔签名的声明,宣布她在今天退出演艺圈,因为身不正、影子歪,没有给喜爱她的粉丝做好表率,所以她要去进修。

她的粉丝万分悲痛。

苏雪打电话给许倾:"看到了吗?这下真的确定了,雪藏不是开玩笑的。"

许倾刚起床,头疼欲裂,说:"看到了。"

苏雪:"但是《幕后》的主演居然换成了江琳雅,有点儿意外。"

许倾:"有什么意外的?江琳雅确实有实力。"

苏雪:"那倒是。"

《幕后》和《股神》的题材差不多,到时拼的就是演技和制作了。许倾曾经跟江琳雅有过一次简短的对戏,觉得江琳雅确实厉害。而许倾已经拍完了《股神》的大部分戏份,江琳雅却刚要开始。许倾倒没有多大的危机感,苏雪却多多少少有些担心。

苏雪:"接下来就是《龙山》的拍摄。其他人已经拍了很多了,就等你了。"

许倾:"嗯。"

两个人聊了一会儿便挂了电话。

许倾还有两天假期,却完全没时间休息,还要参加一个品牌站台和一场直播活动。

这时,罗素醒了。许倾放下手机,笑眯眯地走上前:"妈,今天感觉怎么样?"

罗素点点头。许倾笑着说道:"那咱们刷牙,然后吃早餐。今天是大年初一,按我们家乡那边的习俗,今天不能吃肉哦。"

罗素听着女儿哄自己的语气,笑了,又点点头。许倾看着母亲的笑容,心想母亲什么时候才能说话啊。

吃过早餐,许倾坐在罗素的床边陪着她。这时,许倾的手机响了。她拿起来一看,是昨天顾老爷子给她打电话的那个号码。

许倾接起来："新年好，爷爷。"

"新年好，许倾。今晚有空吗？爷爷请你吃饭。"顾老爷子的声音中气十足。许倾闻言一愣。

顾老爷子紧接着道："你不方便的话，我去你们那儿陪你妈妈聊聊天？"

许倾："不……不会，挺方便的，爷爷。"她怕顾老爷子来了，罗素知道得更多。

顾老爷子说："好，那今晚我派车过去接你。"

许倾应了声，然后问道："顾随呢？他的身体好点儿没？"

顾老爷子："他九点多就出去了，穿着正装，看着像是去参加什么会议。"

"哦哦，好的。"

随后，顾老爷子挂了电话。许倾抓抓头发，不知道老爷子找自己有什么事，想起自己和顾随不靠谱儿的领证原因，换成别的家庭应该早就安排离婚了吧。毕竟，顾随那么高不可攀。

许倾在心里打了很多遍草稿，免得到时没有准备，被打个措手不及。她垂眸看了一眼手机，看到通话记录里顾随的名字。随后，她摁灭了屏幕。

下午六点，许倾回了馨月小区。见老人家，穿得简单大方比较好。于是她穿了一条黑色的裙子，配上驼色的长外套，提着小包下了楼。

顾老爷子派了一辆迈巴赫，接到许倾一路开往丽湾金域。

许倾见顾老爷子把晚饭安排在家里，安心了很多。她自己是艺人，怕被拍到。顾老爷子即使多年不过问工作的事情，但也是有名的经济学家，也是会被人盯着的。

下了车，许倾走进屋里。

顾老爷子穿着唐装从沙发上站起来，说："这么晚了，我们边吃边聊。"

许倾规规矩矩地笑着，跟上顾老爷子的脚步走向餐厅。餐桌上摆放的是西式牛排。顾老爷子在主位上坐下，许倾则在他身边的位子上坐下。

这时，大门被推开。餐厅里的两个人一起转头。

高大英俊的男人夹带着外面的寒气走进来，脱下外套扔在沙发上，扯下领带，随后抬起眼皮看着许倾："许倾，你很好啊。我约你那么多次，你一顿饭都不肯跟我吃。现在居然答应爷爷跟他吃晚饭？！"

顾老爷子：我的醋你也吃？

气氛一时有些凝滞，保姆们纷纷离开餐厅，不敢直面这场战争，主要还

247

是给自家雇主留点儿面子。

许倾一时不知该怎么回复他的话，觉得这么几次下来，自己在老爷子眼里的印象分估计直线下滑了。她张了张嘴，手指不自觉地抓着椅子。

顾老爷子迟疑地问孙子："要不你也一起吃？"

顾随没应，看着许倾。许倾偏头看去，与他四目相对，僵持了几秒。

顾随咬牙问道："你怎么说？"

顾老爷子震惊得下巴都要掉了，暗道：这是你家啊，孩子。老爷子又看向许倾。

许倾轻声说："这是你家。"

顾随走上前，拉开许倾身边的椅子，说道："这也是你家。"

保姆迅速地给他摆上了餐具。

桌上除了牛排，还有蔬菜沙拉、水果沙拉以及罗宋汤等。许倾把自己那份牛排挪给顾随，说："我们老家那儿初一不吃肉。既然你来了，就正好给你吃。"

顾老爷子一听，问她："倾倾，你们那儿初一不吃肉啊？"

许倾笑着回道："是。"

顾老爷子点点头："好，你这性子好。有什么事情直接说出来，没必要委屈自己。"

许倾愣了一下，本以为老爷子会觉得她矫情。她笑笑，说："谢谢爷爷理解。"

"那我让厨师再做几道素菜。"顾老爷子看向一旁的保姆。

许倾迟疑了一下，说："不用了，我吃沙拉就行了，减肥。"

"那就再多做几份沙拉。"顾随接过牛排，拿起刀叉开始切，顺嘴接了话。

顾老爷子把到嘴边的"减什么肥？不用减，你这样挺好"咽了回去，明白顾随这是在支持许倾的事业。女演员都是吃草的，顾老爷子便也不再强求。

许倾看了一眼旁边的男人："谢谢。"

顾随抿了一口酒，颇为哀怨地看了她一眼，并不答话。许倾抿抿唇，拿起叉子，吃起了沙拉。

顾老爷子看着顾随，问道："你今晚不是有应酬吗？"

顾随："推了。"

顾老爷子："能推的话怎么不一开始就推？"

顾随回答老爷子的话："确实有事要谈。但是接到消息说某个人到我们家吃饭，我一急就赶回来了。"

话题又绕了回来。

顾老爷子：过不去了是吧？这个狗东西。

接着，顾老爷子没有再跟顾随搭话，多是问许倾。许倾觉得今晚老爷子肯定会过问他们结婚的事情，原本早做好了准备，但现在也不知道是不是因为顾随在，顾老爷子问的都是关于工作和家庭的事。

老人家的记忆还很好。他问道："你老家那边，爷爷奶奶还好吧？"

许倾拿着纸巾擦拭嘴角，看向老爷子："爷爷奶奶还康健，只是不愿意到大城市生活。"

许倾由两位老人抚养过一段时间，对他们有感情。她的父亲车祸去世之前，曾打算在黎城安家，再把爷爷奶奶接到黎城团聚。

顾老爷子点点头："老人家在乡下生活比较适应些。像我，现在就不适应大城市了。"

许倾笑着说道："爷爷在乡下住了几年，如今更加精神了。"

"可不是。日子过得悠闲，没有烦心事，自然精神就好。不像大城市啊，追名逐利，不择手段，年纪轻轻一身功利。"顾老爷子说着说着就意有所指。

许倾支着下巴，看向旁边的男人。顾随抿着酒，视线掠过来，也看着许倾。

那不以为意、漫不经心的姿态，确实一身功利。

顾老爷子是有名的经济学家，但没有完全进入资本市场，而是一直在大学里兼任教授。顾随的父母也都在大学里当教授，在各自的领域里都享有盛名。书香世家出了一个资本家，在顾随看来是理所当然的，就像是厚土里生长出野心之花。

顾随身为长子、长孙，年纪轻轻就一头扎进资本圈里，逐渐混得声名显赫。在这个出了这么多人民教师的家里，顾随走的路完全不一样，以致顾家失去了平衡。就像顾随的姑姑一家，就一个个想朝顾随靠近，想走他的路，甚至想要顾随带他们进入资本圈。

顾老爷子不同意，父女之间的关系就产生了裂痕。所以老爷子有时对顾随的选择挺生气的，但又容不得别人说顾随，于是干脆回乡下，眼不见为净。

一顿饭下来，老爷子讲的都是家长里短，也让许倾更加了解顾随的家庭情况。吃过饭，三个人转移到客厅。顾随亲自泡茶。他挽起衬衫袖子，露出结实的手臂，慢条斯理地泡着茶。许倾坐在他的对面，支着下巴看着男人那张被热气缭绕的俊脸，朦胧中带着几分性感。

顾老爷子一边跟许倾聊天，一边拿起遥控器随意地换着台，正巧换到一个台在播《在一起好吗》这部剧，而且还是程寻低头偷吻许倾的镜头。

顾老爷子一愣，扫了一眼顾随，结果发现自家孙子已经在看屏幕了。顾老爷子咳了一声，赶紧换台看《小猪佩奇》。

顾随收回视线，用茶托夹起茶杯放到许倾的面前，问道："除了《龙山》，你最近还接了什么戏？"

许倾看了一眼男人微露锁骨的领口，然后视线往上移，看着他的眼睛："没有别的了。"

顾随点点头，坐了回去，下颌动了几下，可见在隐忍着。

顾老爷子见孙子这样，完全可以预见以后孙子在这个小家庭里的地位。不出意外的话，这辈子应该不会再出现哪个女人，能这样轻而易举地操控自家孙子的心情了。恐怕连顾随那对荒唐的父母也会对此感到惊讶。

又坐了一会儿，许倾准备回去了，便跟顾老爷子说了一声。顾老爷子很理解，知道她的母亲刚苏醒不久，还需要陪伴。

顾老爷子站起身，说道："你先别走，我给你拿点儿东西。"说着，他就匆匆往自己的卧室里去了。

顾随戴上眼镜，穿上大衣，走向许倾，然后拿起她的小包和外套，说道："我送你回去。"

许倾看了一眼长长的走廊，低声说道："爷爷要给我拿什么？我不想收。"

顾随抬起眼眸看了她几秒："给你妈准备的小礼物而已，不是什么大物件。"他想起自己送的项链和戒指她一个都没收，瞬间感觉心里有点儿平衡。

顾老爷子很快提着四个礼盒出来，似乎都是补身体的营养品。他把礼盒递给顾随，说："一共四份，两份给许倾，两份给许倾的妈妈。别让人给退回来啊。"

许倾在不远处听见这话，神情有点儿复杂。她感觉自己在顾老爷子心里的形象，可能是一个油盐不进、软硬不吃、冷酷无情的人。

顾随单手提了四个礼盒走上前，用另一只手牵住许倾的手，说道："知道了。"随后他们一起走出家门。

顾老爷子只送到门口，目送他们上了迈巴赫。顾随喝了酒，不能开车，车由家里的保镖开。

顾随看了许倾一眼，问道："什么时候开工？"

许倾说道："还有明天一天假期。后天飞去海城。"

"《股神》还没拍完？"

许倾："还没有。"

"嗯。"

车子的前后座之间早已升起了挡板。顾随支着扶手，摘下眼镜扔在一旁，然后偏头吻住许倾的嘴角。许倾一愣，偏过头，嘴唇就被他的薄唇贴住。他侧过身子捏住她的下巴，薄唇在她的脸颊上徘徊，吻了又吻。

许倾没忍住，伸手去解他领口的纽扣。顾随抓住她的指尖，薄唇又堵住她的嘴唇，舌尖探入，带着茶香味。

许倾只能认真地跟他接吻。但他时不时地亲她的脸颊，一次、两次、三次。许倾缩着脖子问道："你吃错药了？脸有什么好亲的？"

顾随冷笑，用指腹摩挲她的脸，咬着她的嘴唇："那你去问程寻，脸有什么好亲的？"他的语气里带着戾气，咬牙切齿的。

许倾无言以对。

十几分钟后，车子正好停在医院住院部楼下。许倾揉揉脸，穿上外套，打开车门下车。被外面的风一吹，她才清醒了很多。顾随从另一边下车，提着四个礼盒。

许倾看着他说道："我自己进去就行。"

"我送你进去，顺便看看阿姨。"男人不容置疑地说。他牵住她的手，大步走上台阶。

许倾的脸还烫着。她跟着顾随进了电梯，目光在他的脸上转了一圈，竟觉得现在的顾随有点儿跟三年前刚见面时的他融合了。

两个人快要到病房门口时，许倾突然反应过来，一把拽住顾随的胳膊，随后仰起头问："你有没有留痕迹？"

顾随看了一眼病房里的情况，随后收回视线，看向许倾——她仰头的样子很好看。顾随笑了一声，抬手撩开她的领口翻看了一下，说："留了点儿。"

许倾抿唇，立即从包里拿出遮瑕膏。顾随一只手插在口袋里，看她对着镜子拍拍打打。他很有耐心，像个温柔的丈夫。医生和护士从他们的身边走过时，都下意识地看他们一眼，觉得男的帅女的美，很般配。

许倾补好妆后，顾随推开了病房门，病房里的光一下子照出来。

罗素看到他们两个，顿时眼睛一亮。

顾随放下礼盒，来到床边，笑着说道："阿姨，不好意思。这几天有点儿忙，没时间来看您。新年快乐。"

罗素看着他直点头，表示理解。

许倾脱下外套，回头看到床边的画面，不知为何竟觉得有点儿温馨。她挽起袖子，走向病床，问罗素："妈，你吃晚饭了吗？"

罗素点头。萧姨笑着说道："她喝了一碗半的粥，胃口很好。"

许倾一听，看着罗素笑了，轻声地问道："真的啊？"

她像哄孩子一样，眉眼弯弯，嘴角带笑。顾随垂眸看着对面的女人，微眯眼眸，眼里隐隐带着几丝笑意。

他心想：他们若是能早点儿在一起就好了。

顾随还有事，所以没在病房久待。陪着罗素聊了一会儿天，许倾就送他出门了。罗素也在他走后睡着了。

许倾看了一眼时间，有点儿晚了，就马上去洗漱休息了。

第二天是大年初二。许倾当天很忙，要给品牌方站台，还要参加直播活动。吃过午饭，苏雪就过来接许倾。许倾晚上睡得不错，所以精神好，上了妆看起来非常精致漂亮。

苏雪递了两部剧本给许倾，说："林曼被雪藏后，她的很多资源被分摊。我今天一早去公司，总监拿了这两部剧本给我。其中一部是言情小说改编的电视剧，对方导演据说是因为看了《在一起好吗》里你和程寻的戏份，所以打算让你试试。另外一部则是林曼原来打算接的。现在林曼被雪藏了，你要拿这个角色得重新试镜。"

"两部剧的时间是分开的，分别在今年的暑期档和寒假档开播。如今 IP（一个作品和由它改编的其他形式的作品）大热，这也是两部不错的作品。如果接了，你今年就不会有空的档期了。好作品难寻，下一部电影还得等。"

许倾接过那两部剧本，点点头："好。"

她大致翻看了一下，发现由言情小说改编的那部剧不单单有爱情，还有亲情、友情，而且故事情节跌宕，确实是一部很好的作品。另外一部是行业剧，角色比较复杂，是个很好的挑战。

品牌方的活动安排在一个商场。他们到商场时，舞台已经布置好了。商场里的人很多，不少人是冲着这个品牌活动来的。

许倾直接去后台补妆，然后掐着时间走上舞台。顿时，人声鼎沸。

"许倾看过来，我爱你！"

"倾倾新年好，老公爱你。"这时，突然出现了一道男声。

女粉丝们望过去，就见一个男粉丝红着脸拿应援牌挡住了脸。许倾也看了那个男粉丝一眼，微微一笑。她今天穿着杏色的裙子，更显气质，积极地配合着主持人跟粉丝互动。

突然，台下一群人举起了一块块牌子，上面写着——

"许倾，当我的女朋友好吗？"

"许倾，跟我在一起。"

"许倾，请相信我。"

他们齐刷刷地把拿应援牌的粉丝挤开了，甚至连商场门口都有人拿着牌子和鲜花。现场顿时一片哗然，许倾的粉丝和主持人都蒙了，路人见状也频频注目。

人们这才明白过来，这些举牌子和拿鲜花的人是有人雇来对许倾表白的。

粉丝们呐喊：

"许倾，谁在追你？是谁？"

"我怎么觉得有点儿甜？"

"说真的，我也觉得甜。"

"好浪漫啊，感觉肯定是大佬。"

主持人很快恢复状态，笑着看向许倾："看来最近有很厉害的追求者在追求你啊！"

许倾握紧话筒，看了一眼台下那些黑色背景金色字体的牌子和玫瑰花。那些牌子上的话也让她产生了一丝怀疑。

难道是顾随？

她笑着跟主持人说："说不定是一场恶作剧。"

"哈哈，我倒觉得是真的。"主持人三言两语调侃完这件事情，就跳过了这个话题。

活动结束后，许倾匆匆回了后台。碰上品牌方的人，他们含笑调侃地看着许倾。她只得微微一笑，穿上外套，跟他们道别。

苏雪出了门才问："是谁啊，这么隆重？"

许倾看到保姆车里的花，又看了一眼苏雪。

苏雪咳了一声，说："刚刚有人直接塞到我的手里，我只能拿着了。你要是不想要，我就扔了。"

许倾俯身抱出玫瑰花，发现花里果然塞着一张卡片。

"早点儿答应我好吗？——顾随。"

苏雪一看，说："居然是顾随。他请这么多人啊。"

许倾把卡片放回去，往后看了看。这里是商场，人很多，而且有很多粉丝盯着她，不方便处理玫瑰花，于是她弯腰上了车。

苏雪等人也上了车。车子启动，驶离了商场。

远远地，许倾还能看到那些抱着玫瑰花的人往保姆车这边看来。那虔诚的表情令她有些恍惚。

她没空再去纠结这些，接下来直接去了品牌公司，做下一场直播活动。下车时，玫瑰花被许倾蹭到，掉在地上。许倾弯腰捡起来，放回了座位上。

晚上的直播间流量很高。许倾被大佬追求的消息已经传开，时不时有粉丝跑来直播间追问许倾。

"倾倾，是谁在追你啊？"

"老婆，不要谈恋爱啊！"

不一会儿，有两千多个顶着昵称"许倾，我们在一起"的账号进入直播间，不仅刷礼物，还下单买销量不太好的产品。主播抽奖时，还抽到了这些账号里的一个。

主播咳了一声，看了许倾一眼，笑着说道："这次抽到的是'许倾，我们在一起'这位观众。麻烦等一下在后台联系我们。我们将在明天寄出赠送的礼物。"

许倾看着这些账号，低头拿出手机。

许倾："你钱多？"

顾随："嗯，钱多。"

许倾无话可说，放下手机，专心直播。

晚上九点，直播结束。许倾收到顾随发来的微信消息。

顾随："我去接你？"

许倾："不用，我今晚跟孟莹有约。"

顾随："行。"

许倾穿上外套，走出品牌公司，一眼便看到孟莹开着她公司的那辆红色的奥迪车在等她。许倾走过去，屈指敲了敲车窗。

孟莹抬头看她，笑着说道："赶快上车。"

许倾坐上副驾驶座，问道："这么晚，去哪儿？"

孟莹启动车子，说："去喝杯酒吧。对了，今天那轰动全场的追求，是不是顾随干的？"

许倾靠着椅背，说："嗯。"

"哇！"孟莹有点儿羡慕，说，"对了，我听说今年的《休闲时光》要请你去。"

许倾看了孟莹一眼："你怎么比我的经纪人还清楚？"

孟莹笑着回道："因为我的经纪人希望我上这个节目。可惜人家不请我啊，就去打听了消息。"

车子到了一家清吧。两个人都戴上墨镜，下车走了进去。这家清吧是黎城的一位公子哥儿开的，私密性很好。

许倾和孟莹要了一个靠三角区的卡座，各自点了一杯酒。许倾本想问问孟莹现在跟她等的那个人什么情况了，但是还没开口，就听见身后传来一阵女声。

"英姐，你们不是跟凌盛有合作吗？你知道顾随最近在追谁吗？"

"不知道，消息很隐秘。但是他花了很多钱。玫瑰花坊，你们知道吧，往后半个月的玫瑰花都被顾随订了。"

"哟！那玫瑰花坊就做不了别人的生意了。本来他们家的玫瑰就是限售的。现在顾随这么买，有点儿过分了吧？"

"说真的，我对那个女人很好奇。怎么能让顾随这么用心？太好奇了。"

"是不是吴家那位？"

"不是，都不是，所以才让人好奇。"

"我还听说玫瑰花坊特意给顾随做了设计，让外人看不出来那些花出自哪家。"

"我怎么觉得顾随是要保护那个女人啊？"

"应该是保护。追求就猛烈地追，保护还是要保护到位。我更好奇那个女人是谁了。"

"不过，我跟顾随合作这么多年，还是第一次见他这样追求一个女人。在我的印象中，他根本不用花心思追女人。他这种男人条件得天独厚。光是我了解到的，就有很多女生希望跟他在一起，就算是露水姻缘都行。不过，这次算是见识了。"

后面那个卡座里坐着五个穿名牌套装的女人，一看便是精英阶层。孟莹撞了许倾的手肘一下。许倾转头看了她们一眼。谁知其中一个抬起头，正好看到许倾，还朝许倾举了举杯，嘴角含笑，礼貌得体。

许倾愣了愣，也举起酒杯，跟对方隔空一碰。

孟莹"哧哧"地笑，问道："她们如果知道自己议论的人就是你，你猜会怎么样？"

那五个女人似乎认出了许倾和孟莹，其中一位笑着说道："孟莹长得真漂亮。真人比照片好看很多。"

孟莹笑着回对方："谢谢。"

许倾看了孟莹一眼，捏捏孟莹的脸。孟莹推开许倾的手，闺密俩拉了拉彼此的手。

许倾突然问道："你跟那个人怎么样了？"

孟莹一愣，半晌，耳根微红。许倾看着她红透的耳根，一眯眼眸，说："有什么事情的话，可以找我。"

孟莹看向许倾，点了点头。姐妹俩聊了会儿天，喝了点儿酒，听了会儿舞台上的歌手唱的歌。

时间差不多了，她们该走了。孟莹挽着许倾的手臂走向门口。两个人都戴着墨镜，加上清吧里光线昏暗，倒也没人能认得出她俩。但是快走到门口时，她们不小心撞到了一个人。

许倾赶紧扶稳孟莹，说了一句"不好意思"就要走。谁知那个人一把拉住她的胳膊。许倾抬起眼皮，对上了一张陌生的脸。

那个男人笑了一下："道歉就行了？"

孟莹有些不知所措。许倾抿了抿唇，笑着问："您想怎么样？"

"陪我喝杯酒。"他指了指不远处的卡座，目光一直在许倾脸上转，明显是认出许倾了。

许倾没有转头看他指的方向，问道："不跟你喝，会怎么样？"

那个人抓紧了许倾，笑着说道："不喝我就请喽！"

许倾眯眼，正想回话，突然看到一只大手从那个人的身后捏住他的手腕。只听"咔嚓"一声，这个阴柔的男人脸色顿时一阵惨白。他惊叫出声，转头一看，对上了一张俊朗冷硬的脸。

顾随嘴里叼着烟："让她陪你喝酒，你配吗？"

那个人脸色发白，疼得冒汗："你是谁？我是黎城……"话没说完，他就被顾随拽到一边，直接撞上桌子。

顾随牵住许倾的手，转身出门。许倾赶紧扶着孟莹跟上。

出了门，顾随把许倾和孟莹推进车里，对一旁的陈助理说："送她们回家。尤其是许倾，在家等我。"

许倾坐在后座看着他，见他西装革履的，门口旁边还停着几辆豪车，一看就知道他有应酬。许倾顿了顿，对他说："我明天就飞去海城了。晚上……"

男人突然俯身，咬着烟看她："晚上想不想和我一起？"

许倾顿时咽了一下口水。顾随见她这样，咬了咬牙根儿——他这一天花了那么多心思追求她，没有得到回应；说些让人想入非非的话，她立马缴械投降。顾随气疯了，站直身子，看了一眼陈助理。陈助理立即启动车子。

清吧里的那个男人带着几个人追了出来。顾随撩起眼皮看了对方一眼，弯腰坐进另一辆车的后座，抬手整理领口，摇上车窗。

那个男人气得要命，就要追下台阶。他的兄弟突然拽住他的手臂："那是江家的车！"

"江家？"

"江郁啊。"

那个男人一愣："这个男的是谁？"

"看样子是凌盛投资的老板。"

男人闻言脸色一白。

此时，一辆黑色的保时捷停在后面。车里，许殿扶了扶眼镜，看了一眼停在门口的红色奥迪车，又看向刚刚宾利车开走的方向。

孟莹似乎看到许殿了，但又不确定，头痛地揉着额头。许倾看了她一眼，帮她揉，随后问陈助理："顾随怎么知道我们在这里？"

陈助理一边看着红绿灯一边说："老板今晚有应酬，路过清吧门口，看到你正要走出来，所以就下车了。"

许倾愣了一下。那清吧里的光线昏暗，即使门口开了灯，也依旧不甚明亮。这样他都能认得出她？

此时，另一辆车里，周扬笑道："顾总，你也太厉害了。就那个光线，你都能认得出你家许倾？"

顾随掐灭了烟，揉了揉眉心，没有回应。

不知不觉，只凭身形，他就能认出这个女人。那感觉百分之百错不了。顾随扯了扯领带，说："因为她是我的老婆。"

周扬一听就笑了，连驾驶座上的助理都笑了。他们并不知道顾随和许倾是真夫妻，只当这是顾随的玩笑话。

陈助理将许倾和孟莹送到了馨月小区。孟莹挽着许倾的手下了车。许倾跟陈助理告别，又跟孟莹告别，进了小区。

陈助理要等许倾上楼再走，不然不好跟顾随交代。许倾直接上楼。她今天一整天都在外面跑，已经很累了，洗完澡就靠在沙发上发了一会儿呆，然后拿出手机跟萧姨视频通话。

那头，罗素已经睡了。萧姨说："你今晚就别过来了。天天晚上睡沙发，哪里受得了？你妈的情况很好。姜主任来电话说后天就过来。"

许倾顿时来了精神："姜主任要来了？"

"嗯。这次专门来看你妈妈的声带。"

许倾一下子就放心了，说："好，那我明天早上过去。"

"嗯。"

挂了电话后，许倾回了卧室，趴在床上翻书看，酝酿睡意。

凌晨两点多，门铃响起。许倾有些迷糊，赤脚走到门边，看了一眼猫眼，认出是顾随，拉开门。男人解开领带，低头就吻了上来。许倾"唔"了一声，肩带滑落。

顾随的舌尖带着酒味，香醇浓郁。他抱着她靠在墙上，问道："我守约吧？"

许倾抱着他的脖颈，凑上去吻，又被他轻柔地放在沙发上。许倾头发披散，额头上有汗珠滚落。顾随撑在她的头顶上方，低头细细地吻着她。

凌晨五点多，顾随抱着许倾去洗澡。洗完澡，顾随又把她抱回床上。

许倾昏昏欲睡，靠在床头看他穿上衬衫，问道："你还有事？"

顾随看着她答道："等会儿要去见一个人。你先睡会儿。下午飞去海城？"

许倾："嗯。"她确实累了，拉起被子躺下。

顾随扣好纽扣，戴上腕表，亲吻了她一下，起身离开。随着大门被关上的声音，许倾睡着了，直到十点多才起床。

梳洗打扮了一下，许倾就前往医院。来到病房，她陪着罗素，跟罗素说自己接下来要去干什么。

罗素一直点着头，紧紧地抓着许倾。

许倾知道她想说什么，安慰道："知道，我会照顾好自己的。"罗素的手指才松了一些。

中午，许倾没陪母亲吃饭，直接回馨月小区收拾行李。等收拾好了，苏雪等人帮她提着行李箱，许倾戴上墨镜，穿上外套，几个人下楼。

突然，一辆迈巴赫开到许倾的身边。车窗摇下，顾老爷子坐在车里，笑着问道："许倾，要去哪儿？"

许倾一看是老爷子，回道："准备去机场。"

"好，那我送你去吧。我们路上也可以聊聊天。"

许倾："好。"她觉得老爷子可能要跟她谈假结婚这事，便跟苏雪说了一声，上了车。

苏雪在一旁也听到了，便和其他人上了保姆车。随后两辆车一起出发，前往机场。

与此同时，顾随挽着外套从公司里出来，正低头点烟。陈助理突然上前说了什么。顾随闻言动作一顿，咬着没点燃的烟，拿起手机拨打了顾老爷子的电话。

很快，顾老爷子接听了："阿行？"

顾随的声音有些冷："爷爷，你为什么会去接她？"

顾老爷子："我接我的孙媳妇也有问题吗？"

顾随的下颌紧了几分："我今天做了广告在燕子岭投放。你接她上了临海高速，完美地绕过了燕子岭。你说有问题吗？"

顾老爷子一愣，半晌才道："要不，下回再投？"

趁顾随没有说话，顾老爷子赶紧挂了电话。许倾坐在老爷子的旁边，转头看了一眼老爷子："爷爷？"

顾老爷子心怀愧疚，觉得自己坏了孙子的好事。他笑笑，问许倾："你是三点半的航班？"

许倾点点头："嗯。"

顾老爷子对黎城的交通道路非常熟悉，看了一眼车窗外的景致，心想：掉头回去是不可能了，燕子岭那边离机场有些远。

算了，让顾随下回努力吧。

顾老爷子这样一想，又安心下来。他换了话题，询问许倾最近在拍什么类型的戏——他之前了解了一下许倾目前的情况，发现她好像没什么代表作。

许倾说："正在拍《股神》，还有一周左右就能杀青了。后续接档电影是《龙山》。"

顾老爷子一愣："《股神》？"

许倾"嗯"了一声。顾老爷子若有所思。如果他没记错的话，《股神》是讲金融海啸的，作者年纪轻轻，专业水平很高，曾经是顾老爷子的学生。

顾老爷子点头："好。"

许倾不知道老人家说好是什么意思，静等着老爷子谈假结婚的事。但是直到快到机场，顾老爷子仍然没有要谈这件事的迹象。

因为这辆迈巴赫太引人注目，在快到机场的时候，许倾就先下了车，去换乘自己的保姆车。她对老爷子说："您到家了发信息给我。"

顾老爷子愣了一下，随即捋了捋白色的胡须："好，好孩子。"

许倾："您一路平安。"

她转身走向自己的保姆车，上车后想起"好孩子"三个字就有些愣怔。成年人不当孩子，自从父亲去世后，她就一直强迫自己站起来，无惧骂名，不贪名利，只求平安健康，也从没奢求过有人疼爱自己、宠爱自己。

她笑了笑，心想：以后不要老想着假结婚的事情了，多当几天好孩子吧。

机场外的粉丝很多。春晚后，许倾的粉丝数激增。许倾因为忙，一直没看微博。苏雪帮着她打理微博账号，说粉丝数现在涨到了八百多万。而许倾总算有一个能让大家记得的作品了——就是春晚的那个舞蹈节目。

"许倾，你有空多发发微博啊。别总是只发些广告。"

"许倾今天好美。许倾，那位大佬还有没有继续追求你？"

"倾倾，不要那么快谈恋爱。"

一群粉丝跟在许倾的身边提问。许倾微微笑着，没有回复他们。等许倾进了安检口，粉丝纷纷停下了脚步。许倾跟他们挥手，随后戴上墨镜进了安检口。

苏雪说："我还是把微博账号还给你吧。你平时自己打理，偶尔发些照片，分享一下生活。"

许倾："哦。"

这时，她的微信好友申请里多了一个人，是顾老爷子。两个人之前还没互加微信。她赶紧通过了老爷子的好友申请。

顾老爷子："孩子，我到家了。"

许倾："好的。"

她退出聊天框，正巧看到顾随的头像，点进去，编辑信息。

许倾："我登机了。"

她发完信息后也没等那边回复。

等上了飞机，进了商务舱，苏雪放下手机说："江琳雅进剧组了。"

许倾闻言点点头。

许倾昨晚没睡好，所以在飞机上一路从黎城睡到海城。飞机滑行时，苏雪拿出手机开机，随后突然震惊地说道："你上热搜了。"

许倾拿下眼罩，点开微博一看，"哪位大佬为许倾投的求爱广告牌"的话题挂在第五位，后面加了一个"新"字。

"姐妹们快看，黎城燕子岭的广告牌前两天还是某地产公司的广告，今天全变成了这个。我震惊了！"

"这太甜啦！天哪天哪！这么大手笔，比昨天的玫瑰花和应援牌更有新意。这是全城追妻啊！太牛了。"

燕子岭那条路上的广告牌都设计成了菱形，金色的边框，本来就很有特色，加上那里是交通主干道，所以很多公司都要竞标才能投放广告。现在，那里的广告牌上全挂上了许倾的照片。不仅如此，广告牌上还有一个男人手捧鲜花下跪的虚影。完全不用写什么文字，这画面表达的意思已经很明显——求爱，求婚。此时无声胜有声，爱意不言而喻。

"我以为鲜花和应援牌已经是顶配了。姐妹们，给你们再回顾一下昨天震撼的场景。"

"到底是谁啊？这么追人，许倾不答应好像不太好啊。"

"太漂亮了！我有姐妹开车从那里路过，一抬头就看到倾倾那张漂亮的脸。"

"我就想知道，到底是谁在追许倾？我莫名有些兴奋。"

江琳雅进《幕后》剧组的新闻也上了热门，但硬生生被许倾的新闻抢了热度。

许倾低头看了一眼话题里的广告牌的图片。这次不用猜了，就是顾随。

一行人下了飞机。许倾拿出墨镜和口罩戴上，把自己遮得严严实实。

海城机场内外也有很多粉丝，因为今天还有另一个女演员杨彤也飞抵海城。许倾和苏雪几个人匆匆地走到出口，钻进保姆车里。

许倾摘下口罩，猛吸了一口气，这时，她的手机发出"嘀"的一声。许倾拿起手机一看，是顾随。

顾随："到海城了？"

许倾："嗯。"

顾随："可惜了，你没亲眼看到广告牌。"

许倾："你……钱很多？"

顾随："你值得。"

许倾一顿，摁灭了手机屏幕，看着窗外。

苏雪在一旁拿着手机，欣赏广告牌上的许倾，说道："我也想亲眼见证一下那个场面。我们今天怎么就上了临海高速呢？不知道这些照片会挂多久，能不能等到我们回去。"

许倾看了苏雪一眼，说："你想太多了。"

她们清楚这些广告牌一天要花很多钱。何况现在是投放了所有的广告牌，一天就可能烧掉一家公司一年的营收。

苏雪有些可惜，说道："也是。"

她们抵达酒店，办理好入住后，便直接去了片场。

林导看到许倾，笑着说道："正好，快去换衣服，等会儿我们先对对台词。"

许倾笑着放下特意给他带来的礼物，随后转身走进化妆间。

剧组只有一个化妆间，张驯正在里面做发型。他看到许倾，笑着说道："来了。"

许倾走到化妆台边，说："是啊。"

张驯专注地看着她。许倾捕捉到他的眼神，看过去："嗯？"

张驯笑笑，挪开了视线。他其实挺想问问许倾，她跟凌盛投资的老总不是情侣吗？如今怎么还有另一个大佬在追她？但这属于许倾的隐私，他最后还是没敢问。

化妆间里还有一些工作人员进进出出，都在说出品人最近有点儿焦虑，因为江琳雅接了《幕后》的角色。江琳雅是某个实力派演员的师妹，人气比林曼要高很多。出品人曾跟江琳雅合作过，知道她的实力，所以有点儿担心许倾。

张驯对那些工作人员说："出品人成天不在剧组，瞎焦虑。他又没见过许倾演戏。"

许倾听罢，笑着看了张驯一眼："谢谢张老师对我的肯定。"

张驯一笑。

接下来的一周许倾很忙。《股神》即将杀青，一群人既紧张又期待。而继广告牌告白后，许倾几乎每天都会收到鲜花。她和顾随没怎么联系，但是这些鲜花给他刷足了存在感。

许倾拍完了最后一幕戏，一群人上前跟她道贺。

这时，苏雪上前，拿着手机给许倾："成导的电话。"

成导是那部由言情小说改编的电视剧《春至》的导演。

许倾愣了一下，接起来："你好，成导。"

"许倾你好，剧本已经重新修改过了。你看看还有哪里需要再修改的。如果没问题，那我们这边就定下来了。"

许倾蒙了："成导，什么意思啊？"她从来没让人改过剧本。何况她最近还在看《龙山》的剧本，都没时间看《春至》的剧本。

成导在那头笑笑说："没什么。只是你一定要看看剧本，有什么需要再修改的，可以提出来。"

"不用改啊，成导。我看过原著，剧本写得也很好啊。"

成导又笑："得改，得改。顾先生说得有道理。"

顾先生？许倾反应过来，成导说的是顾随。她匆匆跟成导说了一声抱歉，挂了电话，接着立马翻开剧本。《春至》改编自言情小说，不管是原著还是剧本，肯定有一些亲热的情节。但是剧本被修改后，增添了一些别的剧情，把亲热的戏份全删了。

许倾闭了闭眼。苏雪看着许倾说道："我看到顾随的车停在外面。他应该是来接你的。"

许倾睁眼，弯腰捞起外套穿上，拿着剧本走了出去。不远处的停车位上，顾随正站在车旁低头讲电话，一身西装得体优雅，看样子是刚从某个商务会议过来。许倾大步走过去，用力把剧本扔到他的怀里，转身就走。

顾随低头扫了一眼剧本的名字，下意识地挂了电话，随即上前一把抓住许倾的手腕："剧本有什么问题？"

许倾转头看他："你凭什么改掉那些戏份？用你资本家的手段？"

顾随眯了眯眼，随即说道："我是这部剧的投资方。我想要怎么删改就怎么删改。"

许倾抿唇，半晌，点点头："是，投资方真厉害。"说完，她试图挣脱。

顾随的心里突然涌起一股巨大的慌乱，瞬间将他淹没。他猛地用力把她扯到怀里，抱住她的腰："是的，我只能用这种不光彩的手段阻止你跟别的男人亲热。因为我管不了你。除了这个，我什么都做不了。但我爱你。"

许倾挣扎的力度减弱了几分。整个世界都安静了。

许久，男人在她的耳边低语："给我一个机会行不行？一起吃顿饭，收下我送的礼物，行吗？"

停车场很安静。苏雪带着小助理本来想过去，但远远地看到这一幕，隐约听到男人低沉又有些绝望的声音，立即退了回去。

许倾低头看了一眼男人的手臂。他又收紧了几分。他又说道："我投资这部剧就是为了你。你若是不想改剧本，那就不改吧。"

许倾转身看着他，顾随也垂眸看着她。几秒后，许倾抱住他的脖颈，吻住他的薄唇。他马上用力揽着她的腰回应。

一会儿，他们停下来对视。许倾仰着头看他，轻轻地摇了摇头。

顾随的喉咙紧了几分。他紧紧地搂着她："怎么了？"难道她连他的身子都不馋了吗？

许倾挑起嘴角："我今天杀青。你有别的安排没有？"

顾随抬手拨弄她的刘海儿，嗓音低沉："没有。我知道你今天杀青，坐飞机过来看看你。"

许倾："哦。不打算一起吃饭吗？"

顾随一愣，随即看着她的眼睛。许倾正想说话，顾随立即说道："好，我这就安排。"

他的语气似是平稳，但动作有点儿急切。他从口袋里拿出手机，打电话给陈顺："帮我在凤华餐厅订一个靠海的双人座，餐食提前订好。"他看了一眼许倾："七分熟的牛排，还有燕窝、沙拉都安排上。"

陈顺被这突如其来的电话砸蒙了，但是一听到双人座，顿时明白过来，此时不敢问是不是约成功了，只能先憋着。

陈顺："好的。"

顾随挂了电话。许倾从他的怀里出来，说："我去洗个澡，换一身衣服。"

顾随："好，我送你回酒店。"

许倾："我先去拿手机和包包。"

说着，她就转身往剧组那边走。苏雪这会儿聪明得很，早就拿着许倾的小包和手机在不远处等着了。

许倾接过后，说："你跟林导说一声。"

"好的，玩得开心。"苏雪贼兮兮地一笑。

许倾懒得理她。正巧顾随开车过来，停在她们的跟前。副驾驶座的车门被打开，许倾弯腰坐了进去。顾随松了松领带，朝苏雪点点头，随后启动车子。

车子抵达酒店后，许倾偏头看了他一眼："我上去换衣服。你在楼下等？"

"我陪你上去？"顾随也问道。

两个人几乎同时间出来，均是一愣。

随即，许倾笑着开门："不用。你把车开到地下车库，在地下车库等。"

顾随单手握着方向盘，偏头看她，笑了笑："好。"

随后，许倾飞快地走上酒店的台阶。顾随目送她进了酒店大堂。他的眉宇间含着几分笑意，然后他启动车子往地下车库开去。

进了电梯，许倾的心还在"怦怦"直跳。等回了房间，她先去洗澡——拍了一天的戏，还在地上滚过几圈，即使换下戏服身上依旧很脏。洗完澡出来，她又化了简单的妆，扎了一个简单的丸子头，选了一条黑色吊带裙，配上一件西装款外套。

许倾提着小包，戴上墨镜出门，一路到了地下车库，一眼便看到顾随的车。顾随难得自己开车，坐在车里一边解领带一边看着她，眼里闪过一丝惊艳。他推开门走下车，单手揽住她的腰，带着她走向副驾驶座。他偏头低声问道："冷吗？"

许倾："不冷。"

顾随笑出了声："很好看。"

许倾抿唇，感觉脸上有点儿热。

顾随按着她的腰送她坐进车里，然后俯身给她系好安全带。他眉眼刚毅，侧脸冷峻，衬衫领口微敞。许倾看着他，又起了欲念。

顾随起身前，在她的嘴角落下一吻，随即走向驾驶座。许倾觉得他的这一吻太寡淡了，又有种说不上来的别样感觉。

不一会儿，车子启动，开上大路。

天色已暗，夜幕降临。

因为风华餐厅靠近海城的港口，所以一路过去能看到港口的灯和夜晚的海面。许倾看着外面的风景出神。顾随摇下车窗，支着下巴，偶尔看她一眼。

很快，车子抵达港口大厦，风华餐厅就在大厦里面。

许倾习惯性地戴上口罩和墨镜，下了车。顾随牵住她的手，走上台阶。他们一进大堂，就有人迎上来。

许倾下意识地扶了一下墨镜。说起来，她已经很久没有到这样的餐厅里吃过饭了。她这几年太忙了。倒不是没有人约她，很多男演员偶尔会约她出去吃饭，但都是工作以外的那种邀约，别有目的，所以她都推了。

"顾先生，已经为您预留了位置。请随我来。"餐厅经理得知消息，特意下来迎接顾随。

顾随点点头："麻烦了。"

说着，他看了许倾一眼，只见身边的女人把自己遮得严严实实的。他轻笑了一声，牵着她走进电梯。餐厅经理在一旁目不斜视，站得笔直。

顾随低声问道："你觉得跟我出来会有人敢偷拍你吗？"

许倾也站得笔直，转头看向顾随。两个人隔着墨镜对视。他的嘴角微翘，带着几分坏笑。

许倾扶了一下墨镜，说："说不准呢。"

顾随笑着摇摇头，倒没非要让她取下墨镜、口罩，只是松开牵着她的手，搂住她的腰，顺便抬手捏了捏她的脖颈。

明明是很随意的动作，许倾却感觉有点儿怪异，觉得他这行为有点儿宠溺的味道。

出了电梯，餐厅经理带他们两个人来到座位旁。这是整个餐厅里视野最好的地方。两个人面对面坐下，餐食就一样样端上来，完全不用等。

餐厅经理送完餐后，说道："你们请慢用。"

等餐厅经理走远后，许倾才取下口罩、墨镜，露出脸来。只见她粉面红唇，眉眼含情，非常美艳。

顾随切好牛排喂给她。许倾张嘴咬住。

顾随笑着问："好吃吗？"

许倾捂着嘴巴，说："好吃。可惜吃完又得减肥。"

"《龙山》有体重限制？"

许倾摇头："没有。但是苏曼这个角色必须要瘦。"

顾随点点头。

这时，他们都想到了《春至》的剧本。因为是言情小说改编的电视剧，亲热戏自然少不了，否则观众看什么？顾随想说点儿什么，但终究什么都没说——他不想破坏此时的好气氛。许倾却若有所思。

顾随这个人除了性格外，其他都很好。他几乎行行都精什么都会，对演艺圈的规则也了解得透透的。无论许倾说什么，他都能接上话。

许倾支着下巴，点了一下他的嘴角问他："你这么懂，是不是很多女人崇拜你？"

顾随握着刀叉的手一顿。他看向许倾，一时分不清她这话是单纯的调侃，还是另有深意。他发现自己对很多女人都可以快速分辨出对方的目的，但是对许倾不行。

也许，在乎的人就输了。所以他现在输了。

一旦扯上别的女人，他就慌了。他故作平静地说道："这世上，样貌才识远不及金钱权势。"

他在变相告诉许倾：那些女人是先看到他的金钱权势，然后才看到他的样貌才识，对他的崇拜是建立在金钱之上的，所以她们崇拜的不是他这个人。

许倾笑了，将手指在他的面前晃悠了几下："也就是说，还是有很多女人崇拜你喽？"

顾随一听，顿时一眯眼眸：得，这个女人压根儿就没有听懂他的话，又或许听懂了却并不想理会，只是想要一个最后的结果。

顾随捏住她的指尖，亲吻了一下："弱水三千，我只取一瓢饮。"

许倾"啧"了一声。她的眉眼弯弯，看得出来心情是好的。顾随也松了一口气。

餐厅里的暖气很足。两个人一边聊天一边吃完了这顿晚饭。

吃完晚饭，也不知是谁提议的，最后他们准备去港口走走。

今天不是周末，最近的中心广场又有灯光秀，所以很多人都往那边去了，港口的人就少了很多。

许倾还是把自己遮得严严实实的，提着裙子走上沿着港口铺成的小台阶。顾随一只手插在裤袋里，一只手牵着她。

许倾捂着脸，说："如果能摘下口罩、墨镜就好了。"

顾随笑了，故意说道："那不行，你是艺人。老实遮着吧。"

许倾踮着脚走，望着远处的高楼大厦。顾随就陪着她一边走一边看。两个人刚刚在餐厅里聊了很多，此时反而没那么多话了。

这时，顾随的手机响了。因为许倾站在高处，所以顾随拿出手机时，她正好扫到他的手机屏幕。顾随停顿了一下，不等许倾看清就挂断了电话。

许倾疑惑地问道："我怎么好像看到了文曜的名字？"

顾随抬眼朝她伸出手："你看错了。下来，我抱你。"

许倾眯眼，心想：我明明看到的是文曜，可文曜怎么会跟顾随有联系？

"文曜是谁？"顾随挑眉反问。许倾一愣，怀疑自己刚刚看错了。

"谁？"顾随又问。

许倾回过神，摇头答道："不是谁。可能我看错了。"

"哦？是吗？"

许倾匆忙点头，随后走下一级台阶，坐到台阶上。顾随低头看她，眼里多了一丝探究——她的那位心上人，是两位青梅竹马里的一位吗？但此时不适合说这个话题，于是他俯身捏住她的下巴，把她的脸抬起来。

许倾取下墨镜，看着他："嗯？"她还戴着口罩，只露出一双漂亮的眼睛，眉形也很漂亮。

顾随低声问道："你今晚答应我一块儿吃饭，是不是打算给我一个机会？"他已经有点儿怕了，怕明天醒来又成了梦一场。

许倾看着男人俊朗的眉眼，觉得他这样俯身确实很帅气。她一弯眉眼，说："是，是愿意互相了解一下。"并不是立马在一起，而是在一起之前先互相了解一下，她也不想再像上次那样冲动了。

顾随勾起了嘴角："谢谢，这比给个机会更好。"

虽然顾随的心里还有些没底，但他不否认在打算认真追求许倾之前，自己对这场交易保持着等价交换的想法。重逢后他之所以和许倾保持关系，是因为这个女人让他想起了美好的经历。成年男女对此看法很直接，确实无关爱情。因为大家都知道，扯上爱情就复杂了，不好收场。

就如他现在这样，扯上了爱情，除了对这个女人有占有欲，还有爱，也有害怕。那些说"浪子回头金不换"的人，可能不知道浪子想回头也挺难的，尤其是碰上许倾这种清醒的女人，更难。所以他心里没底。

许倾听到他的话，笑了，眉眼更弯。顾随伸手钩下许倾的口罩，堵住她的嘴唇，舌尖交缠。

海风轻拂。此情此景仿佛一幅美丽的画卷——坐着的女人漂亮又性感，弯腰亲她的男人身穿黑色西装，一只手还插在裤袋里，动作随意散漫。

港口的这条路上也不是完全没有人。突然，几道闪光灯伴随着相机的"咔嚓"声亮起。顾随下意识地把许倾抱在怀里，抬起眼皮。保镖立刻跑出来拦住了那几个拿手机偷拍的路人。

光线不好，看不出那几个人是男是女，更看不清面容。他们就像老鼠一样乱窜。现场一片混乱。

顾随直接拦腰抱起许倾。许倾已经快速地戴上口罩、墨镜，躲在他的怀里。顾随抱着许倾大步走进挨着港口的小公园，穿过小公园，来到路边。保镖已经把车开了过来。许倾被送进车里，顾随紧跟着上车。

车门被关上，终于安静了。

许倾遮着脸的手这才放下来。她看向顾随，问："抓到人了没？"

顾随："应该抓到了。"

许倾靠在扶手上："应该？你快打电话问问。"

顾随凑近她，钩下她的墨镜、口罩，说："放心，没多大问题。"

许倾的心还在"怦怦"直跳呢。她抿唇看着男人，说道："你还说没人敢拍你，这不就来了吗？"

顾随把玩着她的发丝，说道："那几个人不是专业的媒体记者，应该就是路人。我的人都在附近，记者近不了身。"

许倾这才反应过来，他今晚明明是自己开车的，原来保镖们都在暗中跟着。许倾"啧"了一声，拿出手机，觉得还是跟苏雪说一声比较好。

许倾："我和顾随好像被拍了。"

苏雪："啥？"

苏雪："我立即给公司的公关部打个电话。"

许倾："嗯。"

苏雪："你呢？你是什么态度？如果被曝出来，你打算怎么回应？你们之间的关系不好定义啊。"

许倾："不承认。"

苏雪："行。"

发完后，许倾放下手机。车子直接开往顾随常住的麒麟山庄。他住的地方确实私密性要更好一些。

下车后，许倾进了电梯就亲吻顾随的嘴角。顾随靠在电梯壁上，笑着揽着她的腰，说道："总这么急。"

许倾回他一句："春宵一刻值千金。"顾随低头看她一眼，被她的这句话逗笑了。

出了电梯就是他的套房。顾随把她抱起来，直接扔在棕色的沙发上，俯身摁着沙发，堵住她的嘴唇。

深色的落地窗帘偶尔被风掀起一角。不一会儿，沙发上人影叠加。许倾揽着顾随的脖颈，一直亲吻他的嘴角，掌心下是他线条分明的腹肌。

突然，许倾的手机响了起来。许倾的身子猛地一缩。顾随闷哼一声，低声说道："关机。"

许倾却清醒了，尤其是看到手机来电是苏雪。这个时间苏雪打来电话，肯定有事。她用有些沙哑的声音说道："我接个电话。"

顾随眯眼盯着她，随后示意她拿手机。许倾抓过手机，指尖颤抖："喂。"

"倾，你上热门了。还有，你快离开麒麟山庄。有记者往那里去了。"

许倾本来还抓着沙发靠背，精神有些迷醉，听苏雪这么一说，顿时清醒过来。她回了一句"知道了"，随后推推顾随："记者。"

这时，顾随的手机也响了起来。他摁住许倾的手，在她的耳边说道："先别急。"说完，他抢走她的手机扔在地上。

最终还是让他得逞了。

顾随不只有电话，信息更是一条接着一条地进来，是陈助理发来信息："老板，记者太多了。而且有人有麒麟山庄的邀请卡，已经准备进入山庄了。我们的人只拦得了一会儿。现在最好的办法就是把许倾送走。您觉得呢？"

许倾坐在顾随的怀里，说："可以，我现在就走。"

顾随转头看许倾，挑了挑眉梢。

许倾一愣。顾随捏住她的下巴："要不要公开？"

许倾立马摇头。顾随眯眼。彼此对视了几秒，顾随把她扶起来，说道："换衣服，直接从地下车库出去。刚才穿的那条裙子不能穿了。"

许倾："那我穿什么？"

这时，门铃响了。顾随松开她去开门，不一会儿，拿了一套工作服过来。麒麟山庄的工作服挺好看的，是白色衬衫配黑色短裙，外加马甲、外套。许倾立即接过来，当下把刚穿上的裙子脱下来。

她的身体线条匀称，每一处都恰到好处，只是经过一番折腾后，肌肤上布满红色的印子。顾随看得喉咙发痒，伸手拿起柜子上的烟，点燃了咬在嘴上，靠在墙上看她穿衣服。

烟雾缭绕中，他又一次心跳加速。

许倾穿好工作服，扎起头发，戴上帽子，说："好了。"

顾随拿下嘴里的烟，掐灭在烟灰缸里，然后站直身子，牵着她的手来到电梯门口刷卡。电梯里已经有两个保镖在等了。顾随牵着许倾进了电梯，就松开了她。许倾站在角落里。顾随手插在裤袋里，离开她一段距离。

电梯门关上。两名保镖安静地挡在许倾的前面。电梯一路往下，在一楼的时候停住了。

电梯门打开，等在电梯外的记者和工作人员齐刷刷地看着电梯里的人。

顾随的气势强盛。他看着这群人，眯着眼问："要上？"

一群人下意识地看了一眼他身后那两个高大健壮的保镖，再看看顾随这一身的气势和那张冷峻的脸，然后面面相觑，最后也没有人敢上电梯。

这时，电梯门再次关上了。许倾在两个保镖的后面，觉得自己的呼吸都快停止了。很快电梯到了地下车库。陈助理开着车过来，顾随把许倾塞进车里。

车子启动，开出车库。地下车库外也挤满了人，还有人顺着行车道走下来，但没有人发现在这辆车子里坐着的女人就是许倾。

今晚的麒麟山庄十分热闹。不少媒体记者以各种名义入住麒麟山庄，就是为了抓许倾的绯闻。

而刚刚那部电梯到负二层后，另一部电梯在一楼打开。记者们又"唰"地看过去，只见一个穿着黑色衬衫的高大男人从电梯里走出来——是陈想。

看到电梯外的人群，陈想愣了一下，随即偏头看了助理一眼。助理正想告诉他原因，结果有个人突然撞了陈想一下。

"砰"的一声，陈想的手机摔在地上，屏幕亮了一下。

现场的人看到手机的屏幕都愣了一会儿，而那个撞到陈想的人也愣住了。

他看了一眼手机，又看了一眼陈想。

陈想眯着眼眸，脸色并不好："你瞎啊？"

那个人回过神，立即道歉："不好意思，不好意思。我这就给你捡。"说着，他立即弯腰捡起那部黑色的手机，还假装不小心摁亮了屏幕，递给陈想。

陈想用力地抽回了手机，随后，扫了一眼现场这些人，才大步走向门口。他的助理急忙跟上。

上车后，陈想问道："这些人干吗呢？大晚上的聚集在这里。"

他的助理翻着手机："好像是有艺人住在这里，过来采访吧。"

陈想："无聊。"

苏雪临时换了一辆商务车过来接许倾，约在中山二路会合。这边一片平静，只有艇仔粥的店铺正在热火朝天地做夜宵。

顾随的车停在商务车的后面。许倾翻着手机，看到她和顾随在港口的照片上了热门话题——"海城疑似看见许倾"。

"照片有点儿模糊，像素也不太高，而且拍得匆忙。但是请大家鉴定一下，这是不是许倾？是她吧？是她吧？她跟一个男人在一起。那个男人看侧脸超级帅。虽然照片有点儿模糊，但是看这身高，这长腿，明明就是个大帅哥。姐妹们鉴定一下啊。跟我一起的那几个人也都拍了照片，但已经被对方抢了手机，照片被删除了。我是冒死发上来的，可能等一下就被删了。别想着删我微博，我还有另外的账号。"

"你这不是有点儿模糊，这是非常模糊。"

"对啊，这个男人的脸都没拍清。"

"不过确实像是许倾，给你们两张图对比一下。"

"感觉像，又感觉不像。"

"什么？对方还敢删除你们的照片？"

"别的不说，我还以为这接吻姿势是什么偶像剧的桥段，看来现实中真的有啊。"

"我想知道这到底是不是许倾。我是她的粉丝，都不敢相信这是她，你说你拍得多模糊啊！"

"就是她！说不定这个男的就是全城追妻的大佬。"

许倾转头看向顾随："你不是说没事吗？"

顾随抬头，说："这不是一下子冲上去的，是被人顶起来的。我已经让人处理了。"

许倾"啧"一声。顾随看了她一眼，勾了勾嘴角："我下去给你打包一份艇仔粥。"

许倾："不用了。我过去了，苏雪他们等很久了。"

顾随抬起眼皮，看到她的经纪人和助理站在车旁："好。"

许倾转身要开门，结果就听"咔嚓"一声，扶手被摁下，紧接着男人从身后搂了过来。他低声说道："等回了黎城，我再带你去吃好吃的。"

许倾一愣："我没什么时间，很快要去影视城拍《龙山》。"

"一天也行。"

许倾："嗯。"说完，她拉开车门走了出去。

苏雪赶紧拉着许倾走向他们的车子。上车后，苏雪让司机开车。不一会儿，车子上了大路，苏雪才呼出一口气，拿起手机说道："话题已经被删了，但是我们得做个回应。你得发一条微博。你想怎么说？"

许倾想了想，编辑微博。

　　　许倾：如果谈恋爱，我一定第一时间通知你们。

"倾倾，你终于发声了。我还以为你真的恋爱了。"

"那你什么时候谈恋爱？你什么时候接受那位燕子岭挂告白广告牌的大佬？"

"希望那是个帅哥。"

…………

黑色的保时捷里，陈助理把平板电脑递给顾随，说道："许倾发了声明。"

顾随没接平板电脑，看了一眼。

"如果谈恋爱，我一定第一时间通知你们。"

但愿这一天能早些到来，这个人还得是他。

陈助理看顾随没接，便把平板电脑拿回去，顺手就要放到副驾驶座上。这时，微博又跳出来两条消息。陈助理一愣，立马点开。

微博上出现了两个新的热门话题，分别是"追求许倾的大佬是荣创的陈想""陈想手机的屏保是许倾"。

陈助理呆滞了半晌，把平板电脑递给顾随："老板，你看这个。"

顾随眯眼，滑开屏幕。

"姐妹们，大家快看啊！天哪天哪！把她的照片当成屏保，甜掉牙啦！"

话题里，有陈想从电梯里出来的照片，也有他拿着手机的照片。最后还有一张陈想的手机掉在地上的照片，照片里的手机屏幕亮着，上面正是许倾。

那是许倾身穿红裙走红毯时的照片——裙子就是顾随帮她拉上拉链的那一条，更是许倾跟陈想喝交杯酒时穿的那一条。

陈想！

顾随立即拿起手机找出陈想的号码打了过去，结果那头的人瞬间拒接了电话。

第八章
想 你

"你打给他的助理。"顾随摁灭手机,扔在一旁。

陈助理应了一声,拿起手机拨打了陈想的助理的电话。

顾随和陈想从读书时就认识,并不像跟肖仲那样是出国后才认识的。两个人是从小学、初中、高中一路走来的。

陈想前几年因为家里落魄了,离开了黎城一段时间,后来又在国外跟顾随遇上。两个人在国外共同经历了一些事情,有过命的交情,慢慢地发现彼此同在一个领域,所以凌盛和荣创的关系很好。

陈想的助理不敢不接陈顺的电话。陈助理问道:"你家老板呢?"

陈想的助理叫杜显。他迟疑了一下,说:"老板没跟我在一起。他今晚有一个应酬。"

陈助理:"都几点了,你老板还应酬啊?"

杜显一时无话可说。

陈助理看了一眼顾随。顾随用眼神示意他打开扬声器。陈助理立即开了扩音,然后把手机伸到后面。

顾随嗓音低沉:"跟陈想说一声,把屏保换了。"

杜显听见顾随的声音,不禁心跳加速。即便隔着手机,他都能感觉到那种压迫感,于是下意识地应了句:"好的,我这就跟他说。"

他刚说完,一个巴掌就把他的头拍了下去。杜显转头一看,对上了陈想威胁的眼神，顿时觉得自己太难了。

有种你自己接顾总的电话啊。

许倾他们刚抵达酒店，却又看到了新的话题。全部看完后，苏雪惊呆了，看向许倾。

"这是什么情况？荣创的陈想怎么会把你的照片当屏保？"

对于这个话题，许倾第一感觉就是荒唐：陈想为什么会用她的照片当屏保？

许倾摇头："我也不知道。"

小助理探头："会不会是系统自带的屏保？"

许倾一愣："有可能。"

苏雪："所以这是乌龙喽？"

毕竟女艺人的照片到处都是，压根儿就没有什么私密性，有些手机自带的系统相册里就有各大女艺人的照片，所以陈想偶尔把屏保换成许倾的照片也正常。

许倾也习惯了被粉丝跟各种人配对，想明白后便没再去理会。她从不会觉得哪个男人看她一眼就喜欢上她，更何况是陈想这种人。

苏雪拉开车门，带着许倾下车。许倾在车里已经换了一套衣服——今晚她已经换了四套衣服了。

酒店门口果然有媒体记者，看到许倾立即就围上来。但许倾此时穿的是白色 T 恤和蓝色牛仔裤，跟偷拍的照片里的穿着对不上。

记者犹豫了一下，立即问道："许倾，恭喜你，《股神》杀青了。你有什么想说的吗？"

许倾微微一笑，说："有点儿舍不得。"

"是舍不得剧组，还是舍不得张驯啊？"记者带着调侃问。

许倾笑着说道："都舍不得。你现在去问林导，他肯定也舍不得我们两个人。"

记者听到这话就笑了。另一名记者问道："许倾，你杀青后去了哪儿？怎么没见你参加杀青宴？"

许倾笑着看向那名记者："明天张驯还有一场戏，哪儿来的杀青宴？我们杀青宴定在明天下午。"

那记者故意虚晃一枪，没想到被许倾挡了回来，顿时有些尴尬。

又有一个记者问道："其实我们是想问，你刚刚去哪儿了？"

"去中山二路吃艇仔粥了。你们吃过那家店的粥吗？很好吃，我再推荐一次。"许倾对答如流。

那记者一听，笑着说道："我记得你之前在微博上说过，没想到又去吃了啊。"

"是啊！"许倾含笑说道，"那家店的粥一直都很好吃。百年老店了，希望你们有空也去尝尝。"

"好。"

"好了，我们要休息了。谢谢你们的支持。"苏雪笑着插进来，刷了电梯的卡。

记者们不能再跟，止了步。

许倾等人进了电梯。等电梯门关上后，苏雪看了许倾一眼，说："你又给那家粥店带生意了。"

许倾笑了笑，说："能帮一点儿是一点儿。"

那家粥店的老板因为车祸去世了，现在就剩下老板娘一个人在经营粥店。他们的孩子小，还在读书，老板娘只能一个人扛着。

许倾好几次在公开场合说那家粥店的粥很好吃，确实为粥店带来了很多客人。老板娘也因此请了一些帮手，就没那么辛苦了。

回到房间，许倾去洗了澡，再出来时已经很晚了。

许倾正准备睡觉，顾随发了语音信息过来："睡了？"

许倾："准备睡了。"

顾随："好，晚安。"

"晚安。"

放下手机后，许倾躺下就睡着了。第二天醒来，陈想和她的话题都消失得干干净净了。

许倾难得休息一个早上，吃过早饭就翻出《龙山》的剧本看。早前萧正明导演还通知许倾，让她在开拍之前去学一下格斗。

下午五点多，林导在微信群里通知大家准时参加杀青宴。许倾回了一个表情，随后起身梳洗。她挑了一件毛衣，搭配长裙，再穿上大衣便出门了。

苏雪也正出来，说："小兰和小助理她们先回黎城了。"

许倾："嗯。"

苏雪问道："你觉得小助理怎么样？如果可以的话，我们就长期跟她合作。"

许倾："还不错，长期合作吧。"

"好。"

杀青宴安排在澜湾酒店。许倾到的时候，张驯和另外一名演员正在门口聊天。看到她，张驯微微一笑："来了？"

许倾走上台阶，把外套脱下，笑着回道："是啊。"

"走，一起进去。"张驯招呼许倾。

许倾点点头，跟张驯一起走进去。杀青宴在二楼。他们一进包间就看到出品人端着酒杯，轻皱着眉头，而林导则搭着出品人的肩膀在安慰他。

张驯"啧"一声，说："又在怀疑你。"

许倾笑了笑，说："他是第一次当出品人，紧张也正常。"她也很好奇江琳雅的实力到底有多强，强到让出品人这么担忧。

杀青宴上，大家吃吃喝喝，聊着天。

林导喝得有点儿多，眼神都带着醉意，说："我很想品一品梁酒，可惜没那个机会啊！"

"哇！林导，你太敢了，连这个都敢想。据说梁酒都入了黎城那群少爷们的酒庄了，哪有我们这些普通人什么事啊？"

林导笑笑："哎，我也就想想。"

这时，一旁的服务员突然看了许倾一眼。许倾的手机也紧跟着响起来。她拿起来一看，是顾随。

顾随："楼上有梁酒。"

许倾："你在澜湾？"

顾随："我一会儿过去，你先上去拿。我们今晚在那边有一个座谈会。"

许倾："哦。"

许倾："你怎么知道我们要喝梁酒？"

顾随："你们今晚的餐食都是我安排的。"

许倾突然无语，放下手机一抬头，就看到酒店服务员在电梯那边向自己招手。她抿抿唇，走过去。

服务员微微一笑，恭敬地说道："许小姐，请跟我来。"

许倾："麻烦你了。"

随后她跟着服务员进了电梯，一路上行来到二十二楼。不同于其他楼层都是酒店客房，这层楼一整层就是一个现代酒庄。服务员带着许倾走向一扇大门，结果还没碰到门，门就先从里面拉开了。开门的是穿着黑色毛衣的陈想。

四目相对，许倾一愣，随即微微一笑："陈总。"

陈想看到许倾，眨了眨眼睛，生硬地点了一下头："你好，许……许……"

这时，一道低沉的声音从身后传来："许倾。"

许倾转头，陈想抬头，都看到了顾随。他穿着白色衬衫，挽着外套，带着陈助理站在走廊另一头，眼神深沉。

顾随先看了许倾一眼，随后视线往后，盯着陈想。他轻飘飘地冷冷问道："哦？陈总什么时候成结巴了？"

顾随认识陈想多年，可太了解陈想的秉性了，也是第一次见陈想这么无措地面对一个女人，面对的还是他顾随的女人。

结巴、眼神游离……陈想对许倾的想法昭然若揭。

陈想下意识地匆匆扫了许倾一眼，然后抬头看向顾随，捏了捏喉咙，笑了笑，说："这两天喉咙有点儿不舒服……不舒服。喀喀，说话都……喀……都难。"说完，他从门里走出来。

许倾往旁边让了让，陈想就朝顾随快步走去，说道："人来了。我下楼去接。"

顾随没应，朝许倾走去。他从口袋里伸出手，牵住许倾。他的掌心很暖，而许倾的手有点儿凉。他偏头看着许倾，问道："怎么穿这么少？"说着，他就牵着她进去了。

酒庄里面光线有点儿昏暗，空气里都是酒香味，但比外面暖和很多。顾随抖开外套要许倾穿，却被许倾推开："不用，我不冷。这里面很暖和。"

顾随一顿，随手把外套递给陈助理。陈助理接过外套挂了起来。

许倾看了顾随一眼，问："你不是说还有一会儿吗？"

顾随说："要座谈的人来了。"

"你跟他去找酒。我记得放在最里面的那个柜子里。"他抬手指了一下里面那一整排酒柜。

服务员对许倾说："许小姐，走吧。"

许倾："好。"她跟着服务员走向里面。

这一层楼都是放酒的，装修设计得很庄严，棕色的家具配金色的灯光。酒柜不全是挨着墙的，有些立在中间，设计成菱形，越往里酒香越浓郁。许倾还挺喜欢这个味道的。而且这里的很多酒许倾以前只听说过，没见过。

来到最里面的酒柜前，服务员一格格地翻找。许倾站在一旁查看酒柜上的标签。

这时，门口传来了一阵脚步声，陆陆续续地进来了五六个男人，他们一边走一边说笑。许倾转头扫了一眼，便看到几个西装革履的男人，再目光一转，又看到了靠在大班桌旁的高大男人。

顾随将袖子挽了起来，拿着一瓶酒，嘴角带着笑意听其中一个人说话。他们互相调侃着，顾随顺手放下酒瓶，绕过桌子，笑着俯身拿起茶壶，给每个人倒了一杯茶。他自信、强势、锋芒毕露，偏偏行为举止彬彬有礼。

许倾看了他好一会儿才收回了视线，却发现服务员找得满头大汗，于是走上前问道："怎么样？"

服务员有些尴尬，低声说道："我不知道哪款才是。这里有好多款。"他把声音压得很低，像是怕吵到外面那群人。

许倾让服务员走开一些，随后弯腰去看，只看了一眼就明白服务员为什么这么纠结了——这里有好几款酒的标签上都写着"梁"字，字的颜色、瓶子都不一样。

许倾也没见过梁酒，不知道这酒是什么样的。她站直身子，看了一眼那边的男人，然后屈指在酒柜上敲了敲。

"唰"的一下，那边的男人们纷纷看了过来。因为酒柜被设计成了菱形，摆上酒后无法直接看到对面的人，所以此时他们只隐约看到酒柜后站着一个女人，似乎很漂亮。在灯光的映照下，女人皮肤白皙，身形窈窕，艳丽的眉眼若隐若现，宛如酒仙子一般，令人想拿开她面前的酒一睹芳容。

顾随听见声音，猜测许倾应该有事，于是对其他人说："稍等。"随后，他放下茶壶，走向酒柜后面。

许倾抱着手臂站在那儿等他。顾随挑眉："怎么了？"

许倾努了一下嘴巴，说："不知道哪瓶才是。我们也没见过梁酒啊。"

顾随一听，低笑一声。他走过去，微微俯身，视线一扫，很快就伸手从里面拿出一个瓦罐形状的酒瓶。他递给服务员，说："认清了。"

服务员尴尬地点点头："好的。"

许倾就抱着手臂看他，那样子慵懒又性感。顾随走过去，在她的嘴角落下一吻，说："别喝太多。我就在这里，晚点儿送你回去。"

许倾低声说道："不了，最近记者太猖狂。"

顾随："行。"随后，他走了出去。

顾随一走出去，外面的几个男人就笑着调侃："谁啊？我们认识吗？"

"怎么没听说你谈恋爱了？"

"哟，藏得挺深啊！"

顾随端起茶杯抿了一口，似笑非笑地看了他们几眼，正想回答，却见服务员抱着酒瓶走出来。而许倾就跟在服务员的身侧，冲这群人礼貌地点点头——高挑的身材加上那张漂亮的脸蛋儿，非常惹眼。

一群男人纷纷回以礼貌的一笑，随后目送她出去。等许倾出去了，他们又全看向顾随。

顾随放下茶杯，说："还没追到。"

"哟？"

顾随含笑。

不远处，陈想靠在沙发上，看着许倾的背影，特别想抽烟。

进了电梯，服务员擦擦汗，说："顾先生今晚约的人都是海城这边的世家公子。"

许倾看了服务员一眼，点点头："哦。"

他们回到二楼，刚出电梯就听到鬼哭狼嚎的声音，是林导他们在唱歌。许倾"啧"了一声，拿过服务员怀里的梁酒走进了包间。

林导正好一转头，就看到许倾和她手里的梁酒，顿时露出震惊的表情。

"什么？梁酒？"

其他人也都看过来。许倾走过去，把酒放在桌上，说："是的。"

"哇！"林导上前抱住梁酒，其他人也围上来。林导摸着酒瓶道："我曾经喝过几瓶假货。可即使是假货，味道也非常香。许倾，你这不会是假的吧？"

许倾："我也不知道。小燕，帮我拿酒杯过来。"

"对对对，酒杯，酒杯。我们一人喝一杯，试试。"林导顿时反应过来，招手说道。

小燕赶紧把酒杯拿过来。林导亲自开了酒瓶，瞬间酒香四溢。那味道非常浓郁，许倾连闻着都有点儿上头。

林导："真的。"

"肯定是真的。"

接着林导开始倒酒，许倾也得到一杯。张驯端起他的酒杯，看了许倾一眼，笑着问道："你也喝？"

许倾靠在桌子旁，说："这么好的酒，肯定得试试。"

张驯笑着看她："这不是你家的酒吗？"

"对啊，许倾，这酒不是你买的吗？"林导看向许倾。

许倾一顿，笑着说道："怎么可能？"

服务员在一旁解答："是顾先生的，他请你们喝的。今晚的餐食也都是他安排的，并且已经买过单了。"

林导："顾先生？哦，想起来了。许倾……你男人。"

许倾猛地咳了起来，随即笑了笑，没应。

其他人见许倾这样，都很好奇她到底跟谁有关系——热门话题上不是有一个荣创的陈想吗？另外黎城不是还有一个全城追妻的大佬吗？所以，许倾到底选谁？

好在剧组的人都不是那种爱说八卦的，而且今晚气氛这么好，当然是先好好享受啦。于是一群人开始喝起了梁酒，唱起了歌。

这酒后劲儿十足，一群人喝到最后都多少有点儿晕。散场的时候，许倾得靠苏雪搀扶着才勉强站稳。

几个人拉开包间的门，没想到竟有媒体记者在门口候着。

林导"啧"了一声："你们这些人都太敬业了。"这也是今晚杀青宴他不请媒体的原因——太烦人。出品人赶紧捂住林导的嘴巴，心想：还是谨慎一点儿比较好。林导这才老实了。

记者上前笑着采访了出品人几句，都是问他许倾和江琳雅对上，紧不紧张之类的。出品人私下担忧，在人前自然不能表现出来，很自信地说自己相信许倾。

随后一行人去等电梯。电梯停在二楼，电梯门打开。看到顾随和陈助理站在电梯里，电梯外的人愣了一下。

顾随看到许倾醉醺醺的样子，拧了一下眉，正想说话，却看到了跟在许倾身旁的记者。他紧了紧下颌，垂下了眼眸。

许倾顿时松了一口气，被苏雪扶了进去。顾随没有让，神色冷峻地看着其他人鱼贯走进电梯。林导和出品人也跟着进了电梯，有一个记者也挤进了电梯。电梯里一下子全是梁酒的味道。电梯门关上，电梯里很安静。

顾随拿出手机，低头敲着。

"嘀嘀——"许倾包里的手机响了起来。她看了一眼男人高大的背影。

电梯很快到了一楼。林导捂着额头"哎"了一声，跟着出品人走出电梯。苏雪也扶着许倾走出去，记者自然跟着。

黑色保姆车开到酒店门口。苏雪赶紧拉开车门，让许倾钻进车里，然后自己也上车，关上了门。

两个人不约而同地大松了一口气。苏雪坐直身子说："电梯门开的时候，我差点儿以为顾随想搂你，快被吓死了。"

要是当时顾随真的伸手搂了许倾，现场的记者能立马跳起来。

许倾笑了一下，支着额头问道："他难道连这点都看不出来？"

苏雪："也是。"

这时，许倾拿出手机，解锁屏幕。

顾随："你喝了多少梁酒？这酒后劲儿很大，你今晚别叫疼。"

许倾："什么疼？"

顾随："头疼。"

许倾："哦，我现在感觉还好。"

男人发了一条语音信息，冷笑一声，便没了下文。

回到酒店，许倾洗洗就睡了，结果躺在床上不一会儿就感到一阵晕眩，紧接着头就开始抽疼。她起来喝了好几杯水都没什么用，只得靠在沙发上，心想：以后不能轻易尝鲜了，好喝的酒都有毒。

半夜十二点多，许倾的手机响了起来。她抓起来接了电话。男人低沉的声音在电话那头响起："怎么还没睡？是不是头疼？"

许倾咬牙："嗯。"

"我让酒店煮了点儿醒酒汤送上去。你要是还晕着，就让苏雪起来喂你。"

话音刚落，门铃声响起来。

许倾疼得不想站起来，颓然说道："站不起来。"她的语气像是在撒娇，又有点儿气急败坏。

顾随一听："那我上去？"

许倾："好多记者。"

顾随："嗯。"

许倾："算了。"

她挂了电话，忍着头疼起身去开门。她确实头晕，等服务员把醒酒汤放在茶几上，就跌坐在沙发上一动也不想动了。

这时，她的手机"嘀嘀"地响了好几声。她打开看了一眼，就见一连串话题蹿了出来——"荣创陈想在海城疑似夜约小花旦廖嫣然""廖嫣然现身海城澜湾酒店，约会陈想""廖嫣然隐婚"。

看到这些消息，许倾蒙了一下，然后起身一把推开小阳台的门，只见酒店门口的记者疯了似的跑上车，紧接着十几辆银色面包车飞速往澜湾酒店的方向开去。

廖嫣然和江琳雅一样是一线女演员，而且还跟荣创的陈想闹绯闻。对记者来说，这可比蹲守许倾更有看头。

这时，许倾房间的门铃又响了。她转身走了过去，一把拉开门，高大的男人侧身走进房间。

许倾："你就是这么引开记者的？"

顾随一笑，搂住她的腰。这时，他口袋里的手机响了起来。他顺手摸出来看了一眼，但没理会，随手放在鞋柜上。许倾倒是看到了发来的信息——

陈想气得都不会打字了，全用符号代替。

"他在骂你。"

即使只有一堆符号，许倾也能感受到屏幕那边的人的愤怒，于是提醒顾随。顾随把她抱到沙发上放下，"嗯"了一声，俯身端起那碗醒酒汤，用勺子舀一勺送到她的嘴边。

许倾趴在沙发上，张嘴喝下。汤汁入喉，暖暖的，令她感觉舒服很多。她侧头看向顾随，顾随就又送了一勺过来。

一时间客厅里有些安静。许倾感觉头疼缓解了很多，揉揉额头。

顾随抬眼看她："以后别这么贪杯了。"

许倾笑弯了眉眼："我发现这酒很香。"

"嗯。这酒的做法比较特殊，储藏方式也比较特别，所以比其他的白酒要香。"他又舀了一勺汤喂她，顺便扯了一张纸巾给她。

许倾有些发愣，没接，顾随见状便亲自给她擦。许倾陡然回神，愣愣地看着男人刚毅的俊脸，突然感觉耳根滚烫，心跳也隐隐加快，于是把脸埋了起来。

她喝了酒，很多心情都跑了出来。

顾随见她这样，问道："很疼？"

许倾是为了躲那些心情，所以摇头说道："也不算疼……不对，还是有点儿疼。"

这样的她多了一丝楚楚可怜。顾随放下碗勺，上前把她抱进怀里。许倾闻到他身上的香味，立即缩进他的怀里。

顾随揉着她的太阳穴，说："看你以后还敢不敢喝。"

许倾的嘴唇贴着他的脖子。她用牙齿轻轻地咬开他的领口的纽扣。顾随一愣，下一秒伸手把领口拢回去，说："等会儿看你睡了，我就得走了。"

许倾："哦。"也许是被酒精侵蚀了理智，她问，"这么晚了，你还去忙什么？"

顾随："有个国际视频会议。"

许倾："哦，真忙。"

顾随笑了一声，继续帮她按揉太阳穴。许倾觉得疼痛在逐渐缓解，睡意也袭上来。

顾随低头看着她，眼中含着几丝柔情，轻声问道："你不敷张面膜？"

闻言，许倾突然睁眼，紧紧盯着他。顾随微挑眉梢，却发现女人的眼神中带着几丝探究。他的喉结滚动了一下，心想：说错话了？

许倾抬起手拨弄他的衬衫领口，轻声问道："是谁教过你，女人睡前一定要敷面膜的？"

一瞬间，顾随搂着她的手臂猛地一紧。他说："没有人教过我。"

许倾："但你挺在行的。"

彼此对视。见她神情淡然，顾随只觉得心脏"怦怦"地撞击胸口——这次不是心动，而是慌乱地跳动。

许倾的长腿动了一下。顾随下意识地抱紧她，低声说道："真没有人教过我。你看过我和吴倩在国外的照片。当初我是受吴先生所托顾吴倩。我平时很忙，都是陈顺在照看她。有一次吴倩闹着要去非洲，那地方能去吗？我不让她去，她就要挟我，要我陪她逛一天街。

"我答应了。她让我拍照，我也帮她拍，但没有一张是她喜欢的。后来就全是陈顺给她拍的。一路逛下来我很不耐烦，就回车里抽烟。结果她买了一大堆面膜，还非要我开车去接，我就换了一辆车走了。她倒好，又把这些面膜送到我的公司，一人送了一份，并且跟女员工讨论晚上怎么敷面膜才好。

"陈顺这个狗东西，居然还跟她聊得津津有味。我让陈顺去卖面膜算了，他还说敷面膜而已又不犯法，每个女人都贴。哦，这事我就算记下来了。"

说完，他捏着她的下巴，看着她："是不是乌龙？"

许倾眨了几下眼睛，没料到今晚会谈到这个话题，还把"照片门"的事解释清楚了。她张了张嘴，说："嗯，乌龙。"

顾随笑了，低头亲了一下她的额头："以后有什么事，你直接问我。"

"嗯。"许倾又问，"陈顺也敷面膜啊？"

顾随："嗯。"

许倾："精致男孩儿。"

顾随："你突然夸他做什么？"

许倾渐渐有些困了，不一会儿便睡着了。顾随见状，把她抱起来送到卧室的床上，又给她盖好被子。

许倾的脸有些红，眉眼细细，看着比醒着的时候乖很多。顾随俯身亲了她的嘴唇一下，顺手调暗了床头灯，随后转身出去，又给她关上房门。他将沙发上的外套捞起来，拿上手机出门，下到一楼，从酒店大堂走出去。

陈助理将车开过来。顾随上车后捏了捏眉心。陈助理从后视镜看了自家老板一眼："老板，怎么了？"

顾随拿出一支烟，点燃了咬在嘴里。烟雾缭绕间，他摆了摆手，示意陈助理开车，也表示没事。陈助理这才启动车子。

顾随闭上眼睛，任由烟雾弥漫。他没法儿告诉别人，自己刚才心慌成什么样。而应对这种情况的最好办法，就是自己永远不拈花惹草。

许倾一觉睡到天亮，头没那么疼了。她刚从床上起来，就听见了门铃声。她拉开门，看到苏雪站在门口。

苏雪呼出一口气，说："我还以为你忘记今天要回黎城了。"

许倾："没有。"她抓着头发往客厅走。

苏雪也走进客厅，一边收拾一边问道："你叫的醒酒汤啊？我早上醒来才想起这事，应该给你叫点儿醒酒汤的。实在是太不应该了。"

许倾："没事，你昨晚也喝酒了。"

苏雪昨晚替许倾挡了好几杯酒，但幸好没去碰梁酒，不然得跟许倾一样。

许倾洗漱完换了衣服出来时，苏雪已经整理好客厅，并把许倾的行李箱都收拾好了。许倾拿起一顶贝雷帽戴上，一只手插在口袋里，拖着一个行李箱走向门口。

苏雪问许倾："你看微博了吗？"

许倾："没看。怎么了？"

"昨晚真是一场乌龙啊。记者去蹲廖嫣然和荣创的陈想，没蹲到廖嫣然，只蹲到喝多了酒的陈想。他坐在澜湾酒店门口抽烟。啧啧。记者说他失恋了，陈总让人家滚。"

许倾："哦。"她拿起手机翻了一下，果然没看到他们两个人的话题——那肯定是一场乌龙啊，都是顾随搞的鬼。

她今天穿着黑色的短款外套和短裙，看起来非常有个性。那些记者去而复返，看到她就对着她的脸拍。

许倾弯腰上了车。保姆车启动，前往机场。她在登机前拿出手机给顾随发了一条微信消息。

许倾："我登机了。"

顾随："下了飞机联系我。"

许倾："嗯。"

许倾抵达黎城时是中午十二点。她先去欢颜公司报到，这才发现公司居然发生了这么大的变化——首先，公司成立了一个偶像团体；其次，公司多了一位副手，分担了肖仲的工作。

许倾推开肖仲办公室的门，就见肖仲穿着一身西装站在窗前抽烟。他听见动静，转头看过来。

许倾："肖总，我来报到。"

肖仲愣了两秒："哦，行。"他走到桌子旁，顺手掐灭烟，抬起头看向许倾。他的眉宇间没了过去的意气风发和些微的嚣张，反而带了点儿阴郁。

许倾说："那没事的话我先走了。"

肖仲："嗯。对了，你也去见见公司的副总。"

"好。"说完，许倾关上门走了。

肖仲看着那扇门，想起第一次见到许倾时她的样子。那时候她穿着短款上衣、西装长裤，露了一点儿腰线出来，眉眼含笑，艳丽无双。他低下头，端起水杯喝了一大口水。

欢颜新来的副总很年轻，做事锋芒毕露，一看就不是善茬儿，不过对许倾还算亲切，聊了两句就放许倾出来了。

许倾回到化妆间不久，苏雪进来走到她的身边，低声说道："这位副总好像是顾随安排下来的，可能要架空肖仲。"

许倾挑眉："哦？"

苏雪："欢颜要变天了。"

许倾顿了顿，说："变了再说。"

苏雪："也是。"

两个人没在公司久留，坐了一会儿就走了。许倾直接回医院去看母亲，一进门便看到罗素正在看电视。

罗素转过头来，紧接着张嘴："倾。"

只一声，就让许倾十分激动。她立即上前，握住罗素的手："妈，你能说话了？"

罗素笑着点头："能说一点儿。"

萧姨笑着说道："姜主任说她是昏迷太久，出现了语言退化，慢慢就可以恢复了，问题不大。"

许倾："太好了。"她高兴地抱住母亲。

罗素也伸手抱了抱许倾。

与此同时，丽湾金域的别墅内，顾老爷子正在屋里不停地踱步。他走了几分钟后停下来，拿起桌子上的手机，找到顾随的号码拨了过去。

几秒后，顾随接起来："爷爷。"

顾老爷子看着落地窗，说道："这几天我打算去看看许倾的妈妈，但是又不太确定以什么身份去，所以想问问你。你约许倾成功没有？要是没有，我给你支着儿。都这么久了还约不到人家吃饭，你太丢人了。"

顾随："我约……"

顾老爷子："还是不行，对吗？我跟你说，追女人不能太强势，更不能太霸道，还不能大男子主义。我看你全占了。就你这样，许倾能喜欢你才怪。"

顾随眯眼："我成功了，谢谢。"

顾老爷子："咦？"

"成功是追求成功，还是约饭成功？"沉默几秒后，顾老爷子再一次提出了疑问。

顾随紧绷下颌，说："你若是要去看许倾的妈妈，等我回去再说。"

顾老爷子想反驳，又觉得约饭成功和追求成功可是天差地别，所以他去看许倾妈妈连个理由都没有。他不禁有点儿生气："你啊你，让我怎么说你？被女人恭维多了，不会追女人了是吧？所以活该你吃苦。"

顾随的人生确实太顺了，可能注定要在许倾身上跌跟头。他这些年当上位者当习惯了，基本没人敢如此说他。此时，他用手指抵着眉心，点了几下头："嗯，您说得对。"

顾老爷子听见顾随这漫不经心的语调，就知道他没听进去，或者早有想法。老爷子气哼哼地说："挂了，早点儿回来。"说完，他便挂了电话。

顾随也放下手机，摁灭了屏幕，顺手扔在桌上。陈助理见状，立马上前递过去一份文件。

罗素现在说话跟小孩儿一样。许倾一边陪着她复健，一边跟她聊天。有些词语罗素说不出来，许倾就教她，她很快便能反应过来。母女俩一学一教，其乐融融。

许倾有三天假期，打算都用来陪罗素。她连行李箱都没拿回馨月小区，直接就在医院住下了。

第三天早上，许倾拿着毛巾给罗素擦脸。母女俩正嘀嘀咕咕地说着话，就听见病房门被敲了一下。

母女俩一起抬头，看到一个留着胡须的老人家提着礼盒，一身正气地站在门口。罗素有些疑惑地看了许倾一眼，而许倾一眼便认出那是顾老爷子。

"爷爷，您怎么来了？"说着，她上前帮忙提礼盒。

顾老爷子朝罗素点头，然后对许倾说道："我路过这里，就顺便过来看看。"

许倾"哦"了一声，笑着把老爷子引到罗素的跟前："妈，这是……"她突然停顿了一下。

这两天罗素问过顾随的情况。许倾说顾随忙，加上他们两个晚上偶尔语音聊天，罗素多少也听到了顾随在外地的消息，便没有再多问。

罗素觉得男人忙点儿是好事，说明事业上有成就。

许倾紧接着笑着说道："妈，这是顾随的爷爷。"

罗素一听，立即就要下床。顾老爷子见状，赶紧阻止她："不用起来，我就是顺路过来看你。最近怎么样啊？"

罗素拨了一下头发，笑着说道："好。"

顾老爷子看了许倾一眼。许倾给老爷子拉了椅子让他坐下，说："我妈刚醒的时候还不能说话。现在正在恢复中，说话就跟小孩儿刚会说话时那样，没办法说长句子，只能几个字几个字地往外蹦。"

"哦，没事，慢慢来。"接着，顾老爷子小声地问，"你妈妈认识顾随？"

许倾愣了一下，低声说道："我妈醒来时看到顾随在，就误会了。我就没解释，让她误会下去。我觉得人活着就得有希望。"

顾老爷子一听，乐了："对啊，人活着就得有希望。"

说着，他往罗素那儿拉了拉椅子："亲家母啊。"

许倾低声喊了句："爷爷。"

可惜，顾老爷子不搭理她了，挨着病床跟罗素聊天。罗素听了那句"亲家母啊"，愣了一下，紧接着就展露了笑颜。她频频看向许倾，眼神仿佛在说：不是男女朋友吗？怎么叫亲家母了？

许倾不知该说什么，揉了揉额头，再一抬眼，就看到高大的男人正好走了进来。他风尘仆仆的，应该是刚下飞机。

许倾立即上前拽住他的领口。顾随垂眸，笑着揽住她的腰："怎么了？"

许倾踮脚，小声说道："爷爷喊我妈'亲家母'。"

顾随笑着看了一眼两位长辈，低声问道："难道不是？"

许倾瞬间想起她和他的结婚证。

顾随笑着搂着她的腰往里走，顺手把外套递给萧姨，萧姨也很自然地接过来挂在衣架上。许倾看了一眼萧姨那自然的动作，行吧，这个男人太自如了。

顾随走上前，一边解袖口，一边喊了一声爷爷，随后问罗素："阿姨好些了吗？"

罗素看到顾随就很欣喜，点头："好多了。"

"那以后我们可以交流了。"听见罗素开口，顾随微勾嘴角，眉眼温和，一副斯斯文文的女婿样儿。

罗素见此能不开心吗？她说："嗯，可以说。"

顾随紧接着又说道："姜主任说不用半年，你就可以回家住了。回头我让人收拾一处房子出来。"

罗素笑着说道："许倾那儿。"

顾随抬起眼眸看向许倾，许倾挑眉。顾随低头笑了笑，对罗素说："嗯，许倾那儿。"

顾老爷子看着自家孙子对许倾的妈妈言听计从，一点儿也不意外，虽然老爷子知道那副胜券在握的做派才是顾随的本性。

他只有面对许倾才会卑微。

顾老爷子问许倾："你们这儿中午吃什么啊？"

许倾笑着说道："我已经订了一家酒店的餐食，等一会儿就送过来了。爷爷，你跟顾随都留下来吃饭吧。"

顾老爷子："我还打算请你们吃饭呢，你这孩子。那爷爷就留下来蹭饭了。"

许倾眉眼弯弯，含笑说道："好。"

顾随看着许倾，看她笑，看她弯起眉眼。他勾起嘴角，眼中带着温柔。

罗素则因为这个气氛，心情很激动。她看得出顾随的爷爷很喜欢许倾，只觉得上天终于眷顾了她们。

许倾跟老爷子说完话，一抬头，对上了男人含笑的眼眸，不禁心一紧，拨弄了一下毛衣下摆。幸好这时她的手机响了。她拿起来看了一眼，正好是酒店的送餐电话。

许倾立即走向门口，说："直接送上来就行。"她刚说完，就看到电梯门开了，酒店送餐的服务员提着食盒走过来。

酒店派来了两个服务员和一个领班。许倾把人迎进病房。领班看到顾随，愣了一下，喊道："顾先生。"顾随点点头。

"回头我让酒店再送些甜点过来，感谢您对酒店的支持。"领班边放下东西，边对许倾说。

许倾笑着说道："好的，谢谢。"

她看了一眼顾随，心想估计是托这个男人的福。酒店送餐人员走后，顾随挽起袖子，帮许倾一起把罗素扶到轮椅上。

罗素现在还不能自己坐立行走，需要借助轮椅把身体固定住。然后许倾把她推到桌子旁。

桌子是圆桌，五个人坐下刚刚好。

顾老爷子看着这一桌，突然有些感慨："如果年夜饭能这么吃就好了。"

顾随一边给许倾夹菜，一边看了顾老爷子一眼。顾老爷子也看着顾随，用眼神表示：你赶快努力！顾随敛了眼眸，懒得搭理老爷子。

这顿饭可以说是罗素醒来后吃得最高兴的一顿饭。她看到顾随的体贴，看到顾随各方面的好，心里甚是欣慰。

吃过饭，收拾完桌子，许倾跟顾老爷子陪了罗素一会儿。许倾端起果汁喝了一口，看了一眼阳台，看到顾随正在打电话，嘴里咬着烟。

许倾走过去拉开门，也走进了阳台。她端着果汁靠在栏杆上，看着外面的景色。

其实外面的景色并不好看。对面也是医院大楼，有很多穿着病号服的人进进出出，有的绑了绷带，有的坐着轮椅、挂着吊瓶，有的甚至躺在移动病床上，盖着蓝白色条纹的被单，气氛压抑得很。

许倾抿着果汁，静静地看着楼下的人间疾苦。

她今天穿着红色的毛衣，露出一边白皙的肩膀，肩膀上还挂着黑色的细肩带。顾随挂了电话，取下嘴里的烟，走上前摁住许倾的肩膀将她转向自己，低头堵住她的嘴唇。他的舌尖带着烟草味，清凉的薄荷香味涌入嘴中，许倾猛地握紧杯子。

顾随的手掌搭在栏杆上，指间烟雾缭绕，骨节分明的手指被衬得极为好看。许倾被他吻得仰起头，露出纤细白皙的脖颈。

顾随狠狠地吮着她的嘴唇。吻毕，他咬着她的耳垂："你今晚就要赶飞机？"

许倾："嗯，你不也是？"

顾随的声音低沉嘶哑："最近忙。"

凌盛和同易的合作陷入僵局，外面还有其他虎视眈眈的人想要趁他们两家斗起来的时候乘虚而入。顾随深知，要拿下同易得集结海城的世家，所以最近应酬很多。而他们的应酬不会以酒为媒，而是形式更多、更高端的博弈方式，这也让顾随花费更多的心思，所以很忙。

许倾："嗯。"

顾随拨弄了一下许倾额前的头发，说："走吧。"

说完，他拉开阳台的门。许倾喝完杯中的果汁，跟在他的身后走进病房。

罗素需要午睡，但还在强撑。顾随取下外套穿上，跟罗素说了一声："阿姨，我们先走了。"

顾老爷子："我们有空再来看你。你好好养身体。"

罗素："谢谢。"她目送顾随和顾老爷子出了门。

许倾送他们出门。顾随虚虚地扶着顾老爷子的手臂，爷孙俩进了电梯。

顾老爷子看着许倾，挥手说道："快回去陪你妈妈。回头爷爷再请你吃饭。"

许倾笑着拢了一下毛衣："好。"她又看了一眼顾随。

顾随将手插在裤袋里，含笑看着她。

许倾突然觉得脸热，好在电梯门终于关上了。她返回病房陪罗素，接着准备晚上赶飞机的行李。

晚上八点半，苏雪过来接许倾。许倾跟母亲和萧姨告别后，拉着行李箱就去坐车，赶往机场。

这才刚开年不久，许倾已经不知道坐了多少趟飞机了。她靠在车座椅背上，敲着手机与孟莹聊天。

孟莹："早上顾随跟他爷爷去医院看阿姨了？"

许倾："嗯。"

孟莹："你们现在……"

许倾："我们正在进步。"

孟莹："太好了。"

不管如何，如果能坐实婚姻关系，也是喜事一桩。

很快，车子抵达机场。

这么晚了还有不少粉丝在等许倾。上次许倾戴着贝雷帽、穿着短裤和黑色外套的机场照在微博上火了一把，所以这次粉丝就更多了。

许倾今天穿得很普通，就是红色毛衣搭配牛仔裤，戴着墨镜、口罩。她手里拉着一只小行李箱。这次剧组拍戏的地方比较寒冷，所以她带了两个行李箱，大的托运，小的就自己拉着登机。

粉丝们第一时间看到了她。

"许倾，你今天也好美啊！"

"倾倾，你好适合红色。"

"倾倾，你认识陈想吗？他的屏保为什么会是你啊？"

许倾看了一眼，扶了一下墨镜，说："我的照片全国人民都有吧。"

话刚说完，几个粉丝就笑了起来："也对也对，哈哈哈。"

"这一点儿都不夸张。我妈的手机里也有倾倾的照片，而且她还跟我抢倾倾的杂志，杂志到家后我爸都震惊了。"

"哈哈哈，你妈也太有意思了。"其他人都挺羡慕这个粉丝的母亲和她有相同的爱好。许倾听着也觉得有趣。

今晚出行的人很多，机场里人来人往。有粉丝突然"咦"了一声，其他人跟着转头，便看到一个戴着金丝边眼镜的高大男人，身后跟着几个助理，朝这边走来。

男人穿着黑色衬衫和西裤，还系了领带，手腕上戴着腕表，看起来高贵不可冒犯。

而粉丝之所以会惊讶，是因为这个人居然是上过《我们相爱吧》这档相亲节目的顾行。

"顾行？"

"好像是他。"

"天哪！巧了。"

许倾看到顾随，抿了抿唇，看了苏雪一眼。苏雪也有点儿震惊，想跟许倾说点儿什么，但碍于周围都是粉丝，只能不了了之。

许倾面不改色地往安检口走。但随着粉丝此起彼伏的尖叫声，她察觉到顾随一行人已经走了过来——男人腿长，走得自然比她快一些。

他们一行人从许倾一行人身边经过。粉丝们小声议论。

"真人比电视上高冷多了。"

"对啊，但是确实帅，太帅了。"

"气场好强啊！"

"现实版霸道总裁。"

"好帅好帅，天哪！"

这时，走到前面的一行人突然停下脚步。粉丝们的尖叫声也跟着停了，一个个屏住呼吸看着顾随等人。

顾随抬手抵了一下眼镜，喊了一声："许倾。"

粉丝们愣了，"唰"地看向许倾。许倾在那一刻跟粉丝一样，呼吸略微停顿，微抬起下巴看着那个高大俊朗的男人。几秒后，她迅速地做出反应。

"好久不见，顾行。"

"好久不见。"男人的声音低沉带笑。

许倾也勾起了嘴角，算是礼貌回应。

顾随又笑了笑，走上前半蹲下来，骨节分明的手指拉起她的两根鞋带，说道："你的鞋带开了。"

全场粉丝瞬间失语，一秒后，几乎掀翻天花板的尖叫声响起。许倾的脚已经来不及收回了。

他三两下系好鞋带，重新站直了身子，理了理袖子，笑着说道："没想到再见面会是这样一幅场景。"

许倾很想打他，笑了笑，配合他演戏："是啊。最近好吗？"

"还不错。"

许倾："那就好。谢谢了。"

"客气。"顾随点头，"先走了。"

许倾："慢走。"

说完，顾随便接过其中一名助理递来的手帕擦擦手，随后大步往安检口走去。

他走后，现场的粉丝依然在议论纷纷。他们被刚刚的一幕震惊了，但是回过神来听到许倾和顾行的寒暄，又反应过来两个人都参加了那期《我们相爱吧》。

苏雪看向粉丝们，笑着说道："许倾跟顾行不熟的。大家不要乱传。"

"好的好的，明白。"粉丝们立即回答。

随后，许倾一行人也来到安检口。这时已经看不到顾随的身影了。许倾跟粉丝们告别，随后走进了安检口。

目送许倾走后，一群粉丝还站在原地。刚才光顾着尖叫了，他们都忘记多拍点儿照片了。

"之前看节目的时候，我老觉得顾行喜欢的人是陈佳瑶。可现在我怎么觉得他可能喜欢我们倾倾？"

"要是喜欢的话，应该会行动吧。怎么这会儿两个人还是不熟的样子？"

"会不会顾行已经和陈佳瑶在一起了，所以刚才对倾倾只是举手之劳？"

"我觉得这样的男人还是适合我们倾倾啊！"

"没事，我们倾倾有全城追妻的大佬，还有那个用她的照片当屏保的陈想。"

粉丝们握拳。

进了安检口后，苏雪差点儿脱力："我的天，差点儿被顾随吓死。"

许倾喝着热腾腾的咖啡，没有说话。

时间快来不及了，他们得赶紧登机。

《龙山》的拍摄地在东市的影视城。很多红色电影都在那里拍摄，而全国电影特效做得最好的公司也在东市，另外还有一些高科技产业也在那里。

一行人一进商务舱，便看到戴着金丝边眼镜的顾随正垂眸翻着杂志。

陈助理笑着跟苏雪打招呼。苏雪感觉一颗心直跳，瞪了陈助理一眼。许倾端着咖啡走过去，在顾随旁边的位子上落座。顾随的手肘正搭在桌子的边缘，手臂的肌肉线条清晰。

许倾坐下后，顾随偏头看了她一眼："好巧。"

许倾扯了一下嘴角："好巧。"

旁边跟着的一行人心说：你们飙戏呢？

中午一块儿吃饭的时候，许倾就知道顾随还要出差。他出现在病房只是赶回来陪顾老爷子去看看罗素，晚上也得离开黎城。但没想到他们搭乘同一班飞机。

许倾支着下巴看顾随："你也去东市？"

顾随靠在椅背上，神情慵懒："嗯。"

许倾："那确实巧。"

顾随伸手，掌心朝上，搭在两个人中间的扶手上。

许倾看了一眼，没搭理他。顾随笑着说道："给我牵一下手。"

许倾下意识地看了一眼商务舱里的人，凑过去压低声音说："你疯了。"

顾随抓住她搭在桌子上的手，猛地拉过来并十指紧扣。许倾的呼吸瞬间停顿了一下，她低头看了一眼两个人交握的手，有些愣神。

顾随垂眸看她，误以为她愣神是因为害怕被别人发现，便低声说道："这里没人会乱说话。"

许倾抿唇："你怎么不去头等舱？"

顾随："你说呢？"

因为我？许倾的脑海里闪过这三个字，但她又觉得是不是太过自作多情？

两个人牵了一会儿手后，飞机进入平流层，平稳飞行。这时，空姐走进商务舱，二人这才松开手。

许倾看了一眼自己的掌心才去端咖啡，随后又扫了男人一眼。见他松手后自然地翻起桌上的杂志，她收回视线，拿出眼罩戴上，放平椅子开始休息。

乘客们渐渐放松，偶尔有窸窸窣窣的声响。

空姐分发餐食饮料的时候，差点儿撞到许倾搭在扶手上的手肘。顾随抬起眼皮看了空姐一眼，镜片后的眼眸有些冷："看路。"

空姐一愣，低头看到许倾的手肘，立即说道："抱歉。"随后她才小心翼翼地走过去。

顾随解了安全带，调整了一下许倾的身子，把她的手肘收回来。苏雪在一旁看到，急忙递出小毛毯。顾随接过小毛毯后打开，盖在许倾的身上，又端起许倾的咖啡喝了一口——凉了。

他顺便把那杯咖啡放在空姐端着的餐盘里："等一会儿给她换一杯热的。"

"好的。"空姐应了一声。

顾随这才坐了回去。

苏雪在一旁看到，觉得应该把刚刚那一幕拍下来给许倾看看，顾随真的对她很好。

苏雪"喂"了一声："陈助理。"

陈助理拿下眼罩看她："什么事？"

苏雪："你的老板对前女友都这么体贴吗？"

陈助理："我没见过老板有女朋友。"

苏雪："哇！都是地下情？"

实际上陈助理也不知道顾随私下有没有谈过恋爱，但许倾绝对是顾随第一个摆在明面上追求的女人——光是这点，就足以看出许倾的重要性了。

飞机抵达东市的时候是半夜。东市的天气更干燥寒冷。飞机滑行的时候，许倾醒了，拿下眼罩时还有点儿不习惯，转头对上顾随的眼眸，也不知道他看她多久了。

顾随伸手把快要滑到地上的毛毯接住，扔回她的怀里。许倾低声说道："谢谢。"

顾随语调平稳："不客气。"

其他乘客开始收拾随身物品，准备下飞机。许倾也站起来，戴上墨镜，伸手要去取小行李箱，结果身后有人比她快一步。顾随一手摁着行李架边缘，一手将她的行李箱提下来，然后放在她的脚边。

他低声道："这几天一起吃饭？"

许倾："得看看有没有空。"

她回完这话就拉着行李箱下了飞机。一行人去取行李。

一路上很多人都盯着许倾等人的身后，而且大多数是女人。

苏雪凑近许倾说道："顾随还真受欢迎。"

许倾回头扫了一眼，就见那个男人下了飞机就忙了起来，一直在接电话，脸上没了笑容，还有几分凌厉的气势。

他确实很帅，难怪会被那么多人盯着。

顾随恰好看过来，对上许倾的视线。他抬起手，略微理了一下领口，也看着她。那样的他很性感，许倾的心跳加速，随即她转回头，微抬下巴，继续往前走。

此时，两班人马分道扬镳。顾随带着人走向 VIP 通道，许倾等人则走向了普通通道。

有几个粉丝在到达口外面迎接许倾。

"倾倾，晚上好。"

"倾倾最近的机场装都好好看。"

许倾微微一笑，朝他们点点头，弯腰上了保姆车，然后看了一眼时间，已经很晚了。

车子启动，前往影视城。

苏雪扫了一眼微博。这次许倾在机场偶遇顾随——不对，顾行这件事，并没有变成热门话题，但是出现在许倾的话题里。

有粉丝偷拍了照片发在超话里——倒没有拍顾随的脸，而是拍了顾随蹲下给许倾系鞋带的一幕，也只有这么一个镜头。

"你们猜我们遇见了谁？"

"啧啧，现实中遇见了偶像剧场景。"

"这张照片，怎么看起来像是有人在给倾倾系鞋带？"

"没错，就是系鞋带。你们绝对想不到这个人是谁。"

"姐妹们，不要乱传。谢谢，不要制造这种不明不白的话题。"

"OK（好），我删除了。大家看个乐呵就好。不要私信问我这个人是谁了，就是一件小事而已。"

"陈想吗？"

"是不是陈想？"

"陈想不是和廖嫣然在一起吗？"

有人开始乱猜，但估计是有人在控制，总而言之，相关话题一直没有升上热门。苏雪放下心来，放下了平板电脑。

《龙山》的片场环境不如《股神》，酒店的条件也没那么好。为了演员的隐私，剧组安排他们住在影视城东门的一家酒店里。尽管已经很晚了，仍陆陆续续有演员登记入住，而且大多数是演艺圈的前辈。许倾见状，立即摘下墨镜跟他们打招呼。

这些前辈倒也亲切，多数跟她寒暄了一下，少数即便没有开口打招呼，也点点头表示问候。

许倾作为晚辈，老老实实地等他们登记完再去登记。即使这里很冷——没错，东市特别冷，听说明天还会下雪——她也不好立马从行李箱里拿出围巾和手套。

苏雪说："我去倒杯热水给你。"

许倾："不用。"

苏雪怕许倾感冒，还是跑去倒水，结果热水已经没有了。苏雪只能灰溜溜地回来，低声说道："没有了。"

许倾笑了笑说："都说不用了。"

就这样，他们又等了半个小时。因为有三个前辈要先看房间，选定了再办理入住，还有一个前辈要换房间，所以酒店前台的工作人员光顾着他们了，拖的时间有点儿长。

终于轮到许倾他们了，苏雪上前去办手续。旁边一名女演员刚换了房间，回头看了许倾一眼。

"你是许倾？"问话的是演员文澜。

许倾立即打招呼："是的，文老师。"

"很冷吧？不好意思，我们耽误了你的时间。这边酒店附近有很多记者盯着。我们不想被别人窥探，所以会先看一下房间。"

许倾顿时了解，笑着说道："原来如此。"

"没来过东市的影视城吧？"

许倾摇头："没有。"

"那你也要注意，房间窗帘能不开就别开。"

"好的，谢谢文老师。"许倾有些感动。文澜的年纪跟许倾的母亲差不多。她以前没机会接触，没想到这位前辈这么好。

297

而另外几个老演员办完入住后也看了许倾一眼。一群老戏骨中夹了许倾一个小年轻。论流量，他们是比不上这个小年轻的。他们对许倾也不了解，只知道这个女演员在圈内风评不太好，没什么作品却总上新闻。他们本以为许倾很娇气，倒没想到她的性格还挺好。从她进门等到现在，少说也有一个小时了，许倾却很有耐心地等着。

几个人进了电梯，低声问道："她演什么角色？我怎么没听正明说？"

"不知道，这个还是保密的。"

"不管哪个角色，我还是挺期待的。"

进了房间后，许倾听了前辈的话，没有拉开窗帘。苏雪拿着保温瓶去给许倾打热水，结果这家酒店没有餐厅，最后只能拿了一个烧水壶回来自己烧水。

许倾连手指都已经冻僵了，赶紧换衣服去洗澡。直到洗完澡出来，她才感觉舒服多了。苏雪倒了一杯热水给许倾，然后自己也装了一壶回去。

许倾擦着头发，拉开窗帘往外扫了一眼，发现这家酒店的对面还有另外一家酒店，而且两家酒店之间的距离并不远，确实会给很多记者偷拍的机会。

许倾拉上窗帘，回到沙发上坐下，翻看剧本。这时，手机响了，来电的人正是《春至》的成导。许倾突然想起剧本的问题还没解决，立马接了起来。

成导在那边笑着问道："许倾，你对剧本还有什么想法吗？"

许倾迟疑了一下。

成导紧接着说道："顾先生说了，如果你不想改的话，剧本就不改了，就按原来的。"

原来的剧本里有大量的亲热戏。

许倾想起那晚男人哀求自己的神情、语气，多少有些心软。其实她前几天看过《春至》的新剧本，主线剧情并没有改变多少，只是亲热戏被改为更隐晦的暧昧表达。

许倾又想起顾随那张脸，说："用改好的吧，改得挺好的。成导，您不用问我的意见，您觉得好就行了。"

成导一听，说："好的，那就用改好的。那我先挂了。"紧接着他又补了一句："顾先生这几天也挺关心这事的。"

许倾一愣："哦，是吗？"

成导："是啊。他的助理一天打好几个电话过来问。"说完，成导就挂了电话。

许倾想了想，找出顾随的微信编辑信息。

许倾："你这几天那么忙，还有空关心《春至》的剧本？"

许倾："你是关心剧本，还是关心亲热戏？"

顾随看着这两条微信消息，一时不敢回复。

陈助理给顾随送咖啡时，发现老板盯着手机不动。突然，顾随敲了敲桌面，说："给成导打个电话，问问《春至》的剧本什么结果。"

陈助理看了看时间，应了一句"好"，随后出去了。

顾随将目光移向手机屏幕上，心情多少有点儿忐忑。成导已经联系了许倾，那么她给出了什么答案呢？

在等待答案的时候，顾随点着手机键盘，只是还没打完字，就看到门被推开，陈助理走了进来。

顾随放下手机，定定地看着陈助理。陈助理当然知道老板在乎什么，而且从老板的表情上就可以看出他有点儿紧张。

如果许倾真的坚持用原来的剧本，就要参演大量的亲热戏，那么老板估计得疯。

顾随眯眼："说话。"

陈助理咳了一声，说道："许倾选了改好的剧本。"

顾随一听，瞬间勾了勾嘴角，说道："好。你去休息吧。"

陈助理点点头："好。"说着，他转身出去。拉开门后，他回头对顾随说："老板，不用担心了。"

顾随："滚。"

"砰！"门被关上。

顾随拿起手机，继续编辑微信消息。

许倾正准备睡觉，就听手机突然一响，拿起来一看，是顾随："还没睡？吃夜宵吗？"他不敢顺着许倾的话题往下说，就转移了话题。

许倾翻身，握着手机按了语音键，说道："不吃了，我都躺下了。"

顾随也用语音回复："那早点儿睡。"

许倾："嗯。"

顾随："晚安。"他的声音低沉温柔，说晚安很好听。

许倾按着手机也给他回了一句"晚安"，发完后就把手机放下，翻身睡觉了。

第二天一早，许倾吃过早餐就赶往影视城。

今天果然下雪了。虽然雪不大，但地面仍因沾了雪而变得湿滑，还刮着北风，天气很冷。

片场里，导演萧正明穿着一件军大衣，正拿着剧本和工作人员说话。看到许倾来了，他立即指着一旁的格斗老师说："给你三天时间快速进入状态，跟他一起。"说着，萧正明拉过一旁的程寻。

许倾看到程寻，愣了一下。程寻看着许倾斯文一笑。许倾有一段时间没见程寻了。程寻把头发剪短了一些，看起来更有男人味了。

许倾笑着说道："没想到我们又合作了。"

"嗯，我也是才知道的。"程寻将手插在裤袋里，朝片场后的格斗场走去。许倾抱着暖手宝，也一块儿走过去。

后来许倾才得知，程寻是接替了他们公司另一名男演员的角色。所幸他们的角色之间没有感情戏，彼此都松了一口气。

学习格斗并不容易，尤其是要三天速成。许倾被摔得浑身是伤。程寻看她这样，多少有些心疼，却知道自己没资格关心她。

这天，许倾靠在椅子上望着天空，缓解一身的疼痛。手机响了，是视频通话请求。许倾点开，看到屏幕里的顾随正扯着领带看她。

"在干吗呢？"

许倾看到男人的脸，突然想起被他抱在怀里的温暖。她抿抿唇，说："在速练格斗。"

顾随一拧眉心："你那个角色还需要这个？"

许倾："嗯。"

"疼不疼？"顾随自己学过格斗，明白那个滋味。

听到这三个字，许倾就感到鼻子有点儿发酸，又猛地憋了回去，说："还好。"

顾随眯眼看她，说："我想让你休息，但是不行，萧正明这人不让搞这种特殊待遇。我这几天抽空去看你。"

许倾立即说道："不用。"

这一刻，许倾涌起了久违的父亲还健在时的小女儿心态——那种被人关心的熟悉的感觉，还有想要撒娇的欲望。而这个她想要撒娇的对象，是顾随。

"真的不用休息，我没那么娇弱。"紧接着她很清醒、冷静地说道。

顾随坐在沙发扶手上，握着手机看她。不知为何，他竟觉得她没那么坚强。他拿起烟点燃，说道："那你继续去练习吧。"

许倾看了一眼又站起来练习的程寻，立即跟着站起来，说："那我去了。"

300

"嗯。"

随即视频电话被挂断，许倾拍拍手臂，上前找老师。

片场里，萧正明正坐在监视器后面看着屏幕里的人。这些演员都是老戏骨，很快就能入戏。萧正明看得很专心。

这时，他的手机响起来。他接起电话："喂。"

电话那头，顾随笑着问道："萧导，开拍了？"

"是啊。"

顾随说道："我这几天也在东市，正好有空，让公司给你们安排一次聚餐吧。东市天气冷，拍戏很辛苦，放松放松。"

萧正明喝了一口水，听完笑着说道："顾总太有心了，那谢谢了。"

"不客气。"顾随挂了电话。

萧正明让助理把投资方要请吃饭的事通知下去。

很快，消息就传到了许倾这边。她的额头上全是汗水。她擦着汗笑着说道："投资方也太有心了。"

程寻："可不是。"

格斗老师说："这边确实冷。这几天吃盒饭吃得我胃都有点儿难受了。"

有些盒饭送到手上时已经有点儿凉了，可他们还得吃下去，胃能好受才怪。但是这里所有人都是这样的，谁都不说苦。拍这部戏比拍《股神》艰苦很多，许倾觉得自己的皮肤都糙了。

聚餐时间就在许倾练完速成格斗的那天晚上。许倾回酒店换了一身衣服。累了三天，她也懒得穿得太华丽，随便选了一条素色的裙子，配上长款外套便出门了。苏雪这几天适应了东市的天气，对着手哈了一口气暖和一下，拉着许倾上了车。

聚餐地点就在一家距离影视城不远的酒店。酒店门口灯火通明。许倾她们的车刚停稳，突然一辆车从他们的保姆车旁边窜出来。

苏雪"咦"了一声："那不是江琳雅的车吗？"

许倾看了一眼："她的车你都认识？"

"大部分圈里人的车我都认得。"苏雪说着拉开车门，许倾跟在她的身后下车。

许倾拢拢外套，刚站直身子，便看到站在酒店门口的男人——是顾随。他穿着一身西装，正在抽烟。

苏雪也看到了："请客的投资方该不会就是顾随吧？"话音刚落，她就看到江琳雅踩着高跟鞋匆匆地走上台阶。

江琳雅一边接电话一边走得飞快，直接就撞到了顾随的肩膀上。顾随拿在手里的手机摔在了地上，发出"砰"的一声。顾随叼着烟看了一眼地上的手机，随后抬眼看向江琳雅。

江琳雅第一时间道歉："不好意思，不好意思。"她看了一眼顾随的脸，接着弯腰捡起地上的黑色手机——手机的钢化膜碎了。她又看了顾随一眼："我赔你吧。你的手机多少钱？我加你微信好友，回头让我的助理联系你。"

顾随拿走手机，斜斜地咬着烟："不必了。"

"抱歉。"江琳雅迟疑了一下，还是拿出自己的手机，点开名片二维码递给顾随，让顾随扫码加她的微信。顾随偏头看向她。

不远处，许倾也在看着顾随。苏雪在一旁紧张得要命，替顾随紧张，也替许倾紧张——要是顾随和江琳雅加上了好友怎么办？可惜苏雪不知道，顾随曾当着许倾的面加了陈佳瑶的微信好友。

许倾转头对苏雪说："走吧。"说完，他带着苏雪往酒店门口走去。

只是刚踏上台阶，她就听见顾随说："我不加我的老婆以外的女人。"

江琳雅愣了一秒，随即匆匆地收回手机："抱歉，我刚刚不是故意的。我叫江琳雅。你若是……"

"我不缺这个钱。"顾随有些不耐烦。

江琳雅终于无话可说，点点头，赶紧走了。

许倾走上最后一级台阶时，顾随拿下烟，一转头看到她，立即上前牵住她的手："什么时候来的？"

许倾抬头看向顾随："刚来。"

苏雪紧跟着问："顾总，你就是请客的投资方啊？"

"嗯。"顾随牵着许倾转身，顺手在门口掐灭了烟。

许倾抬头看着他，觉得这个男人真的有变化。记忆里录《我们相爱吧》时他的模样，此时竟然有些模糊了。

三个人进了电梯。许倾整整外套的领口，说："我刚刚看到江琳雅了。"

顾随正在打量她这几天练习格斗后身上有没有留下伤痕，听见这话愣了一下。他看向许倾，许倾也侧过头看着他的眼睛。

彼此对视。顾随："那你来得蛮久了。"

许倾勾起嘴角："是啊，看到她撞了你，你的手机摔了。她要赔偿你，想加你微信，你没有加。"

顾随一愣，眼神变得深沉。这一刻，他突然有些明白了，为什么即使自己下跪，这个女人依旧不肯给他一个机会。

顾随抬手顺着她的发丝，说道："嗯。以后哪个女人的微信我都不加了，除了我妈。"

许倾笑起来，问道："你的手机摔成什么样了？"

顾随摸出手机递给她。许倾接过来时正好摁亮了屏幕，只见屏幕上是一个女人后背的照片。照片里的女人是趴着的，背上有些许红痕。

许倾愣了一下，条件反射般摁灭屏幕。她闭了闭眼，只觉得自己刚刚感动得太早了。什么女人的照片能以这样的方式出现在他的手机屏幕上？

许倾把手机还给他，顾随没接。他见她这样，低笑了一声，俯身问道："记不起来了？这是你啊。"

许倾一愣，看向顾随。

男人满脸坏笑："这是我的私人手机，放我女人的照片，有什么问题吗？"

许倾再次摁亮了手机屏幕。只见照片里的女人正趴在床上熟睡，昏暗的光线中可以看到她的耳钉是黑曜石的，肩膀上还有一颗特别小的红色的痣，但是在白皙皮肤的衬托下就非常明显了。

黑曜石耳钉是许倾的，那颗红色的小痣也是许倾的，照片里的女人真的是许倾自己。

许倾仰头："你什么时候拍的？你要脸吗？这是手机屏幕啊。"

顾随拿过手机："你猜？"

许倾："删了。"

顾随冷哼，把手机放回口袋里。

此时正好电梯门开了。许倾立即站直身子，看了顾随一眼，然后拉着苏雪走出电梯。顾随笑着理了理衬衫领口，也跟着走出去。

宽敞的自助餐厅里摆满了餐食，从海鲜、蔬果到饮品、甜点全都有。这对吃了几天冷盒饭的贫苦剧组来说，就是美味大餐。

许倾和苏雪来到餐桌边，苏雪才捂着嘴巴说："真没想到，顾随这样的人会把你的照片当屏保，而且还是这么私密的。"

许倾一边夹寿司吃，一边说："那是他的私人手机。"她见过顾随的另外一部手机。那部手机非常简单，连屏保都是系统出厂自带的。

苏雪拿起一块儿三文鱼寿司，说道："那你刚刚还让他删了。"

许倾：“是啊。”

苏雪看了许倾一眼：“你也不坚决一点儿。”

许倾又拿起一块儿寿司，喝了一口果汁，垂眸没说话。她是不坚决，反正那张照片只能看到后背。

餐厅里比外面暖和很多。许倾把外套脱了，让服务员拿去挂起来。她穿的是露肩膀的素色紧身裙，于是肩膀上的红色小痣就露了出来。同时露出来的，还有因为格斗练习留下的几块青紫的瘀痕——她用遮瑕膏遮了一些，但没完全遮住。

顾随在不远处喝着酒，定定地看着她的肩膀。

酒过三巡，夜已深。

萧正明端着酒想找顾随，结果左右看了看没找到人，便拉过一名服务员，问道：“看到顾先生没有？”

服务员摇头：“没有。”

萧正明愣了一下，说道：“奇怪，他刚刚还在的。”随后，他转了一圈，碰上格斗指导老师在找许倾。

“许倾刚刚不是还在吗？那她的经纪人呢？”

“好像也走了。”指导老师插了一块香蕉吃。

“这两个人，走之前怎么不说一声呢？”

东市的永嘉酒店内。

进房间后，顾随扯下领带扔在沙发上，看着许倾说道：“把衣服脱了，让我看看你的身上有多少伤。”

许倾把外套递给他，笑着问道：“你只是想看吗？”

“不只想看。”顾随回得理直气壮，“你上药了没？”他站起身，一边解衬衫纽扣，一边走向许倾。

许倾往后退了一步：“没有。”

顾随握住她的手臂，把她的身子转过去，一把拉下她的裙子拉链。许倾的后背露了出来。只见她的肩膀和后背上全是瘀青，在她白皙的皮肤上呈现出一种病态的美感。

顾随一咬牙：“你们指导老师不会轻一点儿吗？！”

许倾转身看着他：“这又不是什么大事。”她拽拽他的袖口，突然抱住他的腰，仰头问道，“亲不亲？”

顾随垂眸看她，拉住她的手臂：“你就知道亲。我帮你上药。”

"亲完再上。"许倾踮脚去吻他的薄唇。

顾随都不想回应，许倾拍了他的脸一下。顾随瞬间把她抱起来扔到沙发上，然后反客为主地堵住了她的嘴唇。

不一会儿，客厅里响起细碎的声音。

两个小时后，许倾趴在床上，顾随拿着药膏坐在床边给她上药。刚洗完澡，她的肩膀上那些青紫色的痕迹更加清晰。顾随把药膏在掌心搓热，然后揉着许倾的肩膀。许倾强忍着疼痛没敢叫出来。

顾随揉着揉着突然扔了手中的药膏，猛地站起身。许倾愣了一下，转头看向顾随。顾随看到她的眼里因疼痛而蓄满的泪水，差点儿急火攻心。

许倾问道："你怎么了？"

"三天了。摔成这样，你怎么就不知道擦药？拍什么戏？别拍了。"

许倾呆住，几秒后，问道："你干什么啊？"

顾随俯身亲吻她的额头："我心疼。"

许倾一愣。

"心疼死了。"

许倾抿唇，忽然伸手说道："抱一下。"

顾随也愣了一下，抬手把她连被子一起抱起来。许倾靠在他的怀里，搂着他的脖颈低声道："你这样，不会还要我安慰你吧？"

顾随沉默了几秒后，重新拿起药膏，继续给她抹药。

许倾也觉得疼，要揉开瘀青肯定是疼的。她埋在他的脖颈旁，一直在吸气。顾随默不作声地揉着她肩膀上的那些瘀青，偶尔亲吻她的额头，没有再发火。

此时，他更明白了这个倔强清醒的女人，已经如藤蔓一样缠绕着他，牵扯着他的心。

许久，顾随说："趴着，你的腿上也有。"

许倾"哦"了一声，趴回床上。

顾随挤了药膏按摩她的小腿，一边擦一边说："拍戏的时候要更加注意。你们这部电影里会用到很多枪炮，枪基本是用有明火的枪。你学过这个没有？"

许倾摇头，但立即说道："萧导会安排让我们熟悉的。"

顾随："你要是再弄伤自己，就退出别演了吧。"

许倾："我不。"

顾随无话可说。他拿起床头柜上的手机看了一眼，发现已经十一点多了，现在带她去学习太晚了。

顾随现在才发现，自己是在追求她，却没有去了解她的一切，甚至没有在她拍戏之前先带她了解这些——请剧组的指导老师教，还不如他自己来。

顾随想着想着，低头亲吻她的脖颈。

这时，许倾的手机响了。她看了一眼，是苏雪发来的微信消息。

苏雪："许倾，快看微博。你和陈想的话题又上热门了。"

什么？许倾立即点开微博，"陈想许倾黑曜石"的话题挂在第五名。

"姐妹们，你们喜欢许倾这么久，就该知道许倾有多喜欢一对黑曜石的耳钉吧？她真的是隔几天就会戴上那对耳钉，我一直觉得那对耳钉很漂亮也很特别。今天有粉丝在海城偶遇陈想……他也是个大帅哥。他的小指上戴了一颗黑曜石戒指！我的天！你们一定想不到，他居然在小指戴了一颗黑曜石戒指！你们看看，是不是跟许倾那个一样？是不是一套？"

"哇！所以那个黎城全城追妻的大佬就是陈想吗？"

"真的一模一样。许倾那个会不会就是陈想送的？"

"你们快公开恋情吧，我们猜来猜去都要疯了。"

"如果许倾的男朋友是陈想，我可以接受。"

"那天许倾登机的时候，耳朵上戴的就是黑曜石耳钉，可漂亮了。"

"@荣创陈想，回答一下。"

"@许倾，回答一下。"

"许倾这个人成天就知道炒作，现在盯上圈外的了。陈想也是，这么快就中套了，啧啧。"

这时，陈想突然发了一条微博，顿时在网上掀起了千层浪。

　　荣创陈想：我特意为许倾买的黑曜石，关你什么事？

这条微博发出来才两秒就被转发了两千多次，紧接着又很快被删除。所有的网友都愣住了，许倾也愣住了。

顾随紧绷下颌，看着平板电脑，拿起手机拨打了陈想的手机。

"嘟——"对方已拒接。

顾随要找陈想很容易，紧接着他拨打了陈想的助理的电话。许倾看到微信通讯录"新的朋友"里多了一条好友申请。那头陈想的助理刚接电话，顾随就看到了许倾的手机屏幕，直接挂了电话。

许倾看着那条好友申请，犹豫着要不要通过。顾随就在她的身边，盯着她的手机——自己的好兄弟申请加自己的女人为好友。

许倾迟疑了一下，说道："我不信陈想会对我有意思。"

"哦？"他从喉咙里发了一个单音节，接着说，"老婆，你对自己的认知太不正确了。"

顾随轻轻地揉着许倾的肩膀。许倾听见"老婆"二字，指尖微抖，结果这一抖就通过了陈想添加好友的申请。

陈想的头像出现在聊天页面里。顾随扫了一眼，说："看看他想说什么，看完拉黑。"

许倾没搭理顾随。只是她还没来得及发消息，陈想就先发了消息过来。

陈想："许倾，不好意思，在微博上给你造成困扰了。"

陈想："黑曜石是我之前在国外买的，后来看着好看才让人做成了饰品，并不是因为你才买的。我发微博那样说，只是因为看不惯他们那样做。"

陈想："但愿你不要生气。"

打字的手骤然停住，许倾举起手机递给顾随看："你看，人家说了，只是一个误会。"

顾随看着屏幕没有吭声。只有许倾才会天真地以为陈想是会戴饰品的人，而陈想发来的信息带着浓浓的暗示意味。

顾随抬起手指，三两下就把陈想的联系方式删除了，说："好。"

许倾拿回手机一看，猛地愣住，立即回头："你怎么删了？我还没回他呢。"

顾随抽走她的手机扔在一旁，摁住她的肩膀往下压，说道："没必要回。即使你不删，他也会滚的。你不是说他不会喜欢你吗？那他要你的微信干吗？联络感情？"

许倾趴在被子里，心想：说得有点儿道理。

接着，顾随给她揉瘀青的动作温柔了很多，温柔到像是在抚摩。许倾渐渐发困，不一会儿便睡了过去。

对于网络上的一切，许倾向来比别人看得开。欲戴王冠，必承其重，那些关于她的绯闻以及负面的声音多得数不胜数，她根本没时间、没精力去伤感。为了赚钱，她曾经接过一些小地方的商演，一场下来赚三百块钱，那时都觉得已经很多了。

而这几年为了热度，公司团队也制造了一些捕风捉影的绯闻。她都快成绯闻制造机了，所以就更不在意了。爱谁谁，别人想怎么说就怎么说，她从没把网上那些事放在心上。

也正因此，她才睡得那么快。

顾随见她睡着，便不再揉了，拉了被子盖在她的身上，顺便调暗了床头灯，然后去洗手间洗手，出来后直接拿着手机和平板电脑走出卧室，轻轻地带上门。

他们住的这家酒店算是东市比较高档的酒店了，所以有套房可住。他走到客厅的沙发上坐下，打开笔记本电脑，开始工作。

不一会儿，手机的屏幕亮起来。

陈想："你删了我的好友？"

陈想："我的话还没说完。"

顾随："还想说什么？顺便告个白？"

下一秒，陈想拉黑了顾随。

两个人心照不宣，都知道对方的德行。他们认识多年。顾随仅凭一个眼神就知道陈想对许倾的喜欢是真心还是假意。得不到的才是最好的，陈想现在所做的一切都出于本能。他们兄弟之间若还想保住这份感情，最好就是闭嘴不谈，然后离对方远点儿。

不一会儿，顾随的邮箱里多了一封邮件，上面写道："狂风的项目洽谈人换成陈牧。"

陈牧是荣创的合伙人，也是陈想的堂弟。紧接着，陈牧发了邮件过来："顾随，我替我那不成器的哥哥道歉。他已经准备去自闭了。"

顾随回复："辛苦了，回头给他介绍女朋友。"

陈牧："好。"

这时，手机响了，是顾老爷子的来电。

顾随接起来："爷爷。"

"陈想跟许倾是怎么回事？陈想是不是缠着许倾？你赶快收拾他。你还没追到许倾呢，他就插一脚，回头把你整离婚了！"顾老爷子不爱玩微博这些社交软件，但他的学生多，微信群多，关注的公众号也多，所以只要有一点点风吹草动，他也能知道。

陈想算是老爷子看着长大的孩子，而顾随是独生子，所以陈想这个兄弟对顾随来说也非常重要。兄弟俩看上同一个女人，这真的不得了。

顾老爷子首先担心的就是许倾会跟顾随离婚——他对顾随半点儿信心都没有。

顾随："不必担心。"

"我怎么能不担心呢？万一她看上了陈想呢？陈想也很不错的。你追了这么久也只追到入门啊。"

顾随无语。

顾老爷子："反正你得加油。我连曾孙的名字都想好了。"

顾随直接挂了电话。他又呆坐了一会儿，然后起身进了卧室，来到床边撩开许倾的发丝，垂眸看着她熟睡的面容。若她的心上人是他该多好。他还怕什么陈想，怕什么程寻，怕什么张驯？

顾随用指腹在她的脸上摩挲，感受女人肌肤的滑嫩。许倾觉得痒，抬手抓住他的手指，紧接着拽到唇边，无意识地亲吻着。

顾随的心跳逐渐加快，"怦怦怦"。他按了按她的红唇。几分钟后，他掀开被子上了床。

许倾蜷缩着身子。顾随抬手关掉了床头灯，从身后抱住她。

屋里陷入黑暗，顾随也逐渐睡熟。

次日醒来，微博上的话题不见踪迹，许倾的粉丝数却一夜暴涨。一大早顾随得去开会，许倾得去片场。怕被记者抓到，两个人分开走，一个走正门，一个从地下车库离开。

因为这家酒店采用会员制，所以安全性和私密性比许倾住的那家高很多，许倾就从地下车库走。

许倾今天的精神没有昨天那么好。她一上车，苏雪就愣了。

"怎么？昨晚没睡好？"

许倾靠在椅背上，说："不是，是睡得太好，而且可能是药物的原因。"

"你上药了？"

许倾拉下领口给苏雪看。苏雪知道许倾身上有瘀青，所以早就准备了药膏，想等三天训练完就给许倾上药，只是没想到已经有人代劳了。现在许倾身上的瘀青已经淡了很多，还能闻到淡淡的药味。

苏雪："顾随帮你擦的？"

许倾："嗯。"她拉上衣领。

苏雪看着许倾淡淡的表情，突然替她开心，心想以后这个闺密受伤了，至少会有一个人在身后为她揉伤口。

如果说之前苏雪认为许倾和顾随是食色男女，那么今天她有了新的认知：他们都走心了。

苏雪突然笑着说道："万一以后你跟顾随公开恋情，网上那些人的脸得多疼啊。"

许倾揉着脖子笑了笑，没应。她的脑海里全是男人昨晚因为心疼她而发火的画面。

格斗速成课结束后，他们还需要学射击。前辈们已经在拍戏了，片场满地的黄沙。身临其境效果更好，所以许倾和程寻就在片场学射击。

两天后，许倾刚练完，手机就响了起来。她弯腰拿起手机。

顾随："晚点儿去接你。"

许倾："几点？"

顾随："六点半左右。"

许倾："好。"

她和顾随已经两天没见面了。顾随似乎很忙。有新闻报道凌盛刚刚收购了一家高科技公司，重启芯片研发的项目。这几年，很多公司都往这方面投钱。只要是关于芯片的新闻，就会受到更多人的关注。

程寻这两天似乎从小鲜肉转型成了糙汉子，直接坐在满是黄沙的地上捣鼓着一把枪。许倾放下手机，看了程寻一眼。程寻恰好抬头，与她四目相对。程寻微微一笑，许倾也回以一笑。随后她去找萧导请假。

她和程寻不是主要演员，只是戏份重一些的配角，但也算不上女二号和男二号——这部电影里就没有特别重要的配角。但是萧正明导演依旧严格要求，非要等他们两个人学会格斗、熟悉枪支弹药后才肯开拍。

萧导看着满脸风沙、皮肤干燥的许倾，点点头："去吧。"算是批了假。

五点多，许倾回酒店洗了澡，换了衣服。不一会儿，顾随发来微信消息，说自己已经在楼下了。

许倾拿起手机，摁住语音键："这里记者很多，你往前开点儿。"

"好。"

不一会儿，许倾在十字路口上了顾随的车，问道："去哪儿？"

"先去吃饭。"顾随抵着她的额头说。

东市地广人稀。这些年因为影视城的存在，以及高新科技区的设立，东市引进了不少人才，慢慢地建起了一些高楼。可即便如此，东市很多地方仍处于待开发的状态。

天色渐渐暗下来，北风"呼呼"作响。

许倾在开门的瞬间缩了缩脖子。顾随走过去牵着她的手，顺便将一条围巾围上许倾的脖子。

许倾赶紧把下巴埋进围巾里，看着这荒无人烟的地方，问："这是哪儿？你要杀人灭口？"

顾随被她逗笑了，随后牵着她走向一扇大门。保镖推开门，只见门内是一个很大的靶场。

靶场里很安静，只有不远处的摄像头转动的声音。顾随又带着许倾进了一个小型的室内靶场。射击区的桌子上放着一些枪支。许倾一眼就认出这些枪跟她学的是一样的型号。

顾随："给你补补课。"

说着，他解开衬衫领口，拿起一把枪把玩了一下，抬手干净利落地开了一枪。许倾马上捂住耳朵，然后转头看去——正中红心。

顾随朝她伸手："过来。"

许倾把手给他，被他拉到射击位前。

"这种枪就是你们拍戏时常用的。里面的子弹是特制的，有冲击力。不过虽然这些子弹是特制的，没有真弹的杀伤力，但如果一连接上几发，也能打断你的肋骨。"他一边说一边摆弄，神情稳重，说话专注，确实像个老师。

他偶尔挑一下眉梢，似乎是摸到了卡住的地方，掰一下又好了。整个人看起来十分有魅力。

许倾站在旁边看了他好一会儿，忽然踮脚亲了他的嘴角一下。顾随停下动作。

许倾抿抿唇，接着又踮脚亲了他的嘴角一下。顾随垂眸，只听见自己加快的心跳声。他忽然"砰"地放下那把枪，单手搂住许倾的腰，将她抵在桌上，低头看她。

"你再亲一下。"他的声音嘶哑。

许倾笑了，攀着他的肩膀，又给了他一个纯情的不带任何杂念的亲亲。她满脸通红，他被亲得耳根通红。

这一晚许倾的进步很大。第二天回到片场，她刚练了一会儿，教射击的老师就说："可以了，许倾。不过你是不是偷偷去补课了？"

许倾放下手里的枪，看着老师，笑着说道："差不多吧。"

"行，我带你去找萧导。"说完，老师擦擦手，带着许倾去找萧正明了，走之前还对程寻说："你也加油。"

许倾看了一眼程寻，比了一个加油的手势。程寻点头一笑，低头拿起枪继续努力练习。

接下来，许倾的戏份也开始了拍摄。跟老戏骨们对戏，许倾学到了很多。这里没有咖位、没有流量，只有切磋、拍戏——认真拍戏。

许倾饰演的这个角色为了送情报，徒步两千公里，途经的全是满地黄沙、荒无人烟的地区。拍摄时，日头晒得许倾好几次差点儿晕倒。而萧正明要的就是她的这个状态，脱力、脱水才能体现出当时抗战的艰辛。

顾随在第二天就回了黎城。两个人都忙，只能断断续续地联系。而《股神》的后期制作也进入了尾声。

春暖花开之时，许倾的戏份杀青。当晚正好是萧正明的生日，于是剧组聚餐，也算给许倾送行。

程寻笑着说道："我们俩一起来，结果你先拍完了。"

许倾端着酒杯跟他碰了一下杯，说："你也快了。"

随后，许倾跟剧组的其他人敬酒。敬到萧正明跟前时，她微微弯腰，说道："谢谢萧导这两个月来的教导。"

萧正明看着许倾，拍拍她的肩膀："很好。"

是的，在场的其他的演员都会送给许倾"很好"两个字。

一个成天挂在娱乐榜上的演员，前无作品支撑，后有传言毫无人品可言，一开始大家对她的能力存疑。但经过两个月的相处，他们已经看出许倾是一个肯努力的演员，而且演技不差。

大家都喜欢她。这期间，他们都互加了微信好友。许倾也算半只脚踏入了萧正明的圈子。

许倾拿着酒杯一个个地敬过去。到了散场的时候，她已经醉了七分。苏雪扶着她上车，给了她一杯蜂蜜水。

许倾靠在椅背上，有些迷糊地问苏雪："我晒黑了没？"

苏雪一愣："没有啊，还是很白。"

许倾摸摸脸："皮肤粗糙了吗？"

"没有，还是很细嫩。"苏雪拿纸巾擦擦许倾的嘴角，笑着问道，"怎么了？怎么突然在意起你这张脸来了？"

许倾觉得好笑。或许是因为天生丽质，从小就是美人坯子，她还从来没有问过别人这些问题。她一口一口地喝着蜂蜜水，有些迷糊地想：他们要回黎城了。

回到酒店后，许倾趴在沙发上，打开了视频通话。视频接通之前，她还整理了头发，看了一眼镜子里的自己——这些全是无意识的。

很快，顾随接了电话。他刚洗完澡，擦着脖颈上的水珠，笑着看许倾："杀青了？"

许倾点头："嗯。"

顾随在沙发上坐下："喝酒了？"

"嗯。"许倾迷糊得只会点头。

顾随顿时眯眼："醉了？"

"嗯。"

顾随起身端起桌上的咖啡喝了一口，又看向镜头，盯着她。许倾打了一个酒嗝，问道："你在哪儿？"

"京市。"

许倾："真忙。"她只是轻轻地感叹一句。

顾随低声说道："抱歉。"

许倾笑了，眉眼弯弯的，歪着头说："没事。"

上次许倾学完枪后不久，顾随就出国了，刚回国又去了京市办事，忙得脚不沾地，回过头来才发现许倾的戏份已经杀青了。

她笑起来很好看。顾随看着她，突然问道："想不想我？"

许倾点了点头，手机跟着她的动作抖了抖。

顾随看笑了："我也想你。"

这时，他很想说"我们确定关系吧"，但这个女人醉得迷迷糊糊的，他这时说是不是有点儿乘虚而入？最后他还是没有说出口，但他相信这一天迟早会来的。

聊了一会儿，许倾困得趴在了沙发上。只听"咚"的一声，顾随在那头就只能看到她纤细白皙的手指了。他欣赏了一会儿，换另外一部手机给苏雪打了一个电话，让苏雪去照顾许倾。

第二天醒来，许倾有点儿头疼，感觉脸也有点儿干，于是在上妆之前敷了一张面膜。其实暴晒了两个月，她倒是没被晒黑，就是瘦了一些。

苏雪一早就送了吃的过来，几个人吃完后就出发去机场。许倾也很想母亲。之前她拍《股神》时还可以抽空回黎城一趟，这次拍《龙山》是一鼓作气拍完的，一松懈下来就格外想家。

飞机抵达黎城。许倾一下飞机，就被粉丝认了出来。

"倾倾，拍戏顺利吗？"

许倾戴着墨镜，笑着回道："很顺利。"

"你有空也多发发微博嘛，我们都见不到你。"

"对啊对啊，你的微博更新真不积极。"

"倾倾接下来是不是要拍《春至》了？我们好期待啊！"

这段时间《春至》也筹备得差不多了，四个主角都已经定下，准备要开机了。许倾这次回黎城就是要拍定妆照。

"倾倾，你怎么又漂亮了？"

"但是瘦了。"

"瘦了更好看。我们倾倾真漂亮。"

"听说《龙山》全是野外戏份，而且太阳很晒，你居然还能保持这么白的皮肤。"

这可是靠不计其数的面膜敷出来的。许倾心里想着，含笑挥手，与粉丝告别。她们来到机场出口，却看到了一辆熟悉的迈巴赫。许倾扫了一眼，愣住了，她的手机紧跟着响起。

顾老爷子："倾倾，我来接你。"

顾老爷子："这里不方便上车？"

许倾："爷爷，你怎么来了？是啊，这里人很多。"

顾老爷子："那我让司机把车开到临海高速入口。"

许倾："好。"

上了保姆车后，许倾让司机在临海高速入口处停下。苏雪也早就看到了顾老爷子的迈巴赫。毕竟这车太霸气了，停在出口处太扎眼，一眼就能看到。

在临海高速入口处，许倾借着苏雪的掩护上了迈巴赫。

顾老爷子一看到许倾就说道："瘦了啊。"

许倾摸摸脸，笑道："还好。爷爷最近怎么样？"

"我还是那样。"

许倾点点头。

顾老爷子说："先回家一趟拿点儿东西，然后我再送你去医院看亲家母。"

许倾："好。爷爷，要拿什么？"

"一点儿小东西，不值钱的，主要是让你妈妈开心开心。"顾老爷子说道。许倾点点头，便没再多问。

车子开到丽湾金域，顾老爷子让许倾进门喝茶。许倾就听话地陪老爷子进了门，接了保姆递来的茶水。她刚要坐下，却看到沙发上有一本相册。

许倾愣了一下，伸手拿起相册放在茶几上。顾老爷子提着东西出来，一眼看到那本相册，"哎呀"一声，似乎又想起来。

他笑着放下东西，摸了一把白花花的胡须，拿起那本相册，看着许倾问道："想不想看顾随小时候什么样？"

许倾顿了顿，看了一眼那本相册。

顾老爷子说道："这孩子从小跟着我的时间比较多，但我也很忙。他爸妈对他又是放养，所以他的性格一直都很独立。你看看，这是他五岁时的照片。"

五岁的顾随穿着黑色上衣、黑色短裤，拿着一把塑料枪坐在花坛边，嘟着嘴不愿意看镜头，眉宇间隐隐有点儿长大后的锋利，有点儿酷。

许倾专注地看着，顾老爷子又笑着往下翻。

照片从顾随七岁、十一岁，再到十四岁，他的身高已经到了一米七八，五官长开后眉宇间的锋利更明显。他穿着球服，用手挡着镜头不让拍。

十八岁时，他的身高超过了一米八。他坐在台阶上，低头按着手机，腿长得无处安放。尽管周围都是虚影，但仍可以看出别人的目光往他这儿扫来。

十九岁，他准备出国，穿着蓝色的围裙站在厨房里，不知在捣鼓什么。

顾老爷子指着这张照片，说："他小时候，我们全家工作都忙，他就自己学会了做饭。他连续几年的生日都被我们忘了。直到十九岁这年，他让我们一定要留下来给他过个生日。他亲自下厨做饭。喏，这是我们第一次吃到他做的饭菜。我们以为这孩子还不食人间烟火，实际上他早就懂得柴米油盐了。"

许倾的心口被轻轻地拉扯了一下，有点儿疼。

顾老爷子转头看向许倾："你看，他挺可怜的吧？"

许倾点点头。

顾老爷子紧接着问："那你要不要立马接受他啊？"

许倾呆住了，感觉自己上当了。

隐婚

半截白菜 著

下 册

青岛出版集团｜青岛出版社

第九章

她的心上人

沉默了几秒，许倾认真地看着顾老爷子，说："爷爷，他很好，我会的。"

顾老爷子看到许倾的神情，不禁点点头，捋捋着胡须，心想：看来顾随还是有点儿进步的。

这时，许倾的手机响了，是萧姨的来电，看来是罗素催了。

许倾立即跟老爷子告别："爷爷，我先回去了。"

"好，让司机送你。"顾老爷子让保姆提上那些礼盒，送许倾到门口。

车子开过来，许倾坐上车，看了一眼顾老爷子，朝他挥挥手。顾老爷子点点头，捋着胡须，目送车子开走。

许倾坐在车里，握着手机，心里却在想，最近顾随没有再提让她接受他，不知道他什么时候会再问。她转头看向窗外，心想要不干脆自己开口好了。

到了医院，许倾先去缴费，然后上楼。她走到病房门口时，看到罗素正撑着身子站在床边。

母女俩四目相对。许倾绽放出一抹笑容，眼尾微红："妈，我忙完了。"

罗素回神，接着不顾没有支撑就要走过去。许倾见状赶紧上前扶住罗素："妈，你现在能自己站立了？"

"可以了……就是站不久。"她连说话都利索多了。

许倾满眼欣喜，低头扶着罗素走了几圈，然后猛地抱住罗素。罗素笑着拍拍她的肩膀。

萧姨正好拿着一条毛巾从洗手间出来，看了她们母女俩一眼，笑着走向阳台。

罗素轻轻地拍着许倾的肩膀。许倾低声说道："妈，爸的忌日快到了。"

罗素的动作停顿了一下，她应了一声："嗯。"

许倾抬起头看着罗素："我去看他的时候，一定把这个好消息告诉他。"

罗素微笑着点头，摸摸许倾的脸："瘦了。"

许倾摸摸脸："还好吧。"

因为罗素现在还站不了太久，许倾赶紧把她扶到床边坐下，让她靠着枕头。随后许倾接过萧姨递来的热毛巾擦手。

罗素看着女儿，说道："顾随的爷爷……经常来。他老人家很有精神，陪我……复健。"

许倾心里一暖："爷爷人真好。"

罗素："我很开心。"

许倾靠过去抱住罗素："我也很开心。"

母女俩又腻歪了一会儿。等萧姨从医院食堂打了饭菜回来，三个人便开始吃饭。罗素已经可以吃一些肉末、肉汤之类的食物，许倾便给罗素舀了一些肉末放在碗里。罗素也给许倾舀了鸡蛋羹。

吃完饭，许倾收到苏雪发来的《休闲时光》的邀请合同。

这档综艺节目每年播一季，因为质量高，每一季都很火，比《我们相爱吧》更火。这档节目的主题是"一个能让人忘记尘嚣的地方"。今年新一季节目将邀请许倾作为主要嘉宾。

苏雪："《春至》还要过一段时间才开机。《股神》的上映时间在五月。这档节目的播出时间也是那个时间段，正好可以带热度。另外，是时候让粉丝们更加了解你了。这档节目里有很多情感的倾诉，我觉得适合你。"

《休闲时光》挺像情感节目的，但不是那种钩心斗角的情感纠纷，而是故事的讲述与倾听，这些都会让人静下心来。

苏雪说得也对，许倾需要一个平台让粉丝更了解她，并且慢慢摘掉"炒作"这个标签。

许倾没有犹豫，回复："好，接。"

苏雪："哈哈，行。那我去跟他们重新拟合同。这两天我去看阿姨，顺便拿给你签字。"

"好。"

这次许倾有三天的休息时间，便打算一直陪着罗素。

这天下午，苏雪又发来信息，说《星赫》杂志发来一场时尚晚宴的邀请，在晚上七点半，请许倾参加。

晚上，许倾回馨月小区换礼服。苏雪带着小兰给她上妆，一袭挂脖的紧身裙，一头烫鬈的长发，加上艳丽的妆容，使许倾的光芒遮都遮不住。

车子一路开到宴会现场。许倾一下车，周围的相机镜头就都对准了她。许倾面带微笑，顺着红色的地毯往里走。

"廖嫣然来了。"

"江琳雅也来了，好美好美啊！"

"来了来了，她们来了。啊，杨彤也来了。"

记者们听见声音，纷纷转头去拍廖嫣然和江琳雅。现场也有一些许倾的粉丝，见那些记者如此厚此薄彼，赶紧拉紧了横幅——上面写着"倾倾最美，倾倾最好"。

通往宴会厅的台阶上人很多，又挤着不少记者，都得一个个排队入场。许倾慢条斯理地走着，正准备上台阶时被廖嫣然的粉丝撞了一下，眼看就要摔倒。

这时，一只大手从容不迫地扶住她的腰。许倾偏头一看，对上顾随的眼眸。

他低声说道："你今晚真美。"

许倾立即站稳："你怎么来了？"

"过来谈个事情。"顾随也收回手，将手插进裤袋里，跟着人流往里走。

周围还有很多镜头和闪光灯，男人走在她的身边，时不时地伸手揽一下她的腰，免得她被人撞到。

许倾抿唇，闻到他的身上隐隐约约熟悉的香水味，耳根微红。

终于，前面的路通畅了。廖嫣然飞快地踩着高跟鞋走进去。她被挤得难受，有点儿不满。

江琳雅的神情就淡定很多。她不知在跟谁说话，余光一扫，扫到了许倾身边戴着金丝边眼镜的高大男人，见他正在听旁边的助理说话。她看了顾随好几眼，才收回视线。

许倾在一旁全看到了，挑了挑眉。下一秒，她又不知被谁稍微推了一下，猛地撞向旁边，直接撞进顾随的怀里。

顾随立即伸手搂住她，低声笑着说道："你今晚投怀送抱很多次啊。"

许倾："滚。"可惜她骂得没有威慑力，听起来有点儿撒娇的感觉。

顾随低声一笑。不过进了大堂后，他就带着陈助理往另外一部电梯走去。许倾则直直地走进宴会厅。

这场时尚晚宴汇聚了整个演艺圈的俊男美女，个个争奇斗艳。许倾进去后便看到了孟莹。孟莹刚刚被杨彤撞了一下，脸色不太好。她朝许倾挥手。

许倾走上前，揽住孟莹的肩膀："怎么了？"

孟莹低声说道："你看我这条裙子跟她的像吗？她又说我跟她撞衫了。"

许倾仔细一看，孟莹穿的是杏色的紧身裙，下摆有荷叶边，而杨彤穿的是杏色的开衩长裙。杨彤的身材没孟莹好，穿起来显得腿不够白。

许倾"啧"了一声："哪里一样了？照她那么说，今晚这么多人穿黑色，我跟这么多人都撞衫了？"

孟莹："就是。"

许倾："走，去那边吃吃喝喝。"

孟莹："嗯。"

姐妹俩挽着手走向不远处的餐桌。餐桌上都是精致的甜点、果盘。两个人一边吃一边看着主办方那边，只见杨彤、廖嫣然、江琳雅还有四五个二线女艺人正跟《星赫》杂志的主编聊天。

主编指着二楼，笑着说道："今晚有大人物在。"

"谁啊？"

主编笑着掩嘴："之前林曼老蹭热度的那位。"

"顾随？"江琳雅第一个猜出来。

廖嫣然："那个大帅哥啊。"

接着其他人看向廖嫣然："你见过顾随吗？"

廖嫣然摇头："我怎么可能见过他？不是说没人见过他吗？他的新闻都不露脸的。"

"他是不是很年轻啊？"

"嗯，很年轻，据说特帅。"

"啊，挺想见一见的。"

主编"啧"了一声："等会儿我上去，帮你们掌掌眼。"

"你真的能上去？"

"可以吧。"主编说。

孟莹转头看许倾，撞了一下许倾。许倾往嘴里塞了一颗樱桃。

这时，许倾的手机响起来。她从包里拿出手机，看了一眼。

顾随："要上二楼来吗？我让陈顺去接你。"

许倾擦擦指尖，编辑信息。

许倾：“二楼有谁？”

顾随：“《星赫》的老板，几个世家少爷，还有我。”

许倾：“我上去合适吗？”

顾随：“你上来帮我看看牌。”

“去吧。”孟莹见许倾犹豫，撞了她一下。

许倾抬头看向孟莹：“那你呢？”

孟莹笑着正想说话，却看到不远处一闪而过的高大身影。那个男人戴着金丝边眼镜，一双桃花眼含着笑意，咬着烟推开大厅旁的一扇门走了进去。孟莹愣了几秒，喃喃说道：“我去跟赵茜一起。”

许倾看到孟莹的神情，下意识地抬头望去，却只看到一扇刚刚关上的门，于是又狐疑地转头看向孟莹。

孟莹抬手摸了一下耳朵，低头拿起一颗樱桃吃。她的耳朵上戴了一个挺漂亮的粉色耳钉，此时看起来有点儿像长在耳垂上的痣。

许倾抬手摸了摸孟莹的耳垂：“你这耳钉还蛮好看的。”

“是吗？我也觉得挺好看的。”孟莹笑着看向许倾，随后伸手推了许倾一下，“去吧，上去。我自己就行了。”

许倾捏了捏孟莹的耳朵，说：“那我走啦！”

“去去去。”孟莹挥手。

于是，许倾转身走向电梯。

而此时的二楼上，刚刚那个长了一双桃花眼的俊美男人正靠着栏杆，抬手推了一下眼镜，看到了一楼站在餐桌旁的孟莹。他平静而淡然地看着，目光集中在孟莹的粉色耳钉和侧脸上。

许倾走到电梯前，站在电梯旁的服务员伸手一拦，说道：“不好意思，小姐。这里不能进。”

许倾愣了一下，隐约听到了身后那几个女演员的笑声，似是在嘲笑她的不自量力。

“她想干吗？上去？”

“看吧，她被拦了。齐主编，人家许倾都被拦了，你行不行啊？”

许倾眯眼，站着没动。这时，电梯到了一楼，门开了。陈助理站在电梯里，斯斯文文地朝许倾点了点头。

服务员转头刚想跟陈助理打招呼，却见陈助理对许倾点头，紧接着就听陈助理说：“许倾，走吧。”

服务员一愣，下意识地看向许倾。

许倾淡淡地看了服务员一眼，随即进了电梯。陈助理拿着手中的金卡刷了一下感应器，电梯门关上。

不远处的那群女演员和《星赫》的主编都露出了诧异的神情，直到电梯门关上都没有回过神。

几秒后，江琳雅看向《星赫》的主编，说："那你这次肯定得上去了，否则……"否则你就要被笑话了。

杨彤抱着手臂，一脸不屑地说道："上去而已，有什么难的？许家少爷就在楼上，我跟他说一声就行了。"她等了好久终于有机会说这话了。

瞬间，其他人都朝杨彤看去，心想：也是，杨彤可是华影力捧的女演员，肯定能上去，更何况她是杨家的人。

《星赫》主编被杨彤解了窘境，对杨彤报以感激的眼神，心想：回头一定要再给杨彤设计新的杂志主题。

廖嫣然喝了一口果酒，问道："不过，许倾为什么能上去？"

江琳雅笑了笑，说："狐假虎威啊。没看到有一个年轻男人下来接她吗？那个男人一看就是助理之类的，许倾应该跟那个助理有点儿关系吧。"

她这话一说出口，其他人都反应过来。

也对，许倾在圈内不就跟很多男演员有牵扯吗？所以她跟任何一个男人有牵扯都不会有人觉得奇怪。

去年还有一个男演员说，许倾跟他第一次见面就要加他的微信好友，后来他勉为其难地加了。谁知他们互加好友后没多久，两家公司就有了合作，他不得不跟许倾合作。他还说许倾经常在朋友圈发生活照，还是那种练瑜伽、秀身材的照片。他就跟许倾慢慢有了联系，两个人还度过了一个美好的夜晚。

这话让圈内的人一阵唏嘘，直呼许倾好手段。所以圈内的人都觉得许倾跟人炒作的时候，不管真假，肯定发生过一些关系。可偏偏她的身边永远都有男人前仆后继。

说白了，这些女演员觉得许倾名声不好的同时，又有点儿忌妒她，忌妒她什么都不干，就能一直维持热度。

"你们有空跟她学学呗。"杨彤笑着说。她在这群人里出身最好，带着天之骄女的自信。

江琳雅拨弄着头发，说道："我还是老老实实拍戏吧。"

廖嫣然："我也是。"

《星赫》主编立即顺着台阶下，说："那我也不上去了。回头我采访顾随的时候，拍几张照片发给你们啊。"

江琳雅来了兴趣："好啊，等你。"

许倾刚到二楼，她的手机就响了。她看了一眼，是孟莹发来的信息。

孟莹："我看到那个刘垚了，就是去年一直恶心地缠着你的那个。他居然也受邀请了。"

许倾："别搭理他，小心被他缠上。"

孟莹："问题是杨彤她们居然说是你主动的。"

许倾："呵。"她不做解释，收起手机。

陈助理带着许倾穿过长长的走廊，最后推开走廊尽头的一扇大门。

房间里光线明亮。客厅中央摆着一张麻将桌，几个男人围着麻将桌坐着。听见开门声，好几个人抬头看过来。但除了《星赫》的老板有些诧异以外，其他几个世家少爷都不觉得意外。

顾随从椅子上站起来，看着许倾，微勾嘴角："快过来。我今晚手气不行。"

许倾走过去，说："我又不会打。"

"上次不是教过你？"顾随揽着她的腰，把她带到椅子旁。

许倾倒没想到他真的让自己帮他打牌，看着他问道："我输了怎么办？"

顾随含笑，镜片后的眼眸看着她，宠溺地说道："输了算我的。"

许倾："行吧。我先声明，我不会打。"

"好。"

顾随取过她手里的小包递给陈助理，又招了服务员给许倾上果汁。许倾弯腰坐下，挠了一下耳垂。黑曜石耳钉熠熠生辉。

几个男人看着她，笑了。尤其是周扬，咬着烟摸着牌，说："许倾，今晚你多输点儿，别给你的男人留面子。"

许倾看了一眼周扬，笑笑："周少爷也给我留点儿后路。"

周扬抬起狭长的眼睛看了她一眼，笑了："你的后路让你的男人给你留，我可不敢。"

周家少爷果然如传言一般风流，说话都带着钩子。顾随站在许倾的身后，面无表情地扫了周扬一眼。周扬"啧"了一声，坐正了身子，老老实实地发牌。

许倾神色淡定。她的左手边是江郁——她和江郁也有过几面之缘，右手边则是《星赫》的老板。

《星赫》的老板听见"你的男人"四个字，又见许倾没有反驳，顾随也没有反驳，顿时吓坏了。之前送邀请卡的时候，他其实没打算给许倾送的。不过幸好最后还是送了，否则顾随追究起来，他下跪都没用。

牌局开始。

这些男人抽的烟都是特制香烟,味道都比较特别。但是毫无例外,这些味道都很香,一点儿都不像尼古丁的味道。

许倾突然猛地打了一个喷嚏,下一秒,一件外套就搭在了她的肩膀上。紧接着,男人俯身撑着桌沿,拿了一个八筒打出去。许倾略微转头,看到顾随刚毅的侧脸。

顾随偏头看她:"看我做什么?"

许倾想:他们两个人确实很久没见了。她问顾随:"你回来有没有跟爷爷说?"

顾随挑眉,回她的话:"说了。"他一边回答,一边关注着牌局,顺便摸了一个五万到手。

许倾转头一看,"哎呀"一声,把五万放好,把牌推倒:"和了。"

"哟!顾总,你的女人来了,你的手气就真变好了。牛。"周扬笑着说道。

江郁也笑着说道:"哪里,是有人故意送的牌。"说着,他看了《星赫》的老板一眼。

顾随似笑非笑,指尖擦过许倾的脸颊,低声问道:"开心吗?"

许倾听着自动麻将桌里麻将牌滚动的声音,回道:"赢了肯定开心。"

"那就好。"他的声音低沉,离得她很近。

许倾的耳根微红。顾随看着她的耳垂,很想亲一口,不过此时人多,只得作罢。

这场牌局许倾赢了不少钱。散场后,顾随揽着她的腰,乘坐另外一部电梯到了负一楼。黑色的宾利车就停在电梯门口。

顾随拉开车门,把许倾送进去。随后,他绕到另一边上了车。

车门关上,前后座的挡板升起。顾随偏头看着许倾。许倾跷起长腿,说:"我赢钱了。"

顾随含笑:"你确定?"

许倾一愣:"难道没赢吗?"

顾随笑着凑过去堵住她的嘴唇,辗转亲吻。这时,他的手机响起来。但他没理会,按着许倾的脖颈越吻越深。

许倾低声问道:"你不接吗?"

顾随停住,薄唇停留在她的锁骨上。几秒后,他才离开,靠在椅背上,拿起手机看。许倾靠在扶手上,看着他接起电话。

电话那头是陈助理。他说道:"老板,齐总约您明晚再一起打牌。"

顾随挑眉："拒绝掉。"

陈助理一顿："可他在哭。"

齐总就是《星赫》杂志的老板。许倾露出一脸诧异，突然来了兴致，支着下巴靠在扶手上听。顾随抬眸一扫，看到她这样，愣了几秒，然后抬手把她刚刚拉上的拉链又拉了下去。

许倾拍了他的手一下。他笑了一声，低头再次亲吻她的脖颈，并含糊地跟陈助理说："他要哭就让他哭。今晚赢的钱给他退回去，一分不要。"

许倾愣了愣，瞬间明白自己今晚为什么会赢钱了——她根本没这个手气，是那个齐总要送钱给顾随。

陈助理听顾随的声音含糊，便知道许倾在车上，老板没心思管别人。他应了一句"好"，然后挂了电话。

顾随顺手放下手机，将扶手推起，把许倾抱了过来。许倾直接坐在他的大腿上，抱着他的脖颈。

顾随看着她："我很想你。"

许倾："那你回来也不说一声。"

顾随："我知道你会去参加《星赫》的时尚晚宴。"

许倾："哦。"

他看起来有点儿疲惫，眼里带着少许的血丝。许倾觉得此时气氛正好，心想干脆跟他说正式在一起算了，就凑上前亲吻他的薄唇。

许倾一主动，顾随就心跳加快，大手在她的后背上抚摩，掌下是她纤细的腰身。许倾轻吻他的薄唇，张了张嘴想说话。

这时，她的手机不合时宜地响起来。许倾的动作一顿。

顾随伸手一抓，抓到了许倾的手机。他拿到跟前随意地扫了一眼："是苏雪，看样子有急事。"他把手机递给许倾。

许倾只得坐直身子接电话："喂。"

苏雪："你又上新闻了。这次跟顾随有关。"

许倾一愣，说："哦。"挂了电话后，许倾的心跳也有些快。她看了一眼跟前这个男人。

顾随眯眼："什么事，什么跟我有关？"

"不知道，我先看看。"许倾直接从他的身上下来，坐到一旁，打开微博。

这次的话题不仅是在前十名，而且直接上了第一名，后面还加了一个大红色的"沸"字，话题为"许倾摔到顾随的怀里"——

"震惊！我的妈呀，许倾也太过分了吧？她今晚参加《星赫》杂志的时尚晚宴，进门的时候正好碰到江琳雅、廖嫣然、杨彤三个比她红的花旦，记者们都跑去采访她们了。她呢，一看自己没人采访，就立马给自己制造话题。估计她之前做了功课，正巧看到身边来了一个男人，知道这个人是顾随，所以走着走着突然就往人家怀里摔去。人家顾随真的蒙了，还得伸手扶她。她现在是把主意打到顾随身上了是吧？不要问我是谁。我跟顾随是好友，我为他打抱不平。"

这条微博还附上了视频，转发已经高达十万次。而视频里，许倾走着走着就往旁边的男人怀里摔去。男人的脸部被打了马赛克，但因为扶许倾的那一下，手腕上的腕表露了出来，一看就价格不菲。他身高腿长，高大儒雅。

这条微博一下子就引爆了热度。不仅如此，江琳雅、杨彤还有刘垚都给这条微博点了赞。

江琳雅的点赞简直掀起了千层浪，更不用说杨彤了。杨彤可是演艺圈的小公主，跟顾随还是同一个圈子的。她的点赞就仿佛认同了这件事情。而江琳雅也在现场，她的点赞更说明这个视频的真实性。

于是各路网友纷纷指责许倾。

负面的评论完全霸占了这个话题。话题发展到这个地步，大家已经不在乎那个人是不是顾随了，反正就是要搅浑水。

一时间，许倾的微信被刷爆屏，全是一些合作的品牌公司来询问这件事。苏雪没等许倾看完微博，就不停地打电话进来。许倾第一次感受到这种压力，看向旁边的男人。

顾随已经看到了，正眯着眼敲字，让陈助理处理。

这时，陈想在微博上发了一张照片出来。他什么话都没说，但是照片是高清的。网友点开大图就可以看到，照片里一个高大俊朗的男人单膝跪在许倾面前，一只手捧着花，另一只手里拿着一枚戒指，想往许倾的手指上套。

男人的腕表露了出来，跟今晚那个视频里的男人的腕表一模一样。但是照片上看不太清男人的脸，只能看到他刚毅的侧脸。而许倾正把手指缩回去，不让他戴上戒指，所以男人看起来很是狼狈。

陈想还贴心地画了一个箭头，在旁边写上"凌盛投资人顾随"。

正在狂欢的网友瞬间蒙了。

"这是顾随吗？"

"真的是他吗？@荣创陈想。"

陈想回复："废话。"

他们不相信："不可能的。"

"@凌盛投资，出来说一说呗，这是不是你们老板？"

很多人不相信，开始追问这个非常低调的官方微博。谁都想知道这到底是不是顾随，他是不是真的在追求许倾，甚至连江琳雅等几个女演员都在关注着凌盛投资的微博。

许倾的微信更是信息爆满。

CC："许倾，那个给你下跪的是不是顾随？"

YY："许倾，是他吗？"

赵茜："倾，这是什么情况啊？江琳雅她们完全不信，说那根本就不是顾随，是顾行。所以这到底是不是他？"

周眉："许倾，你牛啊！让他给你下跪，厉害。"

柳烟："哇！居然还有这一出。我就说嘛！什么时候曝光？那肯定很好玩，得在微博上挂好久吧？啧啧。"

林林："许倾，是不是顾随啊？我们都好奇死了。快回复我啊！"

因为信息太多了，许倾没回复。而事情还在继续发酵，无数网友都在轰炸凌盛投资的官方微博，希望它赶快出来澄清。

"我不信，我绝对不信，要官方微博出来说。"

陈想的微博发出后一分钟左右，凌盛投资的账号发了微博："是的，那是我们老板。顺便再告诉大家一声，全城追妻的广告牌也是我们老板投放的。"

这条微博也附上了一张照片。照片里露出了顾随那张俊朗的脸。只见他抱着玫瑰花跪在许倾的身后，而背景跟陈想发的照片的背景一样。

瞬间，整个微博仿佛停滞了一般。几秒后，这条微博下爆发出海量的评论。

"看样子顾随是求而不得。"

"这明明是苦求不到的爱情啊！"

"她只要回应一下顾随，还有别人什么事吗？"

"@江琳雅。"

"@杨彤，你确定你认识顾随吗？"

"所以顾随现在是在追求许倾吗？我震惊了。"

"姐妹们，你们有没有发现，顾随很像顾行？"

"我也发现了，难道他是为了许倾去参加的《我们相爱吧》？"

"@凌盛投资 回答一下。"

凌盛投资的官方微博回复："是的。"

"这是什么神仙爱情？"

杨彤和江琳雅默默地取消了点赞。

微博出现了"顾随下跪""顾随单箭头追求""许倾这都没接受"的话题，也让顾随前段时间追求许倾的所有操作被人发现了。

车里，许倾偏头看了顾随一眼。顾随眯眼，接了陈助理的电话。

陈助理咳了一声，向顾随道歉："老板，抱歉，我一时找不到别的照片，所以就拿了这张跟陈总的呼应。"刚刚顾随让陈助理发一个声明，说自己在追求许倾，还让陈助理顺便附带一张照片，好让那些人闭嘴。结果陈助理就挑了那张顾随有点儿狼狈的照片。

顾随的下颌紧了几分。他正想回答，却对上一旁女人的眼眸。他顿了顿，瞬间就消了一大半的气。他俯身搂住许倾，把她抱了过来。许倾跌在他的怀里，顾随把脸埋在她的脖颈旁，对陈助理说："发了就发了，后续公关好好处理。另外，那个发微博自称我好朋友的人，你让他来见见我。"

他倒想看看是谁这么有心。

陈助理："哎，好的。对了，现在馨月小区附近有很多记者蹲守，许倾暂时不能回去。"

许倾一听，想说话。顾随却笑了，说："知道了。"说完，他挂了电话。

他亲亲许倾的脖颈，说道："怎么办？今晚得去我那里了。"

许倾抱住他的腰，说："行吧。"

她假装应得挺勉强的。顾随低低一笑。

快到江湾别墅时，他们远远地就看见有媒体记者在小区门口徘徊。所幸这个小区的私密性是黎城最高的，记者不可以进小区。

黑色宾利缓缓开过来。记者们纷纷举起相机，然后被不知从哪里出现的保镖拦下。记者们眼睁睁地看着黑色宾利车开进小区，瞬间明白过来——车里肯定是顾随和许倾，于是一个个开始打电话。

"确实是他们，我肯定。我今晚一定要守着，守到明天早上。"

"许倾没回馨月小区。有兄弟在那边好像看到黑色宾利在馨月小区外的路口掉头，估计就是这辆了。"

"查一查车牌号。"

"查不到，我们根本没权限。"

"不管了，我今晚就死守在这里。"

那些记者们抱着包坐在地上，准备守株待兔。

这是许倾第二次来顾随这里。他的房子装修得很简单，有点儿冷清。顾随随手把许倾的外套挂在衣架上，然后挽起袖子进了厨房，去给许倾倒牛奶。

许倾坐到沙发上，翻看微博，很快翻到了那两张照片，然后看着两张照片出神。

这时，一杯牛奶端到她的面前。许倾立即按灭了手机屏幕，抬起头。顾随挑了一下眉，单手撑在椅背上，端着牛奶："牛奶。"许倾接过牛奶。

顾随坐到她的身边，揽住她的腰。许倾的心"怦怦"直跳。她喝着牛奶，心里想着该怎么开口，有些失神。

顾随垂眸看着她，女人的侧脸很美，睫毛很长，看不出她在想什么。几秒后，他偏头把脸埋在许倾的肩膀上，声音低沉地问道："我们在一起好不好？"

许倾张嘴正想张嘴说"我们在一起吧"，突然听到他的话，顿时愣了一下。顾随又凑过去，伸手拿走她手里的牛奶杯放在桌上，然后把她压在沙发上，抓着她的两只手摁在头顶上方，垂眸看她。

许倾的胸口起伏。他的眼中有少许的不安。他正在等她的回答。许倾纠结了一个晚上，这会儿终于放松了。

她弯起眉眼，说道："亲我。"

顾随眯眼，接着低头亲她的嘴唇，一触即离。

许倾挣扎了一下，于是顾随松了手。许倾抬起手钩住顾随的脖子，拱了拱身子，贴着他问道："你觉得在沙发上可以吗？"

顾随拧眉："可以，但是我现在……"

"我们在一起吧。"许倾打断他的话。

顾随一愣，紧接着扬起眉梢，问道："真的？"

许倾点头："真的。"

"谢谢。"

顾随只能想到用这两个字来表达自己的心情。

他拨弄着她的发丝，说道："谢谢你肯给我机会，谢谢我们能从交易变为真实的婚姻。谢谢你，许倾。"

说着，他亲吻她的嘴唇。

许倾气喘吁吁地低声道："你那么客气干什么？"

顾随："你不懂。我爱你，而你也让我明白了爱一个人的滋味，爱一个人的自我约束。我愿意为你约束我自己。"

许倾怔怔地看着顾随。他没有特意说约束什么，但是他们彼此都明白。从最初的猎人与猎物，到不愿意承认许倾对自己的影响，直到最后他认真了，明白了许倾要的是什么——她要的是全心全意。

许倾的眼眶微红。顾随见状忙问："怎么哭了？"他立即用指腹擦她的泪水。

许倾抿抿唇，说："那我跟你坦白，我跟程寻、张驯他们没有发生过任何关系，私下都不怎么联系。"

顾随一愣，点点头："嗯。"几秒后，他低头堵住她的嘴唇，含混地说道，"那我也跟你坦白一件事，我当初和你……那次是我第一次碰女人。"

许倾："哦，难道我是第二次？"

顾随闷笑起来，撑起身子看着她："不是，我那会儿觉得能把你弄伤。"

那晚她被折腾得特别厉害，最后疼得趴在他的肩膀上哭。因为实在是太疼了，她得擦药，所以他匆匆地穿上衣服下楼去买药膏。

不过那次许倾并不愿意让他给自己擦药，是自己躲在浴室里擦的。她一从浴室出来，就看到男人正靠在墙上抽烟。他低声问她："好些了没？"

许倾那会儿对他有点儿动心，匆匆点头，然后跑到床上趴着就睡着了。她那时以为他身经百战，自己却什么都不会，只会在他的怀里哭。

后来无数次想起那晚的事，许倾便觉得如果自己再见到顾随，一定要从容、淡定，要看起来身经百战，要不慌不忙，要面不改色。

两个人说开后，顾随再次堵上她的嘴唇，一手解着衬衫领口的扣子。许倾抱着他的脖颈，抬头跟他接吻。不一会儿，沙发上传来了些许细碎的声音。

这时，桌上的手机突然响了。那是顾随的手机，是顾老爷子的来电。意乱情迷的两个人都没理会。但是紧接着，许倾的手机也响了起来，一声又一声。许倾在恍惚间担心是母亲的来电，顺手抄过来看了一眼，结果还是顾老爷子的电话。

顾随往后仰，汗水顺着修长的脖颈滚落。他的喉结滚动了一下，说道："接，不然等会儿家里楼上楼下的电话都会被他打一遍。"

许倾被惊到了：老爷子这么执着啊？她赶紧接了电话，捂着嘴巴把手机放到顾随的耳边。

顾随声音嘶哑地"喂"了一声，就听到顾老爷子在电话那头兴奋地说道："可以，有我当年的风范。你总算进步了！"

许倾听见老爷子这话，眼里带着疑问。顾随半眯着眼看她，随后搂住她的腰，将她摁到自己的怀里。许倾趴在他的肩膀上，汗水顺着她的脊背滑落。

顾随冷静地说道："我在忙，回头说。"

不等顾老爷子回话，他就握着她的手将手机挂断。许倾想撑着身子起来，却被他搂着腰翻了一个身，被放倒在沙发上。

他吻住她的嘴唇，说："认真点儿。"

许倾头发凌乱。她笑着想说话，可惜很快就没法儿说话了。

两个小时后，许倾从浴缸里起来，穿上衣服，赤脚开了门，从二楼往下看。厨房里有声音传来。她走下楼梯，便看到顾随穿着黑色的上衣、长裤站在灶前。他没穿围裙，拿着一个大勺子在锅里翻搅。

餐桌上放了一些小菜，看着很可口。许倾伸手拿了一块放进嘴里——很脆很咸。

"这个是什么？挺好吃的。"

顾随回头，说道："酸菜，家里的阿姨做的。"他的目光落在许倾的脚上，"你没穿鞋？"

许倾低头看了一眼，就见涂着大红色指甲油的脚趾上还沾着水珠。她继续吃着小菜，问道："你有鞋给我穿吗？"

顾随听罢，笑了一声，放下勺子，调了一下火候，转身走到玄关，从那里拿了一双全新的黑色男士拖鞋，然后拆下吊牌，放在许倾的脚边，说道："先穿我的。"

许倾抬脚就要穿。顾随挑了一下眉，见她这么不讲究，又扯了一张纸巾，半蹲下去，抬起她的脚，给她擦拭脚上的水珠。

这还是第一次有男人为她做这些。许倾愣了一下，问道："你这儿没有女款的拖鞋吗？"

"没有。"回答完，顾随似是想到了什么，说道，"你以后了解了我就知道了，这房子里除了我就是保姆阿姨，没别的人。而且阿姨不常住在这里，除非我出门的时候，她需要在这边打扫，才会住下。"

"哦。"

他擦完她的一只脚，又换另外一只脚擦。许倾的嘴里还塞着酸菜。她一边嚼一边穿上鞋子。她的脚白皙透亮，很是好看。

顾随擦完后站直身子，抬手撑在她身后的桌子上，低头张嘴叼走她嘴里的酸菜："我去端粥出来。"说着，他松开许倾，走向厨房。

许倾呆在原地，嘴里还咬着一截儿酸菜。她眨了眨眼，跟他在一起之前，完全没想到自己会被这么照顾。她低头看了一眼自己的脚，还有那双很大的男式拖鞋，动了动脚趾。看着自己的脚趾像小脑袋一样晃来晃去，她笑起来，转身拉开椅子坐下。

顾随端着两碗粥出来放在桌上，然后把其中一碗推到许倾的面前。他拉开椅子坐下，说："有点儿烫。吃完了休息。"

许倾支着下巴，一边用勺子搅着粥，一边看着他。男人吃了两口，可能察觉到她的视线，抬头看向她，挑眉问道："看什么呢？"

许倾的脸一红。她收回视线，低头舀粥："没事，就看看。"接着，嘴唇就被烫到了。

"都跟你说了烫！"顾随一把抓住她的手腕，拉开勺子。

许倾吸了一口气，抬头看着他，嘀咕着："凶什么凶？"

顾随把她的手拉到唇边亲了一下："没有，不敢。你等会儿再吃吧，毛毛躁躁的。"

她毛毛躁躁？许倾还是第一次听到这样的评价，冷哼："我才不是。"

说着，她又伸手拿了一块酸菜塞进嘴里。顾随的薄唇抵着她的手背。他看着她这番有点儿可爱的行为，眼里全是笑意。

不一会儿，两个人吃完了夜宵。顾随在楼梯口关了一楼所有的灯，只留了壁灯，然后牵着许倾的手走上楼梯。

许倾穿着男式拖鞋，走得慢，问道："你这儿才两层楼，怎么装了电梯？"

顾随笑了笑，问道："你确定是两层楼？"

许倾瞬间想到还有地下车库，咳了两声，耳根红了。

顾随的别墅算起来应该是四层，还有负一楼和负二楼。负一楼整层都是车库，负二楼有茶室和保姆房，别墅还有一个露天的小花园。

来到主卧室的门口，许倾停住了脚步。

顾随也想起上次被许倾赶出房间的事，低声问道："你有什么疑虑吗？"

许倾看着他，问道："你这里有女人睡过吗？"

顾随一愣，认真地说："没有。除了你。"

许倾："哦，那睡吧。"

说完，她大步走进房间，结果不小心踩到了脚后跟，整个人趔趄了一下。这时，一只大手从身后抱住她的腰，接着她被顾随抱到了床上。

顾随拨弄了一下她的发丝，说道："我去洗澡，你先睡。"

说完，他将上衣脱下，光着上半身，露出腹肌。许倾靠在床头，看了他的腹肌一眼，然后拿起手机翻看。

这三个多小时，许倾一直没有看手机。此时，不仅她的微信上挤满了信息，微博上的话题也已经换了一轮。尤其是从凌盛的官方微博处确认了照片里那个人是顾随以后，凌盛的老板——那个低调的投资商，那个媒体即使拍到了正脸也不敢发出来的男人，被全面曝光。

顾随年轻多金还帅气，简直可以秒杀整个演艺圈的男演员。可这样的男人看上的女人却是许倾。

粉丝狂欢的同时，也有一些人开始扒许倾的家底和学历等。扒到最后发现，她只有一个学历能看。至于其他，她并无过人之处，真的太让人疑惑了。

"就这？他喜欢许倾什么？"

"搞不懂，真搞不懂。"

"反正许倾配不上顾随就对了，还敢拿乔。"

"哇！那按你们这么说，谁追她她都得答应？有没有点儿尊严？"

"且看看吧。《股神》不是要上映了吗？到时看她票房惨淡。"

"也不知道顾随看上她什么了。"

网友都在说许倾拿乔，却有多个品牌商找上门来，想要跟许倾签长久的代言合同。

苏雪一连发了好几份合同过来，说："增加了八个代言。这里面有些品牌本来是跟江琳雅、杨彤合作的。现在新品全都换成你代言了。"

许倾点开合同扫了一圈："我这是抢了她们的代言？"

"算抢吗？不算吧。还有，你不是接了林曼的那部职场剧，要去试镜吗？江琳雅这次也准备去试镜。"

许倾点点头："也是，不算抢，公平竞争。"

苏雪笑了笑，都不好意思告诉许倾，从曝出顾随追求许倾的消息后，就不存在公平了，所有资源都会往许倾这儿倾斜。除非顾随有了其他公开的女朋友，或者他结婚了。

这时，浴室门被推开。许倾抬头。

顾随擦着头发走出来，眯眼看了她的手机一眼："还没睡？"

许倾一愣。那头苏雪听见顾随低沉的声音，愣了一下："顾随啊？"

许倾："嗯。"

"那我挂了啊。"苏雪立即识相地挂了电话。

许倾放下手机，看着他。顾随擦着头发走过来，俯身在她的嘴角亲了一口："是睡不着吗？"

许倾摇头，说："我再刷会儿微博。"

顾随："那你刷。"

说着，他继续擦拭头发，又调了一下房间里的暖气。等擦干头发，他躺到床上，靠在床头。许倾自然地钻到他的怀里。她的身子柔若无骨。

顾随垂眸看她，不知为何突然笑了。他拿起手机随意地翻着，突然想起了什么，下载了微博客户端，然后用私人手机号注册、登录，随后关注了许倾的账号。

第二天早上，房里暖气十足，窗帘紧闭。

许倾睡得很熟，弓着身子，像一只小虾。顾随掰直她的身子，将长腿压在她的大腿上。许倾烦躁地翻身，趴到他的怀里。

顾随单手搂着她，听见床头柜上的手机振动了一下，便伸手拿过来看了一眼，发现是顾老爷子的来电。

他还有点儿困，但还是接了起来："爷爷？"

顾老爷子正在客厅里踱步，说道："我思考了一个晚上，觉得你得再花点儿心思。否则许倾一直不答应你，这也不是办法……"

感觉到怀里的女人挣扎了一下，顾随抱紧她，轻轻地拍拍她的肩膀安抚她。随后，他压低声音说道："爷爷，我们已经在一起了。你安心地休息会儿，好吗？"

顾老爷子一愣，几秒后反应过来，开心地问："啥？在一起了？"

许倾不知是听到了还是怎么的，又在顾随的怀里挣扎了一下。顾随赶紧哄了哄她，随后立即挂了电话，懒得再搭理顾老爷子。

顾老爷子这下被气到无语。

过分了啊！

"谁啊？"许倾迷迷糊糊地睁眼，抬起头问道。

"爷爷。"顾随拍拍她的肩膀，"你继续睡。"

许倾闭着眼睛，摇头说道："不睡了，得起来了。今天还有定妆照要拍。"说着，她翻身，抱住被子又蹭了一下。

顾随靠过去，抱着她的腰，低声说道："那你还抱着被子睡。"

许倾："我蹭一蹭。"

"行，蹭。"他的声音带笑。他又抱了她一会儿才起身，说："我下楼给你做早餐。你洗漱完下来。"说着，他穿上拖鞋，抓着头发走进浴室。

许倾从被子里睁眼，看着他的背影，直到他进了浴室。

她已经好久没被人这么关心照顾过了。以前家里的早餐都是父亲做的。许倾赖床的时候，母亲就去喊她。那会儿的她就是一个小公主。

半个小时后，顾随从浴室里出来，看到还在床上发愣的女人，走上前屈膝跪在床上，拨弄她的头发，亲吻她的脸颊。

"还不起呢？"

许倾回神，伸了一个懒腰，抱住他的脖子："我发现了一件事情。"

"什么？"

"我没衣服穿。"

顾随一愣，确实没想到这个问题。于是他拿起手机，直接拨打陈助理的电话："送点儿许倾的衣服过来。"

陈助理："好的。"

然而陈助理挂了电话才反应过来，没有问许倾的尺码。他觉得有些尴尬，犹豫要不要再打回去。所幸他想起跟许倾合作过的几家服装品牌，当下决定亲自跑一趟——讨好老板娘就是讨好老板，他的思想觉悟很高。

陈助理立即从家里出发，驱车前往品牌中心大厦。

早上十点半，这栋大厦里的很多服装公司已经开门，甚至有几家已经在拍摄了。陈助理直接上楼，推开某一家大牌公司的门。设计总监立即朝他走来："陈先生？"

陈助理说："是的。我来是想拿几件许倾尺码的衣服。"

设计总监愣了一下，随即明白过来——陈顺是凌盛投资老板的助理，他的老板正在追许倾，买衣服送给女方非常合理。

设计总监不敢怠慢，立即笑着说道："好的，您稍等。我立即让助理去拿。"说着，他一把拉过自己的助理，说道："去把最新的两款衣服拿出来。一定要选最新的，还要打包好。"

"好的。"助理看了一眼陈助理，飞快地离开。

设计总监招呼陈助理坐下，陈助理也不客气。

设计总监笑着说道："顾总真是有心啊。"

陈助理推了一下眼镜，笑着回道："是。"

这边正聊着天，设计总监的助理就拿着衣服走了出来。而她的身后，江琳雅带着小助理匆匆地追出来。

江琳雅脸色难看地说道："不是说最新款留给我的吗？我还亲自过来看，现在你是怎么回事……"

话没说完，她就看到了设计总监旁边的陈助理。这张脸她见过几次，都在那个男人的身边，而那个男人昨晚刚刚被证实是顾随。江琳雅顿时停下了脚步。

设计总监仿佛才想起江琳雅，立即站起来说道："哎呀，我忘了。琳雅，回头我再给你看另外一款吧。"

江琳雅的脸色不太好看。其实这款衣服也是她从杨彤那里抢来的，谁知到手了还没焐热，就再次被抢走了。

设计总监的助理将那两套衣服递给陈助理。陈助理接过后，文质彬彬地对设计总监说："先走了，谢谢。"

说着，陈助理就走向门口，甚至没有看江琳雅一眼。

江琳雅只能看向设计总监。设计总监赶紧安抚她，说道："本来我就说了你不适合这款。这下好了，别人给你做选择了。来来来，我带你挑新的。再说了，你也看到了是谁来买的吧。人家顾总的助理亲自来，多重视啊。"

他说的是实话。之前杨彤之所以放手不要这款，就是因为身高不够。设计总监本来就想找一个高个子的女艺人带带热度，谁知江琳雅非要这款，可她又不太合适。设计总监只能让她过来试试，可以的话再带走。

现在既然人家许倾要了，那当然是给许倾啦。许倾够高，也适合这款。

江琳雅想到的却是另外一件事——从今以后，许倾不得了了。

别墅里，许倾拿到了陈助理送来的衣服。见衣服上已经没有了吊牌，她探头问楼下的顾随："这衣服穿上了不用还吗？"

顾随把煎鸡蛋放在桌上，闻言好笑地反问："我买的衣服需要还吗？"

许倾："哦，你买的。"她抖了抖衣服，转身回房去换，心想：顾随不愧是有钱人。

许倾跟这家品牌公司合作过一次。因为他们家的衣服价格昂贵，她连吊牌都不敢弄花，活动结束后就马上把衣服给他们送回去。而当时这家公司接收衣服的人还不让她们走，一直等到检查完，确认没有损坏后，才让许倾一行人离开。当时苏雪一个劲儿地吐槽："这要是换成林曼，他们肯定直接就送给她了。轮到我们就这么抠抠搜搜。"

这是一套衬衫款的上衣加长裙，袖子得挽起来才有感觉。许倾将袖子挽起来，走下楼梯。

餐桌上已经摆好了早餐。顾随坐在椅子上翻着报纸，一抬头看到她，眼里闪过惊艳："这牌子适合你。"

两个人重逢的第一天，她穿的就是黑色衬衫，却穿出了性感风情。今天这件衬衫许倾穿出了同样的感觉。

许倾走进餐厅，顾随起身给她拉开椅子。许倾坐下后，顾随推了一碗燕窝给她。

两个人吃过早餐，随后出门。许倾跟苏雪约好了在拍摄定妆照的地方见面。因为到处都是记者，他们都认得许倾的保姆车。

顾随换了一辆保时捷，还是保镖开车。上了后座，顾随就开始接电话处理工作，许倾低头按着手机。

银色的保时捷就这么从蹲守的记者跟前开过。这些记者熬了一个晚上，却不知道这辆车里就是他们在等的两位主角。

定妆照的拍摄地点附近也有一些记者和粉丝——昨晚那些话题后，许倾的行程表早就被曝光了。

顾随看了一眼外面的情况，捏捏许倾的手，说："让保镖护着你下去。"

许倾看到苏雪在不远处招手，说："你让他把车开到那边，借着大厦的遮挡，我下车。"

顾随看了一眼路，点点头，让保镖开进去。

其实这样绕路挺耽误时间的，而顾随等一会儿还有一个早会。但是保镖也知道老板身边的女人很重要，所以一句话都没说，专心地开车绕路，直接绕进了大厦，然后开向那辆保姆车。

刚停下车，保镖的手机就响了起来。保镖接起来，还没说话，电话那头的陈助理就立即问道："老板呢？这边很多人等着了。"

保镖："送老板娘上班。"

陈助理听见"老板娘"三个字，反应过来："哦，送吧。"

保镖在心里笑了一声，挂了电话。

许倾下车前亲了一下顾随的嘴角。顾随一愣，笑着捏她的下巴："老婆……"

许倾瞬间感觉心跳漏了一拍，红着脸推开他的手，转身下车。高跟鞋一落地，她就飞快地往苏雪那儿走去，走了没几步就被记者和粉丝发现了。

"许倾！许倾在那里。"

"倾倾，倾倾！"

记者和粉丝蜂拥而至。苏雪立即拉着许倾的手，说道："走走走，上楼。从这边，这边也有一部电梯。"

许倾踩着高跟鞋，飞快地跟上苏雪。就在她们以为那些记者要涌上来时，一辆银色的保时捷车开过来堵在路的中间，直接横挡在这群记者跟前。

那几个记者愣住了，盯着这辆保时捷车。

"什么情况？这车有病吧。来不及了，她们肯定上去了。"

"我在这儿等了一个晚上啊，熬了一个通宵啊。"

"喂，机器别碰到车子。这车很贵的。"

好几个记者盯着车，怀疑这是顾随的车，但是又看不到里面坐着的人。

就在记者们焦头烂额的时候，跟前的车子缓缓开走。一群人往电梯那一看，恨不得扔了手中的话筒和摄像机。

"上去了，她上去了。"

"又浪费了一个晚上。"

"不行，我继续蹲，蹲到她下来。"

"兄弟们，刚刚那辆保时捷是顾随的啊！"

"什么？大鱼就这么从我们跟前溜走了？"

"刚刚顾随好像让人把车堵在入口，挡住了那群记者。"苏雪刚才回头看了一眼，知道那是顾随的车，"他对你真的好好啊！"

许倾抿唇，笑了一下。

《春至》的演员都来了，成导也在。许倾一进门，其他人看到她后都停下动作，目光全聚集在她的身上。

成导一见是许倾，笑着掐灭烟走过去，说道："来得正好，快进去换衣服吧。"

许倾一笑："抱歉，我来迟了。"

"没有，不迟。刚好，我们也刚到。"顺着成导的话，其他演员也点头附和。

许倾还没被哪个剧组这么热情地对待过。她迟疑了一下，道："都把我当许倾，可以吗？"

不要把我当成那个跟顾随有关系的许倾，只是女演员许倾。

成导一愣，抓抓头发，一笑："行，行。那你快去换衣服。你带化妆师了没有？今天不能用你的化妆师，习惯一下。"

许倾笑着说道："没问题，我都可以。"说着，她转身走进化妆室。

她一走，其他人顿时大松一口气，一下子卸下了紧张感。

"她人很好啊。"

"对，看着还挺好的。"

"她这属于带资进组了吧？但是她性格怎么那么好？"

"上次改剧本也是顾先生让改的，她好像都不知情。"

"顾先生有点儿霸道啊。"

"不过她这么亲切，我就放心了。"

苏雪也听到了这些话。她给许倾端咖啡进去，笑着把咖啡放在许倾的面前。许倾看她笑眯眯的，问道："什么事笑成这样？"

苏雪又笑了一下，却没回答许倾。

上午的定妆照拍摄非常顺利。中午，许倾跟着成导他们一起吃盒饭。

成导听说许倾居然拍了萧正明导演的戏，有些震惊地说道："他的戏很苦的，而且一点儿都马虎不得，要求特别高。你居然能扛下来。"

许倾吃着胡萝卜："扛着扛着就习惯了。"

成导给许倾比了一个大拇指。这次他专门来盯定妆照，就是怕一些外行人不懂这部电视剧，把定妆照拍烂了。

下午三点半，拍摄结束。许倾揉揉脖颈，带着苏雪等人离开。下到三楼时，她想起还堵在楼下的记者，说道："我们去喝咖啡好了。"

苏雪立即笑着说道："正好，三楼有一家店的咖啡和甜品都特别好。成导不是让你稍微增点儿肥吗？这段时间就不忌甜点了。"

许倾笑着出了电梯："好。"

一行四人，包括司机，都朝这家咖啡店走去。许倾走在前面，伸手推门。正巧门从里面被拉开，陈想单手端着一杯咖啡正要出来。

四目相对，许倾一愣，随即笑着打招呼："陈总。"

陈想看着眼前穿着衬衫长裙的漂亮女人，愣了几秒，随后点了点头，手紧握着咖啡杯。如果是熟悉他的人就会发现，他有几分紧张。

他开口："这么巧，喝咖啡吗？"

许倾："是啊。"

陈想看了一眼许倾身后的其他人，回头跟店里的人说："他们的单子记我的账。"

许倾："不用了，陈总。我们……"

"没关系，这家咖啡店顾随也有份儿。"陈想说完，又看了她一眼，然后走出去，跟许倾擦肩而过。

许倾顿了顿，准备走进去。这时，陈想突然又喊了一声："许倾。"

许倾一愣，回过头。她这一回头，眉眼还带着淡淡的笑意，陈想只觉得冲击力太大了。他笑了笑，说道："对了，有件事跟你说一下。顾随最近频繁接触你的好朋友文曜。也不知道他找你的好朋友做什么。"

"文曜？"许倾突然想起上次在港口时看到的那个电话。那时她好像看到顾随手机上是文曜的名字，顾随却说不是。她对陈想说道："好的，谢谢。我回头问问他。"

陈想点点头，走向电梯。

许倾立即拿起手机拨打了顾随的电话。

几秒后，顾随就接了电话："忙完了？"

许倾："你不是说你不认识文曜吗？陈总怎么说你最近联系他了？"

顾随眯眼："陈总？陈想？你怎么会跟他见面？"

许倾："重点是这个吗？重点是文曜。"

顾随屌了几秒，咬牙切齿地说道："陈想这个狗东西！"

许倾："你骂别人做什么？你管管你自己。"

与此同时，凌盛的会议室里，所有高管都听到了许倾凶顾随的声音，随即一个个扭过头，只当没听到。

原来那些照片都是真实的。

老板好卑微啊。

"晚上回家说。"顾随冷眼扫视现场的高管们。

许倾听见这话，自然也不会再纠缠，说："好。"说完，她挂了电话。

顾随把手机放在桌上，对陈助理说："继续。"

几个高管这才把头扭了回来，并且匆匆看了一眼自家老板，只见他神色平静，还是那副强势的模样。

其中一个高管迟疑了一下，笑着问道："顾总，网上的传闻都是真的？"

顾随抬起眼眸看过去："公司的官方微博闹着玩儿的？"

那个高管一愣，立即笑着点点头，说道："就是没想到而已。不过看样子，许倾的性格挺烈的。顾总平日里有压力吗？"

"没有。"顾随翻着文件，说，"她什么样我都喜欢。"

顾随的一句话，把那个高管后面想说的全堵死了。旁边另一个高管在桌子底下踩了那个高管一脚，示意他闭嘴。于是他只能讪讪地闭上了嘴。

顾随紧接着说："你们只需要知道，她是我的老婆就行。"

他这话说得让在场其他人直冒冷汗。在场的高管们跟在顾随身边都有一些年头了，自然听得出他是在警告他们——不要听信外面的传言，带好头，认同许倾的身份，并且接受她。

"明白。"

"会的，顾总。"

"我会约束下属的。"

微博上腥风血雨，投资界自然也掀起了狂风大浪。凌盛首当其冲，公司内部论坛早就闹翻了天。

凌盛的员工不敢在顾随的面前嘀咕，私下却没少议论。许倾的手机上信息爆满，顾随的何尝不是，只是他没空回复，都让陈助理一一回复了。但被问及两个人的关系时，他都亲自回复，说"已在一起""很爱她""是的，会结婚"，等等。

这些话是回复好友、合作伙伴以及一些客户的。至于自家员工，他自然就让高管们自己去处理。外面网络上怎么样先不说，自家的员工必须接受两个人的关系，并且尊重许倾，高管们必须带头。

这也是顾随为何会在会议室里接私人电话的原因。

会议结束后，几个高管离开会议室，才明白老板的意思。

"魏哥，你的部门得好好整顿了。女员工太多，对顾总有太多幻想，这会儿幻灭了，公司论坛上那些帖子肯定是她们开的。"

"黄总，怎么不说你啊？你上次还举荐了几个女员工给顾总当秘书。她们听谁的？还不是听你的。"

"幸好顾总忙，要是他看到论坛的帖子，肯定得发火。回头赶快让人删了。"

"哎，魏哥，你说顾总这不是还在追吗？还是已经追到了？看样子像是住在一起了？还回家说？"

"要是这样，我们更得小心，可千万得约束下属啊。"

"确实想不到顾总这人会收心。许倾是挺漂亮的，但也不至于此吧。"

"缘分呗。你没听许倾对老板那语气，太不客气了。老板这样妥妥的'妻管严'啊。"

"还真有点儿。"

几个人在电梯里议论了一番，等回到自己的部门，瞬间又恢复了平日里那一本正经的高管样儿了。

"怎么了？"苏雪点完咖啡回来坐下，问许倾。

许倾靠在椅背上摇摇头，说："我也不知道怎么了。我给文曜打一个电话。"她不知道顾随找文曜干吗，但是陈想特意提起文曜，就好像在暗示什么。

许倾翻出文曜的手机号码拨了过去。那边的人很快接听了电话。

文曜喊道："许倾，最近忙吗？"

许倾笑着反问："我忙不忙，你不知道？"

"知道，昨晚从微博上看到了。我才明白顾总为什么要找我呢。"文曜也没废话，直接进入主题。

许倾眉梢一挑："话说，他找你做什么？"

文曜："也没什么事。好几次他来京市这边还约我吃饭呢。哦，他还想挖我去他们的研究室，但我没去。之后顾总就时不时地跟我联系一下。有一次我去海城，想约他出来吃饭，但他那会儿没空，所以就算了。"

"就这样？"许倾有点儿不信。

"啊？不然还有什么？我其实还挺好奇他怎么会突然跟我联系，还以为是什么大事呢。现在看来，是因为你啊。"文曜接着说，"哦，对了，他对我们在老家的生活很感兴趣，问了蛮多的。他说他是独生子，是一个人长大的，不像我们三个人一起长大。他似乎对许秦也挺感兴趣的。许秦也加了顾总的微信。"

许倾："你怎么都没跟我说？"

文曜："我压根儿不知道是因为你啊，还以为顾总是个性情中人。"

顾随？性情中人？呵呵，怎么看怎么不像。

许倾知道顾随这人无利不起早，做什么事情都有自己的目的。可是此时她也想不明白，他为什么要跟文曜建立联系。

难道真是因为她？想从她身边的好友下手？

"对了，阿姨最近怎么样？上次你就回复了我一条信息。我都不知道阿姨什么情况。"

许倾收回心神，回道："她现在很好。等过一段时间她出院了，我再通知你。"

"行，那就好。"文曜紧接着问，"你跟顾随现在是什么情况？"

许倾想了一下，说："在一起了。"

文曜笑着说道："恭喜你啊。"

许倾含笑："谢谢。"

文曜祝福完，微微叹了一口气。他想起许秦，知道许秦其实是喜欢许倾的，也不知道许秦现在是什么心情。

许秦因为性格很内向，即使喜欢许倾也一直不敢说出口。在许倾选择当一名演员的时候，许秦就想要放弃了。许倾却一直不知道这件事。在她的父母出车祸之前，她每年回惠安过年，还能跟许秦见一面。可从三年前起，许倾不回去了。许秦也被各种原因困在老家，无法见到许倾。

所以时间很残酷，长大的青梅竹马很难再延续曾经的感情，连文曜对许倾的关心也没有以前那么多了。毕竟，他们生活的世界也不一样了。

挂掉电话后，许倾端起咖啡喝了一口。咖啡含在嘴里有点儿苦涩。她看向窗外，觉得自从父母出车祸后，自己的记忆都变得模糊了，名利场让她很久没想起惠安的生活。人在往前走的时候，偶尔再回头，看见的可能只是一片时间的废墟。

这家咖啡店的糕点确实很好吃，许倾吃了好几块。下午五点多，她跟苏雪一行人离开咖啡店。

楼下还是有很多记者。苏雪看了一眼，说道："我们直接去地下车库吧。那里可能好一些。"

许倾："好。"

于是几个人搭乘电梯到地下车库。许倾从电梯里出来时，正好看到一辆保姆车停在电梯门口。紧接着车门拉开，江琳雅戴着墨镜，整理了一下外套走出来。两个人迎面碰上，四目相对。江琳雅一眼便认出了许倾穿的那套品牌套装。她假装轻描淡写地挪开视线，随后走向电梯。

对许倾而言，江琳雅其实很陌生。在林曼没被雪藏之前，许倾和江琳雅属于两个维度的人。但是自从林曼被雪藏，江琳雅接了《幕后》里林曼的角色，许倾就经常被拉出来跟江琳雅做对比。

人真的无论处于什么状态，都有甩不掉的烦恼。没了林曼，又来了一个江琳雅。

此时许倾想维持一点儿笑容都难。她神色淡漠，偏头跟苏雪说话，一边说一边走。

这时，不知从哪里传来一道刺耳的声音。江琳雅被吓了一跳，肩膀猛地撞到许倾。只听"啪嗒"一声，江琳雅的墨镜摔在了地上。许倾刚一抬脚，差点儿踩上那副墨镜，也被惊了一下，幸好及时收回了脚。苏雪眼疾手快地扶住许倾。

车库里顿时一阵安静。

"谁啊？是谁在那边？"江琳雅的助理跑过去查看情况。

苏雪也有点儿担忧地问道："这地下车库该不会还有记者吧？"

许倾说："应该不会。"说完，她弯腰要去捡墨镜。

江琳雅正好也弯腰，但在许倾碰到墨镜时，又猛地缩回了手。那样子令许倾愣了一下。她看向江琳雅："你不要？"

江琳雅："谢谢。"

许倾立即将墨镜还给江琳雅。江琳雅接过后立即走进电梯，像是有点儿怕许倾。

苏雪拉着许倾上车："我怎么觉得江琳雅有点儿怕你？"

许倾："嗯，好像是。不过为什么啊？"

苏雪："还能为什么，肯定是因为顾随啊。你知道你的这身衣服原来是给江琳雅的吗？江琳雅今天早上亲自去品牌公司试衣服，结果陈助理也去给你拿衣服，硬生生从她的手里抢了下来。她出道多年一直顺风顺水，估计也是第一次被这么欺负。"

许倾:"我很冤枉啊。顾随说这衣服是他买的。"

苏雪耸肩。反正这事也是她刚刚在微信群里看到的,还打算晚点儿跟许倾说呢。她笑着说:"你现在很牛了。"

许倾看了苏雪一眼,没应。

苏雪又笑了笑,倒是没再继续这个话题。以后许倾就会知道,有了顾随的支持,她在演艺圈能横着走。

车子刚到医院,许倾的手机就响了一下。她拿出来一看,正好是顾随发来的语音信息。

顾随:"我今晚回家可能会有点儿晚。你早点儿休息。"他低沉的声音里带着少许的疲惫。

许倾按着语音键:"回家?回馨月小区?"

顾随:"对啊,我也回馨月小区。"既然他们在一起了,那她去哪儿,他就去哪儿。

许倾:"晚点儿见。"

"嗯。"

许倾收好手机上楼,一进门就看到罗素在看电视。她突然有点儿心慌,也不知道电视新闻里有没有播她的事情。

罗素一转头看到许倾,眉眼一弯:"忙完了?"

"是啊,妈。我过来蹭饭。"许倾放下小包,跟罗素一块儿坐在病床上。

罗素笑着看她,拉拉她的手。许倾见罗素这样,就知道电视上没什么关于自己的新闻,于是放下心来。

罗素说:"你给你萧姨打个电话,让她多打一份菜上来。"

"好。"许倾拿起手机,拨打萧姨的电话。

吃过晚饭,许倾没急着走,一直陪着罗素。不过罗素今晚很早就困了。许倾趁着罗素睡了,问萧姨:"昨天有没有什么人过来?"

萧姨擦擦手,说:"有。楼下似乎有两辆面包车,听说是来采访你的。后来他们好像被赶来的保镖赶走了。"

许倾一听,心里一暖,猜到这些保镖应该是顾随安排的。

萧姨看着许倾:"最近是不是事情比较多啊?"

许倾笑着点点头:"是啊。"

"注意安全啊。"萧姨虽然不用微博,但也有微信,看到了许倾跟顾随的新闻。不过她向来只做事不多话。

许倾笑着说道："好。"

她看了一眼罗素，随后在沙发上坐下，拿起手机随意地翻看。之前的话题排名降了很多，但是又上来一条新话题——"许倾配吗"。

"还是延续老话题。有姐妹深扒了许倾和顾随的背景。我真是好奇，顾随为什么看上许倾？两个人家世什么的都不相当。而且许倾真的连一部好看点儿的作品都没有。她凭什么？她配吗？我只想说，顾随看上谁不好，看上她。"

"说出了我的心声。"

"真的是这样。"

"我现在只想采访一下顾随，问他是什么看法。"

"哦，据说今晚有很多记者蹲在凌盛门口，不知道等会儿能不能采访到顾随。"

"许倾是真不配啊。"

"对，她啥都不是。我看江琳雅更配。"

"江琳雅好歹有作品啊，长得漂亮，演技也过硬。许倾有什么呢？"

"搞不懂，反正许倾就是不配。"

"人家顾随喜欢就行了，你们吵什么？我看你们是忌妒吧。"

这时，有一个网友突然注意到了什么，问道："许倾的粉丝列表里新增了一个账号，昵称就叫'顾'，只关注了许倾一个人。这个该不会是顾随的私人账号吧？"

于是一群人蜂拥去看那个小号，发现那个小号刚注册没多久，但是关注他的人已经有十八个了，包括荣创陈想、凌盛陈顺、华影总裁、江氏、柳烟、凌盛官方微博，等等，全是大佬……这个人不是顾随还能是谁？

但是他只关注了许倾一个人。

上蹿下跳的网友们瞬间安静了。

夜深了，医院病房里很安静。许倾在沙发上靠着靠着就睡着了。萧姨走上前，拉了被子给许倾盖上。

这时，病房门被敲响。萧姨一回头，看到了门口高大的男人。

顾随揉揉眉心，走了进来，低声问道："睡了？"

萧姨松开被子，往旁边站了站，说道："是啊。我就去了一趟洗手间，一出来她就睡着了。"

顾随点点头，走上前，俯身看着沙发上的女人。许倾的手里还握着手机，整个人斜靠在沙发上，额头抵在扶手上，一头长发披散在肩膀上。她还往扶手上蹭了蹭。

顾随勾起嘴角，弯腰把她抱了起来，说道："我带她回去了。"

"好，她还没洗澡呢。"萧姨提醒道。

顾随转身走向门口，同时看了一眼熟睡的罗素，对萧姨低声说道："麻烦萧姨照顾好我的丈母娘。"

萧姨："会的。放心吧。"

顾随点点头，走出门。许倾在他的怀里安睡，还在他的手臂上蹭了蹭，蹭着蹭着就醒了。她抬起眼皮，看到男人线条分明的下巴，接着一抬头看到电梯，喃喃问道："你下班了？"

顾随听见她的声音，点点头："嗯。"

许倾又往他的手臂上蹭了蹭，伸手钩住他的脖颈。顾随见她这样，多少松了一口气，实在是怕她还记着文曜的事。

很快，电梯到了一楼。陈助理将车开到医院门口，下车开门。顾随弯腰把许倾送进车里。许倾清醒了一些，打了一个哈欠。顾随也跟着坐进车里，见许倾正靠在椅背上看着他。

关上车门后，顾随伸手把她抱到怀里："继续睡。"

许倾靠在他的肩膀上，拨弄他的领口，也没说睡还是不睡。顾随垂眸看了她一眼，心里有点儿忐忑。就在他以为她会问文曜的事时，许倾又睡了过去。顾随挑眉，笑着低头亲吻许倾的头顶。

陈助理安静地开着车，听见老板的笑声，只觉得老板眼里真的全是许倾。

馨月小区周围的记者已经被清走了很多，但仍有一些在蹲守。这时，一辆车子在小区门口停下，从车里走出来几名保镖，一个个一米八的身高，拦在那群记者的跟前，带了些许警告的意味。

陈助理这才停好车，然后打开车门。顾随抱着许倾下来。那些记者见状瞬间跟打了鸡血似的，一个个要往前挤，又被推了回去，于是只能举起相机，拍些远距离的照片。

高大的男人抱着女人进了小区。他神色冷峻，头也不回。那强大的气场仿佛在说：生人勿近。

记者们被保镖挡着，基本拍不到什么有价值的画面，都有些泄气。可陈助理还是走上前，提醒道："我们老板不喜欢泄露太多私人的照片在外面，麻烦大家把照片交给我。谢谢。"说着，他直接伸手。

那些记者愣了一下，纷纷看向陈助理。陈助理面无表情，看起来有点儿不近人情。凌盛总裁的助理，光是气势上就比普通人强好几倍。

记者们这才反应过来——凌盛的老板自己想要往外透露的，自然可以透露，比如凌盛官方微博发出来的那张照片；可他若是不想透露的，那么谁都发不了。这些年基本如此。

陈助理动了动手指："麻烦了。"他彬彬有礼，但是不容置疑。

最后，这群记者只能当面交了照片，才被陈助理放走。

顾随向来如此，不喜欢私生活被放在公众面前。所以只要往外说明白了他跟许倾的关系就行，后续的情况没有得到他的点头，都不可以随意报道。

他是投资人，不是艺人。

许倾的房子比顾随的别墅小了很多很多，只有两室一厅。客厅也不大，而且只有一个飘窗，连阳台都没有。顾随一进门就把许倾放在沙发上。他刚放下，许倾就醒了。她睁开眼，接着揽住他的脖颈。

顾随一愣："醒了？"

许倾点头："嗯。"

顾随伸手顺着她的头发，说道："那你得洗一个澡。想不想吃夜宵？"

许倾："想。"

"我去做？"他亲吻她的眉心，声音低沉。

许倾想了想，说："我去吧。你去洗澡。你身上有烟味。"

"有吗？"顾随钩起领口闻了一下。

许倾突然蹭上去亲吻他的脖颈。顾随一愣。她含住他的喉结："有哦。"

顾随笑着堵住她的嘴唇，把她压在沙发上。许倾仰起头，抱着他的脖颈。然而两个人正吻得热火朝天，许倾的肚子突然发出"咕噜"一声，接着又是一声。

顾随伸手揉了一下她的肚子，笑着凑在她的耳边说道："生理性的饿。"

许倾红着脸推开他。顾随站起身，把解开的纽扣重新扣上，接着低头亲吻她："吃点儿夜宵吧。我去做，你先去洗澡。"

"哦。"

许倾抓抓头发，起身走向主卧室，拿了睡衣直接去洗澡。她一进浴室就看到镜子里的自己，眼角眉梢全是妩媚。她垂眸笑了笑，关上门开始洗澡。

洗完澡精神好了很多，许倾擦着头发走出主卧室，就听到厨房里"噼噼啪啪"的声音。她来到厨房门口，看到顾随正在做炸酱面。

许倾把头发扎起来，走进去从身后抱住他的腰，蹭了蹭他的后背。

顾随动作一顿，接着问道："不吹干头发？"

许倾："等会儿吹。"

男人的后背宽厚结实，她静静地抱着。这时，顾随的手机响了。许倾突然醒过来似的，说："你的手机。"

"帮我拿来。"顾随说道。

许倾"哦"了一声，松开他，随后走向客厅。

顾随有两部手机，一部是私人的，一部是工作用的，都放在桌上。此时响起来的就是工作用的手机。

许倾拿起来走向厨房，把手机递给顾随。顾随接过去，顺便点了接通键，但没想到是视频电话。他的神色没有了面对许倾时的温柔，瞬间变得冷峻。

视频接通，那边的人看到顾随在做饭，愣了一下："老板，您在忙？"

顾随："嗯。"

视频那边的人是今天早上开会的高管之一。他顿了顿，问道："有没有打扰到您？"

顾随："有事你就说。"

"哦，是这样的……"话还没说完，他便看到一个漂亮的女人从旁边挤过来，要去拿顾随的筷子。

顾随抬起手，把女人抱在怀里，低声说道："我来。你快去吹干头发。"顾随简直是瞬间换了一副面孔。

那位高管一时无语。

许倾抬起眼皮看了顾随一眼："我来弄。你出去接你的电话。"

顾随眯了眯眼，举起手机看了那位高管一眼。

高管："老板，我先挂了。几分钟后再给您打比较好啊？"

顾随："发邮件。"

"好嘞。"说完，那位高管立马挂了电话。

顾随把手机扔在一旁，一手抱住许倾的腰，把她拢在怀里，一手把炸酱面捞起来，放在碗里。

许倾被这样抱着，耳根有些红。她的头发有些湿，搭在顾随的胸膛上。很快，顾随拌好了面，伸手端起来，说道："出去吃。"

许倾："哦。"她拿起桌上的手机，转身跟着出去。

炸酱面的香味飘满整个客厅。许倾觉得自己饿得更厉害了，赶紧坐下来，拿起筷子开始吃。顾随站在她的身后，拿着毛巾替她擦头发，鼻息间全是她身上的香味。

他俯身，亲吻她的脸颊："你好香。"

许倾："炸酱面更香。"

顾随笑了一声。

很快，两个人吃完炸酱面。许倾去洗漱，顾随去洗碗。许倾一边刷牙一边想，这个男人太能干了吧，会赚钱，会做饭，还会洗碗，最重要的是长得还帅。

她洗漱完出来，就听到床上的手机在响。她走过去拿起来一看，是许秦的来电。

许倾没想到会是他的电话，坐在床边，接了："许秦。"

许秦在电话那头沉默了几秒才笑道："倾倾。"

因为两个人的名字读音很相似，所以许秦一直都喊许倾为"倾倾"。许倾笑着问道："怎么想起来给我打电话？"

许秦："恭喜你。"他的声音仿佛很遥远。

许倾笑问："恭喜我什么？"

"恭喜你找到另一半。"许秦说道。

许倾顺顺头发，说道："谢谢。对了，你家上次那件事处理完了吗？"

"处理完了。"

"那就好。"

许倾发现他们不再像以前那样有话聊了。可能是因为他们都长大了，也可能是工作的原因。她抱着膝盖说："许秦，时间过得好快。"

"是，很快。知道你现在过得好，我就很开心了。"许秦说道。

这时，主卧室的门被推开。顾随眯着眼看着许倾。许倾也抬眼看了他一眼。男人在门口站了一会儿，然后来到床边，弯腰拿起一支烟点燃，低头咬进嘴里，才理了理袖口走进浴室。

许秦不知在电话那头说了什么，许倾顿时回神，笑着问道："你换工作了？"

"嗯，考了公务员，现在进了事业单位。"

许倾点点头："挺好。"

浴室的门关着，里面传来水声。许倾觉得顾随刚才的神情不太好，有点儿冷。她靠在床头，手指拨弄着床头柜上的烟。

又听许秦说了一些关于他生活的事，许倾打算挂电话了。这时，浴室门拉开，顾随擦着头发走出来。他来到床边，坐在许倾的身边，把许倾抱到怀里。许倾惊呼了一声。

许秦听到了，问："倾倾？"

许倾笑着说道："许秦，我先挂了。我准备休息了。"

"没事，你们再聊聊。我不急。"顾随搂着许倾的腰突然出声。

许秦听到男人的声音，瞬间听出那是顾随。他沉默了好久，说道："许倾，我还是不打扰你跟顾先生了。拜拜。"说完，他挂了电话。

许倾听到许秦说出"顾先生"三个字，瞬间想起今天给文曜打电话的事。她放下手机，回头看向顾随。

顾随也看着她："在跟谁聊天？"

许倾一把揪住他的耳朵："你还装？你不是认识许秦吗？你不是还加了他的微信好友吗？"

顾随无法反驳，定定地看着眼前的女人，心口一阵乱潮汹涌。他想逼问她：你的心上人是他们两个当中的一个吗？是不是？

可是，他只是绷紧下颌，点点头："是啊。我还跟文曜有联系，听了很多你过去的事情。"

许倾揪着他的耳朵的手指松了很多。她趴在他的怀里，说道："那你上次还不承认。"

顾随垂眸看她，亲吻她的额头，说道："那会儿还没想好怎么跟你说，干脆否认掉。"

许倾："哦，行吧。"她以为他是想通过他们来接近她。男人的有心程度，让她的心里一阵滚烫。

许倾亲吻他的薄唇。顾随任由她亲着，随后才扣着她的脖颈，探入舌尖。不一会儿，床上隐隐传来了声音。

顾随按着她的腰，咬着她的嘴唇，问道："我们是不是可以考虑一下，在朋友圈也公开一下？"

许倾意乱情迷，下意识地点点头。顾随勾起嘴角，埋头吻着她的脖颈。

凌晨一点左右，许倾趴在床上熟睡。顾随将手覆盖在她的手背上，握着她的手拍了一张照片，随后发了朋友圈，但设置了只有文曜、许秦可见。

文曜看到这条动态后，点了赞，还问道："哇！这算官宣吗？"

许秦也点了赞，说："恭喜。"

顾随直接回复："我不想说废话，这条动态是给你们两个人看的。我只想知道，她的心上人是你们其中一个吗？"

文曜："什么？"

许秦："你是说在《我们相爱吧》里，许倾说的那个心上人吗？"

顾随："是。"他总算看出许秦也喜欢许倾了，居然这么快就能记起关于许倾的这些小细节。

文曜："说真的，我不知道她有心上人这回事。"

许秦："顾先生，我问你一句，你这条朋友圈动态是故意给我们两个人看的吗？"

顾随："是。"

文曜觉得非常无语，心想：你压根儿就不是性情中人，你就是为了探听许倾的过去，找出她的心上人，对吗？

许秦也感觉自己天真了，以为顾随跟他们交朋友是因为许倾，却不想原来这位顾先生是怀着别的目的的。

文曜突然说道："顾先生，我会把你这条动态截图给许倾看。"

顾随："你敢。"

文曜心说：你别尿啊！

看来不只凌盛的高管知道顾随面对许倾时很尿，连许倾的竹马都知道了。

文曜敢这么调侃顾随，说明文曜对许倾没有半点儿想法。至于许秦，肯定是喜欢许倾的。可若他就是许倾的心上人的话，顾随不会完全感觉不到。

顾随握着手机陷入沉思。身侧的女人翻了一个身，面朝他这边。他的动作瞬间一顿。他低头看她，见女人睡得不算安稳，眉心微微蹙起。

顾随看了她几秒，心想：算了，她有心上人又怎么样？难道自己就会放手吗？呵。

随后，他删除了朋友圈那条动态，把手机放在床头柜上，躺下来，伸手去抱她。许倾扭了一下身子，像是要醒。顾随偏头在她的眉心落下一吻："睡吧。"

也不知道她是不是在睡梦中听到了，竟然就安稳了，也伸手搂住他的腰。顾随垂眸看着她浓密的睫毛和一头青丝。他伸出一只手按灭了灯，房间里瞬间陷入一片黑暗。

一夜好眠。

第二天许倾醒来时，顾随还没醒。她睁着眼睛，就这么看着男人的下巴。他的手臂被她的头枕着，另一只大手握着她的手。他微微偏头，往她这边侧着，睡容看起来很温柔。

许倾静静地看着他，仿佛要看到地老天荒。

几分钟后，顾随往她这边翻身，随后拢紧手臂，揽着许倾的脖颈往自己的怀里带，另一只手则搂着她的腰。

一下子，他的喉结近在眼前，而且他身上带着跟她一样的沐浴露香味。许倾定定地看着他的喉结、锁骨、脖颈，然后凑过去亲吻他的喉结。

男人的喉结滚动了一下。他睁开眼，垂眸看她，声音低沉："这么早，偷袭我？"

许倾一愣，抬起头去看他。顾随又闭上眼，抱紧了她，说："再睡会儿。"

许倾轻声问："你不锻炼，哪儿来的腹肌？"

顾随闻言，笑了一声，没应。

许倾伸手往他的腹肌摸去，又按了几下，感觉很有弹性。顾随把她的手抓出来，按在腰上，说道："早上别惹我，不然你会走不出这扇门。"

许倾仰头亲吻他的下巴："是吗？那我试试。"

顾随往后挪了一点儿，半眯着眼看她，接着亲吻她的眉心，又往下在她的嘴角上亲了亲："算了，我怕你受不了。"

他不说还好，一说许倾就想起来了。昨晚她有些腰疼——她的腰之前因为跳舞受过伤，偶尔还会疼一疼。

许倾这才歇了心思。顾随见她收了心思，也不知是失落还是松了一口气，抬手在她的腰上按了按，问道："还疼吗？"

许倾："不疼了。昨晚就是……"

后面的话她没说下去。但顾随也猜到了，轻轻一笑，亲了亲她。

两个人起床的时候已经八点多了。许倾洗漱完出来，弯腰拿起手机，看到苏雪已经发了好几条信息过来，都是《休闲时光》的合同以及节目流程。

苏雪："如果没什么问题，今天就把合同签了吧。过两天就得去录制了。"

许倾："《春至》那边导演怎么说？"

苏雪："定妆照出来后还有剧本围读会，然后演员们还要培养感情，据说至少排到下下个月了。趁着这个空当，你就去录制《休闲时光》。录完节目后就是《股神》的路演。再之后《春至》就开拍了，时间上都正好。《春至》那边也希望你能先上映一部电影，多带点儿热度。"

许倾："行。"

苏雪："那我等一会儿去接你。"

许倾："好。"

退出和苏雪的聊天框后，许倾看到了文曜昨晚发来的微信消息。她一愣，看了一眼信息的发送时间，还挺晚的。她点进去一看，发现是四张截图。截图里正是昨晚顾随跟文曜、许秦的对话，有些幼稚，也有些霸道，充分展示了资本家的嘴脸。

许倾全部看下来，瞬间明白了症结所在——所有的一切都围绕在"心上人"这三个字上。

原来，这个男人这么在乎这件事，在乎到连她的两位好友都要被挖出来。许倾心里五味杂陈，有些说不上来的心疼。

这时，浴室门打开。许倾抬起头，看到高大的男人裸着上身走出来。他将换下的睡衣放在收纳桶里，然后拉开衣柜找衣服，宽厚的后背上有少许的抓痕。

大概是许倾的目光太明显，顾随穿上衬衫后，转身笑着看她，一边扣着纽扣一边走向她。许倾下意识地把手机放在身后，心想什么时候告诉这个男人，他何必去找什么心上人，那个人就在眼前啊。

顾随来到她的跟前，俯身跟她对视。许倾撑着手臂往后退，却跟跄了一下，整个人跌躺在床上。顾随跟着屈膝上床，正想就着这个姿势吻她，却看到她脑袋旁的手机，手机屏幕亮着——

文曜这个不讲武德的，真把朋友圈的聊天记录截图发给她了。

顾随的动作一顿。他有少许的心虚，往后退了一些，垂眸说道："你信我吗？我虽然加了他们两个人，但是没打算对他们做什么。如果可以，看在他们跟你一起长大的分儿上，我愿意跟他们成为朋友……"

因为之前他想雪藏程寻，却被许倾骂"资本家的嘴脸"，所以他觉得绝对不能再犯。

许倾见他这样，看出他的心虚，突然很想逗逗他，于是淡淡地说道："你之前都撒谎了，现在却问我信不信。你觉得我信吗？"

顾随眯眼，一时无话可说。

许倾紧接着说道："我还听文曜说，你就差把我的祖宗十八代都挖出来了解了。你说我能信你吗？他们都以为你是想跟他们交朋友，喊你'顾先生'，还夸你是性情中人。"

性情中人？顾随挑眉，简直不敢相信这样的形容词能安在自己身上，顿时更心虚了。

许倾张了张嘴，还想继续说，却见顾随往后退，然后屈膝跪在了地毯上。他低声说道："这事是我的错。"

许倾震惊了，猛地从床上坐起来，说道："你跪什……"

她的话没说完，主卧室的门口就出现了一个人——顾老爷子。他提着一个保温盒，看到房里的场景，愣了一秒。

他的孙子怎么下跪了？不对，他来得不是时候。顾老爷子立即反应过来："打扰了。"

接着，顾老爷子转身就走："那个，许倾，爷爷给你带了早餐。你罚完他就出来吃早餐啊，别饿着肚子。"

许倾蒙了：罚？罚谁？

她立即看向顾随，顾随也看着她。许倾立即伸腿踢了他一下："还不起来？"

顾随的衬衫没扣好，露出线条分明的胸膛。他挑眉："不生气了？"

许倾逼近他："快起来啊！谁生气了？回头再跟你说，我现在去看看爷爷。"

说着，许倾直接从床上起来，踩着拖鞋要出去，下一秒又回来捞起床上的外套穿上，接着看着这个俊朗的男人沉默了一秒，半蹲下去咬他的锁骨。顾随一愣，半晌后笑出声来。

许倾站起来，大步走了出去。她一出去便看到顾老爷子坐在餐桌旁，正在跟苏雪唠嗑。而苏雪怀里抱着一个文件袋，不停地点头。看得出来，两个人聊得非常愉快。

见许倾出来，苏雪就笑着看她。顾老爷子也看过去，捋了捋胡须，说："来啦。"

许倾想解释，可想了想又不知道怎么说，只能问道："爷爷，您怎么这么早过来？"

"给你带早餐啊。"顾老爷子打开保温盒，又支使苏雪去拿碗和勺子，将熬好的燕窝舀出来。保温盒里还放了一些三明治。顾老爷子说："我一早让厨师做的，快吃吧。"

顾老爷子这是给她送早餐来了。许倾抿抿唇，笑着说道："谢谢爷爷。"

顾老爷子笑眯眯地往许倾身后看去，就见顾随从主卧室里走出来，眉眼俊朗。顾老爷子"啧"了两声。顾随轻描淡写地看了老爷子一眼，戴上腕表。顾老爷子拿起一个空碗，给顾随也盛了一碗燕窝。

许倾看了顾随一眼。顾随走过去坐在她的旁边，两个人开始吃早餐。顾老爷子欣慰地看着他们，眼里全是慈祥。苏雪在一旁有点儿羡慕。

顾老爷子一边看他们吃一边说："许倾，我让人送了一些吃的给亲家母。"

许倾一愣，看向老爷子："爷爷，你太好了。"

顾老爷子顺着胡须，摆手："一家人不用这么客气。"

吃过早餐，许倾换了一件外套，扎起头发。顾随上前搂住她的腰，问道："你什么时候去《休闲时光》？"

许倾看了他一眼："你对我的行程了如指掌啊。"

顾随点了点她的鼻子："我是'资本家'嘛！"

你还挺骄傲的。许倾在心里哼了一声，说："应该明天就出发。"

"行。"他亲了亲她，随后松开她。

顾随准备要走，许倾又拉住他，说道："你记得跟爷爷解释，是你自己选择下跪的，不是我罚你。"

顾随挑眉，半晌，低笑一声："行。"说完，他松开许倾，走向门口，扶着顾老爷子的手臂出门。

苏雪看着门关上，看向许倾，说："我刚到小区门口就看到顾随的爷爷提着保温盒站在那儿，身后还有保镖和车。他说他来给你送早餐，要跟我一起进小区。他对你真好。不知道的人还以为你跟顾随是夫妻呢。"

许倾笑笑："说不定呢。"她的声音不大，苏雪没听见。

苏雪看了一眼腕表，说道："走吧，去签合同。"

"嗯。"

两个人出了门。

顾随上车后就开始看邮件。顾老爷子坐在他的旁边，捋了几把胡须，问道："许倾住的这套房子这么小，你习惯？"

顾随滑着平板电脑，头也没抬："还行。两个人住绰绰有余。"

顾老爷子敲了敲扶手，发出少许声音。顾随抬起眼眸，神色平静。顾老爷子咳了一声，问道："你想过许倾的妈妈没有？她出院之后怎么安排？"

顾随说道："看许倾的安排。"

顾老爷子："你啊，尽早让你们的婚姻成为事实。这样的话，你就可以安排亲家母到你之前买的房子里去住，否则这里哪里够住呢。"

顾随点头："您说得对。"

顾老爷子不免想起早上看到的那一幕，迟疑了一下，问道："你跟爷爷说，你早上怎么惹到许倾了？"

顾随一愣，几秒后偏头看向顾老爷子，说："我是在认罚。"

"那肯定有犯错才有认罚啊。"顾老爷子点着扶手说道。

顾随的下颌紧了几分，手指在扶手上点了点。他不太愿意说这些事，而陈助理就不在乎了。

陈助理说道："老爷子，老板还有一个心病，就是许倾似乎……有一个藏在心里的人。"

顾老爷子震惊了："什么？你说清楚一点儿。"

陈助理从后视镜里看了一眼顾随，见顾随揉着眉心，倒是没有阻止，于是把许倾在节目里说有心上人的事说了出来。

一时间，顾老爷子看着孙子的眼神都带着怜悯。

顾随："别这样看我。没那么糟糕。"

顾老爷子收回视线，想了想，拿出手机悄悄发了一条微信消息给许倾。

签完《休闲时光》的合同，许倾直接去看母亲，并打算把自己接下来的行程告诉罗素。

罗素最近可以放开手站一会儿了，虽然还不能走，但是各项身体机能都在慢慢恢复。她还买了一些书来看。但姜辉说不能看太多，怕伤到眼睛，于是她就让萧姨读给她听。

许倾进门时，萧姨正在读书。许倾在床边坐下，撑着下巴看着罗素。罗素伸手摸摸她的头，高兴得眉眼弯弯。

陪着罗素吃过午饭，许倾才看到顾老爷子发来的微信消息。

顾老爷子："倾倾，晚上爷爷能请你吃饭吗？"

信息是早上发的。许倾愣了一下，回复："好。"

顾老爷子："那行。晚点儿让司机去接你。"

许倾："麻烦爷爷了。"

下午念书的人换成了许倾。母女俩一个念一个学，其乐融融。正好姜辉来给罗素做例行检查，一进门看到许倾，对她微微一笑。

"这几天你们的新闻闹得挺大啊。"

许倾笑了笑，说："见笑了。"

姜辉笑了笑，一边给罗素检查，一边想：难怪顾随没跟吴倩在一起，顾随对许倾的感情根本不是吴倩可比的。

能让顾随弯腰下跪的女人，确实可以成为他们圈子里的传说了。

送走姜辉，罗素需要午睡。许倾给母亲掖好被子，又给萧姨发了工资和奖金，然后就先回馨月小区了。她洗了澡，换了一套衣服。

晚上六点多，顾家的车就到了小区门口。许倾提着包下楼，上了车。

许倾已经来过丽湾金域好几次，对这里并不陌生。她一进门就看到顾老爷子正在泡茶。

顾老爷子笑着招手："来来来，喝点儿茶。"

许倾笑着走过去，顺便把手里的礼盒递给保姆。

顾老爷子看着她说道："花钱买这个做什么？家里什么都不缺。"

许倾笑笑，坐下来，端起茶杯喝了一口。

"好喝吗？"顾老爷子问道。

许倾回味了一下，说道："好喝。"

"这是普洱茶，是爷爷自己种的。"

许倾一愣。顾老爷子说道："我在乡下没什么事，种种田，种种茶叶，练练拳，日子过得很快。"

许倾："田园生活。"

"是啊。"顾老爷子捋着胡须。他今天穿着练功服，看起来就像是一个武林高手。他看着许倾说道："爷爷也不绕弯子了。今晚请你吃饭还有一个目的，就是想问你一个问题。"

许倾点点头："爷爷请问。"

"你喜欢我们家顾随吗？"老人家问的问题非常直接。

许倾一愣，下意识地用指腹摩挲着杯沿。她怎么可能不喜欢？

顾老爷子坐在许倾的对面，仔细观察着她的表情。其实三年前许倾来他们家的时候，虽然她表现得落落大方，但是那双眼睛一直看着顾随。所以顾老爷子就想：如果许倾有心上人，当时怎么可能那样看顾随呢？细节都藏在眼睛里。虽然后来的发展超出了顾老爷子的想象。

"喜欢吗，孩子？"

许倾回过神，端起茶杯掩饰性地抿了抿，半晌才点了点头："喜欢，他很好。"

顾老爷子一听，就觉得这人的心总不能分成两半儿吧？他立即问道："那我怎么听说你有心上人呢？"

许倾又是一愣，看着顾老爷子，眼神淡定："爷爷，你觉得我有吗？"

顾老爷子顿时反应过来，悄咪咪地道："那你告诉爷爷，你的心上人实际上就是我家孙子吧？"

许倾笑而不语。顾老爷子一拍大腿，又想起孙子早上失落的表情，差点儿笑出声。他拿起一旁的手机，说："我给他打个电话。"

许倾心里一松：老爷子这是要跟顾随说？那正好，她也不用斟酌怎么说了。

这时，电话接通。那头的男人声音低沉，有些疲惫："爷爷？"

顾老爷子顿时哈哈大笑："蠢。"说完，他立马挂断了电话。

顾随一头雾水。

许倾也蒙了：您真行。

第十章

结婚证

估计顾随很忙，没有再打过来。

顾老爷子放下手机，说道："走，我们去吃饭。"说着，他先起身。许倾愣了愣，跟在顾老爷子的身后走向餐厅。

晚饭是中餐。落座后，许倾拿起纸巾擦掉口红，说道："爷爷，我以为你会跟顾随说我的心上人的事。"

顾老爷子看着许倾说道："有什么好说的？抻他一会儿吧。先吃饭，吃完饭陪爷爷下棋。"

许倾："好。"

吃完饭，许倾在小客厅里陪着顾老爷子下围棋。顾老爷子的棋品很差。许倾一直很平稳的心情都被他弄得有点儿火气了。

"爷爷！你能不能不要这样？"许倾抗议。

顾老爷子："我这样下不对吗？"

许倾："不对，你都落子了就不要反悔。每次都要我等。"她就差抓头了。

顾老爷子："那也得好好思考一下啊。我有点儿眼花，看得不是很清楚。"

许倾深吸一口气。

"啧。"这时，一道低沉的声音从她的头顶传来。许倾立即抬头，一眼便看到顾随那张俊朗的脸。顾随似笑非笑地看着她，用眼神表示：老爷子这样的棋品，你还跟他下棋？

许倾像是抓住了救命稻草，立即起身拉了拉顾随的手臂："你陪他下，我忍不了了。"

顾随被她拉到椅子上，随手将外套递给许倾。许倾接过外套搭在胳膊上，靠在他的肩膀上说："打他。"

顾老爷子在对面听到这话，不可思议地看着许倾："倾倾，爷爷刚刚是让着你好吧。你现在怎么回事？找到靠山了？"

许倾"哼哼"两声，把头靠在顾随的脖颈旁："我不跟你下了。"

顾随觉得此刻这个女人非常可爱，伸出大手揉揉她的脖颈，随后轻描淡写地撩起袖子，开始跟顾老爷子下棋。

接下来的棋局就是一面倒的碾压。顾老爷子都没机会施展自己的差棋品，一下子就被收缴了一大堆棋子。顾老爷子额头直冒汗，那样子看得许倾又有点儿不好意思。

她低声在顾随的耳边说道："你让让他啊，让他停会儿就停会儿啊。"

顾随偏头，抬起眼皮看着许倾。许倾对上他的眼眸，心"怦怦"直跳。

顾随轻笑："怎么？让我打他的人是你，让我让他的人也是你。我该听哪句？"

许倾抿唇，随即站直身子，把外套砸在他的头上，转身就走。顾随赶紧一把抓住她的手腕，见她回头，又拉了拉她的手，说道："听你的，让就让。"

许倾走了回来，坐在他的旁边。顾老爷子看着两个人的互动，那点儿下棋的压力都没了，满脸乐呵呵的。

接下来他们又下了一会儿棋。天色晚了，老爷子得休息了。

顾随起身拿起外套，揽着许倾的腰，对顾老爷子说："我们先走了。"

顾老爷子送他们出门，问道："家里就不能住吗？"

许倾看着老爷子说："我明天就要出门，所以得回去收拾行李。"

顾老爷子"哦"了一声，点点头，没再强求。

顾随牵着许倾的手走下台阶，准备上车时，回头看向顾老爷子："对了，你今天给我打电话是有什么事吗？"

许倾猛地看向顾老爷子。此时气氛正好，她其实希望顾老爷子能帮她说出口的。可她没想到的是，顾老爷子捋着胡须，回了顾随一句："你猜？"

顾随蹙眉冷哼，转身把许倾塞进车里。许倾坐进去后，看到顾老爷子神神秘秘的神情叹了一口气。顾随紧跟着上车，凑过去亲了她的嘴角一下。

许倾闻到了浓烈的酒味："你喝酒了？"

"嗯。要试试吗？"他捏起她的下巴，轻声问道。

许倾勾了勾嘴角，往他那儿靠："你想让我试什么？"

顾随垂眸看着她："试试我舌尖的酒。"

许倾轻声问道："能拒绝吗？"

顾随把玩着她的下巴："你说呢？"

许倾歪了一下头，似乎有些烦恼："顾总要求的，怎么能拒绝呢？"

那语气真是让人觉得又可爱又妩媚。顾随低声说道："你知道就好，拒绝谁都不能拒绝我。"说着，他伸手一按，隐私挡板升了起来。

许倾笑道："你怎么这么霸道？"

"霸道点儿不好吗？"男人又问。

他们看着彼此，贴着嘴唇说话，气氛甜蜜又暧昧。许久，许倾舔了一下红唇。顾随眸色一黯，堵住了她的嘴唇。

路灯从车外掠过，车膜挡住了外面的灯光。许倾揽着他的脖颈，与他舌尖勾缠。

这时，车子突然刹停。许倾往旁边摔去，顾随大手一揽把她抱了回来。他打开隐私挡板，问道："发生了什么事？"

陈助理立即说道："前面红绿灯路口有个男人摔倒在地上了。"

顾随："绕过去。"

陈助理："好。"

就在他打算重新启动车子的时候，车灯打在了那个人的脸上。陈助理愣了一下，对顾随说："好像是肖仲。"

"什么？"

陈助理低声提醒："肖仲似乎做了违法的事。"

"停车。"顾随推开车门走下去，又回身摸了摸许倾的脸："我过去看看。你在车里等我。"

许倾一愣。没等她点头，男人已经大步走向路中间。

此时的红绿灯路口，四面八方的车都停了下来。肖仲蜷缩在地上，似乎很痛苦。许倾想起陈助理刚才说的话，又看了一眼高大俊朗的男人，不知为何，突然觉得心里有点儿慌。她一把拉开车门，紧跟着下车，大步追上前，一把挽住顾随的手臂。

顾随一愣，偏头看了许倾一眼："不是让你在车上等着吗？"

许倾紧紧地抱着他的手臂，说道："我也看看。"

"你看什么？你看他？"顾随指着地上的人。陈助理已经让保镖上前把肖仲扶起来，然后打电话报了警。

许倾察觉到周围有人在用手机拍摄，挨近顾随说道："不是。我是因为……"

顾随却突然想起了一件事情。肖仲曾对许倾起过心思，而且许倾当初就是被肖仲看中才签进欢颜的。那个时候肖仲去影视学院找人，正好碰见了许倾，于是向许倾发出了邀请。因为欢颜是大公司，所以许倾立即就接了肖仲递来的橄榄枝。

顾随千算万算，却没算到还有肖仲这个人。他一把捏住许倾的下巴，低头盯着她，眼神里带着难以置信的疑惑："你的心上人，是不是……肖仲？"

许倾简直傻了，不禁眯起眼，拽住他的领带往自己面前扯，问道："你是傻子吗？我的心上人除了你还有谁？"

顾随："什么？你说什么？"

许倾："听不见算了。滚。"

顾随听见了，只是不敢相信，随即看了她一眼，紧搂着她。

正好陈助理和保镖带着肖仲走过来。肖仲脚下虚浮，那张原本长得还算不错的脸此时瘦得只剩下了骨头。他无力地挂在保镖的手臂上，抬起眼眸看着顾随和许倾。

半晌，肖仲冷笑了一声，说道："顾随，你不想放过我，当初就没必要整那出，直接手起刀落不是更容易吗？"

顾随给了他希望，让他以为自己可以侥幸逃脱，却又在股东大会上步步紧逼，甚至派人下来不动声色地分走他手里的权力。等他反应过来，去求爷爷告奶奶的时候，才发现自己已经无路可走了。

顾随可真是杀人不见血。肖仲"呵呵"地冷笑。

许倾听见这话，下意识地抬头看向顾随。顾随神色冷淡，扯了扯领带，对陈助理说："跟着他去派出所。让傅源重新整顿欢颜。另外做好公关，注意明早的股市。"

陈助理点点头："好的。"

顾随吩咐完才看向肖仲，冷声说道："这是你自己做的选择，怨不得别人。"

肖仲浑身一抖，目光转向旁边的许倾。一切的错误都从他看上许倾，想要许倾走林曼那条路开始。他后来入了顾随的局，宛如困兽一般找不到出路，最后选择了犯罪这一条。

如果说许倾之前没看出肖仲的想法，那么此时此刻她多少有点儿看明白了，肖仲对她似乎有想法。许倾顿觉好笑：他没了林曼就要找我吗？

"回去了。"顾随低头看了许倾一眼，揉揉她的耳垂。

许倾点点头，把脸埋在顾随的肩膀上，低声说道："有人在用手机拍我们。"

"没事，我会让人处理的。"说着，顾随揽着许倾转身走向黑色的轿车。

这会儿换保镖开车。"砰"的一声，车门关上。

顾随撑着椅背凑近许倾，突然含笑问道："我能问问吗？我什么时候成为你的心上人的？"男人的眉眼间全是笑意，挡都挡不住。

许倾抿唇看着男人的笑容，突然明白了顾老爷子得知答案后却没有告诉顾随的原因。她凉凉地回了一句："你猜？"

顾随现在心情很好，完全不介意她的模棱两可。他又靠近了一些，薄唇贴着她的红唇，轻轻地咬着："我得请客。"

许倾也回吻他，问道："请什么客？"

顾随狠狠地吻她一下，随后坐了回去，扯下领带扔在一旁，嘴角含笑，拿起手机拨了一个电话："柳烟，给我把星空俱乐部包下来，把周扬他们全请上。今晚好酒伺候。"

柳烟在那边猛地拿下烟，笑着问："哟，什么好事啊？"

顾随握着许倾的手把玩，如墨的眼眸深情地看着许倾，说道："天大的好事。麻烦你安排一下。"

柳烟一笑："行啊。"说完挂了电话。

顾随放下手机后，许倾注意到车子掉了头，愣了一下："我明天要飞去古城录制节目。"

"明天我陪你去。"

许倾抿唇盯着他，却被顾随笑着拉过去，跌在他的怀里。顾随垂眸看她，她的脸突然红起来。她眼神游离，心想：这个男人怎么这么腻歪？

顾随拨弄着她的头发、耳垂，眼眸一直看着她。他的领口微敞，锁骨微露，在昏暗的光线下俊美得很。

而此时的他隐隐跟三年前的他有些重合。两个人第一次见面约在餐厅。他顶着这张俊朗的脸，给了她希望。他说："我可以帮你。"

许倾突然钩下他的脖子。顾随顺从地低头，恰好堵住她的嘴唇。

许倾很热烈，顾随笑着回应。

车子抵达时，星空俱乐部不像平时那样大门敞开。现在，俱乐部门口挂着"已包场"的牌子，停车位上一水儿全是豪车。

许倾整理好衣服，跟着顾随下车。顾随搂着她的腰走上台阶。

服务员迎上来："顾先生，许小姐，晚上好。"

"晚上好。"许倾笑着点头。

许倾之前来过星空俱乐部。这里平时很热闹，此时却安静很多。他们走进娱乐厅时，看到里面已经有很多人了。

有人在打牌，有人在玩手机，当然还有人在喝酒。许倾见过几个，有周扬、江郁，还有许殿。柳烟是在场除了许倾之外唯一的女人，正坐在沙发上摇晃着长腿。她的指间夹着烟。看见他们，柳烟朝许倾招手。

"过来啦！你老公今晚怎么这么大方？"

许倾笑着走过去，坐在柳烟的身旁。顾随的怀里一空，他挑挑眉，随即笑笑，没有介意，接过周扬递来的烟低头点燃。

周扬在一旁笑着说道："我也想知道顾总今晚庆祝什么。"

顾随抬眼看着周扬，笑着问道："你猜？"

周扬一听，笑起来："该不会是打算结婚吧？"

顾随咬着烟看着周扬："这比结婚更重要。"

"那是什么？"

顾随的眉眼间带着笑意。他把玩着烟，问道："你试过被心仪的女人放在心上很多年吗？"

闻言，周扬愣了，脑海里仿佛闪过什么画面。

顾随垂眸含笑，走到许倾的身旁坐下，并招来服务员，说道："今晚好好招待我的这些朋友。"

服务员愣了一下，见这里大都是男人，低声问道："需要叫几个美女过来吗？"

顾随一愣，正想说话，许倾就在一旁凉凉地说："叫呗，给顾总也叫一个。"

下一秒，顾随抬起眼皮冷冷地看了服务员一眼。服务员感到后背一凉，赶紧逃了。顾随转头看向许倾，却见许倾抱着手臂靠在椅背上。旁边的柳烟也看好戏似的看着顾随。

其他人紧跟着起哄，尤其是回了神的周扬，笑着在对面的沙发上坐下，说道："这里的美女都非常漂亮。那长相，那身材……啧啧。顾总来一个呗！"

"对啊，来一个呗！"

"来来来！"江郁也过来凑热闹。

起哄声此起彼伏，顾随却绷紧下颌。半晌，他牵起许倾的手放在唇边亲吻，说道："这点我得澄清，我谈工作不喜欢跟女人产生关系。你看肖仲就知道，他败就败在女人的身上。我连逢场作戏都不会有，那太低级了。"

许倾一愣，定定地看着顾随，正想问那些女伴又是怎么回事。

这时，柳烟故意似的笑着问道："哦？是吗？那顾总解释一下，那么多次宴会你带来的女伴怎么都不一样？"

周扬"扑哧"一笑："可不是。虽然我没亲眼见过，但是顾总身边确实美女如云。"

许倾立即挑眉：看吧，所有人都记得。

顾随的下颌又绷紧了几分。行，这几个人真行。明明是庆祝会，现在却变成了批斗会，一个个都不想让他好过。但是一想到许倾对他的那份感情，他的心又安定下来。

他看着许倾说道："我换女伴是因为不想跟她们有过多的牵扯。同一个人如果被带两次、三次，可能就会误会我对她有心思。而且我找的女伴大多是我的下属，秘书室的。"

原来那些女伴出自秘书室。许倾想起上次去他的公司见到的那些美女，"哼"了一声："你能把你的秘书室换一拨人吗？"

顾随："当然。"说着，他拿出手机拨打陈助理的电话，当着许倾的面解雇了现在秘书室的所有人，并让陈助理重新招聘——只招男性。

陈助理不用猜就知道肯定又是因为许倾，心想，三更半夜给那群秘书打电话，估计会把她们吓坏，还是等明天给她们发邮件吧，顺便每人给一封推荐信，以便从凌盛离开也好找工作。

做完这一切，顾随嘴里叼着烟，两手微微一摊，眉梢微挑，透出几分坏劲儿。其他看好戏的人又纷纷调侃"没戏看了""顾总能屈能伸，佩服佩服""本以为有好戏看呢，顾总这么坦诚做什么呢""不愧是能下跪的"之类的。

说起下跪，其他人看向江郁，只见江郁吊儿郎当地笑着。

柳烟也起身去跟其他人打牌了，走之前说道："哎，被你们秀得啊！"说完她马上离开了，跑路速度之快，许倾想拉都没拉住。

顾随笑着撑在许倾的椅背上，垂眸看她，眼角眉梢全是笑意："亲一个。"

许倾问道："那么开心？"

"嗯。"

许倾抿唇，在他的唇边落下一吻，一触即离。顾随抵着她的额头，说："我很开心，老婆。"

许倾听见"老婆"两个字，身子微颤，拽了拽他的领口，说道："可是你当初完全不把我当回事。"

顾随一顿，说道："那我用余生来弥补。"

许倾："行吧。"

"来来来，别光坐着。我们来玩一个游戏。"柳烟坐了回来，身边还跟着周扬，"许倾，我跟你玩剪刀石头布，输的人让身边的男人替她喝酒。"

许倾一冷，随后看向顾随。顾随揽着她的腰，眼眸里带着宠溺："玩呗。"

许倾："我的手气不好哦。"

顾随含笑："没事。"

许倾："那行。"

她侧身看向柳烟，却见柳烟突然笑起来，这才发现柳烟旁边不只坐了周扬，还有许殿。而江郁已经回家了。

许倾顿了顿，问道："烟姐，这是有两个人帮你喝吗？"

柳烟耸肩："大概吧。"

顾随拢了一下许倾的腰，说："没关系。"

许倾坐直身子，认真地看着柳烟："来吧。"

"剪刀石头布——"

许倾出了剪刀，柳烟出了石头。许倾一愣。顾随笑了一声，放下长腿，俯身端起酒杯一口喝完。

许倾愣愣地看着他。顾随低声说道："老婆，加油。"

许倾抿唇，只能争取让顾随少喝点儿。可惜她接下来的手气并没有那么好，顾随喝了一杯又一杯。

他喝得脖颈微红，笑着揉揉许倾的头发："这是怎么了……"他接着说道，"蓄意报复。"

许倾："你说是就是吧。"

散场时已是凌晨一点多。许倾送柳烟他们离开，然后回到大厅，见顾随咬着烟，那样子像极了三年前。许倾走过去，长腿一跨坐在他的大腿上。

顾随拿下烟，笑着看她，夹着烟的手搭在她的腰上。他轻声问道："你知道我找你的心上人找了多久吗？"

许倾抬手描画着他的眉眼："不知道。"

顾随摁着她的腰，把人拉近一些。许倾低头，故意问道："你多痛苦啊？"

顾随抱着她，将烟掐灭在烟灰缸里，说道："我想着，如果未来我见到这个人要怎么办？杀了他还是让他身败名裂？"

许倾冷哼："烂透的资本家。"

顾随轻笑，正想说话，许倾又低声问道："这儿有摄像头吗？"

顾随挑起眉梢："没有。"没人敢在他包下这里的时候开摄像头。

许倾笑了笑，凑上前亲吻他的薄唇。顾随抱着怀里的女人，突然说道："我打一个电话。"

许倾不明所以，抱着他，额头和后背上全是汗。顾随抄起手机，找到陈想的电话，拨打过去。

很快，电话接通。陈想在电话那头正想说话，却听见了许倾的少许声音，但很快声音戛然而止。他一瞬间仿佛明白了什么，低咒一声，正想骂顾随，顾随就开口了。

顾随的声音低沉嘶哑，带着几丝挑衅："有一件事跟你说一声，许倾的心上人一直都是我。"

陈想气极了，爆了一串英文出来，紧接着狠狠地挂了电话。他挂了还不解气，把手机直接扔了，并且踢得老远。

顾随把手机放下。许倾缠绕上他的脖颈，声音有些破碎："你跟陈想有仇吗？"

顾随搂着她的腰，说："以前没有，现在有。"

许倾："哦。"

他们胡闹了一个晚上，导致许倾第二天累得不想动。但是她需要赶飞机，不得不起床，结果刚起身又跌了回去。她不耐烦地踢了一下被子。

顾随从浴室出来，一眼便看到了她的样子。他走上前，伸手在她的腰上按了按，说道："我帮你们升了舱。你在飞机上可以好好睡一会儿。"

许倾抬头看他："你呢？"

"欢颜股票下跌，我估计没法儿陪你去了。"

许倾点点头："没事。"她能理解。

昨晚他们确实折腾得厉害，顾随又给她按了几十分钟的腰，她才感觉舒服一些。她起身进浴室洗漱，从镜子里看到自己的脖颈上全是红印。顾随跟着进来，拿起一旁的遮瑕膏帮她涂抹。

两个人的手机一直在响。肖仲身为欢颜的总裁和股东，却被抓进派出所，就算再怎么封锁消息，还是会有风声泄露出去。一时间，跟他有关的公司全都受到影响。

顾随这一年多一直在收购欢颜的股票，早就成了欢颜最大的股东。而欢颜这个娱乐公司本就规模庞大，所以说此时的顾随是演艺圈的大佬也不为过。肖仲的愚蠢行为给公司带来的影响也可想而知，而且这个影响还引起了连锁反应。

早上股市一开盘，陈助理那边终究没稳住，欢颜的股价直跌。不少股东在公司里闹着退股，要求一个说法儿。事情往最坏的方向发展，顾随说陪许倾去古城的承诺也没法儿兑现了。

两个人收拾完出门，有两辆车停在门口。顾随看着许倾上车后，冲苏雪点点头，这才走向黑色的轿车。

关上车门，苏雪看了一眼外面寸步难行的街道，叹了一口气，说道："幸好顾随派了这么多保镖来。"

许倾看了一眼人墙外的记者们。这些记者这次不是冲着她和顾随的绯闻而来，而是冲着肖仲的事来的，也是冲着顾随来的。

许倾说道："我们今天走 VIP 通道吧。"

苏雪："好。"

若是她们跟往常一样走普通通道，恐怕会遇到很多记者，毕竟许倾也是欢颜的艺人，会受牵连。

保姆车启动，跟着前面的黑色轿车慢慢地挤出了记者的包围圈。两辆车在十字路口分开，保姆车直接上了临海高速。

紧接着，肖仲的负面新闻一项接一项地被人送上网络，每一项都让欢颜的股价暴跌一波。

苏雪一边看一边说："太可怕了。一个早上顾随的资产蒸发了将近两亿元。"

许倾抿唇，深呼吸。她此时才发现，资本家也没那么好做。

紧接着，又一条"顾随许倾肖仲"的话题出现了。

"据说肖仲曾经对许倾起了色心，并且以公司聚餐的名义灌许倾酒。当时顾随应该已经在追求许倾了，把许倾救下来后让保镖打了肖仲一顿。就在大家都以为顾随会发火把肖仲弄走的时候，肖仲却还好端端地留在欢颜。所以你们觉得顾随真那么爱许倾吗？我看未必，估计许倾只不过是顾随用来对付肖仲的棋子而已。"

"啊？真的假的？"

"我觉得你说得有道理。既然发现这个人对许倾有想法，为什么不把人直接踢走？"

"就是。我觉得他没那么爱许倾，许倾不过是一颗棋子。"

"可笑，许倾的团队还沾沾自喜，以为真攀上了什么身家了不得的男人，前途一片光明呢。"

"哟，这真是有意思喽。"

"我觉得你们才蠢。肖仲原先持股比顾随多一点儿，而且欢颜的股东里有肖仲的老师，顾随当时怎么踢走肖仲？顾随往欢颜插了一个副总就很了不得了。现在是法治社会，处理人要用合法的手段。"

"你们没发现顾随现在成了欢颜最大的股东了吗？而肖仲的那位老师，股权被稀释得对顾随完全起不到半点儿影响。人家这是用行动在对付肖仲，保护许倾。"

"楼上的，你怎么知道得这么清楚？"

"听了楼上那位说的，我怎么觉得这也有道理呢？"

"呵，这都是你编的吧！顾随可是凌盛的老板，连这点儿事情都处理不了吗？"

"你是看小说看多了吧？以为总裁随便一声令下就可以把人搞走吗？笑死人了。"

这条话题在前排挂了一会儿，热度就往下跌，估计是顾随那边找人压了热度。

苏雪看向许倾，有些好奇地问道："你心里怎么想的？"

许倾："我相信他。"

苏雪有时就喜欢许倾这个性格，不爱就不爱，爱的时候也毫不含糊。

一行人走 VIP 通道过了安检，然后登机。飞机起飞之前，许倾收到顾随发来的微信消息。

顾随："从上次那件事之后，我就一直在着手收拾他。网上的传闻不要信。"

许倾："嗯。"

顾随："我爱你。"

许倾："嗯，我也是。"

发完信息，许倾就关机了。

《休闲时光》的录制地点在古城。这个城市如名字一样，保留着古色古香的建筑，有着浓厚的历史底蕴。

苏雪说："明年的《休闲时光》就要换地方了。"

许倾"嗯"了一声。

古城的山脚下有一栋深棕色的仿古建筑，门匾上写着"《休闲时光》客栈"。许倾刚下车，客栈的门就被推开。谭欢和梁桥走了出来，笑着迎上前。

"许倾，欢迎你。"

说着，梁桥给许倾提行李，许倾跟谭欢虚抱了一下。

许倾笑着说道："我来迟了。"

"没有没有，我们也是刚到。"谭欢拉着许倾走上通往客栈的石板路。

梁桥跟在她们的身后，说道："许倾饿不饿？我们正打算做面吃。"

许倾笑着说道："好啊，我来做。对了，另外一位嘉宾呢？还没来？"

谭欢说："应该快到了。"

三个人寒暄了一番。梁桥推开门，谭欢和许倾一块儿进了门。许倾之前拍戏的时候跟谭欢合作过。谭欢是圈内有名的知性美女，两个人偶尔会在微信朋友圈里互相点赞，彼此还算熟悉。

《休闲时光》的主题是情感倾诉，节目有两位常驻嘉宾——谭欢和梁桥，同时会有普通嘉宾，还有两位特邀嘉宾。这一季的特邀嘉宾之一就是许倾，至于另外一位特邀嘉宾，许倾也挺好奇的。

许倾和梁桥进厨房去做面。等她们端着面出来时，就见到了另外一位特邀嘉宾——巧了，竟然是江琳雅。

江琳雅戴着帽子，跟许倾对上视线，彼此一时沉默。半晌，许倾微笑着问道："吃了吗？我们做了面，一起吃？"

江琳雅愣了愣，摘下帽子，说："好，等会儿来吃。"然后她笑着看向梁桥："帮我一下。"

梁桥笑着放下面，然后擦擦手，上前替江琳雅提了行李箱，带她去房间。许倾坐在餐桌旁吃着面，突然意识到自己要跟江琳雅住同一间房。

这真是……也不知道是什么缘分。

谭欢咬了一口香肠，看着许倾问道："你跟江琳雅没有过节儿吧？"

许倾笑着回道："没有啊。"

谭欢："没有就好。我觉得她看你的眼神不太对。"

许倾："欢姐应该知道我们接了相同题材的电影吧，这让我们之间有点儿硝烟弥漫。"镜头下，许倾说话坦荡。

谭欢一笑："没事，粉丝行为，演员没必要买单。"

说完，两个人相视一笑。

许倾和江琳雅之间似乎暗流涌动，但表面仍和平相处。傍晚的时候，客栈迎来第一对客人，许倾和江琳雅去接。两个人站在入口处等着，很随意地搭话，聊着等会儿吃什么。江琳雅的语气平淡，许倾的语气比她更平淡。

好在客人很快到了。

先下车的是一个穿着兜帽上衣和黑色长裤、抱着娃娃的女孩儿。她看起来有点儿酷，上前一把抱住江琳雅，笑着说道："江江，我是你的粉丝。我好喜欢你拍的电视剧。"

江琳雅一愣，露出了今天第一个微笑，说："谢谢你喜欢我。"

那个女孩儿转头看了许倾一眼，朝许倾点点头，既不热情，也不冷淡，恰到好处。许倾也微微一笑，弯腰想拿起女孩儿的行李。

这时，另外一辆车紧跟着停下。接着车门一开，一道人影从车里跳下来。随即那道人影大喊："倾倾。"

这声音有些耳熟。许倾一愣，一抬头就见吴倩朝自己冲过来。吴倩抱住许倾："哇，我替顾随来照顾你。"

原本带笑的江琳雅听到这话，笑容渐渐淡去。

许倾没想到吴倩会来。她们最后一次见面还是顾随生病的时候。她拿起吴倩的行李箱，问道："你怎么来了？"

吴倩挽着许倾的手臂，说道："我无聊啊，顺便就报名了，过来住两晚。没事就去古城旅游，多爽啊。"

闻言，许倾勾了勾嘴角。

就这样，江琳雅接回了她的小粉丝，许倾接回了吴倩。晚上负责做饭的是许倾和谭欢。两个人为了下厨，又换了一身衣服出来。

许倾把头发随意地扎起来，看起来非常美。吴倩没忍住，拿着手机不停地拍许倾："倾倾，你好美。"许倾含笑，没搭理吴倩。

观众都觉得许倾不搭理人的样子更美，高冷却夺人心魄。

吃过晚饭，六个人盘腿坐在地毯上，开始节目最受欢迎的环节——《休闲时光》大冒险。

梁桥从游戏箱子里抽出一张纸条，念道："拿出你的手机，随意找一个号码拨打过去，由谭欢提问。"

吴倩兴奋地捂着脸："刺激刺激。"

谭欢含笑，扫了一眼桌上的手机，看向许倾："你先吧？"

许倾大方地把手机解锁，推给谭欢。谭欢拿起来，看到许倾的通话记录里有很多号码，于是一眼选中一个没有备注但尾号很特殊的号码拨了过去。

"嘟嘟嘟……"

几秒后，电话那头一道低沉又略带疲惫的声音响起："嗯？老婆？"

"啊啊啊——"吴倩瞬间尖叫起来。

全场的人都愣住了。

顾随听到尖叫声，反应过来许倾在录节目，揉揉眉心，问道："有什么事吗？你没回我的微信消息。"

吴倩看了一眼许倾。说真的，她早就释怀了。她想，只有许倾敢不回顾随的信息，而她以前只会追着顾随给他发信息。

许倾抱着膝盖没吭声。或许这一刻，她才感觉到两个人之间的牵绊，心也因为他那句"老婆"而狂跳起来。

谭欢微微一笑，问道："是顾先生吗？"

"你好。"听见陌生女人的声音，顾随很快礼貌地回复。

谭欢："我能问您一个问题吗？"

"你问。"

谭欢笑着问道："您觉得在这段感情里，你们之间谁更没有安全感？"

男人没有犹豫："我。"

谭欢看向许倾，见许倾愣愣的，没有吭声。

顾随紧接着反问道："你们不是早就知道了吗，何必再问？"

他直接在所有人的面前承认了自己是这段感情里的弱者。许倾感觉心口被揪了一下。

谭欢第一次碰到这么坦白的男人，也呆了几秒，随即笑着说道："好的，谢谢您的接听。"

顾随："让她开个口。我想听听她的声音。"

他这要求……吴倩捧着脸看向许倾。许倾抿了抿唇，说道："我在。"

接着，男人轻笑了一声："好，晚点儿回我信息。"

"嗯。"

随后，顾随挂了电话。谭欢把手机还给许倾。旁边江琳雅的粉丝也一直瞅着许倾。

在爱情里能占据高地的女人，许倾绝对是代表。

吴倩挽住许倾的手臂，说："我羡慕你。"而她曾经很卑微。

许倾笑笑，摸摸吴倩的头。

接下来轮到江琳雅。结果谭欢不小心打了她的家里人的电话，平平无奇地说了点儿江琳雅的窘事。

挂了电话后，那位名叫萧鼓鼓的江琳雅的粉丝好奇地看着许倾，问道："之前微博上说，那位顾先生不是还在追求你吗？怎么这会儿已经在一起了？"

梁桥和谭欢也很感兴趣，立即看向许倾。

许倾知道有镜头在，愣了愣，抱着抱枕笑着说道："其实被曝出来的时候，他已经追求我一段时间了。"

"哦，那被曝出来后你才打算接受他，是不是迫于舆论的压力啊？"

这话问得有点儿意思，许倾总算认真看了一眼这位酷妹。吴倩感觉对方在找碴儿，立即就要回答，但被许倾压了下去。

许倾说道："不是，我只是忠于自己。没被曝出来之前，我已经打算接受他了。"

"哦。不过为什么你现在的资源还是平平无奇？"萧鼓鼓说，"粉丝都说你接下来会光芒万丈。"

看来萧鼓鼓不只关注江琳雅，还关注许倾。许倾笑了一下，定定地看着萧鼓鼓，说："因为光芒是要靠自己挣的。"

萧鼓鼓一愣。吴倩尖叫，抱着许倾："哇！太棒了。对，光芒要靠自己挣。"

许倾认真地看着萧鼓鼓，说道："所有人都觉得我没有作品、没有演技，只会靠炒作来维持热度。别看我很淡定，其实我也希望有一天能站起来被大家看到，希望有一天别人指着我时说，这个女演员演过什么戏，而不是说这个女演员有过什么花边新闻……"

谭欢闻言，笑着拿起一旁的抱枕抱在怀里，不住地点头，说："我曾经也是想甩掉标签的人。"

梁桥跟着摊手："可不是？别人都觉得我只会上综艺节目，演不好戏，可我也想有一天有一部属于自己的作品啊。"

萧鼓鼓下意识地看向江琳雅，说道："那我们雅雅至少有代表作。"

镜头猝不及防地往江琳雅扫去。江琳雅却没有因为听见这句话而立马表现出开心。她的神情不太好，几秒后她才反应过来，挑唇笑了笑："我比较幸运吧。"

谭欢看了一眼江琳雅。萧鼓鼓一笑，对江琳雅说："是你有实力。"

说完，萧鼓鼓再次看向许倾。在萧鼓鼓转头的那一刻，江琳雅的眉头拧了一下。她看着萧鼓鼓，有几分怀疑这个人其实不是她的粉丝——这个人一再挑起话题，却让所有的目光都聚集在许倾的身上。

这时，萧鼓鼓又对许倾说："那我再问你一个问题。"

许倾突然觉得这个女孩儿有点儿意思，点点头："你问。"

"别人都说你配不上顾随。那么在顾随追求你的时候，你不心动吗？你怎么还能一再地拒绝他？"

谭欢紧跟着笑起来："其实我也好奇。"

梁桥："我们都好奇。"

"你们怎么这么八卦呢？"许倾笑着点了点谭欢和梁桥，然后看向萧鼓鼓，说道："谁说配不上他我就得因为他的追求而受宠若惊？而且配不上是别人说的，我从来没这么觉得。我的家世不好，但我也是被父母捧在手心里的小公主。"

吴倩也跟着说："对，我也是小公主啊！我为什么要那么卑微地去喜欢一个人？我可以很骄傲地喜欢。"

萧鼓鼓瞬间安静下来。

谭欢笑着说道："许倾，你可以的。"

梁桥："那我也是小王子。"

瞬间，吴倩"咯咯咯"地笑起来。其他人都跟着笑梁桥，唯独江琳雅一直没吭声。镜头全在许倾几个人的脸上转。

综艺节目，就是要有话题，还要敢说。显然，许倾已经制造了话题。

收拾完客栈，许倾回房间，一进门就看到江琳雅坐在床边。今晚江琳雅一直没怎么出声，许倾差点儿就把这个人忘了。

许倾把头发放下，走向自己的床，问道："你饿不饿？"

江琳雅正在看剧本，闻言抬起头说："不饿。你们要煮夜宵？"

许倾拿出睡衣，说道："刚刚梁桥说想吃，但是其他人不吃，所以他还在纠结。你要是想吃，可以跟他说一声。"

"哦，我也不吃。我在看剧本，周导的戏。"江琳雅语气淡淡地说。

许倾点点头，走向浴室。

这时，江琳雅突然让许倾帮忙把桌上周导的剧本拿给自己。于是许倾伸手拿了剧本放在江琳雅的床上。

江琳雅看向许倾，说："周导的戏你演过吗？我一直觉得他的戏……"

许倾微微一笑，眉眼间带着些许冷意："不好意思，我没接过周导的戏。"

江琳雅"啊"了一声，点点头。

许倾又是一笑，转身走进浴室。如果刚刚江琳雅不是显摆，那么许倾觉得自己就不姓许了。她进浴室后，放在床上的手机紧跟着响起来，不断有微信消息跳出来。

江琳雅抬头看了一眼许倾的手机。即使手机屏幕上只显示了"你有一条微信消息"，但还是让人忍不住猜测。

十五分钟后，许倾擦着头发出来，随手拿起床上的手机，见顾随发了好几条信息。她靠在床头，一边擦头发一边回复。

顾随："下午忙吗？"

顾随："晚上吃了什么？"

顾随："嗯？"

顾随："说好的晚点儿给我回信息呢？"

许倾："刚洗完澡。"

顾随："哦，那视频吧。"

说完，顾随就拨了视频通话过来。许倾立即从床上起来，按了接通键，下一秒就看到屏幕里的顾随穿着黑色衬衫，领口敞开，身后是一大片落地窗，落地窗外是黎城的高楼大厦。

"头发呢？不吹一下？"顾随揉了一下眉心，低沉的声音传过来，好听得很。

许倾抓抓头发："这边风大，吹吹风就好了。"

顾随眯眼："那等会儿感冒了怎么办？"

"哪儿会这么容易感冒？"许倾一边说一边推开门出去，留了一些余音在房间里。江琳雅翻剧本的动作彻底停住。她抬起头，看到许倾走到了落地窗边的长椅旁。

屏幕里的男人眉眼含笑，眼睛一眨不眨地看着许倾，眼神温柔。许倾瘫坐在木椅上，有风从窗外吹来，吹动她半干的头发。

她拨弄几下头发，问道："今天事情处理得怎么样？"

顾随端起咖啡喝了一口，又揉揉眉心，说道："没事。"

许倾："早上听苏雪说，你损失了两亿元。"

顾随闻言，微勾嘴角："那怎么办？你养我啊？"

许倾："养不起。"

顾随慵懒地看着她。许倾犹豫了几秒，问道："一个月赚十万元能养你吗？"

顾随低低一笑："不行，太少。"

许倾："滚。"

顾随笑开，修长的手指抵着薄唇，深情地看着许倾，问道："你这个节目要录多久？"

许倾："大概半个月。"

顾随点点头，看着她——她拨弄着头发，眉眼低垂，零星的灯光打在她的脸上，使她看起来又柔又美，还有一种摄人心魄的艳丽。他想，这两者竟然可以融合在一起。

顾随的喉结滚动了一下："时间有点儿长。"

许倾看向他："这还长啊？那拍戏得几个月呢。"

顾随笑了一声："想念让人想寸步不离。"

许倾一愣，脸色微红。她把手机往上抬，让他看得更清楚。她穿着睡裙，晚风轻拂，露出白皙的长腿。许倾用手指撩了一下裙摆："那这样想不想？"

顾随眯眼："你再往上撩，我看看。"

许倾一顿，心想：这个狗男人。她拽了一下睡裙，裙摆往上缩，隐约可见贴身衣物。

顾随挑了一下眉心："哦，黑色的。"

许倾猛地把裙摆放下："流氓。"

顾随一笑："是谁问我的？"

许倾抿唇盯着他，与他四目相对，几秒后突然笑起来。顾随看她笑了，也勾起嘴角，眼里全是她。两个人又聊了一会儿，许倾的头发也吹干了，才互道晚安。

准备挂电话之前，许倾突然说道："对了，吴倩也来参加节目了。"

顾随一顿，说："我很久没跟她联系了。我什么都不知道。"

许倾心想：我又没介意。

挂了电话，许倾返回房间。房里的灯都没开，窗帘也都拉得紧紧的。许倾差点儿撞到一旁的小桌子。江琳雅应该是睡了。许倾便没开灯，摸黑儿来到床边躺上去。

凌盛的办公室里，顾随放下手机，随即摁了桌上的电话，说道："陈顺，进来。"

不一会儿，陈助理推门进来。顾随正靠在桌子旁抽烟，对陈助理说："联系一下吴倩，让她不要说太多废话。"

陈助理一愣："吴小姐怎么了？"

"她去了《休闲时光》。"

陈助理反应过来，心想：吴小姐跑到《休闲时光》干吗？他点点头，说道："好，我立即打。"

顾随"嗯"了一声。陈助理关门出去，回到自己的办公室，找到吴倩的手机号码打了过去。

吴倩正在跟那位酷妹打牌，看到陈助理的号码愣了一下，接着小心翼翼地接听："陈顺。"

陈助理笑着说道："吴小姐，晚上好啊。有一件事想叮嘱你一下，你去参加《休闲时光》可以，但请不要再给许倩和顾总造成困扰。"

吴倩顿感无语，扔了手中的牌，尖叫起来："我这次不是因为你们顾总！我是因为许倩！我是因为许倩，好吧？！我喜欢她！"

陈助理正准备说话，就察觉到门口投来一道目光，一转头就对上了老板的眼睛。顾随拿着一份文件在门上敲了敲，紧接着扔在桌上，语气冷漠："你敢喜欢她？"

吴倩："我敢！我偏要！我现在不喜欢你了，你管得着吗？"说完，她立马挂了电话。

顾随的脸色难看至极。他心想：吴倩现在把主意打到他的女人身上了？

陈助理放下手机，小心翼翼地看着老板。顾随拿下嘴里的烟捏了一下，说："陈顺。"

陈助理："哎，老板。"

顾随："你还没有女朋友吧？"

陈助理突然有一种不好的预感："我……"

"去追吴倩。"

陈助理顿时膝盖一软。

顾随抬起眼皮看着陈助理："她挺适合你的。"

陈助理："您饶过我吧。"

"就这样。"说完，顾随就转身出去了。

陈助理无语凝噎。

第二天，节目组开始录制工作。江琳雅比许倩早起十五分钟，先霸占了洗手间。许倩则起来叠被子，所以江琳雅先离开了房间。萧鼓鼓、谭欢、梁桥都起来了，正坐在客厅的沙发上打哈欠。

看到江琳雅出来，萧鼓鼓立即说道："雅雅早上好。许倩呢？还没起啊？"

江琳雅本想问候萧鼓鼓，结果听萧鼓鼓还问了许倩，便抿了一下唇，在沙发上坐下，说道："她刚起。"

谭欢笑着抓抓头发："那正好。等她出来，我们今天就不自己做饭了，去外面买吧，顺便去赶集。"

梁桥说道："但是许倾昨天说今天打算给我们做炸酱面。"

"是吗？哦，那太好了，还是在这里吃吧。"萧鼓鼓来了兴致。昨晚许倾做的菜很好吃，萧鼓鼓第一个期待。

江琳雅看了一眼自家粉丝这完全叛变的样子，脸色有些难看。

又过了几分钟，许倾扎着头发走出来。正巧，吴倩也出来了，一看到许倾就"哇"了一声，一把抱住许倾的手臂："倾倾，我要告状。"

许倾差点儿被吴倩撞倒，稳住身形后摸摸吴倩的头，问道："什么事？"

"你老公昨晚让他的助理打电话过来，威胁我，让我离你远一点儿。"

她这话一说出口，谭欢等人猛地看过来。

梁桥探头笑着问道："不是吧？真的假的？吴倩，你干了什么顾先生让你滚远一点儿？"

吴倩嘟嘴，没再吭声。许倾一愣，不知道那个男人想干什么。

吴倩抓着许倾的手臂："你一定要教训他。"

其他人闻言哄堂大笑。

谭欢起身，拉着许倾的手说："我们先做早餐。不过许倾，这次估计因为你，节目要大爆。毕竟八卦之心人皆有之。"

许倾无奈地揉揉眉心。

进了厨房后，许倾开始做炸酱面。因为她吃过顾随做的，所以用的是顾随的方法。

谭欢探头一看，问道："你的做法怎么跟我的不一样？"

许倾埋头苦干："我也是第一次做。"

谭欢："那你第一次吃的是谁做的？"

许倾随口回答："顾随。"

谭欢一挑眉梢，笑起来，拉长了语调说道："哦——原来顾先生在家里也是做饭的！"

许倾反应过来，抬头看向谭欢，愣了一秒，掬水泼谭欢。谭欢果然是经常上综艺节目的人，问问题陷阱重重，许倾就这么跳进了谭欢挖的坑。

吃过早餐，吴倩和萧鼓鼓两个人出门去游玩。许倾他们还有任务，得去赶集采买，以备饭菜招待客栈的客人。他们得靠劳动赚取善款的资金——客人缴纳的房费、饭费，嘉宾卖慈善产品的收益，会作为善款捐出去。

下午，客栈又迎来了两位客人。这次是一对正在环球旅行的夫妻，对演员艺人不太关注。他们风尘仆仆地进门。打过招呼后，一行人坐下来吃下午茶，听这对夫妻讲述旅行见闻。这档节目也慢慢地进入了正题。

这次江琳雅有话聊了。她也算去过很多地方，自我感觉跟这对夫妻会有话聊。

结果这对夫妻吃完许倾做的晚饭后，那位妻子看向许倾，说道："你的手艺这么好，结婚了没啊？"

江琳雅的话顿时卡在了喉咙里。如果此时她手里有一张纸，她能把它撕成两半儿。

许倾正坐在沙发上泡花茶，闻言一愣，抬起头看向这对夫妻，笑道："你们猜？"

那位妻子笑起来，跟丈夫对视一眼，说："要是没有，我们想招你做儿媳妇。"

"哈哈哈，顾随又多了一个情敌。"吴倩高兴坏了，就差现场给顾随打电话或者录视频发过去气死他。

许倾这么好，比顾随好十几倍，值得拥有更多喜欢她的人。

"什么？"那位妻子看向吴倩。

许倾微微一笑，拉下吴倩左右飞舞的手，对那位妻子说："我有对象了。"

"啊，是吗？那太可惜了。"那位妻子肉眼可见地露出失望的表情，接着又说，"我儿子长得不错，平时就做做投资之类的，比较适合当男朋友。我们这些年都不管事了，都是他在忙。我们从去年开始环球旅行，如果想家了，就回一趟国内。这次我们想在回家之前顺便来古城玩玩，正巧被邀请参加这个节目，所以遇见了你。许倾，我跟你很有缘啊。"

许倾勾勾嘴角："谢谢您的喜欢，但我确实有对象了。"

那位妻子点点头，表示理解："行吧，没事。"她笑了笑，往丈夫的身上靠去。

这对夫妻看起来很年轻，只是鬓角的白发暴露了他们的年纪。而且他们看起来很有教养，应该是经历了大风大浪，选择用旅行来抚平自己的内心。他们也是有故事的人。

这次的花茶是许倾亲自调的。她还做了适合配花茶的小饼干，把自己的厨艺发挥到了极致。正好这花茶有安神的作用，所以时间差不多，这对夫妻就去休息了。

吴倩热情地去引路，拉着那位妻子问："阿姨，我能问你一个问题吗？"

那位妻子看了吴倩一眼，微微一笑："什么问题？"

吴倩掩嘴："你的儿子是不是叫陈想啊？"

那位妻子眼睛一亮："你认识他？"

吴倩的眼里全是笑意，就差仰天大笑了。她说道："见过一两次。阿姨，叔叔，你们休息吧。晚安。"

"晚安。"那个男人点点头，推开门，把妻子扶进去。

吴倩拿着手机直接走出了走廊，站在露天的小花园里，叉着腰拨打了陈助理的电话。

陈助理看到吴倩的来电，有一瞬间不敢接。他立马想起老板让他追吴倩的事，说不上来什么，就是感觉有点儿尴尬。

最终，他还是皱紧眉头接了起来："吴小姐，你好。"

"陈顺，你把手机递给顾随。"吴倩说得那叫一个理直气壮。

"老板正准备出门，恐怕没时间听你说话。"陈助理立即提醒。

吴倩说道："给我一分钟的时间。"

陈助理顿了顿，只能把手机递给正在系领带的顾随。顾随一愣，挑眉："什么事？"

陈助理按了扩音键。顾随没看手机屏幕，只是不耐烦地问："谁？"

他的声音一出，吴倩就在电话那头'哈哈'大笑，说道："顾随，今天节目接待的客人是一对夫妻。他们想给许倾介绍男朋友！你有情敌了！"

顾随眯眼，正想说话，就听吴倩继续大笑着说道："哦，那对夫妻是陈想的爸爸妈妈。他们跟陈想一样都很喜欢许倾。顾随，你惨了。你的情敌不只有陈想，还有千千万万的男同胞！！！"

吴倩的语气极其嚣张。顾随咬紧牙根儿，垂下的眼眸里带着几分阴冷。

陈助理看了顾随一眼，此时很想拿布条塞进吴倩的嘴里——如果她在现场的话。

吴倩很懂得见好就收，说完之后立马挂了电话，留下陈助理在风中凌乱。

顾随狠狠地扯下领带扔在椅子上，然后拿起桌上的烟低头点燃。陈助理看了一眼时间，发现时间已经很紧了，于是深吸一口气，正想说话。

顾随敲了敲桌子，说："我没什么好慌的。许倾喜欢的人一直都是我。"

陈助理在一旁假装没听到，又在心里想着：如果老板你真觉得不慌，就没必要这样安慰自己了啊。

顾随咬着烟捞起外套，说："走。"

陈助理松了一口气，立马跟上。

今晚这顿饭很重要，事关欢颜的未来。陈助理知道顾随要拿下整个欢颜给许倾当生日礼物，但实际操作起来并没有那么容易，现在还需要跟人谈判。

这两天的救市以及公关处理总算把欢颜的股价稳住了，接下来就是说服董事会，把肖仲的老师踢出去，这样许倾才能进入。

走到门口，顾随偏头对陈助理说："追吴倩的事，早日提上日程。"

陈助理在心里尖叫。

"她人不错，就是性子刁钻了些。"

陈助理心想：我并不想知道，谢谢。

顾随又想了一会儿，也只想到这么一句话赞美吴倩，再多就没了，也就不再说话，上车后就给许倾发微信消息。

顾随："听说陈想的爸妈也去参加节目了？"

那头许倾还在录节目，并没有立即回复。顾随放下手机，这才扯过领带慢条斯理地系上。

车子一路开到约好的餐厅。这家餐厅环境很好，私密性强。服务员一路引领。顾随走得漫不经心，陈助理跟在身侧。

他们来到最里面的包间。顾随微微低头走了进去，文质彬彬地打招呼："秦董，晚上好。"

穿着西装的中年男人立即笑着起身，拍拍顾随的肩膀，说道："晚上好啊，顾随，约你见一面太不容易了。我上个月就约了吧，今天才能见上。"

顾随似笑非笑，跟着秦董坐下，说道："到底是谁约谁？秦董才难约呢。"

"哈哈哈，我很好约的。你看，这不是就约出来了？"秦董大笑。

话音刚落，包间附带的洗手间的门就被拉开，一名妙龄少女从里面走出来，正拿着纸巾擦手。她看到顾随，一愣，接着脸颊绯红地快步走到秦董的身旁坐下。

秦董的眼里全是宠溺。他看了女儿一眼，随后对顾随说："她刚从国外回来，我出门不放心，就带上她了。她叫秦瑜，是我的小女儿。"

顾随挑了一下眉，笑了笑，掩下眼中的几丝冷意。

接下来，秦董开始挑起话题。顾随端着酒杯跟秦董聊，基本不怎么跟那个女孩儿说话。那女孩儿倒也乖，就红着脸坐在一旁。陈助理一眼就看出这是一场相亲局，微叹一口气。

饭局到最后，谈到需要秦董相助的话题后，秦董立即说道："我肯定能帮忙啊，我在欢颜有一票否决权。顾随，你找我算是找对了。我之前就说肖仲这人不行，迟早得败，是老肖非要留着他。老肖也不干好事。顾随，我支持你。"

顾随笑着点点头，没接话。

秦董接下来说道："不过呢，我这个人这辈子也赚够钱了，忧心的就是下一代。秦瑜的哥哥姐姐都结婚了，就剩下秦瑜让我忧心。顾随，如果你能帮我照顾她就好了。你看怎么样呢？"他说着，看向顾随。

顾随眯眼："不怎么样。秦董，我以为当今社会讲究的是自由恋爱，没想到您还留着旧社会那一套呢？"

"这话怎么能这么说？我的意思是，你帮我照顾秦瑜，我们成为一家人，我的股份全给你都可以啊。我真的不缺钱了，现在就担心孩子。我也不愿意说这是交易，但是给你送个老婆还不好啊？"

顾随偏头对陈助理说："去开车。"

秦董的脸色微变。他猛地站起来说道："顾随，那个女演员没我们秦瑜好。两相对比，你应该知道取舍啊。"

"闭嘴。"顾随突然冷冷地说道。

秦董一愣。顾随点了一支烟，慢条斯理地起身，下一秒抬起长腿狠狠一踹，整个桌面翻到了地上。女孩儿尖叫出声，秦董狼狈地后退，但仍然被汤汤水水溅了一身。

顾随抬脚踩在桌面上，咬着烟看着秦董，说道："我跟你说明白了，你要用旧社会那一套来威胁我，那我也只能用暴力解决了。你以为你能集结那么多股东很了不起？我顾随照样能兵不血刃地让你们从哪里来滚哪里去。还有，她叫许倾，不叫那个女演员。你女儿算个屁。"

说完，他转身就走。

秦董反应过来，指着顾随离开的方向："敬酒不吃……吃罚酒。顾随，你完蛋了。"

"砰！"陈助理用力将门关上。秦董气得直发抖。

"老板，接下来怎么办？"陈助理紧跟着顾随。

顾随上车后揉着眉心说道："找人，一个一个地找，看谁肯站在我们这边。"

欢颜早些年权力放得很散，几个原始股东都有一票否决权。所以无论多大的股东，没有他们的点头，欢颜就拿不下，秦董就是其中一个。

陈助理点头："好的。"

晚上忙完，许倾回到房间，拿起手机才看到顾随发来的微信消息。她心想，顾随怎么这么快就知道陈想的父母来了《休闲时光》？许倾也是刚从吴倩那知道夫妻俩是陈想的父母。

许倾："你怎么知道？"

信息发过去没几秒，顾随就打了电话过来。许倾接起，看了一眼江琳雅，还是转身走了出去。

顾随声音低沉地回复："有人跟我说的。"

许倾靠在墙上，看着天上的星星，说道："哦。"

顾随揉揉眉心，说："想你了。你想不想我？"

许倾微勾嘴角："想。"

顾随轻笑道："本来打算去馨月小区住一晚，后来想起来我没钥匙。老婆，你是不是该给我一把钥匙？"

许倾："你想得倒美。"

男人又笑起来，声音低沉好听，只是有些疲惫。许倾问道："你很忙吗？怎么感觉你有点儿累？"

"还行。"

两个人又聊了一会儿。许倾的手机突然有微信消息进来，顾随那边恰好也有事，便挂了电话。

挂了电话后，许倾才点开微信，见苏雪发来了信息和好几条微博链接，是"顾随夜会妙龄少女""欢颜的董事给顾随介绍自己的女儿""许倾不过是一个不自量力的女演员"，几个热门话题。

苏雪："许倾，这是什么情况？"

什么情况？许倾也不知道。

刚刚跟这个男人聊完天，他完全没有说起这些事，但那略显疲惫的语气，许倾倒是听得出来。最近一连串的事情，又是挽回损失，又是欢颜的公关处理，许倾不太相信这个男人还有空去夜会妙龄少女。

她回复苏雪："你别急，我先看看再说。"

苏雪："话题正在撤。但是我听说一边有人撤一边有人往上推。"

许倾："好，我看看。"说完，她顺手点开链接。

第一条链接里有四张照片：第一张是在一个包间里，一个妙龄少女含羞带怯地看向顾随；第二张还是在这个包间里，那个妙龄少女端起茶壶给顾随倒茶。

第三张是在室外，少女上了顾随的车，没看到脸，只看到一个背影，只是衣服却换了。许倾觉得那身衣服有点儿眼熟，居然跟吴倩当初在海城穿的那套一样，而且昨天吴倩还穿过。

第四张也是背影。少女挽着顾随的手臂走进星空俱乐部，衣服又不一样了。许倩没见过那身衣服，但是昨天吴倩刚跟她显摆过照片里的那双高跟鞋。

后面两张照片像是没图找图，非要凑够四张，才显得噱头大一些，有点儿可笑。

第二条"欢颜的董事给顾随介绍自己的女儿"的话题里也是四张照片，跟第一条话题相呼应，都是在包间里。照片里没看到那位董事的脸，他的女儿倒是大大方方地露了脸，穿着跟第一条话题的前两张照片里一样。

不知情的人会以为顾随跟这位董事的女儿约会了很多次。如果许倩没见过吴倩的话，可能也会信。

"装得万般深情，其实极其薄情，说的就是顾随。"

"说真的，不要指望男人真会对自己百分之百好。"

"确实啊。之前我就听说顾随美女缠身、风流浪荡。他怎么可能为了一个女人放弃一整片森林？"

很多人开始要许倩出来说句话。自从陈想爆料许倩被顾随追求的事后，许倩基本没怎么回应过。对网友而言所见即是事实。而更能证明他们感情的《休闲时光》还没播出，网友们发出质疑也正常。

也正因为大家对顾随并不了解，多少有些怀他的身份，所以炮火两开，一部分直接烧到许倩的身上，于是才有了第三条话题"许倩不过是一个不自量力的女演员"。

"我之前就说了，许倩这麻雀变凤凰的戏码是行不通的，她压根儿就没有资本。顾随真那么喜欢她，早就娶她了，还用在这里苦苦追求？那些照片估计都是摆拍的。看看顾随身边，全是同一阶级的千金、少爷。如今这个社会，讲究的不就是门当户对吗？哈哈哈哈，让我先大笑三声吧。"

"我竟然觉得你说得有道理。"

"换成我，我肯定也是找门当户对的。"

"那之前那些照片怎么解释？人家凌盛的官方微博都出来承认了，难道他们是开玩笑吗？"

"可能顾随觉得这女的太拿乔了，直接放弃了吧。"

"比起妙龄少女，许倩的年龄比较尴尬吧……"

"不要拿年龄说事。现在需要一个人出来解释一下这件事的始末。你们不要胡乱猜测。"

许倩还没看完微博评论，就看到吴倩朝自己跑过来，不禁一愣。

吴倩哭着抓住许倩的手臂："倩倩，你不要误会啊。我自从被顾随拉黑后，已经好久没见过他了。他连我家都不来了，我爸爸找他谈事情都是去公司的。"

许倾一愣，笑起来，说道："我没误会。我认出那两张照片了。"

吴倩一下子放松下来，说道："那些人有病！其中一张照片就是我去海城探你班的那次。那时顾随对我就很不耐烦了……"

许倾："知道，我认出来了。"

"那就好，那就好。"吴倩现在更在乎许倾，所以一看到话题就跑来解释，生怕许倾误会自己跟顾随还有牵扯，"还有那张去星空俱乐部的，那次还有陈想、周扬他们在。他们当时有事情要谈，我们不是单独约会。"

许倾："好，我知道了。"

吴倩见许倾没有不开心才松了一口气，接着说道："不过关于那个董事的女儿，你可得好好地逼问顾随。"

许倾笑着点头，正想说话，顾随就正好来电话了。

吴倩见状，说："你们聊，我先走了。"

许倾"嗯"了一声，等吴倩走了才按了接听键。但是电话接通后，那边的男人却没有立即开口，似乎在斟酌什么。

许倾顿了顿，率先出声："嗯？"

顾随轻声问道："老婆，你在生气吗？"他斟酌了许久才问出这句话。

许倾："没有。"

"真的？"

许倾勾起嘴角："真的。我就想知道那位妙龄少女……"

"你等我解释。"顾随揉揉眉心说道。

许倾靠在墙上，"嗯"了一声："你说。"

顾随点燃一支烟，低垂着眼眸，说道："欢颜董事会正在重组，我需要一些人站队，秦董是其中一个。他呢，想要把他的女儿介绍给我，想要跟我成为一家人，才肯站这个队，但是被我拒绝了。这个话题就是我拒绝的后果。他想离间我们，搅浑水。"

这人真是卑鄙无耻，给人站队还要别人当自己的女婿，不当就下手搞人家。许倾听着都来气："那你还不赶快收拾他？"

顾随一听，低声笑起来："我怕你，所以先给你打个电话。"

许倾一愣。这个男人确实有心，在这么焦头烂额的时候，却先担心她是否生气。资本家也有踢铁板的时候，他这么骄傲自负，被这么泼脏水，此时肯定恨不得以牙还牙，但他最先做的是联系她。

许倾觉得他们这段关系正往最好的方向发展。她说："你赶快收拾他。我看他不顺眼。"

顾随笑起来:"好。"他看了一眼腕表,"你早点儿睡,别瞎想。"

许倾:"嗯,放心。"

顾随:"晚安。"

"晚安。"

前面那通电话两个人没来得及说晚安,这次倒是补上了。

挂了电话,许倾准备回房,一回头却看到不远处的柱子后似乎站了一个人。许倾上前一把抓住那人的手臂,就听吴倩"哇"了一声。

吴倩讪笑着看向许倾。许倾眯眼:"你在这里干吗?"

吴倩捂着脸,透过指缝看着许倾,说道:"我偷听你们打电话。倾倾,顾随他真的变了好多。"

许倾挑眉,没应。

吴倩看着脚尖,说:"我不是故意要在你的面前提起他的。但是以前他真的很不耐烦,哪怕我哭得特别厉害,他都懒得搭理我,更别提关心我的情绪了。可是,倾倾,他好在乎你的情绪。"

吴倩虽然释怀了,可有时看到顾随对许倾的态度,还是会不由自主地对比一下,最后发现可笑的是她自己。她真是好惨,被虐得体无完肤。

许倾低头看着吴倩。女孩儿倒是没哭,就是有些沮丧。

在许倾没出现之前,吴倩以为自己最接近顾随。可是许倾出现之后,她才发现自己跟顾随其实离得好远好远。

许倾伸手摸摸吴倩的头,说:"以前,顾随也不在乎我的情绪。"

吴倩猛地抬头看向许倾。许倾笑了一下,眉眼弯弯的:"我刚认识他的时候,他可能连我长什么样都记不住。"

"顾随这个浑蛋。"吴倩一听,立即替许倾感到委屈。

许倾笑起来,揉揉吴倩的头发:"对,他就是一个浑蛋。"

吴倩抱着许倾的手臂:"你好好收拾他,你说东他不敢往西的那种。"

许倾"啧啧"两声:"你好毒啊。"

吴倩哈哈一笑:"我以后也要找一个男人。我让他滚,他不敢走。我叫他坐,他不敢站。太爽了。"

许倾也笑起来:"你厉害。好了,快去睡吧。"时间很晚了。

"倾倾,晚安。"

"晚安。"

送走吴倩后,许倾返回房间。

房里的灯还亮着，江琳雅还没睡，正靠在床头看平板电脑。听见开门声，她抬起头看了许倾一眼，表情里带了一点儿隐晦的情绪，像是怜悯，又像是幸灾乐祸——估计她也看到微博了。

许倾看了江琳雅一眼："还没睡？"

江琳雅回神："嗯，刚刚在看微博。"她想了想，又问道，"你心情怎么样？"

许倾来到床边，掀开被子坐下，随后抬起眼眸，笑着看向江琳雅："很好啊。"她笑得眉眼弯弯，毫不勉强。

江琳雅一愣，几秒后，扯唇一笑："没受影响就好。微博上的信息真真假假，谁也说不清楚。秦董是你们欢颜的股东吧？我之前跟他见过几面。没想到他有那么漂亮的女儿。"

最后的这句话才是重点，提醒许倾，顾随见的那个妙龄少女很漂亮。

许倾勾唇笑了笑，点点头："是啊。演艺圈里漂亮的女人还少吗？"

许倾用一句话堵了回去，提醒江琳雅，美女那么多，区区一个妙龄少女而已，算什么呢？

江琳雅的脸色沉了几分。她第一次发现许倾的厉害。

许倾看了一眼手机，说道："有点儿晚了，早点儿睡啊。"

"好。"江琳雅不情不愿地应了一句。

许倾躺下便睡。

一觉睡到天亮。但是网络上的情况并没有完全好转。昨晚的三条话题被压了热度，但还是在热门话题靠后的位置上。而且现在又出现三条最新的话题——"顾随要真喜欢早娶了""顾随女伴""男人自然得娶门当户对的"。

"顾随要是真喜欢许倾，早娶她了，明摆着没到那个地步。许倾这次可能要陪跑了。"

"先不说别的，我听朋友说，顾随很花心的，每次晚宴女伴都不一样。你们想想，这样的男人会对一个女人专一吗？"

…………

许倾洗漱完出了房间，见其他人都在客厅里，那对夫妻也在。吴倩一边看微博一边生气，萧鼓鼓和谭欢小心翼翼地看着许倾。

梁桥一见许倾出来，立即说道："我去做早餐。许倾，你想吃什么？今天特意给你做。"

许倾一边扎头发一边说："都可以。大家吃什么我吃什么吧。"

江琳雅没忍住，第一个嘲讽许倾："你还挺淡定的。"

许倾看了江琳雅一眼，反问："不淡定难不成哭啊？"

江琳雅扯唇笑了一下。

陈想妈妈起身拉住许倾的手，说道："你跟顾随？阿姨没想到啊。"

许倾微微一笑，拍拍陈想妈妈的手。

陈想妈妈想了一下，低声说道："如果顾随不行，那考虑一下陈想吧。"

吴倩在一旁震惊："哇！"

许倾顿时哭笑不得。

几个人吃完早餐，微博上依旧热火朝天。

今天他们要送走萧鼓鼓，还要迎来一位新的客人。江琳雅起身去送萧鼓鼓。

萧鼓鼓戴着鸭舌帽，穿着短款黑色皮上衣和皮短裙，脚上踩着一双马丁靴。她离开前又看向许倾，说道："倾倾，加油。"

许倾正在看菜单，一愣，抬起头笑着说道："好的，你也要加油。"

萧鼓鼓笑得很灿烂，随后转身走出去。江琳雅的脸色有些难看，但她还是把萧鼓鼓送了出去，毕竟这是自己的粉丝，而且此时还录着节目呢。

她们出去后，吴倩直接拿着平板电脑坐到许倾的身边，气鼓鼓地道："现在大家都在嘲笑你，你不打算让顾随回应一下吗？"

许倾拿着笔在本子上写菜单，听罢，说道："顾随那边会处理的。"

"可是你知道那些人有多过分吗？真令人无语。"

吴倩把平板电脑推给许倾看。许倾随意地抬头一看，所见的评论都不堪入目。

吴倩看得牙痒痒，拿回平板电脑。许倾见吴倩这样，安慰道："别管他们……"

吴倩："可是这些人……呀——"

一条新的微博升上热门。

> 顾老先生：要不是怕孙媳妇 @许倾 生气，我早拿出来了。我孙子跟孙媳妇的结婚证。各位看清楚，他们已婚多年。

一张个人信息被打了马赛克，但露出许倾跟顾随的合照和名字的结婚证照片被晒了出来。顾老爷子还配了一个轻蔑的表情。

一群粉丝蜂拥而至。

"许倾原来是顾太太啊！还当了顾太太多年！！"

"看清楚没有？结婚证，结婚证！他们已婚多年！"

不一会儿，"顾随许倾结婚证""许倾是顾太太"两条话题被顶到第一、第二的位置，后面都加了一个"爆"字。

粉丝们纷纷评论。

"真的吗？真的吗？"

"我怎么感觉幸福来得太突然了？"

"我太震惊了。所以许倾跟顾随三年前就结婚了？"

"许倾是顾太太啊！"

"这结婚证是真的。所以之前顾随是在追回许倾吗？合法追妻？"

"显然是的。"

"估计许倾只是懒得搭理你们。"

"之前许倾说要等谈恋爱了才告诉我们。她只是在否认谈恋爱，但是没直接否认已婚。人家这明显是婚姻状态。"

吴倩的手一抖，她看向许倾："你们真的有结婚证？"

许倾愣了一下，放下笔起身走回房间。她的手机正在桌上响个不停。她拿起来一看，全是顾老爷子、苏雪、陈助理以及顾随四个人的未接电话。这会儿正在响的是顾老爷子的来电，许倾赶紧接起来。

顾老爷子深吸一口气，小心翼翼地说道："倾倾？"

许倾："爷爷。"

"你生气吗？"此时老人家的声音变得格外虚弱，似是怕许倾一拳打过去。

许倾笑了起来："没生气。不过，爷爷，你跟顾随说了没？"

顾老爷子咳了几声，说："还没说，没敢让他知道。"

许倾笑笑："好。"

"你没生气就好。那我挂了。"

"好。"

挂了顾老爷子的电话，许倾先给苏雪打了一个电话。

苏雪很快接起来，一开口就像是马上要晕过去了："老天爷，你跟顾随是什么情况？你们真的领证了？"

许倾坐到床上，叹了一口气说道："说来话长，但是我们三年前就领证了是真的，法律上确实是夫妻。"

苏雪："我先不管前因后果，现在就想跟你确认，你们就是夫妻吧？"

许倾："嗯。"

"太好了。难怪顾老爷子那么喜欢你，原来如此。好的，我这边知道怎么处理了。"

许倾笑着说道："谢了。"

挂了苏雪的电话后，许倾看了一眼顾随的号码，但没理会就起身出去了。

这会儿客厅里的人都看着许倾。陈想的爸妈此时不在，出去游玩了。吴倩满脸都是笑意。谭欢和梁桥对视一眼，脸上也是藏不住的笑容。

谭欢"啧啧"两声，抱着手臂走向许倾："你行啊，藏得挺深啊。我还想着我今天过生日能有个热门话题，结果好了，微博被你和顾先生的结婚证给霸占了。"

许倾笑着说道："别打趣我了。去买菜吧，好好给你过个生日。"

"天哪！都这样了，你还记着我的生日。我真是受宠若惊。"谭欢满眼都是笑意。

许倾"啧"了一声，拿起桌上的菜单，说道："走吧。别忘记我们还在录节目。"

"行，走走走。"谭欢说着，拉上梁桥跟上许倾。

吴倩丢下平板电脑，说道："我也要去。"

只有江琳雅坐在单人沙发上，看着平板电脑上的结婚证，脸色尤其难看。

直到门被推开，梁桥去而复返，探头喊道："琳雅，你把家里收拾一下，等我们回来。"

江琳雅这才抬头，露出一个干巴巴的笑容："哦，好的。对了，那位新客人什么时候到？"

"我们去接就好。你在家吧。"

"哦，好。"

"砰"的一声，门被关上，江琳雅脸上的笑容也跟着没了。此时，阳光打在屋子的另一头，使她陷入阴影里，显得她有些阴暗。

几分钟后，江琳雅起身开始收拾屋子，还戴上防尘手套进房间去收拾地毯。这时，许倾放在床上的手机"嘀嘀"地响起。江琳雅随意地扫了一眼，只见有三个顾随的未接电话，还有四五条微信消息。

因为昨晚许倾不小心改了设置，此时最新的一条微信消息显示出来。

顾随："老婆？嗯？你回我的信息，好吗？"

字里行间透着浓浓的卑微。

四个人兵分两路去买今天要用的食材，谭欢和梁桥一组，许倾和吴倩一组。

　　这会儿吴倩仿佛成了常驻嘉宾似的，跟着许倾搭乘环城公交去钟塔附近的市场。吴倩挽着许倾的手，问道："今晚我们自己做蛋糕吗？"

　　"嗯，钱不够，只能自己做。"

　　"啧啧，好穷。要不我出钱吧？"

　　许倾听得出吴倩的财大气粗，笑着问吴倩："你没上班吗？"

　　吴倩摇头："没有，我不需要上班。我没事就买买股票，亏了算我爸的，赚了算我的，所以还是能维持生活。"

　　许倾笑着说："真行。"

　　吴倩笑眯眯地靠在许倾的身上。不一会儿，两个人下车，先去市场买菜，然后去买制作蛋糕的材料。她们在外面随便解决了午饭，直到下午两点多才回到客栈。

　　谭欢和梁桥已经采买回来了，还接了新客人回来。新客人是一位背着吉他的小哥哥，长得挺帅，自称在四线城市开咖啡厅。

　　吴倩见到帅哥，脸一下子就红了。许倾笑着推她去招呼小哥哥。

　　吴倩偏头说："我脸红是因为他那把吉他，不是因为他。我好喜欢那把吉他。还有，见过顾随那样的男人，我现在看谁都不会觉得惊艳了。"

　　许倾挑眉："有点儿道理。"那样的男人确实太惊艳了。

　　说完，她拐进厨房，开始忙活。

　　下午三点半，当大家都在休息的时候，微博又出现了一个热门话题，这次连消费者中心以及财经类的大号都开始转发。

　　原来欢颜那位秦董名下的所有公司，包括他女婿的公司全部出事了，不仅偷税漏税，生产的食品还导致消费者全家身亡。紧接着，秦董养了四个情人的事也被曝光出来。整个集团瞬间因此而动荡不安。

　　欢颜的其他股东没办法，纷纷投票把秦董赶出董事会。秦董手里的一票否决权也失去了作用。凌盛趁机把肖仲的老师也踢出董事会。欢颜董事会被大洗牌。

　　这些财经新闻一下子把娱乐新闻全压了下去，牢牢占据了高位。接着不断有消息传出，如某某投资人撤资，某某集团放弃跟秦董的公司合作？等等。

　　"就这样的家底也敢招揽顾随做女婿？笑死。"

　　"好恐怖啊！幸好顾随娶了普通人许倾，否则得吃官司吧？"

吴倩抱着平板电脑来到厨房，震惊地看着许倾："我说顾随怎么那么久不回应这件事，原来是在憋大招呢。收拾得够彻底啊！"

许倾正在制作蛋糕，听后一愣。看来这个男人早有准备，这两天估计忙疯了。不过，收拾得好。

晚上，一群人在客栈的小院子里给谭欢过生日。

谭欢换了一条白色的棉麻裙子，特别有气质。她双手合十，闭眼许愿："但愿他一直都很好。"

大家都没问她那个"他"是谁。许倾看着谭欢，心想：谭欢也是一个有故事的人。

一群人在摄像机的镜头下，一边吃蛋糕一边聊天。陈想的爸妈多少聊到陈家的没落起伏。许倾这才知道，原来陈想家还有这样的经历。

生日会结束后，他们收拾好院子，所有人各自回房。

江琳雅先钻进浴室去洗澡。许倾捞起手机点开，发现有很多未读信息，顾随的占了一大半，陈想居然也发了一条微博私信给她。

陈想："我爸妈是不是去参加《休闲时光》了？"

许倾："嗯。"

陈想："麻烦你照顾他们。"

许倾："好。"

随后，陈想没再回复，许倾才点开顾随的微信消息。

顾随："老婆，还在生气？"

顾随："我想你。"

许倾："呵。"

顾随发了一条语音信息过来，声音低沉喑哑："你总算肯回我了。"

许倾也回语音："你觉得你值得我回你的信息吗？"

顾随："我的错。"

许倾："啧。"

随后，许倾就没再给他回信息。顾随倒也没再发。

这时，江琳雅从浴室里出来，擦着头发说："你去洗吧。对了，你看手机了没？你有很多信息。"

许倾："看了，谢谢。"说完，她也拿着睡衣去洗澡了。

这场风波到第二天才平静下来了。许倾还是会收到很多微博评论，让她发微博回应一下。但对于被突然曝光的结婚证，她一时真不知道该怎么回应。

这天下午，送走陈想的爸妈，梁桥出去接新的客人。

许倾在客厅里跟吴倩一起抱着抱枕看书。听见门铃响，两个人一起抬头，就见梁桥先进门，身后跟着一个高大的男人。男人戴着一副金丝边眼镜，手里提着一个黑色的行李箱，穿着黑色衬衫、长裤，手腕上戴着腕表。

进了门，顾随放下行李箱，整理了一下袖口，眼睛看着许倾："我来跟你负荆请罪。"

"咚——"吴倩从沙发上摔了下来。许倾一愣，也要从沙发上起来，结果一个趔趄。顾随立即伸手扶住许倾。

而地毯上的吴倩：那我呢？！

一时间，客厅里的画面有点儿滑稽。

许倾被顾随扶住后，抬头定定地看着顾随。顾随镜片后的眼眸上下扫视她的脸。这段时间他忙得即使跟她视频通话，也只是匆匆地看她一眼。他捏捏她的下巴："瘦了。"

许倾抿抿唇："胖了，哪里瘦了？"

"我看看。"他的手往下要去握她的腰。

许倾用余光看到脚下还在蠕动的吴倩，一把按住顾随的大手。

梁桥见吴倩那样，觉得她有点儿可怜，毕竟她摔的地方离许倾和顾随非常近，那两个人在那里卿卿我我都能被她听到。

梁桥立即上前，扶起吴倩。

吴倩扁着嘴对梁桥说："谢谢，感激不尽。"

梁桥忍着笑，没说话。

吴倩站起来后，看向许倾和顾随——尤其是顾随。她喊道："顾随。"

顾随微挑眉梢，看向吴倩，却神色冷漠，目光像一把利剑一样。吴倩是领略过他的不耐烦的，但还是第一次见他带着戾气的冷漠，只觉得心痛。

她正想问自己这段时间干了什么让他这样，却突然想起那天的那通电话。

她的那点儿心痛瞬间全没了，还隐隐升起了挑衅的冲动。她捂着心口，说道："倾倾，我摔得好疼……"

吴倩的样子有点儿狼狈，头发凌乱，眉头紧皱。许倾见状，觉得她有点儿可爱，又有点儿让人心疼，于是伸手想要摸一摸吴倩的头，结果手伸到半空却被顾随一把捏住，拉着就往他的怀里放去。

吴倩看到顾随这防范的样子，心想：果然！他真的把我当对手了！吴倩心说：当不成你的女朋友就当你的对手，气死你，这感觉还挺好的。

吴倩的表情顿时变得更委屈了。许倾偏头看了一眼顾随，顾随绷紧下颌。

许倾转动手腕，想要把手抽出来。但顾随紧紧握住，眯眼冷笑着说道："也没到要去医院的地步。真要去，我会第一时间打120的，吴倩。"

许倾也发现顾随这次对吴倩的态度简直到了嫌恶的地步，有点儿不理解。她定定地看着顾随，那眼神仿佛在说：你也好意思说别人。顾随看了许倾一眼，随即挪开视线。

摄像机镜头从顾随的脸上扫过，明显可见这个男人这时虽然强势却又带着少许的屎。

梁桥立即当和事佬，笑着调侃道："许倾，要不你带你的老公去看看房间？"

许倾点点头："好。"

说完，她弯腰要去拿行李箱，却被顾随拉住手。他一只手牵着许倾，另一只手拿起地上的行李箱。

许倾勾了勾嘴角，牵着男人的手拐进走廊。

他们刚走进走廊，许倾的房间门就被打开了。江琳雅带着少许的困意打着哈欠走出来。她一抬头便看到许倾身旁的男人，顿时愣住，连困意都没有了。而那个男人看都没看她一眼，只是垂眸看着许倾，勾着嘴角，手指轻轻地捏着许倾的手指。

许倾也看到了江琳雅，笑着问道："醒了？"

江琳雅抿唇笑笑："嗯，刚醒。"她不经意地看向许倾身旁的男人。

男人也跟着许倾看过去，漫不经心地扫了一眼，视线完全没在江琳雅身上停留半分。

江琳雅却因为顾随气势强盛的一眼，想起了自己曾给造谣许倾的微博点赞，顿时心里一慌。

等他们从自己的身边走过去，她还回头看了一眼。只见高大的男人恰好俯身把女人拢在怀里，不知说了什么，低低一笑，声音带着宠溺和愉悦。

笑声传来，江琳雅就像被雷击中一般，逃也似的往客厅跑去。

拐过一条走廊，在另一条走廊的尽头就是顾随的房间。这个房间里也是两张床，但面积明显比许倾和江琳雅的那间要大，还配了一张简约的办公桌。

许倾在床上坐下，看着他道："到时你可能要跟别人住一个房间，习惯吗？"

顾随随意地扫了一眼，伸手解开衬衫的领口，走到许倾的跟前，垂眸看她，又略微离开了一些，问道："你跟我一起住不就行了？"

许倾："不行，床位都是固定的。"

"是吗？"顾随坐到另一张床上，跟许倾面对面，手臂随意地搭在大腿上。

许倾也坐正身子，拨弄着头发，眯眼看他："你的结婚证怎么会在爷爷那里？"

如果没猜错的话，顾随的结婚证应该在江湾别墅。

顾随点了点眉心，说："新闻出来的时候，老爷子就带着保镖跑到江湾那边去抢了。阿姨当时在打扫卫生，差点儿被他吓到。他抢到后给我打电话，说正好趁此机会公开。我忙得焦头烂额，一时也顾不上了。"

说完，他看着许倾："要我怎么赔罪？"

许倾抿唇，有点儿怀疑他这话的真实性。毕竟江湾别墅的私密性很好，非业主要进去可没那么容易，更何况还带着保镖，可能早就被小区的保安团团围住了。顾老爷子能那么快得手？

顾随有千万种办法阻挡，但是似乎乐见其成。许倾"啧"一声，问道："你觉得我会信？"

顾随挑眉，彼此对视。几秒后，顾随先庡了，笑着说道："嗯，是我疏忽，给了老爷子机会。你呢，罚不了老爷子，那还是罚我吧。"

这话算是间接承认了在这件事上他也有私心，也想把结婚证公之于众。因为这是让那些人闭嘴的最好办法，毕竟那个时候压热度已经没有用了。

许倾："你觉得我该怎么罚你啊，顾总？"

顾随抚了一下裤子，下一秒，单膝跪在地上。因为两张床离得很近，他这么一跪，离许倾也更近。

许倾垂眸看他，脸"唰"的一下红了。她看了一眼外面的阳光："你干吗呢？"

顾随低笑一声，伸手扣住她的脖颈把她往下拉，仰头堵住她的嘴唇。许倾撑在床上，低头跟他接吻。

阳光正好打在他们的身上。他们十指紧扣。

两个人相拥着在床上躺下。现在还是节目录制时间，许倾不能在房里待太久。她把玩着顾随的领带，说道："你休息一会儿，我得出去看店。晚上你想吃什么？"

顾随揽着她的腰，薄唇抵着她的头顶，回道："我都可以。"

许倾："嗯，那你休息。"

刚处理完欢颜那些事情，他看起来还有点儿疲惫。许倾抬起下巴，亲亲他的嘴角，随后从床上下来。顾随松开手，跟着坐起来。

许倾扎起头发："拜拜。"

说完，她拉开门走了出去，顺便关上房门——房间里的摄像机刚刚被他们关了，但门口的还在。

许倾拐进客厅，见其他人正坐在地毯上聊天、吃瓜子。他们一抬头，纷纷露出笑意，尤其是谭欢，撑着下巴笑着说道："顾先生一忙完就跑来找你啊。"

许倾笑着走过去，在吴倩的旁边坐下。吴倩一把抱住许倾的手臂，问道："我们晚上吃什么啊？那位小哥回来吃吗？"

许倾靠在沙发上，拿起书翻看，问道："你们想吃什么？"

本来今晚轮到梁桥下厨。梁桥正拿着"不求人"痒痒挠挠后背，说："晚上的厨房就让给许倾吧。他们夫妻难得相聚，让许倾露一手。"

许倾扔了梁桥一抱枕："你想偷懒就直说。"

吴倩也伸手点着梁桥。

这时，江琳雅突然出声说道："许倾，要不等会儿我帮你吧？这几天我都没进过厨房。"

许倾看向江琳雅，江琳雅也看着许倾，表情真诚。

谭欢拿着抱枕，说道："琳雅，算了，我怕你把厨房烧了。"

吴倩跟着点头："对啊对啊。"

江琳雅干笑了一声："哦。"

下午四点多，几个人去院子里除草。忙完回来后，许倾便钻进了厨房。冰箱和菜篮子里还有昨天赶集时买的菜。许倾穿上围裙开始挑菜。

客厅里的几个人正忙着拼桌。梁桥拿出各种酒，准备调酒。今晚他们打算吃一顿有氛围的西餐。

这时，一道人影从走廊那头走来。吴倩最先发现顾随，"哎"了一声："顾随。"

其余几个人也跟着转头，只见高大的男人似乎刚睡醒，眉眼间还带着少许懒散，衬衫也不如来时穿得那么板正，有些凌乱，领口微敞。

顾随站在那儿，像一个风流的公子哥儿。

谭欢是第一次见到顾随，瞬间明白为何这个男人之前即使不露面，却依然有不少女艺人关注他，更明白为何即使他后来没再出现，网友却在看了《我们相爱吧》之后给他建了"顾行"的超话。

"她人呢？"顾随挽起袖子，张口便找许倾。

谭欢回过神，正想说话，江琳雅却抢了话，指着厨房说："她在厨房。"

顾随点点头，长腿一迈，从沙发旁拐过去，往连接阳台的厨房走去。

谭欢下意识地看了江琳雅一眼，却见江琳雅已经低下头整理桌子。而吴倩猛地趴在桌子上，抓了抓头发。

可恶，又被顾随帅到了。

谭欢收回视线，笑着摸摸吴倩的头："怎么了？"

吴倩摇头。

梁桥在一旁笑着摇头，早已习惯自己的普通。他做综艺这么多年，见过太多帅气的男演员，明白自己就是一片绿叶。

厨房里，许倾正在腌制牛排。顾随一进去，便看到女人扎着低马尾辫，穿着一条翠绿的围裙，戴着一次性手套在牛排上按捏，涂了唇膏的嘴唇泛着水光。他走过去，从身后搂住她的腰。

许倾一愣，抬起眼眸看他："醒了？"

顾随垂眸看着她："没睡，处理了一点儿公务。"

"哦。"许倾看到摄像师正往他们这儿拍，低声说道，"你看着点儿镜头。"

顾随轻笑："懒得看。"

也是，这个男人从跑来当客人的那一刻起，就没打算低调。许倾伸手想继续腌制牛排，但想了想，问道："你要帮忙吗？今晚吃西餐，还要煮南瓜汤、炸土豆、煎培根之类的。"

顾随挑眉："好。"

他后退一步，把衬衫袖口挽得更高一些，露出了肌肉线条分明的小臂，然后打开水龙头洗手。许倾转身取下挂着的灰色围裙递给他。

顾随扯过纸巾擦干手，转过身，微微低头。许倾一笑，踮脚给他戴上围裙，随后直接抱着他的腰，把手伸到他的腰后给他系带子。

这是明晃晃的勾引。顾随垂眸看着她，勾起嘴角。

系完后，许倾瞪了他一眼，回到岛台旁。顾随拿起刀削土豆，许倾继续腌制牛排。

顾随看了她一眼，说道："给牛排切点儿刀口，容易入味。"

许倾"哦"了一声，取下小刀，在牛排上划刀。

摄像师走过来，把镜头对准两个人手上的动作，给了一个特写。

要准备的食材比较多。许倾处理完牛排，又开始熬制南瓜汤。她准备了纯牛奶，等南瓜汤熬好后把牛奶倒进去，用勺子搅拌。

外面的人忙完后，纷纷探头看向厨房里，只见厨房里的夫妻俩，正一左一右低头准备食材。

许倩的侧脸看起来柔美很多。顾随身形高大，头都高过了抽油烟机。这时，许倩一个转身，扎着马尾的橡皮筋顺着头发滑落。顾随给锅盖上盖子，单手揽住许倩的腰。

"干吗啊？"许倩的语气里有些忙碌时的不耐烦。

顾随洗净手，捡起地上的橡皮筋，拉着许倩给她扎上。许倩偏头一看，"咦"了一声。顾随眯眼冷哼。

厨房里的两个人旁若无人，都没发现在门口偷看的几个人。吴倩都看呆了，说道："我从没见过顾随这么温柔。而且，我完全不知道他会做饭。"

谭欢一笑："你没见过的多了。"

吴倩：扎心了。她嘀咕着："不看了，不看了。"

吴倩说完就直起身，结果差点儿撞到江琳雅。江琳雅回过神，脸色难看，正想发火，但看到不远处的镜头，又把情绪压了下去。

"哎，这么点儿事怎么看起来就像要发火啊？有什么大不了的？"吴倩见状，瞬间把到嘴边的道歉咽了回去。

夕阳落下，天色渐暗。客栈里亮起了橘色的灯，还有琉璃彩灯，氛围感十足。那位吉他小哥推门进来，愣了一下。

吴倩笑着喊道："小星星，我们今晚吃牛排大餐。"

这位小哥名叫李星，所以大家都喊他"小星星"。他放下吉他，说道："那我来得正好。"说着，他一抬眼便看到顾随端着沙拉从厨房里出来。

顾随的目光正好扫过来，压迫感也紧随而来。李星立即点点头，顾随也点点头，放下沙拉。梁桥立即招呼李星和吴倩过去坐下。

许倩洗完澡，蓬松着头发走出来。顾随坐在餐桌边，回头牵住许倩的手，把她拉到自己的身边。

许倩一眼看到李星："小星星回来了？"

李星笑笑："嗯，回来了。"

许倩挨着顾随坐下。顾随掰了一小块面包递到她的嘴边，她张嘴咬住。顾随也洗了澡，换了一件白色衬衫，身上带着沐浴露的香味，跟许倩的香味一样。

不一会儿，所有人落座。梁桥坐在餐桌首位，为每个人调了一杯鸡尾酒。随后，吴倩高举酒杯，说道："生活要有仪式感。来，大家举杯，敬我们的明天。"

谭欢一笑，也举杯。许倩笑着附和，其他人陆陆续续地跟上。顾随最后一个端起酒杯，一手撑在许倩的身后，身子往前倾，和其他人碰杯。

满足仪式感后，许倾抿了一口酒，立即对梁桥竖起大拇指："不错。"

顾随也喝了一口酒，几秒后，微挑眉梢："确实可以。"

得到顾随的赞赏，梁桥有些兴奋。

顾随偏头看向许倾，说："我尝一下你的。"

许倾立即把酒杯递给他，顾随没接，低头就着许倾喝过的位置喝了一口，随后说道："你的是青橘酒。"

许倾："你连这都能喝得出来？我也要尝你的。"

顾随挑着眉梢，嘴角含笑，把酒杯递到许倾唇边。许倾抿了一口，接着拧眉思考，觉得有点儿像柠檬，又有点儿像薄荷。顾随看着她，笑而不语。

其他人都看到他们秀恩爱，彼此面面相觑，只觉得这种不经意的秀才可怕，衬托得他们真的像一群"单身狗"。

谭欢撑着下巴，看着他们两个，戏谑地问道："顾先生，顾太太，我问你们一个问题。"

突如其来的话让许倾一愣，顾随转头看向谭欢。许倾说道："你问。"

谭欢笑着问道："你们谁先动心的？"

这个问题问得许倾心头一颤。她下意识地看向顾随，顾随也看着她，彼此不约而同地想起了"心上人"这件事。

很显然，这个答案已经摆在两个人的台面上了。许倾拽了拽顾随的领口，说道："我。"

谭欢一愣，其他人也是一愣。

许倾看向他们，说道："我曾经说过，我有心上人。"

其他人顿时想起许倾在《我们相爱吧》里说过的话，都震惊了。

谭欢立即问道："那为什么你没有一开始就接受他？"

许倾端起酒杯一晃，笑着说道："我跟他婚后三年才再次相遇。但再看到这个男人时，他不再是我记忆中的那个人。于是我把他藏在心里，不想让他被现实污化了。"

谭欢突然看向顾随："那你有没有找过许倾的'心上人'？"

顾随一眯眼眸，半晌后，不情不愿地点头："有。"

吴倩愣了一秒，随即突然爆笑："哈哈哈！好好笑。难怪爷爷发了一条朋友圈说'我孙子真傻'，然后秒删，我都来不及点赞。哈哈哈，顾随你也有今天。找呀找呀找自己，找呀找呀找自己……"

画面感真强。

第十一章

我们是一家人

　　吴倩唱了一会儿，对上顾随阴鸷的眼神，猛地咽了一下口水，收了声，接着抱住许倾的手臂。

　　顾随垂眸："你敢碰她一下？"

　　吴倩下意识地想收回手。许倾却伸手拉住吴倩的手臂，柔声说道："没事，你刚刚唱得挺好听的。"

　　其他人纷纷笑起来，都发现顾随拿许倾一点儿办法都没有。梁桥举着酒杯，说道："我们再来喝一杯。"

　　几个人再次端起酒杯碰杯。

　　吃完晚饭后，梁桥和谭欢收拾桌子，许倾拿着扫帚帮忙打扫，吴倩忙前忙后把碗筷收拾进厨房，江琳雅开了院子里的装饰灯。节目的气氛特别好。

　　几个人收拾完都是一身汗。顾随回房间去接电话，许倾也回房间去洗澡。

　　许倾进门的时候，江琳雅已经洗好澡，穿着一件长外套走出来，看起来蛮居家的。古城进入春季，白天的日头虽然毒辣，晚上却比较凉爽。

　　许倾对江琳雅点点头，拿了一条居家的裙子去洗澡。等她洗完澡出来，外面隐约传来吉他声，应该是小星星在弹吉他。

　　许倾擦着头发开门走出来，就看见顾随站在她房间门口的小阳台上打电话。顾随听到动静，回头看了她一眼。许倾走上前，站在他的身旁。顾随挂了电话，拿过她手里的毛巾，靠在栏杆上给她擦头发。

许倾问道："晚上的牛排好吃吗？"

顾随哼了一声，笑着反问："你做的能不好吃？"

许倾的嘴角勾起来："顾总喜欢就好。"

"顾太太喜欢我做的沙拉吗？"

许倾："一般吧。"

顾随的嘴角也勾起来："哦，那吃得最多的人是谁？"

"不是我。"许倾立马否认。

顾随轻笑，揉着她的头发问道："这个节目快结束了吧？"

"差不多。"

"嗯。"

院子里传来吉他伴奏和小星星唱民谣的歌声。

"山中的花，山中的草，迎风飘摇，它们在安慰我。

"城里的她，城里的花，鲜艳欲滴，它们称为玫瑰花。"

这首歌被小星星唱出来，有点儿像暗恋的感觉。许倾觉得挺好听的。她听得入了迷，连头顶那只手的动作停下了都不知道，直到男人俯身在她的脖颈上舔吻才反应过来。下一秒，她看到顾随抬起手挥了一下，随即摄像师们立马关了摄像机，跑了个干净。

顾随搂着她的腰，吻着她的脖颈。许倾"唔"了一声，被推到墙上。他低头堵住她的嘴唇，紧紧地搂着她的腰。

歌声又飘了过来。

许倾的身子微颤。她柔弱无力地攀在他的肩膀上，低声说道："我们去你的房间。"

顾随垂眸，正准备把她抱起来，却听到吴倩的声音传了过来："喂，你们是不是在小阳台上？我怎么看到你们了？倾倾，顾随，快过来。我们要跳舞，一起……啊！"

吴倩突然看到一只纤细白皙的手搭上栏杆，似隐忍般张开又握起，接着一只骨节分明的大手覆上那只手的手背，随后那只纤细白皙的手翻转为掌心朝上，与那只大手十指紧扣。

那可是阳台啊。他们在那里干什么？

吴倩急了，大喊："倾倾，倾倾……"

阳台上，顾随被吴倩叫得烦躁无比，咬着许倾的耳垂低低地骂了一声。见吴倩把男人的脏话都逼出来了，许倾没忍住笑出了声，搂着顾随的肩膀靠在他的怀里。

顾随烦躁地说道:"想打死她。"

许倾看着他的眼睛。顾随捏起她的下巴,说道:"就她这样的,我能爱上?你当初误会太大了。"

许倾:"多可爱的女孩儿。"

顾随:"消受不起。"

许倾静默了两秒,站直身子,说道:"走吧,去看看他们跳什么舞。何况我还没下班呢。"这个时候去干私事不太好。

顾随也站直身子,抬手在她的嘴角抹了几下。许倾拉着他的手,转身走出小阳台,又说道:"毛巾。"

顾随回身捞起毛巾,随手挂在一旁的架子上。许倾拉着顾随一路来到前院。

吴倩看到他们,眼睛一亮,正想说话,却对上顾随阴冷的眼神,瞬间默默地转身,几秒后才回去拉住许倾的手,说道:"走走走,大家都在等你们。"

果然,竹林边的空地上,谭欢、梁桥、江琳雅都坐在那里。小星星抱着吉他坐在一旁。

摄像师看到许倾和顾随来了,将摄像机镜头转向他们,又看了顾随一眼,见顾随没有反对才开始拍摄。

三个人落座。梁桥笑着起身,说道:"我给大家打一组泰拳。"

"好。"吴倩捧场地鼓掌。

李星调试好吉他,开始了磅礴大气的配乐。梁桥开始打拳,竟有模有样的,看起来就很帅。其他人纷纷鼓掌。

梁桥表演完后,谭欢笑着拉吴倩:"你去。你安排的,你也跳。"

吴倩缩着身子:"我不去,我啥也不会。"

两个人拉扯间,李星又开始唱歌。歌声低沉,很好听。

这时,江琳雅起身脱下外套,露出里面的红色吊带长裙。霎时,所有人都看着她,除了顾随。

顾随正在低头按手机,漫不经心中透着少许的不耐烦——要不是许倾要来,他早走了。

吴倩停下跟谭欢的拉扯,"哦"了一声:"江琳雅,你早有准备啊,穿这么好看?"

江琳雅不经意地扫了一眼许倾那边,也不知道在看谁。她说:"没有。我本来穿家居服的，后来怕你们还要继续玩，所以就换了。"

"哦，是吗？"吴倩点点头。

谭欢和梁桥也安静地看着江琳雅。许倩靠在顾随的怀里，眯了眯眼。

不一会儿，李星开唱，江琳雅开跳。江琳雅跳的是古典舞，穿这条裙子确实合适，跳起来很美，特别有感觉。

许倩不得不承认，江琳雅演技好，连跳舞都比常人好看。她转头看了一眼搂着自己的男人，结果这个男人还在看手机。她凑过去扫了一眼，只见他的手机屏幕上全是英文。

许倩：打扰了。她收回视线，再次看向江琳雅。

江琳雅一舞完毕，站稳身子，微微喘气，又往许倩那边看去，低头时失落从眼眸里溢出来。

谭欢、梁桥和李星毫不吝啬地给了江琳雅掌声。吴倩不情不愿地拍着手。江琳雅扯唇一笑，重新坐下。

许倩也跟着鼓掌，毕竟人家确实跳得好。然而她一鼓掌，其他人都看向她。许倩鼓掌的动作微微顿了顿。吴倩指着许倩说："你也得跳。"

许倩："我不跳。"

吴倩："黎城电视台的春晚上，你跳得那么好。快快快，你也跳。"

"就是，我们都看过你跳舞。"谭欢立即附和。

吴倩想上前拉许倩，但碍于顾随在，又不敢。顾随终于抬起头，看着怀里的女人挑了一下眉。

谭欢坐在许倩的旁边。她直接去拉许倩，许倩就这么被拉了起来。顾随的臂弯突然一空。他眯起眼，来了兴趣。

许倩这会儿穿的裙子很居家，根本不适合跳舞。但她见大家都这么有兴致，而李星又开始弹奏，无奈地一笑，直接将裙子往上拉了一些，露出白皙的长腿。

顾随见状，顿时脸色一变，用眼神警告她。

吴倩却非常兴奋："哇，倩倩你的腿好长好白……"话没说完，她就被顾随一脚踹趴在了地上，吃了一嘴的草。

吴倩：说好的不打女人呢？

"顾随！"

这突如其来的一脚把全场的人都惊呆了。许倩第一个反应过来，也最敢反应，立马上前弯腰扶起了吴倩。

吴倩"呸呸呸"几下，把嘴里的草吐出来，紧接着两手一伸抱住许倾的腰，扯着嗓子号叫："呜呜呜呜，倾倾，倾倾，我摔得好疼啊！他不是人，你打死他。呜呜呜……"她的头上还顶着好几根草。

　　许倾拍着吴倩的后背，猛地看向顾随。顾随还维持着刚刚的姿势，一只手搭在屈起的膝盖上，一只手撑在草地上，一条长腿放直，透着几分浪荡。

　　他抿紧薄唇，看了一眼许倾，随即有些心虚地俯身过来，想要伸手去拉许倾的裙子，却听"啪"的一声，他被许倾打掉了手。

　　顾随陡然抬起眼皮，隐藏在眼中的狠意跃了上来，狠狠地跟许倾对视，眼里全是警告。

　　你敢这么跳？你敢？！

　　许倾毫不示弱。吴倩本来在许倾的怀里干号，一扭头对上顾随的眼睛，号叫声戛然而止，讪讪地收回视线，继续抱着许倾哼哼唧唧，好似很痛的样子。

　　至于其他人，压根儿就不敢出声，只能看着许倾和顾随僵持，都觉得这气氛实在吓人。

　　几秒后，许倾偏头对李星说："给我弹一首快节奏的曲子。"

　　大家瞬间意识到许倾要跟顾随杠到底，默默感叹许倾太勇敢了。果然，下一秒就见顾随敛下眼眸，慢条斯理地起身，拍掉手掌上的草屑。

　　沉默下来的男人更可怕。吴倩瑟瑟发抖，觉得此时讲不了义气了，连滚带爬地离开许倾的怀抱，跑了。

　　顾随来到许倾的面前，准备把许倾抱起来直接带走。结果就在大家以为这场战役终究会是顾随取胜的时候，许倾一把抓住男人的手腕，压低声音，带着几分诱惑，问道："我说我这支舞是跳给你看的，你信吗？"

　　顾随的动作一顿。他定定地看着自家老婆，微眯眼眸。

　　许倾继续说道："专门给你跳的，你都不要。"

　　顾随的内心出现了一丝动摇。

　　许倾偏过头："那算了。"她一脸的漫不经心，顾随却渐渐动心。

　　许倾摊手："那你抱吧。反正过了这个村就没有这个店了。"

　　顾随犹豫了一秒，总算出声："回家跳。"

　　许倾冷笑："不跳。"

　　顾随咬紧了牙，又过了将近一分钟，才说道："你跳，把裙子拉下来一点儿。"

　　说完，他坐了回去，向一旁的工作人员要了一支烟。工作人员问他需不需要打火机，他摇头，只是将手臂搭在膝盖上，把玩着那支烟。

许倾笑了笑，站直身子，将已经垂落的裙子又拉起来一些，不过这次没有刚才拉得那么高，只是隐约可见她穿了黑色的安全裤。

她站到草地的中间，拍了拍手。这一拍手，其他人才猛地回神，紧接着吴倩爆发出尖叫声，还假意地吹了一声口哨。

"啊啊啊！倾倾，你可真棒，战胜了恶势力。"

其他人也笑起来，纷纷给许倾鼓掌——三言两语就让顾随妥协，真牛。

不管许倾说的跳给顾随看到底是真还是假，反正此时她成功了。这个男人哟……被老婆诱惑一下就没了三魂六魄，真是……哈哈哈。

李星咳了一声，开始弹快节奏的曲子。

许倾随着伴奏跳起了恰恰舞。这也是她把裙子拉起来的原因。她赤脚踩在草地上，每一次跳动都让长腿的线条更加明显更加好看。她一踮脚尖，眉眼弯弯，嘴角含笑。那股热情一下子吸引了在场所有人的目光，让人挪不开眼。

她没有刻意表现，但这么跳就很性感。偏偏她身上的裙子是很普通的颜色、很普通的花色，还是她之前给某个品牌站台的时候买的——当时站台穿的那套最新款要还给品牌方，她就买了销量最差的这款，所以价格是最便宜的。

许倾的裙子自然不能跟江琳雅穿的大牌裙子相比，但许倾跳得让所有人热血沸腾。梁桥起身鼓掌，谭欢跟着节奏轻轻摇摆。李星则看了许倾一眼，咳了一声，移开了视线。

吴倩将两手圈在嘴边，不停地大喊："倾倾，我给你加油！啊啊啊！跳得太好了，太好了！么么哒！我爱你，倾倾！"

许倾笑着跳转，眼眸看着顾随。顾随也看着她，眼眸里火光跳跃，克制地捏了捏烟。

"啊啊啊！倾倾，你好棒！你嫁给我吧——"

闻言，顾随偏头看了一眼吴倩。吴倩陡然闭嘴，往旁边挪了挪，拿起手机对着许倾猛拍。

一曲完毕，音乐声一停，许倾一个旋转直接跳落在顾随的怀里。顾随伸手搂住她的腰，放下长腿，让她坐着。许倾气喘吁吁地抬头，顾随偏头看着她，彼此对视。他收拢了掌心，把她抱得更紧了。

其他人"啪啪啪"地开始鼓掌。

这时，谭欢笑着站起来，说道："被许倾勾起瘾了，我也来跳。"

许倾立即起哄："跳，跳。"

吴倩拍手："跳一个，跳一个。"

"我不太会，你们别笑我。"谭欢说完，突然翻了一个跟斗。

所有人都愣了，不敢相信这是知性美女谭欢。紧接着李星调整了节奏，谭欢也跟着他的节奏跳得时快时慢。慢慢地，所有人都看出了她跳的舞——

这是一支剑舞，谭欢的手一直虚握着。

"哇，太棒了。欢姐姐，你跳得真好——"吴倩十分捧场。

江琳雅坐在一旁面无表情，本以为自己那支舞已经很出色了，却没想到一舞比一舞出色，到最后没有人记得她跳的那支舞。

录制结束时，大家都意犹未尽，连摄像组都意犹未尽。

几个摄像师互相看彼此拍摄的成果，心里美滋滋的。《休闲时光》录了这么多季，口碑一直很稳定，却没有真正大爆过。这次机会终于来了。

许倾跳出了一身汗，收拾完院子后回房间去拿睡衣。她一进门就发现江琳雅又洗了一次澡，正靠在床上。

许倾看了一眼摄像机，走上前关掉，随后拿出衣柜里的睡衣，对江琳雅说："我今晚不回来。你关好窗户。"

江琳雅翻剧本的手一顿。她"哦"了一声。

许倾拿起睡衣正要出门，江琳雅突然出声说道："今晚……"

许倾停下，回头看江琳雅。江琳雅也看着许倾，道："你跟顾先生不是夫妻吗？既然已婚了，你在别的男人面前拉起裙子来，不太好吧？"

许倾一愣，眯了眯眼。

江琳雅继续道："何况顾先生让你不要那样，你也不听他的，以后让观众怎么想？"

江琳雅的表情看起来很困惑，说出的话却让许倾觉得极其刺耳。许倾抬高下巴盯着江琳雅，冷冷地说道："在已婚男人面前穿吊带裙跳舞的又是谁？"

江琳雅一愣，接着脸色微变，不知是心虚还是什么，最后恼羞成怒："我是一名演员，拍吻戏碰到已婚男演员也得拍。"

许倾两手抱胸："哦，你是演员。难道我不是？"

江琳雅紧紧捏着剧本，半天没有吭声。

许倾接着说道："何况我还穿了安全裤，就跟短裤一样。至于你有没有在吊带裙里穿安全裤，那就不得而知了。"

江琳雅猛地指着许倾："你！"

许倾微微一笑："就算不是演员，女人们也有权利展现自己的美。管好你自己吧。"

江琳雅的脸色青一阵白一阵。因为许倾揭露了她心底隐秘的意图，后面这话又间接在说她性别歧视。许倾说完，转身一把拉开门走了出去。

这个时候大部分的摄像机都关了，走廊里的摄像机也关了。许倾来到走廊尽头的那间房门口，屈指敲门。

房里传出男人低沉的声音："进来。"

许倾推开门走进去，发现顾随已经洗好澡，穿着黑色的睡衣坐在书桌后看笔记本电脑。他一手支着下巴，一手握着鼠标，金丝边眼镜给他添了几分禁欲感。

他勾了勾嘴角："过来。"

许倾推开浴室门，说："我先洗个澡。"

顾随房间里的浴室比许倾房间的要大一些，装修也更大气。洗手台上摆着许倾经常用的品牌的洗护用品，还没拆封，看样子是给她准备的。

许倾笑笑，拿起瓶瓶罐罐看了看，随后拆封，接着打开花洒开始洗澡。十几分钟后，她推开浴室门走出去。

房里的光线暗了一些，摄像机也早就被关掉了。顾随依旧支着下巴在看笔记本电脑，神情专注。许倾走过去，靠在桌子旁看着他。顾随偏头，抬起眼皮，几秒后伸手搂住她的腰，把她往自己的大腿上带。

许倾跌坐在他的大腿上，长腿一分，换了一个姿势。顾随合上笔记本，含笑看着她。几秒后，他取下眼镜放在一旁，按着许倾的脖颈，堵住她的嘴唇，与她舌尖勾缠。

窗外的院子里，青草迎风飘摇。

三个小时后，许倾趴在顾随的怀里昏昏欲睡。顾随垂眸，亲吻她的鼻尖："不回去睡了吧？"

许倾在他的怀里点头："嗯。"

"那今晚陪我了。"

许倾："好。"

顾随看她这么乖，心满意足地又亲吻了几下她的嘴角。

又过了一会儿，许倾睡着了。顾随拿着手机，不小心点进朋友圈，随意看了一眼，却发现朋友圈被吴倩刷屏了。吴倩今晚发了好多条朋友圈动态，从尖叫到告白都有。

吴倩："啊啊啊！倾倾跳舞真好看。"

吴倩："倾倾的腰真细。"

吴倩："没有文化的我，只能说许倾好美。"

吴倩："倾倾，我爱你。"

许倾还给吴倩点了赞。

顾随眯了眯眼，找到陈顺的微信，编辑信息。

顾随："你一个晚上都在干吗？"

陈助理："老板，我在跟欢颜的董事开会啊。"

顾随："忙到没时间看朋友圈？"

陈助理；"那倒也不是，偶尔有空会看。"

顾随："看到吴倩的朋友圈动态没有？"

陈助理："没有。"

顾随："呵。"

他摁灭手机，放到床头柜上。许倾在他的怀里动了一下。他立即亲吻她的额头，安抚她，哄她。

不一会儿，男人伸手关了床头灯，揽着怀里的女人躺下。月光透过落地窗照进来，银色的光像上等的银饰，挂满了整个房间。

第二天节目组的工作人员上班后，尽职尽责地来到走廊拍摄客栈的晨起。走廊里静悄悄的，几间房间都没开门。几个摄像师分了豆浆油条，一边吃一边等。

不一会儿，靠外的那间房间的门打开，江琳雅扎着头发出来，走向客厅。她今天涂了厚厚的粉底，像是要遮住什么似的，眼下隐约可见黑眼圈。

摄像师把镜头对准那扇门，想等着许倾出来。结果这时，最里面的那扇房门打开，却见许倾穿着睡裙、披着一件男款的西装外套走出来。她打着哈欠，看了摄像师一眼，点点头，随后穿过走廊，走进自己的那间房间。

摄像师嘴里咬着油条，愣了一会儿，等反应过来，忙吸着口水把油条咬住，免得掉在地上，接着转动摄像机。

透过镜头，隐约可见许倾脖颈后的吻痕。可惜下一秒，门就被关上了。

许倾回到房里，又打了几个哈欠，趴在自己的床上闭目养神了一会儿，但因为还要录制节目，也不能待太久。她昨晚睡得挺好，可就是因为睡得太好太沉了，早上才把闹钟按掉又继续睡了过去。换成平时的这个时候，她早就起来了。

过了一会儿，她挣扎着起来，进浴室又洗了澡才出来。不过因为身上的吻痕太多，需要好好遮盖，所以耽误了一点儿时间——毕竟到处都是摄像头，她可不敢马虎。

许倾穿好衣服出去时，谭欢已经做好了早餐。今天的早餐是西式早餐，搭配浓郁的手工咖啡。满屋的咖啡香味，唤醒一天的精神。

许倾一出来，其他人就都看着她，嘴角带着若有似无的笑意。

吴倩一把抓住许倾的手臂，小声地问："听说你昨晚不是在自己的房里睡的？"

许倾笑笑，没应。吴倩"哼"了一声，坐在许倾的旁边，把三明治挪过来，推到许倾的跟前。

谭欢"啧啧"两声："许倾昨晚睡得好吗？"

许倾含笑："很好。"

梁桥也笑起来，带着调侃的表情。但很快，他们就稍微收敛了表情，看了一眼许倾的身后。许倾咬着三明治转头，看到顾随穿着黑色的衬衫、长裤，正在打电话。

男人身高腿长，气势强盛，即使离餐厅还有七八步的距离，那存在感也是极强的。

挂断电话后，他才走过来，拉开许倾身边的椅子坐下，端起许倾刚刚喝过的咖啡喝了一口，低声道："我要乘下午的飞机。早上你们有什么安排？"

"顾先生这么快就要回去了？"谭欢把另一份三明治推给他。

顾随说了一句"谢谢"，随后说道："嗯，公司事情多。"

"哦。"

李星也说："我今天也要走了。"

梁桥看着平板电脑说道："那正好下午有两个新客人住进来。"

顾随说道："我的那间房间，我会安排人收拾，你们不用管了。"

这话一说出口，谭欢几个人一愣，面面相觑，随后看向许倾，满眼都是揶揄。许倾耳根微红，在桌子底下踢了顾随一脚。

此地无银三百两啊。

顾随抬眼看了她一眼，嘴角含笑。他怎么会不知道这些人的心思？餐桌上的人你看我，我看你，那表情逃不过他的眼睛，但他就是故意要那么说的。

他拿起纸巾给许倾擦掉嘴角的咖啡渍。

吃过早餐，众人要去赶集，还要卖慈善产品筹集善款。除了李星不去，其他人都去。同样分成两队，各自专门负责买东西和卖慈善产品。

许倩作为主厨，当然是买东西。顾随为了陪老婆，也选了买东西。谭欢安排梁桥跟许倩他们一起，这样可以帮忙提东西。吴倩不肯，叫嚣着自己也可以提东西。

顾随一个眼刀扫过去。吴倩坐到沙发上，抱着抱枕赌气："倩倩，倩倩，就让我跟你们一起吧。"

顾随："呵。"

吴倩才不看顾随，就看着许倩噘嘴撒娇，什么表情都做。许倩被逗笑了，走上前拉起吴倩的手。

顾随下颌紧了几分："许倩。"

许倩回头看了他一眼："我带上吴倩，怎么了？"

顾随眯眼，许倩微抬下巴。

顾随不敢不从，从茶几上拿起手机，接着揽着许倩的腰直接把她带出门，并且甩了一句话给吴倩："跟上。"

吴倩立马放下抱枕追上去，从另一边抱住许倩的手臂，一副卿卿我我的样子，像一只小猫咪。

梁桥和谭欢都看笑了，摇摇头。随后谭欢看到一旁的江琳雅，顿了顿，笑着说道："走吧，琳雅。"

江琳雅点点头："好。"

谭欢挽上江琳雅的手臂，才突然发现江琳雅今天很低调。她看了江琳雅一眼，而后收回视线，接着笑着说道："走走，出门。"

梁桥转身锁门，也跟上她们的脚步。

古城的赶集很有意思，又因为古城是旅游城市，所以任何时候出门都会有特别多的人。

去市场赶集得乘坐环城公交。顾随戴着金丝边眼镜，穿着黑色衬衫、长裤，站在公交站，因气势过于强盛而引人注目。许倩戴着墨镜站在他的旁边，都能感觉到周围女生的目光。有些路人从他们的身边走过时，甚至还举着手机，明显是在拍顾随，不过很快就被顾随的保镖拦下并删除了照片。

好在公交车终于来了。看着人挤人的公交车，顾随微挑眉梢。许倩看了他一眼，低声问道："行不行？"

顾随垂眸看她，扯着嘴角："你问哪个行不行？"

许倩顿时无语。而吴倩适应得极快，已经跟一只小猴子一样挤上车，并且站在门口招手："上来啊。快点儿，快点儿……"

跟拍的摄像师也挤上了车。他们两个人便不好再磨蹭。许倾拉着顾随上车，心想跟这个天之骄子出门就是麻烦，前两天跟吴倩轻轻松松就挤上了车，这次还要考虑他的心情，也不知道他习不习惯。

这是一辆双层公交车。由于一层拥挤，很多人开始往二层走，尤其是游客，选择这条公交线路就是为了坐在二层看古城的景色。

于是一层的人慢慢地减少。摄像师和许倾几个人都站着。吴倩挤到许倾的身边，一把抱住许倾的手臂，牢牢地靠在她的身边。

顾随刚刚被人流冲了一下，这会儿靠在旁边的栏杆上，领口微敞，锁骨微露，眉心微拧，一丝烦躁隐在眉宇间。可即便这样他也很吸引人，引得不少人看着他。

他和许倾中间隔着两个人，但他们还牵着手。他拽了几下，没把许倾拽过来，抬起眼皮一看，就看到吴倩像一只树懒一样紧紧地抱着许倾。

顾随顿时一咬牙根儿。

等公交车行驶得稍微平稳一些，顾随站直身子，拨开身旁的人，走到许倾的身侧。许倾抬起头，看了他一眼。

顾随单手撑在许倾头顶上方的栏杆上，另一只手揽着她的腰，把她往怀里带。许倾往顾随的胸膛靠去，吴倩也要跟着一块儿。但下一秒，吴倩就感觉到头顶冷飕飕的视线，一抬眼就对上顾随如墨的眼眸，冷漠，且带着无声的威胁。

吴倩瞬间感觉脊背一凉，正想说话，公交车却突然一个急刹车。不少人因为惯性往前冲。吴倩因为靠在许倾的身上，此时感到一阵失重，下意识地伸手抱住了面前的栏杆，身子摇晃了两下。

她再抬起头时，就见顾随搂着许倾，靠在车厢后部靠窗的地方。许倾的后背贴着窗户。顾随撑在她的面前，一只手虚虚地揽着许倾的腰。两个人身边再无别的人。

吴倩站稳身子走过去，却发现许倾被顾随挡了个严实，完全看不到身影了。她气得要命，跺了两下脚。

顾随听见动静，在心底冷笑。许倾突然抬头，抱着手臂看他："你幼稚不幼稚？"

顾随眯眼："哪儿？"

许倾冷笑，想要往吴倩的身边走。顾随却伸出长腿抵住许倾，低声问道："这儿人那么多，你想要我在这里吻你？"接着，他又敷衍地说道，"她死不了，没必要跟孩子似的护着她。"

吴倩全听到了，在心里张牙舞爪。她觉得这个男人以前对她就这么无情，自己居然还喜欢过他？简直不可理喻。她回到原地，靠着栏杆。

他们很快就到了市场。车子停下，人流下车。顾随让开了一些，牵着许倾的手转身。吴倩立即上前牵住许倾的另一只手。

许倾笑着看向吴倩："不生气了？"

吴倩叹气："不生气了。他在吃醋罢了。"

许倾疑惑：吃谁的醋？

吴倩不敢跟许倾说，自己其实没什么交情好到可以谈心的女性朋友。她以前大部分时间都在追着顾随跑，但是顾随压根儿不搭理她。后来她找上许倾，跟许倾聊了很多。许倾的亲切让她安心，甚至让她产生了些依赖心理。所以她喜欢跟许倾待在一起。顾随这种男人是不会理解的。

市场里有很多小商贩，买东西的人也很多。三个人加摄像师去买菜，身边都是擦肩而过的路人。这边的市场还维持着收现金的习惯，节目组给的资金也是现金。

许倾已经把要买的东西都记在纸上了。顾随牵着她，眼眸扫视着这个市场。许倾正跟吴倩讨论等会儿怎么砍价。吴倩突然看到有卖糯米糍粑的摊贩，立即跑过去给许倾买——上次许倾就喜欢吃这个。

许倾一愣，随即笑了。顾随垂眸看她："你喜欢吃这个？"

"嗯。"

顾随有些酸："哦，她知道，我不知道。"

许倾：你可闭嘴吧。

"你还喜欢吃什么？我给你买。"他扫了一眼周围的店铺，从记忆里搜寻许倾喜欢的小零食，正巧看到前面有卖冰糖葫芦的小贩。

眼看吴倩买好糯米糍粑要走回来，顾随牵着许倾就往前走，来到冰糖葫芦的摊前，抬手说："要一串。"

许倾见状，笑着问道："你怎么知道我喜欢吃这个？"

顾随偏头看她，说："我就是知道。"

许倾顿时耳根微红。

这时，几个人从许倾的身边走过，似乎不经意地撞了一下许倾的肩膀，但力气还蛮大的，撞得许倾跟跄了一下，跌到顾随的怀里。

顾随揽着她的腰，立即抬眼看向那几个人，下意识地眯眼。

藏在附近的保镖见状就要出来。许倾猛地摸了一下裤袋，惊呼："钱！

我放在口袋里的钱不见了。"她简直不敢相信，这辈子会碰见擦肩而过偷钱的小偷。

顾随扶正她的身子，微抬下巴，稍微示意，于是就见四个保镖毫不犹豫地追了过去。那五个人也下意识地要逃跑，但很快其中四人就被保镖分别扭住手臂，压制在地上。

还有一个人趁机挣脱想跑，顾随见状，松开许倾，捞起旁边摊贩的木质小椅子，扬手一扔，正好砸中那个人的后背。

"砰"的一声，那人趴在地上，小椅子也落了地。四周响起了掌声。那人却挣扎着想要起来，顾随立马上前一脚踩在对方的背上。

"啊——"凄惨的叫声响彻整个市场。

顾随指着摄像师："打电话报警。"

"哎，好的。"摄像师立即打电话。

许倾走上前。顾随抬脚踹了一下那个人，狠声说道："钱！"

那人摸摸索索地从口袋里掏出了一大把现金和几部手机——全藏在他套的内袋里。见状，周围所有人都震惊了。

"偷了不少啊。"

"这些人是惯犯。"

"这位先生做了好事啊！"

"哇！刚刚那一下真帅，他怎么能扔得那么准？"

"咦？这个女的好像是一个女演员。"

"没看到有人在拍摄吗？这肯定是什么节目吧。我们会不会上电视啊？"

吴倩挡在许倾的面前，手里还捧着糯米糍粑，愤愤地说："这些人太垃圾了，把他们抓去坐牢吧！"

顾随看了一眼许倾，见她嘴角微勾，眉眼弯弯，眼里带着光，突然感到心脏猛地一跳，觉得此刻的她很美。他不知道，许倾也觉得此刻的他很帅。

很快警察就来了，把这五个人抓走了。许倾他们还要继续录制节目，顾随便让保镖跟去处理。

随后，顾随走回冰糖葫芦的摊子前，拿下一串冰糖葫芦，拆了外面的糖纸，递给许倾。许倾咬了一口，然后钩住顾随的手臂继续往前走。顾随垂眸看她，嘴角含笑，眼里全是温柔。

旁边的吴倩完全成了灯泡。她撇撇嘴，叉了一口糯米糍粑吃，倒是没再过去打扰他们，而是跑去跟摄像师聊天，还想要扛一扛机器，吓得摄像师跑得飞快。

许倾突然想到一件事："刚刚你走开后，吴倩挡在我的面前。她这是在保护我吗？"

顾随没应，看了一眼前方追着摄像师跑的女孩儿，微眯眼眸。想了想，他说："我回头谢谢她。"

许倾笑着说道："你别踹她就好了。"

等他们逛完市场，返回客栈，顾随的保镖已经把小偷的事情处理好了。

中午，许倾简单地做了一顿饭。顾随要赶下午三点半的航班，所以一点就得出发。许倾到门口送他。

黑色的轿车停在客栈外，保镖戴着墨镜等在车旁。顾随把行李递给保镖，看了许倾一眼，接着低头堵住她的嘴唇。许倾揽住他的脖颈，微探舌尖。

这两天其实跟做梦一样。在一个陌生的城市里，两个人以夫妻的身份相处。周围每个人都在她的身上贴上了"顾太太"的标签。

这感觉还真奇妙，也很烫心。

顾随低声问道："回了黎城，我们是不是该住到一起了？"

许倾舔了一下嘴角，看着他，半响后才点点头："嗯。"

顾随扬起眉梢："住哪儿？"

"我家。"

顾随沉吟了几秒："也行。"

随后两个人又腻歪了一会儿，许倾才推着顾随让他走。男人站直身子，穿上外套，那股子气势瞬间变得更强。他深深地看了她一眼，随后走向黑色轿车，弯腰坐了进去。

许倾站在原地，目送车子开走，直到看不见车子的踪影才转身走回去。这时，吴倩从旁边窜出来，拉着许倾说："还有我陪你啊！"

许倾看了她一眼："你先缴房费。"

吴倩：讨厌，庸俗，肤浅。

许倾忍着笑推开门。口袋里的手机突然响起来。她拿出来一看，是陈助理发来的微信消息。

陈助理："老板非要让我追吴小姐。许倾，你管管他。求求你了。"

许倾一愣，下意识地抬头看向旁边的吴倩。而吴倩瞪着一双大眼睛也正看着许倾。两个人对视了几秒。吴倩一转眼珠子，扫了许倾的手机屏幕一眼。许倾下意识地摁灭了手机，但已经来不及了。

吴倩露出满脸的震惊，松开许倾，拿出手机，不知拨打了谁的电话。

那头的人接了。吴倩叉着腰大喊："我是吴家小姐，你是配不上我的。还追我？笑死了。让你的老板歇了心思，你最好也歇了心思。"

许倾挑眉，低头又看了一遍聊天记录。这是给陈助理打的电话？

陈助理在电话那头不知说了什么。吴倩用手点着空气，像是在教育人似的："你听着！你绝对不能起心思。你是绝对追不上我的，我也绝对不会嫁给凡夫俗子。"

陈助理抵了几下眼镜，沉默了几秒才说："吴小姐，你放心。"

"你记住自己说的。"吴倩狠狠地说。

陈助理："好。"

几秒后，吴倩又说道："你的老板真不是人。"

陈助理在心里同意，但表面不说。

随后，吴倩狠狠地挂了电话，转头看许倾。许倾咳了一声，上前揽着她的肩膀说："我会跟顾随说的。不过……我觉得陈助理挺好的。"

吴倩"喊"了一声。那个人好？他明明是个"白切黑"。她跟陈顺联系的次数其实比顾随更多，因为顾随对她爱搭不理的时候，都是陈顺在搭理她。

他追什么追？他还让许倾管管顾随？她吴倩很差吗？

许倾又看了吴倩一眼，觉得吴倩虽然表现得不明显，但还是对陈顺不想追自己的事感到愤怒，所以才会打电话去先发制人。手机又"嘀嘀"响了两声。许倾知道肯定是陈助理发来的，于是没立即拿出来看，而是推开了客栈的门，和吴倩一起进了屋。

谭欢和江琳雅正坐在沙发上看电视，梁桥去接新的客人了。吴倩抓抓头发，一溜烟儿跑过去坐在谭欢的身侧，抱住谭欢的手臂。

"这个人最后死了。"吴倩在那里剧透。

谭欢无语地看了吴倩一眼。许倾见吴倩恢复了精神，笑着走向餐厅，拿出手机。

陈助理："许倾？老板娘，你就这么对我？"

许倾："抱歉。刚刚我跟吴倩正在一起，不小心让她瞄到了。"

陈助理："麻烦你，一定要跟老板说。"

许倾："吴倩不好吗？"

陈助理："什么？？？"

许倾无奈地拉了椅子坐下，看了一眼时间，想着顾随应该还没登机，就直接拨了电话过去。

男人很快接起电话："嗯？刚走就想我了？"

许倾冷哼："爱情这东西能强求吗？"

顾随："可能可以？"

许倾："你滚。"

顾随沉默了一秒，问她："是因为陈顺吧？陈顺找你了？呵。"

"你呵谁？"

顾随怂了："我自己。"

许倾："都什么时候了，还包办婚姻呢？再说了，他给你打工本来就很辛苦了，你却连他的爱情都要干涉，让他追自己不喜欢的人？"

顾随眯眼，半晌说道："哦，你对他挺好的。"

许倾不吭声了。顾随看了一眼窗外，随后说道："听你的。"

许倾："那挂了。"

"不说点儿别的？"顾随问。

许倾："注意安全。"

顾随："嗯。"

两个人才分开，却都有些想对方了。挂了电话后，许倾想了想，又发了一条微信消息给顾随。

许倾："你可别去怪陈助理。"

那头，顾随看到这条信息，扯了扯嘴角。他已经用另外一部手机点开了陈顺的号码，此时却又收回了手。

陈顺，算你好运。

不一会儿，梁桥接回来两名新客人。新的客栈生活开始了，而《休闲时光》的录制也差不多接近了尾声。

没过多久，有人来收拾顾随住的那间房间。许倾去监工，谭欢也一起。然后两个人发现房间里的书桌上压着一张支票，支票下还有一张纸。

男人用苍劲有力的笔迹写了一句话："以我的老婆许倾的名义捐款三千万元。"

谭欢一愣，接着捂嘴看向许倾："你的老公捐的？"

许倾一愣，上前拿起支票数了一下，果然好多个零。她笑了笑，把支票递给谭欢。谭欢顿时连眉眼都笑开了。

这可是好大一笔财富。就冲这笔钱，这节目不爆都不行。

谭欢"啧啧"两声："这是我们做了这么多季，收到的最多的一笔善款。"

许倾微笑，心里也挺开心的。做好事都能让人开心。

收拾好房间，许倾和谭欢一到客厅，谭欢就宣布了这件事。

梁桥震惊之余站起身，伸手接过支票："让我看看真假。哇，是真的！三千万元！我们做了几季下来都没这么多吧？"

谭欢："你做梦呢？一百万元都没有。"

许倾："这么穷？"

谭欢看着许倾说道："是真的，毕竟客栈除了收入还有支出啊。而且我们做慈善的产品都很普通，面向的也都是普通人，所以很难筹集到多少钱。你老公的这三千万元，公司那边也不知道收不收，还得问问。"

许倾点点头。吴倩扒拉着抱枕站起来说道："收！干吗不收？顾随很有钱的，别跟他客气。三千万元还少了呢，至少得捐一亿元。"

谭欢顿时哈哈大笑："那你去跟他讨啊。"

吴倩瞬间闭嘴，然后看向许倾："你去吧。"

许倾忍着笑："我不去。"

吴倩扔了抱枕，抱住许倾的手臂，凑到许倾的身边说道："你现在是他的老婆，他的钱你也有份儿的。倾倾，你是富婆了。"说到这里，吴倩才真正反应过来，盯着许倾，"你是富婆了！"

许倾无语地推开吴倩的头。两个人闹了一会儿，许倾跟新来的女客人去做饭。

接下来的时间过得很快。《休闲时光》收了三千万元的善款以后，拨了很大一部分钱捐给别的项目——当然，全是用许倾的名义——接着做了详细的表格公布明细，以防后续观众追问善款的去向。

也因为这件事，《休闲时光》的制作组觉得麻烦，给捐款额设了一个上限，最多只接受一百万元的捐款——这都是后话。

半个月后，《休闲时光》正式收官。客栈将由这一片区的村民接手，成为一个新的景点。

吴倩在前两天就先回家了，因为吴先生想女儿了，打电话一直催。而谭欢和梁桥，一个要去东市影视城，一个要去京市。江琳雅则直接往南，去参加《幕后》的路演。《股神》的路演也要开始了，首站在黎城，所以许倾回黎城。

四个人相处了半个多月，多少处出来一些感情。在去机场之前，四个人坐下来以茶代酒，互相碰了一下。

天气进入夏季，街上的行人都穿着短袖。许倾穿着黑色短袖上衣和蓝色牛仔裤，拉着行李箱，戴着墨镜、口罩走进机场。

苏雪本打算过来接许倾，但被拒绝了。欢颜这次动荡，公司内部情况很微妙。苏雪被副总塞了两名艺人，不得不分精力去处理。许倾就不想让苏雪跑这一趟，浪费时间。

顾随直接给许倾升了头等舱，所以许倾一进机场就被人迎去了 VIP 候机室。许倾在候机室里坐下，喝了一口咖啡，打开手机翻看。

昨晚《休闲时光》已经播出了第一期。四位嘉宾到齐，见面打招呼，特别是许倾跟江琳雅对上的那一刻，弹幕评论立即沸腾了。

"节目组这是故意的吗？她们拿着剧本？还是本来气氛就这样？"

"她们本来就有过节儿。正确地说，是江琳雅先挑起的过节儿，给诬陷许倾的博主点赞。"

"说实话，江琳雅有点儿不道德。"

"我感觉江琳雅有点儿端着。你们发现了吗？"

"许倾表现得很好，温柔又不失礼貌，而且主动包揽很多工作。"

吴倩和萧鼓鼓两位小粉丝的登场，瞬间再一次让弹幕炸起来。

"我的妈——节目组太敢了，居然安排粉丝去当客人。"

"不对。这位吴小姐刚刚说什么来着？她替顾随照顾许倾？"

"没错。据说这位吴小姐的父亲跟顾随是好友。"

"不过吴小姐真的很喜欢许倾啊！"

"高冷女王和古灵精怪小妹妹。"

到了节目打电话的环节：

"这样的回答谁顶得住？而且他的声音真的好听。"

"真的好听。我耳朵都要酥麻了。"

"顾随承认他没有安全感！嘤嘤嘤，我能体会到那个感觉。"

"此时我想给许倾贴上几个字：姐就是女王，自信放光芒。"

"那他肯定很爱她，所以才会没有安全感。"

"顾随真帅，声音真好听，是我的新男神。"

"加我一个。"

那他肯定很爱她，所以才会没有安全感。

许倾看着这句话，久久没有回神。没事，她不跑。

她给顾随发微信："……"

顾随："？"

许倾："……"

顾随："？？"

许倾："我登机了。"

顾随发了一条语音信息过来，轻笑一声："好。"

许倾也嘴角含笑，放下手机，起身走向安检口。

这时，手机"嘀嘀"一响。苏雪发了一条微信过来："江琳雅的粉丝组织起来给她接机。你需要吗？我让人组织一下。"

毕竟现在很多人都盯着许倾和江琳雅。节目播出后被议论最多的也是她们两个。

许倾："不需要。我只想回家好好休息。"

苏雪："行。"

关机后，许倾戴上眼罩，一觉睡到黎城。抵达黎城时，夕阳西下，遍地金黄。许倾取了行李箱，拖着行李箱朝出口走去。

熟悉的机场依旧热闹，人来人往。许倾快到接机口时，听见了吵闹的声音。她钩下墨镜往前一看，便看到了举着应援牌的人群。

接机口外全是吵吵闹闹的粉丝。他们还穿着统一的服装，上面印着"倾倾勇敢飞，倾城永相随"——"倾城"是许倾粉丝的自称。

许倾一愣，接着粉丝也看到了她。

"倾倾，倾倾，你来啦。"

"倾倾，欢迎回家。"

许倾始料未及，勾起一丝微笑，正准备走过去，却又脚步微顿。只见顾老爷子举着应援牌，穿着一身练功服，正挤在粉丝的最前头，而且还在挤旁边的两个人。

那是一对中年夫妻。女的穿着一袭碎花长裙，旁边的男人穿着POLO衫（运动衫）。他们也举着应援牌——那是陈想的爸妈。

顾老爷子一边挤，一边道："我来接我的孙媳妇。你们凭什么？"

"我们来接许倾啊！我喜欢这个女孩儿，我是她的粉丝啊！"

顾老爷子胡须微颤："不要脸。"

陈妈妈："也不知道说谁。"

"哎呀！老爷爷，阿姨，你们不要再吵啦——倾倾出来了。我们拿好应援牌啊！"旁边的女粉丝说道。

顾老爷子和陈想的爸妈齐齐抬头往许倾的方向看去。

这一刻，许倾很想遁地逃跑。

"倾倾——"一群粉丝招手。

顾老爷子和陈爸爸、陈妈妈拿着应援牌，笑眯眯地看着许倾。许倾呼出一口气，走上前，瞬间被粉丝们团团围住。

许倾扶住顾老爷子的手臂，喊道："爷爷。"随后，她转头看向陈爸爸、陈妈妈："叔叔、阿姨，下午好。你们不是说下一站要去西藏吗？"

陈妈妈笑着说道："我想了想，还是不去了。先回来住一段时间。"

"哦。"许倾点点头。

顾老爷子哼哼："走了，回家。"他率先走向停在门外的黑色迈巴赫。

许倾只得跟着顾老爷子走，于是朝陈爸爸陈妈妈挥手，顺便也跟粉丝们挥手。粉丝们高兴地举起手机，不停地拍着许倾。

把顾老爷子送进车里后，许倾回头看着陈爸爸陈妈妈，笑着问："叔叔阿姨怎么回去呢？"

陈爸爸笑着拿出车钥匙按了一下，旁边黑色的轿车发出解锁声。许倾瞬间明白，点点头："那你们早点儿回去。注意安全。"

陈妈妈："好的，好的。"许倾已婚了很可惜，但不妨碍她喜欢许倾。

许倾坐进车里后，见陈爸爸陈妈妈也上了车，才松了一口气，看向顾老爷子。

顾老爷子哼哼几声："你很喜欢他们？"

"他们是好人。"许倾笑着说道，接着又说道，"谢谢爷爷来接我。"

顾老爷子点点头："那必须的。"说完，他让司机开车。

路上，顾老爷子说："晚上一起吃饭。你不知道吧？你妈妈可以出院了，就等着你回来安排。"

许倾一愣，喜悦浮上心头。她拿起手机，说道："昨天问她的时候，她没跟我说。"

顾老爷子笑着说道："她要给你个惊喜。"

许倾开心得有些难以自持，拨打了罗素的电话。罗素接了。许倾眼眶微红，问："妈，你可以出院了？"

罗素笑了一下："是啊。"

许倾："我现在立即去找你。"

"哎，好。顾老先生说晚上一起吃饭。"

许倾："嗯。"

车子一路开到医院。许倾直接上楼，一进门就看到罗素扶着轮椅，旁边放着行李箱，萧姨正在收拾东西。

许倾上前一把抱住罗素，像孩子似的问道："姜主任怎么说？还需要复查吗？你现在能放开辅助物吗？"

罗素伸手抱了抱许倾，笑着说道："不行，现在还不能放开。但是可以出院。"

许倾："到我那里去住。"

萧姨起身看着许倾，笑着说道："你妈妈打算跟我一起住。你住的小区，上下楼梯不方便，不适合你妈妈。"

许倾一愣，正想说话，顾老爷子捋着胡须，慢悠悠地说："顾随在蜜林那边买了一套复式小楼，都安排好啦。亲家母和你萧姨过去住。"

许倾看看罗素，又看看萧姨。

萧姨欣慰地低声说道："顾先生实在是太有心了。"说着，她拿出手机，打开一段视频递给许倾。

许倾接过来看。视频里，顾随坐在病床前陪罗素聊天，最后才拿出一本房产证放到罗素的手上，说道："这是许倾给您买的房子。"

罗素一愣，翻开房产证看了一眼，发现上面是自己的名字，接着又看向顾随："这是你买的吧？这几年许倾给我治病，哪里还有多余的钱？"

视频里的男人估计愣住了，半晌后才说："真是许倾买的。"

"顾随，别骗我了，她没有钱。馨月小区的那套房子，她还在缴月供呢。"

顾随顿时就无话可说了。

许倾看得想笑。萧姨笑眯眯地说道："看吧。后来是顾老先生过来劝你妈，你妈妈才肯答应搬过去。不过，你得给房租。"

许倾一听，点点头，又看了一眼视频里的男人。他确实考虑周到，馨月小区上上下下确实不方便，何况罗素现在还不能完全放开辅助物站稳。

最令许倾想不到的是，她不在的时候，这个男人会过来陪母亲。许倾看向罗素："妈，那我跟顾随……"

"你们领证的事情我知道了。你也没跟我说，真是的。"罗素拍了拍许倾的肩膀，有些埋怨。

许倾见母亲这样，心里瞬间松了一口气。她看向顾老爷子，顾老爷子却捋着胡须笑而不语。

也就是说，罗素知道许倾和顾随已经是法律上的夫妻关系，但是不知道两个人一开始是交易，而且是因为她的病才有的交易。

许倾突然万分感动。顾老爷子和顾随，都很好。

不一会儿，司机上来提东西，几个人下楼。今晚他们回顾家吃晚饭，吃过晚饭再把罗素和萧姨送到蜜林。

到了顾家，天色已黑。

许倾拿起手机编辑信息："你什么时候回来？"

顾随："在路上了。你们先吃。"

许倾转头看了一眼餐厅，大家都在等他。许倾按语音键，说道："都等你呢。你是主角啊。"

顾随轻笑："今晚妈才是主角。"

妈？他喊的是罗素？

许倾闻言，脸一红，索性走出去站在门口等。身后传来顾老爷子和母亲聊天的声音，徒增了一丝温馨感。许倾此刻觉得很圆满，这种氛围对她来说已经很久很久没出现过了。

不一会儿，一辆黑色的轿车缓缓开了进来。后座车门被推开，顾随解着衬衫袖口走下来，身形高大挺拔。他抬眼，看到站在门口的女人。灯光明亮的屋檐下，女人穿着露腰的黑色上衣，嘴角含笑，性感和清纯并存。

顾随勾了勾嘴角，走到许倾的跟前，低头看着她。许倾抱着手臂，也仰头看着他。

顾随低头亲了她的嘴角一下，亲完也不退开，贴着她的嘴唇说："老婆，好久不见。"

许倾松开手臂，一把钩住他的脖子："好久不见，顾先生。"

"顾太太。"他笑着站直身子，单手搂着她的腰。

两个人维持着这个姿势。许倾有些贪恋地看着他："最近很忙吗？"

"有点儿。"顾随用掌心揉着她的腰。

"本来想抽空去接机，但没时间，只能让爷爷去。怪我吗？"他又问。

许倾："不怪。毕竟你刚刚捐出三千万元巨款，是要努力赚回来的。"

顾随低笑，突然把她抱起来抵在门上，低头狠狠地堵住她的嘴唇。

许倾"嗯"了一声，钩着他脖子的两只手交握，身子贴在他的身上，肌肤隔着衣服相贴，感受他的滚烫与热烈。

顾随捧着她的脸，在她的脖颈上吻了几下，微喘着说道："特别想你。"

许倾："嗯，我也是。"

两个人在门口腻歪了一会儿才进屋。长辈们都在餐厅等着了。许倾和顾随落座，顾老爷子让保姆去拿了一瓶酒来。许倾、顾老爷子和顾随都倒上酒，罗素和萧姨喝果汁。

顾随端起酒杯，起身碰了一下罗素的杯子，说道："祝您健康长寿。"

罗素笑起来，眼角带了深深的皱纹。她点头："嗯，你们也要好好的。"

顾随："会的。"他举杯一饮而尽。

许倾看着他，勾起嘴角，也起身敬顾老爷子、萧姨和母亲，最后敬顾随。她说："我很多年都没在这么热闹的餐桌上吃饭。谢谢你，顾随。"

如果不是重逢，他又有不纯的心思，两个人或许就此错过。可能等到彼此都有了新的爱人，要去领证了，才发现曾经跟这么一个人领过证。她母亲也不会得到这么好的治疗，这么快出院。

顾随微眯眼眸，握着她的手腕，低头亲了亲，说："我也要谢谢你，你让我有了一个家。"她不会明白，他也一直是一个人。

罗素和萧姨对视一眼，眼中都带着笑。顾老爷子也捋着胡须，频频点头。

这时，顾随的手机亮了一下。他点开看了一眼，发现是一条新闻话题："今天给许倾接机的老粉丝是不是曾经很有名的经济学家？"

话题下面配了一张照片。拍照的人几乎将镜头贴在了顾老爷子的脸上，把顾老爷子整张脸都拍得清清楚楚。而他的手里还握着应援牌，在挤别人。

评论里有人在怀疑人生。

"这不是我的老师吗？"

"人到老年才想起来追星吗？"

"不，这绝对不是我的老师。我不信！"

"我好震惊。我还上过他的课。如今我已中年，看到我的老师在追星……这个世界好玄幻。"

"他追的是谁？我看看应援牌……谁？是什么一级演员？"

顾随面无表情地看完这条新闻，把手机放到顾老爷子的跟前。

正在跟萧姨聊天的顾老爷子看过来，扫了一眼手机："什么？"下一秒，看到屏幕上的新闻后，顾老爷子愣了几秒，接着拿起手机问道，"谁拍的？拍成这样。"

这也太清晰了，他不要面子的？

"什么？"许倾和罗素、萧姨三个人都很好奇，朝手机屏幕看去。

顾随在桌上敲了敲，说道："为了防止大家继续误会下去，我会让公关部发一个声明。"

顾老爷子："那必须发啊。我追什么星？我是去接我的孙媳妇。"

许倾看到手机上推送的新闻，支着下巴笑得眉眼弯弯，并保存了那张可爱的照片。罗素夸道："顾老先生很上相，有仙风道骨的感觉。"

顾老爷子被夸得捋了几下花白的胡须："还行吧。今年在黎城待着，都没怎么练拳了。不过练拳很强身健体，亲家母，回头让顾随给你安排一个老师，偶尔练练。指不定身体机能恢复，就能健步如飞了。"

罗素笑着点点头："好，我会多锻炼的。"

其实姜辉说得也很明确，罗素即使能独自站立，腿脚也会留下一些后遗症，没办法跟正常人一样行走。毕竟肌肉萎缩不可逆，更没办法用药物刺激，罗素可能要长久跟轮椅做伴了。

许倾听着立即来了兴趣，问顾老爷子："这种锻炼真的有用吗，爷爷？"

顾老爷子说道："有没有用，试试就知道了。"

许倾一下子又充满了希望，转头看了一眼顾随。

顾随把剥好的虾放进她的碗里，说道："先让妈安定下来，后续安排上。"

许倾："好。"

她认识的人少，还得顾随来帮忙。她没有说要自己找，而是求助顾随，也让顾随心情愉快。他们正在逐渐真正地成为一家人，彼此付出，彼此依赖。

顾老爷子这则新闻掀起了小小的风波，在微博引起了一些热议，还有人直接评论："已退休的知名经济学家追星，到底是人性的堕落，还是时代所趋？"

"退休后的老年生活该怎么安排？难道真的让他们追星吗？看这应援牌，他好像是某位年轻女演员的粉丝，这就有点儿太硌硬了吧？"

"说真的，老人家这样去追星太危险了，被撞了谁赔得起？"

"感觉没脸见人，因为这个人是我的老师。"

"那个女艺人好像是许倾。"

网友顿时议论纷纷。而江琳雅今天下飞机也有大批粉丝接机，场面比许倾的还要大，但没有什么老粉丝。粉色的应援牌还成为机场接机口的一道风景线。于是有博主拿两家粉丝接机现场对比。乍看之下，许倾似乎是输了一些。

就在大家对这位老先生议论纷纷的时候，凌盛官方微博发出了一则声明，瞬间震慑了说风凉话的人以及那些发出质疑的顾老爷子的学生。

凌盛投资：今日在黎城国际机场的老先生是我们顾总的爷爷。老先生是去接孙媳妇@许倾，并非网上所说的追星。希望大家不要再胡乱猜测，随意造谣。

　　"原来是去接孙媳妇啊！"
　　"原来如此。"
　　倾倾，你可知道顾老先生的名头？"
　　"只能说许倾运气真好，嫁到这样的家庭。"
　　"话说，上次这位老先生不是在微博发了结婚证吗？大家怎么跟失忆似的，还说老先生追星？"
　　"那就是个小号。而且谁知道顾随的爷爷就是黎城大学的顾教授？"
　　"老师很宠孙媳妇啊！"
　　"对啊，老先生真的很宠许倾，亲自去接她。"
　　"前几年教授回校办了一次演讲，当时好像痛批孙子选择走投资这条道路，可笑死我们了。没想到教授的孙子就是顾随。"
　　"许倾真幸福。"
　　江琳雅的粉丝全体安静了，而江琳雅也没有给出任何回应。这场小风波就在凌盛官方微博的声明后慢慢地归于平静。

　　吃完饭，顾随安排了两辆车，大家一起送罗素和萧姨回蜜林。
　　许倾虽然在黎城住了多年，但对房产地段不太了解，所以没想到蜜林离她家那么近，和她的小区只有两条街之隔，而且周边还有两家医院。
　　这个小区周边的生活配套很完善，还有老年活动中心、妇联协会，等等。房子是复式小楼，虽然设计得不是特别新潮，但是环境优雅，还附带了前后两个小院子。最重要的是，院门口没有台阶。罗素滑动轮椅就可以进出门，很方便。屋里的活动空间很大。虽然只有两间卧室，楼上一间楼下一间，但还有一间小房间放了一些康复器材——这些是顾随特意让人添置的。
　　许倾里里外外参观了一遍，没想到在自己不知情的情况下，顾随把一切都安排得非常妥当。她满心感激，见顾随在打电话，便走过去悄悄地握住他的手。
　　男人偏头看了她一眼，随后用力握紧她的手，跟她十指交扣。许倾含笑看着他，顾随微挑眉梢，就这么牵着她继续讲电话。
　　在此之前，顾老爷子和萧姨都已经看过这套房子。而罗素因为没法儿出医院，看的都是视频和照片，此时自己来到这里，也有些感动。她转动轮椅，想跟顾随说一声谢谢，一转身就看到自家女儿跟女婿手牵手的画面。

罗素一愣，几秒后笑弯了眉眼，收回视线，不去打扰他们。

看完房子，安置好罗素和萧姨，许倾三人就得回去了。许倾拉着罗素的手，说道："有什么事情记得打我的电话。"

"好。"

许倾又看向萧姨："麻烦萧姨照顾好我妈。"

萧姨一笑："你放心，我们姐妹俩相依为命。再说了，我们这儿离你那里也不远，你要过来也方便。你要在黎城，没事儿就过来吃饭，萧姨给你做好吃的。"

"好，就这么说定了啊。"许倾笑得眉眼弯弯，心里有说不出的感激。感激遇见的所有人，让她们母女俩能有今天。

"说定了。你什么时候来就提前打电话，我给你准备你爱吃的。"萧姨说着又看向顾随，说道，"顾先生也可以来。"

顾随含笑道："好。"

顾老爷子："那我呢？"

萧姨："还能少得了顾老先生？"

所有人都笑了起来。

许倾不让萧姨和罗素送。顾老爷子先上了迈巴赫，甩上车门，说道："我先走了。"

随后，迈巴赫就离开了，剩下许倾和顾随。顾随嗤笑一声，偏头看许倾。许倾踮脚在他的唇边亲了一下，接着弯腰坐进车里。顾随摸了摸嘴角，也弯腰上车。

"馨月小区。"顾随对司机说。司机点点头，启动车子。

许倾靠在椅背上，用余光看了一眼旁边的男人。顾随的身上还带着淡淡的酒味。

他转头看她。许倾被抓了个现行，抿抿唇，干脆直接说道："你的行李……"要住在一起了，东西搬了没？

顾随勾起嘴角："陈助理已经在小区门口等了。"

"哦。"许倾又想了一下，说道，"我那里有一间多余的房间。你总得工作吧，就用那间好了。"

顾随一听，点了点头："好。"说完后又觉得自己像入赘一样，他笑了一声，揉了揉眉心。

许倾听见他笑，撑着椅子靠过去："笑什么呢？"

顾随垂眸看她。外面的路灯灯光打进车里，落在两个人的身上。他们看到对方眼里的自己，小小的人儿。

许倾突然伸手抱住顾随的脖颈。顾随纹丝不动，低头看着她："嗯？"

许倾："我看看，你眼里有没有我。"

顾随轻笑，抬手顺着她的发丝，一直看着她，几秒后问："有吗？"

他的眼睛比常人的要黑一些，如墨一般。此时他眼里的她眉眼弯弯，无比清晰。许倾看了一会儿，说："算有吧。"

顾随抬高她的下巴："那我看看你的。"

许倾的眼睛眨也不眨，一副任你看的模样。顾随也看到她眼中的自己，低沉一笑，心满意足。

两个快而立之年的成年人从对方的眼里找自己，真幼稚。

保镖面无表情地从后视镜里看了一眼自家老板和老板娘，有点儿怀疑老板还是那个老板吗？不过，老板只有在面对老板娘的时候才这样，平日里还是那个万恶的资本家。

他们抵达馨月小区时，陈助理果然提着一个黑色的行李箱等在楼下，另外几个保镖提着西装外套等衣物。

顾随计算好了许倾这边的收纳空间，把衣服安排得刚好。许倾坐在床边，看着顾随把自己的衣服放进衣柜。

她的衣柜是内嵌式的。因为她的衣服多，所以一整面墙都是内嵌衣柜，连次卧的衣柜都被放满了衣服。相比之下，顾随的衣服确实有点儿少。可许倾知道，这个男人的衣服肯定也不少，只是带过来的少而已。

收拾好衣服，顾随关上衣柜门，解开领带，转身看她："洗澡去。"

"哦。"说完，许倾还是没动。

顾随上前直接把她横抱起来，走向浴室："那就一起。"

许倾这里别的房间都挺小，但浴室够大。"哗哗"的水声中，许倾仰头，顾随单手撑在墙壁上，低头亲吻她。

他低声说道："老婆，我们是一家人。"

许倾迷迷糊糊地点头："嗯。"

两个人洗完澡出来时，许倾的头发已经被顾随吹干了。随后顾随又转身进了浴室，清理地上的断发。这些事情以前都是许倾自己做的，现在换成这个男人代劳。

"还是得请个保洁。"顾随清理完浴室后出来，看向她，"怎么样？"

许倾："请呗。"

又过了十来分钟，两个人都上了床。许倾拿着平板电脑靠在顾随的怀里。顾随搂着她，滑动手机看邮件。

《休闲时光》第二期已经播出。许倾的"光芒是要靠自己挣的"那一番话让粉丝们沸腾。而萧鼓鼓的故意找碴儿被许倾三言两语化解，而后萧鼓鼓对许倾的态度明显转变，这也把整个节目推向小高潮。

"我要是江琳雅就要气死了。这是什么人啊？明明是江琳雅的粉丝，结果转头就喜欢上别的女演员。"

"江琳雅还能维持表面的微笑已经不错了。节目组怎么搞的？"

"不是，你们没发现许倾说的话很好吗？"

"我觉得许倾是有思想的人，完全没有因为顾随的身份而放低自己的姿态。"

"我也佩服许倾。换成是我，也会喜欢上许倾的好吗？"

"就是。许倾做饭好吃，长得又美，也有个性。明明四个人都是嘉宾，为什么一直都是她做饭？"

"难怪顾随那么喜欢她。不过他们早就是夫妻了，也不知道为什么要隐婚，会不会是因为别的原因？"

"说起隐婚，我觉得他们之前应该没那么恩爱。后来顾随婚内追求她，把她追回来的吧。"

"哈哈哈，江琳雅的窘事好好玩。喂，只有我一个人关注这个吗？"

"那个吴倩叽叽喳喳的，烦死了。"

"吴倩很可爱啊！"

"吴倩对许倾那小迷妹的样子确实很可爱，居然还有人觉得她烦？"

"我很讨厌许倾，总之，我就讨厌她。"

"不喜欢许倾的人一向很多，大家不需要理会。"

顾随偏头正好看到那个说讨厌许倾的评论，眯了眯眼眸，伸出手指按了视频上方的关闭图标。

屏幕一黑，许倾转头看向男人。顾随取走她手里的平板电脑，放到床头柜上，说道："少看没价值的东西。"

许倾："哦。"

"睡了。"

许倾揉揉脖子，躺下，靠在他的手臂上。顾随顺手关了灯。

两个人却没立即睡，这是他们住在一起的第一晚。许倾伸手搂着他的腰，顾随抬起手顺了顺她的头发。

"什么时候开始路演？"

许倾："明天。"

"嗯，路演注意安全。"

许倾笑起来："知道。"

她笑起来的声音很好听。顾随眉眼含笑地偏头亲了亲她的额头。

黑暗中，只能看到浅色的飘窗。许倾沉思了一会儿，说："我问你一个问题。"

顾随："问。"

"你别慌。"许倾提醒，随后说道，"我没有计较过去的意思。"

顾随微挑眉梢，即便在黑暗中，仍然控制不住心跳加速。他低声问道："我能选择不回答吗？"

许倾拍了一下他的胸口："不行。"

顾随："你问。"

对于这个问题，许倾之前不在乎。但如今他们在一起了，她还是会好奇。她抿了抿唇，问道："你有没有喜欢过其他女人？"

这个问题一出口，顾随便沉默了。沉默了将近两分钟后，许倾想翻身，但她一动，肩膀就被他紧紧搂住。

许倾嘀咕道："我就知道不该问。明明在乎还非要假装不在乎。啧啧，你可别回答了。"

顾随出声："得回答。"

许倾安静地听着。

"没有喜欢过其他女人，更没谈过别的恋爱。"他的声音很低。

许倾沉默了几秒后，问道："你是骗我呢？"

"没有。你不信的话，可以问陈顺。"

说完，他揽紧她，留许倾一个人发呆。她猜测过他可能不如传言那样风流花心，但是没想到他会连前女友都没有！

许倾当即从他的怀里起来，摸到手机后，坐在一旁说道："我打了。"

顾随神色淡然："打。"

许倾找到陈助理的电话，拨打过去。

"许倾？"陈助理很快接起电话。

许倾抱着膝盖咳了一声，问道："你的老板谈过恋爱没有？除了我。"

陈助理一愣，接着想了好一会儿，说："这个……其实……我也不太清楚。但我很少见他跟别的女人吃饭，除了几个合伙人。"

"好好说。"一道低沉的男声传来。

陈助理一激灵，立即说道："没有！因为老板从来没有让我买过花，除了送你。"

许倾瞪顾随，顾随挑眉。许倾对陈助理说："知道了。"

说完，她挂断电话，放下手机，踢了顾随几下："你刚刚一出声，人家陈助理就下意识地帮你撒谎——"

顾随握住她的脚踝："错了，他在陈述事实。"

许倾又踢。顾随翻身把她压在身下，问道："不准备睡了？"

许倾还踢他："你撒谎。"

"没有。"

"你有。"

"没有。"

几秒后，顾随松开她，下床。许倾一把抓住他的袖子："你干吗？"

顾随回头看她，挑眉："给你跪，祖宗。没撒谎，OK？"

许倾："OK。"

她也没要闹，就是有点儿兴奋得睡不着，所以搞点儿事情。终于有个男人可以让她这样撒泼了，她以前也喜欢对父亲撒泼。

顾随要下跪，许倾扑过去抱住他的腰："算了算了，今晚放过你。"

顾随一愣："还有下回？"

许倾："夫妻之间，总有夜谈会的吧？"

顾随：免了，好吗？

夜深人静，陈助理睡前收到了老板发来的一条微信消息。

顾随："你的情商是负的吗？"

顾随："扣半个月工资。"

陈助理：啊——我实话实说而已，这也有错？

一次夜谈，老板惨，员工也惨，唯独许倾这个老板娘一觉睡到天亮。手机上设置的闹钟响了好几回，许倾依旧迷迷糊糊，眼都没睁，从被窝里伸手去摸手机，摸了半天没摸到。另一只大手却伸过来替她拿了。

男人没有看手机，只是摁断了铃声，接着搂着她的腰挨过去，低声说道：

"七点半，该醒了。"

许倾听见"七点半"三个字，瞬间清醒。今天的行程很满。她猛地从床上坐起来，抓抓头发，然后看向躺在旁边的男人。顾随正半眯着眼看她。

彼此对视几秒，许倾又趴了回去，趴在他的胸膛上。顾随挑眉，为她的依赖感到意外，却也满足。他伸手揽住她的肩膀，声音低沉地问道："不想起？"

"想。"许倾闷声说道。

顾随懂了，这是得起，但又想待一会儿。他轻笑了一声，手掌在她的肩膀上轻轻拍了拍。

许倾趴在他的胸膛上，闻着和自己一样的沐浴露香味，听着他心脏的跳动声，睡意渐渐地没了。她把头发撩开，坐起来，说："我起了。"

顾随松手，"嗯"了一声，看了一眼床头柜上的闹钟，也跟着起身。许倾踩着拖鞋进了浴室，一阵忙活后出来，顾随已经不在卧室里了。

许倾愣了一下，走出卧室，便听见厨房里有声音。她走过去一看，就见高大的男人穿着黑色的睡衣站在厨房里，正垂眸打鸡蛋。旁边的电饭煲里正熬着粥。

许倾看了几秒，眉眼一弯，随后转身从飘窗上把瑜伽垫取下来铺在地上，做起了拉伸。

窗帘没拉开，屋里还开着暖灯，厨房里做早餐的男人，客厅里练瑜伽的女人，安静而温馨。

就在许倾准备结束最后一个体式时，家里的大门被打开，苏雪带着小兰提着大包小包走进来。

苏雪一眼看到许倾："我就猜到你在练瑜伽，电话都没接。你想吃什么早……"下一秒，苏雪看到了厨房里的男人，到嘴边的话顿时卡住。

顾随端着煎蛋和瘦肉粥从厨房里走出来，眉眼带着少许刚睡醒的疏离感。他看到苏雪和小兰二人，点点头："早。"

苏雪："早。"

小兰："早，顾先生。"

"嗯。"顾随应得散漫，将早餐放在桌上，看了一眼自家老婆："吃早餐。"

许倾盘腿坐着："哦。"说完，她从瑜伽垫上起来。

顾随给她拉开椅子。许倾坐下后，仰头看向顾随："你没有多……做？"

"没有。"顾随很直接，"让你的经纪人和化妆师在外面吃。"

许倾"啧"了一声，探头想跟苏雪和小兰说话。

苏雪第一个摆手："我们已经买早餐了。你吃吧，许倾，不用管我们。"

"对对对。你吃的时候，我正好给你弄头发。对了，我把衣服带来了，你等会儿看一下。今天我全程跟车。"小兰也回过神，赶紧说道。

顾总的早餐，谁敢吃？不敢不敢。

许倾："行。"

顾随拨弄了一下许倾额前的发丝，随后走进主卧室——他还没洗漱。他一进去，苏雪和小兰就挨到许倾的身边，低声问道："以后就住在一起了？"

许倾一边喝粥一边说道："嗯。"

"那怎么住这边啊？这边多小啊。"苏雪环顾这套房子。

说实在的，公寓式的两房能有多大？顾随一看就不是那种能屈尊的人。

许倾："我习惯住这边。"

"所以顾总就陪着你住在这边？"

许倾："嗯。"

苏雪"啧"了几声："他对你真是没话说，什么都听你的。你也太幸福了吧。"接着她又说，"前几天我带艺人去参加一场活动，遇见了顾随的姑姑、姑父。你不知道他那个姑姑的那张脸有多冷淡，说话也刻薄。他们家好像也很复杂，你要真住过去，估计一天天事儿不少。"

许倾一愣，接着说道："你别乱说话。"

苏雪点头："我懂。我都没跟她打招呼。"

"嗯。"

顾随的家族说大也不大。许倾虽然不太清楚情况，但是只要过好自己的日子就行了。

顾随做早餐只做了许倾的那一份儿，连自己的都没做。许倾看着从房间里出来正在扣衬衫纽扣的男人，问道："你不吃早餐？"

顾随抬眼说道："早上需要见一个人，约的是一起吃早餐。"

"那你还特意给我做？"许倾站起身，走到他的面前，抬手给他扣纽扣。

顾随有点儿受宠若惊，松了手看着她，说道："怕你乱吃。"

"哦。"许倾用单音回应他，飞快地扣着纽扣。

顾随如墨的眼眸一直注视着她。许倾扣完纽扣后，他低头亲吻她的嘴角，低声说道："换衣服，出门。我就不等你了。"

许倾："好。"

说完，许倾钻进主卧室。顾随拿下衣架上的西装外套，整理了一下袖口，走向大门。

苏雪和小兰站在原地目送他，心里都在想：顾总确实帅啊，不只帅，还居家，太可以了。

大门关上后，许倾也从卧室出来。她换上了小兰带来的品牌衣服，干练得体，正好符合范范这个角色——许倾在《股神》里饰演的角色叫范范——范范虽然还在上学，但是穿衣风格走的都是御姐路线。

保姆车就停在楼下。三个人一上车，苏雪就拿着平板电脑说："《休闲时光》的播出给《股神》《幕后》带来了很高的关注度。可见江琳雅的经纪人当时硬把她塞进《休闲时光》是明智的。"

许倾"嗯"了一声，心想难怪临到节目开始，才知道另一位特邀嘉宾是江琳雅。

苏雪接着说："现在很多人都盯着《股神》和《幕后》的情况。两部电影上映时间相差一周。正常来说，为了排片也绝对不可能这样安排，可现在就这么安排了。具体情况，我也不太清楚。"

小兰说道："那真是神仙打架啊。许倾，你慌不慌？"

许倾参演的第一部电影上映就碰上相同题材的电影，对手还是已经有过几部电影作品且公认演技不错的江琳雅，小兰想想都替许倾心慌。

许倾说道："慌有什么用？现在只能努力路演了。"

苏雪点头："确实，慌没什么用。再说了，我们也不一定会输。《休闲时光》播出后，许倾的关注度比江琳雅的高。这已经是一个很好的信号了。"

小兰："也是。"

《休闲时光》播了两期，许倾的粉丝数涨得最快，江琳雅的粉丝数反而是涨得最少的。这也让江琳雅的粉丝直接说节目组剪辑不公。

今天是周六，《股神》的第一场路演安排在黎城的某电影院。

日头升上高空时，许倾他们抵达路演会场。张驯已经到了，亲自上前迎接许倾下车。

现场有粉丝大叫："张驯，倾倾是已婚人士，你保持点儿距离。"

张驯笑了，说："我这是绅士风度。"

"哦，是吗？"粉丝们调侃地问道。

张驯的皮肤变黑了一些，头发也理得更短。他看了许倾一眼，无奈一笑。许倾笑着说道："我自己能走。"说完，她踩着高跟鞋下了车。

张驯耸肩："行吧。"

随后，两个人走向后台。其他的主演也到了。林导捧着泡着枸杞的保温杯，安慰他们说："别紧张。大家打起精神来。"

许倾笑着说道："好。"

张驯："我不紧张。"

出品人依旧是最担心的那个，脸色都发白了。

他们在后台待了一会儿，外面的观众陆续持票进场。两位主持人先出去控场，接着才让主演们出场。

张驯带头，许倾走在他的旁边，其他人紧跟着。主创人员一上台，粉丝们的尖叫声就掀翻了天，应援牌全立了起来。

"倾倾勇敢飞，倾城永相随。《股神》大卖，场场爆满。"

"张驯最棒，张驯最帅。"

荧幕上白底黑字的"股神"二字大气磅礴。几个人在台上坐下，媒体记者们挤上前。记者们开始提问，主演们跟前立马出现了数不清的话筒和躲不开的闪光灯。

一个记者问许倾："许倾对《股神》有信心吗？"

许倾点点头："当然有。"

"那你知道你的丈夫是《幕后》的投资人吗？"在这里提别的电影，全场哗然。

许倾看着那个记者，勾起嘴角，露出几分讥讽："我知道啊！"

"不知道你对这件事是怎么看待的？"

许倾一眯眼眸，微微一笑，微抬下巴："我平常心看待啊。那只不过是我丈夫投资的一个微小项目而已。"

那个记者一愣，随即笑着问道："你不担心吗？"

许倾："我有什么好担心的？何况，投资讲究天时地利人和，你说呢？"

那个记者一愣，有些无措。许倾在暗示什么？"人和"是指江琳雅不如她吗？

许倾弯腰握住那个记者的话筒，盯着那个记者，说："我很相信《股神》。毕竟这是我们几个人倾力打造的作品，我们比谁都清楚自己付出了多少心血。"

那个记者被许倾看得有点儿慌，差点儿就要撒手放开话筒了。就在这时，许倾终于松手。那个记者的脸色发白，不一会儿，她便被人请了出去。

路演继续。

与此同时，金融国际大厦的一楼咖啡厅里，小小的方桌上摆着几份文件。聂家老爷子西装革履，气派十足，坐在顾随的对面。顾随的外套敞开，露出里面的白色衬衫，衬衫最上面的纽扣解开了一颗。

聂老爷子说道："这家店的咖啡确实不错。"

顾随："您要是喜欢，我让人去京市开一家。"

聂老爷子："你怎么不说把配方送我呢？"

顾随轻笑："也行。"

过了一会儿，谈完话的两个人起身准备离开。正当顾随等聂老爷子起身时，一个等待许久的记者突然一个箭步来到顾随的面前。

"顾先生，能耽误你一分钟吗？"

顾随抬眼扫过去，面无表情，眼眸里也没什么情绪，看起来平静但气势很强。那个记者心里一慌，加了一句："是关于你妻子的。"

顾随挑了一下眉梢，侧了侧身子，勾起嘴角："你问。"

那个记者立即朝不远处招手，他的同事迅速上前架起摄像机。顾随轻描淡写地看了一眼摄像机，微微偏头："只有三十秒了。"

那个记者的心脏猛地一紧。他赶紧问道："你对你妻子的电影是否有信心？"

顾随："有。"

"可你投资的是另外一部同类型的电影。"

顾随一愣，几秒后，用舌尖抵了一下嘴角，说："投资讲究的是天时地利人和。"

记者：怎么跟你老婆的回答一样？

顾随和许倾面对记者关于《幕后》的提问，给出一模一样的默契答案，一下子就成了热门话题。

天时地利人和，是在暗示什么？暗示《幕后》没有天时地利人和吗？

所有人开始胡乱猜测，包括《幕后》的制作组以及众多演员都在猜这对夫妻到底是什么意思。

粉丝却关注顾随这次采访居然露脸了。

"所以顾随以后都会露脸吗？是因为许倾吗？"

"太甜了。"

"他对许倾好好啊！"

"不愧是'跪族男神'。"

许倾在赶路演的途中看到这个话题，点开视频，就看到俊朗的男人面对镜头依旧气势不变，还听到他说"天时地利人和"。

许倾勾起嘴角，保存了视频，正好看到顾随发来的微信消息。

顾随："心有灵犀？"

许倾："去。"

顾随轻笑一声："好。今天能准时回家吃饭吗？"

许倾看了一眼窗外的环境。虽然下一站路演在隔壁市，走两三个小时的高速就能回来，但时间还是有点儿太赶了。

许倾回复："应该不行。"

顾随："行。"

顾随："什么时候回来，发个信息给我。"

许倾："嗯。"

很快，车子进入隔壁市。到达目的地，新的路演又开始了。参加这场路演的粉丝少很多，媒体记者也不多，但活动进行得很顺利。结束的时候已经过了晚上八点半。所有人都还饿着肚子，林导便带着他们去吃饭。吃完饭已是晚上九点半，他们又赶回黎城。

许倾回到馨月小区时，已经是深夜十二点半。她从车上下来，拉了一下帽子正准备进门，却见一个高大的男人拿着手机从小区里走出来，步履匆匆。

许倾一愣，喊道："你去哪儿？"

顾随也看到许倾了，上前牵住她的手，说："本来打算去接你的。"

身后有车灯照了过来。许倾回头一看，果然见陈助理开了车来。顾随偏头对陈助理说："回去吧。"

陈助理"哎"了一声，随后将车子掉头开走。

顾随接过许倾手里的小包，牵着她进小区。月光洒在两个人的身上，许倾的脸有些红。

上楼后，顾随开门。一进门，许倾摘下帽子挂在衣架上，接着扑进他的怀里。

顾随伸手抱住她："累不累？"

许倾："有点儿。明天就不能赶回来了。"

顾随顺着她的头发，"嗯"了一声："锅里炖了点儿燕窝，你吃点儿再去洗澡。"

顾随松开她，转身进厨房。许倾拉开椅子坐下，笑着说道："没想到你会比我早回家。"

顾随将燕窝端出来放在桌上，又给她拿好勺子才推给她，然后理着袖口说："看来以后我都比你早。"他伸出手指弹了许倾的额头一下，"大忙人。"

许倾仰头看了他一眼。顾随低头亲吻她的嘴角："快吃。"

"哦。"许倾微勾嘴角，低头开吃。

顾随拉了椅子坐下，拿起平板电脑看文件，一边看一边说："我已经请了保洁阿姨，给了她钥匙。她固定每天早上过来清洁。"

许倾："嗯。"

这时，平板电脑上跳出了一条话题——"陈想的爸妈居然也那么喜欢许倾"。《休闲时光》第三期播出，内容是客栈迎来了新的客人，也就是陈想的父母，而他们对许倾的喜欢让许倾的粉丝瞬间激动万分。

江琳雅的粉丝从上期开始就对节目组不满，这一期就更不满了。他们认为江琳雅应该是没有表现自己，许倾怎么会比江琳雅受欢迎呢？可事实上，江琳雅就是没表现，或者说，表现真的很平淡。

许倾和江琳雅之间的战火一节节被点燃。

顾随看着《休闲时光》，听到陈想爸妈的话，顺势拉黑了陈想的联系方式。陈想让助理给顾随发消息："搞什么？我妈喜欢不代表我喜欢。"

顾随："哦？你不喜欢？"

陈想瞬间老实地躺回顾随的黑名单里。

许倾吃完燕窝，便跟顾随回房洗澡，然后收拾行李，忙得腰酸背痛。忙完后，她趴在床上，顾随帮她按摩腰部。

随后许倾翻身，抱住顾随亲吻。夫妻俩亲热了一会儿，顾随不想折腾许倾，便没有进一步的动作。许倾早已昏昏欲睡。两个人相拥着就睡了。

接下来的一个月，许倾四处跑路演，几乎不着家，按照路演的行程住在外面的酒店。

《休闲时光》已经播到顾随出现的那一期，全网沸腾。观众的眼睛是雪亮的，江琳雅的表现被冠上"虚伪"二字。《休闲时光》也攀上了播出以来的收视巅峰，而许倾和顾随夫妻俩成了粉丝的"糖分"来源。

"好甜好甜。"

"他们在小阳台干吗？摄像师过去拍啊！我们想看。"

"肯定在接吻。"

"顾随把许倾拉走那里好浪漫，应该给个大大的特写。"

"阳台旁边的玻璃没有反射吗？我想看这对夫妻。"

"好甜好甜，我一脸姨母笑。"

"我妈跟我一起看，她说厨房里那一幕是她跟我爸这辈子都达不到的高度。"

"看看身边我的老公……唉，人家顾随有颜值、能赚钱，还会下厨房。"

"顾随真不是装的，很会做饭。这样的男人简直是我的理想型。"

"醒醒，他是许倾的。我每天告诉自己一遍。"

"哇！昨晚许倾在顾随那里睡的吗？"

"肯定啊！"

"吴倩好欠打。哈哈哈，太可爱了，惹顾随。"

"许倾跳得好好。"

"江琳雅真是……"

"她是不是盯着别人的老公啊？别人结婚了好吗？她还穿成这样。"

"许倾你长点儿心，还给她鼓掌？你知道她这是明晃晃的勾引吗？"

"雅雅穿红色裙子怎么了？全世界只有你们许倾可以穿吗？"

"江琳雅跳得就是比许倾好！"

舆论向对许倾不利的方向变化。

与此同时，《股神》也将在零点上映。《股神》即将上映之前，已经有人开始贬低许倾的演技，甚至有人剪辑许倾过往的作品来嘲笑她。

顾随让人去查是谁动的手脚，那边的人才没了动静。

许倾抱着抱枕靠在顾随的怀里，说道："算了，管他呢！"

顾随偏头亲吻她的额头，说道："虽然我很不满《股神》这部电影里的感情戏，但是不可否认，作者和编剧后来把剧本改得不错。"

许倾想了想，说道："是。当时我就觉得这感情戏改得好。"

"所以不必担心首映。"

许倾："嗯。"

在"许倾演技"这个话题被人纷纷议论的时候，《股神》正式上映。而首映票房在一个小时后便可以统计出来。

因为故事涉及金融专业，所以剧情节奏很快：四个年轻人初入金融圈，都很狂傲，学着前辈操控股市，让洗黑钱的公司破产。他们自以为干了一件很厉害的大事，不料却开始遭到某些人的报复。四个人极其狼狈，为了活命而躲了起来，在地下仓库里不见天日。他们试图通过网络联系证监会，可惜联系不上。

四个人的感情也在这时发生了变化。张驯饰演的陈临一，江谦饰演的严晖，都对许倾饰演的范范产生了感情。陈临一和严晖二人开始有意争夺范范的关注，也因此给彼此落下了一些心结。

接着金融海啸来袭，四个人被曾经的老师所救。老师把所有的希望放在他们身上，希望他们放手一搏，抵挡这场金融灾难。于是四个人开始救市，想要当救世主。

取得了第一阶段的胜利后，年轻气盛的陈临一有些自满，想要立即追求范范。严晖也不想放过这个机会。于是在庆功宴上，两个人双面夹攻，以致范范落水。把范范救起来后，两个人大吵了一架，于是故事出现了新的变化。

严晖开始频繁请假，不出席此后的会议。他负责的区块没人做，范范只能接手。陈临一大发雷霆，直接去找严晖，却发现严晖似乎被幕后之人收买，于是一气之下持枪打伤了严晖。

后来尽管救市成功了，他们却没法儿再做兄弟。陈临一被起诉。范范带人力保，却被严晖所杀。

临死前，范范指着严晖说："你就是一坨垃圾。你不配当英雄。"

许倾饰演的范范一直都很冷静，没有轻易地陷入感情之中。但由于他们过于年轻，试图用"明刀"面对背后肮脏的"暗箭"，本应该意气风发的四个人最后死的死，逃的逃，躲的躲，被抓的被抓，没有一个人是好下场。

而这个被救起来的金融市场很快又开始沦陷，进入了新一轮的洗牌中。

故事完结。

许倾靠在顾随的怀里，久久没有出声。

顾随摸着她的后脑勺儿，说："演得很好。"这是他第一次看自家老婆拍的戏。他发现自家老婆已经有了一定的实力。

许倾翻身抱住顾随的腰，说道："我觉得我尽力了。"

"嗯嗯。"他笑。

可惜他们觉得演得好没什么用，得看观众买不买账。

一个小时后，首映票房数据出来了。

许倾看到苏雪发来的信息："叹气，好像有点儿低。"

许倾紧接着问："多少？"

苏雪："三千多万元。"

苏雪又发来语音信息："江琳雅的上部电影《回家》是文艺片，首映当天就破了五千万元票房。"商业片跟文艺片不一样。

许倾听罢，猛吸一口气，看向顾随。顾随听见了苏雪说的话，揽着许倾的腰，说："先睡觉。"

许倾："你不评价一下我的这个票房？"

顾随：不，不想夜谈。

票房确实是有点儿差，但他不认为这是最终成绩。

许倾捧过他的脸，仰头看着他："老公，说句话。"

顾随听见这个称呼，有些愉悦，低头亲吻她的嘴唇，手掌揉着她的腰，说道："明天我让公司给你宣传。"

许倾："不要，谢谢。"

顾随："那祖宗你想干吗？"

许倾："是不是很差？"

顾随挑眉，几秒后说道："有待努力。"

许倾："你是不是庆幸躲过了我这部电影的投资？"

顾随："绝对没有。如果你喜欢，以后你的每部电影我都投资。"

许倾："那不要了，太高调。"

顾随沉默了几秒，低声问："还要夜谈吗？"

他对夜谈有了阴影。

第二天，《股神》首映票房数据出来，圈内人尽皆知，纷纷唏嘘不已。许倾带上顾随这个大佬都没办法让票房成绩好看一些，还真有些尴尬。

即便如此，许倾该干吗还是得干吗，在网上被抹黑也好，被人议论也好，都只能淡定。她无意跟江琳雅争，但是《休闲时光》的播出让两个人的竞争白热化。两家粉丝已经势不两立，水火不容。两个人也不会再出现在同一个活动现场。没有任何一家品牌公司敢同时邀请二人。

苏雪："江琳雅的团队此时估计笑死了。"

许倾："你听说什么了？"

苏雪："小兰早上碰到江琳雅的小助理，被嘲讽了。"

许倾："让她讽刺回去。"

苏雪："林导有没有跟你说什么？他心情如何？"

许倾不知道林导心情如何，反正首映过后他就没有再发微博。出品人在微信群里一个劲儿地叹气，还说如果不是跟江琳雅的电影同一个题材就好了。

他们之前就预想过了，如果对手是林曼，《股神》此时肯定能爆。但票房成绩不佳，还有一个原因，《幕后》的男主咖位比张驯高太多了，人家是拿过最佳男配角奖的，而张驯什么也没有，所以也不能全怪许倾。

票房成绩不佳当然不能怪许倾，团队共同承担，只是网友的评论不太友好。

接下来的一周，《股神》的票房几乎成为一个笑话。顾老爷子担心许倾想不开，让许倾和顾随搬回丽湾金域住一段时间。许倾无奈，只能搬过去。

顾随每天无论应酬多晚都会回家。毕竟家里还有一个人生第一部电影票房低迷的老婆，得陪着。但他没顾老爷子那么紧张，一直都很淡定，毕竟首映票房确实不算什么。

一周后，江琳雅的《幕后》上映，正好是在周六零点。

晚上，许倾和顾老爷子下围棋，被顾老爷子的臭毛病气得直接上楼睡觉了。顾随进门，看了一眼顾老爷子："还没睡？"

顾老爷子扔了棋子，指着楼梯，说："你老婆被我气得直接去睡了。她不关心那个江什么的电影票房了？"

顾随听罢，微勾嘴角："我上去看看。"

说着，他扯下领带走上楼梯，一路到了二楼的主卧室。房间里开着加湿器和空调，窗帘没拉上，落进了一地的月光。

顾随把外套放在沙发上，挽起袖子走到床边。床上的女人抱着枕头趴着，一头长发垂落在两边。顾随安静地看了几秒，见她没反应，就微微弯腰去看，却见女人的嘴唇微张，呼吸均匀，已经睡熟了。

顾随凑过去在她的鼻尖吻了一下，随后起身调暗了床头灯，转身出门，来到隔壁的书房坐下。他打开笔记本电脑，拿起一支烟点燃，咬在嘴里，并拨打了陈助理的电话。

"《幕后》的票房出来后，第一时间发过来。"

"好的。"

陈助理知道老板不是关心自己投资项目的成绩，而是关心《幕后》的票房会不会超过《股神》。

很明显，顾随不想赚钱，只想让老婆高兴。

就这样一等一个多小时，陈助理发来一组数据。顾随咬着烟看完，微叹一口气。又过了十来分钟，他合上笔记本电脑走出去，碰到刚好上楼的顾老爷子。

顾老爷子看了一眼主卧室的门，小声地问："怎么样？那个江什么的电影，没有我孙媳妇的票房高吧？"

顾随沉默不语。顾老爷子见状，脸色也跟着变了变。

"那些人的眼睛瞎了吗？！真是的！"说完，顾老爷子怒气冲冲地一边骂一边上楼，"一群没眼光的，别后悔啊你们。"

老人家精神十足地边上楼边骂人。顾随站在原地拿起手机编辑信息："陈顺，看看今晚谁去看《幕后》了。"

陈助理："好的。"老板真可怕。

随后，顾随回到主卧室，先去看许倾，给她拉好被子，才拿了睡衣去洗澡。洗完澡出来，他把女人抱到自己的怀里，睡了。

次日，许倾醒来后看到苏雪给的数据，大叹一口气——人家首映票房就比她高了近四千万元。

苏雪反复地问："难道《幕后》真的拍得很好？难道江琳雅的演技真的那么好？"

许倾："不知道。"

顾随从浴室里出来，看到许倾黯然的样子，顿时感觉万般心疼，凑上前亲吻她的嘴唇，说道："等《龙山》上映，局面会有所改变。"

许倾放下手机，抱住他的脖颈，跟他接吻。闹了一会儿，两个人才下楼。

许倾突然发现全家人对她都小心翼翼的，尤其是顾老爷子。她一抬手，爷爷就以为她要喝水，立即让保姆倒水。她说吃块蛋糕吧，顾随就抬起眼皮让保姆去拿。

"倾倾，胜败乃兵家常事，不必介怀。下次甩她几条街。"顾老爷子安慰她。

许倾总算明白家里人这么小心翼翼是为什么了。她哭笑不得，直接歪在顾随的怀里，说道："我没事！虽然我有点儿失落，但是我真的没事。"

顾随正在翻文件，偏头看了她一眼，又挑眉看向顾老爷子。顾老爷子立即点头："好好好，没事就好。我们肯定能再站起来的。"

顾随："又不是瘸了。"

顾老爷子："你别说话。"

许倾忍着笑，心情好了很多。

微博上又有人开始讽刺许倾，大多数是江琳雅的粉丝和不喜欢许倾的网友。

相关话题在微博上挂了很久，直到一周后，《股神》的票房低到快没有排片了，评分网站的评分却出来了。

两部电影的评分，高下立见——《股神》9.6分，《幕后》6.6分。

《幕后》的评分刚过及格线，顿时令很多粉丝感到疑惑。而观众对《幕后》的评价，基本是简单的"烂"，以及"女主角配不上男主角的演技，江琳雅的演技怎么那么差"。

《股神》这边却有很多观众开始发长篇影评：

"电影的结尾其实在告诉大家，无论你怎么做，这个世界都不会有很大变化，但是每个时代都会出现这样一批人，勇敢、聪明、无知、无畏、勇往直前，他们不是完人，却因为做了一件事而变成耀眼的人。虽然他们最后的结局都不好，可是那些被他们拯救的股民们活得好好的。他们配得上被称为英雄。"

"如果都是经济学家李教授这个年纪的稳重的角色，我觉得或许会更好一些，但是也不会有那么多精彩的画面了。毕竟，年轻就是要敢拼敢爱。我还是喜欢陈临一。他在范范落水的时候，是第一个跳进去救她的。"

"这部电影让我认识了许倾这个女演员，演得真好。"

《幕后》也采用了快节奏的叙事手法，但在情感处理上不够精彩，几个演员演得都有些刻板。而江琳雅把和范范一样的角色演得有些低智商，总是在做错事。最终，《幕后》呈现的故事完全没有《股神》那般快意且有深意。相比之下，许倾演的范范太出色了。

于是，因为观众评分，《股神》的票房数据开始逆转。又过了一周，《股神》票房突破两亿元，实现了史上最惊人的逆转。

而实现逆转的这一天，许倾正在顾随的办公室里。顾随想偷偷抽烟，被许倾抓了个正着。

顾随猛地将烟放下，说道："就抽一根……"

许倾"哼"了一声。

顾随笑着说道："恭喜老婆，票房大卖。晚上想要什么奖励？"

许倾看了他一眼："你除了身体，还有啥能让我迷恋的？"

顾随："……"

第十二章

别问了，给你跪

彼此对视几秒，顾随笑着"哼"了一声，慢条斯理地解开衬衫领口，交叠长腿，单手支在扶手上。

他挑眉："是不是馋我的身子？"

许倾站在办公桌对面，看着男人突然解开领口，露出喉结分明的脖颈。他的皮肤不是特别白，却恰到好处。此时此刻，男人的样子透出几分性感，还有几分坏劲儿。她抿唇扫了一眼整间办公室——顾随办公室的布置采用的大多是比较深的颜色——窗帘被拉开，可以看到窗外闪烁的霓虹灯，而办公室的门紧闭着。

许倾走到顾随跟前，靠在办公桌上，抱着手臂懒懒地看着他。顾随含笑支着额头，看着她性感美丽的样子，像鲜艳的玫瑰。随即，他放下长腿，站起身，高大的身影逼近许倾。他撑着办公桌，偏头想吻住她的嘴唇。许倾却猛地推了他一把。

顾随跌坐回办公椅里，挑眉。许倾直接坐在他的大腿上，搂着他的脖颈。

"老公。"

"嗯？"

"我也不单单是馋你的身子。"许倾用涂着红色指甲油的手指，点着他的胸膛，往下停在他心脏的位置上，"还馋你的心。"

顾随用单手虚搂着她的腰，看了一眼她的指尖，随后看着她的眼睛："早就是你的了。"

许倾一勾嘴角，眉眼弯弯。

她想起这段时间自己的待遇，这个男人一直在哄着她，就怕她因为票房的事而难过。她觉得很甜蜜，笑得越发美艳，将手指挪到他的领口，低头去解他的纽扣。

顾随抬手，顺顺她的刘海儿——许倾最近换了一个发型，弄了一个内八的刘海儿，显得脸更小了一些。他凑过去，堵住她的红唇。

许倾的动作微顿。她一边与他接吻，一边解他的纽扣。只是随着他的吻加深，她缩着肩膀，指尖微抖。

顾随的大手温热。他一边顺着她的发丝一边扣紧她的脖颈，慢慢将薄唇挪了位置，落在她的耳垂和脖颈上，为她的肌肤染上了绯红。

顾随又解开了少许的领口，捧着许倾的脸，低声问道："你的生日打算怎么过？"

许倾迷迷糊糊地看着他，声音嘶哑："我都忘记我的生日了。从我爸过世后，我就没正经过过生日。"

"是吗？"顾随摸着她的脸，说道，"那今年就好好过。"

许倾闷哼一声，趴在他的怀里："嗯。"

渐渐地，办公室里不再只有沉重的色调，还加上了些旖旎的风光。

许倾的奖励提前领取了。

两小时后，家里人打来电话，催他们回去吃饭。夫妻俩收拾好，顾随提着许倾的手提包，牵着她的手，拉开了办公室的门。

公司里还有不少员工正在加班，听到动静，齐刷刷地抬头看向顾随的办公室门口，看到老板牵着的女人，立即笑着喊道："老板娘好。"

"老板娘晚上好呀。"

许倾冲他们点头，发现这些员工大多数是男性，以前的那些美女秘书都不见了，剩下的女员工都打扮得很平常。

许倾平日里就很好看，今晚更美，眼尾带着少许的红晕。这种美很震撼，好些员工看得都有点儿挪不开视线，但也得硬生生地挪开。谁敢多看啊，那不是找死吗？

顾随点了点办公室，对陈顺说："我的办公室暂时不用收拾。回头我会安排保洁来。"

陈助理一愣，点点头："好的。"

说完，顾随就牵着许倾先走了。走动时，许倾的裙摆下露出隐隐约约的指痕，像是被人握出来的。她的脖颈上也隐约可见红色的痕迹。

陈助理这个万年单身汉都能想到的，其他员工能想不到？他们看向陈助理。

陈助理扶了一下眼镜，说道："继续加班，看什么看？"

员工们"啧啧"几声。

夫妻俩上车后，许倾揉了一下腰。顾随启动车子，偏头看了她一眼："怎么了？"

许倾："有点儿疼。"

"我看看。"他松开方向盘，俯身过去，伸手摸她的腰，"这儿？还是这儿……"

"疼。"他按到一个点，许倾突然叫了起来。

顾随松开手，说道："可能是刚刚磕到桌子了。回家我给你揉一揉。"

许倾："嗯。"

顾随再次启动车子，一路回到丽湾金域。家里灯火通明，一看就是在等他们。顾随牵着许倾下车，走进屋里。

"啪！砰！"

两个人刚进门就眼前一花。顾随下意识地搂住许倾的腰，把人拉到怀里。随后，所有的彩带都洒在了顾随的身上。

"恭喜倾倾，完成逆袭。"顾老爷子拿着彩带筒高兴地大喊。

顾随眯眼，伸手从头上抓了一把彩带下来。许倾从顾随的怀里抬头，看到顾老爷子等人的笑容，也跟着笑："谢谢爷爷。"

"太棒了！我的学生去看了《股神》后，在朋友圈发了一百多字的感想。"顾老爷子的眼眸里也有光。

许倾一边伸手帮顾随摘头上的彩带，一边问道："爷爷你看了吗？"

顾随脱下外套扔到沙发上，挽起袖子，说："《股神》的故事是真实的。"

许倾一愣，发现顾老爷子点头，顿时好奇："爷爷，难道是……？"

"不是我。"顾老爷子把彩带筒递给保姆，说道，"边吃饭边聊。倾倾都饿了吧。"

"嗯，还好。"她看了一眼顾随。

顾随捏下一条彩带，表情渐渐不耐烦，因为那些彩带都粘在他的头发上了。

"你们先吃，我去洗个澡。"说完，他转身上楼。

于是许倾和顾老爷子先到餐桌旁坐下，顾老爷子说起《股神》背后的真实故事。许倾才知道为什么上次顾老爷子听到这部电影时会有那样的神情。

《股神》的原著作者是顾老爷子的学生，而这位原著作者的爷爷，就是《股神》里的那位经济学家李教授。这位教授当时在香港，全程经历了那一年的金融海啸。而那四个人也都是他的学生。

陈临一是化名，是真实存在的人，最后死在监狱里。据说他是自杀的，去陪范范了。

许倾听罢，一时说不出话。这时，旁边的椅子被拉开。她转头，看到顾随穿着黑色家居服，身上带着水汽，并且架上了那副金丝边眼镜，看起来更俊朗。

许倾没忍住，伸手握住他的大手。顾随一愣，随后回握住她的手。他的掌心温暖，令许倾安心很多。

"吃饭吃饭。"顾老爷子让保姆上菜。

吃过晚饭，许倾在小客厅陪顾老爷子下棋。这已经是她住在这里每晚都会进行的节目。顾老爷子不仅棋艺差得要命，还一个劲儿地耍赖。许倾一开始还能忍，后来真忍不住了，骂顾老爷子臭棋篓子，太臭太臭，像老太太的裹脚布一样臭。

顾老爷子不满，嘀嘀咕咕："我劝你对爷爷孝顺一点儿，让几步棋怎么了？"他还理直气壮。

大客厅里，顾随交叠长腿，看着腿上的笔记本电脑。他正戴着蓝牙耳机接电话，没过几分钟，余光便看到自家老婆气嘟嘟地踩着拖鞋上楼了。他微勾嘴角，没忍住笑出声来。

电话那头，陈想问道："笑什么？你觉得这个方案怎么样？快点儿回复我。"

顾随敛了神色，说："笑我老婆。"

陈想：你故意的吧？！在我面前提你老婆做什么？

"就按这个来。"顾随看着文件说道，紧接着又问，"海城的生活怎么样？"

陈想："就这样吧。"

为了还能和顾随继续做兄弟，陈想上个月去了海城，直接在那边开了荣创的分公司，并留在了那边，黎城的公司则交给了合伙人。

顾随："海城的世家千金不少。你若是需要，可以找海城的顾呈联系联系。"

陈想："免了。"

又一个姓顾的，他现在听到姓顾的就怕好吗？

顾随挑眉，随后挂了电话，摘下耳机，合上笔记本电脑，起身整理了一下衣服，也走向楼梯。他还是有点儿担心自家老婆，要是她被气哭了怎么办？

路过小客厅时，看到"罪魁祸首"顾老爷子正捋着胡须在那里复盘上一盘棋，顾随冷哼一声，拐向楼梯。顾老爷子正好抬头看到顾随，立即喊住他。

顾随脚步一顿。顾老爷子从沙发上起来，甩着练功服的袖子走上前，问道："你联系你爸妈了没有？"

顾随："他们从三月进入无人区后就一直联系不上。"

顾老爷子露出一脸的无奈，拉下脸说道："再联系，让他们回国一趟。现在孙媳妇名副其实了，咱们也有亲家了，他们怎么也得回来看看。"

顾随沉默了几秒，点点头："嗯。"

"你姑姑那张嘴太厉害了，你回头收拾她一下。"顾老爷子想起自己的女儿就头疼。不管他当教授当得多好，孩子没养好就是没养好。

"好。"

顾随对姑姑、姑父，还有他们的孩子一直都还算仁慈，给他们留了点儿面子。可惜，他们似乎不太领情。

"我上去看看她。"顾随说道。

顾老爷子一听，说道："去吧，让她别生气了，说爷爷错了。"

顾随冷笑："你还知道你错了。"说完，他便不再吭声，直接上楼。

顾老爷子：你这孩子！我肯认错就不错了！

顾随来到二楼，推开主卧室的房门进去。他本来还担心自家老婆会哭，结果一进门就看到她正盘腿坐在床上打电话。她扎着小丸子头，很漂亮。

许倾看到顾随进来，挑挑眉。顾随上床，撩开她的上衣，看到她腰部的瘀青。

不知许倾听到那边的人说了什么，愤愤地问道："你确定他喜欢你吗？"

顾随听罢，抬起眼皮看向她。

许倾咬牙切齿，说道："你还是确定好吧。他这样对你，根本就不像喜欢你的样子啊。我？我跟顾随？那可没有，他一直都很主动的。孟莹——"

那头的人突然沉默下来，随后才说："我知道了，先挂了。"

不等许倾回复，电话就被挂断了。许倾握着手机愣了几秒，才把手机拿开，脸色并不好。

顾随挠了一下眉峰，问："孟莹怎么了？"

许倾转头看他："你是不是知道？"

顾随："什么？"

"孟莹和许家少爷，那个黎城四大家族中的许家。"

顾随有些诧异："许殿？"

"对。"

"我不知道。"顾随搂过她的腰，"你先躺下，我帮你揉揉。"

许倾已经洗好澡，趴在床上还想说话。顾随拿了一旁的药膏，说道："你若是想知道情况，我去了解了解。"

许倾想起电话里百般维护那位许少爷的孟莹，抱紧枕头说："了解又能怎么样？孟莹会改吗？"

顾随无话可说，毕竟女人的问题他就不了解了。他用药膏揉着她腰上的瘀青，说道："但唯一可以肯定的是，许家这位少爷这几年一直单身。"

也就是说，孟莹跟他在一起，除了情感不对等，似乎也没别的问题。

许倾："连绯闻都没有？"

顾随："没有。"

许倾："那比你好太多了。"

他就不该这么有善心！

不一会儿，许倾就说不出话来了。她也没想到腰上的瘀青揉起来居然这么疼，咬着枕头吸气。顾随见状，心疼死了。

"我轻点儿，别哭。"

许倾说不出话来。

《股神》逆袭，《幕后》被全网嘲笑。许倾的粉丝大涨，《股神》的成绩让她成功跻身一线演员行列，和江琳雅、杨彤、廖嫣然同等咖位。目前四人都还没有实质性的奖项。

去年廖嫣然和江琳雅分别被提名最佳女主角和最佳女配角，但仅仅是提名，没有拿奖。可光是这样就让江琳雅的粉丝沸腾了，觉得江琳雅迟早能拿下最佳女主角的奖项。而《幕后》就是江琳雅想要拿奖的一部作品，不料最后竟然是这样惨淡收场。

江琳雅好几天没敢出现在公众场合。而这时，一封邀请函送到了她的手里。

她的经纪人说："凌盛的顾总要为许倾过生日，办一场盛大的派对，圈里的人都被邀请了。你要去吗？"

江琳雅翻开那张邀请函，看到上面金光璀璨的字眼——顾太太生日派对，眼中闪过几分忌妒之色。

她说："我不去了吧。"

"可我认为你得去。"经纪人说，"先不论许倾的电影刚刚取得成绩，就说她现在的身份——凌盛投资人的太太，这身份就意味着她身后的资源有多庞大。你们这次斗得有点儿明显，整个圈子都知道你跟她不和。这个时候你如果不去，不是坐实了这个'不和'吗？对你没有任何好处。"

"那又如何？不和的人那么多。"江琳雅想起了《休闲时光》，可一想起来就是恨。

经纪人看着她，说："行，你不去。你看看杨彤她们会不会去，敢不敢不去。"说完，经纪人放下邀请函就走了，留下江琳雅一个人坐在原地。、

《股神》火了以后，许倾变得更忙碌，得接受好多采访。而各大电影院立即为这部电影增加了排片，许倾也需要配合参加活动。

据说林导和出品人开心得抱在一起哭了一个晚上，庆幸终于逆袭了。林导干倒了那个对自己不屑一顾的马导，而马导输给了自己一直看不上的林导，郁闷程度可想而知。

这个圈子里的每个人都在暗暗较劲，暗暗争取出头的机会。为什么林导当初明知道这部电影会有版权纠纷，却依然要接下来？因为执导《幕后》的人是马导。林导为了争这口气苦熬多年，终于成功了，能不好好哭一场吗？

许倾在微信群里看他们描述林导和出品人的激动行为，忍不住笑了。

过了两天，当圈里的人都收到了许倾生日派对的邀请函后，许倾才知道顾随要为她大办一场。这个男人先斩后奏，把邀请函都送出去了才告诉她，这个时候她就是想拒绝都得掂量掂量。

活动结束后，许倾让司机把车开到凌盛投资的办公楼下。

这个时间员工应该都下班了。许倾看了一眼腕表，直接上楼。她第二次来的时候，顾随就把她的指纹录进了公司的安保系统，所以这一路畅通无阻。

许倾一路来到二十六楼，看到顾随办公室的灯还亮着，便大步走过去。此时办公室的百叶窗帘开着，许倾的身影一出现，里面的人便看见了。

顾随正在跟三个高管谈话。陈助理看到许倾，低头在顾随的耳边说了一声。顾随知道许倾找他是因为什么，挑挑眉，正想说话，却见旁边的三个高管迅速地收拾好了桌上的文件和笔记本电脑。

顾随一愣，抬起眼眸定定地看着他们。

其中一位高管立即说道："老板，我们先出去。我们不想亲眼看到你下

跪，给你留点儿面子。"

许倾一推开门，就看到三个西装革履的男人，都抱着文件、笔记本电脑要出去。许倾认出他们都是顾随公司的高管，点头示意。

他们三个人立即微笑回礼，随后从许倾的身边走过。经过许倾身边的时候，他们闻到了淡淡的香水味，这种香味似乎能柔化男人的刚毅。三位高管觉得许倾有点儿厉害，有这么一个老婆，跪一跪也没什么。

顾随坐在沙发上，指间夹着一支没点燃的烟，正在翻着文件。而陈助理还带着点儿隐忍的笑意，看到许倾进来，笑着说道："老板娘，那我先出去了。"

许倾："好啊。"接着，她就看到陈助理飞也似的跑出去，他的脸上全是笑意。

那么好笑？许倾想着。

她走过去，坐在顾随旁边的沙发上。顾随这才抬起眼皮看她，又顺着她的视线看到自己指间的烟。他一勾嘴角，把烟扔进垃圾桶，说："刚才他们给的，没打算抽。"

许倾："哦。"

"老婆，找我什么事？"顾随合上文件，牵住她的手把玩。

许倾觉得这个男人的演技真是一流。她扯了扯嘴唇："你说呢？"

顾随含笑："一个派对而已，你迟早得亮相。顺便给你撑撑腰。"

过去欺负许倾的人太多了，甚至连他的姑姑、姑父这段时间也没少躲在暗处看笑话，所以他要让许倾用顾太太的身份站在他的身边，让其他人看看，并且约束一下自己那张嘴。

当然，最主要的还是想给她过生日，补回她错失的那些日子。

许倾踢了他一下："那你不提前跟我说啊。"

"说了你会同意吗？"

不会。她只想和母亲一起过生日。

顾随像是看穿了她的想法，说道："派对结束后，我们就回蜜林。妈和萧姨给你准备了蛋糕。"

许倾："真的？"

"真的。别生气了，过来让我抱一下。"说着，他拽了一下她的手。许倾一个错身，坐到他的身边，被他抱住。

许倾的生日在六月六日，正好电影《股神》还在上映期。

这天下午，顾随请了造型师和化妆师上门。小兰不放心，便跟着过来——平日里许倾做什么造型都是小兰说了算，这次顾随请的都是大佬，小兰瞬间成了跑腿的，她也甘愿给大佬当跑腿的。

许倾是今晚的主角。衣服千挑万选，最后还是选了红色。而听说她选了红色后，即将参加派对的女艺人全部放弃了红色的衣服。

小兰坐在许倾的身后按着手机，说道："啧啧，难怪苏姐说权力是好东西啊。"

上次让女艺人们放弃一个颜色的，还是黎城柳家的柳烟。

造型师和化妆师含着笑给许倾上妆。三个小时后，许倾的妆容打造完成。

顾老爷子点点头："我孙媳妇就是经得起折腾。这么一折腾，有你奶奶当年的范儿了。"

许倾挽住顾老爷子的手臂，说道："爷爷，跟我说说奶奶呗！"

"她啊，就爱穿红色小裙子，还有红色的旗袍。"顾老爷子说道，"我们当初结婚时穿的是龙凤褂，你奶奶可漂亮了。我们结婚办的是中式婚礼，烦琐得很，可我就爱你奶奶那种古典美。她去世后，我就对这物欲横流的都市没了兴趣，才回了老家休养。"

许倾完全能想象得出，奶奶是个什么样的美女。

小兰说："爷爷，您肯定很喜欢奶奶。"

"废话，那是很喜欢吗？那是很爱。"顾老爷子"哼"了一声。

小兰吐吐舌头，"嘿嘿"一笑。

随后顾老爷子看了一眼时间："顾随呢？"

许倾说道："顾随刚刚还在开会。等会儿直接过去。"

顾老爷子："行。"

晚上六点半，许倾和顾老爷子上了车，前往派对的举办地点。这次派对没有安排在外面的酒店，而是在顾家的产业之一——清湖别墅。

天色渐渐暗下来。车子开进大门后还需要再开很长一段路。路两边的梧桐树高大挺拔，让这条道路显得十分庄严。

顾老爷子捋着花白的胡须，说道："这里才是顾家本家。当年你太爷爷是当兵的，可惜后辈都选择了走新的路。你的公公婆婆都是教授，我也是教授，你奶奶是服装设计师。结果到了顾随这里，他走了这条路。你知道我当初多生气吗？"

许倾点点头："能感受到。"

平日里顾老爷子就表现出对顾随所在行业的不屑和嘲讽，但这是自己的孙子，他能怎么办？一方面不喜欢，另一方面护短，所以有时老爷子也很心累。

顾老爷子"哼"了一声，说："我之前对你的职业也非常有偏见。但看了你演的《股神》之后，倒觉得你这个职业也有它的意义。有些故事，就是要你们这些人帮忙演出来。演戏并不是娱乐，它是一种倾诉。"

许倾顿时有些感动，说："爷爷，你真好。"因为他懂。

顾老爷子拍拍许倾的手臂："爷爷支持你。"

许倾瞬间眼眶微红。爷爷的话让她更加坚信，她走这条路不仅仅是因为名利、金钱，还因为它有更值得追求的理想。

当初上学的时候，导师们都说得很好，也让他们对这个行业充满了希望，带着热忱的心，想要完成梦想，想要达成不同的成就，想要接到好剧本，等等。

可是这一切在离开校园后就开始改变了。他们不谈梦想、不谈故事、不谈演技，只谈资源、只谈钱、只谈名气，每个人都很浮躁。

此时，许倾觉得又找回了曾经的热忱。

车子终于抵达别墅的正门。此时三层楼高的别墅内灯火通明。别墅外墙的颜色很古朴，很有年代感，但是放在过去，也是一栋豪宅。

这时，一辆宾利车开过来停在旁边。车门打开，西装革履的顾随走下来，直接来到迈巴赫旁，一把拉开车门，将手搭在车顶，一弯腰，看向车里坐着的女人。

顾随有一瞬间停止了呼吸，直勾勾地看着许倾。她很美，美到令人忘记了呼吸。

许倾也看着顾随。他今晚穿的西装很修身，搭配黑色的衬衫，衬得他那样俊朗刚毅，那样好看。

"顾随，你到底牵不牵她？不牵的话，倾倾你陪爷爷从这边下车。"顾老爷子的声音打断了他们的对视，硬朗的声音冲击着他们的耳膜。

许倾回过神，动了动身子，大脑一时有些混乱，下意识地想跟着顾老爷子下车。谁知她刚转头，就见顾老爷子"砰"地关上了门。

许倾一愣，男人低低的笑声传来。他在车顶上点了点，说道："来吧，老婆。"

许倾抿唇，提起裙摆，挪向顾随那边。顾随弯腰，搂着她的腰将她带下车。

这时，很多车已经到了，都亮着车灯，正在排队准备泊车。许倾一下车，很多车灯灯光都打在她的身上。只见她身着一袭吊带红裙，领口是"U"形的褶皱设计，裙摆在大腿一侧开了衩；她的手腕上戴着银色手链，垂下来一些，很随意的装饰。完美的服饰搭配让她看上去简单大气，又美不胜收。

　　顾随揽着她的腰，看了她几秒。许倾被他看得脸都红了，又露出几分娇俏。

　　"嘀嘀——"

　　这时，身后传来喇叭声。

　　"嘀嘀嘀——"

　　正在有序排队的车子不知为何突然都响起了喇叭声，而且喇叭声有一定的规律，仿佛暗号一般。顾随听着，踹了一下最前头的车子，算是回应他们。

　　许倾问道："你踹这一下是什么意思？"

　　"滚。"

　　许倾："那他们刚刚的喇叭声什么意思？"

　　"不要脸。"

　　许倾顿时无语。

　　男人的世界她不懂！

　　走了两步，许倾想到之前还有一辆车"嘀嘀"了两下。她看向顾随，问道："那一开始的两下'嘀嘀'呢？"

　　顾随搂着她的腰，扯着嘴唇说道："哟呵。"

　　这语气一听就贱兮兮的。

　　两个人走进别墅，只见大厅装饰得金碧辉煌。他们身后紧跟着传来脚步声和说笑声。许倾想起孟莹的那个许少爷，下意识地回头一看，却见来人分别是周扬、江郁还有柳烟。

　　柳烟捧着一个锦盒，上前递给许倾："生日快乐。"

　　许倾没看到那个许少爷，感觉多少有点儿可惜。许倾回神，笑着接过锦盒，并抱了抱柳烟："谢谢。"

　　柳烟拍了拍许倾的肩膀，笑着问道："你刚才在看什么？"

　　许倾说道："我看看黎城四大家族来了哪几个，认一认。"

　　柳烟接过别人递来的烟，含笑问："是在找许殿？"

　　许倾无法反驳。

　　柳烟一笑，说道："他确实招女人惦记。他们三个人，就属许殿长得最精致俊美。很多女人见过他就忘不了。不过他性子有点儿冷，今晚估计不会来的。"

许倾："哦，我也就好奇而已。"

柳烟点头，表示理解，然后去跟周扬他们聊天了。

许倾也转身去找顾随，结果走了没两步，便看到穿着黑色裙子的孟莹。孟莹刚提着小包走进大厅，嘴角含笑。

许倾走上前问她："你要来怎么没跟我说一声？"

孟莹站定，笑着说道："还不是你老公让我们不要声张，要给你一个惊喜。"

许倾闻言，弯起眉眼看着孟莹。上次两个人的通话并不愉快，许倾想抱抱孟莹，孟莹却先往前一步抱住许倾，说道："我很替你开心。"

许倾心里发烫："谢谢。我也希望你能幸福。"

孟莹："会的。"

随后，刘芹喊孟莹，孟莹便先过去了。顾随看了一眼孟莹，走过去从身后揽住许倾的腰，低声说道："孟莹看着状态还可以。"

许倾偏头跟他对视，说道："是还行。"

顾随含笑点点头："你们姐妹俩不吵架就行了。"

许倾看着这个男人，笑着问道："你还关心这个？"

顾随："不想看见你哭。"

许倾听了，心里一暖，觉得这个男人越发体贴了。

这时，陆陆续续地来了很多人，全是圈子里知名的导演、演员、超模、制片人、出品人、媒体人，一个个进门都先过来跟许倾打招呼、送祝福、送礼。而这些人的名气都在许倾之上，有些人以前也跟许倾打过照面，却连一个眼神都没有给过她。

其中还有一位导演，许倾当初试过他的戏，可对方全程没有抬头，看都没看许倾一眼。等许倾试完，他拿起副导演的点评看了两眼，就让许倾走了。

后来许倾才知道，人家早就有内定的人选，不过是担心那个演员没有时间，又不想耽误开机时间，所以就挑一个外形合适、演技尚可的女演员先试戏。于是许倾被挑中试戏。被内定的演员则是廖嫣然，而这部电影就是去年她被提名的那部作品。

此时，这位导演满脸笑容，送上祝福后，询问许倾最近有没有档期，表示自己有一部戏希望许倾能参演，仿佛已经忘记了当初对许倾的无视。

许倾微微一笑，说道："暂时没档期。"

"要不我先把剧本发给你看看？你考虑考虑，直接内定。你看如何？"

许倾还是微笑着摇头，并让服务员来招待他们。那位导演便不再继续，识趣地走开了。

顾随站在一旁跟周扬说话，一边抿酒一边看着自家老婆。见那位导演走开了，顾随伸手抓住许倾的手腕，笑着问道："这位导演挺有名的，怎么不答应呢？"

许倾转头看了顾随一眼，说："我接下来很忙，没时间呢。"

顾随眯眼笑着看了她几秒，然后抬起她的手放在唇边轻吻，说："是因为他得罪过你吧。"

顾随低低一笑，又亲了她的手背一下。夫妻俩旁若无人地调情，旁边的周扬感觉被暴击一万遍，最后看不下去，转身走了。

门口再次走进来两个人，是杨彤和廖嫣然。这两个人不知道什么时候走得这么近了。

杨彤惯来嚣张，今晚却老老实实地穿了一条黑色裙子，也不敢跟许倾撞色。进门后，她走向许倾，笑着说道："生日快乐。"

廖嫣然也送上礼物："许倾，生日快乐。"

许倾笑着接过："谢谢。"

以往这两个人从不主动跟许倾打招呼，即使如上次那般在活动现场碰到，也是直接无视许倾。今天这样也是稀奇了。

"小小礼物，不要嫌弃哦。"廖嫣然柔柔地说道。算起来她和许倾是最没有过节的，所以她会送礼物。

许倾笑着说道："哪里敢嫌弃？多谢了。今晚玩得开心。"

"好啊。"说完，廖嫣然挽着杨彤的手臂就走。

两个人顺便跟顾随点头示意。顾随也略微点头，礼貌且绅士，但这一切只是给自家老婆面子。

进场的人越来越多，各自组成小团体谈天说地、交流信息。也有人关注到这栋房子，低声议论。

"这房子不得了，有它的历史。"

"顾家早年是从政的，你不知道吗？"

"第一次听说。厉害了。"

"这里才是顾家本家啊。"

杨彤和廖嫣然听见后对视一眼，低头交流："你觉得江琳雅会来吗？"

"我觉得不会。"

杨彤抱着手臂，望着不远处也是一身黑色裙子的孟莹，扯着嘴唇冷笑一声，随后说："今时不同往日，就算不给许倾面子，也得给顾随面子。不过只是攀附顾随，许倾最好祈祷能永远坐稳顾太太的位子。"

　　廖嫣然："应该差不了，毕竟我看顾先生很喜欢许倾的。"

　　杨彤看着廖嫣然，觉得她太天真："你看到的喜欢就是喜欢吗？说不定只是寄托而已。"

　　廖嫣然："你什么意思？"

　　"没什么意思。"杨彤抬高下巴，依旧看着孟莹。

　　孟莹和赵茜、刘芹在一起，总感觉有人盯着自己，但抬头去看又没有发现，最后懒得再关注。

　　另一头，许倾听见顾老爷子在跟人聊天，一个劲儿地夸道："我们家孙媳妇啊，大方得体，又孝顺老人家，我喜欢得紧。"

　　别人问："听说顾随爸妈还没回来。他们对许倾怎么样？"

　　"喜欢啊。我儿子、儿媳妇三年前跟许倾关系就很好。但是他们确实喜欢往外跑，成天折腾。"

　　她和顾随爸妈关系很好？许倾听得脸都热了，只觉得顾老爷子太敢说了。当初见面，顾随的爸妈对她的态度谈不上冷淡，但也不热情，就是很平常地对待她。

　　许倾靠近顾随，低声问道："你听见爷爷说什么没有？"

　　顾随搂着她的腰，笑着低头说道："听到了。"

　　"你觉得你爸妈喜欢我吗？"

　　顾随一愣，随即说道："不会不喜欢。但要说很喜欢也不真实，因为他们知道我们一开始是交易。"

　　许倾"啧啧"两声："是吗？爷爷真能吹。"

　　顾随说道："不是吹，是让大家看到我们顾家的态度。"

　　许倾的神色稍微严肃了一些。她说："我知道，爷爷真好。"

　　顾老爷子这么做还是为了击破顾随姑姑、姑父说的谣言。顾随的姑姑、姑父在外散播小道消息，说顾随的父母不同意许倾嫁进顾家，觉得门不当户不对，所以在顾随和许倾结婚后，才会立马去环球旅行，连过年都不回家，就为了跟顾随抗议，让顾随二选一。反正在他们的嘴里，许倾就是没有戴皇冠的命却偏要戴。

　　这也是今晚生日派对的重点。

　　顾随问道："那我呢？好不好？"

许倾看了他一眼："好，能不好？"

顾随微挑眉梢，含笑看着她。

不远处的周扬把玩着酒杯，看过来，调侃道："顾随，你不过来招呼兄弟们？一直赖在你老婆的身边做什么？怕她跑啊？"

江郁笑起来，其他人紧跟着也笑了，估计都想起顾随那些卑微的时刻了。

许倾立即推顾随："你去忙你的，我去找孟莹。"

"对啊，过来啊。你老婆跑不了。"

周扬唯恐天下不乱，满眼含笑地看着顾随和许倾，语气里全是调侃之意。周围的女人见他这样，纷纷脸红。

顾随无奈，说了句"来了"，随后就松开了许倾。偏偏这时，又一辆很眼熟的车子停在了门外。顾随顿时止住脚步，走回来搂住许倾的腰，接着低头亲吻她的嘴唇。

那辆银色保时捷车的车门打开，陈想西装革履，提着一个礼盒下车，刚进门就听见起哄的声音，接着便看到门口正在拥吻的两个人。

陈想一眼就认出那是顾随和许倾。这会儿顾随亲得很温柔，许倾长长的睫毛微颤，侧脸美得很。

陈想把礼盒递给一旁的服务员，转身便走，却被周扬一把拽了回来。周扬笑着问道："干吗呢，刚来就要走？你什么时候回黎城的？也不跟我们说一声。还是说，你是特意回来给许倾过生日的？"

此话一说出口，顾随松开许倾，凉凉地问陈想："是这样吗？"

陈想此刻想打死周扬这个家伙，以后再也不回黎城了。

他仰起脸看着许倾，眼中闪过一丝温柔，但很快隐藏起来。他面无表情地说道："生日快乐，许倾。"

接着，他看向顾随，说："我妈后天生日，我回来给她过生日，顺便就过来了。怎么，不欢迎啊？"

顾随挑眉，沉默地看着陈想。兄弟多年，他还真不知道陈想会这么长情。

许倾却先出了声："欢迎啊。陈总，进来喝杯酒。"

陈想微微一笑："好。"说完，他看了顾随一眼才进门。

随后又有两辆车一块儿停下。紧接着前面那辆车的车门先打开，江琳雅走下来。看到她的出现，杨彤等人一阵哗然，窃窃私语。

"厉害，真的来了。"

"肯定被她的经纪人逼的。"

"前几天跟许倾都水火不容了，居然也来了。这叫大局观啊。"

"其实当初她约束一下粉丝可能就还好，毕竟都是她的粉丝主动攻击许倾的。"

"不，《休闲时光》里她那个表现太明显了好吗？就是看上顾随了。也不知道她是怎么想的，在节目上表现得那么明显，连节目组的人都在说这件事。谭欢前几天还说江琳雅太不要脸。"

"都被谭欢点评了，那只能说明这事八九不离十。"

"许倾知道吗？"

"看样子许倾还没发现。"

"估计许倾发现了，只是懒得跟江琳雅计较。"

…………

江琳雅下了车，准备走向大厅，但是她的脸色有些苍白，有点儿魂不守舍的样子。

这时，另外一辆车的车门打开。吴倩穿着漂亮的蓬蓬裙，像个小公主似的，抱着一个很大的礼盒走下来。她高兴得很，走得飞快。

"倾倾，生日快乐。"

因为礼盒太大，吴倩没看到走在前面的江琳雅，礼盒的角直接撞了过去。江琳雅身子一晃，高跟鞋一歪，直接摔倒在地。一群人见状，倒吸一口凉气。

吴倩已经跑进了大厅，顺着众人的视线回头一看，终于看到了摔在地上的江琳雅。吴倩顿时脸色一黑："干什么？碰瓷啊？"

许倾立即拉住吴倩的手臂，旁边的服务员接过吴倩手里的礼盒。许倾低声提醒："你撞到人家了。"

吴倩一愣："哦，我不是故意的，看不到路。"

许倾让服务员去扶江琳雅。江琳雅摔得膝盖疼，脸色难看，起身后又看到那么多人都看着自己，只觉得丢人。而昔日那些跟她关系好、站同一战线的人，此时都站在许倾的旁边，只留了一双看笑话的眼睛看着她，却没出来扶她一下，反而是许倾伸出了援手。

许倾松开吴倩，走上前说："抱歉，吴倩不是故意的。"

江琳雅神色依旧难堪。她喃喃道："生日快乐。"

许倾笑了一下："谢谢。"

许倾的神情尽显大度。江琳雅的心头突然涌上一股羞愧。可如果让她道歉，她又觉得自始至终自己都没有错。

进门后，江琳雅还是下意识地看向顾随。可这个男人牵着许倾的手，正在看她的指尖。许倾要抽回手，顾随却让一旁的服务员拿指甲钳过来。许倾立即低头一看，发现手指上有倒刺。

众人愣住了。这个女人连个指甲都要老公剪吗？

周扬赶紧揽了陈想的肩膀："走走走，别太伤心。"

随后，服务员把江琳雅送上楼去换衣服。吴倩在一旁捧着脸看顾随给许倾修剪倒刺，说道："你干吗对江琳雅那么好？她摔了就摔了呗，管她呢。"

许倾只觉得四周的目光都投向了自己，好几次想抽回手，但又被顾随拉了回去。许倾正想回答吴倩，顾随却先低沉地说道："生日是好事。你把人家撞倒了，我老婆还得给你收拾烂摊子。光是这点，你就该反思反思。"

吴倩现在真的很讨厌顾随了。

许倾伸手摸摸吴倩的头，说道："来者是客。"

吴倩抓着许倾的手，瞪着顾随："你明知道江琳雅跟许倾不对付，为什么要邀请江琳雅来参加许倾的生日派对？"

顾随慢条斯理地抬起眼皮，如墨的眼眸如寒刀般。他没有搭理吴倩，只在许倾的嘴角留下一吻："我过去看看爷爷。"

许倾："好。"

等顾随走后，吴倩嘀嘀咕咕："你怎么就答应让江琳雅来呢？"

许倾摸摸吴倩的头，笑道："整个圈子里好的、坏的都来了，她怎么不能来？"

"晦气。"

不一会儿，江琳雅整理好从楼上下来，但没有靠近许倾，而是站在远处吃东西。以前无论她去哪里，都会有很多人一下子簇拥过来，这次却没有。那些人全部聚集在许倾的身边，时不时地找许倾聊天。

吴倩记得，围在许倾身边的人里，有些以前跟许倾不太对付，如今也觍着笑脸上前祝福许倾，邀请许倾接戏或代言品牌、拍摄杂志之类的。

吴倩发现江琳雅孤零零的，压根儿没人搭理她，而许倾这边则有数不清的人在奉承着许倾。吴倩似乎明白了一些什么，但又没立即明白。

中场的时候，顾随把外套随手搭在一旁的椅子上，走上小舞台，握着话筒，神情稳重地说："感谢大家在百忙之中抽空来参加我太太的生日派对。今晚，我也要宣布，我太太许倾已成为欢颜的董事，目前持股百分之四十。"

全场哗然。前段时间，欢颜内部动荡，顾随手段凶狠，原来都是为了许倾。

吴倩听到有人在议论："江琳雅不是说想跳槽去欢颜吗？"

"这下子……她还敢去？"

吴倩顿时无语，觉得顾随真牛。

所有人都震惊了，没想到许倾不仅成了顾随的太太，竟然还成了欢颜的董事。甚至包括杨彤在内，一开始说不知道许倾能让顾随喜欢多久的那些人，都有点儿愣了。

不单单其他人震惊，许倾本人也很震惊。一时间，道喜的声音将她淹没。

顾随从舞台上下来，端起酒杯抿了一口酒。许倾走到他的面前，愣愣地看着他。顾随喉结滚动，嘴角含笑。

"我知道，如果我直接跟你说把股份给你，你肯定不要，所以我只能用这样的方法了。"

许倾咬牙："你怎么不提前跟我说一声？"

顾随牵着她的手，说："惊喜嘛！惊喜就是不能提前说的啊！"

"哟！"

"啧！"

"不行，我看不下去了。"周扬笑着端起酒杯走了，其他人也纷纷笑起来。

许倾脸色微红，无奈而甜蜜地接受了这个事实。

派对结束时，"许倾成为欢颜董事""许倾生日派对"这两条话题上了热门。

"说真的，许倾现在真是到了人生的巅峰。"

"我只想知道，江琳雅之前不是说要去欢颜吗？现在还去吗？"

"哈哈哈！去吧，然后以后只能听我们倾倾的。"

"震惊了，哈哈。对了，圈子里的人有一大半去了许倾的生日派对，而且这些人里还有很多之前不给许倾好脸色的。"

"说句实话，如果《股神》还没上映，顾随就给许倾办这个派对，会让她永远被贴上'顾太太'的标签。但如今《股神》上映，许倾取得这么好的成绩，再被贴上'顾太太'的标签，那就是锦上添花了。顾随全都算计过了，这男人够厉害。"

许倾喝了不少酒，上车后就有点儿晕，靠在椅背上揉着额头。顾随直接把她拉到大腿上躺着，一边接电话一边给她揉额头。

许倾本来躺得好好的，突然坐起身看向窗外。顾随扶着她的身子，问道："这么着急干吗？"

许倾指着不远处的一辆车旁："你看，那是不是孟莹？"

顾随凑过去，伸手搂着她的腰，看了过去。

只见不远处的梧桐树下，停着一辆黑色的路虎车。孟莹没上车，只是站在车旁跟车里的人说话。车里的男人戴着金丝边眼镜，侧脸极其精致。两个人说了几句话，孟莹有些失落地后退了一步。

顾随："那是许殿。"

许倾："孟莹好像很难过。"

顾随看了自己的老婆几眼，拿出手机，说道："我问问周扬。"

"算了。"许倾坐了回来，摁下顾随的手机，靠在他的怀里，说道，"我干涉太多不好。无论什么事情，都要自己想清楚，别人是帮不了的。"

顾随的动作一顿。他放下手机，垂眸看着怀里的女人，半晌，捏起她的下巴："所以，当初你对我一直想得很清楚？"

许倾看着他，笑了笑，说："顾随，我经历过生离死别，所以什么都看得很开。"

顾随的指尖紧了几分，直到这时，他才发现一个事实——

心上人又如何？如果她不想要的话，"心上人"这三个字压根儿没有什么分量。一个女人可以把你放在心里，却从来不去行动；如果她连一丝一毫的行动都没有，那么这个心上人就纯属摆设。

顾随的喉结滚动了一下："许倾，你爱我吗？"

许倾一愣，几秒后说："现在爱。"

现在爱，以后不知道。现在爱，以前也不知道。

顾随松了一口气，低头亲吻她的嘴唇："足够了。"

他已经卑微到只要她现在爱他就行了，哪怕这份爱可能不牢固。

许倾能感受到他的索取，伸手搂着他的脖颈回应他。

派对结束，接下来的安排就是去看罗素。即使许倾和顾随喝了不少酒，顾老爷子也喝了一些，但三个人还是让司机把车开往蜜林。

复式小楼里亮着灯。他们一进门就看到罗素和萧姨摆了一桌子的吃食，还有一个蛋糕——她们正在等他们。

许倾踩着高跟鞋走过去，直接抱住罗素。罗素泪光盈盈，说："可算又可以帮你过生日了。"

许倾坐在母亲的身边，说道："可不是。我就等着这一天呢。"

"你喝了不少酒？"

许倾笑着掩嘴。罗素又看向顾随和顾老爷子。

顾随含笑，放下外套，坐在对面的沙发上，说道："是喝了一点儿，但还没醉。"

顾老爷子呵呵一笑，坐下说道："来来来，我尝尝今晚的小菜。"说着，他拿起筷子就开吃。

晚上在派对上喝酒居多，真没吃什么东西，顾老爷子很不习惯那样的场合，但是为了孙媳妇，他得待着。

一家人吃来吃去，还是家里这些小菜最好吃。于是，他们开始吃小菜，吃完小菜又切蛋糕。

这个蛋糕是罗素亲手做的，上面写了四个字——"健健康康"。

健康最重要。

"倾倾，快许愿。"萧姨在一旁提醒。

许倾看着跳跃的烛光，想起了父亲。以前父亲也喜欢催她许愿。他说："许愿可以说出来，因为你还小。"

于是，她每次许愿都会说出希望得到什么礼物，然后过段时间愿望就会实现。因为礼物都是爸爸买的。

此刻，许倾再次许愿。

她在心里说：希望我爱的人健康长寿，永远幸福。

她一睁眼，对上顾随的眼眸。他坐在对面，手肘撑在大腿上，两手交叠支着下巴，正看着她。他含着笑问："许了什么愿望？我帮你实现。"

那一刻，许倾的泪水夺眶而出。其他人均是一愣，顾随也愣了。

"怎么哭了啊？"

"好端端的，怎么哭了？"

许倾赶紧拿了纸巾擦眼泪，笑着摇头说道："没事。我好久没许愿了，有些感动。"说着，她看了一眼顾随。

四年前他是光、是英雄，四年后他仍然是。

罗素也在一旁悄悄抹泪，摸着女儿的头发满心愧疚。许倾曾经是他们夫妻的小公主啊。

吃过蛋糕已经很晚了。看着母亲睡下，许倾悄悄地关上门，走出去提起小包，说道："走吧。萧姨，我们先回去了。"

萧姨点点头，送他们出去。

顾随挽着外套，牵着她的手走出门。他看了一眼身边的女人，问道："刚刚只是因为感动而哭吗？还是想到了岳父？"

许倾看了他一眼，踮脚亲了他一口。顾随挑眉，眯眼正想说话，许倾又亲了他一口。

走在前面的顾老爷子打开车门，准备喊两个人上车，一转头却看到自家孙子站在门口，而自家孙媳妇踮脚亲了孙子一下、两下、三下，孙子跟傻了似的一动不动，任由她亲。

顾随也太傻了。

车窗摇下，保镖探头趴在车窗上，有些疑惑地问道："老板怎么跟傻了似的？"

顾老爷子摁着保镖的头把他摁了回去，说道："你才傻。"

保镖不敢反抗顾老爷子，把头缩了回去，一头雾水。

许倾亲顾随太多次的结果，就是回家后被折腾得动弹不得。

顾随按着她的腰，低声问道："什么时候去拍《春至》？"

许倾趴在枕头上，说道："明天。"

顾随点头："好。"

许倾："我在想，爷爷会想要孩子吗？"

顾随："他想要就自己去生。"

许倾：你好毒。

"你呢？"沉默几秒后，许倾问顾随。

这是不可回避的问题。

顾随一直按着许倾的腰，刚才实在是折腾得太厉害了。

"我还没过够二人世界。另外，你现在也不适合有孩子。你正处于事业的上升期。"他说着捏住许倾的下巴，"你想生？"

许倾听了他的话，已经放下心来，摇头："怎么可能？"

顾随松了她的下巴，笑着说道："那行。"

这件事就算达成了共识。顾随理解许倾的职业，这就足够了。

第二天一早，许倾就得出发去东市拍摄《春至》。因为时间很早，她和顾随下楼吃早餐时，以为只有保姆在，没想到顾老爷子也在。

顾老爷子已经打完拳，正坐在餐桌旁慢悠悠地喝豆浆，看到他们，问道："醒了？"

顾随给许倾拉开椅子，两个人落座。许倾拿起油条掰开吃了一口，问道："爷爷，你怎么起这么早？"

顾老爷子说道："我天天都起这么早，只是今天格外早而已。我知道你要去拍戏了，爷爷送送你啊。"

许倾一听，笑着说道："多睡会儿嘛。"

"老人家觉少，睡不了多久。"

许倾眉眼含笑地专心吃早餐。顾随喝着咖啡，偶尔帮她加点儿什么吃食。

餐桌上，安静而温馨。

等两个人吃完早餐要走时，顾老爷子擦擦嘴角，看了他们一眼，说道："许倾，不必担心爷爷对孩子的要求。爷爷没有任何要求，也不会指定你要什么时候生，这些都看你自己。"

许倾的脚步一顿。她下意识地看向顾随。顾随挽着外套，嘴角含笑，靠在一旁的柜子上。许倾回头看向顾老爷子，顾老爷子也带着笑。

许倾："爷爷……"

顾老爷子紧跟着说："你奶奶当年生你公公时差点儿难产，所以那个时候我就在想，孩子到底是不是必须要。后来我得出一个结论，孩子真不一定非要。人这一生，短短几十年光景，怎么开心怎么活最重要。"

顾老爷子是个智者，饱读诗书，又是经济学家，在大学任教多年，门生众多，同时还深爱着奶奶。他能说出这样的话，许倾觉得既是情理之中又在意料之外。她走过去，弯腰给了顾老爷子一个熊抱。

顾老爷子："哎哎哎——"

"谢谢爷爷的理解。"许倾松开顾老爷子说道。

顾老爷子赶紧顺了几下自己的胡须，摆手说道："赶紧走吧，赶紧走。别耽误飞机。"

许倾哈哈一笑，钩住顾随的手臂。顾随看着她开心的笑容，眉眼也带上几缕笑意，带着她走向门口。

行李箱已经放上车了，顾随和许倾上车，一路前往机场。苏雪如今要带另外两个艺人，跟组的只有小兰和另外一名生活助理。

抵达机场，许倾从车里下来，顾随也跟着下车。他拿起帽子，转过许倾的身子，给她戴上，随后借着帽子的遮掩，低头亲了亲她的嘴唇："到了发信息给我。"

许倾："好。"她按着帽檐，戴上墨镜。

小兰跟小助理跑过来帮忙提行李箱。许倾转身走了几步，又回头看，见顾随站在原地，手插在裤袋里，含笑看着她。许倾心里有些甜滋滋的，快步走进机场。

今天的机场里比较安静，因为没有粉丝应援。许倾三个人很顺畅地过了安检。上了飞机，许倾刚坐下，小兰就拿了平板电脑给她看。

小兰支着下巴笑着说道："看，这么快上热门了。"

许倾点开手机一看，"顾随送许倾去机场"的话题出现在前排。

"许倾穿着黑色上衣和牛仔长裤，这身材真是绝了。不过顾随这个好老公也绝了，一大早送许倾赶飞机，还目送她进机场后才走。看视频。"

视频从许倾下车拍到许倾进机场，最后还远远地拍着顾随。顾随没立即走，一直等到许倾她们消失在机场门口，才转身上车。那高大挺拔的身材和那张俊脸，非常养眼。

"啧啧，望妻石啊！"

"送你上去。"

"好一尊望妻石。"

"不过说真的，顾随那么忙还送许倾去机场，还这么早。这几点啊？"

"才六点半。难怪没有粉丝应援，今天又不是周末。"

"顾随对许倾是真好。"

"顾随好帅好帅。"

许倾关掉视频，勾起嘴角，觉得以后估计都不安生了。不过没过几分钟，这个话题就被压了下去。

顾随发微信消息给她："那个话题我压了。"

许倾："嗯。"

他所做的一切不是为了给大家看，他就是发自内心地想要对她好，没别的。

东市的天气要冷一些，许倾一下飞机就穿上了薄外套。她们先去酒店办入住，随后赶往剧组参加开机仪式。

这次饰演男主角的演员叫顾炎，是一位一线演员。许倾见到对方，招呼道："你好，顾老师。"

"你好。"顾炎坐在休息区看剧本，回应了许倾。

许倾朝对方一笑。之前参演《龙山》时，她接触了很多老戏骨，有些还揣着国家一级演员的荣誉。相对而言，顾炎很年轻，却也很有实力，而且还要跟她演感情戏。许倾有点儿不确定自己能不能接住戏，不过这件事等开拍就知道了。

《春至》讲的故事是：一个名叫陈至的女人带着一个孩子，为了躲避前夫而住进了一个小区，跟对门的女业主江娇发生了少许的争执。江娇不太服气，因认识陈至的房东，便想让房东把房子收回来，并为此展开了一系列针对陈至的行动。

顾炎饰演的角色叫江霆，是江娇的哥哥，因为妹妹而注意到对门的租客。他也劝说陈至换一个地方住，因为他的妹妹有双重人格，他怕误伤到陈至。然而陈至觉得这是自己千挑万选的小区，可以躲开那个为了孩子想要复婚的前夫，所以坚决不肯搬走。

于是江霆时不时地过来看妹妹，顺便看看陈至有没有被妹妹误伤。就这样一来二去，江霆对陈至产生了一些情愫，但碍于陈至的性格不敢明说。

后来，江娇的第二人格出现，不仅比主人格性情暴躁，还时不时地消失不见。江霆只得去寻找妹妹，却发现江娇和一个叫祝且的年轻男孩儿在一起。而祝且是个辍学的大学生，成天在网吧里厮混。江霆只能时刻盯着江娇。

一天，江霆再回小区的时候，正巧碰上陈至的前夫找到这里，并向江霆询问陈至的事。江霆大约知道陈至住在这里的原因，于是骗他说陈至已经被自己的妹妹气走了，前夫只得走了。

江霆上楼时看到陈至出来扔垃圾。陈至穿着白色的裙子，扎着马尾辫，面容柔美。江霆只觉得心跳加速，越发喜欢她。他上前打招呼，想要帮她倒垃圾，却在指尖触到她的肌肤时，没忍住抓住了她的手指，下一秒便被陈至狠狠地打了回去。这段感情始终是暧昧的，没有被点破。

后来，陈至和江娇的一个人格成了好朋友。而前夫也找到了孩子，并用孩子威胁陈至。

陈至听到孩子哭喊着爸爸，突然觉得孩子可能很想要爸爸。躲起来的这段时间，她跟孩子之间也产生了一些矛盾。孩子想要爸爸，可是她和前夫早就没了感情，前夫甚至出轨过。她还要回去吗？思考一番，她答应前夫，每周可以让他看孩子两次。

至于江霆，她把对江霆的感情埋在心底。直到一个晚上，他们才牵了一下手。

这部剧里不仅有亲情、爱情、友情，还涉及陈至的事业，故事非常饱满。而顾随要求改掉的亲热戏，全都变成了眼神的纠缠，使得两个人的感情若即若离，最后的牵手也让所有人大松一口气。

围读剧本的那天晚上，大家都进入了状态，而且这种状态持续到开拍。许倾根本来不及去想能不能接上顾炎的戏，就已经入戏了。或许是因为她跟陈至的年纪相仿，拍起来更容易。

拍了将近半个月后，许倾已经无法出戏了。

东市的天气也开始热起来。这天，一辆黑色的宾利停在片场外，高大的男人挽着外套走进片场。

剧组正在拍戏。风扇呼呼地吹着，地上还放着风筒，给片场带来了少许凉风。许倾和顾炎面对面站着，顾炎伸手按着门，不让许倾回屋。四目相对，情绪在两个人的眼里流淌。

周围的人都能感觉到那种张力，顾随也感觉到了。他专注地望着自家老婆演戏时的样子——很美，也很认真。如果她看着的人是他该多好。

"Cut（停），OK。"

成导一出声，正在对峙的男女主角瞬间放松。

小助理上前给许倾送毛巾。许倾擦着脖颈走向休息区。她刚坐下，一抬眼就看到了站在场边抽烟的高大男人。他微挑眼眸，咬着烟，周身烟雾缭绕。许倾呼出一口气，低头，用手掩着脖颈。

顾随眯眼，喊住小助理："她怎么了？"

小助理看到顾随有些发怵，说道："最近入戏了，许姐一直都这样，无心关注外面。"

顾随一愣，走到许倾的面前，半蹲下去看着她："老婆？"

许倾抬起头看到跟前的男人，绷着的那根弦突然就断了，那种不能触碰、不可言说的情感一下子爆发出来。她伸手一把抱住顾随的脖颈："江霆啊。"

顾随伸出的手停在半空中。几秒后，他偏头看着她说道："我是你的老公。"

许倾："我知道。"

"你改的剧本太克制了。"许倾用力紧紧地抱着这个男人。

顾随搂着她，说道："以后别接这种剧本了。"

许倾没吭声，又一次陷入剧本的情节中，想到孩子跟自己闹，眼泪扑簌扑簌地直掉。顾随的肩膀一下子就被打湿了。

他愣了一下，把女人从怀里拉出来，抵着她的额头："怎么突然哭了？"

许倾咬着下唇，泪眼蒙眬，说："以后你要是出轨，我打死你。"

"我哪儿敢？"顾随用袖子为她擦泪水，说，"你别因为拍戏爱上别的男人就行。"

她现在这个状态就非常危险。

许倾抽咽着，哭得梨花带雨。顾随看着心疼坏了。他抬起头，在她的额头落下一吻。许倾下意识地闭上眼睛，感受男人薄唇的温度。

她说："有了孩子，夫妻俩更难以割舍。"

顾随："嗯。"

他知道她在说台词，也由着她时不时地蹦出两三句不合时宜的台词。好在这时许倾已经收工，顾随让小助理给她收拾东西。然后他便牵着她的手，跟导演说了一声，带她回了酒店。

许倾回到酒店后，状态倒是好了很多。她把顾随推倒在沙发上，解开顾随的领口，坐在他的腿上跟他接吻。顾随按着她的腰，偏头吻着她。两个人已经半个月没见了，自然想念彼此。

　　在要做措施的时候，许倾却不让。顾随眯眼看着自家老婆："你现在清醒吗？"

　　许倾搂着他："一般，就是不想。"

　　她这么撒娇，他能怎么办？他问许倾："若是怀了，你怎么办？"

　　许倾："不会。"

　　这样子分明就是还不清醒。顾随顺着她，不过最后还是补救了一下。许倾一身是汗地趴在他的怀里，已经完全清醒了。

　　她说："所以拍戏真的看导演和搭档。我们从围读会那天起就进入了角色，演得畅快淋漓。"

　　顾随冷哼一声，捞起外套披在她的肩膀上，说道："入戏到叫错名字。"

　　许倾听出男人语气里的咬牙切齿，趴在他的怀里一个劲儿地笑，笑得那么可爱，笑得让顾随生不起气来。他抱起她，说："洗个澡。"

　　"好。"接着，她被顾随抱起来，进了浴室。

　　洗完澡，顾随叫人送了吃的上来。吃完后，许倾靠在顾随的怀里看剧本。她穿着白色的衬衫裙和短裤，长腿架在沙发扶手上，整个人看起来懒洋洋的。顾随则用平板电脑看邮件，处理工作。

　　许倾一边看剧本一边问道："你那边忙完了？"

　　最近顾随在进行一笔很大的收购案。据说收购价格很高，几家公司联合起来都没办法拿下，现在还在四处找其他公司合作。顾随作为牵头人，应该很忙。

　　顾随："嗯，很忙。凌晨的航班。"

　　许倾撩起眼皮看了他一眼："所以你就抽这么一天时间来看我？十个小时都不到？"

　　顾随："嗯，特意转机过来的。"

　　许倾捏了一下自己的脸："红颜祸水。"

　　顾随轻笑一声，低头亲吻她的嘴唇："那是。"

　　尽管是凌晨的航班，顾随也得提前一个小时到机场，所以深夜十二点多，许倾打着哈欠送顾随出门。顾随这次是专门来和自家老婆约会的，所以谁也没带，就一个人来的。

　　他低头吻了她好久，说道："进去。"

"好，落地发信息。"

"嗯。"

顾随穿上外套，走向电梯。许倾站在房间门口看着他进了电梯，才关上门，伸了个懒腰回卧室接着睡觉。

凌晨三点多，许倾的手机"嘀嘀嘀"地响起来。她迷迷糊糊地拿出来一看，是苏雪的电话。

许倾接起来。苏雪在那头问道："微博上的话题是什么情况？你跟顾炎又是什么情况？"

许倾一愣。顾炎？她清醒了一些，开了床头灯，进入微博。

话题"许倾房里的男人顾炎"下的一条微博里发了十几张照片。照片里的男人都没有被拍到正面，但是许倾被男人搂着腰的画面都被圈了出来。

东市的酒店进行偷拍很容易。因为这里独特的建筑特点，记者要蹲守拍照片很容易。所以这组照片还拍到许倾跟一个男人进了她的房间，以及那个男人拉上房间的窗帘。不过因为距离较远，那个男人也没有看向镜头，只拍到一个模糊的侧面。

那么大家为什么这么确定是顾炎呢？因为照片上那个人的腕表和顾炎曾经戴过的腕表一模一样。

这位博主可能很关注《春至》剧组，说许倾拍戏过程中入戏太深，看着顾炎含情脉脉，两个人很暧昧，又说顾炎曾经有过因为拍戏而和女演员在一起的情况。

至于为什么没人说是顾随，是因为大家都知道顾随最近很忙。他的那笔收购案让整个圈子惊涛骇浪，风云顿起。这么忙的时候，他会出现在东市吗？压根儿不可能好吗？

有很多人私信许倾，问到底是不是顾炎。许倾一个都没搭理。

她对苏雪说："不是顾炎，是顾随。"

"顾随怎么会去东市？"苏雪都有些惊讶，问完后又觉得自己傻了，人家是夫妻啊！顾随明显就是去看许倾的。

"行，我去发声明。"刚说完，苏雪又愣了，对许倾说，"你老公发了。"

许倾点进微博，看到一个小号发了微博。

　　顾：那个人是我。@凌盛投资

一个连认证都没有的小号，直接@凌盛官方微博，十分霸气，而且还配了一张许倾躺在他的大腿上看剧本的照片。

凌盛投资的官方微博立即转发了这条微博。"顾随小号只关注许倾"这条话题也上了热门。

"顾随这是多想许倾？非得在这么忙的情况下特意转机过去。"

"顾随霸气。"

"顾随真棒。"

　　顾：哦，那些说我老婆坏话的人小心一点儿。

"实力护妻！"

"这些人没完没了，无语。"

"对，把他们的账号都处理了。网络不是法外之地。每次都逮着许倾说，真无语。"

"顾随太霸气了。实力宠妻，就是辛苦了点儿，还特意转机去看许倾。哈哈哈。"

"对啊对啊，哈哈哈，特意转机。"

"跑来跑去，男神累不累啊？"

接着，顾炎也发了微博。

　　顾炎：我跟许倾只是朋友，不要胡乱猜测。

"你也姓顾啊！"

"就是就是。他们怎么可能会乱来？我真的服了。"

"哥哥！"

苏雪："好了，顾总都解决了。你可以休息了。"

许倾看着男人专门发的两条微博，眉眼弯弯，心情愉快。她放下手机，躺下继续睡了。

第二天一早，绯闻的微博已经没了，只剩下"顾随小号只关注许倾"留在热门话题的末尾，昭告着他们的甜蜜，也昭告着顾随对许倾的保护。

《春至》杀青时已进入秋季。本来预计两个月的拍摄时间延长了很多，因为江娇这个角色的第二人格总是拍不好，一直在磨合。

而《龙山》也在十月上映了。《龙山》是红色电影，又恰好在国庆档，上映后票房就爆了。整部电影几乎没有雷点，所有演员都被夸奖，包括许倾。

与此同时，《股神》和《闺密》的两位女主角被双双提名金鸡奖最佳女主角。《闺密》的主演是廖嫣然，她是第二次被提名最佳女主角。而《闺密》的票房也很高，和《股神》不相上下。于是所有人都在猜测她们谁能拿下最佳女主角。

好几次许倾跟廖嫣然在活动现场碰面，廖嫣然都笑着跟许倾打招呼，许倾自然也会回应廖嫣然。两个人看起来和乐融融。

然后就有人在背后吐槽：

"廖嫣然抱许倾的大腿。"

"哈哈哈，你猜这次廖嫣然为了赢会做些什么？"

"听说杨彤出了点儿关系，想要保廖嫣然拿下最佳女主角。"

"是吗？呵呵。"

很快，海城的电影节也来了。顾随正好要去海城，便陪许倾一起去。两个人抵达海城后，入住麒麟山庄的套房。

安顿好后，两个人在一楼餐厅吃了晚饭。随后，顾随带许倾去港口，牵着她的手重回旧地——这次是光明正大的。

许倾穿着连衣裙走在台阶上，抬手按着帽子。海风扬起来，吹乱了她的发丝和裙摆。

看到前面有人卖冰激凌，许倾说："我想吃。"

顾随笑着说道："在这儿等我。"

许倾："嗯。"

顾随松开她的手走过去。此时全是小孩子拉着大人在排队买冰激凌，顾随一个穿着衬衫、挽着西装外套的大男人排在其中，显得有些突兀。

许倾站在原地吹海风，望着排队的男人，又看了一眼排在他前面的小男孩儿和排在他后面的小女孩儿。两个粉嫩嫩的娃娃把他夹在中间。

前面的小男孩儿可能觉得顾随高大吧，时不时地抬起头去看顾随。顾随垂眸看了一眼那个小男孩儿，注意着别碰到他。

许倾突然觉得，这个男人或许很适合当爸爸。

这时，她的手机响了。她拿出来一看，是顾老爷子发的视频通话邀请。许倾立即点开。

顾老爷子穿着练功服，问道："你们到海城了没啊？"

许倾走下台阶，说道："早到了。"

"你们那边怎么那么暗啊？"

许倾："我们在外面。"

"顾随呢？"

"在给我买冰激凌。"

"哦，让我看看他买冰激凌是什么样的，他从小没吃过这些东西。"顾老爷子十分好奇。

许倾笑着问道："他不喜欢吃吗？"

"不喜欢。快给我看看他现在是什么样子。"顾老爷子想看顾随拿冰激凌的样子。

许倾立即走向卖冰激凌的车摊，刚走近便看到顾随接了冰激凌，转身弯腰拿给后面的那个小女孩儿。

顾老爷子在视频里"哎哟"一声，问道："哪儿来的粉色团子啊？这么可爱。"

许倾笑着说道："爷爷，那是别人家的小孩儿。"

"哦。"

许倾走过去，把摄像头对准顾随。顾随拿着另外一支冰激凌，一挑眉梢，看向镜头。

顾老爷子说道："你妈和你爸应该要回来了，准备接驾吧。"

许倾闻言，不禁手一抖。顾老爷子"哎呀"一声："倾倾，别晃啊。别慌，丑媳妇总是要见公婆的。"

顾随："臭老头儿。"

顾老爷子：你们夫妻同一战线，对吧？生气。

"好了，臭老头儿说完了，挂电话吧。"说完，顾老爷子直接挂了视频电话。他打这通电话，主要目的就是通知顾随他爸妈要回来这件事。

屏幕一黑，许倾收了手机。顾随把冰激凌举到她的唇边。许倾低头舔了一口，眼睛却一直看着顾随。

顾随看着她吃，随即笑了："不必担心，我爸妈人都不错。"

许倾伸出舌尖舔掉嘴角的冰激凌，说道："我不担心。"

"嗯。"

冰激凌是草莓味的，味道浓郁，确实好吃。许倾又舔了几口，吃得专注时舌尖偶尔一闪而过，眉眼妩媚又漂亮。顾随渐渐眯起眼眸。

许倾发现男人的眼神，一愣，随即吃了一大口，含着冰凉的冰激凌，踮脚往他的怀里扑去，嘴唇贴上他的薄唇。顾随伸手握住她的腰，探出舌尖品尝她带来的甜味。

许倾退开一些，咽下冰激凌，问道："甜吗？"

顾随舔了一下嘴角："没你甜。"

许倾忍不住笑了："你居然会说情话。"

顾随："我平时不会吗？"

许倾："也不是不会，但大多数时候都不会。"

顾随捏捏她的腰，问道："你遇见过会的？"

突然被翻起旧账，许倾愣了一下，一口一口地吃着冰激凌，"啧"了一声，回道："没吃过猪肉还没看过猪跑啊？"

顾随冷哼："是拍戏的时候有男演员对你说的吧。"

这个男人怎么这么聪明？许倾挑了一下眉，大方承认："差不多吧。"

顾随一咬牙根儿："你说说，他们都说了什么情话？我学学。"

许倾瞟了一眼顾随，接着说："你学什么学？很多情话都很油腻，像你这种偶尔蹦出来的才是真情话。"

"是吗？"

"当然。"许倾又瞟他一眼。

这样的许倾看起来有几分可爱，又有几分娇俏，令人心痒。顾随见她又含了一口冰激凌，低头咬住她的唇瓣，低声说道："我吃一口。"

他的意思非常明显。许倾愣了一下。男人吻过来，直接从她的嘴里钩了少许的冰激凌，又钩了一下她的舌尖。随后他松开她，用指腹擦了一下许倾的嘴角。

两个人的舌尖一触即离。许倾一下子便红了脸，见男人神色如常，心里痒得要命。

"爷爷说你小时候不吃这些，你现在年纪这么大了才吃。"

"年纪这么大？"顾随牵着她的手，扫了她一眼。

许倾一手握着冰激凌一手让他牵着，笑了起来："难不成你现在青春年少？"

顾随："那倒不是，黄金时期。"

许倾弯起眉眼，一边走一边笑。按这个男人的长相和家世，也许可以黄金三十多年。顾随偏头看她，看到她的笑容，眼眸里含着一丝笑意。

晚风轻拂，岁月静好。

吃完冰激凌，顾随把许倾抱下台阶，随后牵着她的手走出这个靠港口的小公园。公园门外停着一辆黑色的轿车，夫妻俩上了车，回酒店。

此时的麒麟山庄到处都是暖色的灯光，气氛温馨。下车后，顾随牵着许倾上了楼。许倾想了一下,问道:"最近怎么没看到陈助理啊?"

顾随刷卡进门,把外套挂起来,说道:"他去帮我处理一些事情。"

许倾脱下高跟鞋,道:"哦,你的助理不是很多吗?"

顾随:"但是用得顺手的就他一个。"

说完,顾随解开衬衫领口,转过许倾的身子,拉下她裙子的拉链,低头吻住她的脖颈。随后,他拦腰把她抱起来,走进浴室。

这边的浴室大得惊人,还有一个室内游泳池,池边配有柔软的躺椅。许倾仰头搂着他的脖颈。顾随亲着她的嘴唇说道:"全是草莓味。"

许倾:"你喜欢吗?"

"你喜欢,我就喜欢。"

许倾弯起眉眼,紧紧地抱着他。狗男人,偶尔的情话真的蛮甜的。

室内游泳池波光粼粼,椅子上人影晃动,构成一幅美景。

洗完澡后,许倾穿着睡裙靠在床头看平板电脑。顾随倒了一杯牛奶放到她的手里,随后也掀开被子上床,坐在她的身旁。

许倾翻看微博,发现微博上有人开了投票:"你们觉得今年的金鸡奖最佳女主角会是谁?"选项分别是廖嫣然、许倾以及"都不是"。

许倾切换小号给自己投了一票,然后去看投票结果,发现廖嫣然的票数比她高很多。她笑了笑,想了一下,把这条投票微博分享到微信朋友圈。

分享完后,许倾再点进微信,突然感觉不太对劲——这个微信账号好像不是她的,而是顾随的。她愣了一下,再一看,微信消息一下子接踵而来,紧接着朋友圈也多了很多条评论。

许倾猛地看向顾随,顾随也正看着她。他挑了一下眉:"点开看看。"

许倾不敢去看微信消息,但看看朋友圈还是可以的。她点开朋友圈,发现已经有一百多条评论了,心想这个男人还真是受关注。

顾随的朋友圈:"你们觉得今年的金鸡奖最佳女主角会是谁?投票链接。"

某高管:"老板,你现在开始公权私用了。好的,已经投了。"

某高管:"几年不发一条朋友圈动态,突然一发就是给老板娘拉票。好的,这就投给老板娘。"

某高管:"这条朋友圈动态活像搞传销的。已投。"

某高管:"我还没有微博呢,是不是得为了投票去申请一下?"

陈想:"已投。"

周扬:"啧啧,已投。"

江郁:"这票投了就能拿奖?顾随,你是不是傻?"

江郁："已投。"

陈顺："差点儿以为老板你被盗号了。已经投了。"

柳烟："哈哈哈哈，行，已投。"

顾老爷子："投了，孙子好样的。"

某总："顾随，我没微博。"

某总："行吧，我让我的女儿投一下。"

财务总监："我忘记微博密码了。老板，不要生气，我立即去找找。实在不行，我让我的弟弟们投。我有四个弟弟，他们都玩微博。老板，除了这个还有什么需要投的？可以私信我。"

某合伙人："投了。顾随，你欠我一个人情。"

许倾愣了一下，问道："投个票就欠人情？这人怎么不去抢？"

顾随含笑："我的人情很难拿。"

顾随像是想到了什么，侧身去拿自己的手机，然后登录另一个微信账号，发信息给陈顺。

几分钟后，陈顺来电。顾随接起来："说。"

陈顺在那头说道："我查了一下，目前已知的评委，确实投廖嫣然的概率大一些，我们老板娘似乎机会小一些。"

顾随微拧眉心，看了一眼身旁的女人，声音低沉地说道："去查查看，她有没有其他操作。"

陈顺点头："好。"

顾随挂了电话，放下手机。许倾也放下平板电脑，转头看他："什么其他操作？你问了奖项的情况？"

顾随抬手拨弄自家老婆的头发，低声问道："你想不想拿奖？"

许倾看着他，说："我只想公平拿奖。"

顾随微挑眉梢，便不再说了。他刚刚问那句话就是有点儿想操作一下的意思，只要许倾点头。只是许倾也听出了他的意思，立即给出"公平"二字，顾随只能听自家老婆的。不过既然要公平，那别人也得公平。怎么可以让自己的老婆被不公平对待？

于是，他又发了微信消息给陈顺："我老婆说要公平。"

陈顺："好的，明白。"

电影节开幕前的几天里，许倾经常听到小道消息，说廖嫣然拿这届最佳女主角的机会更大一些。或许廖嫣然的团队也听到了这些消息，许倾在参加一个品牌直播时正好碰到她的团队，他们看到许倾竟露出了点儿怜悯的神情。

小兰震惊了，摊手道："怎么看起来好像他们已经拿奖了？"

许倾戴着墨镜，嘴角含笑。

小兰接着说："也不知道廖嫣然知不知道自己团队的人现在这么高调。"

此时的高调就是树敌。许倾跟廖嫣然接触过几次，觉得廖嫣然其实很温柔。而廖嫣然跟杨彤是好友，也是因为杨彤确实帮了她很多。许倾目前还真看不出廖嫣然有什么让人讨厌的缺点，不像她和江琳雅那样，彼此一见面就火花四溅，全是无声的竞争。

回到麒麟山庄，美容师到房间给许倾做SPA（水疗）。许倾趴在美容床上昏昏欲睡。美容师不敢出声，安静地用精油推着她的肩膀。

不一会儿，房门打开。美容师一转头，看到这套客房的主人回来了。顾随解着领带，看了一眼美容床上的女人，冲美容师点了一下头，随后拐向书房。

美容师一下子脸就红了，心想男神果然很帅——她也是"一顾倾城"超话里的粉丝之一。

服务结束后，美容师不敢打扰许倾，收拾箱子起身。顾随从书房里出来。美容师看到他，立即结结巴巴地说："女神她睡着了。晚上提醒她洗澡，但不要洗太久，不能洗冷水……冷水澡。"

美容师的结巴和"女神"二字让顾随抬起眼皮看了她一眼，随后他说："好，慢走。"

美容师点点头，向门口走了两步又回头，看到那个高大的男人拉上了窗帘，随后回到床边拨弄许倾的头发，低头亲吻她的脸颊。

美容师瞬间露出姨母笑，然后发现男人要看过来，赶紧落荒而逃。顾随听见"砰"的一声，眯了眯眼。

第二天便是电影节开幕式，又是争奇斗艳的一天。

许倾参加过几回电影节的开幕式，可今年的待遇完全不一样。签完名后，她被媒体拉着拍了数不清的照片，跟她一起的女演员直接被忽略了。许倾能感觉到旁边女演员的尴尬，便伸手拉了一下她，笑着跟对方低语了几句。

闪光灯瞬间落在两个人的身上，记者们使劲儿地按着快门。那个女演员看了一眼许倾，眼眸里流露出感激。许倾笑笑，挽着对方的手走进会场。

今年孟莹的热度也很高。她走在后面，也是很多媒体关注的对象。这个圈子瞬息万变，谁都不知道自己下一秒会发生什么，会因为跟某个人走得近得到更多关注，也会因为说了一些话突然爆红或被雪藏，等等。

这其实就是一个赌局，每个人都在给自己下注。

电影节第一天是开幕式，第二天进行颁奖典礼，第三天就是闭幕式，行程紧凑。第一天现场的时装照热度还没下降，第二天的重头戏便来了。

颁奖典礼当天，许倾穿着黑色的紧身长裙，后背露了一大片。她一进会场，便看到站在一旁打电话的丈夫。顾随放下手机，上前搂住她的腰，带着她走下台阶。

许倾低声说道："我以为你不来了。"

"老婆这么重要的日子，我能不来？"

许倾轻笑。

两个人走到第一排时，很多人看到顾随，下意识地站起来，直到顾随搂着许倾坐下，他们才重新坐下。

顾随伸手拧开一瓶水，又跟工作人员要了一根吸管，插进瓶里后才递给许倾。许倾因为涂了口红，不想弄花，所以咬住吸管喝了几口。

很多人都在看着他们这一对，没想到顾随这位大佬居然会做这么贴心的事，还给老婆插吸管。顾随本身气势很强，这样的行为让他看起来多了几分柔情。现场很多女演员见此都羡慕不已。

接下来，颁奖典礼正式开始。

廖嫣然和杨彤坐在后面一排。杨彤低声跟廖嫣然说："没事的，这次一定准的。我的消息很可靠。"

廖嫣然紧张得掌心冒汗。她实在不想再陪跑了，今年必须拿一个奖项。

很快，轮到公布最佳女主角奖。被提名的电影片段在大荧幕上一一滑过。接着，主持人含笑看了一眼手中写有结果的卡片，视线扫了一圈台下，在廖嫣然所在的区域停顿了几秒。

紧接着她念道："第二十七届金鸡奖最佳女主角的得主是……"

随着音乐响起，主持人故意停顿了一下。廖嫣然已经直起了身子，接着就听主持人含笑说道："许倾！"

廖嫣然顿时感到心底一凉，跌坐回去。杨彤愣了，难以置信："什么？为什么？"明明是板上钉钉的事情，为什么会出现变故？

这时，一道清脆的声音在她们的身后响起："人啊，要接受公平。"

杨彤和廖嫣然转头一看，对上了吴倩的眼睛。

吴倩趴在椅背上，皮笑肉不笑地抬手："嗨。"

许倾其实没想到得奖的会是自己。直到掌声响起，周围的人都看向她，她才反应过来，下意识地看向自家老公。

顾随眼带笑意地看着她，许倾这才有了真实感。她咳了一声，被顾随虚扶了一下才站起来，随后提着裙子走上舞台。

掌声从四面八方响起。许倾来到主持人的旁边，看着台下或熟悉或陌生的面孔，那里坐着整个演艺界的人。

许倾伸手接过主持人递来的奖杯，眉眼弯弯。主持人笑道："恭喜你，发表一下获奖感言？"

许倾环顾台下，说道："感谢林导，感谢整个《股神》剧组。感谢评委老师颁这个奖给我，感谢你们对我的认可。"说完，她弯腰鞠躬。

掌声再次响起。接着有人调侃："还有一个人你不打算感谢？"

许倾心知他们在说顾随，微微一笑，看向台下的男人，接着又反问道："我感谢他做什么？他既没有投资这部电影，也不是电影的编剧，更不是评委，谢他做什么呢？"

"哇——"

"哈哈哈。"

所有人顿时笑起来，掌声越发响亮。很多人看向顾随，想看看他被自家老婆这么公开挤对后，此刻是什么表情。

许倾拿着奖杯从台上走下来。于是所有人看到顾随放下交叠的长腿，起身走向许倾，把她从台上牵下来。

一群想看笑话的人：行吧，被秀了一脸。

坐下后，许倾用手掌遮着嘴巴，靠在顾随的耳边问道："不是说廖嫣然获奖的概率大一点儿吗？"

顾随侧耳听着自家老婆说话，理了理袖子，说道："那我就不清楚了。评委的眼睛是雪亮的。"

"哦。"

颁奖典礼结束时已是晚上十点半。上车后，许倾捧着奖杯边看边喃喃道："我就这样拿奖了？最佳女主角？"

顾随看了她一眼，微勾嘴角："是啊，我的最佳女主角。"

许倾笑着往他的怀里靠去，说道："可能因为之前没被提名过，所以直接登顶有点儿不敢相信。"

她之前的想法就只是终于有了属于自己的第一部电影，没想到惊喜一下来俩。顾随将一只手搭在她的腰上，另一只手翻着文件，没有低头看她，只是嘴角含笑，看起来也颇为愉悦。

当晚，"许倾拿奖"就成了热门话题。不过评论有祝贺的，也有质疑的。

"最近许倾是走了什么好运？难道找一个有钱的老公能一步登天？那当初秦瑶怎么嫁入豪门那么久才拿奖？秦瑶演了那么多戏，大家都不陌生吧。同样是嫁个有钱老公，许倾的命怎么那么好？才一部作品而已，实在想不通。"

"说实在的，我也吓了一跳。因为廖嫣然陪跑那么多次，到现在还没拿过奖，她这次拿我可能不惊讶。但许倾拿奖，我是真的惊讶。我没看过《股神》，不知道她有没有资格拿这个奖。"

"看过《股神》的我告诉你们，许倾值得！"

…………

半夜，这个话题的热度一直往上升。

许倾知道会有很多人质疑，不想让他们打扰自己的睡眠，便在睡前关了机。所以苏雪打她的电话打不通，最后只能辗转打到顾随的工作手机上。好在顾随一般不会把工作手机关机。他伸手拿了正响铃的手机。

怀里的女人动了一下，顾随拍了拍她的肩膀，随后下床接起了电话，冷淡地问："什么事？"

苏雪听见男人低沉冷淡的声音，一时有点儿慌，迟疑了几秒，说道："顾总，是这样的，廖嫣然的工作室找上门，说希望我们能帮忙保密。他们有认识的人在评委里，回头会让他们发声，帮许倾作证，证明许倾没有花钱买奖。"

顾随站在飘窗前，闻言冷笑着问道："我们需要他们做证吗？"

苏雪："不需要。"

"那就行了。"说完，顾随挂了电话。他没有留情面，既然大家要查，那就查个彻底好了。

凌晨四点多，一条新的话题上了热门榜，大意是：据内部消息称：某廖姓演员想要操作金鸡奖得奖事项，后来被评委会制止；而评委会重新整顿后，才使这个奖得以公平颁布。

发微博的人虽然没有明说是谁，但是圈内有多少个廖姓演员？大家都猜到了。

第二天早上许倾醒来时，关于她的话题热度已降了很多。她打开手机，才看到廖嫣然发来的微信消息。

廖嫣然："许倾，这次我是听信了别人的怂恿才去做这件事的。我真的陪跑很多次了，特别想拿奖。你可能不能理解我的心情，毕竟你演了一部电影就拿奖了。你的起点比我高太多了。"

廖嫣然："我本来想让你帮忙保密的，没想到你这么快做决定。"

廖嫣然："算了，是我做错了。"

许倾顿时觉得廖嫣然有点儿可怜，但可怜之人必有可恨之处。网络上的评论也很乱，依旧有很多议论猜测。许倾直接发了一条微博。

许倾：如果质疑我拿这个奖项的公正性，可以重新评。但如果结果证明我没有买奖，你们这些人怎么给我一个交代？

"倾倾霸气！"

"这条微博太牛了！"

"倾倾，爱你，你最棒。"

"只有真正有实力的人才敢说重新评。大家都忌妒许倾是吗？"

"那些博主就是忌妒。他们不知道许倾这些年拍了多少剧。实力都是靠经验累积的好吗？"

"许倾真的好帅。"

许倾的微博一发，原本还在发布负面言论的网友们瞬间安静下来。因为没有人有证据证明许倾真的买了奖，而且有评委出来发声明澄清，这件事就这么过去了。

许倾掀开被子下床，穿着薄款的睡衣走出去，看到顾随站在咖啡台旁煮咖啡。他穿着黑色上衣和黑色长裤，俊朗得很。

许倾走过去，从身后搂住他的腰："早。"

顾随微挑眉梢："早。"

闭幕式结束后，许倾先回黎城，顾随还需要在海城处理工作。回到黎城后，许倾先去蜜林看母亲，发现顾老爷子也在。他现在没事就跑来这边，跟萧姨下围棋，以前是气许倾，现在是气萧姨。

许倾觉得爷爷真厉害。

又过了两天，欢颜牵头举办了一场慈善晚会。顾随还没回来，许倾就独自去参加。她穿着一件浅色系的旗袍上了车。

抵达酒店后，许倾刚下车，欢颜的副总就出来迎接——这位副总就是顾随派下来的那位。他将许倾迎进门，带她去见了其他的董事。这一批董事都是在上次整顿中留下来的，跟顾随的关系很好，于是对许倾也很客气。

许倾跟他们打完招呼，便去找赵茜。赵茜最近想开个人工作室，但想挂在欢颜旗下。

然而许倾没走两步，就见一个穿着深蓝色旗袍的中年女人走了过来，挡在了自己的面前。这个女人长得有点儿像顾老爷子。

许倾顿了顿，礼貌地笑着说道："姑姑好。"

顾随的姑姑顾娴冷眼看着许倾，一扯嘴唇，脸上就带出了一些皱纹。她问许倾："你认得出我？"

许倾微笑："你跟爷爷很像。"

"我像那个老头儿？呵。"她上下打量许倾，带着些许嘲讽说，"身为一个艺人，也不知道你当初用了什么手段嫁给顾随。如今你借着他的东风扶摇直上，我很佩服你。"

顾娴说完这番话，许倾扫了一眼周围，果然有不少人好奇地往这边看。

许倾把脸上的笑容收了起来，眉眼也变得冷漠："其实我也不太认得你。毕竟我嫁入顾家这么些年，爷爷压根儿就没提起过自己还有个女儿。您是姓顾吗？"

顾娴变了脸色，冷冷地看着许倾。周围的视线这会儿又转向了顾娴。

许倾微微一笑，说道："麻烦让让，不然我喊保镖了。"

其实许倾侧过身子就可以走，但是她偏不，就要顾娴让步。

顾娴的脸色更差了，可即使她听出许倾话里的威胁，也没有让开。她依旧扯着嘴角，说道："我弟弟和弟媳要回来了。他们对你这种家世的人是看不上的。我弟媳把儿子当成宝，若是知道你让顾随下跪追求，你这个顾家儿媳妇还能当得成？"

许倾抿唇。

顾娴接着说："年轻人不要太嚣张，以为自己有几分姿色就为所欲为。你嫁进我们家，连来看姑姑一眼都没有，可真是没礼貌。大家评评理，看看是不是——"她说着，摊开手让其他人评理。

许倾抬起眼皮看向不远处的保镖，示意对方过来。而四周的目光全聚集在许倾的脸上，密密麻麻的。

这时，一道低沉的男声带着威胁传来："你让谁评理呢？"

听到熟悉的声音，许倾转头，其他人也齐刷刷地看过去。只见顾随一身西装，身边还跟着一对夫妇。

那对夫妇面容温和。顾娴立即喊道："弟弟，弟媳……"

可顾娴还没说完，就见那位女士上前，直接略过她，走到许倾的面前，温柔地拉起许倾的手："倾倾，我的好儿媳。"

顾娴的脸色顿时一变。

许倾也反应过来，含笑喊道："妈，你们回来了。"

"是啊。"霍丽媛眉目温和地看着许倾——她倒不是做戏，她确实是认真地在打量自家儿媳妇。

实际上，许倾和霍丽媛之前就见过面。四年前，许倾第一次跟着顾随见家长时，霍丽媛就在。只不过那时候她知道许倾和儿子之间不过是交易，所以她的态度是礼貌而不冷淡，但绝对没有亲昵，毕竟对方不是真的儿媳妇。

许倾那会儿也能感觉到这位婆婆对自己有点儿疏离。那会儿只有顾老爷子以为他们是真的结婚，才会那么热情。

不过，如今许倾和顾随的婚姻成真了，霍丽媛便重新审视许倾，眉宇间的亲昵感也跃了上来。婆媳俩都是聪明人，就这么牵手握了一会儿，大约就看出对方是什么性子了。

此时周围还有其他人。他们多少有点儿看好戏的意思。

顾娴今天出现在这里不单单是想刁难许倾，她还有更重要的事。于是她立即扬起笑脸，走上前去要拉霍丽媛的手："前几天不是说还要一段时间才回来，怎么这就回来了？应该让黄隼去接你们啊。"

只是她还没碰到霍丽媛，霍丽媛就错开了手，看着她说道："你们家黄隼不要给我们家顾随找麻烦就谢天谢地了。刚刚我听你那意思，我们家许倾还得上你这个姑姑那里去三拜九叩吗？"

顾娴一愣，脸色又是一变。四周的目光扫过来，全是看好戏的。她扯了扯嘴角，说道："再怎么样，许倾作为小辈也得有表示啊。不上门打招呼，那至少打个电话吧？可许倾入门这么久，可是一点儿礼数都没有做到。"

这话一说出口，不明真相的人都会觉得她的话确实有道理。

霍丽媛冷笑，正想说话。顾随眯着眼眸说道："我从没跟许倾说过，我还有一个姑姑。"

四周哗然。顾娴脸色大变，猛地看向顾随。她就知道，顾随不轻易开口，一开口又毒又狠。她前一秒刚刚让人记住她是顾随姑姑的身份，下一秒就因为他的话被全数作废。

顾娴对顾随又惧又怕，气势都弱了很多。她说道："顾随，血脉相连的亲人是你一句话就能否认掉的吗？"

她又转而去看自家弟弟："顾霄，你说句话。"

顾霄当教授多年，气质儒雅，虽然这几年跟着自家老婆环球旅行，晒黑了很多，看起来更加刚毅，但眉宇间的斯文还是若隐若现。

他说："现在家里顾随做主，不必找我。"

顾娴的脸色很难看。她觉得顾随越发不好打交道了。看好戏的人也能感觉到顾随不待见这位姑姑，也不知道是谁把她放进来的。

"走吧，我们先回家。"霍丽媛拉着许倾的手转身。许倾乖乖跟上，完全没有刚刚一个人面对顾娴时的那种高冷。

顾随从霍丽媛手里接过自家老婆，搂着她的腰。许倾略微放松了一些，仰头问道："你什么时候回来的？"

顾随低头说道："刚刚。"

许倾："去接爸妈了？"

顾随听见她这毫不生疏的称呼，眉宇含笑，点了点头。

四个人离开了酒店。顾随开车，顾父坐在副驾驶座，许倾和霍丽媛坐在后座。

车子行驶在夜色里。霍丽媛拉着许倾的手，说道："没想到你们最后会真正走到一起。"

许倾带着笑容，说："我也没想到。"

"当初顾随跟我们说你们的婚姻是交易的时候，我和他爸挺意外的。但是我们不怎么管顾随的事情，他也一向有主见，所以我们觉得他能处理好，唯一担心的就是老爷子。去年老爷子回黎城发现这件事，打电话给我们，把我们骂得狗血淋头。我当时还在想，估计你们今年得领离婚证了。"霍丽媛边笑边说，还掩了一下嘴。

霍丽媛跟四年前相比变化挺大的。四年前的她皮肤白皙，看起来温温柔柔的。如今的她皮肤黑了一些，但是身材更加匀称，一看就是经常锻炼的人——毕竟在外旅游需要一副健康的身体。

霍丽媛说这话时，就像和好朋友聊天一样。许倾点头，说道："我一开始也以为爷爷迟早要提离婚的事。"

霍丽媛说道："可不是。那老爷子后来没提，是因为顾随那会儿已经不想放你走了？"

霍丽媛说话很直接，许倾听得红了脸。她看了一眼正在开车的男人——顾随很少自己开车，他的大手宽阔有力，转动方向盘时沉稳又让人赏心悦目。

"还害羞了？"霍丽媛接着来了一句。

许倾顿时觉得这婆婆过分直率了。霍丽媛话音刚落，顾随就抬起眼皮，从后视镜里看了许倾一眼，眉眼含笑。

许倾突然看向霍丽媛："妈！"她这一声有些气急败坏，又像撒娇。

霍丽媛见状，笑了起来，往前拍了拍自家丈夫的肩膀，说道："看到没？养女孩子比养男孩子有趣多了。"顾霄笑着附和。

许倾更觉得不好意思了。

在丽湾金域下车后，许倾挽住顾随的手臂，低声说道："你妈妈的性格也太开朗了。"她隐晦地表示，自己有点儿招架不住。

顾随嘴角含笑："她有时也像个孩子。"

许倾点头。这样的父母对顾随进行放养似乎也说得通。

四个人进门。顾老爷子已经让保姆准备了夜宵。夜宵还冒着热气，顾老爷子却拿着手机站在一旁打电话，嘴里还在骂人。

"有你这么当姑姑的吗？我跟你说，你敢这么欺负许倾，我绝不饶你。你不怕我这个父亲不要紧，但是顾随绝对不会放过你的，许倾就是他的命……你闭嘴，黄隼那个浑蛋，他不配跟我说话。姑姑没点儿姑姑的样子，丢顾家的脸！你别逼我。我是看在你妈的面子上一直容忍你……我就不明白了，我们顾家短你吃短你穿了？你今时今日竟然变成这个样子，尖酸刻薄，哪里还有点儿顾家人的样子？滚蛋！"

说完，顾老爷子狠狠地把手机摁掉，接着看到许倾，立即走上前："倾倾，我的孙媳妇，受委屈了吧。"

顾老爷子紧张得胡子一晃一晃的。许倾赶紧安抚道："爷爷，没事没事。"

顾老爷子猛地看向顾随："怎么能让她混进你们公司的晚会？你们的安保做得也太差了！"

顾随脱下外套挂好，说道："有人带她进去的，跟安保没关系。先吃夜宵。"说着，他牵着许倾走向餐桌。

顾老爷子也跟上，一看到自家儿子和儿媳，一脸嫌弃地说道："晒得那么黑，不知道的还以为你们是刚挖煤回来。"

顾霄笑了笑，拉开椅子让霍丽媛坐下。霍丽媛也笑着回道："在外面跑又不像在家里，黑是会黑点儿。"

"还是我的孙媳妇好。"顾老爷子立即又转向许倾。

许倾含笑给顾老爷子夹了煎蛋。顾随则剥了虾壳，把虾肉放进许倾的碗里。

吃过夜宵，一家人坐下来。顾随泡茶，许倾坐在顾随的身边，听公公婆婆讲这几年在外国的见闻。顾老爷子听得频频摇头，不赞同但又要听，实在有趣。

顾随泡茶的样子很帅，袖子挽到手肘处，露出肌肉线条分明的手臂。茶香四溢，热气腾腾，雾气缭绕，许倾看得色心都要起了。

顾随用茶夹了杯子递给许倾，看到她的眼神，低笑了一声，靠过去低声问道："想我了？"

许倾："你呢？"

"很想。"他低声回了一句，便拿起茶壶给顾老爷子倒茶。他这两个字却砸得许倾心头微跳。

对面的顾霄夫妇看着儿子和儿媳眉来眼去，彼此对视一眼。顾老爷子紧跟着问道："这次回来准备待多久？还是要老老实实地留在家里了？"

顾霄笑着说道："我听丽媛的。"

霍丽媛则说道："还是打算出去。等许倾生孩子了，我们就回来带孩子。如果许倾不生，那我们就走到走不动吧。"

顾老爷子摆手："那没那么快，你们赶快滚吧。"

顾霄一笑，霍丽媛看向许倾。

许倾嘴角含笑，说道："爸妈还是继续去玩吧，确实没那么快。"

霍丽媛："行啊。"

喝完茶，天色更晚了。许倾和顾随得回馨月小区——现在两个人又住回了那边。

顾老爷子这段时间也表示过要回乡下，但还是有些不放心，最后决定再在黎城待一年。反正他在这儿的日子过得很有趣，没事就去找罗素和萧姨下围棋。

顾随父母和顾老爷子送许倾和顾随出门。霍丽媛喊住许倾，说道："明天我们跟你妈妈吃顿饭。"

许倾笑着说道："好。"

"早点睡啊。"

"嗯。"

夫妻俩上了车，黑色轿车融入夜色中。许倾打了一个哈欠。顾随把她搂到怀里，低头亲吻她的脸颊。

回到馨月小区，顾随关上门就把许倾推到门板上，同时解着衬衫。许倾伸手想帮他。顾随调侃道："你真急。"

许倾眉眼间全是媚意："当然。"

她毫不掩饰自己的欲望，顾随也一一满足。许倾低头咬着他的肩膀，只觉得眩晕、神志不清。迷迷糊糊间，她问："你爸妈喜欢我吗？"

顾随搂着她："喜欢。四年前，妈第一次见到你的时候就问过我，你这么漂亮，为什么不走正常的程序，非要做这样的交易。"

许倾靠在沙发上看着他："你怎么说？"

顾随撑在她的脸侧，略微停顿，嗓音低沉："我说……"

下一秒，他低头堵住她的嘴唇。许倾一阵意乱情迷，顾不得他没有回答她了。顾随抚摩着她的脸，又紧紧地抱着她。

洗完澡，许倾穿着睡衣从浴室里出来，趴到床上。顾随坐在床边给她按摩脚。许倾抱着枕头说："你还没回答我。"

顾随：这事过不去了？

许倾昏昏欲睡地说："你试图蒙混过去，肯定说了不太好听的话。"她说完，就感觉身后的力道消失了，转头一看，就见顾随已经跪在地上了。

"别问了，给你跪。"

许倾瞬间明白了：他那会儿肯定说了特难听的话。

这时，她的手机响起。许倾拿起来一看，竟然是霍丽媛发来的视频通话。婆婆来电，媳妇肯定得接。许倾一时没想那么多，直接就接了。

画面一晃，穿着睡衣的霍丽媛正想说话，突然往许倾身后扫了一眼："咦，顾随在干吗？"

闻言，许倾吓了一跳，下意识地坐起来想说话。

霍丽媛立即说道："是在下跪吗？那是得跪的。许倾，有一件事我还要跟你说呢。四年前我看你那么漂亮，其实觉得你当我真正的媳妇也挺好的。当时我就问了顾随，你这么漂亮，为什么不走一下正常的程序，干脆就在一起算了。结果顾随回答说，他不缺女人，你又不是最漂亮的。"

第十三章

宝　宝

"你就跪着吧。"视频挂断后，许倾咬牙切齿地说。

顾随没有异议。许倾趴回床上想了想，还是咽不下这口气，接着滑下床盯着他。

许倾眯眼问道："我不是最漂亮的，那你认为最漂亮的人是谁？"

顾随看着她说道："你。"

许倾："你觉得我信？"

顾随伸手把她抱进怀里，低声说道："一句闲话，当不得真。"

许倾在他的怀里挣扎。顾随紧紧抱着她哄："你是最美的，哪怕你再胖二十斤。"

许倾冷笑，才不信。

男人经不起考验，不过再追究这种事确实也没什么意思。这个男人对她的好她都知道，那是不能作假的。

不过确实该好好罚顾随。许倾自己去睡觉，让这个男人跪着。

因为话确实是顾随自己说的，他连对霍丽媛生气的资格都没有，只能老实地跪着。偶尔看到许倾踢被子，他还起身给她盖被子，随后低头亲吻她的嘴唇。

第二天许倾醒来，看到顾随正在跪着看手机，虽然一夜没睡，略显疲惫，却依旧俊朗。许倾想到这个男人在圈内名声显赫，在家里却是这个样子，不禁咳了一声，下了床，半蹲下去。

"起来吧。"

顾随抬眼看她，含笑问道："可以起来了？"

"嗯。"

"谢谢老婆。"说着，他撑着床头柜站起来。许倾赶紧扶他，男人的膝盖多少有点儿疼。他伸手搂着她的腰，说："我亲一口吧。"

许倾仰头，被他亲住嘴唇，尝到他舌尖的薄荷味。她问道："你是心甘情愿的吗？"

顾随："心甘情愿。我在你的面前，永远是矮一头的那个。"

许倾："说得像我欺负你似的。"

"没有，我'妻管严'。"

许倾想笑。

夫妻俩洗漱完出去吃早餐，却同时收到一条话题推送——顾老爷子在微博上喊话。

> 顾老爷子：@顾，你跪完了吗？

这条微博一发布就立即成了热门话题，网友们纷纷好奇地去顾随的微博小号下发问。

"男神，你跪完了吗？"

"顾随该不会跪了一夜吧？"

"他又做错什么事了？堂堂老总在家就这个地位？"

"我要笑死了。顾教授揭你的伤疤啊。"

"跪完了吗？"

由于顾随被顾老爷子揭穿，所有人都知道顾随昨晚可能因为做错事被罚跪了。

不过顾随并没有回应这件事。他本来就不喜欢在社交平台上发表东西，而且他的沉默自然就是默认。而他的微博账号依旧只关注许倾。

这种深情大家都能感觉到，连他罚跪，都被认为是深情的表现。

许倾发信息让苏雪控制舆论，随后看向顾随。

顾随收拾好碗筷，低头亲她一口，说："去换衣服，出门。"

许倾："嗯。"

晚上，两家人见面一起吃饭。霍丽媛和罗素一见如故，聊个不停。

霍丽媛说："我们之前是想生个女儿的，无奈生了个儿子。如今，媳妇也是女儿，我们会好好疼她的。"

罗素眼眶微红："谢谢。"

霍丽媛笑着拉住罗素的手："都是一家人，不要客气。"

"好。"

顾家人都很好。罗素替女儿开心，觉得丈夫在天有灵肯定会很高兴。

对于生孩子的事情，顾老爷子和顾家父母一直都没过问，顾随也从不和她探讨这个问题。许倾当人家的媳妇，当得逍遥自在。

《股神》《龙山》过后，她又接了一部灾难片。

顾随始终不愿意她再接爱情类的戏，许倾也尊重他。而且如今她手头的资源很多，所以她能选到好的剧本。这部灾难片是导演亲自将剧本送上门，希望许倾拍的，顾随还顺手投资了这部电影。

这部电影的拍摄至少需要四个月。在电影拍摄期间，《春至》开播。这部剧不同于其他爱情剧，因情感暧昧而压抑，没有明确的结局，一度成为热门电视剧之一。许倾的关注度也达到了前所未有的高度。

在这一年，廖嫣然的两部作品也出现了小爆，江琳雅的咖位却直降。至于杨彤，虽然没有作品，却一直被华影公司捧着——华影是一家新兴的集影视、传媒为一体的公司，据说是黎城某个公子哥儿开的——也因此咖位直升，都跟许倾齐平了。

杨彤也越发嚣张，嚣张到掐着孟莹不放，似乎总是针对孟莹。媒体似乎也喜欢找她们两个人的碴儿，从一开始隐晦地比较到后来明目张胆地比较。

而孟莹直接取代了江琳雅的位置，成为一线女艺人。因为许倾经常发微博跟孟莹互动，所以所有人都知道这两个女演员是好友。

今年的春节许倾得在剧组过。为了拍好这部电影，剧组所有人都没得休息。

大年三十这天，许倾还在拍戏，吊着威亚悬在半空中，身后是绿色的幕布。拍了几天吊威亚的戏份，许倾其实累得浑身发抖，却坚持要拍完。

随着导演的一声"cut"，许倾顿时两手一松，不再用力，直接把全身的重量交给威亚，在半空中晃悠。

"放！"道具师喊道，让人把许倾放下来。

许倾垂着头被慢慢放下来。快到地面的时候，一个高大的男人朝她伸出了手。许倾一愣，下一秒摔在了顾随的怀里。

许倾愣愣地看着他。男人垂眸看她："累吗？"

许倾顿时感觉万般委屈，抱着他的脖颈："好累。"

闻言，顾随收紧手臂抱紧了她。刚刚看到她在半空中，他的心跳都停了。可他知道这是在拍戏，忍住没上前。他低声说道："请个假，我陪你过年。"

许倾摇头："不行。"

"嗯？"

许倾："这几幕戏份一定得拍完。"

顾随咬紧了牙，半响，点点头。接着，许倾身上的吊绳被解开，顾随牵着许倾进了休息室，让她去换衣服。

导演刚刚忙完，看到顾随，立即过来打招呼："顾总，新年好啊。来看许倾呢？"

"嗯。"顾随斟酌着打算给许倾请个假。

导演立即又说道："许倾非常能吃苦，这几天的戏份都很顺利。而且这几天都是威亚戏，她的体力很好，能跟上。这电影绝对……"

话没说完，导演看到顾随的脸色沉了下来。

顾随扯着嘴唇一笑："既然威亚吊了这么多天，能稍微休息一下吗？"

导演瞬间反应过来，顾总是心疼自家老婆呢。他立即点头："可以啊，没问题。休一天吧，后天再排她的戏。"

顾随面无表情地说："谢了。"

导演赶紧溜了。

这时，休息室的门被拉开。顾随的神情瞬间变得温柔。他含笑牵住许倾的手："换完了？那我们去吃饭。"

许倾一边整理领子一边问道："你刚刚跟谁说话？"

"没谁。"

许倾狐疑地看了他一眼，明明她拉开门之前听到了脚步声。顾随牵着她来到车旁，给她开了副驾驶座的车门。

许倾一上车就接到导演的电话。导演在那边说："许倾，你休息一天吧。明天不排你的戏。"

许倾："导演，不是还排了四场……"

"换了。"说完，导演就挂了。

许倾：行吧。

这时，顾随上了驾驶座，启动车子，带许倾去这座城市最高档的餐厅吃年夜饭。这家餐厅专门做粤菜，今晚只开放了十桌。

两个人正吃着饭，顾老爷子请求视频通话。顾老爷子在蜜林那边，和罗素她们一起吃年夜饭。两边开着视频，算是同桌吃年夜饭了。

顾随一共陪了许倾八天。除了第一天许倾被导演强行放了一天假，其他几天，顾随都是到片场给她探班。他在休息室里看文件，许倾在外面的摄影棚拍戏。

有粉丝过来探班，看到这一幕，只觉得许倾好幸福。还有粉丝直接拍了照片发微博，"一顾倾城"这一次又成了热门话题。

"说真的，顾随对许倾真的没得说。"

"据说这个年他是直接去剧组陪许倾过的。"

"这个老公真好啊！"

"这个男人好棒啊！他一直守护着许倾。"

"照片拍得太好了。他给许倾端牛奶吗？"

"许倾真的好幸福。"

"而且顾随扔下顾教授去陪许倾呢！顾教授@顾老先生，哀怨吗？"

"楼上的笑死人了。顾教授那么喜欢许倾，巴不得自己也去陪许倾呢，怎么会哀怨呢？"

"哈哈哈，好甜好甜，许倾和顾随好甜好甜。"

"这对夫妻真的一直都很甜，太棒了。"

…………

许倾确实觉得自己幸福。八天后，她送走顾随，又开始魔鬼般的拍摄。

而新的一年，孟莹和许殿的感情似乎非常不稳定。许倾隐隐约约听到一些消息，总觉得许殿对孟莹不是真心的，对孟莹简直敷衍到了极点。

许倾一直想骂醒孟莹，可惜孟莹跟中了蛊似的。终于，在一次晚宴上，孟莹发现了真相——她就是一个替身。

许倾得知这个真相后蒙了，揪着自家老公的领口逼问："你是不是早就知道了？"

顾随抱住她的腰，说道："我不知道。"

"真的吗？"

"真的。"

许倾气坏了："他算个什么东西，居然这样糟蹋人？"

顾随抱紧她，没有吭声。他也没想到会是这样的情况，不过他跟许殿交情甚浅，并不了解这个人。

许倾转身要下床："我去找孟莹。"结果她发现自己正在影视城。

顾随把她搂了回来，说："你先打个电话。"

许倾反应过来，拿起手机拨打孟莹的电话，但是被孟莹拒接了，于是立即编辑微信消息。

许倾："你要冷静，先把事情理清楚。"

孟莹："我要去修行。我没法儿继续在这个地方待下去了。"

许倾敲着键盘，却突然顿住了。她本来还想劝孟莹冷静下来想清楚，最后却什么都没说。她知道孟莹会做出最好的选择。

人的一生，不就是一直在修行吗？

你可以的，孟莹。

一年后，孟莹修行回来，跟许殿重新开始。两个人很快结了婚。许倾又拿了一个最佳女主角奖。

顾随刚出差回来，许倾就在顾随的手机里看到他下载了一款软件，是记录生理期的，还能查看排卵期等。

许倾的第一反应就是给孟莹发微信消息，说顾随算她的排卵期。

两个人在微信上骂这两个狗男人，骂得正欢时，顾随从浴室里出来，擦着头发走过来，俯身亲吻许倾的嘴角，而后随意一扫，看到自家老婆在微信上骂自己。

他一愣，几秒后，一勾嘴角，说道："我那是为了避开你的排卵期。"

许倾："哎？真的吗？"

顾随点开软件给她看，而后低声笑着说道："睡了。"

说完，他掀开被子，上床把她抱在怀里。许倾把脸埋在他的怀里，迟疑了一下，问道："你想要孩子吗？"

"听你的。"

这个狗男人善于伪装，她竟不知道他说的是真还是假。

这两年发生了很多事情。顾随的姑姑顾娴得了癌症，被她的婆家抛弃。她生了一对儿女，儿子跟着父亲跑了，只有女儿留下来陪她。

顾老爷子最终心软了，看着女儿被病魔折磨得不成人样儿，想起当初因病离世的妻子，于是花钱给女儿治病，又把无家可归的女儿和外孙女接回家安置。顾老爷子也因此没法儿回乡下，毕竟顾娴是自己的骨肉。妻子生前很疼爱女儿，他怕以后去见妻子被指着鼻子骂。

从此，顾家多了两个人。

许倾和顾随虽然不跟顾老爷子他们住在一起，但是节假日经常回本家。

顾娴被病痛折磨，性格变了很多，对许倾不再鼻子不是鼻子脸不是脸的，但还是有臭毛病，时不时探听许倾肚子的情况。顾娴觉得顾随的父母不管，自己这个当姑姑的要管。于是，顾随和许倾回本家的次数也越来越少。

可能是睡前谈起孩子的事情，许倾做梦梦到自己被一群孩子环绕，听到他们一个个举着手喊自己妈妈。

许倾猛地睁开眼，房里有些暗，只有落地窗边飘了一丝光线进来。她转头，看到顾随轮廓分明的下巴和性感的喉结。她抿唇看了许久，随后一个翻身直接撑在顾随的身上。

男人被吵醒，半眯的眼眸里带着几分慵懒，定睛看了一会儿，发现是自家老婆。他低声问道："嗯？"

许倾低头亲他的薄唇。顾随的喉结滚动了两下。他抬起大手搂住她的腰，笑了一声，随后翻身把她压在身下。

许倾紧紧地搂着他的脖颈。他亲吻她的脸颊、脖颈。许倾的一只手下意识地抓着枕头。顾随握着她的手，凑在她的耳边："一早就惹我？"

许倾仰着脖子，断断续续地说："就惹……"

顾随轻笑，亲吻她的耳垂。

…………

两个小时后，许倾站在落地窗边擦头发。顾随扣好衬衫扣子，挽着袖子走上前，拿过吹风机给她吹头发。

"你早上不是有一组杂志图要拍？"

许倾懒懒地说道："嗯。"

"我送你过去。"

许倾："你今天不是有个晨会吗？"

"晚点儿过去也行。"

这两年许倾学会了开车，但是大多数时候轮不到她上场。她想了想，说："晚上你还得陪我练车。"

顾随笑着哼了一声："行。"

把头发吹到半干，顾随就放下吹风机。许倾还没换衣服，边走向衣帽间边脱睡衣，玲珑的身材如白玉一般。

顾随看了自家老婆几秒，然后上前从身后抱住她。许倾愣了一下："干吗呢？我换衣服呢。"

顾随："你这么换不是勾引我？"

许倾反应过来："我习惯了。你上次出差那么久，家里就我一个人。"

顾随抱着她，亲她的脖颈。许倾突然笑着说道："我提醒你一下，刚刚我们没采取措施。"

　　顾随一顿，随即低声说道："今天不是你的排卵期，问题应该不大。"

　　许倾"啧"了一声："你真不想要孩子吗？"

　　这个问题昨晚她就问过了。顾随用薄唇摩擦着她细嫩的肌肤，笑了笑，说："我只想要你。"

　　许倾："你应该听别人议论过我能不能生这个问题。我要是不能生，你怎么想？"

　　顾随眯了一下眼，一把将她的身子转过来。许倾抬高下巴看着他。

　　这两年，比起孟莹轰轰烈烈的爱情，许倾和顾随趋于平淡，进入一个家庭的稳定状态。生活就是工作和孩子，所以生孩子被提到的最多。

　　许倾拿下第二个最佳女主角奖后，工作也进入了比较平稳的发展阶段。她和顾随一直都会避孕，所以难免会有人质疑。连粉丝都关心她怀不怀孕的问题，怀孕这件事就变得有点儿微妙了。

　　许倾不太在乎自己能不能生，但是这个男人有没有想法，她还不知道。她扬起下巴，露出修长的脖子，身上布满了他留下的痕迹。

　　顾随摩挲着她的嘴角，看着她的眼睛说道："你这是犯什么傻？生孩子是两个人的事情。一般来说，男人更能决定生孩子这件事。你也没必要为了这个烦恼，我根本不在乎。"

　　许倾抿唇没回应，眼眶却有些发热。

　　顾随低头堵住她的嘴唇，狠狠地吻了一下，然后抬起腕表看了一眼，搂着她低声道："晚点儿出门？"

　　许倾转头一看时间，一把推开他："不行。"

　　说完，她飞快地走进衣帽间，开始换衣服。顾随抱着手臂靠在门边看着她，嘴角含笑。等收拾好下楼，时间已经快来不及了，他们匆忙吃了早餐就出门了。

　　保镖开车过来，夫妻俩上车。陈助理这段时间准备和吴倩结婚了，所以顾随给他放了假，最近都是保镖开车。

　　顾随前两年换了一套一湾山水的别墅，大多数时间住在这边。而馨月小区之前出了点儿事，不太能住人，所以现在许倾大多数时间也住在这边。

　　整栋别墅的装修是按许倾的喜好设计的，只有书房是顾随的私人空间，其他都是许倾的风格。不过健身房和影音室也是两个人经常使用的，这两个地方还留下了一些别的回忆。比如健身房，许倾上次在那里差点儿没站起来。

　　车子平稳地行驶着。想起这些事情，许倾偏头瞪了顾随一眼。顾随翻着文件，抬起眼皮看她，随后拿起文件，示意她躺在他的腿上。

许倾摇头："不了。"

顾随："那你瞪我做什么？"

许倾笑起来，懒得搭理他。顾随见她笑，自己嘴角也含着笑，垂眸继续翻文件。

顾随看许倾时一直是带着笑的，眉眼间隐着一丝温柔，一看回文件便面无表情，气势强盛。他看别人时也是如此，跟看许倾时区别很大。

很快，车子抵达元朝大厦。许倾这次要合作的杂志社就在这栋大厦里。她戴上墨镜，推开车门下车。

顾随看着她下车，说道："晚上回家吃饭。"

许倾："知道啦。"说完，她关上了车门。

元朝大厦门口有很多艺人进出。他们一眼就认出了许倾，自然也看到了送她来的那辆车子。

"这么久了，顾随对许倾还是这么好啊！"

"对啊，每次都是亲自送她。好多粉丝都拍到过。"

"不管许倾拿不拿奖，反正每次电影节他都会陪着她。"

"这个男人怎么这么好？"

他们在许倾的身后议论。许倾已经走进大厦，而那辆黑色的林肯车也慢慢地开走。

"不过，许倾怎么还没怀孕？听人家说她不能生？"

"你听谁说的？"

"就是听说啊。不过现在这个时代不能生也没什么大不了。那顾随那些家产给谁啊？"

"有点儿可惜了。他们怎么不抱养一个？"

电梯到了杂志社所在的楼层。许倾刚走出电梯，杂志社主编便迎了上来，笑着打招呼："早上好。吃早餐了没？"

许倾含笑："吃了。我没迟到吧？"

"没有没有。"主编笑着带许倾走向摄影棚。

两个人这几年打交道的次数挺多。他们一边聊天一边进了摄影棚。工作人员已经在准备了，小兰也在——她比许倾早来熟悉环境。

许倾走进化妆间。两个杂志社的助理看到她立即站起来，随后摁灭了手机。他们的手机屏幕上闪过顾随的那张脸，似乎是某个八卦论坛的帖子。

小兰扫了一眼杂志社准备的衣服，挑出一套，说："倾倾，你穿这套。"

许倾放下手提包，摘下墨镜，点点头，接过衣服进了更衣室。其中一名助理跟着许倾进去，负责帮许倾整理。

更衣室里，头顶的日光灯明晃晃的。许倾脱下身上的裙子，露出后背，后背上满满的红色吻痕把小助理都看愣了。

那个小助理原本还在想刚刚论坛里关于许倾不能生的话题，结果突然看到许倾的身体，脸猛地红了起来。

许倾抬手拿衣服，等了半天没见对方有反应，拧眉扫去。小助理这才回神，红着脸把衣服递给许倾。

许倾三两下穿上，说道："后面给我绑一下，还有脖子、腰那里。"

"哎。"小助理上前，一边绑一边感叹许倾的皮肤好白，又看到男人在她的身上留下的痕迹，忍不住说，"许老师，你这些吻痕要不就别遮了……"

许倾一愣，这才想起今早顾随从她的脖颈往下吻，留下了痕迹。她也有些脸红，说："你去拿遮瑕膏来，把能看到的都给我遮起来。"

外面人多，她可不想就这样出去，幸好这个小助理跟进来了。

小助理转身出去，突然想到：没有孩子又怎么样？那些人真是八卦。顾随那么宠爱许倾，没有孩子又有什么关系呢？

凌盛公司里，顾随出了电梯。一个特助迎上来，说道："他们都到了。"

"好。"顾随大步走进会议室，看到几个合伙人，有男有女。

他们纷纷笑着看向顾随："你这算迟到了？"

顾随放下手机，说道："抱歉。送我的老婆去上班，来迟了。"

对面的女合伙人笑起来："看吧，我就猜到他是去送许倾上班了。"

顾随笑着坐下，特助把文件放在他的面前。其实他并没有迟到，只是这些人早到了而已。

会议结束已是两个小时之后，差不多也到了吃午饭的时间。几个合伙人说说笑笑，谈论着等会儿去哪里吃午餐。

顾随一边翻着文件，一边声音低沉冰冷地对特助说道："去查一查议论我家生育问题的新闻和论坛，全给我翻出来。我倒要看看是谁这么闲。"

说笑的几个合伙人一愣，均看向顾随。

特助听出顾随话里的冷意，知道顾随要收拾人，立即说道："好的。"说完，他便转身出去。

几个合伙人反应过来。那位女合伙人说："我本来打算中午吃饭的时候跟你说这件事的。这些议论声从你出差之前就有了。"

"嗯。"顾随合上合同，眉眼冷硬："去吃饭。"

这样的他看起来真是令人害怕。

几个合伙人起身。那位女合伙人看着顾随，心想他真的很爱许倾。

吃过午饭，几个合伙人没有立即回去，而是继续跟顾随商讨合作细节。这一谈就谈到了下午五点出头。顾随拿起手机拨打许倾的电话，许倾很快就接了起来。

顾随勾了勾嘴角："几点忙完？我去接你。"

几个合伙人安静地看着顾随，心想这个男人碰上许倾，眉眼都柔和了。

许倾在那头说："我约了孟莹，不回去吃了。"

顾随下颌微紧："行，那你要回家的时候给我打电话。"

"知道了。"许倾好听的声音又传来，"挂了。"

说完，她先挂了电话。顾随眯眼，多少有点儿不爽。毕竟他昨天才出差回来，这个女人也不把时间留给他。

孟莹有什么好约的？

另一头，许倾和孟莹约了吃晚饭。

孟莹表示想要备孕。许倾一边吃沙拉，一边点头："可以的，差不多了。"

孟莹看向许倾："你呢？"

许倾笑着说道："我没有特意避孕，但是看样子成效也不大。我早上跟他提了，他说不在乎。"

孟莹笑起来，说道："那些议论的声音，你别管。"

许倾："我从不在乎这些。"

接着，她的手机屏幕一亮，苏雪发信息过来。

苏雪："所有议论你的论坛和新闻全被顾随收拾了。"

许倾一愣，半响，微挑眉梢，脸上露出被宠爱的喜悦。孟莹也替许倾开心。

吃过晚饭，顾随来接许倾，许殿来接孟莹。两个男人碰上，一边在楼下等自家老婆，一边靠在车旁聊天，直到看见许倾和孟莹从店里走出来，才转身迎上。

顾随伸手接过许倾的外套，冲孟莹点头，随后牵着许倾走向车子。孟莹跟顾随接触不多，但一直觉得这个男人很沉稳。

许殿冷哼："看他做什么？看我。"说完，他搂着孟莹大步走向自家车子。

上车后，许倾靠在顾随的怀里，问道："你吃饭了没有？"

顾随垂眸看她，说："没有。"

许倾一愣，看了一眼腕表："这么晚了你怎么还没吃？"

顾随顺着她的头发，反问道："你不回家吃，我一个人吃？"

他的声音很轻，许倾却听出他语气中隐忍的不爽。她咳了一下，突然想起早上答应了他晚上回家吃饭。她笑着搂住他的脖颈："那回家我陪你再吃点儿。"

顾随搂着她的腰："你说的。"

"嗯。"

他们回到一湾山水，保姆立即安排上菜。许倾脱了外套陪顾随吃饭。

六月底，孟莹查出怀孕，同时向外公布了该消息。这个消息一出，很多人送祝福。许倾也在微博上发了祝福。

> 许倾：恭喜，我要当干妈了。

粉丝们开始问："倾倾，那你呢？"

"你什么时候生啊？"

"好想看到你生一个跟男神一样的孩子。"

"我也是，我也是！"

"倾倾，什么时候轮到你啊？"

"哈哈哈！@顾，男神，你怎么看？"

"@顾，男神，你们什么时候生孩子啊？"

"这些粉丝真是，净操心这些有的没的。人家不想生不行吗？生孩子多辛苦啊，你们张嘴就来。"

"许倾是不想生，不是不能生。"

"顾随这么大的家业，没有一个孩子怎么行？"

本来对许倾生不生孩子的议论已经消停了，但孟莹一怀孕，对许倾的议论又上来了。微博上不只有评论，还有人私信许倾。许倾冷眼看着那些消息，懒得搭理，翻个身放下手机。

顾随从浴室出来，便看到她侧着身子躺着。他关了床头灯，随后上床，从身后抱住她的腰，亲吻她的头顶："睡了？"

他的大手在被窝里游移，意思很明显。下一秒，他堵住许倾的嘴唇。

许倾心想，别去管那些声音。但人非草木，怎么可能完全不受影响呢？她多少还是有点儿受影响。

顾随吻了她一会儿，撑起身子，眯眼看她："在想什么？"

许倾哼哼两声。顾随抬起手指在她的脸上滑动，说："别去管别人说什么，日子是我们自己的。"

许倾："知道。"随后她咬住男人的喉结。

顾随挑眉。

第二天早上，许倾靠在顾随的怀里，随意地翻着朋友圈，看到顾老爷子发了一条动态。

顾老爷子："我们顾家不需要靠许倾生孩子来传宗接代。她有绝对的自由，想生就生，不想生就不生，并且她身体很好，没有不能生！"

许倾一愣，看来爷爷那边也受到了些压力。

顾随收紧手臂，靠在她的脸颊边说："看到了没？老爷子也让你放心。"

许倾嘴角微勾："嗯。"

"开心了？"他捏住她的脸转了过来。

许倾"啧"一声："我没有不开心，但现在是加倍的开心。"

顾随轻笑一声。

两个月后，罗素生日。许倾和顾随还有顾老爷子去给她过生日。罗素努力多年依旧无法站起来，已经放弃了，但生活过得很开心，面色红润。

顾老爷子看到许倾，立即招手："过来，让爷爷看看你最近瘦没瘦？"

许倾笑着给他看。顾老爷子点点头："还好，没瘦。顾随照顾好你了。"

许倾笑着挽上他的手臂："最近好吃好喝的，可能都胖了。"

"是嘛，那很好。"

罗素在一旁嘴角带笑，似乎想到什么，微拧眉心，看了一眼顾随。顾随坐在沙发上泡茶，眉眼有些冷硬，可一旦看着许倾，神情就会柔和很多。罗素抿抿唇，过了一会儿，等顾随和顾老爷子出去外面谈话，才招了招手。

"倾倾，过来。"

许倾放下手机挨过去："妈？"

罗素看着女儿的脸，问道："那个，你有没有打算跟顾随去医院检查一下？"

许倾一愣，几秒后，握住罗素的手，说道："我们……"正说着，她突然闻到一股鱼腥味，脸色瞬间变白。

罗素见她变了脸色，吓坏了："怎么了，你这是？"

许倾忍了几下，说道："我从昨晚就感觉不太舒服，闻到刺激的味道就想吐。萧姨今天做了什么？鱼吗？不行……"她猛地站起来跑向洗手间。

"砰"的一声，门撞在墙壁上，发出很大的声响。在门口谈话的顾随和顾老爷子听见动静，转头看过来。下一秒，顾随大步追去洗手间，便看到自家老婆弯腰对着马桶干呕。

顾随扯了湿纸巾给她。许倾擦着嘴角，看向顾随，眼里含泪。顾随抿紧薄唇，低头给她擦拭嘴角，声音低沉："你怀孕了？"

许倾一愣。顾随咬着牙根儿："那昨晚我们还……"许倾脸色一白。

"去医院。"说着，顾随搂着她走出洗手间。

顾老爷子着急地问道："怎么了？"

顾随："我先送她去医院。妈，回来再说。"

罗素坐在轮椅上，大概猜到了什么，急忙点头。

顾老爷子看着两个人出门的背影，几秒后，"哎呀"一声，拍了一下脑门儿："我孙媳妇该不会有了吧？"

说着，他健步如飞地追上去："我陪你们去医院——"

顾随会这么担心，是因为昨晚两个人闹得厉害。而且他刚从法国出差回来，忙得忘了给她记例假。而许倾走了两场秀后，也给忘了。

车里，顾随翻看手机，发现许倾这次例假已经推迟九天了。他低头看着她，许倾抿紧嘴唇没吭声，也看着他。

顾老爷子在副驾驶座有些兴奋："倾倾啊，你坐车会难受吗？糟糕，刚刚没有拿点儿水上车。孙媳妇，你口渴吗？"

后座的夫妻俩都没有搭理他，依旧在对视。顾随抬手抚摸她的头发，许倾突然埋在他的脖颈处。只有他们自己知道此时彼此心里的担忧。顾随将薄唇贴着她的头顶，亲吻她，无声地给她力量。

顾老爷子喊了几声没人回应，回头去看，却见顾随神情严肃，愣了一下，立即坐正身子，心想：我表现得太明显了？不对，现在表现有什么用？去医院看看才能确定啊。

顾老爷子咳了一声，捋了下胡须，也严肃起来。

顾随已经电话预约好，到了医院便直接去见妇产科的宋主任。她坐在办公桌后，轻声细语地问诊。顾随把昨晚两个人胡闹的事情说了。

宋主任说道："没有见血的话，问题应该不大。先去验血，再做B超，确认怀了没。"

顾随："好，麻烦了。"

接着，宋主任开检查单。顾随拿着单子带许倾去检查。许倾能感觉到顾

500

随有点儿紧张，因为他非常用力地握着她的手。

检查结果出来，许倾确实怀孕了。

看着 B 超报告单，许倾沉默了几秒，然后举给顾随看。顾随"嗯"了一声，接下来最重要的还是看胎儿怎么样。

顾老爷子此时也发觉这两个人过于严肃了一些，拧紧眉头说道："不管怎么样，许倾的身体重要。"

顾随："嗯。"

他们本来是要陪罗素吃午饭的，折腾一番，此时也饿了，顾随便让保镖去餐厅打包了一些吃的回来。许倾还是感觉不太舒服，闻到那些菜的味道就想吐。顾随哄着她喝了一些白粥。

顾老爷子坐在一旁跟许倾说顾随小时候的一些窘事。顾随颇为无语，许倾却笑了。见许倾笑了，顾随也就随他去了。

下午三点半左右，所有检查结果都出来了。顾随拿着报告单，牵着许倾去找宋主任。

宋主任看了 B 超单和化验单，说道："有点儿先兆流产。许倾的孕酮有点儿低，得补补，补完了看情况。其他的问题不大。"

听到先兆流产，许倾顿时脸色煞白。顾随比她稳很多，点点头："什么时候开始补？"

"现在可以补了，我给你们开药。一周后复查。许倾这三个月内最好不要出去工作了，在家里休养。"

顾随："好。"

告别了宋主任，他们从诊室里出来。顾老爷子从椅子上站起来，盯着他们，气氛多少有点儿沉重。

许倾转过身，抱住顾随的腰："你听见了吗？"

顾随搂着她，抚着她的后背，低声说道："这只是小问题而已。不少人怀孕初期孕酮低，你不是第一个。"

许倾："真的？"

"真的。"

顾老爷子听见这话，瞬间笑着说道："这有什么？傻孩子。"

被这么一安慰，许倾放松下来，摸了摸肚子。她有了？她勾起嘴角，瞬间气色也好了很多。

顾老爷子见她这样，也放松下来："走，回家。"

许倾点头，顾随含笑："走吧。"

顾随去药房拿了药，三人上了车。顾老爷子表示要住到一湾山水好照顾许倾。顾随不同意，但是许倾同意，最后顾随只能妥协。

　　丽湾金域那边，顾娴没事就带着女儿去串门，有时说话也不好听。之前顾老爷子是没办法，毕竟对方是正在生病的女儿，可现在无论如何也要让许倾远离顾娴。

　　三个人先回了蜜林，将消息告诉罗素和萧姨。她们都生育过，听到孕酮低倒不太担心，说补补就上去了。罗素有些激动，拉着许倾的手，嘴张了几次，最后只说："好，终于怀了。"

　　许倾含笑。行吧，怀了就怀了，两个人在一起确实也好几年了。

　　给罗素过完生日，许倾和顾随便回了一湾山水，顾老爷子先回丽湾金域收拾行李。许倾和顾随进了家门。许倾换完拖鞋，转身看向顾随。

　　顾随解着衬衫纽扣，走上前捧着她的脸，亲吻她的嘴角："谢谢你，要为我生儿育女了。"

　　许倾"啧"一声，笑着抱住他："嗯。"

　　随后，她打电话给苏雪，让苏雪暂停自己这三个月的工作。苏雪一愣，几秒后问："你是不是怀了？"

　　许倾笑而不语。苏雪立即为她高兴："终于啊！这段时间真是流言蜚语满天飞。那你好好休息。"

　　现在的许倾不需要用什么证明自己。她有作品、有人气，孩子就是锦上添花。

　　顾随喊来保姆，神情严肃地交代一些要求。家里的保姆一向有些怕他，边听边频频点头。许倾坐在沙发上喝牛奶，眉眼弯弯地看着这个高大的男人。

　　保姆走后，顾随拉着许倾的手腕："上楼，洗澡。"

　　许倾把牛奶杯子递给他。顾随接过后放在桌上，随后把她拉起来。许倾想起自己还没拿第一个最佳女主角奖的时候，顾老爷子和顾随怕她难过，对她百依百顺。此时，她觉得那样的日子好像又要来了。虽然平时在家里，她就是女王，顾随就很宠她。

　　上楼洗完澡，许倾坐在沙发上，顾随给她吹头发。

　　许倾仰头看着他，问道："你说句实话，平日里你有没有想过要孩子？"

　　顾随垂眸看她，说道："有时看到你，会希望有一个像你的女儿。但这样的念头只是一闪而过。"他捏捏她的鼻子说道，"这事，我听你的。"

　　许倾含笑，伸了一个懒腰。

　　这时，楼下传来声响，是顾老爷子搬进来了。这栋别墅装修好后，顾老爷子其实没来过几次，毕竟这里是夫妻俩的私人空间。这次顾老爷子住进了一楼的客房，总觉得这房子有点儿怪。

怪在哪儿呢？哦，这房子的装修风格太柔和了，一点儿都不像顾随的风格，是他孙媳妇喜欢的！

吹干头发，许倾靠在顾随的怀里，夫妻俩开始查孕期注意事项。宋主任给许倾开了补孕酮的口服药，其他的可以食补。

许倾看得头疼："好多要注意的事。"

顾随轻笑，拿走平板电脑，说道："那就先睡。"

许倾打了一个哈欠："那我睡了。"

她躺下，顾随给她拉好被子。不一会儿，许倾便睡着了。顾随俯身看着她，抬手拨弄她的发丝，如墨的眼眸里满是温柔。他拿出手机，给父母发了微信消息。

顾随："许倾怀孕了。"

而楼下，顾老爷子也拨打了顾霄和霍丽媛的电话。那头霍丽媛刚接起来，顾老爷子就凶巴巴地说道："你们家孙子要来啦，你们还不回来？！再不回来就断绝关系！"

霍丽媛一听，立即说道："爸，别，别。倾倾怀了啊？好，好。我这就跟顾霄回去。"

"快回来，你儿媳妇还要保胎。"

"啊？保胎？怎么了？"

顾老爷子："不知道。告诉你们干吗？再见。"

霍丽媛挂了电话，立即喊丈夫起来收拾，准备连夜回黎城。

第二天，许倾的保胎生活正式开始。她本来想跟孟莹说自己怀孕的事，最后觉得还是等胎象稳定下来再说吧。

苏雪让工作室发了一条声明，说许倾因为私事暂停一切工作。网友顿时纷纷猜测原因。

"私事？什么私事？"

"许倾怎么突然暂停工作了？感觉跟孟莹上次的休养特别像。"

"她该不会离婚了吧？"

"许倾离婚了？之前听顾随那个姑姑的意思，就是顾家很不喜欢许倾。看来是真的。"

…………

早上凌盛有一个内部会议，讨论一个收购项目——他们已经跟了很久，依旧没有收购成功。

负责这个项目的高管的发型已经成了"地中海"。他抹着额头上的汗，磕磕巴巴地对顾随汇报项目进展。他在外面也是叱咤风云的人物，可在顾随面前，除了慌还是慌。

顾随面无表情地听着汇报，却不知自己沉默的样子只会让别人更结巴。那位高管此时无比想念陈助理，至少陈助理跟老板娘的关系好，会用老板娘来拿捏顾随，还可以帮忙说两句话。没有了陈助理，痛苦都得自己扛。

"行了，不用说了。出去。"

那位高管听见最后两个字，顿时脸色煞白，只能收拾好文件，转身准备出去。

这时，顾随不知想到什么，突然喊道："等等。"

那位高管停下来，回头。

顾随眯眼看着他，问道："之前你老婆怀孕初期，你很紧张，说是孕酮低？第二周补的效果如何？"

那位高管愣住了，一脸茫然地看了一眼其他人，却见其他人也是一脸蒙。不是在开会吗？怎么突然说起怀孕的事了？

其中一位女高管反应过来，立即冲那位高管眨眼。那位高管立马反应过来，几乎是扑到桌子旁，说道："顾总，这个问题不大。我老婆第二周数值就翻倍了。你让老板娘保持心情愉快，该吃吃该喝喝，不要有心理负担。这样，我打个电话问问我老婆，当时都补了些什么。我记得豆浆不错。我这就打。"

他边说边看顾随，见顾随神色淡淡，却没有阻止，算是默认，顿时松了一口气——老板娘就是福星啊！

许倾从楼上下来时，顾老爷子正在客厅里听广播。许倾笑着说道："爷爷早上好。"

"早上好。吃早餐，以后得准时起来啊。"顾老爷子按停了手机里的广播，说道。

许倾："嗯嗯。"

顾随一早就去了公司。许倾赖床赖到现在，都上午十点半了。她走进餐厅，保姆已经摆好早餐，正在一旁摆弄豆浆机。

许倾一边吃着煎蛋三明治，一边看着保姆问："怎么一早就弄豆浆？"

保姆说道："刚刚顾先生打电话回来，让我每天早上给你打一杯豆浆。"

"哦。"他不是开早会去了吗？怎么还惦记这个？

吃过早餐，许倾回到小客厅看书。顾老爷子犹豫了一下，拿着围棋走过去。许倾抬头一看，露出满脸拒绝的神情。

顾老爷子想了一下，还是放下围棋，说道："算了，等会儿害你气坏了身子。你今天有什么安排？爷爷陪你啊。"

许倾："我就想看看书。"

"嗯，也可以。"顾老爷子点点头，转身离开，把这小天地留给许倾。许倾听着爷爷的脚步声，微勾嘴角。

过了一会儿，保姆出门买菜回来，顺便给许倾带了两大杯豆浆——因为在家打豆浆需要提前泡黄豆，今天来不及了。这两大杯豆浆是超大杯的那种，许倾端起来时还是温热的。

顾老爷子坐在许倾的对面，盯着她："喝吧。"

许倾无语，心想爷爷怎么跟盯犯人似的？不过她知道豆浆确实能补孕酮，于是放下书本，一口气喝完。只是一杯豆浆的量确实很大，她喝得胃都胀了，还打了一个嗝。

顾老爷子见她喝完，不知从哪里拿出一根棒棒糖给她："奖励你的。"

许倾愣了愣，接过来，笑着说道："谢谢爷爷。"

"乖。"

许倾看着那根棒棒糖，把玩了几下，然后拿起手机拍了一张照片发给顾随。五分钟后，顾随回复信息。

顾随："哪儿来的？"

许倾："爷爷送的。"

顾随："你喜欢？"

许倾："挺可爱的。"

顾随："好。"

顾随："喝豆浆了吗？"

许倾："喝了，好饱。"

顾随："嗯，辛苦了。"

接着，许倾就没再回复，放下手机继续看书。阳光透过身后的落地窗打进来，落在许倾的身上，画面安静而美好。

这几年许倾没怎么休息过，不是在去机场的路上，就是在去拍戏的路上，为了钱，为了母亲，为了人气。这次借着怀孕，休息一下也挺好的，所以她一整天都优哉游哉的。

下午五点多，顾随回来，一进门就看到坐在主客厅里的许倾。她正拿着平板电脑玩消消乐，穿着居家裙子，白皙的长腿搭在沙发上。

顾随愣了一下。他不是没见过她穿家居服的样子，只是很少一进门便看到她已经在家。她现在就是一个等待丈夫归家的妻子，艳丽的容颜不施粉黛，多了一丝柔和。

顾随看着看着，勾起嘴角，走上前俯身在她的唇边亲了一口。许倾正在努力闯关，低声嘀咕："别闹。"

顾随看了一眼平板电脑，笑了，顺手把手里的礼物放在茶几上，随后说："我上楼放个文件。"

"去吧。"她嘀咕了一声。

顾随转身走向楼梯。许倾继续玩，结果还是没过关，"哎"了一声，放下平板电脑，便看到了茶几上的小篮子。只见小篮子里插着五颜六色的棒棒糖。许倾一愣，弯腰拿起那个小篮子。

一分钟后，顾随从楼上下来。许倾举着那个小篮子："你买的？"

"嗯，你不是觉得可爱吗？"顾随坐在她的身边。

许倾顺势倒在他的怀里，"啧"了一声："真把我当小孩了。早上爷爷给的那根我都没吃。你又买这么多。"

顾随抬手整理她的发丝，笑着说道："那就存着吧。"

许倾："化了怎么办？"

顾随："放冰箱里。"

许倾："你可真行。"

男人轻笑一声，低沉的声音就在头顶，好听得很。许倾拿起平板电脑继续闯关，顾随垂眸看着她玩。

这是第一百关，许倾卡在这一关已经很久了。她全神贯注地玩，最后还是失败了。她用力地点了一下平板电脑，有点儿泄愤的意思。

顾随搂着她，接过平板电脑，重新启动游戏。许倾靠在他的怀里，盯着屏幕。他修长的手指滑动着屏幕，呼吸轻缓地落在她的耳边。许倾突然觉得脸颊微热。

他玩得很专注，侧脸很好看。许倾："你行不行？这关我玩了很久。"

顾随微微偏过头，贴近她的脸颊，漫不经心地反问："你问我行不行？嗯？"他问得暧昧又随意。

许倾哼哼两声："谁跟你说那个。我是问你游戏行不行——"结果话音未落，游戏就通关了，满屏的烟花眼花缭乱。

顾随低笑一声，问道："你说行吗？"许倾抿唇没吭声，服气了。

"嗯？"他又追着问。许倾"啧啧"两声。

不远处，顾老爷子躲在拐角处，拿出手机偷偷拍照，一连拍了好几张照片，然后稍微修了一下图，选了一张发到微博上。

　　顾老先生：＃一顾倾城＃哎呀，眼瞎了。

他特意将照片背景以及顾随和许倾的脸都虚化了，但是顾随将许倾拢在怀里的动作很清晰。

顾老爷子如今也有两百多万粉丝，两个人的居家照一下子就引来了很多粉丝，顾随和许倾婚变的谣言不攻自破。

"好甜啊！"

"他们是在家里吧？"

"顾随陪着许倾在干吗？看电视还是看微博？会不会看到我们的评论？"

"顾随好帅啊。他的衬衫都没扣好！"

"人家在家里这么恩爱，你们说婚变？"

"他把许倾整个人抱在怀里，好甜好甜！"

"顾爷爷你多发点儿他们在家的照片，我不缺这点儿流量。"

"这明显不是婚变啊！许倾是不是身体不好才休养的？"

"顾随在家里有一种随意又性感的范儿，好帅好帅。"

"许倾穿家居服的样子跟顾随也是绝配啊！"

…………

吃饭的时候，许倾才知道顾老爷子把他们的照片发到了微博上。顾随微拧眉心，看了顾老爷子一眼，说道："以后别发了。"

顾老爷子瞪了顾随一眼，说道："那些网友胡乱猜测倾倾休养的原因。她现在怀着孕，如果看到那些话该有多难受？我偶尔发一发，让他们知道，我们倾倾很好，你们也很恩爱。这不是挺好的？"

顾随紧抿薄唇，半晌，说道："少发一些。"这便是同意了。

顾老爷子哼了一声："这才对嘛！"

许倾支着下巴，嘴角含笑。

吃过晚饭，顾随牵着许倾在小区里散步。路灯高挂，洒下一片暖暖的光晕。许倾转头看了一眼顾随，问道："你刚才干吗妥协啊？"

顾随低头看她："你说呢？"

许倾知道，这都是为了她。她笑笑，心里感到一阵熨帖，懒洋洋地被他牵着。顾随说道："陈顺结婚，你到时若是身体不舒服，就不用去了。"

许倾想了一下："过了三个月问题就不大了吧。"

"嗯。"

很快一周过去了。许倾每天都要喝两大杯豆浆，吃数不清的豆制品。这天一早得去医院复查。许倾有少许的紧张，赖在床上不想动。

顾随从浴室里出来，看了她一眼，随后去衣帽间取了一条宽松舒适的裙子出来，坐在床边揉着许倾的头发："你什么没经历过？这点儿小事也紧张？"

许倾不动。顾随俯身亲她的嘴角，说道："起来吧。再赖床的话报告得明天才能拿了，你受得了多等一天？"

许倾这才睁眼，对上他如墨的眼眸。其实昨晚顾随也没睡好，许倾半睡半醒间还看到他偷偷地下床翻产检材料。

这个男人也紧张啊。许倾跟他对视几秒，随后伸手要起来。顾随搂着她的腰，把她抱起来。

许倾直接下床换衣服，白皙扁平的肚子从顾随的眼前一晃而过——那里装着他的孩子。顾随的眼神越发温柔。穿好裙子后，许倾才去洗漱。

直到前天孟莹才反应过来，发信息问许倾关于休养的事。许倾跟孟莹说自己怀孕了，正在保胎。闻言，孟莹有点儿惊讶，毕竟听到保胎就感觉情况可能不好。

于是昨天孟莹就来看许倾了。闺密俩聊的自然都是关于孩子的事情。孟莹说起也有孕酮低但保胎没成功的例子，所以许倾今天才会更紧张。

洗漱完，顾随已经整理好产检需要用的资料，牵着她的手下楼。顾老爷子其实也有点儿紧张，在楼下等他们夫妻俩。

三个人出发前往医院。宋主任一早便在诊室等着了。

这次要做的检查依旧很多，顾随和顾老爷子全程陪着许倾。其他检查下午才能拿到结果，B超检查则当场就出了结果。

宋主任一看，笑着说道："胎心胎芽都有了，恭喜啊。"

许倾还惦记着孕酮的事，闻言有些激动："那孕酮呢？"

"等结果吧。"宋主任把单子给顾随。

顾随看了一眼单子上的小豆芽，神情放松了一些。他搂着许倾的腰，说："我们先等等。"

"嗯。"

在家等结果的时候，顾随的手机响了好几次，都是工作上的事情。许倾见他这么忙，说道："你要是忙就先去忙吧，我跟爷爷等就行了。"

顾随挂了电话，转头看她："我能安心工作吗？"

许倾："行吧。"

等待的时间是煎熬的。许倾做好了结果可能不太好的准备。顾随坐在她的身边，把她抱在怀里。

不一会儿，手机响了，顾随立即点开看。

宋主任发了微信消息过来："孕酮数值翻倍了，你们可以安心啦！"

许倾看到信息，一下子就放松了。顾随的肩膀也松懈下来。生活就是关关难过关关过。许倾侧过身子抱住顾随的脖颈。

顾随亲吻她的眉心，笑着说道："好了，好好养身子。"

正在打瞌睡的老爷子猛地睁眼，问道："怎么样，怎么样？"

话刚说完，门口就传来了脚步声。紧接着，霍丽媛和顾霄分别提着一个有些破烂的行李箱走了进来。见到灰头土脸的两个人，客厅里的三个人都愣住了。

顾老爷子满脸嫌弃地问道："你们拾荒去了？"

霍丽媛接过保姆递来的毛巾，说道："我们在去机场的路上发生了追尾，误了航班。实在没办法，只能开车回来。从青海出发，还途经沙漠地带，所以……足足开了一周。"

顾霄倒了一杯水，喝了一大口，总算缓过气来。顾老爷子非常嫌弃："看看你们这样子，堂堂教授级别的人物。啧啧啧。"

顾老爷子非常不给顾随的父母面子，说得霍丽媛有些脸红，何况许倾还在这里呢。霍丽媛放下毛巾，抓抓头发，笑着走向许倾："倾倾，你还好吗？"

许倾含笑说道："好，没事了。孕酮也补上来了。"

"那就好。"霍丽媛瞬间松了一口气，"我一听保胎都吓坏了，恨不得立马飞回来，结果这一紧张就出事了。"

许倾说道："让你们担心了。"

"不，是我们当父母的没做好。"霍丽媛说着，让顾霄打开行李箱。

顾霄立即打开，从里面拿出一尊玉佛，递给许倾，说道："这是我们在青海买的，你收着。"

许倾一愣，几秒后微微一笑，说道："谢谢妈。"

"好了，快去休息吧。"顾老爷子觉得儿子和儿媳妇碍眼，立即赶人。

顾霄笑笑，提起两个人的行李箱，跟妻子一起去三楼的客房。

既然结果出来了，许倾就可以安心去午睡了。顾随送她上楼，看着她躺下，伸手揉揉她的头发。许倾侧着身子，看着他问道："你刚刚害怕吗？"

顾随："我只害怕伤到你的身体。"

许倾直直地看着他，随即把脸埋在枕头上。顾随勾起嘴角，给她拉好被子，说道："我先去公司了。"

"嗯。"

"有什么事打我电话。"

"嗯嗯。"

顾随走后，许倾没有立即就睡。她发现自己越来越依赖顾随，迷迷糊糊地想着，才渐渐地睡着了。

顾随的父母回来后，平时顾随去公司后，家里就有三个人陪着许倾。三个月过去，许倾的肚子微隆起来，产检结果也一切正常，于是许倾重新投入工作。

对于孕期继续工作这件事，除了顾老爷子反对以外，其他人都赞同，尤其是顾随。他了解到，女人在怀孕期间心情很重要，所以让许倾继续自己喜欢的工作。霍丽媛就更不用说了，她怀顾随的时候就一直上班直到生产。

不过，顾随派了保镖保护许倾，而且她的工作范围只在黎城，毕竟如果她去太远的地方，大家都不放心。只是许倾在黎城参加了几次活动后，就被媒体拍到了肚子。这时，大家也都明白过来，她怀孕了。

"难怪要休养呢，这是怀孕了啊，必须休养啊。"

"不过许倾好拼，听说过了三个月就出来工作了。"

"主要是不想闷在家里吧。"

"对啊，女人闷在家里很容易抑郁，而且怀孕情绪波动很大。"

"他们要有孩子了。不知道是男孩儿还是女孩儿，像谁呢？好期待啊！"

"我期待小宝宝的出生！"

孕中期的某一天，许倾的下身突然出现少许出血。家里人吓了一跳，第一时间把她送到医院检查。做检查的时候，许倾深吸一口气，心想自己怀孕真是一波三折。

宋主任看完 B 超报告单，说道："出血是边缘性前置胎盘引起的。你现在得多休息、多卧床，也要把工作放下。另外，不适合同房。"

许倾愣了一下，随即点点头，幸好跟顾随还没开始。

"回去休息吧。"宋主任笑着说道。

许倾"嗯"了一声，拿起单子走出诊室。霍丽媛、顾霄和顾老爷子全围了上去，正想发问，却看到电梯门打开，高大的男人急匆匆地从电梯里出来。

顾随目不转睛地看着许倾，见她好好地站在那里，用力地抹了一把脸，大步上前牵住她的手，问道："怎么样？"

顾老爷子他们也在等着她的回答。许倾笑着说道："没事，让我回去休息。"

"那就不能出去工作了？"顾老爷子问。

许倾点点头。

"那就好好休息。爷爷陪你啊。"顾老爷子很是心疼，没别的，就是觉得孙媳妇怀这个宝宝确实受罪。

"妈也陪你，我们都陪着你。你想干吗我们都陪着你。"

许倾含笑："好。"

说完后，她把目光挪向顾随。顾随把她抱到怀里，说道："辛苦了，我们生完这个就不再要了。"

许倾："这可是你说的。"

"嗯。"

"走吧，回家。"

上了车，许倾给孟莹发微信消息。

孟莹："我的天，你也太折腾了吧。"

许倾："是啊，工作又得停了。"

孟莹："停吧，身体重要。"

许倾："嗯。"

回到家里，顾随的手机就响起来，还是工作的事情。许倾让他去忙工作，他却狠狠地挂断了电话，决定专心在家陪许倾。

既然不能再出去工作，许倾就在家里待着，没事就练练瑜伽，偶尔跟霍丽媛摆弄花草。有时确实会无聊，会想工作，但是想到孩子，她还是忍了下来。

顾随为了能陪着许倾，让陈顺一办完婚礼就回来工作，连蜜月假期都不给陈顺。吴倩气得破口大骂，后来得知是因为许倾才作罢，还让陈顺好好上班。

陈想也得知许倾怀孕不顺利的事，发信息给顾随："要不我回去帮你，你好好陪许倾？"

顾随："不必，陈顺可以处理。"

顾随知道陈想至今没忘记许倾。陈想的长情让顾随妒忌。他们是从小一起长大的兄弟，陈想的风流程度不比周扬低，现在却如此长情。据说前段时间陈想还拒绝了父母给他安排的相亲对象，却跟一个长得有点儿像许倾的女人约会。顾随得知这件事，脸色都黑了。

这一天，顾随有一个应酬没法儿推掉。要出发了，许倾挺着大肚子在门口给他扣纽扣，看着他说道："早点儿回来。"

"好。"他捏捏她的耳垂，"不用等我。"

"嗯。"

顾随亲吻她的嘴唇，本想浅尝辄止，但是两个人已经几个月没有亲热，他一碰触到她的嘴唇，就舍不得放开，和她舌尖勾缠。许倾被他吻得气喘吁吁，眼里带着水光。

她咬牙推开他："赶快滚。"

顾随轻笑，说道："早点睡啊。"

"走吧。"许倾挥舞着拳头。

顾随觉得她这样子好可爱，握住她的拳头亲了一下，才恋恋不舍地转身出门。许倾站在原地，看着保镖给他拉开车门，他弯腰上车。

车门关上，许倾才回小客厅去找顾老爷子他们。

顾随抵达约定的酒庄，一进门就看到对方已经在等着自己了，桌上还有一份合同。顾随笑着让人上酒，两个人边喝边聊，最后顺利地敲定了合同。

顾随送走那位客人，正准备离开，恰好碰上周扬、许殿、江郁和李易四个人，双方皆是一愣。

周扬立即笑着说道："巧了，顾总。"

顾随看了他们一眼："喝酒？"

许殿推了一下眼镜，说道："嗯，他们非要喝点儿。顾总，一起？"

顾随看了一眼时间，觉得许倾应该睡了，便答应了。于是五个人走回酒庄。

周扬让人新开了一瓶酒，江郁直接坐在单人沙发上，李易坐得笔直挺拔，不怎么吭声。因为老婆是闺密，顾随现在跟许殿反而熟络一些，坐下便聊起来。

顾随拿着烟把玩，没抽。一群人很久没聚，什么都聊一些。

周扬突然笑着问："这十个月你们俩怎么解决？"他问的是顾随和许殿。

许殿眯眼，抬脚踹了一下桌子。

周扬笑了起来，摆手说道："好，好，不用跟我说。其实孕期适当运动一下是可以的。"

顾随挑眉，没有应，手指点着沙发，侧脸刚毅俊朗。

他们这一桌很受瞩目。其他桌的女人时不时往他们这边扫来，脸上都带着红晕，满脸好奇。而他们旁边的一桌坐着一个女人。她一直盯着顾随，自然也听到了周扬的话。

几个人又聊了一会儿。顾随看了一眼时间，把酒杯往桌上一放，说道："我回去了。"

周扬一愣："这就走了？"

"嗯，不放心许倾。"顾随站起身，理了理袖口，看了一眼许殿，问道："孟莹的预产期快到了吧？"

许殿看着手机，回道："差不多。"

顾随点点头，说道："李易，江郁，我走了。"

李易抬起头"嗯"了一声。江郁笑着道别："拜拜。"

顾随走到门口等车。外面风大，吹得他酒醒了一些。车子开到门口，保镖下车打开车门。顾随刚走下台阶，一抹身影就带着酒味扑进了他的怀里。

顾随下意识地一把捏住对方的手臂，并看清了她的脸，竟是江琳雅。

江琳雅被捏着手臂，疼得额头冒汗，喊道："顾随，我……我喝醉……"

顾随一个用力把她甩到一旁，发出"砰"的一声。

周扬几个人正巧跟着出门。一看这情况，周扬顿时明白了，笑着说道："这是投怀送抱？哈哈哈……"

顾随的眼神很冷，他盯着江琳雅。江琳雅摔倒在地上，不敢起来——她本来就是装醉，此时此刻更不敢动了。

顾随对保镖说，"把她送去派出所。"

保镖："是。"

顾随大步往车那走。不料这时他的手机响了，本该在睡觉的许倾发了微信消息给他。

许倾："你去见了谁？"她还附了一张照片。

顾随一愣，下一秒，转身走回到江琳雅面前。保镖见他回来，下意识地松手。江琳雅再次摔在地上，只得用手掌撑地。

顾随抬脚便踩在她的手上，俯身冷冷地问道："你发照片给我老婆？"

"啊——"那一脚踩得江琳雅疼疯了。她想把手抽回来都抽不出来，疼得一脸扭曲。她仰头对上顾随的眼睛。他如墨的眼眸森冷如寒潭，仿佛一眼便看穿了她的把戏。

她一时鬼迷心窍，觉得许倾怀孕，他们肯定好久没有同房。男人怎么忍得了？她一直忘不了他，所以想要试试。

"疼——"她痛苦地摇头。

顾随面不改色，半晌才松开脚。而此时江琳雅的手骨已经断了。顾随没再看她一眼，转身便走。

"啧啧，够狠。"周扬看出顾随回来问话不是重点，"不小心"踩到江琳雅的手才是重点。

顾随上车后拿出手机。

顾随："我回去跟你说。"

但是那边没有回复，顾随脸色微沉。

这晚许倾本来打算躺下后听听歌曲然后睡觉，谁知却看到手机一亮，收到了某个记者发来的照片。

照片里，一个身穿黑色及膝裙的女人扑在顾随的怀里，侧脸很像江琳雅，或者说就是江琳雅。

那个记者直接跟许倾要三百万元封口费，还威胁说如果许倾不给，他就把这张照片发给各大媒体，相当于人人都有备份，到时顾随想封都封不住。

许倾握着手机，直愣愣地看着这张照片。她咬着牙根儿，出了点儿血，随后跟那个记者约定一个小时后给钱。对方斟酌了一下，答应了。

许倾这才发微信消息给顾随，发完后等了好一会儿，才收到他的回复。她眯了眯眼，干脆坐起来等。十五分钟后，高大的男人一把推开门走进来，身上还带着少许外面的寒意。

顾随看到许倾沉静的脸，心里忐忑。半晌，他上前单膝跪下，看着她说道："不要生气，这只是个误会。"

许倾咬牙，把手机扔进他的怀里："什么误会？你给钱。"

顾随接过手机，看了一眼微信聊天记录，眼神顿时冷了几分——果然。他看着自家老婆，语气平稳："我的钱都在你那里，但我不认为需要给他钱。"

许倾踹了他一脚："那你说啊，是什么误会？你说！"

顾随拿出手机，点开一个视频给她看。许倾扭头一看，只见视频里顾随一把甩开江琳雅，并且把江琳雅摔得很惨。

那一刻，许倾盯着视频里的江琳雅，恨不得弄死她。为什么总有这种女人，不自爱、不自重，试图去破坏别人的家庭？

顾随捧着许倾的脸："老婆，看我。"

许倾看向他，顾随说："她自己扑过来的。"

许倾："嗯。"

"信我？嗯？"

许倾扑簌簌地掉眼泪，说道："我现在就是心思敏感……"

"我知道。"他亲吻她的眼角，吻走她的泪水。

许倾踢了他几下："你给我老实跪着吧。"

顾随用指腹抹掉她的泪水："行。别哭了？嗯？"许倾哭得他心疼。

那一脚踢轻了。

第二天，江琳雅勾引顾随被扭送派出所的消息一下子就传开了。整个微博都炸了。而某个官方账号发了一条微博："劣迹艺人，都得封杀。"

这话没有指名道姓，但大家都清楚说的是谁。于是一夕之间，所有跟江琳雅合作的品牌纷纷终止了跟她的合作，单方面解除合约。

江琳雅的粉丝哭天喊地，甚至发微博说许倾管不好自己的老公，却要拿别人开刀。许倾的粉丝见此更生气了。

"许倾怀孕了啊。江琳雅这么恶心，在这个当下勾引顾随。要是倾倾出了什么事，你们负责吗？"

"《休闲时光》里她那些行为就很明显了。"

"不是，为什么都说江琳雅？为什么不看看是不是顾随主动的？"

"你没看全吗？有视频啊，自己看。"

接着有粉丝把《休闲时光》里江琳雅的所作所为剪辑出来。而发布后立即就有推手把这些剪辑视频推上热门，仿佛要将此作为证据，把江琳雅直接钉死在耻辱柱上，让那些替江琳雅说话的人全部闭嘴。

昨晚睡得晚，许倾在该醒的时间还没醒，睡出了一头汗。顾随进洗手间拿了一条热毛巾给她擦汗，随后打电话给陈顺，说道："收拾个彻底。"

陈顺听到老板平稳但令人胆寒的声音，赶紧应下，准备挂断之前又轻声问："老板，昨晚是不是又跪了？"

顾随："滚。"

陈顺："好嘞。"

许倾醒来的时候，看到顾随正在给她擦汗。他穿着黑色睡衣，眉眼依旧那么好看，浑身气势不减，哪怕是在做服侍人的事，也令人挪不开眼。难怪被那么多女人惦记。

顾随的目光扫向她的脸。四目相对，许倾抿抿唇，下意识地闭眼。顾随见状，抬手摸摸她的嘴角："醒了？不想看到我？"

许倾没应，顾随俯身亲吻她的脖颈。那儿刚刚流过汗，带着一点儿湿润的香味，加上她皮肤滑嫩，顾随有点儿流连忘返。

他低声说道："昨晚的事是个意外，你不必担心。这几年来，我可被你吃得死死的，嗯？你好香。"

他的声音低沉，带着喑哑。他的呼吸喷在她的肌肤上，轻柔温热。许倾听见他说的最后三个字，伸手推他："出了一身汗，香什么香。"

顾随略微起来一些，垂眸看她："很香。"

许倾抿抿唇，说："我想起来。"

她如今行动不便。顾随便又俯身一些，许倾伸出两手钩着他的脖子，顾随搂着她的腰，把她扶坐了起来。

许倾穿着白色的睡裙，裙摆垂落，长腿又白又直。她怀孕期间胖了不少，但胖得比较均匀，大部分重量长在胎儿身上，所以肚子很是圆润。

她问道："几点了？"

"十点半。"顾随扶着她的腰。

许倾一听，边走向浴室边问："这么晚了，你怎么还没去公司？"

顾随低声说道："我敢去吗？"

许倾瞪了他一眼。

许倾洗漱完出来。顾随拿出家居服给她换上，接着扶着她下楼。

顾老爷子和顾家父母已经在餐桌旁了。见到许倾，霍丽媛起身扶住许倾的手臂，小声地问道："昨晚睡得好吗？"

许倾点点头。霍丽媛松了一口气。

顾老爷子却狠狠地瞪了顾随一眼，说道："你老婆快生了，没事就少出去，少赚一点儿也没什么大不了的。钱重要还是你老婆孩子重要？"

顾随："您说得对。"他给许倾拉开椅子，扶着她坐下。

顾老爷子狠狠地吹了一下胡子。气死他了，外面都是些什么人？他接着又嘀咕道："当什么'资本家'，招蜂引蝶的。你得学学你爸。"当个大学教授多好，就没有乱七八糟的女人往上凑。

霍丽媛听见这话，不经意地看了一眼自家丈夫。顾霄有些心虚地挪开眼。毕竟他年轻时的情况也没比顾随好多少，何况他还是知名经济学家的儿子。顶着这样的光环，多的是女人关注。但是惦记他的女人显然要比惦记顾随的女人简单多了，最多就是暗送秋波，而不是直接勾引。

许倾也转头看向顾随。顾随沉默地给她剥鸡蛋壳，随后把鸡蛋放在她的碗里，说道："老婆，吃吧。"

许倾："哼。"然后她才开始吃。

吃过早餐，顾随也没出门。许倾最近总抽筋。她坐在沙发上，把腿架在顾随的腿上，让他给自己捏脚。

许倾拿着手机翻看微博。一夜之间，江琳雅成了人人喊打的落水狗，相关话题的热度居高不下。江琳雅昨晚的一个动作，断送了自己所有的前程。

娱乐新闻报道说江琳雅喝了很多酒，所作所为是醉酒后的失态。然而后来的酒精检测，又证明她没有醉到失去神志的地步。

许倾冷眼看着网络上的一切，心情完全没有波动，甚至点赞了一些高热度的微博。她这一点赞，粉丝们就议论纷纷：

"倾倾肯定也很生气吧。"

"倾倾没必要生气，气坏身子不值得。"

"昨晚顾随怎么跟你道歉的呀？"

"倾倾要好好养身子，等着宝宝呢。"

顾老爷子又拍了一张照片，发到微博上。

　　顾老先生：昨晚我孙子跪得挺好。

照片里顾随正在给许倾捏脚，许倾在玩手机。而顾随的耳朵上还戴着蓝牙耳机，他应该是在听公司的人汇报工作。

其实顾老爷子这些日子经常发这种照片，但是今天这一条意义重大。

"昨晚跪得很好？所以昨晚男神又给许倾跪了吗？"

"太甜了，他对许倾真的很好。"

"一边工作一边照顾老婆，两不耽误，可以可以。"

"哈哈哈，所以顾随跪了对吗？无法想象他在家下跪的画面。"

"他下跪肯定也很有气势，哈哈哈。"

"好甜好甜，我也想当许倾。"

"我也想！"

"你们要是许倾，那他就看不上你们了。"

"对，许倾就是许倾，换个人就不行。"

没过多久，顾随用自己的微博账号点赞了那条"许倾就是许倾，换个人就不行"的评论。粉丝们看见后又尖叫起来。

顾随的微博账号开了很久，但除了关注许倾，很少发布东西。谁都没想到这次他居然会点赞，"一顾倾城"的话题页更是一下子沸腾起来。

"哎！"突然，许倾叫了一声，感到肚子被撞了一下，似乎有一只小脚在里面狠狠地踹了一下她的肚皮。

顾随转头，看到她的肚子微微地拱了起来，随即轻笑一声，伸手戳了一下那只小脚。那只小脚感觉到顾随的手，立马缩了回去，换个地方踹，找存在感。

许倾吸了一口气。顾随眯眼，拍拍那只小脚："老实点儿，你妈疼了。"

这一句，他说得尤其温柔。许倾看着顾随，眼也不眨。

这个男人，是她的光，是她的英雄。

没过多久，孟莹生了一个男孩儿。全家欢喜，只有许殿心里不是滋味——他从没想过孩子是男孩儿。

许倾挺着肚子去看孟莹，只觉得孟莹很幸福，很美满。

回来后，许倾靠在顾随的怀里摸着肚子。顾随合上文件，垂眸看她发呆。她可能不知道，她发呆的样子很美。

他问道："在想什么？"

许倾喃喃道："在想孟莹，还有她的宝宝。"

顾随挑眉，发现许倾怀孕后经常因为一些小事思考很久。过去的许倾性格独立，对什么事情都能第一时间抓到重点，但现在不行了。

许倾抬起头看向顾随，问道："你喜欢男孩儿还是女孩儿？"

顾随看着她笑了："我当然更喜欢女孩儿。但若是个男孩儿，我也会喜欢的。"

许倾："你们男人怎么都喜欢女孩儿？"

顾随捏着她的下巴，说道："因为我希望女孩儿像你，想陪一个像你的女孩儿长大，其实也算是弥补我跟你不是青梅竹马的遗憾。"

他想起自己为了她的心上人而痛苦的那些日子，到处搜罗她的过去，却发现她的成长轨迹又岂是用几张纸能说完的。

许倾"啧"了一声，说："我有青梅竹马。"她故意的。

顾随的下颌紧了几分。他冷笑："哦。"

怀孕三十六周半时，许倾的羊水突然破了。一家人立即把她送往医院。

由于边缘性前置胎盘有一定的生育风险，顾老爷子立马打电话给顾随。这段时间顾随天天陪着许倾，一直问题不大，结果今早他刚去公司，许倾就破水了。

电话一通，顾老爷子就大声说道："许倾要生了，上医院。"

顾随一听，猛地从椅子上站起来，大步走向会议室门口。陈顺正好迎面走来，顾随语气冷硬地说道："看着公司。"说完，他大步走出去。

一屋子的高管瞬间反应过来，老板娘应该是要生了。

"不过，这算早产吧？才三十六周左右而已。"一位女高管想了一下说道。

看到其他人的表情，陈顺的表情也凝重起来。

"这……老板娘怀这个宝宝真的很辛苦。"

"没事，现在医疗发达，早产儿存活率很高的。何况怀孕三十七周就可以生了，老板娘只是早了半周而已。"

他们之所以会把许倾的预产期记得那么清楚，就是为了万一有事可以帮得上忙。

顾随一路赶到医院。家里人已经给许倾办理好住院手续。顾随一到，就被拉着签字，因为许倾需要剖腹产。

顾随握着笔，抬起头看向躺在床上的女人。许倾的脸色有些苍白，头发有些凌乱，身上已经换上了病号服。

彼此对视了几秒，顾随走上前，低头堵住她的嘴唇，狠狠地吻了她几下，说道："我在外面等你，还有我们的孩子。"

许倾勾起嘴角，说道："快签名吧。他想出来见我们了。"

顾随深情地看着她的笑容，随后在同意书上签字。

顾随刚签完字，宋主任便进来嘱咐了几句，又说道："孩子一出来就得送保温箱。你们先做好准备。"

许倾听到这句话，下意识地伸手握住了顾随的手。顾随反手握住，说："好。"

他的声音低沉平稳。许倾感觉到男人给她的力量，松了一口气，让自己不那么紧张。

随后，手术准备开始，许倾被推进产房，宋主任亲自操刀。顾随坐在产房外的椅子上，抬手揉着眉心，随后却发现自己的手有些发抖。他顿了顿，深吸一口气。

两个小时后，伴随着孩子的哭声，产房的门打开。一家人围了上去，只匆匆地看了孩子一眼，孩子便被送进了保温箱。

宋主任看着他们说道："剖腹产很顺利。"

顾随往宋主任的身后看："她呢？"

"出来了。"宋主任让开身子，护士推着病床出来。

顾老爷子捂着胸口，看到许倾时顿时松了一口气，说道："我们家倾倾生个宝宝那么辛苦，就生这一个吧。霍丽媛，你们有别的想法没？"

霍丽媛立即摇头，顾霄也说道："一个足够了。"

顾老爷子很满意他们的回答。顾随则已经走上前，低头看着脸色苍白的许倾。许倾微微弯了眉眼，朝他笑。

顾随握住她有点儿冰凉的手，问道："感觉如何？"

许倾："有点儿累。"

他把她的手放在自己的脖颈处，给她暖手。许倾觉得舒服多了，因为她感觉自己下半身都是冰凉的。

顾老爷子和霍丽媛、顾霄都上前，纷纷说道："辛苦了，辛苦了。"

许倾一笑，接着看到了母亲和萧姨。

罗素不敢上前，坐在轮椅上擦拭泪水。得知孩子早产的时候，她比任何人都慌，好在剖腹产很顺利。

宋主任在一旁说："许倾需要好好休养。孩子的情况也很好。你们有空可以过去看看。我估摸住两周保温箱就可以了。"

"谢谢你，宋主任。"顾随真心实意地道谢。

宋主任一笑。

随后，许倾被推去月子中心的套房，正式住了下来，唯一可惜的就是见不到孩子。许倾迷迷糊糊地睡着，只是偶尔感觉刀口传来钝痛感。半夜，她睁开眼，看到顾随坐在床边，正给她整理被子。

许倾对上他的眼眸："你还没睡？"

顾随摸摸她的额头："你刚刚说疼，我就起来了。"他就睡在旁边的床上。

"嗯。"她伸手，"老公，抱抱。"

顾随一愣，笑着弯腰。许倾抬手搂上他的脖颈。顾随侧过身子，亲吻她的嘴角。

许倾说道："你们明天去看孩子，记得拍照。"

"好。"

第二天一早，他们去新生儿重症监护室看孩子。许倾的孩子就在第八个保温箱里，正扑腾着小手小脚，看起来很有精神。

顾老爷子这才仔细看了看孩子："男孩儿啊，真是男孩儿。你失望吗？"

听到顾老爷子的问话，顾随将手插在裤袋里，说道："还好。"他只是有些遗憾，不过也绝对不会让许倾再生了。

霍丽媛突然道："男像妈女像爸，要是这个男孩儿更像许倾呢？"

顾老爷子来了精神："那我加倍疼爱。"

顾随看了顾老爷子一眼，说道："你算了吧。"

闻言，顾老爷子满脸疑惑，半晌，想起自己的那个女儿，又泄了气。这么多年，他一直在怀疑自己，当初到底是怎么教育顾娴的，才让她成了今天这副模样。子不教，父之过，他很自责。

最终，顾老爷子说："还是男孩儿吧，男孩子糙点儿。"他不会去溺爱，也舍得下手教育。

顾随："我自己教。爷爷你该退休了。"

回到病房后，顾随把照片递给许倾看。许倾看着小小的手、小小的脚，一弯眉眼："还挺可爱的。"

顾随也勾起嘴角，说道："没你可爱。"

许倾扫了他一眼："能比吗？"男人轻笑一声。

好友们在微信上送来祝福。

周扬："恭喜呀，顾总，喜得麟儿。"

江郁："恭喜恭喜，当爸爸了。"

许殿一脸嫌弃："也是男孩儿？"

顾随："男孩儿。"

周扬："哈哈哈哈，是不是很失望？"

周扬："许殿当初失望得不得了，还一直以为是女孩儿。哈哈哈。"

许殿："滚。"

江郁："对，他自我欺骗。"

李易："哈哈。"

顾随："许总，去做个梦吧。"

周扬："哈哈哈哈，多损啊！"

陈想："恭喜。我能当干爸吗？"

顾随："你说呢？"

陈想无语，没想到自己连干爸都不能当。他心想：多一个爸爸疼爱不好吗？我家财产也很多好吧？他想了想，给许倾发了一条祝福信息。

许倾听见手机响，伸手要去拿。顾随顺手帮她拿过来，看到信息后，脸色黑如锅底。他低声问道："我帮你回？"

许倾实在是累，不想碰手机，问道："是谁？"

"陈想。"

许倾一愣，点点头。顾随点开微信，直接把陈想再次拉黑。

两天后，许倾开始有奶水。可惜孩子不在，所以她只能用吸奶器。这天晚上，顾随打完电话走进房间，却见许倾已经涨奶涨得十分难受了，迷迷糊糊地抓着被子。

顾随上前，护士见状立即退开。顾随摸着许倾的额头："怎么了？很疼吗？"

许倾点头："疼。"

"那吸啊。"顾随狠狠地看向护士，护士被吓了一跳。

许倾摇头："不想，好疼。"

护士这才小心地说："白天用了吸奶器，不小心碰到了，可能有点儿破皮。"

顾随紧抿薄唇，紧紧地抓着许倾的手。许倾看着他，额头冒汗。

顾随想了一下说："退奶吧。"说着，他就要起身。

许倾一把抓住他的手，摇头说道："我奶水多，对孩子好啊。"

顾随眯眼："那……"

许倾说："不如你……"

顾随的喉结滚动了一下。他一声不吭，半晌才低声问道："你是要我死？"

许倾勾了一下嘴角。顾随咬着牙根儿，几秒后挥手让护士出去，随后俯身看着许倾。许倾笑着捂脸，把脸转过去。两个人越发亲密。

好在儿子还没住满两周，医生见情况不错，就让孩子出来了。小小的孩子经过保温箱的护理后，比一开始要胖一些，看起来也更加圆润。

顾老爷子给孩子起名为顾星辰。一家人都很喜欢这个名字，因为寓意为日月星辰。

孩子开始尝试吃母乳。许倾抱着孩子给他喂奶的时候，顾随就坐在一旁，看着看着突然有些不是滋味，不禁咬了咬牙。

当年霍丽媛生完顾随没奶水，催奶又怕疼，就没给孩子吃母乳。而罗素自己喂养了许倾，所以对母乳喂养有点儿经验，便来月子中心看看许倾。

罗素敲了敲门，顾随来开了门。只是她进去后，顾随便走了出去。

罗素来到许倾的床前，问道："怎么样？"

许倾摸着儿子的头，看了一眼男人的背影，随后收回视线，说道："还可以。他吃得挺欢的。"

罗素一笑，伸手摸了摸孩子的头，说："他像他爸。"

许倾低头打量，觉得孩子的侧脸有些像顾随，鼻子也挺，眉宇间更像，就是一个缩小版的顾随。她笑着说道："嗯，很像。"

罗素看着女儿的笑容，心情也跟着变好。许倾这一个孕期，罗素也是提心吊胆的，现在只觉得能顺顺利利就行了。

不过，她迟疑了一下，问道："顾随怎么有点儿不高兴的样子？是不是因为是个男孩儿？"

在许倾生产之前，见顾家人买的衣服都偏粉，罗素才知道顾家人都想要女孩儿。她担心最后生个男孩儿不适合穿粉色，于是只能跟萧姨去买了一些男女都能穿的中性颜色的衣服。原本她还觉得自己是未雨绸缪，可如今看女婿这样，就有点儿担心。

许倾听罢，犹豫了一下，说道："应该不是。他前两天还好好的，估计就是被工作上的事情影响了。"

罗素一听，点点头："哦哦。"

顾随出了卧室，见顾老爷子在客厅里津津有味地看电视，也没搭理老爷子，径直走向阳台。许倾孕期辛苦了些，生完后恢复元气，肤白貌美，脸色红润。顾随的脑海里不禁浮现出自家老婆抱着儿子的样子，以及她对孩子的关注，还有儿子刚刚躺过碰过的地方。想着想着，顾随揉了揉眉心。

这时，阳台门被拉开。顾随偏头看了一眼，见顾老爷子背着手走进来。

顾老爷子看了他的手一眼，问道："没抽烟吧？"

顾随眯眼："没抽。"

"嗯嗯。"顾老爷子高傲地点了点头，"心情不好？觉得自己失宠了？"

顾随的眼神冷了几分，没有回应。

顾老爷子见状，"哈哈"一笑，说道："当初你奶奶生了你姑姑，我以为我的好日子来了，从此有贴心的小棉袄，可以左拥右抱，人生完美。但是我错了，不管是小棉袄还是讨债鬼，他们都能轻易地把你奶奶的注意力抢走。这是女人的天性。而我，就孤零零的喽。"

顾随默默咬紧了牙，依旧没有吭声。

顾老爷子笑着看向孙子，说道："你的好日子要来了。"说完，他高兴地拉开阳台门，回客厅继续看电视。

十来分钟后，顾随回到卧室，见许倾正在哄顾星辰。小孩儿吃饱了就困。罗素看到顾随回来，对许倾说道："好好休息。"

许倾点点头。顾随上前，推着轮椅送罗素出去。罗素见女婿的脸色恢复了温和，心里松了一口气。

送走罗素后，顾随回到床边，俯身看着孩子。许倾抬眼看他，见他眉梢微挑，神色如常。

许倾"啧"了一声："心情好了？"

顾随："我心情不好？"

许倾："你心情好？"

顾随含笑，弯腰把睡着的儿子抱起来。顾星辰在他的怀里挣扎了一下，嘴巴微偏，像是在找妈妈。顾随直接拿起一旁的奶嘴塞进儿子的嘴里。顾星辰老实地睡过去。

把儿子放在小床上，顾随又回去伸手整理许倾的领口。因为一直躺着，穿得又宽松，许倾喂完奶后没怎么在意，却不知自己这样反而更诱人。顾老爷子和顾霄、霍丽媛一般不会随意进来，房间里只有许倾、顾随和孩子，偶尔还有护士在。

许倾看着他的指尖，突然笑着问："你也要尝尝吗？"

顾随的动作一顿。他撑在床边，专注地看着她。许倾本是开玩笑，见他这样，下意识地伸手去拢衣服。顾随却拨开她的手，俯下身。

许倾完全没想到，惊了一下，满脸通红地咬牙看着他。顾随心满意足，眉眼含笑地俯身亲吻她的额头，说道："睡会儿吧。晚点儿想吃什么？我让食堂去做。"

许倾："你发什么神经？"说完，她的脸更红了。她索性拉起被子挡住脸。

顾随轻笑，没应她。又过了一会儿，他出去让食堂做饭。

许倾拉开被子，拿起手机，准备给孟莹发微信消息，正巧孟莹发了信息过来。

孟莹："许殿对孩子特凶。"

许倾："他还那么讨厌男孩儿？"

孟莹："谈不上讨厌，就是不对付。"

许倾："哦。"

孟莹："你们家怎么样？"

许倾本来想说顾随跟宝宝抢妈妈，后来觉得这种事情不好对外人说，于是作罢。

又聊了一会儿，许倾才放下手机。

微博上，顾老爷子又充当发言人，发了一条"母子平安"的微博。

他发完后，粉丝们瞬间就明白——许倾生了。

"太棒了，宝宝出来了。"

"为什么都是顾教授发微博？这对夫妻怎么那么安静呢？"

"母子？所以是男孩儿吗？顾随会不会跟许殿一样失落？"

"估计顾随做梦都想要女孩儿，哈哈哈。"

"现在女孩儿这么受欢迎吗？我去生十个八个。"

"许倾更新微博的频率比孟莹低多了。不过也正常，她现在人气那么高，这几年走秀比拍戏还多。"

"孟莹的演艺生涯刚开始嘛！许倾已经拿两个奖了，正常的。"

"许倾的老公也低调，比许殿低调多了。"

"顾爷爷，有空发宝宝的照片出来呀！我想看看他像谁，好希望他像许倾啊。"

"男孩子像爸爸比较好。就顾随那个长相，啧啧，儿子不得了。"

在医院的月子中心住了半个多月后，许倾便回了家里，在家继续坐月子。顾随本来要她直接在月子中心住满一个半月的，毕竟医院的护理更专业，但是许倾不愿意，觉得家里空间大，住得舒服。于是一家人浩浩荡荡地回了一湾山水。

家里保姆多，加上家里人都在，顾随没什么机会带孩子。许倾更没什么机会，除了喂奶，不用自己操心带孩子。

但孩子天生依赖妈妈，总要许倾抱。晚上睡觉前，因为许倾要给孩子喂奶，于是孩子吃完奶便直接在主卧室睡了。

中间隔了一个孩子，顾随多少有些郁闷，于是让人订购了护栏，挡在床的一边，让孩子躺在最外侧。这样的话，他就可以抱着许倾睡了。

许倾靠在他的怀里，低声说道："又难受了。"

顾随垂眸："涨吗？"

"嗯。"

顾随起身去拿吸奶器，趁她吸奶的时候，堵住她的嘴唇狠狠地亲吻。两个人吻着吻着，旁边的顾星辰就醒了，睁着眼睛看着爸爸妈妈，在看到爸爸靠在妈妈的身上时，突然手脚乱舞，"哇哇"地大哭起来。

许倾立即推开顾随："快，看看他是不是饿了。"

顾随眯眼，俯身把孩子抱起来，直接拿起刚刚吸出来的奶喂给他喝。顾星辰压根儿不咬奶瓶的奶嘴，老吐出来。

顾随沉着声音说："你迟早得用奶嘴。"

顾星辰哪里听得懂，反正就用小舌头去反抗。许倾赶紧取下吸奶器，伸手说道："过来，给我抱。"

顾随沉默一秒，只能弯腰把孩子递给许倾。许倾抱过孩子后，轻轻地哄了哄，然后撩起衣服给孩子喂奶。

她靠坐在床头，一头乌黑亮丽的长发垂在肩膀上，床头灯暖暖的光线打在她的身上，向来艳丽的眉眼多了几分柔情。顾随看得心跳加速，只觉得她美得惊人，于是拿出手机悄悄地拍了一张照片。

当然，他只拍了许倾的脸，随后将其设置为壁纸。

喂完奶，许倾摸了一下儿子的小屁屁，说道："他好像该换尿不湿了。"

顾随一愣，放下手机挽起袖子，弯腰把孩子抱起来，说道："你先睡，我给他收拾。"

许倾打了一个哈欠，点点头，突然看到男人的手机屏幕一亮，壁纸竟然是她。

她勾起嘴角，看着顾随走向浴室的背影，问道："要不要叫阿姨进来给宝宝洗？"

顾随："不用。"他抱着宝宝，推开浴室门，走了进去。

许倾觉得这个男人学什么都快，明明没怎么带过儿子，但照顾儿子完全胜任。

进了浴室后，顾随直接打了热水，把儿子脱光了放在小盆里。顾星辰伸出两只小手，像是要抱抱。

顾随一边拿着毛巾洗儿子的小身板儿，一边声音低沉、威严地说："你妈是我的。想要我对你好点儿，你就离你妈远点儿。"

顾星辰定定地看着爸爸，一扁嘴巴就要哭。

顾随："你敢哭？"

"哇——"

门外传来了许倾的声音："他怎么了？"

顾随："没事，快好了。"

许倾还是不放心，穿上拖鞋走向浴室。

顾星辰还在哭。顾随用小浴巾把他包好，然后抱起来，又拿毛巾擦了一下他粉嫩的小脸，随后单手抱着儿子走出浴室。

正好许倾过来，他一手牵过许倾的手，说道："真没事。"

许倾见儿子还在哭，担心地说："我抱吧。你给他洗澡是不是很粗鲁？"

顾随咬牙："没有。"

许倾抱过儿子后走向床边，说道："小孩子皮肤嫩，不能太用力搓。老公，你刚刚用的哪条毛巾啊？"她一边给儿子穿衣服一边问。

顾随说道："蓝色的那条。"

许倾点头："哦，那没错。"说完，她把儿子侧了侧身，给他穿纸尿裤。

顾随看着自家老婆和儿子，更吃醋了，觉得这小子就知道哭哭哭，哭了还得让人哄。

顾随走过去，一把将许倾扯到怀里。许倾愣了一下，转头看着他。顾随抬起眼皮，问道："孩子吃母乳不需要吃那么久，过两天断了，嗯？"

许倾一愣。顾随突然抱住她，埋首在她的脖颈旁，委屈地说道："我想要二人世界。"

许倾更加疑惑，半响才明白为什么这段时间顾随的脸色总是有些阴沉，原来如此。

许倾咳了一声，搂着他的脖颈，低声说道："老公，儿子还小。"

"断了。"他的声音低沉，语气是命令式的。

孩子只要断了奶，晚上就可以不用跟他们一起睡。家里有的是保姆带孩子，何况还有霍丽媛。霍丽媛是个好奶奶，能带好孩子。

几分钟后，许倾拽了一下他的领口："我考虑一下。"

顾随："好。"

隔天晚上，许殿夫妇带着儿子许航来看许倾。许倾考虑到身体原因，连许航的满月酒都没去喝。孟莹抱着儿子坐在许倾的旁边。两个男孩儿看着彼此，互相踢踢小脚，看起来都很不服气。

许倾笑起来："这不应该是兄弟吗？"

孟莹："你的孩子要是妹妹就好了。"

许倾："你怎么不说你的是妹妹就好了？"

孟莹说道："他盼着。"她扫了一眼阳台，许殿正垂眸擦拭眼镜。

许倾想了想，说道："顾随倒没表示他特别想要女儿。"

孟莹："那还好。"

而阳台这边，顾随拆了一盒薄荷糖，倒了一颗放进嘴里，然后顺手把盒子递给许殿。许殿接了，也倒了一颗含着。两个人都有些安静。

顾随偏头看了一眼屋里的两个女人，还有她们怀里的孩子。

许殿看了他一眼："怎么？你是不是觉得自己失宠了？"

顾随用舌尖抵了一下薄荷糖，反问："你不也是？"

这时，屋里的两个女人朝阳台看过来。顾随和许殿一起伸手握住阳台门，都想要开门。他们沉默地对视一眼，最后由顾随开门，一前一后走进屋里。

许倾和孟莹站起来，都把孩子递过来。顾随伸手接过顾星辰，低声问道："怎么了？"

许倾笑着说道："我们想出去走走。你们抱？"

顾随拧眉："你还在坐月子。"

许倾："好闷。"

顾随："院子里走走吧。"

许倾一笑："我正是这个意思。妈不是养了很多花吗？我还没去看过。"

"嗯。"

孟莹也把许航交给许殿，随后挽着许倾的胳膊，一起走向后院。这个后院本来是顾随留给许倾喝下午茶用的。霍丽媛住进来后，跟许倾商量了一下，便种上了一些花草。

许倾带着孟莹来到后院，一眼便看到好多花。霍丽媛种了红玫瑰和白玫瑰。两种颜色的花挨在一起，很是特别。院子里还有米兰、长寿花、多肉等，不过最好看的就是红玫瑰和白玫瑰。

许倾下意识地看了一眼孟莹。孟莹笑着问道："看我做什么？"

许倾："我想起了两首歌。"

孟莹也笑："我也是。"

两个人聊着天，都回头看了一眼，就见两个男人分别抱着自己的孩子，顾随沉稳高大，许殿俊美健硕。两个男人随意地聊着天，也都往院子里看去，见她们两个人看过来，便停止聊天，挑眉询问什么事。

许倾"啧"了一声，从兜里拿出手机，对着他们说道："看镜头。"

顾随微敛眉眼，许殿不肯看镜头。

孟莹喊道："许殿。"

许殿一时无语，几秒后把头转了过来，眉宇间略带不耐烦。

"咔嚓"一声，两个男人抱着孩子的合影就照好了。

许倾挨着孟莹，一起低头看照片，边看边笑："顾随好严肃。"

"瞧许殿那不耐烦的样子。"

"他们两个都好傻，哈哈哈哈。"许倾直笑，孟莹也笑。

顾老爷子端着牛奶出来，见她们看着照片笑，立即说道："记得把照片发给我。"

"好啊。"许倾说。

顾随看了一眼许殿："你阻止一下。"

许殿拨开儿子扒拉自己领口的小手，说道："你怎么不阻止？"

顾随沉默了一秒，声音低沉地说道："我以为你行。"

许殿："我也以为你行。"

顾随嗤笑一声，笑许殿。

许殿"啧"了一声，笑顾随。

随后，他们都不说话了，反正照片到了顾老爷子手里是肯定留不住的，何况许倾和孟莹很明显乐见其成。老婆挡在前面，他们两个人只能听自家老婆的。

十分钟后，顾老先生把照片发到了微博上："哈哈。"

照片里，两个高大的男人分别抱着一个孩子，而两个只相差两个月左右的小婴儿在他们的怀里显得格外娇小。这两个男人长得都格外好看，简直帅得让人腿软。于是微博一下子沸腾了。

"真的太帅了，好高好帅。"

"抱孩子的姿势挺正确的嘛！"

"许殿，许殿！"

"顾随，顾随！"

"顾随你总算露脸了。"

"对啊！之前老先生发的照片都模糊了脸，这次抱着儿子露脸了。"

"我的天，我能感受到许倾和孟莹的幸福。"

"我想当许倾。"

"我想当孟莹。"

"想当孟莹的那位，你还是思考一下，自己能有她那个本事吗？"

"替身……啊。"

"顾随的眼神好温柔，给他拍照片的人是不是许倾？"

"姐妹，这都被你发现了。许殿一脸的不耐烦，一看就知道那不是孟莹拍的。"

粉丝都是福尔摩斯，居然能看出是许倾拍照，顾随才会这么配合。

许倾和孟莹回到客厅，盯着微博偷笑。顾随和许殿抱着孩子坐在对面，多少有些无奈。

两个孩子正仰头看着身旁的兄弟，小脚又不小心踢到了一起。顾星辰一阵乱踢，许航也不甘示弱，踹得正欢。

顾随见状，把儿子放在沙发上，站起身说道："踢吧。"

许殿也把儿子放在沙发上："用点儿劲，你比他大两个月。"

随后两个娃娃挨在一起，活动空间缩小，为了给自己争取点儿空间，小脚开始用力地踹来踹去。顾星辰踹得脸都红了，身子被许航踹开了一些。许航踢了好几下，使尽吃奶的力气。

而作为父亲的两个男人，低头看着两个婴儿互踹，看得津津有味，就差给他们加油打气了。许倾和孟莹看完微博，一抬起头便看到这一幕，皆是一愣，随后起身走过去。

许倾磨牙："顾随。"

孟莹狠狠地踢了一下许殿："许殿。"

两个男人猛地一僵，接着齐齐抬起头，对上了自家老婆的眼睛。

许倾扯着嘴唇："干吗呢？孩子好玩吗？"

孟莹也看着许殿："他才三个月大。你当他是猴子啊？"

气氛凝固。顾随赶紧弯腰把儿子抱起来，许殿也很迅速地抱起儿子。两个人对视一眼，许殿问道："你不跪？"

顾随："我正想问你。"

顾老爷子在一旁顿时哈哈大笑，笑得腰都直不起来："你们俩也太好笑了。"

许倾上前想要抱回孩子，顾随赶紧搂住她的腰，低声说道："我的错，我的错。"

那边孟莹也伸手要孩子，许殿紧抿薄唇，随后低头亲了一下孟莹，说道："我错了。"

孟莹一把抱过孩子："回家。"

送走孟莹和许殿，许倾低头哄儿子。顾星辰开始委屈地扁着嘴巴。许倾以为他可能饿了，便转身上楼。顾随的目光跟着她，几秒后，他也跟了上去。

许倾走在前面，听到男人的脚步声，转头看了他一眼。顾随站定，微挑眉梢。许倾咬牙："你们好幼稚。"

孩子还这么小，这两个男人完全没有当爸爸的稳重，幼稚起来真的很可笑、可气。

顾随微勾嘴角，走上前亲吻她的鼻尖："嗯，是幼稚了些。"说着，他搂着她的腰进了主卧室。

一进屋，许倾就撩开衣服喂顾星辰。顾随取下她的帽子，从身后看着她喂奶，抬手拨弄她的发丝和领口。许倾觉得肌肤被他一碰就有些发烫，低头咬住他的手指。顾随轻笑了一声，低头亲吻她的脸和脖颈。

许倾的脸很红。此时儿子睁眼看过来，她感觉不太好，捂住儿子的眼睛，对顾随说："走开。"

顾随眯眼，狠狠地在她的脖颈上留下一个印子。许倾倒吸一口气，还是推着他的肩膀。顾随这才放开她。

不一会儿，顾星辰吃完奶。许倾拿起手机，编辑信息问孟莹。

许倾："回去后你怎么收拾许殿？"

孟莹："让他给孩子洗屁屁。"

许倾："哈哈哈。"

孟莹："你们家呢？"

许倾："也洗屁屁吧。"

她看了一眼在一旁看文件的男人，放下手机靠过去，把孩子放在他的怀里。顾随一愣，视线从文件上挪开，看了她一眼，又看了孩子一眼。顾星辰吃完奶后精神多了，在顾随的怀里扑腾。

许倾说："你给孩子洗屁屁吧，我先睡了。"

"嗯。"顾随放下文件，抱过儿子，随后伸手把她的领口扣上："去睡吧。牛奶喝了吗？"

许倾："喝了，刚刚在楼下喝了。"

"好。"

许倾确实困了。她现在的作息非常规律，差不多晚上九点半就要睡觉，这也是她气色特别好的原因。半夜顾星辰会醒来两次，但都是顾随在哄，她只要给孩子喂奶就行。就算她喂着喂着睡着了，顾随也会处理好，只是他偶尔会让她睡不着——他有时会亲她。

躺到床上不一会儿，许倾就睡着了。顾随抱着顾星辰从浴室出来，突然看到顾星辰一扁嘴巴想哭，立马盯着他。

"你敢哭？你妈在睡觉。"男人语带威胁。

顾星辰又扁了一下嘴巴，还微微颤抖了几下，接着才慢慢地平复下来，似乎听懂了顾随的话。顾随这才满意，把顾星辰抱到许倾的身边。

许倾似有感觉，迷迷糊糊地睁开眼，伸手抱住儿子，顺便把顾随的手挥开。顾随的手被挥开后，停在半空。他盯着自己的手，顿时觉得不是滋味。

而顾星辰含着自己的拳头，眼睛滴溜溜地看着爸爸，小脸上明明看不出什么，但是顾随觉得儿子的表情像在嘲讽他。顾随眯了眯眼睛，站直身子，将衬衫脱了，去浴室洗澡。

进了浴室，顾随深吸一口气，忍了下来。不管如何，那是他的儿子。洗完澡出来，他的心情好了一些。他躺上床，大手一揽，把许倾抱进怀里，埋首在她的脖颈后，闻着她身上的香味，觉得很满足。

许倾答应顾随会考虑断母乳的事，却一直拖着。因为许倾还在坐月子，顾随考虑到她的心情，怕逼得太紧不好，便没再跟她说这个。

最终，许倾坐月子坐了两个月。这是霍丽媛要求的，因为她想把许倾养得更好一些。

等出了月子，许倾发现自己胖了。即使她在月子里练过瑜伽，但是那些长出来的肉还在，只是略微紧致了一些。其实这样的她看起来更水润。

罗素倒是很喜欢许倾现在这个样子。她哄着外孙，对许倾说："你还在哺乳期，得多吃嘛，孩子才能跟着你吃一口，所以你现在还不能减肥。再说了，气色这么好，减肥做什么？"

许倾坐在沙发上，抱着毛茸茸的玩具没吭声。

顾老爷子笑眯眯地说道："对啊，这样多好看。先别减了。"

许倾："我胖了十斤。"

霍丽媛："可也看不出来胖多少啊，身材很匀称啊。"

"我也觉得这样挺好。"顾霄附和道。

这些长辈不懂女演员的焦虑。

这时，门外传来汽车声，随即顾随挽着外套进来，抬着下巴扯领带。许倾仰头看他："回来了？"

"嗯。"他将外套和领带挂好，解开领口，看了他们一眼："怎么了？在聊什么？"

顾老爷子说："我们在聊许倾长胖的事情。"

顾随微挑眉梢。许倾叉着腰说道："我有点儿焦虑。"

顾随点点头。霍丽媛也说道："确实，许倾的职业比较特殊，她会焦虑也正常。不过无论如何，倾倾减肥也得等过了哺乳期。"

罗素："难道胖点儿上镜就不好看了吗？我觉得许倾胖点儿好看啊，很好看。"

顾老爷子在一旁拼命点头。确实，胖点儿好看啊。

顾随听到了重点，问道："减肥是不是就不能给孩子喂母乳了？"

霍丽媛说道："是啊，吃得少了用什么喂？"

顾随："那就减肥吧。"

许倾猛地看向顾随，指着他问道："你现在是嫌弃我胖喽？"

顾随无语：我不是这个意思。

第十四章

一家三口

全家人都看向顾随，因为只有他支持许倾减肥。

顾随看到许倾漂亮的眼眸里带着火气。他给自己倒了一杯水喝，说道："你作为演员，对身材有极其严格的要求，这是正常的。我应该支持你。"

许倾抱着手臂冷笑："哦，之前是谁提过，说让我待在家里，别演戏了？"

顾随的喉结滚动了一下。除了罗素，其他人都有些幸灾乐祸地看着顾随。岳母很支持母乳喂养，顾随并不想惹岳母不高兴。

他看了一眼腕表，随后放下杯子，牵住许倾的手说："晚了，该睡了。"

"你先说清楚，你嫌我胖？"许倾执着地问道。

她从没这么胖过。自从确定自己以后想走什么样的路，她就一直有意识地控制饮食，即使没怎么控制，也不会一下子胖这么多。尤其是父亲去世后的那三年，或许是因为自己心里有事，压力又大，不管她怎么吃，都能维持好身材。可是现在她胖了好多。

顾随听出她的怒火，垂眸说道："没有。"

"那你说，为什么呢？"许倾气嘟嘟地问道。

顾随感受到全家人看好戏的目光，直接弯腰把她抱起来，转身走向楼梯。许倾"喂"了一声，顾随看了她一眼："抱紧。"

许倾看到男人眼里的威胁，一愣，只能钩住他的脖颈。顾随直接上楼来到主卧室，踹门进屋，随后把许倾放在沙发上。

许倾仰头看着他。顾随撑着椅背，盯着她问："你哪儿胖了？"

"你觉得我哪儿胖了？"她反问，话里还带着刺。

顾随顿时明白，女人在体重和年龄方面果然敏感。他拨弄她的头发，结果被许倾一爪子拍走。他反手握住她的手腕，抓紧。

许倾气得很。顾随哄她："我让你减肥是想要儿子断母乳。你记得这件事吗？"

许倾一愣，想起他好像说过这件事。

顾随把玩着她的手："可你多敷衍我啊？"

许倾确实忘了这件事。

"所以，既然减肥需要断母乳，我肯定支持。"

许倾这才反应过来他的意思，原来是想要她给儿子断母乳。许倾屈膝抱着腿，说道："你指不定是觉得我胖，正好断母乳和减肥可以双管齐下，你才举双手赞成。"

顾随微眯眼眸，知道这个女人开始钻牛角尖，于是用膝盖分开她抱着的腿。许倾愣了一下，下一秒，满脸通红。

顾随俯身盯着她的眼睛说道："我怎么会觉得你胖？我更喜欢抱着现在的你，胖点儿挺好。"

他勾唇一笑，目光有些放肆。许倾被看得连脖颈都有些红了。这几个月来，这个男人一直表现得成熟稳重，又什么事都听她的，藏得太深，她都忘记了他骨子里是什么样的。

许倾钩着他的脖颈，问道："这几个月难受吗？"

顾随："你说呢？"

许倾冷哼："那你不找别人？"

顾随笑了一声。他的薄唇落在她的嘴角，轻轻地吻着，说道："几年前我没找，现在我会吗？"

自两个人因为交易领证直到重逢的那一年，他都没找过别的女人，现在就更不会了。

许倾："谁知道啊？"

顾随："你得信我。你把我拿捏得死死的。"

许倾"啧"了一声。顾随含住她的嘴唇，和她接了一个吻。这场小矛盾就算过去了。

许倾想了想，还是站起来，上上下下地掐着腰，说："我觉得腰上有点儿肉，肚子上也有点儿。手臂这里，腿……"

顾随靠在沙发上看着她比画，微勾嘴角，眼角眉梢全是笑意。

这时，房门被敲响，声音很轻微，但顾随听到了。他起身去开门，却见顾老爷子抱着顾星辰站在门外，旁边跟着霍丽媛。

见房门打开，顾老爷子立即抱着顾星辰上前，张嘴想说话，结果就听"砰"的一声，顾随把门关上了。

顾老爷子：你不要孩子了？！

顾老爷子伸手还想敲门，霍丽媛赶紧劝道："算了算了，他跟许倾可能还在聊。走吧，爸，我们先走。"

顾老爷子捏了一下曾孙子的鼻子，说道："你爸不要你了。"

顾星辰"呀呀"地张着嘴，一脸天真。

屋里，许倾停止比画，探头看过去，问道："是不是儿子？"

顾随走过去把她抱到怀里，说道："不是，是妈上来看看我们吵架没。"

许倾"哦"了一声，钩着他的脖颈，说道："我还想接吻。"

顾随听罢，一挑眉梢，低头堵住她的嘴唇。

最后许倾还是没减肥，不为别的，只为了孩子。她的奶水多，她想让孩子多吃一段时间的母乳。

其间，顾家低调地举办了顾星辰的满月酒。来参加的就是周扬、江郁、李易、许殿、孟莹、柳烟等人，顾随公司的合伙人和高管也来了一些。有孩子的人都带了孩子来，别墅里一下子热闹很多。

陈顺也带着吴倩来了。吴倩紧紧地抱着顾星辰不想放，然后跟陈顺说："我们生个女儿，然后给顾星辰当小媳妇。"

陈顺："我可不敢高攀。"

吴倩："我敢啊！"

陈顺不想说话。

许倾闻言笑着说道："可以。"

顾随说："不可以。"

吴倩看向顾随："你对我意见很大吗？"

看到顾随的眼中带着嫌弃，吴倩都无语了，把孩子还给许倾。

许倾看了一眼顾随，眯了眯眼。顾随咬牙，随后说道："听你的。"他一点儿都不想要吴倩生的女儿当小媳妇，但如果许倾喜欢，他也没办法。

吃过饭喝完酒，女人在一起聊天，男人凑在一起谈话。等到时间差不多了，他们都起身告辞。

顾随和许倾送客人上车离开后，正准备回屋，却突然看到一辆黑色的轿车开了过来，停在门口。车门打开，陈想抱着一个礼盒下车，走了进来。

"顾随，许倾。"陈想进了院子，一抬眼便看到穿着杏色长裙的许倾，愣了几秒。

顾随抬手把许倾按在自己的怀里，眼里带着冷意。

陈想这才回过神，把礼盒递给顾随，说："给孩子的。"

顾随沉默地看着陈想，陈想也看着顾随，兄弟俩似是在无声地交锋。

许倾挣扎着从顾随的怀里出来，看向陈想，笑着说道："你来迟了。"

陈想笑着点头："是，刚从机场赶来。这是给星辰的礼物，你收下吧。"他面对许倾有些拘谨。

许倾看了一眼顾随："人家到了门口，你不请人家喝杯茶吗？"

这几年来，顾随对陈想的敌意一直没有消减。许倾隐约觉得跟自己有关，却从没听他们两个人提起过，所以并不把这当回事。只是她也知道，顾随和陈想是从小一起长大的好朋友，那么好朋友现在来送祝福，顾随的态度就有点儿冷漠了。

顾随接过礼盒，说道："进来喝杯茶。"

陈想本想拒绝，但犹豫了一会儿，笑着点头："好啊。"

顾随牵着许倾的手走进屋里。陈想整理了一下领口，也走上台阶。许倾把礼盒放在一旁，对保姆说："去准备点儿糕点招待客人。"

保姆："好的。"

顾随挽起袖子，走到茶几旁坐下，开始泡茶。

陈想走进这栋房子，能看出到处都有许倾生活的痕迹，也能发现这栋房子的装修风格不是顾随喜欢的——那么，肯定是许倾喜欢的。

陈想深吸一口气，坐下来。接着，他看到许倾抱着孩子出来。孩子的小脚踝上缠着红色的细绳，藕似的小手腕上戴了银镯，孩子的眼睛跟顾随一模一样。

陈想扯扯嘴唇笑了笑，说道："星辰很可爱。"

许倾坐在旁边的单人沙发上，笑着说道："像顾随吧？"

陈想："像。"他看了一眼孩子，又看了一眼许倾。

这时，茶杯碰在一起，发出清脆的声音。陈想收回视线，看向顾随。顾随用夹具夹起一杯茶放在陈想的面前，并淡淡地看了陈想一眼。

陈想端起茶杯喝了一口，觉得自己不该进来。进来看到孩子、看到这栋房子里的一切，只是让他呼吸困难而已。所以，他坐了没一会儿就走了。

顾随去送陈想，双手插在裤袋里，眼神平静。而他越是平静，气场越强。他问道："你什么时候结婚？"

陈想："快了。"

顾随点点头："希望能早点儿喝上你的喜酒。"

陈想开车门开到一半，几秒后又把门按了回去，说道："顾随，你有没有想过，或许我跟许倾告个白，我的执念就能放下？"

顾随眯起眼眸。

陈想："三四年了吧？我确实一直没放下。"

顾随冷笑："要不，以后你别再出现在黎城？"

陈想知道顾随说到做到。他现在只是试探顾随，但是难保以后不会这么做。他立马开了车门坐进去，随后说道："我这就滚。"

车子启动，扬长而去。

不说破，他们还能当兄弟，一旦说破了，就连兄弟都没得当。陈想不想当顾随的对手，那只会被挫骨扬灰。

算了，早点儿结婚吧！

陈想送的礼物是一把长命锁，所以顾随即使不爽，还是留下了这件礼物。

当晚，许倾哄睡孩子。顾随也洗完澡出来，从身后搂着她的腰。许倾偏头看了他一眼，问道："我怎么觉得你们有事情瞒着我？"

顾随："没有。"

许倾心里隐隐有个想法，但想了想还是没问，毕竟如果不是的话，那她多丢脸啊。

满月酒过后，许倾又休养了一个月才终于出关。但因为她的工作都停了，一时也无处可去，最后决定抱着儿子去公司找顾随。

许倾的朋友实在是太少了，只有孟莹和柳烟，而她们两个人正好也没空。所以许倾只能去找顾随，顺便给他来一个突击检查。

得知许倾要去搞突击检查，顾老爷子举双手赞成，立即叫保镖送许倾去公司。许倾抱着儿子上了车，一路来到凌盛大厦门口。

前几年，顾随买下了这栋大厦。如今这栋大厦已经成了黎城的地标。

这个时间点，大家都在上班。许倾下车，抱着儿子直接刷卡进楼，压根儿不用跟前台说。

因为许倾戴着帽子，怀里抱着一个可爱的宝宝，前台工作人员一时看不到许倾的脸，也不知道她是谁，只能眼睁睁地看着她上了电梯。

电梯到了顾随办公室所在的楼层,许倾伸手拢了拢顾星辰的帽子,走出电梯。

大家都在忙,人来人往的,好几个员工直接从许倾的身边走过,看她抱着一个孩子,觉得有些奇怪,却并没有注意到是谁。

许倾来到顾随的办公室门口,一名男助理上前问道:"您找谁?"

许倾没有摘下帽子,指着办公室说:"你们顾总呢?"

"顾总在开会,您要找他?请到会客区吧。"

许倾点点头。

顾随的办公室需要刷指纹才能进去。许倾一时忘记了自己的指纹可以用,于是就去了会客区。她坐下后,发现顾星辰有些出汗,赶紧给他解开帽子。不一会儿,顾星辰又想要起来活动,小嘴一扁就要哭。许倾怕他吵到人,立即起身,抱着他来回走动。

一会儿,会议室的门打开,一群高管鱼贯而出。顾随一边走出来一边听陈顺做工作汇报。

走了几步,在路过休息区时,顾随听见几个高管在聊孩子的事,便停下脚步听了一会儿。他们聊的内容大意就是喂奶很辛苦,想要自家老婆给孩子断奶,而且孩子长牙了会咬人,喂奶会更疼。

顾随垂眸听他们讲断奶的办法,比如把麦芽汤混进其他汤里,或者骗自家老婆麦芽汤是饮料,等等。顾随偏头对陈顺说:"记下来。"

陈顺抖了抖,喊道:"老板,你转头看一下。"

顾随一眯眼眸,转头一看,却见许倾抱着顾星辰站在身后。

她轻轻地拍着儿子,面无表情地说:"哦,成天惦记着让儿子断奶?"

那几位高管也发现了许倾,看了一眼老板,又看了一眼老板娘,觉得老板娘的神情不太好。

"老板娘好。"

"老板娘下午好啊。"

就算老板娘表情有些微妙,但招呼还是要打。许倾听见声音,表情柔和了一些,笑着说道:"下午好。我没打扰到你们吧?"

"没有没有。"

"我们就是闲聊。"

"老板,老板娘,你们慢聊,我们先回去工作了。"

此情此景,不适合继续待在这里,几个高管整齐划一地跟老板打了招呼,随后赶紧溜了。

一下子，休息区就剩下顾随、许倾和顾星辰，还有陈顺。陈顺收到一位高管的眼神暗示，斟酌了一下，觉得反正老板娘在公司，老板想发火扒住老板娘就行，于是也跟着走了。

其他人走后，许倾的脸色稍微缓和了点儿，但她还是咬着牙根儿。顾随走向许倾，伸手抱过儿子："你怎么来了？"

"来突击检查。"许倾刚才抱着儿子哄了一会儿，觉得胳膊有些酸了，于是揉揉胳膊，看着他说道，"那么烂的方法你也要用？"

顾随一手抱着儿子，一手牵着许倾，说道："听听而已。"

才怪。许倾才不信他说的。都让陈顺记下来了，这是听听而已吗？明显就很重视。

顾随抱着儿子，牵着许倾的手，从休息区走向办公室，一路惹得员工全看过来。大家在自己的工位上，仰头看到老板牵着一个大美女，还抱着一个孩子。

"老板娘吧？"

"肯定是她啊。生完小孩儿怎么没点儿肚子？"

"身材还是好，不过胖了点儿。"

许倾听见"胖"这个字，顿时一咬牙根儿。顾随也听见了，抬眼淡淡地扫向那些说话的员工。

刚才说许倾胖的那个女员工瞬间压低头，感觉呼吸困难。平日里顾随不怎么搭理这些女员工，她们也和他说不上话。他身边的助理、秘书都是男性。而其他人需要办事一般都是去找陈助理他们，所以哪怕每天都可以看到顾随来公司，但和他依旧有距离感——这个男人压根儿不正眼看她们。

来到办公室前，刚刚那名招待许倾的助理呆了。

"老板娘？"这原来是老板娘啊。

许倾微微一笑，顾随开了门，牵着她进去，并嘱咐助理："去会客区把许倾的包拿来。"

"好的。"助理近距离看到许倾的脸，只觉得晕眩。老板娘真的好美。他赶紧低下头去拿包。

进了办公室，许倾摘下帽子挂在衣架上，回身看着顾随。顾星辰在他的怀里扑腾了几下。顾随把他横抱着，哄了哄。

顾随哄完孩子，走向许倾。许倾靠着办公桌，顾随单手抱着孩子，一手搂住她的腰，垂眸看她。

许倾今天上了点儿淡妆。这大半年里她一直都是素颜，哪怕是出席满月酒的时候也是。天然的美是美，但上了妆就是锦上添花，使她的眉眼更精致。顾随含住她的嘴唇厮磨，轻缓地啃咬。许倾闭上眼睛。

办公室的门被陈顺打开，那名助理提着包正要进来，一抬眼却愣住了。只见办公桌旁，相拥的两个人正在接吻，不激烈，却轻缓磨人。

那名助理是个没谈过恋爱的单身汉，瞬间满脸通红，不知所措。陈顺见过这种大场面，虽然也有些惊讶，但还是立即接过手提包，飞快地进门放在茶几上，然后快速地退出去。

办公室的门又无声地关上。

顾随吻得深入，许倾感觉身体被唤醒，靠在他的怀里待了一会儿。顾星辰开始扑腾，看样子是饿了。许倾站直身子，接过儿子，说："他得吃奶了。"

顾随嗓音嘶哑："你带奶粉了吗？"

"没有，我自己喂。"

顾随看了一眼许倾的衣服。她今天穿的是裙子，若是要喂奶，得把一大半的上衣往下拉。顾随摸了摸许倾的嘴唇，又亲了一口，随后牵着她的手走进和办公室相连的休息室。

这个休息室里有一组衣柜和一张床，落地大窗户。衣柜里都是顾随平时换洗的衣服，旁边还有一个洗手间。进去后，许倾拉下衣服，露出雪白的肩膀，随后开始喂奶。

顾随靠在门边看着她。许倾不禁红了脸，扯过一旁的小毛巾挡了挡。顾随上前亲了亲她的额头，说："我出去处理工作。"

"去吧。"

顾随离开前，不经意地看向儿子，却见儿子的眼睛滴溜溜地看着自己。他眯了眯眼，心想：孩子还小，忍忍。随后他转身出去，顺便轻轻关上门。

出去后，顾随按了内线电话。不一会儿，陈顺拿着文件进来，看了看四周，问道："老板娘呢？"

顾随接过文件翻看，说道："在休息室。"

"哦。"

顾随一边批复文件，一边跟陈顺交代事情，然后就让陈顺出去了。又忙了一阵，他拿起手机看，发现微信群里很活跃。

一个公司内部的高管群里。

"顾总回去是不是又得跪了？"

"感觉老板娘要生气，老板要遭殃喽。"

"可怜的老板。"

"我有点儿愧疚，你们说老板会不会又要跪啦？"

陈顺："@顾随，老板，回答一下？"

顾随眯了眯眼，没有搭理他们的问题。

顾随："@陈顺，通知一声，谁都不许提'胖'这个字。"

陈顺瞬间明白。

一分钟后，公司大群里。

陈特助："@所有人，记住了，谁都不能说老板娘胖，否则顾总要生气了。"

一瞬间，整个群都安静下来。那名之前说许倾胖了点儿的女员工瑟瑟发抖，更多的员工则羡慕不已。

"顾总也太宠老婆了吧。"

"对啊，就这么一个字都不能说啊？"

"啧啧，羡慕啊。"

顾随放下文件，看了一眼时间，发现已经过去二十分钟了。

许倾还没喂完奶？

他起身走向休息室，推开门，便看到许倾靠在床上抱着儿子睡着了。他的眉眼顿时柔和了几分，走上前拉过床尾的被子给她盖上。

许倾估计是看儿子想睡觉，所以一边喂一边哄，结果自己也睡着了，连衣服都没有拉好，秀色可餐。顾随轻轻地将她的肩带儿拉上去。

这时，许倾怀里的顾星辰突然睁开眼睛，滴溜溜地跟父亲对上。两双一模一样的眼睛对视着。顾随的神色没有柔和下来，眼神微微带着威严。顾星辰的小手抓着妈妈的衣领，嘴巴"扑哧扑哧"地带出了奶泡。

顾随见状，怕儿子吵到许倾，捏住儿子的手从许倾的衣领上拉开，接着把儿子抱了起来。顾星辰"哼"了几声。

顾随抱着儿子转身出门，顺便带上门。出去后，他对顾星辰说："让你妈睡会儿。"

顾星辰的小腿不停地扑腾，顾随就抱着儿子在办公室里走来走去。谁知顾星辰突然吐奶，顾随躲闪不及，被弄到了袖子上。顾随拧紧眉头，不好跟这么小的孩子生气，大手拍着顾星辰的后背轻哄，随即拉开办公室的门走了出去。

员工突然看到顾随抱着儿子出来，都愣了，随后便看到他抱着儿子走向休息区，男人黑色衬衫的袖口上隐隐有白色的奶渍。顾随走到休息区，把儿子放在桌子上，随后扯了一张纸巾，垂眸给儿子擦拭嘴角和肩膀的奶渍。

不少员工偷偷地扬起头看过去，只见男人高大挺拔，肩宽腿长，站在休息区照顾孩子，偶尔抓抓孩子的手和脚，谈不上特别温柔，但很细心。员工们都看呆了，尤其是女员工。

"顾总挺温柔的啊！"

"男人带孩子原来这么帅啊！"

"顾总动作很娴熟啊，在家肯定没少带孩子。"

她们有些痴迷。

陈顺直接上前问道："老板，你的袖子弄脏了。我帮你抱一会儿，你去换一件吧？"

顾随点点头，说道："别让他哭。等会儿他妈醒了，要是知道他哭过，我就不好过了。"

陈顺顿时无语，心想：老板，你这么惨的吗？

他还想提醒顾随，很多员工看着这里呢，刚才说的话他们都听到了。但是顾随已经转身走出休息区，而那些伸长脖子的员工瞬间收回了视线，一个个把自己的头压得老低。

顾随一边解着袖口一边推开办公室的门走了进去。员工们这才抬起头。

"我说呢，老板娘去哪儿了，原来睡着了。"

"喂奶很辛苦的。"

"顾总真的好好，会帮忙带孩子。"

"顾总也是'妻管严'啊，这么怕老板娘。"

"废话，顾总是'妻管严'，你们才知道吗？"

"哈哈哈……"

顾随推门进了休息室，几乎没发出声音。他看了一眼床上的女人，随后脱下衬衫扔在脏衣篓里，然后打开衣柜，从里面拿出一件黑色衬衫穿上。

这时许倾醒了，下意识地坐起来，惊了一下："星辰呢？"

顾随回身看她，说道："陈顺抱着。"

许倾松了一口气，揉揉头发："他醒了？"

"嗯，刚刚还吐奶了。"

许倾从床上下来，说道："那得换衣服。"她看了一眼顾随，见他没扣好纽扣，袒露着胸膛，不禁脸红了。

顾随垂眸看她，笑着说道："我让陈顺把孩子送进来。"

许倾："我自己去抱吧。"

她走出办公室，一眼便看到陈顺抱着顾星辰在哄，便大步走过去，笑着说道："给我吧，陈助理。"

陈顺的身边还跟着刚刚那名助理。两个人一起转身，便看到许倾披散着头发，眼角还带着刚刚睡醒的红晕。她艳丽，又带着温柔。那种扑面而来的女人味一下子让人挪不开眼。

陈顺是已婚男人，又跟许倾认识这么久，所以感觉还好。可那名助理就完全看痴了，甚至在许倾的视线扫过来时，差点儿停止呼吸。

这时，助理的余光一扫，扫到站在办公室门口慢条斯理扣着袖口的男人。助理瞬间感觉后背一凉，觉得自己命不久矣。

顾随凉凉地看了那个助理一眼，转身走了回去，不一会儿，拿着帽子和包走出来。他来到许倾身后，把帽子戴在她的头上，搂着她的腰说道："我们回家。"

许倾接过儿子轻哄，点点头，跟着顾随转身。

顾随轻描淡写地看了那名助理一眼，没有在许倾面前发难，进了电梯后才拿起手机给陈顺发了一条信息。

陈顺："好的。"

老板收拾起人来真是不手软啊。这个助理其实工作做得还可以，也挺机灵，可惜了。

电梯里，许倾挽着顾随的手臂，顾随单手抱着儿子。他看了一眼自家老婆，说道："把头发扎起来吧？"

许倾抬起头看他："这样不好看吗？"

"好看，但是这种好看只给我看就行了。"

许倾"啧"了一声，把帽子摘下来，抬手扎起头发。顾随看着她扎头发，说道："我们晚上出去吃？"

许倾一愣："出去吃啊？"

顾随嘴角含笑："怕你闷坏了。"

许倾嘴角一勾："是有点儿。毕竟两个多月了。"

生了孩子后，情绪波动最大的就是闭关坐月子这段时间。身体的变化是其次，最重要的是没有社交，所以许倾偶尔也会感觉焦虑，一焦虑心情就不好，就觉得时间变得很慢。

"走吧，我让陈顺订餐厅。"

说着，电梯到达负一楼。司机把车开过来，一家三口上了后座。顾随给陈顺发信息让他订餐。顾星辰换了一身衣服，眼睛亮亮的，乖巧地在许倾的怀里窝着。顾随一边接工作电话，一边捏着许倾的掌心。

餐厅在某商业中心的二十八楼，可以看夜景。顾随抱着儿子，牵着许倾进了餐厅。许倾摘下帽子，露出漂亮的眉眼。

夫妻俩选了一个靠窗的位子坐下。顾随抱着孩子，许倾拿起菜单点餐。点完后，她撑着下巴看着顾随："好久没出来吃了。"

顾随拿开儿子抓他领口的手，看着自家老婆，眼里尽是温柔："以后经常带你出来吃。"

许倾："好啊。"

不一会儿，菜上齐了。许倾抱过孩子。顾随拿起刀叉给许倾切牛排，并喂给她吃，毕竟许倾抱着孩子吃东西不方便。等喂许倾吃完，他才自己吃。

这个时候餐厅里的人不算多。这对夫妻俊男美女，而且看着有些眼熟，所以受到的关注一下子就多了。旁人看到的都是丈夫对妻子的体贴。丈夫全程都在照顾妻子，真是令人羡慕。

吃过晚饭，顾星辰已经在顾随的怀里睡着了。许倾给孩子拢好帽子，准备回家。他们刚走到门口，便有闪光灯亮起来。许倾许久没出现在闪光灯下了，一时难以适应。顾随抬手按了一下她的后脑勺儿，让她靠在自己的肩膀上，眯眼看向突然出现的记者。

这些记者全拿着话筒，笑着问道："许倾，你坐完月子了吗？"

许倾把头抬起来，适应了光线，微微一笑："是的，出关了。"

"哇！恭喜。这是小星辰吧？好可爱，简直跟顾先生一模一样。"那个记者带着些许讨好说道。

许倾拢了拢儿子的帽子，回道："他睡着了。不要对着他拍。"

"好的好的。"记者立即听话地压下相机，接着又问了许倾几个问题。

顾随一直沉默，没有回答问题，但也没有发火。他挺爱看许倾这副从容淡定的样子，她眉眼的神采都回来了。

那些记者不敢惹顾随，没采访他，只是一直在拍他们一家三口，最后还目送他们上了车，并趁着车子没开走，抓紧多拍了几张。

黑色的迈巴赫启动后，许倾含笑靠在顾随的怀里，说："我觉得我活过来了。"

"嗯。"顾随揽住她的肩膀。

回到家里，霍丽媛上前抱走孙子。顾随和许倾直接上楼。许倾先洗澡，洗完澡出来吹头发。

顾随从浴室出来时，便看到她穿着睡衣慵懒的模样。他走过去，从身后抱住她的腰，低声问道："今晚试试？"

许倾一愣，"嗯"了一声。

房门被反锁。

顾随坐在沙发上搂着她的腰，亲吻她的嘴唇。曼妙的身影印在落地窗上。过了一会儿，许倾倒吸一口气，差点儿哭出来。顾随揉着她的腰，亲吻她的脖颈、锁骨。

许倾依然浑身紧绷。顾随突然一笑，在她的耳边说了一句话。许倾听罢，满脸通红。

"滚。"

许倾的嘴唇都被咬出了血。顾随亲她的嘴唇，不让她咬。过后，他紧紧地抱着她，心满意足。许倾却觉得他太用力了，感觉自己快死了。

这时，门被敲响。

许倾猛地睁眼："儿子。"他肯定是饿了。

顾随抱起她。许倾以为他要把自己抱到床上，下一秒却又倒吸一口气，低声吼道："儿子……"

顾随微挑眉梢，没理会。房里的内线电话也响了起来，可惜许倾压根儿碰不到，只能干着急。

许久之后，许倾推搡着顾随："你个浑蛋。"

顾随声音喑哑："确实，胖点儿好。"

许倾一瞪眼睛，顾随轻笑。

又过了十来分钟，许倾有气无力地说道："儿子……你让他吃口吧。"

顾随："今晚他没份儿。"

门外隐约传来儿子的哭声。许倾这会儿真着急了。顾随猛地起身，套上上衣，穿着松垮的长裤，一把拉开门。

门外，霍丽媛抱着孙子，看到儿子的表情，愣了一秒，随后小声地说："还是让孩子断奶吧。孩子这样离不了许倾啊。"她本来想说"你儿子饿了"，但是看到顾随的表情，下意识地把话拐了一个弯儿，变成了断奶。

顾随说："断，而且今晚他只能喝奶粉。妈，麻烦你们了。"

说完，他关了门。

门关上后，顾星辰号啕大哭，小脚一个劲儿地蹬。霍丽媛怕吵到顾随，赶紧转身下楼。到了楼下，一家人都看着她。

顾老爷子问道："怎么样？"

霍丽媛摇摇头："不肯啊。"

顾老爷子看了一眼二楼，说道："不肯放人吗？"

霍丽媛点点头。

罗素迟疑了一下，说道："那还是让孩子喝点儿奶粉吧。"说着，她朝保姆点头。保姆快速地冲了奶粉。

顾霄想了想，说道："要不我上去看看？"

霍丽媛吼道："你上去看什么？你羞不羞——"

顾霄停住脚步，被妻子吼得尴尬，随后反应过来，确实不合适，脸一红，赶紧低头端水喝。

顾老爷子又翻了一个白眼，上前抱过一直哭的顾星辰，拿过保姆递来的奶瓶，放在顾星辰的嘴里。顾星辰不肯喝，用舌尖吐出来。

顾老爷子哼哼几声："你不喝就得饿死，饿死了就便宜你爸了。快吃。"

顾星辰还在小猫似的哼唧，声音细细碎碎的，听着挺可怜。但他似乎又听懂了顾老爷子的话，在顾老爷子再次往他的嘴里塞奶瓶的时候，终于咬住了奶嘴。

顾老爷子十分欣慰："这才乖。多喝点儿，喝饱点儿，长得壮点儿。以后跟你爸抢你妈，别便宜了他。"

顾星辰高兴地挥手，像是找到了动力，喝得贼溜。

这一晚，顾随很能折腾。

深夜十一点左右，许倾从床上起来，腿软得根本站不稳。顾随从浴室出来，大步上前把她抱起来，问道："你想干吗？"

许倾都有点儿怕他了，这个狗男人。她扶着他的手臂站稳，说道："我想上洗手间。"她的声音没了平日里的妖媚沙哑，软了很多。

顾随："我抱你去。"

许倾："嗯。"

许倾出来后觉得不太行，狠狠地扯着他的领口，说道："你去买药膏，滚。"

顾随听出她声音里的怒气，点头："好。"随后，他把她放在床上。

许倾靠在床头，拿起枕头扔他。顾随咳了一声，多少有点儿心虚，开了房门走出去，直接下楼。

这个时间点，只有保姆在收拾屋子。她一转头看到顾随下来，惊了一下。

顾随拿起车钥匙说："我去买点儿东西，先不要关门。"

保姆呆愣地回话："哎，好的。"

顾随出门上了车，启动车子，一下子就开走了。保姆在原地站了几秒，随后走到客厅，拨打了顾老爷子房间的内线电话。

"老先生，顾随刚刚出门了，说是去买东西。"

顾老爷子正在哄曾孙子，小家伙没见到妈妈有点儿不习惯。顾老爷子一听，说道："好的，我知道了。"

顾随开车在小区四周转了一圈，找到一家连锁药店，买了药膏就走。

这家药店正巧就在许倾生产的医院旁边。一道人影挎着包从医院出来，跟顾随撞了个正着。

宋主任笑着喊道："顾随？"

正准备开车门的顾随听见声音抬头看去，问道："宋主任刚下班？"

"是啊。"宋主任笑着看了一眼他身后的药店："买药呢？许倾恢复得怎么样？"

顾随："还可以，复查过了。"

宋主任点点头正准备走，却不小心扫到顾随手里的袋子，一眼便认出里面的药，随即一愣。顾随顺着她的视线一看，挑了一下眉，把药膏放进车里。

顾随问道："宋主任，我送你一程？"他的语气平淡，却带着压迫感。

宋主任顿了顿，说道："不用了。不过，你们悠着点儿。毕竟许倾刚刚当妈妈……"

顾随一愣，微微一笑，点点头。

宋主任见过形形色色的男人，像顾随这种一看就不好拿捏。她也不好再多话，打算回头给许倾发个信息，让许倾注意一下，由许倾去管顾随吧。随后她便走了。

顾随这才上车，偏头看了药膏几眼，多少还是把宋主任的话听进了耳朵里。不一会儿，黑色轿车启动，回了一湾山水。

保姆给顾随留了门，顾随提着袋子上楼。主卧室的门关着。他推开门走进去，一眼便看到正在喝奶的儿子，顿时一咬牙根儿。

许倾拨弄着头发，转头看他："老公。"

顾随在床尾坐下，垂眸见儿子喝奶喝得满足得眯起眼睛。他低声问道："他怎么进来了？"

许倾拍着儿子的背，说道："我听见哭声，让妈抱进来的。"

顾随觉得这些家里人成天给他添堵。

十来分钟后，顾星辰终于睡着了，顾随才俯身给许倾擦药。许倾很想踹他，红着脸不想说话，越想越气。

"你今晚跪着吧。"

顾随看她疼得发抖的样子，沉默了几秒，随后说："好。"于是他便跪下了。

许倾看了他一眼，抱着儿子睡觉。可是睡着睡着，她又睁眼，几秒后转头看着他，说道："算了，你也睡吧。我都困了。"

顾随看了她几秒，随后起身，从身后抱着她，说道："我错了。"

许倾："也不算错，我也挺愉快的。"

顾随笑了一声，亲亲她的脸颊："你还是心软了些。"

许倾："哼。"

随后夫妻俩抱着孩子睡着了。屋里的加湿器水雾缭绕，暖色的灯光透着温馨。

第二天一早，许倾抱着孩子跟顾随一起下楼吃早餐。家里人都在餐桌旁等着。

顾随轻描淡写地看了一眼顾老爷子。顾老爷子面不改色地给许倾端了燕窝："来，孙媳妇，吃燕窝。"

许倾笑着说道："谢谢爷爷。"

顾星辰快四个月大的时候，许倾准备出去工作，顺便给孩子断母乳。可断母乳也不是那么简单的，奶是退了，许倾的心理上却受不了。许倾抱着顾星辰，看他想吃却吃不到，只能一个劲儿地扑腾，忍不住掉眼泪。

顾随一进家门，便看到家里人趴在楼梯栏杆上往上看。他脱下外套，问道："干什么？"

顾老爷子一看到他，立即说道："快上去看看你老婆，今天断母乳。"

顾随把外套递给保姆，听罢，挽起袖子上楼，来到主卧室门口，却见霍丽媛和一名保姆正在门口偷听。顾随看了她们一眼，拧开门，走了进去。

屋里的窗帘没拉开，光线有些昏暗。

顾随看到自家老婆正抱着顾星辰在沙发上哭，心疼得要命，走上前蹲下，问道："怎么了？"

许倾披散着头发，看着顾随，眼里含泪："他一哭，我也跟着哭。我不习惯。"

顾随看了一眼顾星辰，见小家伙也是眼眶红红的。他的心仿佛被扯了一下。他用指腹擦拭许倾的泪水，说道："迟早得过这一关的。他总不能一直赖在你的怀里吧。"

许倾的眼眶更红了。她抽咽着说："老公。"

顾随："嗯。"

"抱抱。"

顾随更心疼了，把她和孩子一块儿抱进怀里。许倾紧紧地搂着他的脖颈，而顾星辰开始用脚踹顾随的胸膛。顾随眯眼，偏头亲吻许倾的脸颊，暂时不跟儿子计较。

你都断奶了，要独立了，踹我也改变不了事实，呵。

当晚，奶是断了，但儿子还是跟许倾和顾随一起睡。许倾握着儿子的小手，小声地说着话，大意就是妈妈要出去工作，没办法再继续喂母乳，不要生气，等等。

刚开始顾随还挺心疼，后来越听越生气，索性翻身坐起来，踩着拖鞋去了阳台。许倾一愣，放下儿子的小手，回头看了一眼阳台，见顾随靠在门上，拆了一颗薄荷糖放进嘴里。她看了几秒，随后把儿子裹好，下了床走向阳台。

阳台的门没关，许倾走出去，看向顾随。顾随含着薄荷糖，看着她。

许倾走到他的面前："你怎么了？"

"咔嚓"。他咬碎薄荷糖，喉结滚动，舌尖抵了一下脸颊，说道："你对儿子太好了。"

许倾：所以？

顾随："你什么时候能对我好一些？"

许倾一愣，突然钩住他的脖子："你说，我哪里对你不好？"

顾随咬了咬牙："那倒没有。"他就是吃醋了。

许倾踮脚亲他的薄唇："老公，乖乖。"

顾随伸手搂着她的腰，微勾嘴角，埋首在她的脖颈边："算了，不跟他计较。"

许倾嘀咕："所以你也好意思？"

把顾随哄回屋里，他们来到床边一看，儿子居然还没睡，小手抓着顾随的手机哼唧。许倾看了一眼顾随："他在跟你示好。"

顾随冷哼："是吗？"

"睡吧。"

顾随把许倾抱上床，随后自己也上了床，关了灯，搂着妻儿睡了。

断了母乳，顾星辰开始适应奶粉，家里带他的人又多，许倾开始接工作。之前合作的品牌方又找上门来。

"许倾复出"的话题在微博上挂了一天。随后，许倾接到一部关于犯罪心理的电影。由于剧本到手后需要两周时间准备，她便一边参加活动，一边啃剧本。

不过她休息了这么久，热度确实降了很多。

苏雪发信息给许倾，说："你要不中秋节晚上在家里做个直播，亲自跟粉丝们打个招呼？"

许倾想了一下，觉得可行。

中秋节这天，许倾吃完饭便抱着儿子上了楼，打开了直播平台。直播间里一下子就拥进了无数粉丝。很多粉丝的昵称写着"一顾倾城"，一看就是许倾和顾随的粉丝。

黎城的中秋节还很热。许倾今晚穿着红色的吊带裙。她笑着打招呼，说道："晚上好，中秋节快乐。"

"倾倾，晚上好。小宝宝在吗？"

"哇！倾倾好美啊。你好适合红色。今晚孟莹也直播，你们姐妹打擂台呢？"

"哈哈哈，我开着两部手机，一部挂着孟莹的直播，一部挂着许倾的直播。看，我是你们姐妹的粉丝。"

"倾倾，小宝宝呢？小宝宝呢？"

许倾看着屏幕笑起来，说道："巧了，我也挂了一个账号在孟莹的直播间。嗯，宝宝在我的旁边，正在磨牙。"

"哈哈哈，孟莹说她也挂了号在你这里。你们姐妹俩真是的。"

"小宝宝长牙了吗？"

许倾："还没有。是啊，接了一部电影，《心理犯罪师》。你们看过这部小说吗？"

"看过啊，超级好看。"

"我的小薇从此有了脸！"小薇就是小说里的人物。

粉丝们正在闹腾的时候，突然看到一个高大的男人出现在许倾的身后。他似乎没注意到许倾在干吗，低头摘下腕表，声音低沉地对许倾说："老婆，等会儿有个晚宴。你跟我一起去？"

许倾一愣，扭头问道："去哪儿？"

"就在一湾山水。"顾随抬起下巴解领口，眼眸看着许倾。

许倾想了一下，说道："行吧。那我跟粉丝们说一声。"

顾随点点头。他并不知道她在直播，走向衣帽间。

许倾转头看向直播间，却见直播间的评论和弹幕飞速增加。

许倾一愣，怎么都没想到会变成这样的画面。接着，她听到脚步声，于是回头看了一眼顾随，说道："我在直播。你要不要跟我的粉丝说一句'中秋节快乐'？你也入镜了。"

顾随正在扣袖口，一愣，抬起眼看过去。几秒后，他俯身撑在桌子上，把许倾拢在怀里，看着镜头说道："中秋节快乐。"声音低沉好听。

当晚，"顾随 中秋快乐"的话题上了热门。

在许倾关闭直播前，直播间的人数达到了上千万，热度超乎预料得高。网友们看到话题，纷纷叫嚷着让顾随出道。

"想天天看到他出现在直播间里。许倾，你经常直播好不好，让你老公也出镜。"

"你们太搞笑了。你们怕是忘记他是什么身份了，还叫他出道。"

尽管粉丝们叫喊着让顾随出道，并且希望天天能看见他，但在接下来的很长一段时间里，媒体没再拍到顾随的任何照片。即使拍到了，比如他送许倾去机场等，顾随也被打了马赛克。

中秋节过后没多久，许倾出发去汕市拍摄《心理犯罪师》。要吃透这部电影的剧本没那么容易，许倾啃了很久才勉强懂一些。好在大家都知道不好拍，剧本围读的时间比较长，导演更是亲自授课。

在这期间，许倾很想念顾星辰，也想念顾随和家里人。婚后那么长时间，她一直到处飞，没有着过家，直到怀了顾星辰后，在家的时间才变多。而家里又那么热闹，她和顾老爷子、霍丽媛、顾霄都相处得很好，没有产生过任何矛盾。他们都很疼她、照顾她、让着她，所以这也增加了她对家的依赖感。

回到酒店，洗了澡，许倾坐在沙发上擦头发。这时，手机响起，是视频通话的请求。她拿起来接通。

那头的顾随还在办公室里，隔着屏幕看着她："今天还顺利吗？"

许倾点点头，揉了一下眼角。

顾随微眯眼眸："你的眼角怎么有些红？"

许倾瞪了他一眼："我想家了。"

顾随沉默，想到自己回到家里，发现她不在，也会不适应。他问道："哭了？"

"没有。"许倾靠在沙发扶手上，把头发揉得凌乱，衬得她的脸更小。

顾随坐直了身子，看了一眼腕表，又看向她，说道："早点儿休息。"

"好。"许倾点点头，接着问，"你呢？你什么时候回家？"

顾随漫不经心地回复她："可能没那么快。"

许倾眯眼："你该不会在外面找女人吧？"

这话一说出口，顾随抬眼扫过去，对上她的眼眸："找你啊？"

许倾"啧"了一声，脸有些红："那挂了。"

"嗯。"

挂了电话，许倾本打算给家里也打一个视频电话，看看顾星辰在做什么，结果导演突然通知开会，因为编剧打算修改一下细节，她只得跟其他演员去导演的房间。

这一去就是三个多小时。晚上十点半，许倾和剧组的人说说笑笑地从电梯里出来，便看到一个高大的男人站在她的房门口，手臂上挽着外套，衬衫领口紧扣——正是顾随。

他往这边看过来。许倾一愣，剧组的人更是一愣，纷纷掩嘴笑着看许倾。

四目相对，许倾突然快走几步，一把抱住顾随："你怎么来了？"

顾随单手扶住她的腰，喉结滚动了一下，笑着问道："怎么？只许你想我，不许我想你？"

许倾仰头看他："刚刚不是还在视频吗？你怎么来的？"

"黎城离汕市又不远。"顾随跟剧组的人点头示意，算是打了招呼，随后搂着许倾说道，"开门。"

许倾立即拿卡刷了一下。顾随揽着她进门，一进去便把她抵在墙上，低头吻住她。许倾紧紧地攀着他的脖颈，跟他唇舌交缠。

他把外套随手搭在玄关处，把她抱到沙发旁，一边解着纽扣一边深入地吻她。许倾摸他的脸、脖颈和锁骨。顾随眉眼含笑，任由她抚摸。

顾随低声说道："一想到回到家里你不在，我就不想回去。"

许倾深吸一口气，抬了抬身子："你怎么来的？"

"私人飞机。"

温热的唇落在她的脖颈上，随后他没再给她说话的机会。

一个小时后，许倾靠在顾随的怀里，头发还有些湿润。她穿着松松垮垮的睡裙，拿起手机说道："跟儿子视频吧？"

顾随埋首在她的脖颈旁，懒懒地应了一声。许倾给顾老爷子发了视频通话的请求。

过了一会儿，接视频电话的却是霍丽媛。她看到顾随，有些诧异："你说晚上不回来了，就是去找我儿媳妇啊？"

顾随挑眉没应。霍丽媛"哟"了一声。

许倾笑着说道："妈，星辰呢？"

"在喝奶，老爷子正喂着。"霍丽媛一边说一边拿着手机走向一楼的小房间。这里是顾星辰的专属小房间，放玩具之类的。

霍丽媛打开门，看到顾老爷子正在哄曾孙子喝奶。她又走近了一些，许倾和顾随便听见了顾老爷子说话的声音。

"星辰啊，喝多点儿，喝多点儿长得大一点儿、壮一点儿，以后可以抢妈妈。男孩子要让爸爸吃点儿苦头，知道吗？就你爸那个德行，你要是不努力，以后可能要被扔到北极去啦！你现在要努力扒住你妈妈，所以一定要吃饱饱、喝饱饱……"

许倾偏头看向自家老公，就见顾随眼色深沉地看着视频，没有表情。她差点儿忘了，爷爷每次喂宝宝喝奶都这样絮絮叨叨，其他人觉得好玩，不当一回事，但顾随可能就不一样了。

良久，顾随"呵"了一声。霍丽媛惊得手一抖，直接把视频电话挂断了。

许倾也安静地不吭声。顾随看着她，问道："你要我，还是要顾星辰？"

许倾恢复了一秒神志，踢他："你让我怎么选？"

顾随"呵"了一声。

也许是顾老爷子的念叨起了作用，顾星辰不再排斥喝奶粉。所以后来他吃辅食的时候，顾老爷子也如法炮制。而顾星辰的胃口也好到让许倾都有些惊讶，他几乎一整天都在吃吃吃，身体却没有因此变得肥胖。

四岁的顾星辰已经口齿伶俐，身高比同龄的孩子高出很多，长相也越来越像他爸。父子俩几乎是一个模子刻出来的。而且即使许倾很忙，他依旧很爱跟许倾待在一起。

这天，许倾要去看一场走秀。顾星辰拉着许倾的手："妈妈，我跟你一起去吧。"

许倾笑着蹲下身子："你想看秀？"

"是啊，跟妈妈一起。"

"好。"许倾上楼，换了一条黑色的吊带裙。

顾老爷子一边浇花一边说道："星辰要照顾好妈妈哦。"

顾星辰点头："好的。"

许倾拿起小包，牵住儿子的手，对顾老爷子说："爷爷，我们走了。"

"去吧去吧。"

顾星辰今天穿着白色上衣、黑色短裤。小小的人儿穿得很潮。许倾戴着墨镜，把儿子抱上车，让他坐在安全座椅上，随后自己也上了车。

她拿出手机，问道："看完秀我们去看爸爸吧？"

顾星辰歪着头看着许倾，说道："妈妈，我想跟你一起去吃冰激凌。你上次说带我去的。"

许倾一愣，想起这件事，点点头："那行，那我们去吃冰激凌。"

到了秀场，许倾牵着顾星辰一下车，就有很多媒体记者举着相机扫过来。许倾见状，直接带着顾星辰从另一个门进去。

顾星辰在网络上露脸比较少，因为顾随不允许。所以顾星辰即使被拍到，也没人敢发出去，或是经过处理才发。

许倾抱着顾星辰看完走秀，正好是晚上八点半。从秀场出来后，她牵着顾星辰去购物中心买冰激凌。顾星辰选了一个香草味的，舔了一口。

许倾低头问道："好吃吗？"

"好吃。妈妈，你要吃吗？"顾星辰举起手中的冰激凌递给许倾。

许倾看了冰激凌一眼，笑着说："不吃。"

"妈妈吃点儿吧。你不胖。"

许倾一听，笑起来："行吧，那我就尝尝。"

顾星辰高兴地踮脚，想要把冰激凌递给许倾，却不小心蹭到许倾的脸颊。许倾一愣，顾星辰也停住了，立即说道："妈妈，弄到了。"

"嗯，是啊，弄到了。"许倾拿出纸巾。

顾星辰接过纸巾，扒拉着让许倾弯下腰来。许倾弯下腰，让顾星辰踮着脚给她擦脸。许倾觉得儿子真是乖巧。

顾星辰给许倾擦脸这一幕被记者拍到，发了一小段视频在网上。视频里，小小的男孩儿踮脚给妈妈擦脸，可爱又乖巧。

虽然没有拍到顾星辰的脸，但这段视频足够粉丝们兴奋了。

"小王子。"

"真的太可爱了。"

"会照顾妈妈的好宝宝。"

"这么小就会照顾妈妈，顾星辰好棒啊！我也想拥有这样一个儿子。"

与此同时，凌盛公司内，顾随正跟陈顺商讨事情，手机却"嘀嘀"地响了。顾随偏头看了一眼，见是一段视频，抬手示意陈顺等会儿，随后拿起手机点开。视频里是自家老婆和儿子，而儿子在给自家老婆擦脸。

见顾随眯眼，陈顺探头看了一眼，也看到视频了，笑着说道："小星辰真

554

是越来越乖巧了。"

顾随关掉视频，放下手机，轻描淡写地看了陈顺一眼。

陈顺腹诽：你这个当爸的什么时候承认你儿子可爱？

商讨完事情已是晚上十一点多，顾随坐进车里，揉了揉眉心，一路回了一湾山水。家里静悄悄的，只有保姆在拖地。顾随脱下外套挂起来，问道："许倾和顾星辰呢？"

保姆笑着回道："都在楼上。"

顾随："嗯。"

他上楼来到主卧室，一推开门便听到许倾在给儿子讲故事。顾星辰趴在许倾的腿上，仰头听得认真。顾随靠在柜子上，看着母子俩。

这时，顾星辰突然打断许倾，说道："妈妈，我明天还想跟你一起出去。你明天要去哪里呀？"

许倾拿着故事书，想了一下，说道："可能要去直播。"

"那我……"

"明天你跟我去公司。"一道低沉的声音突然打断母子俩的交谈。

顾星辰猛地扭头，对上了顾随的眼眸。父子俩对视了几秒，空气中似有火花溅起。

"妈妈，我不要。"顾星辰一把抱住许倾的腰，撒娇说道。

许倾扶着儿子的手臂看向顾随。顾随解开领口，把手机和腕表放在床头柜上，说："你直播的地方鱼龙混杂，谁看着他？"

许倾刚刚其实也在犹豫，闻言低头看着顾星辰。顾星辰使劲地摇头："妈妈，我会乖的。"

许倾有些心软："那……"

"顾星辰。"男人低沉的嗓音再次响起。

顾随这几年越发成熟稳重，身份带来的威慑感越发强烈，连顾老爷子有时都烦透了他，何况顾星辰这个孩子——顾星辰在跟父亲争母亲的道路上越走越远。

顾星辰撇嘴，带着倔强，瞪着父亲，不置一词。许倾也眯眼看着顾随。

许倾的目光一扫过来，顾随就微敛呼吸，走过去弯腰亲了一下她的额头，又拉了一下儿子的手臂，看着儿子的眼睛说道："你妈妈明天要去的地方很乱，你不适合去。我带你去公司，晚上去接你妈妈吃饭。"

顾星辰定定地看着父亲，几秒后趴回许倾的大腿上，说："好吧。"语气委委屈屈的。

他很快要上幼儿园了，所以才老想着跟妈妈在一起。哼，臭爸爸。

顾随见儿子这样，眯了眯眼。许倾踢了他一下。他低头亲她的嘴唇，随后把衬衫从腰间拉出来。他这几年一直在锻炼，所以一直都有腹肌。

许倾又踢他一下。顾随捏捏她的下巴，拿了睡衣去洗澡。

看着顾随进了浴室，许倾把儿子抱起来放在床上，俯身揉揉他的头发。顾星辰哼唧几声："妈妈，我今晚跟你睡行吗？"

许倾顿了顿，说："可以。"

顾星辰："爸爸……"

许倾："我说服他。"

顾星辰高兴地伸出小手抱住许倾的脖颈。许倾笑着拍拍他的背，哄他睡觉。

不一会儿，浴室的门打开，顾随擦着头发走出来，一眼便看到还赖在他们房间的儿子。他走过去，拿起手机看。

许倾感觉儿子的身体紧绷。她拍拍儿子，说："星辰今晚跟我们一起睡吧？"

顾随低垂着眼眸按着手机，侧脸轮廓分明。他说："好啊。"

顾星辰的肩膀一下子就松懈下来。他开开心心地抱着许倾。许倾也笑起来，哄着儿子："那你可以睡了。"

"嗯嗯。"顾星辰翻动身子，像八爪鱼一样手脚缠住许倾。许倾闻着孩子身上香甜的奶香味，拍着他的背哄他入睡。

顾随擦干头发，掀开被子上床，看了一眼身侧的妻儿，俯身过去从身后抱住许倾，低声问道："今天的秀好看吗？"

许倾回头说道："还可以。这几年国风已经走出去了，设计越来越精美。今天还有一位是意大利的设计师。一个外国人设计中国风格的服饰，厉害吧？"

顾随挑眉："嗯，厉害。"

许倾伸手扯了一下他的领口："你呢，今天都忙些什么？"

顾随："还是那些。我想收购一家电影特效公司给你。你不是投了一部科幻电影吗？看看能不能用上。"

许倾含笑："花那个钱干吗？"

"你喜欢，我就为你花。"

许倾这几年也开始投资一些电影，有时自己拍，有时邀请孟莹、李元儿她们拍，再也不需要跟别人炒作了。而且她如今拥有庞大的粉丝群，既有单纯的剧粉，也有颜粉。而她和顾随的感情一直很牢固，也让喜欢他们的粉丝数量增长惊人。

许倾："行吧。"

反正顾随送她的东西也不少，就一家电影特效公司，收了就收了。

因为工作，他们聚少离多，所以许倾和顾随会在睡前稍微聊一下自己在忙些什么。这些年顾随投资失败的项目，许倾知道，他投资成功的项目，她也知道。她还知道他支持年轻人创业，专门设了一笔资金。

"睡吧。"顾随亲吻她的脸颊、脖颈，有点儿那个意思，但是看到八爪鱼似的儿子，还是忍下了。

许倾："嗯。"

夫妻俩躺下，顾随把床头灯调暗。睡前，他看了一眼儿子。而顾星辰也偷偷扫了父亲一眼，然后再次把脸埋在许倾的怀里。顾随面无表情。

屋里开了空调，挺凉爽的。

二十分钟后，顾随还没睡着，怀里的女人睡得却很香甜。他从床上下来，掀开被子，俯身把熟睡的儿子抱了起来，随后直接出去，来到霍丽媛的房门口敲门。

几秒后，顾霄开门，一看是顾随和孙子，顿时清醒。顾随把顾星辰递过去。顾霄咳了一声，接过来。熟睡中的顾星辰轻轻地打着呼噜，完全不知道自己被换了地方。

顾随："辛苦你了，爸。"说完，他转身回去。

顾霄抱着孙子，在原地站了一会儿，耸了耸肩，走进房间。霍丽媛打着哈欠，一看这情况，忍不住说道："我们家孙子太可怜了。"

顾霄把孙子放在靠着大床的小床上，抓抓头发上了床，说道："顾随正是黄金时期，难免……"

"行了，别说了。羞不羞？"霍丽媛躺下，拉过被子盖在孙子的身上，拍着孙子的背，"赶紧睡了。"

顾霄关了灯，睡觉。

主卧室里，许倾睡得正熟，迷迷糊糊间嘴唇突然被人吻住。她半睁开眼，黑暗中看到男人带着欲望的眼眸。

许倾瞬间清醒了，下意识地伸手一摸，没摸到儿子。她感觉呼吸上不来，但还是下意识地伸手搂着他的脖颈。不一会儿，她便再次神志不清了。

许倾心想：这个狗男人怎么越发放肆了？

如果说之前是她馋他的身子，那么这几年全反过来了。可他明明在外面一派正人君子的样子。

第二天，顾星辰醒来一看，发现自己又回了爷爷奶奶的房里，立马爬起来呜呜大哭，哭完又趴了回去，钻进被窝里死命地蹬腿。

“啊啊啊，奶奶，爷爷——”

霍丽媛见他这样，觉得又可爱又可怜，笑着上前把他扶起来：“别哭了，奶奶给你穿衣服。你不是还要跟爸爸妈妈去跑步吗？”

“我才不要跟他跑呢。”顾星辰大吼。

那个“他”自然就是顾随了。

霍丽媛忍着笑说：“那怎么办？不跑了？”

顾星辰坐着不动，几秒后擦擦泪水，从床上下来，抽咽着开始穿衣服。穿好衣服洗漱完后，他朝二楼跑去，直接来到主卧室门口。他没拍门，就站着。

两分钟后，门开了。顾随穿着黑色的运动服走出来，垂眸看到门口的儿子。顾星辰叉着腰，噘嘴看着自家爸爸。

顾随刚洗漱完，眉眼还带着水汽。随后许倾穿着白色的运动服也走出来，一看到顾星辰，笑着说道：“早，宝贝。”

“妈妈早。”顾星辰开心地伸手。

许倾牵着儿子的手，看了一眼顾随。顾随挠挠眉峰，勾了一下嘴角，牵住她的另外一只手，带着老婆儿子下楼。

天色还很早，天空灰蒙蒙的。露水落在叶子上，凝成水珠往下滑落。

一家三口开始跑起来。许倾照顾儿子，跑得很慢。顾随自然也陪着他们慢慢跑。

跑了一段路，顾星辰累了，气喘吁吁的。顾随垂眸看了他一眼，弯腰把他抱起来。顾星辰搂着顾随的脖颈，哼唧一声。

许倾在旁边跟着，见儿子这样，笑着说：“你得跟爸爸说谢谢。爸爸这样抱你也很累的。”

顾星辰大喊：“我也很累。我还这么小。”

顾随：“你可以不跟着来。”

顾星辰：“我偏要跟着。哼。”

顾随挑眉，没再搭理他。许倾乐得眉眼弯弯。

跑了一圈后，节奏就慢下来，三个人变成散步。顾随抱着孩子，汗水顺着额头滑落，没入衣领。许倾拿出纸巾给顾随擦汗。

　　顾星辰见状："妈妈，我也要擦。我也流了好多汗。"

　　许倾："来了。"她给顾星辰擦额头的汗。

　　顾随轻描淡写地看了顾星辰一眼："跑都没跑，你能流多少汗？"

　　顾星辰："就很多。"

　　顾随冷笑一声。

　　随后，一家三口回家。家里人都起床了，保姆已经做好早餐。顾星辰从顾随的怀里下来，飞快地跑过去抱住顾老爷子。

　　"曾祖父。"

　　"哎，小星辰。"顾老爷子弯腰抱住顾星辰，"星辰早上很棒，跟着爸爸妈妈去跑步吗？"

　　"是的呢！"顾星辰高兴地回道。

　　顾老爷子举手，顾星辰也举手，然后两个人击掌："耶！"

　　这曾祖孙俩关系可好着呢。顾随冷淡地看着。

　　吃过早餐，顾星辰换了衣服从楼上下来。顾老爷子见状，问道："今天星辰跟妈妈出去吗？"

　　顾星辰摇头。顾老爷子刚露出满脸疑惑，就看到顾随从楼上下来。顾随整理了一下腕表，随后拿起手机，朝顾星辰伸手。顾星辰看了爸爸几秒，才伸手让顾随握着。

　　顾老爷子瞪大眼睛：曾孙啊，你这是没斗过你爸爸吗？

　　他的神情严肃了一些："顾随，你好好照顾他啊。你就这么一个儿子。"

　　顾随："您放心。"说完，他牵着顾星辰走出去。

　　这时，许倾也从楼上下来。她穿着一袭长裙，踩着高跟鞋，跟在父子俩的身后走出去。

　　外面停着两辆车。保镖从车里下来，给父子俩打开车门。保姆车的司机也下来开车门。

　　许倾一出来便走向保姆车，裙摆如波浪一般飞扬。她准备钻进车里时，回头看了一眼父子俩，见顾随和顾星辰停下脚步，站在车旁看着她。

　　许倾笑着说道："星辰好好跟着爸爸哦。"

　　顾星辰："知道了，妈妈。"

　　许倾又看了一眼顾随。顾随抿紧薄唇，深情地看着自家老婆。许倾送了一个飞吻给他，随即才上车关门。

父子俩啥都看不到了，却都没动，依旧看着那辆黑色的保姆车，静静地、专注地看着它从自己跟前开走。许久，顾随才弯腰把儿子抱进车里，然后跟着坐进去。

保镖关上车门，坐进驾驶座，启动车子。顾星辰摆弄着平板电脑，顾随看晨间的财经新闻。

到了凌盛大厦门口，顾随牵着儿子下车，一下子就吸引了周围人的目光。有些跟顾随相熟的高管凑过来打招呼。

"顾总早。小星辰长这么大了啊。"

"哇，星辰好可爱哦。"

"顾总，难得见你带孩子来公司。"

顾随闻言，面无表情。顾星辰挥手跟人打招呼，模样特别可爱，那张脸太像顾随了。

"以后又是一个迷倒人的帅哥。"

"这基因。"

"小星辰好可爱好可爱。"

直到他们进了顾随专属的电梯才清净。

电梯很快到了顾随办公室所在的楼层。顾随牵着顾星辰走出电梯，正好碰上陈顺拿着文件急匆匆地迎上来。

陈顺猛地停住脚步，低头看了一眼顾星辰，才缓缓地看向顾随，咳了一声："老板，你这心眼儿也真是小。"

顾随眯眼看了他一眼。陈顺又咳了一声。

全公司都以为顾随是疼爱儿子才带儿子来公司的，只有陈顺知道，顾随是犯了小心眼儿，不想让儿子缠着自己的妻子才把他带来的。

顾随说："找个人陪他玩，不要给他吃垃圾食品。"

"好的。"陈顺应下，转头喊了一名男助理过来陪着顾星辰。

随后，顾随便直接开会去了。

实际上，哪里用得着找人专门陪着顾星辰，整个公司的女生男生都盯着他呢。平日里他们觉得顾随太有距离感，而顾星辰长得像顾随，年纪又这么小，看起来就好亲近多了。

很多员工都拥过来，你陪一会儿，我陪一会儿。顾星辰的长相像顾随，性格却因为经常和顾老爷子在一起而受顾老爷子的影响，所以他跟这些大哥哥大姐姐们交流完全不在话下。

"我爸爸在公司有没有女秘书啊？"

女员工："没有。你爸爸不敢往公司招女秘书。"

"哦哦，没有就好。有的话也没关系，我妈妈会收拾他的。"

一群人哄堂大笑。

"那在家里，你爸爸听谁的？"

"听妈妈的。"

"除了妈妈呢？"

"没有了。"

几个员工对视一眼，觉得顾总果然是"妻管严"。这几年他们在顾随的手底下感觉到不小的压力，发现顾总越发严厉了，结果顾总却怕老婆。

顾星辰晃着小短腿，跟他们聊了好一阵子，就这样混了一整天。

下午四点左右，顾随忙完，推开办公室的门，就见顾星辰坐在沙发上玩魔方。旁边茶几上还放着一瓶养乐多。他走过去往垃圾桶里看了一眼，只见里面还有一个饼干的包装袋。

顾随问道："你还能吃得下饭吗？"

顾星辰一听，抬起头："我又没吃多少。"

顾随眯眼，扯下领带扔在沙发上，说道："可以了就收拾一下，去接你妈妈。"

顾星辰高兴地跳下沙发，把魔方收拾好，又整理了一下衣服。顾随见状，靠在沙发扶手上，问道："需要我给你打上领结吗？"

顾星辰仰头说道："爸爸，我今天穿的不是小西装，不需要领结。"

顾随："哦，是吗？我以为你需要。毕竟你还看了好几次玻璃，拨弄你那几根头发。"

顾星辰：啊，我不要这个爸爸了。

他指着顾随说道："你就是忌妒妈妈老夸我可爱！"

父子俩对峙了一会儿。顾随看了一眼腕表，站直身子，抄起桌上的手机和车钥匙，说道："走了，别让你妈等太久。"

顾星辰又抬手拨弄了一下自己的小刘海儿。顾随垂眸看了一眼，牵住他的手，离开办公室。

其他人还在工作，一看到顾随带着小星辰出来，纷纷抬起头。好几个很喜欢顾星辰的员工，看顾星辰时眼睛里都带着星星，但碍于顾随在，没人敢开口。

顾星辰抬手挥了挥："哥哥姐姐们，我走啦。"

一瞬间，所有人的心都被萌化了，立即忘了顾随还在，齐刷刷地跟顾星辰挥手。

"小星辰有空来玩啊，姐姐会想你的。"

"小星辰拜拜。"

"小星辰有没有手机啊？跟哥哥加个微信……"

"拜拜。爱你哟，亲亲。"

"亲亲。"顾星辰回头用小手在嘴边贴了一下，送了一个飞吻出去。

场面简直像欢送会一样。

顾随微拧眉心，进了电梯，抬眼扫了一圈那群员工。一众人瞬间坐了回去，老实地低下头猫着。

电梯门关上。电梯里只有父子俩，安静得很，跟刚刚的热闹相比，像是繁华过后的落寞。

顾星辰抬起头看了一眼爸爸，顾随也垂眸看他。父子俩的视线接触了一秒。顾星辰猛地收回视线，又抬手捣鼓自己的头发，拨弄得那叫一个顺滑。

电梯抵达负一楼，顾随牵着顾星辰来到车旁，开了车门，弯腰进去整理了一下安全座椅，随后才把儿子抱上车，给儿子系好安全带。顾随关上车门，绕去驾驶座上车。

顾星辰在一旁摸了摸，摸到一个平板电脑，低头点开，开始玩消消乐。顾随一边启动车子，一边拿起蓝牙耳机戴上，拨打了许倾的电话。

电话通了好一会儿才有人接听，但接听电话的人是许倾现在的小助理。

小助理捂着话筒，低声说道："顾先生，许老师还在直播。今天发生了一点儿意外，推迟了开播时间。"

顾随："什么意外？"

他的声音低沉好听，小助理听到后耳根微红，说道："原来的主播被换掉了，所以耽搁了。"

顾随："好。不用跟她说，让她好好直播。"

小助理："好的好的。"

顾随摘下蓝牙耳机，转动方向盘，将车开出地下车库。

这个时间点儿，天色还亮。车里很安静，只听到消消乐的游戏音效。

"顾星辰。"顾随喊了一声。

顾星辰抬起头。顾随从后视镜里看了他一眼，问道："今天好玩吗？"

顾星辰下意识地点头："好玩啊。"

顾随收回视线："那行，明天继续跟我去公司。"

"爸爸——"顾星辰反应过来自己掉进了爸爸的坑里，摇头说道，"我不要！我明天想跟着妈妈。"

顾随在方向盘上敲了敲："我看你在公司里如鱼得水的，哥哥姐姐们也很喜欢你，你就多来给他们看看。"

"我不要！"顾星辰大叫。

顾随语气冷淡："不许大叫。"

顾星辰咬了咬下唇，委屈地哭了。顾随抽了一张纸巾递给他，又拿了一颗巧克力递过去。正好赶上红灯停车，顾随偏头盯着顾星辰。顾星辰抽泣着看着爸爸递来的巧克力和纸巾，几秒后才伸手拿了纸巾胡乱擦鼻子。

顾随："巧克力不要？"顾星辰一伸小短手，抓了过去。

顾随："现在不能吃，吃完饭再吃。"说完，他转过头去。

顾星辰拿着巧克力，气愤地想：臭爸爸，坏人。

顾随再次启动车子，说道："你总跟着妈妈，妈妈没办法专心工作。她工作的环境跟爸爸的不一样，人多混乱。要是你出了事，妈妈肯定很难过。等你再大一些，能管好自己了，再跟着她。那会儿我不会有意见。"

顾星辰："你就是不想让我跟着妈妈。你吃醋。"

半晌，顾随扯着嘴唇冷笑：是的，那又如何？

很快，车子抵达许倾直播的大厦。顾随下车打开车门。顾星辰放下平板电脑，扭头解安全带，可解了半天都没解开。这时，从旁边伸来一只大手，三两下就解开了安全带。顾星辰一下子就自由了，蹬了一下腿，想自己下来。顾随提着他的手臂，把他带下车。

顾星辰突然叹了一大口气，再怎么讨厌爸爸，却又不得不承认，有爸爸在，好安心。

这次做直播的是一家国产品牌公司，这几年一直在跟许倾合作，销量远超一些欧美大牌。他们在三楼专门设有一间直播间，是为许倾准备的。

顾随牵着顾星辰上楼，一出电梯就看到很多人在忙，到处都是护肤品的样品。顾星辰走着走着就有些犯懒，不想自己走了，在原地转圈。顾随看了他一眼，把他抱起来。

顾星辰趴在顾随的肩膀上。顾随走向许倾所在的直播间。顾随因为身材高，本就鹤立鸡群，不少人看到他，纷纷掩嘴偷偷议论。

"是顾随吗？"

"是他。"

"好帅。"

"哇！那是小星辰吗？"

"肯定是啊！"

直播间的门上有一扇玻璃窗，顾随站在门外就可以看到里面的场景。顾星辰也赶紧转过身子，趴在窗户上，眼睛亮晶晶地盯着许倾。

许倾今天穿得很漂亮，戴着顾随给她专门定制的金色手链、耳坠，脖颈上也戴了同款的项链，露出好看的肩膀和锁骨。

顾星辰："妈妈好漂亮。"

顾随："嗯。"

顾星辰："爸爸，你也觉得妈妈漂亮。"

顾随："嗯。"

父子俩此时倒是站在同一战线上。

今天的直播之所以会拖到这么晚，是因为许倾熟悉的那个主播出事了。那个主播跟一个有妇之夫有染，人家妻子跑到公司来闹。品牌方只能临时换了另一名主播。这名主播跟许倾不是很熟，两个人磨合了一会儿才顺利开播。

终于，在傍晚六点半的时候，这场直播结束了。许倾伸了一个懒腰，跟新主播握了一下手。

新主播笑着问道："累了吗？"

许倾揉揉脖子："累了，哈哈。我先走了。"

"好的。"新主播起身让许倾过去。

小助理赶紧把手机和外套递给许倾。许倾裙摆摇曳，身材窈窕，成了直播间里的一道风景线。很多目光都落在许倾的身上，看着她走向门口。

他们悄声议论。

"许倾真的一点儿也没变。"

"我们刚跟她合作的时候，她正跟程寻搭档。谁都没想到她能有今天。"

"对，我们上司说幸好当初没有看不起她。"

"这么多年她真的一直都好漂亮，而且她和顾随的感情怎么那么稳定？"

"真的好稳定。人家顾先生抱着孩子在外面等她呢。"

"哇。"

门一开，许倾便看到顾随抱着儿子靠在对面的墙上，儿子伸长了脖子看过来。

"妈妈！"看到许倾，顾星辰立即喊道。

许倾一弯眉眼，大步上前，伸手圈住顾随的脖颈，把儿子和顾随都圈在怀里。

顾星辰："妈妈亲。"

许倾笑眯眯地亲了顾星辰的脑门儿一下，然后看向顾随。顾随偏了一下头："我。"

许倾含笑，凑过去准备亲他的脸颊，结果顾随突然转过脸，让她直接亲到了他的嘴角。

许倾的脸一红，这个狗男人耍她。

顾星辰离得近，见父母这样，突然"哎呀"一声，伸出手臂："好啦好啦。"他霸道强硬地隔开了爸爸妈妈。

许倾咬牙拍了顾星辰的屁股一下。顾随眯眼看着他。顾星辰翻了翻眼皮，假装没看到爸爸的眼神。

顾随冷哼一声，随后把顾星辰放在地上，说道："自己走。"

顾星辰陡然落地，矮了不只半截，一下子就嘟起嘴来。

顾随没搭理他，伸手接过许倾的外套，顺顺她的头发，问道："想吃什么？"

许倾挽住他的手臂："想吃寿司。"

"好。"顾随看了顾星辰一眼。

顾星辰见妈妈挽着爸爸的手臂，没了自己的份儿，只能牵住爸爸的手。随后一家三口转身走向电梯。

不得不说，这一家三口，男的帅，女的娇，小的可爱。

顾随垂眸跟许倾说话，许倾挽着他的手臂小声地回应，顾星辰乖乖地被爸爸牵着，这画面真是养眼。

有人从顾星辰旁边走过，顾随把顾星辰拉近一些。许倾见状，松开顾随的手臂，走到另一边牵起顾星辰的手。

顾星辰瞬间一万个高兴，蹦蹦跳跳的。他仰头看了一眼顾随，眼神里带着一点点的挑衅。顾随见状，下颌绷紧了几分。

许倾喜欢吃的那家寿司店在郊区，开车过去要半个多小时。上车后，许倾懒懒地靠在椅背上。顾随从一旁摸了一颗巧克力递给许倾。

许倾剥了放进嘴里，吃完才想起顾星辰，问顾随："还有巧克力吗？"

顾随："他有。不让他吃。"

"哦，对，不能吃。"许倾转头，看着安全座椅里的儿子，问道："星辰饿不饿？"

顾星辰其实有点儿饿了，但是不能吃那颗巧克力，毕竟吃了就不想吃饭了。他摇头："不饿。"

许倾看他摇头的样子有点儿可怜，便和顾随商量："要不就在这附近吃吧？"

顾随抬起眼皮，从后视镜里看了一眼顾星辰，几秒后说："好。"

他掉转车头，开往星湾大厦，那里也有一家不错的餐厅。车子停下后，许倾下车，给顾星辰解开安全带，弯腰把顾星辰抱出来。

顾星辰抱紧妈妈的脖子，说道："妈妈，我自己能走。"

许倾含笑："知道，妈妈就是想抱抱你。"

顾星辰开心地直眨眼。顾随绕过来，把外套披在许倾的肩膀上，揽着她的腰走向餐厅。顾星辰小手钩着许倾的脖颈，眼睛眨呀眨。顾随忍下了，此时懒得跟他计较。

餐厅给他们预留了二楼靠窗的位子。

把顾星辰放在儿童餐椅上后，许倾觉得手臂有些酸，毕竟她还穿着高跟鞋呢。顾随挂好外套，坐下来后拿菜单让许倾点餐，随后揉揉她的手腕。

他低声冷哼："累吧？"

许倾一顿："抱我儿子，怎么能说累？"

顾随："你就逞强。"

许倾红了脸，瞪了他一眼。顾随端起水杯喝了一口，捏着她的手腕，没理会她这一眼。

许倾点完餐，扑到他的怀里，拽着他的领口："那你说，我现在这样好看吗？"

顾随将水咽下去，垂眸问道："你说哪样？"

许倾要担任那部科幻电影的女主角。角色对体重有要求，她刚刚减到指标内，身材更匀称了。

许倾的脚在桌子底下踹了他一下："你说好看吗？"

顾随伸手按下她的大腿，微勾嘴角："好看。"

许倾："这还差不多。"

顾星辰在对面玩着许倾的手机，却一直注意着父母的互动。父母的爱情后来成了他心里想要的爱情的模样，哪怕他现在有点儿吃醋。

哼，妈妈和爸爸靠那么近做什么？

吃过晚饭，华灯初上，一家三口从餐厅离开。天气有些凉，顾随给许倾披上外套。许倾牵着顾星辰上了车。

一上车，顾星辰立即剥开那颗巧克力："妈妈，你要吃巧克力吗？"

许倾吃得很饱，摇头："不吃。"

顾星辰舔了一下巧克力："那我吃了。"

许倾忍着笑："行吧，你吃。"

顾星辰喜欢吃巧克力，已经忍了好久了。许倾一出声，他立即把巧克力放进嘴里含着，小脸圆鼓鼓的。许倾伸手捏了他的脸一下，顾星辰笑眯眯地对着妈妈做鬼脸。

车子行驶在马路上。路灯灯光打在车身上，带了几分温暖。顾随从后视镜里看着后座的妻儿，眉眼温柔。

很快，他们回到一湾山水。车子刚刚停下，顾星辰就跳下车。许倾也下车，牵起顾星辰的手。顾随关上车门，提着许倾的小包，挽着她的外套，跟在母子俩的身后进门。

房间里灯火通明。顾星辰蹦蹦跳跳地跑到顾老爷子那里，一把抱住顾老爷子的大腿："曾祖父，我回来了。"

顾老爷子正在下棋，见状放下棋，弯腰摸摸顾星辰的小脑袋："好呀。今天开心吗？"

"开心。"

顾星辰回头看了一眼自家父亲，随后凑过去在顾老爷子的耳边嘀嘀咕咕："我今天去他的公司突击检查。"

"哦？检查出什么了？"

"爸爸的秘书没有女的。"

顾老爷子："那不是正好？"

"是的，爸爸挺守男德的。"

许倾"噗"地喷出了一口水。

霍丽媛和顾霄都笑出声来。

许倾急忙放下杯子，擦擦嘴角走过去，弯腰看着儿子："你从哪里听来的这些话？"

顾星辰瞟了一眼爸爸，然后才看向许倾，凑近许倾的耳朵："奶奶经常对爷爷说，得守男德。"

许倾转头看向自家公公婆婆。霍丽媛眨了几下眼，有些无辜。顾霄这才反应过来，很不好意思。

顾老爷子立即抬起手比画："你们啊！在家里说话还是注意点儿，别让孩子学了去。看看看看，有样学样。"

霍丽媛一愣：“爸，最没资格说这些话的人就是您。”

顾老爷子摊手：“我怎么了？我都是教好的。”

顾随冷笑一声，抬腿走上楼梯，高大的身影一下子就消失在拐角处。许倾靠在沙发上笑了起来。她一笑，家里人安静了几秒，随即也跟着笑了起来。

一时间，家里欢声笑语。

许倾待了一会儿，说道：“爷爷、爸、妈，我先上去了。顾星辰，你要跟我一起吗？”

“不去，我要跟曾祖父待一会儿。”顾星辰摇头。今天一整天都跟爸爸在一起，他也想念曾祖父了。

许倾点点头，笑着摸摸儿子的头：“那好，妈妈先上去了。”

“妈妈拜拜。”顾星辰挥手。

许倾跟其他长辈又说了一声便上了楼。

许倾走后，顾老爷子有些好奇地抱着曾孙子：“你不是很喜欢跟妈妈在一起吗？怎么不一起上去？”

顾星辰噘嘴，有些委屈地搂着顾老爷子的脖子：“曾祖父，我有件事情要跟你说。”

“什么事？”

顾星辰凑到顾老爷子的耳边嘀嘀咕咕。顾老爷子听着，捋了好几下胡须，恍然大悟：“这样啊，曾祖父给你想个办法好不好？”

顾星辰立即点头：“好。”

二楼走廊里只开了橘色的壁灯，给人暖暖的感觉。许倾推开主卧室的门走进去，见高大的男人在衣帽间里。她走上前，从身后抱住他的腰。顾随解开腕表，轻轻地放在桌子上，表链隐隐发亮。

许倾：“你守不守男德？”

顾随握住她的手：“你说呢？”

许倾笑起来：“老公，我们的儿子很聪明。”

“嗯。”顾随倒是没反驳这一点。他转过身子，靠在柜子上，勾着嘴角亲吻她的眉眼，“像你一样聪明。”

“怎么不说像你呢？”许倾仰头问道。

顾随微挑眉梢：“他哪点儿像我？除了壳子。”

那倒是，顾星辰只有长相像顾随，性格可完全不像。

两个人抱了一会儿便开始接吻。顾随把她抵在衣柜上，俯身咬着她的嘴唇。许倾搂着他的脖颈，低声说道：“轻点儿……”

顾随抵着她的额头："能怪我吗？怪你太美。"

两个人确实也怕顾星辰突然进来，所以顾随把许倾直接抱进浴室。就这么点儿距离，许倾觉得自己像被架在架子上烤，全身滚烫。

"对了，星辰跟着你去公司，乖吗？"

顾随吻着她的嘴唇，含混地应着："还行。"

许倾还想说点儿什么，但这个男人让她不再有精力说出来。

两个小时后，许倾擦着头发从浴室里出来，就看到顾星辰坐在他们的床上翻着故事书。她一愣，立即走过去，弯腰问道："你什么时候来的呀？"

"妈妈，我刚到。"

许倾顿时松了一口气，转头看了一眼顾随。顾随刚从浴室里出来，把毛巾放进脏衣篓里，看了一眼顾星辰。

顾星辰也抬头："爸爸。"

"嗯。"顾随应道，然后拉起许倾的手臂说道："吹头发。"

许倾坐直了身子，顾随拿起吹风机开始给许倾吹头发。许倾低头跟儿子一块儿看故事书，笑着问："等下你想听什么故事？"

"昨晚那个美人鱼的，我想听完。"

许倾："好。"

吹完头发，许倾拿起故事书，搂着儿子继续讲昨晚没讲完的故事。顾随把吹风机收起来，随后转身出门，去书房处理文件。

又过了二十分钟，顾随回来时，许倾已经睡着了。故事书被扔在旁边。顾星辰在她的怀里听见动静，抬起头，跟顾随的眼眸对上。父子俩四目相对。顾随靠在柜子旁，就这么盯着顾星辰。

以往总是跟他犟到底的顾星辰突然从许倾的怀里起来，小心翼翼地扶着床沿滑下床，然后赤脚走向门口。经过顾随身边时，他抬头说道："爸爸晚安。"

顾随一愣，低头看着自家儿子，就见顾星辰自觉地拉开门走出去，还体贴地关上门。

顾星辰噔噔噔地跑回爷爷奶奶的房间。霍丽媛放下手中的十字绣，赶紧抱起孙子："乖乖，怎么回来了？"

顾星辰说道："别说了。"然后他从霍丽媛的怀里下来，钻到被子里，蹬了一下腿，睡了。

霍丽媛跟顾霄对视一眼。这是闹哪出？

第二天，一家人在餐桌旁吃早饭。顾星辰把自己的油条分成两半儿，一半儿给许倾，一半儿给顾随。全家人呆住，愣愣地看着顾星辰。

顾星辰会把吃的分给许倾很正常，但这次居然分给顾随？

顾随看着碗里的油条，挑了一下眉，看向儿子："你有事想说？"

顾星辰摇头："没有啊。爸爸你不是也喜欢吃油条吗？我分给妈妈就要分给你啊。"

顾随微眯眼眸，几秒后，夹起油条咬了一口。霍丽媛跟顾霄面面相觑。

吃过早餐，顾星辰自己穿好鞋子，站在门口。顾随拿了许倾的外套，牵着她的手走向门口。

顾随看了一眼儿子："你等谁？"

"等你啊！爸爸，我今天要跟你去公司。"

顾随："哦？"

许倾看着父子俩，觉得他们昨天相处一天，关系突飞猛进。她蹲下身子，抱住儿子，亲了亲他的额头："星辰拜拜。"

"妈妈拜拜。"顾星辰也抱着许倾亲了几下。

许倾的车子来了，她赶紧走向保姆车。上车后，她转头跟父子俩挥手。

保姆车开走后，顾随的车也跟着开过来。顾随扣上纽扣，垂眸看着顾星辰："走。"

顾星辰乖巧地跟着顾随走下台阶，乖乖地上车，乖乖地拿起平板电脑玩。顾随坐在他的旁边看文件。

昨天已经来过公司，今天顾星辰一到，依旧受到大家的热烈欢迎。顾随依旧跟昨天一样，把顾星辰扔在休息区里，让儿子跟着一群员工玩，再让一名助理看着。

这一天顾随非常忙，中午还得出门跟客户吃饭。他带上顾星辰，让顾星辰在一旁玩魔方，自己跟客户交谈。

对方是石化公司的CEO。他把手搭在桌子上，笑着问道："顾总，什么时候晋升奶爸了？"

顾随说："能为我的妻子分忧，我很乐意。"

那人一笑，点头认可。顾随是投资圈里出了名的"妻管严"，看孩子倒也不奇怪。

顾星辰低头玩着魔方，听见爸爸的话忍不住撇了一下嘴，心想：爸爸明明就是小气鬼，爱吃醋、忌妒。哼。大人的世界真不单纯。

吃过午饭，合作谈成。顾随牵着顾星辰跟那位CEO走出餐厅，各自上了自己的车子。上车后，顾随轻扯了一下领带，顾星辰靠在安全座椅上打瞌睡。

而顾随牵着儿子会见客户的场景，被人拍了照片发到网上。虽然他们的脸都被打了马赛克，但这张照片依然直接被送上了热门。

"这是什么神仙爸爸？太棒了，出门工作都带着儿子。"

"奶爸。"

"真的奶爸啊。问题是顾随怎么那么好？"

"听说他这两天都带着儿子去公司。"

"小星辰也很乖很听话。这一家三口我爱了。"

"之前听说顾随跟儿子争宠，这话是谁说的？明显不是啊。"

"对啊，还说顾随跟小星辰争宠，怎么可能？笑死了，人家这是超级好爸爸。"

"哈哈哈，都说了顾总不是那么小气的人好吧。啧啧。"

"这样的老公我也想拥有，又能赚钱又能带娃，最重要还长得帅——这才是重点啊！"

"就没见过这么帅的奶爸。博主干吗打马赛克？"

回到公司，顾星辰的瞌睡也没了。他跟着顾随进了办公室。顾随坐在沙发上翻看文件。顾星辰看见陈助理推门进来，手里端着咖啡，于是他放下魔方，走过去举起手。

陈顺一愣："你要？"

"我端给爸爸。"顾星辰眨了眨眼睛，样子很可爱。

陈顺又是一愣。这是什么绝世好儿子？顾总还对他那么差，那么小心眼儿，真是太不应该了。

陈顺感动地把咖啡递给顾星辰："你小心点儿哦。"

"好的，陈叔叔你出去吧。"

"哎。"陈顺点头，转身出门。

顾星辰端着咖啡走向顾随，放在茶几上。顾随抬起眼皮，看向咖啡，又看向顾星辰。他问道："困不困？困的话，爸爸带你去里面睡觉。"

"不困。"顾星辰走上前，握紧小拳头在顾随的大腿上捶了捶。

顾随一愣，低头看着儿子："你这是干吗？"

"爸爸你辛苦了。你赚钱养家真的好辛苦啊。"

顾随眯眼，扯了一下嘴角："哦？真的吗？"

"真的。我这两天有感悟呢，爸爸要管理这么大的公司，真是太不容易了。"

顾随："然后呢？"

顾星辰转身，挪过咖啡："爸爸喝咖啡。"

顾随看了一眼咖啡，伸手端起来抿了一口。顾星辰站在他的腿边，小拳头一下一下地捶着顾随的大腿："爸爸舒服些了吗？"

顾随放下杯子，看他："嗯，舒服多了。"

"那就好。爸爸开心，我也就开心了。"接着，顾星辰又说，"爸爸很辛苦，妈妈也不容易。妈妈赚钱也很辛苦呢。但是爸爸有我在这里给你捶捶，妈妈就没有了。妈妈好可怜哦。"

顾随弯腰盯着儿子："所以？"

"所以我明天跟着妈妈好不好？我给妈妈按摩捶腿……"

"你觉得我信吗？"顾随摸了摸儿子的头，"绕这么大一个圈子就是为了最后一句话吧？嗯？"

顾星辰：啊！臭爸爸！！！

"你真不睡会儿？"顾随碾压完儿子，看了一眼腕表，问道。

顾星辰拨弄自己被爸爸弄乱的头发，摇摇头，非常泄气。

顾随："不睡就在一旁玩吧，爸爸不需要你捶腿。"说完，他拿起文件继续翻看，那股子气势又隐隐浮上来。

顾星辰站在他的旁边，撇了一下嘴，走了两步又走回来，仰头问道："爸爸，我能借你的手机用一用吗？"

"可以。"

"谢谢爸爸。"顾星辰说完，转身去看茶几上的手机。

茶几上放着两部同款手机，都是黑色的，唯一不一样的就是屏保壁纸。顾星辰伸出小手，点了一下。

原始屏保，这是工作用的手机。另外一部手机的屏保是妈妈的照片，这才是私人手机。顾星辰拿起第二部手机，输入妈妈的生日解锁密码，接着点进微信，翻聊天列表。

顾随抽空看了他一眼，只见他用小手滑到许倾的微信，点进去，直接给许倾拨了一个视频通话过去。

大约三四秒后，许倾那边才接。她正在后台，穿着走秀的衣服，脸上化着精致的妆容。

"妈妈！"顾星辰大声喊道。

许倾那边的环境有些嘈杂。她一听星辰的声音，眉眼弯弯："星辰没睡午觉啊？"

"没有，我不困。"顾星辰神情有些恹恹的。

许倾注意到了，问道："星辰不开心吗？"

"没有啊。"顾星辰虽然嘴上这样说，表情却没有精神起来。

许倾自然是不信的："你说'没有啊'，但是你的表情都快哭了。"

"真的没有。"顾星辰摇头。

许倾眯眼，看了一眼顾星辰身旁那双包裹在西装裤里的长腿。

顾随听见儿子的语气，放下文件，偏头看过去，盯着儿子的后脑勺儿以及手机里的老婆，下颌紧了几分。

果然下一秒，许倾喊道："老公。"

顾随顿了顿，往前倾，入了镜头："老婆。"

许倾："我看着星辰怎么不开心……"

顾随抬手摸了一下顾星辰的后脑勺儿，轻轻地捏着儿子的脖颈，含笑回道："大概是因为在公司无聊了吧。顾星辰，你说是吗？"

顾星辰感觉到爸爸指尖的力量，呼吸一窒，可怜巴巴地点头："对啊，妈妈，真的有点儿无聊。"

许倾看了几秒，发现父子俩确实没多大问题，说："那星辰就早点儿回家吧。"

"好，我这就安排司机送他回去。"顾随笑着答应自家老婆。

许倾那边有人来喊，她需要上场了。许倾立即说道："不说了，星辰要开心点儿哦。妈妈去忙了。"

顾星辰："嗯嗯。"

随后，视频被挂断，办公室里陷入安静。

顾随松了捏着儿子脖颈的手，整理了一下袖子，说道："我送你回家。"

顾星辰转头盯着爸爸，摇头："爸爸，我还是跟你一起吧。你不用特意送我回家了。"

顾随眯眼："那你跟你妈告状？"这就真的有点儿惹到他了。

顾星辰顿时头皮发麻，扑过去一把抱住顾随的大腿，开始撒娇："没有，我没有要告状。我就是想妈妈了。难道你还不许我想妈妈吗？你每天晚上都可以抱着妈妈睡，我都没有，你还不许我难过啊？"

顾随看着突然撒娇的儿子，想起自己的小时候。那时候他哪里会撒娇，一直跟着顾老爷子。可顾老爷子对待孙子跟对待曾孙完全不一样。因为顾随是顾家长孙，那会儿顾家还在从政，需要谨言慎行，以至于他的性格内敛，不爱说话。

顾随伸手把儿子抱起来，放在身边说道：“那你就老实待着。”他拿过魔方塞在顾星辰的手里。

顾星辰噘嘴，低头继续玩魔方，顾随则拿起文件看。没一会儿，顾星辰就歪倒在顾随的旁边睡着了，魔方滚落在沙发上。

顾随见状，把顾星辰抱起来，放在另外一边的沙发上，顺便给他脱了鞋子，扯过一旁的外套盖在他的身上。随后，顾随坐了回去，继续看文件。

许倾今天的走秀结束得早。卸了妆后，她换上自己的衣服，戴上墨镜离开。她看了一眼时间，才下午四点多，于是让司机开去凌盛大厦。

半个小时后，许倾到了凌盛大厦门口。此时离凌盛下班还有半个多小时，公司里挺安静的。她走进大厅，前台看到她立即认出来，急忙刷卡让她进去。

许倾嘴角含笑：“谢谢。”

“不客气。”前台红着脸说。

许倾搭乘电梯上楼。出了电梯，很多员工看到她也下意识地打招呼。许倾问道：“你们顾总呢？”

“在办公室里，小星辰也在。”

许倾点点头，来到办公室门前，识别指纹推门进去。她一进去便发现办公室里光线昏暗，窗帘都拉着，父子俩都在休息。

顾星辰躺在沙发上，身上盖着顾随的外套。顾随正支着额头闭目养神，文件放在大腿上，领口微敞。许倾顿时放轻脚步，慢慢地走过去，弯腰看了一眼儿子，又看了一眼丈夫。

这两个人的样子还真像。顾星辰那张小嘴叭叭的，但不可否认，他不说话的样子跟顾随有九分像。

许倾给儿子整理了一下外套，免得衣服挡住他的鼻子。她刚弄好，身后突然伸来一双大手抱住她的腰。接着她就跌坐在了顾随的大腿上，差点儿惊呼出声。

顾随紧搂着她：“忙完了？”他的声音低沉嘶哑。

许倾放松身子，靠在他的怀里：“嗯，今天事情不多。”

顾随“嗯”了一声，薄唇贴着她的脖颈，细细地亲吻。他还带着点儿倦意，模样慵懒。密密麻麻的吻让许倾很喜欢，于是她侧过身子搂着他的脖颈。顾随抬起眼眸看着她，亲吻她的嘴唇。许倾低头跟他接吻。

这时有人敲门，顾随便伸手摁了一下开门按钮。

门开了，一名女员工端着一杯热可可走进来。估计她没料到办公室里光线会这么暗，更没料到许倾也在，于是猛地脚步一顿。

许倾靠在顾随的怀里，盯着这名女员工。

女员工顿时反应过来，走上前小心翼翼地将热可可放在桌子上，说道："老板娘，这是给小星辰的热饮。"

许倾"嗯"了一声，用手肘捅了一下顾随："你招女秘书了？"

顾随抬起眼皮，轻描淡写地扫了一眼那名女员工，问道："你是哪个部门的？怎么是你来送？"

女员工的眼神中带了一点儿慌乱。她低声说道："我是财务部新来的助理，刚刚在茶水间碰到陈助理，说要给小星辰送热可可进来。他一时太忙了，我就代他送来了。"

顾随眯眼。许倾似笑非笑地看了顾随一眼。

这时，顾星辰醒了，从沙发上滑下来。他把手叉在腰上，走过去上下打量那名女员工："你的裙子怎么穿这么短？你的扣子没扣好……"

两句话让那名女员工更慌了。她下意识地伸手抓住领口，又拉扯了一下裙子，仿佛所有的心思都袒露在这一家三口的面前，让她无地自容。

顾星辰接着又说道："我曾祖父说了，上班就得有上班的样子。你这样子一点儿都不正经。"

那名女员工已经有些发抖了。

顾随："去财务部领工资走人。"

那名女员工的泪水"唰"的一下流下来，但她又不敢不听，转身走了。许倾轻轻地冷笑了一声，这成了压垮对方的最后一根稻草，令对方跑得飞快。

那名女员工恰好在门口撞到陈顺。陈顺脸色难看地骂道："你是谁？我让你送了吗？去领工资走人。"

陈顺居然跟顾随说的话一样。许倾看着顾随，笑着说道："看来你这里领工资走人的事不少。"

陈顺说得极其自然，估计没少处理这种事。

顾随捏捏她的下巴，说道："我这儿有规矩，非必要没有女员工能进我的办公室。我守男德。"

许倾听到前面的话挺开心，听到后面就开始憋笑。

顾星辰跑过来，伸手要抱："妈妈，我刚刚做得好吗？"

许倾弯腰把儿子抱起来——其实顾星辰有点儿大了，她抱得有些吃力。她刮了一下顾星辰的鼻子，说道："做得非常好。"

顾星辰满脸高兴。顾随怀里既抱着老婆，也抱着儿子。他侧着头扣上衬衫领口的纽扣，说道："回家。"

顾星辰："回家喽。"

回到一湾山水，一进门，顾星辰就跑到顾老爷子那里，被顾老爷子抱在大腿上。祖孙俩嘀嘀咕咕的，不知在说什么。说了几句，顾星辰狠狠地叹了一口气。

顾随听见了，轻描淡写地扫了顾星辰一眼。随后，他牵着许倾进餐厅吃饭。

吃过晚饭，一家人在小客厅看电视、下棋，顺便商讨顾星辰上幼儿园的事情。

小区里就有幼儿园。但霍丽媛觉得顾星辰去黎城国际私立幼儿园比较好，顾老爷子就嫌弃霍丽媛和顾随这母子俩太过骄奢。顾随都懒得搭理顾老爷子，垂眸看着平板电脑。

顾星辰在一旁跟许倾玩魔方，玩得可开心了。许倾这个年纪都玩不过儿子，微微叹气。

谁知顾星辰也跟着叹气。许倾一愣，看着儿子："你这小小年纪的，叹什么气？"

顾星辰把下巴撑在妈妈的腿上，说道："我也有烦恼。"

一家人顿时感觉很稀奇，全看着他。

"你有什么烦恼啊？"

"说出来，爷爷帮你解决。"

顾星辰悄咪咪地扫了一眼自家爸爸，然后飞快地收回视线，继续叹气："哎，小孩子就是不好，什么都得听大人的。"

霍丽媛顿时笑起来："那你不听大人的，还能自己做主啊？你是不是对上幼儿园有看法？"

顾星辰："那倒没有。"

"既然没有，你又在烦恼什么呢？"

顾星辰又看了顾随一眼，继续说道："对于这件事，我也不知道怎么说。"又不让他告状，又不让他跟着妈妈，他能怎么办？

"哟，你的嘴巴不是挺厉害的吗？"霍丽媛捏捏他的鼻子，问道。

顾星辰又叹了一口气。顾随坐在单人沙发上，面无表情地阅读着英文邮件，完全不像其他人那样去关心顾星辰。

顾老爷子被曾孙子叹气叹得心梗，赶紧抓着这个小娃娃问道："你有什么事情就说，曾祖父给你撑腰，就算是天王老子也得尊老爱幼。"

这话很明显是冲着顾随去的：要尊老爱幼，听见没？

顾星辰猛地抱住顾老爷子："曾祖父，您真好。"

"那我……"顾星辰正准备继续，却见单人沙发上的高大男人站了起来，顺手把平板电脑放在桌上，随后牵住许倾的手。

顾随看向顾星辰，在一家人的注视下，说道："顾星辰，你明天继续跟我去公司。"

看着父母上了楼，顾星辰委屈地趴在顾老爷子的怀里："曾祖父……"

霍丽媛总算明白孙子今晚唉声叹气的目的了。她坐到小孙子的跟前，说道："傻孩子，治你爸爸还得你妈妈来。你跟你妈说不就得了？在她的面前哭一下，你妈妈保证立马带着你。"

顾霄也跟着点头："就是，你爸爸就只听你妈妈的。你妈妈发火，你爸爸就老实。这你还不懂啊？"

顾霄觉得孙子这么聪明的孩子，对上他爸怎么就不行了呢？顾老爷子却看傻子一样看着自己的儿子和儿媳妇。

顾星辰坐直了身子，说道："我才不呢。我是男子汉，要用我自己的方法让爸爸心甘情愿地让我跟着妈妈。"

顾老爷子跟着附和："就是，告状算什么男人？"

霍丽媛和顾霄腹诽：他还是孩子啊。

他们就是心疼孙子这么折腾。但是顾星辰也有韧性，哪怕不如他愿，第二天还是乖乖地跟着爸妈去跑步，乖乖地跟着顾随去公司。

父子俩上了车，顾随看了顾星辰一眼。顾星辰埋头看平板电脑上的动画片，没搭理自己的父亲。

顾随伸手摸了摸他的脑袋："乖。"

顾星辰：走开。

今天许倾要拍一组杂志图，主题是欲望都市，服装都比较露。

许倾换上曳地长裙。一群人上前给她整理衣服，随后纷纷红着脸说道："倾倾，你后背有些痕迹，我们给你遮一下吧。"

许倾一愣，扭头一看，被闹了一个大红脸："遮吧遮吧。"

于是小兰上前给许倾上遮瑕膏。

这时，化妆室的门被推开，杂志主编和主设计师进来想找许倾说点儿事，结果目光也落在许倾的后背上，看到了从脖颈到腰线的吻痕。

这条裙子后背部分刚好到臀线以上。红色的吻痕错落地分布在许倾的背部，有种凌乱的美感。

主编突然说道："不用遮，直接拍。"

小兰停下来。许倾扭头问道："什么意思？"

主编笑着说道："我觉得这些痕迹，就算是画，都没办法画出这种感觉来。我们的主题是欲望都市嘛，欲望——点睛之笔。"

许倾一听，脸更红了："行吧。"

接着开始拍摄，黑色和红色很好地诠释了贪念与欲望。一整组照片拍下来，比一开始的设计更有冲击力。

拍完后，许倾选了几张未经后期处理的照片发给顾随。

顾随很快回复："很漂亮。但是不是有点儿露？"

许倾："这是艺术。"

顾随："啧。"

顾随："半个小时后去接你。"

许倾："你今天这么快就忙完了？"

顾随："得出差。"

许倾："去哪儿啊？"

顾随："京市。"

许倾换下衣服，一边玩手机一边等。半个小时后，她提着小包，戴着墨镜下楼。保镖给她开了车门，她弯腰坐进去。

顾星辰坐在安全座椅上喊妈妈。许倾"哎"了一声，亲了一下他的额头，又看了一眼对面的男人。顾随伸手，许倾扑过去。他低头亲吻她的嘴唇。

许倾问道："现在就要去机场吗？"

顾随："嗯。"

许倾坐在顾随的身边，挽着他的手臂。顾随搂着她的腰。夫妻俩一起看顾星辰玩消消乐。

抵达机场，顾随拍拍顾星辰的脑袋："好好照顾妈妈。"

顾星辰高兴地点头。顾随捏了他的鼻子一下："我不在，你很开心？"

顾星辰立马收了表情："没有啊，我也会想爸爸的。"

顾随信他才怪。

这次京市的事情确实挺棘手的。一个合伙人出了车祸，留下一大堆烂摊子。凌盛和闻家、沈家的合作也出现了问题——那是两个大家族。凌盛此时不适合跟他们正面扛上，所以顾随必须出面。

顾随下了车，保镖给他拿了行李。许倾和顾星辰也下车送顾随，一路把他送到安检口。一家三口都没做什么遮掩，一下子吸引了不少人的目光。

许倾能感觉到顾随这次出差的紧急，踮脚搂住他的脖颈，亲吻他的嘴角："早点儿回来。"

顾随搂着她的腰，低声说道："每天都得跟我视频。"

许倾耳根微红："然后呢？你看得到又够不到。"

"我饱饱眼福。"

许倾："滚。"

随后，顾随松开她，弯腰看着顾星辰："我说真的，我不在，你得照顾好妈妈。你是男子汉。妈妈是我和你这一生都要保护的人。"

顾星辰猛地点头："知道了，爸爸。"

顾随整理着儿子的领口说道："妈妈就借你一段时间，不用太感谢我。"

说完话，顾随又亲了亲许倾，才转身走进安检口，三个保镖立马跟上。许倾和顾星辰在原地看了很久，直到看不到顾随的身影，才转身离开机场。

这一场机场送别，当晚就使话题"顾随一家三口"成了热门话题。

"真的太甜了。今天在机场看到顾随、许倾，还有小星辰。这对夫妻真的是亲了又亲。顾随还是那么帅，许倾还是那么美，小星辰好可爱，简直跟活在小说里的人物一样完美。"

"多少年了？顾随和许倾的感情还那么好。"

"羡慕死了。"

"看看圈里的夫妻，至今还在一起的有多少？"

"许殿和孟莹算一对吧。"

"顾随和许倾算一对。"

"而且他们都是好朋友，果然什么人跟什么人玩。"

"廖嫣然是不是分手了？"

"据说廖嫣然离婚了。"

"李元儿呢？"

"李元儿……一言难尽啊，有点儿可怜。"

"李元儿那一对也坎坷。果然人还是要先苦后甜，许倾和孟莹好像都是这样的。"

回到家里，顾星辰一整晚都很高兴，一直"啦啦啦"地唱歌。一家人都被他的开心感染。

顾老爷子拉过顾星辰，说道："收一收。等一下被你爸爸知道了，你想想。"

顾星辰耸肩："曾祖父，实话说，我做不到。开心就是开心啊，我怎么收？"

顾老爷子："也对，你还是娃娃。"

家里人都大笑起来。许倾被儿子逗笑，想着拍个视频给顾随看，但想了想又作罢了，就怕顾随真生气了不好。

当晚，顾星辰就到主卧室跟许倾一起睡。他躺在许倾的怀里听故事、玩游戏，完全不用担心会被爸爸抱走，或者对上爸爸那张冷峻的脸，所以一直很兴奋，一兴奋就睡不着。好在许倾第二天不用出门，才可以陪着他熬夜。

第二天一早，母子俩依旧起来跑步。两个人穿好运动服出了门。外面天色刚蒙蒙亮。顾星辰跟着妈妈的脚步慢慢地跑，跑着跑着就有些累了。许倾弯腰想抱他，他摇头说不要。

许倾揉了揉儿子的头发，说道："那我们慢慢走。"

于是许倾减缓了速度，母子俩慢慢地走。顾星辰累得很，咬着下唇，突然觉得爸爸在也挺好的，虽然烦是烦了点儿，但是安心。

他仰头看着许倾："妈妈。"

许倾低头看他："嗯？"

"你想爸爸吗？"

许倾一顿，笑了笑："想啊。星辰想爸爸了？"

顾星辰说道："有点儿。"

许倾笑起来，牵着顾星辰的手，说："没事，爸爸很快就回来了。"

她昨晚的失眠多少也因为顾随不在。平日里睡觉，这个男人把她抱得很紧。她把顾随当成抱枕，埋在他的怀里睡。而且无论她怎么折腾，他都能把她抱好。还有一次她做噩梦，他哄了她一个多小时。

许倾越发想他。

然而顾随这次出差去了不是两三天，而是差不多两个月，连顾星辰上幼儿园都没能回来。

顾星辰最后被送去了黎城国际私立幼儿园，这是顾随安排的。

巧的是，许倾最近的工作都被安排在黎城。她想借着工作去京市看顾随都不行。

顾随的生日正好在十月二十六日。许倾二十五日晚上跟他视频，问道："你明天能回来吗？"

顾随看着自家老婆，眉眼全是温柔："应该可以。有什么事吗？"

许倾就知道他不记得自己的生日，说："没什么事，就随便问问。你这一拖再拖，儿子幼儿园都要毕业了。"

顾随抵着嘴角一笑："这么快？"

许倾定定地看着他："事情处理完了吗？沈家和闻家那么难搞？"

顾随说道："幸好周扬帮忙了，否则这件事确实不好摆平。闻家有政界背景，得罪不起。"

许倾："那个姓徐的也太不是东西了。"姓徐的就是那个出车祸的合伙人。她心想：可能恶人有恶报吧。

顾随看着她，眉眼含笑。许倾倒是佩服这个男人，从出事到现在，他一直都游刃有余地处理着，除了偶尔在视频里露出一点儿疲态外，更多时候都是理智冷静的。

"今晚还是老样子？"停顿了几秒，顾随说。

许倾的脸瞬间红了："今晚不要。你早点儿回来，光看着算什么？"说完，她挂断了视频。

顾随：行，明天就回。

十月二十六日这天，天气阴冷。顾随下飞机是晚上八点半，陈顺来接机，没有告诉任何人。

顾随上车后，扯下领带，解开领口。陈顺问道："顾总，回一湾山水吗？"

顾随："嗯。"

陈顺掉转车头，开向另外一条路："您是打算要给他们一个惊喜？"

顾随微挑眉梢，没应，但意思很明显。

车子开进小区，一路开到家门口。结果整栋别墅都没亮灯。陈顺一愣，看向顾随。顾随也看着自家别墅。

陈顺小心地问道："今晚他们出去玩了？"

顾随开了车门，走下车。

他们家现在有四个保姆，就算全家出去玩，也绝对不可能不留一个人在家。顾随有些慌，大步上前，推开大门，随后直接走上台阶，指纹解锁。

"咔嚓"一声，门开了，但屋里确实一片漆黑。这一刻，哪怕是惯来冷静的顾随也没法儿冷静。

他伸手去按灯的开关，但还没碰到，就先听到音乐声响起。

"祝你生日快乐，祝你生日快乐……祝你生日快乐！"

伴随着音乐声，顾星辰端着一个蛋糕从走廊走过来。许倾跟在顾星辰的身后，穿着白色的长裙，像是从天而降的仙女，笑盈盈地看着顾随。

在看到她的笑容的那一刻，顾随极速跳动的心瞬间安定下来。

紧接着，顾星辰大喊道："爸爸，生日快乐！"

随着顾星辰这一声大喊，整栋别墅的灯唰的一下亮了。刺眼的灯光让顾随略微拧了一下眉心。随后他感觉眼前一晃，就见自家老婆跑过来，一把抱住了他的脖子，好听的声音也跟着喊道："老公，生日快乐！"

顾随愣了几秒，随后狠狠地把她搂住。他闭了闭眼，那一刻，心潮澎湃，最后只能低声说道："许倾，下次不许这样。"

许倾一愣，感受到他的心跳，安抚地拍拍他的后背："要给你一个惊喜嘛。"

顾随冷哼一声。

"爸爸，生日快乐！"顾星辰高兴地举着蛋糕大喊，也跟着跑过来。

顾随抱着许倾，空出一只手摸了摸儿子的头："谢谢我的儿子，也谢谢我的老婆。"他偏头亲了许倾的脸颊一下。

顾星辰也扑过去："那我也要亲亲。"

顾随把许倾松开一点儿，低头问道："你亲谁？"

"妈妈。"

顾随抓着许倾的手，递到顾星辰的面前："亲吧。"

顾星辰看着妈妈漂亮的手背，瞬间觉得爸爸还是别回来好了，真是令人生气。他这段时间都是亲妈妈的脸的，结果爸爸一回来就只能亲手背。

吃肉和喝汤，这是多大的区别啊，生气。

家里人看到顾星辰憋屈的样子，纷纷大笑起来。顾随也微勾嘴角，看着许倾。许倾也看着他，夫妻俩对视了几秒。

她摸摸他的脸，心疼地说道："老公，你瘦了。"

"嗯，想你想的。"他又凑过去亲吻她的嘴唇，声音低沉、温柔地说道。

番　外

（一）

参加完《休闲时光》，吴倩搭乘飞机回了黎城，又没事做了。

飞机落地正好是晚上七点半，吴倩直接在机场的商业街吃了晚饭，然后回家。家里灯火通明，一看就知道父亲在家。她拖着行李箱进了屋。

"我回来——""啦"字在她看到陈顺时突然卡住，下一秒，吴倩发问："你怎么在我家？"

"吴倩。"吴父呵斥了一声。

保姆上前接过吴倩的行李箱。吴倩抱着手臂盯着陈顺。陈顺推了推眼镜，接过吴父递来的文件，说道："吴小姐，我替老板跑个腿儿。"

"是吗？"吴倩语带气愤，虽说不上来气愤什么，可就是气愤。

吴父拧眉，说道："你这是什么态度？人家陈助理哪里惹你了？"

吴倩咬着下唇不吭声，却也不走。

陈顺拿完文件，跟吴父告别，随后离开。吴倩见陈顺走了，立马跟上，跟着对方出了门。

陈顺拿出钥匙开车门，听见脚步声，顿了顿，有些无奈地转身看向吴倩："吴小姐还有什么事吗？"

吴倩猛地停住脚步，站在原地盯着他，突然疑惑：我跟出来干吗？

好一会儿，她说道："我跟你说，你别打我的主意。你不想追我，我还不喜欢你呢。我喜欢你老板那样的，怎么看得上你？那些话应该我说才是。"

她为什么气愤？对，因为他拒绝得那么直接，都没有委婉一些。他凭什么？她吴倩哪里不好？

陈顺点点头，说道："吴小姐，你说得都对。你放心，我不会追你的。那都是我老板的戏言。"

他的话已经顺了自己的意，可吴倩怎么听都觉得不爽。她咬紧牙关，气得眼眶都红了。

好端端的，她的眼睛怎么红了？

陈顺吓了一跳，就见她那双眼睛一下子红得兔子眼睛似的，加上她扎着丸子头，看起来显得年纪很小，此时像是被他欺负了似的。

"你滚吧，快滚！"吴倩狠狠地说。

陈顺拧了一下眉，想了想，还是弯腰坐进车里，启动车子。他抬手推了一下眼镜，眼神略有不解，但也不想惹上吴倩这个麻烦，于是一踩油门开了出去。

看着黑色轿车开走，吴倩才转身回去。进门后，保姆想上前哄哄她，她却跺跺脚直接上了三楼。吴父见状叹了一口气，不知道这孩子又怎么了。

回了自己的房间，吴倩愤愤地坐在床边，余光一扫，看到床头柜上放着的相框，里面是她在美国拍的照片。因为当时顾随拍照压根儿不用心，照片拍得很烂，陈顺怕吴倩折腾自家老板，所以在一旁帮忙补拍了几张——这张照片就是陈顺补拍的。

照片的取景角度刚好，远远地还拍到了一点儿顾随的身影，而吴倩正转头看向镜头。那会儿她的头发比现在长，披散在后背。她穿着一字肩的黑色裙子，背着小包，拍出来的感觉竟有些温柔。

陈顺把她拍得很美——要不是拍得好，她也不会把它裱起来。

一想到这儿，吴倩就气得很，伸手一把将相框翻了个面，眼不见为净。随后她靠在床头，拿起手机随意地刷朋友圈。

朋友圈里的每个人都在忙，有人在打广告、卖奢侈品、卖护肤品，有人在抒发工作感言，也有人在接待客户或者出去吃饭，等等。

所有人都很忙，只有她最闲。

她点进投资群和股票群，仍不知道说什么。这些事她都有专人打理，赚了钱她就收，亏了也没什么感觉，反正她的卡里永远都会有钱。所以她需要忙什么呢？

几秒后，她突然点进陈顺的朋友圈。陈顺的朋友圈乏善可陈，而且仅限三天可见。这三天内，他只发了一条朋友圈动态，就是一条行业新闻，其他就什么都没有了。

　　吴倩刷新了几下，完全看不到他以前的朋友圈。她记得他偶尔会发一些工作上的事，调侃自家老板，或者发一张很有意境的图片。她以前觉得那些太无趣了，不值得她关注，所以都直接略过。此时她想再看看，可惜已经看不到了。

　　吴倩狠狠地翻了一个白眼，把手机扔开，直接趴在床上——睡觉睡觉。

　　吴倩又陷入了无聊的日子当中。父亲很忙，经常不着家，能陪着她的只有保姆。

　　小姐妹在微信群里喊她喊了好几次："出来吃顿午饭。难道你连吃顿午饭的时间都没有吗？"

　　这天，她实在是躺得腰酸背痛，才从床上起来，了无生趣地上妆，穿上短款上衣、西装直筒长裤，背着黑色的香奈儿小包出了门。

　　家里的司机直接把吴倩送到餐厅门口。这是一家网红餐厅，小姐妹热衷于打卡网红店。

　　吴倩推门进去，闻到了甜甜的冰激凌味。她坐在小姐妹的对面，说道："冰激凌面包吗？我要一份。"

　　"就知道你喜欢吃，我点啦。"小姐妹涂着大红色的指甲，化着夏日的妆容，眼角用了浅绿色的眼影。她看着吴倩说道："《休闲时光》好玩吗？结束了没有？我干脆也去玩玩好了。"

　　吴倩："也就那样。我是为了许倾去的。"

　　"搞不懂你。之前你和她不是情敌吗？怎么就成好朋友了？你真是没心没肺啊。换成我，肯定是做不到的。顾随多好的男人啊。"

　　吴倩翻了一个白眼："你惦记也得不到人家，人家不喜欢你这种类型的。"

　　"他喜欢许倾那种的，我知道。你自己还不是一样？"小姐妹也翻了一个白眼。

　　两个人互瞪了一会儿，等上了甜点就又和好了，一边吃一边聊天。

　　吴倩百无聊赖，突然视线定在前方，只见陈顺坐在不远处的餐桌旁，他的对面是一个穿着职业套装的女人。两个人似乎相谈甚欢，陈顺还推着眼镜笑了一下。

　　"你在看什么？"小姐妹顺着吴倩的视线看去，但看了一圈也没看到熟人。

　　吴倩站起身，说道："我去见一个朋友。"

"什么朋友？"小姐妹"哎"了一声，没拦住吴倩。

吴倩来到陈顺的餐桌旁站定。正在吃饭的陈顺和刘燕一起抬头，看到了俏生生的女孩儿。

陈顺一愣："吴小姐，中午好。"

吴倩扯了扯嘴唇："中午好啊。你们在约会吗？"

陈顺拧眉，说："这是我的同事刘燕。"

吴倩看向刘燕："你也是凌盛的？"

刘燕从这个女孩儿的衣着打扮判断，这绝对是个千金小姐，而且觉得她有些眼熟，似乎跟顾总有点儿关系。她笑着点头："是啊，吴小姐。"

"我没见过你。"吴倩紧接着问，"你是哪个部门的？"

"财务部的，我刚从东市调过来。"刘燕微微一笑，一看就是成熟的职业女性。

吴倩看了刘燕几秒，随后直接坐在刘燕的旁边。

刘燕吓了一跳，陈顺也愣住了。他扶了一下眼镜，问道："吴小姐要一起吃吗？"

吴倩看了他一眼，又看了一眼他跟前的菜色。他点了 T 骨牛排、西兰花和意面，旁边还有一杯咖啡。

他也戴着腕表，却不是顾随那种奢侈品。他这块很简单，但价格也不便宜，很适合他，绅士、斯文。

吴倩说道："我想吃西兰花。"

陈顺一愣，顺着她的视线，看到自己面前的西蓝花，连刘燕都看了过来，满眼疑惑。

陈顺迅速地抬手，说道："吴小姐，我给你点。"说着，他就招来服务员。

吴倩却一把拿起他的叉子，叉了一块西蓝花放进嘴里。刘燕呆住，陈顺也有些不可思议地放下了手。

服务员来到他们的跟前，等待点餐。陈顺看着嚼着西蓝花的女孩儿，半晌才转头面向服务员，正想开口，却见吴倩又叉走了他切好的牛排，放进嘴里。

陈顺总算意识到，吴倩是冲着他来的，索性看着她吃。

吴倩嚼得很用力，但是见他一看过来，就突然满脸通红，不知道自己这是在干什么。

陈顺问道："你还要吗？"

吴倩感觉到刘燕的目光，也感觉到服务员的目光，咽下嘴里的牛排，站起身说道："不要了。"说完，她转身要走。

这时，跑来一个女孩儿，一把拉住吴倩的手，把吴倩拽走了。

陈顺低头看了一眼被吃了两口的牛排，随后对服务员说："麻烦给我再上一份，这份收下去。"说着，他拿起一旁的纸巾擦拭手指。

服务员点头："好的。"随后他撤掉了那份只吃了不到四口的牛排。

陈顺擦拭完手指，把纸巾放在一旁。刘燕在对面看着他。

或许陈顺自己都没发现，跟在顾总身边久了，他自己身上也带了些气势，只是隐藏得很好。此时他这样，有点儿让人猜不透心思。

刘燕笑了笑，问道："这位吴小姐就是顾总的好友吴先生的女儿吧？"

陈顺："是。"

"千金小姐确实有点儿任性。"刘燕笑着调侃。

陈顺的头微微抽痛，他笑了笑，没应。吴倩不是有点儿任性，而是非常任性，尤其是刚才的行为。

回到自己的餐桌，吴倩才咽下嘴里的牛排。

小姐妹盯着吴倩问："你发什么神经啊？你想吃牛排就跟我说啊，又不是不给你点，跑到人家那里吃什么？"她刚刚一直盯着陈顺那一桌。

吴倩的脸还红着，她反问："自己点的哪里有别人的香？"

小姐妹翻了一个白眼："男人还是别人家的香呢，你怎么不去抢？"

吴倩懒得搭理她，却在看到服务员端走陈顺的那盘牛排，给他换了一份新的时，更气愤了。

他就这么嫌弃她吗？他有什么资格这么嫌弃她？她又没有趴下去舔牛排，他怎么就不能吃了？

接下来她都没胃口吃了，只顾盯着陈顺那一桌。

小姐妹吃得满嘴都是奶油，看着吴倩问道："你该不会得不到顾随就跟他成为仇敌了吧？跟他身边的助理都要生气？"

吴倩："吃你的。"

话音刚落，那桌的人吃完了。刘燕从椅子上起来，穿着套装的身材玲珑有致，跟陈顺说说笑笑。陈顺拿着手机和车钥匙离开位子，又回去拿起桌上的纸巾递给刘燕。

两个人说说笑笑地走向门口。陈顺挺高的，低头时睫毛挺长，看着有些温柔。

吴倩磨牙："真体贴，不要脸。"

小姐妹闻言，不明白这六个字怎么能组合在一起。

又过了半个小时，吴倩和小姐妹也离开餐厅。小姐妹邀吴倩去逛街，吴倩完全没心思，说："我想回家躺着。"

小姐妹："你躺着躺着就变胖了。"

"胖就胖。"说完，吴倩拉开车门坐了进去，连招呼都没打就让司机启动车子。

大中午的，天气很热。

回到家里，只有保姆。吴倩从冰箱里拿了一碗冰粉，盘腿坐在沙发上吃，吃完了擦擦嘴巴，随后拿起手机。

这时，她想起那个刘燕。身材玲珑有致，长相成熟，眉眼间带着点儿妩媚——男人都喜欢这种吗？陈顺也喜欢？

吴倩点开微信，编辑信息，然后又停下，点进陈顺的朋友圈。这会儿他的朋友圈里只有一条杠，连昨晚看到的那条行业新闻也没了。

吴倩愤愤地把手机扔在沙发上，抱着抱枕揉捏了几下。过了一会儿，她又拿起手机，没再犹豫，直接编辑信息发送。

吴倩："你和刘燕在交往？"

吴倩："陈助理啊陈助理，原来你喜欢这款。早说嘛，我给你介绍。"

几分钟后，那边的人才回复，回的话却又一次气到了吴倩。

陈顺："吴小姐，谢谢你，但不需要。"

又过了几天，吴倩在家里待得快要发霉了。她觉得还是在《休闲时光》好，至少每天都有事做——她现在太闲了。

晚上，小姐妹们组队去酒吧。吴倩穿着浅粉色的吊带裙也去了。

这些千金少爷大多数是她的同学，有高中的，也有初中的，当然也有一起留学又一起回来的。他们大多数人进了自家公司，极少有人能自己出去创业。当然，也有极个别的发展完全不一样，但这些人跟他们就玩不到一起了。

这里还有些人年纪轻轻就去过很多危险的地方，比如无人区等。当初吴倩就想跟着他们去，却被顾随拉了回来。

顾随拉她回去的时候，正是陈顺开的车。当时顾随在车里给她爸爸打电话，陈顺便安静地开着车。

吴倩喝了一口酒，拧眉，心想：怎么想到他了？

接着，她一杯一杯地喝着，没过多久便有些醉了。周围都是震耳欲聋的音乐声，她只觉得眼前的一切在打转。怎么有那么多人呢？

小姐妹推开一些人，赶紧扶起吴倩："你喝这么多干吗？傻不傻？他们不少人盯着你呢。"

吴倩觉得身子有些软，迷迷糊糊地问道："谁盯着我？"

小姐妹翻了一个白眼，看了一眼往这边看过来的男生，说道："你不会不知道吧？很多人喜欢你啊。"

"放屁。"吴倩粗俗地说了一句，揉着额头，"谁喜欢我？没人喜欢我。顾随不喜欢我，他……他……"他的助理也不喜欢我。

小姐妹觉得吴倩是想起顾随了，低声说道："你们根本就不是一个世界的人。你看看你交的都是什么朋友，人家交往的都是什么人。别纠结了，我们这些人也不差啊，家世都很好啊，跟你很配。"

"呵呵。"吴倩推开小姐妹，"我要回去了。"

"你怎么回去啊？我给你叫车。"

"不用，我叫人来接。"吴倩趴在沙发上，摸出手机摁亮屏幕，随后翻找到陈顺的号码打了过去。

很快，电话那头的人接听起来。男人清朗的声音难得带上几分低沉："吴小姐？"

吴倩晃了一下神，随后说："陈顺，你现在来接我。"

陈顺一愣，听到电话那端的音乐声和吵闹声，拧了一下眉，说道："我让吴先生派车去接你。吴小姐你不要乱跑，在原地待……"

"我叫你来接我，陈顺！你跟在美国那会儿一样，开车来接我。"吴倩提高了声音说道。可惜她喝酒后没力气，吼不出来，最后只是带着点儿逞强的柔软。

陈顺听到她急切又隐隐带着烦躁的声音，停顿了几秒，接着说道："吴小姐，我希望你明白，我全是受我的老板所托办事。如今我老板没有指示，我自然……"

"浑蛋。"吴倩越听越难过，直接打断了陈顺的话，接着继续骂，"浑蛋浑蛋浑蛋。"

接着，陈顺听到了吴倩细细的哭声。她抽泣着，用一种软到极致的声调呢喃："不用你提醒，我知道顾随拉黑了我……不用你提醒，顾随不喜欢我……我……我才不在乎你来不来接我呢……"

渐渐地，电话那端没了说话的声音，只剩下哭泣声。

挂断电话后，吴倩趴在沙发上一直哭。小姐妹见她哭，都吓坏了，坐在她的旁边不停地低声安慰。

"你挑一个啊。这里多的是帅哥想送你回去，你干吗就揪着顾随不放？强扭的瓜不甜啊。"

吴倩"扑簌簌"地掉眼泪："我没说……顾随。"

"那你说谁啊？我不相信除了顾随，还有别的人不喜欢你。"

小姐妹想把吴倩扶起来，吴倩却一动不动。四周的灯红酒绿没能影响她，她就蜷缩在这个小角落里，一个劲儿地哭。小姐妹哄得实在没法儿了。

这时有个公子哥儿上前想看看，被小姐妹一把挥开："去去去，拿纸巾过来。"

"这是怎么了？好端端的哭成这样，谁欺负你了？跟哥哥说。"

"哥个屁啊！你算什么哥哥？快拿纸巾过来。"小姐妹推开对方，凶巴巴地说道。

那个公子哥儿叹了一口气，转身抓了一大把纸巾塞在小姐妹的手里。小姐妹接过后递给吴倩。公子哥儿靠在茶几上，吊儿郎当地说："吴倩，不至于吧？为了一个男人？你这就让我们这些人更难过了。我们都凑你面前了，你还能为了别的男人哭。人生短短几十年，好好享受才是啊，长情的人不长命啊。"

小姐妹："去去去。"

吴倩抓着纸巾捂着眼睛。哭一哭，酒倒是醒了很多，也没一开始那么晕了。她吸了一下鼻子，坐起来，一张脸哭得通红。

其他人见状，瞬间明白她这是真难受了，反而全安静下来，打趣的也不敢打趣了。小姐妹盯着吴倩的眼睛："我送你回家？"

吴倩摇摇头，站起身，拉起肩带儿，拽上小包，推开小姐妹走向酒吧门口。小姐妹"哎"了一声："手机。"然后她抓起手机跟上去，拉过吴倩的手。

吴倩回头看了一眼，抓过手机，不言不语地走出酒吧。风一吹，有些凉，她瑟缩了一下，小心地踩着台阶走下去。

这时，一辆黑色的轿车突然开过来，接着车门打开，陈顺穿着白色衬衫、长裤，袖子挽到手肘上，从车里走了出来。

吴倩穿着高跟鞋崴了一下脚，好不容易站稳了，抬起头便看到了陈顺。

陈顺扶了一下眼镜，微拧眉心——大半夜的被喊来接人，心情可想而知。他打开后座车门，说道："吴小姐，请吧。"语气恭敬而疏离。

吴倩站直身子，直直地看着陈顺，半晌才缓慢地走了过去。包包的链子相碰，发出"叮叮当当"的几声。

快走到的时候，她再一次崴了脚。陈顺离得近，不得不伸手扶住她，顿时，浓郁的酒味扑鼻而来，伴随而来的还有女生身上的香水味，入目的则是她

590

白皙的锁骨。

陈顺用力把她扶稳。吴倩盯着他，以往喋喋不休的嘴巴此时紧闭着。突然，她踮脚，把红润的嘴唇贴过去吻他的嘴唇。

陈顺几乎是出于本能，猛地把头转开："吴小姐。"

话音刚落，女生柔软的嘴唇落在他的侧脸上，一触而过，滚烫如火。随即，吴倩的身子软下来。陈顺想把她推开，可是能感觉到她已经没有力气自己走了。

陈顺的眉心拧得非常紧，一贯的温和荡然无存，只余下少许的烦躁和不耐。这位吴小姐的任性，他不是第一天见识了。

他搂着她的腰，把她推进车后座，准备要松手的时候，吴倩却再次伸手钩住他的脖颈，泪水不断滚落。他本打算用力扯开她，可是那泪水打湿了他的脖颈。

陈顺闭了闭眼，告诫自己忍耐，终究还是没推开吴倩。他就这样维持着这个姿势，撑着后座椅背。女生的呼吸喷洒在他的脖颈上，她的嘴唇柔软至极，时而擦过他的肌肤。身后是嘈杂的酒吧，此时的车里却安静得宛如空房间。

陈顺渐渐地感觉不自在，忍了几秒，没有半点儿温柔地伸手抓着她的手臂，将她从自己身上扯下来。接着，他后退两步，"砰"地用力关上车门。

关上门后，陈顺站在车外，摘下眼镜轻轻擦拭，半边肩膀和脖子跟僵住了似的。又过了一会儿，他才戴上眼镜，转身走向驾驶座，打开车门坐了进去。

车子从酒吧门口开走。吴倩的小姐妹站在门口咬着手指头，心想：这是谁？怎么这么眼熟？他好像是顾随那边的人。怎么突然觉得他挺帅的？

此时已是凌晨一点半，整座城市都安静了。车子行驶在大路上。两边的路灯亮着，灯光滑过车身。

吴倩已经坐直身子，靠着椅背看着窗外，垂放在大腿上的手正拧着裙子。包包的链子垂落，差一点儿就要落在地上。

陈顺安静地开着车，往吴家的方向而去。借着等红灯的时间，他想看看这位吴小姐还哭不哭，轻轻地扫了一眼后视镜，入目的却是她滑落的肩带以及白皙的肩膀和手臂。

陈顺猛地收回视线。没哭声，她应该是不哭了。

很快，他们抵达吴家所在的小区，来到吴家大门口。家里亮着灯，保姆还在等着吴倩，看到有车子回来，便从屋里跑到门口。

"咔嚓"一声，车门打开，在这安静的夜里显得格外刺耳。

吴倩终于开口："陈助理，谢谢你。"

陈顺支着车窗，听罢，点点头："吴小姐客气了。"

接着，身后响起了窸窸窣窣的声音。吴倩走了出去，高跟鞋落地时发出少许的声音。她提着小包，头也不回地走向自家大门。

陈顺转头看了一眼，只见女生身材窈窕，后背光洁，脖颈纤细，粉色的吊带裙衬得她肤色白皙，滑落的肩带儿也已经拉了上去。

吴倩一进门，保姆赶紧拉住她的手。看到吴倩进了门，陈顺启动车子离开了。

保姆唠叨："先生今天不在家，要是在家肯定得生气。这么晚了你也不接电话，我都吓坏了。"

吴倩听见车声，犹豫了一下，最终没回头。她直接上楼回到房间，扑在床上，踢掉拖鞋。

吴倩，你干什么呢？有病啊？你有病啊？

她闭了闭眼，在心里不停地骂自己。

你亲他干什么？你为什么亲他？你为什么亲他啊？为什么？为什么呢？

吴倩突然觉得鼻子一酸，又流泪了。

原来陈顺也很帅，脸部轮廓分明，只是比起顾随，陈顺看起来就温和很多。

第二天，吴倩正在家里玩游戏，手机"嘀嘀嘀"地响了。小姐妹发微信消息过来，还发了很多表情包。

小姐妹："昨晚来接你的那个人是顾随的助理，对不对？"

小姐妹："哎哟！姐姐发现他挺帅的。"

小姐妹："他怎么对你言听计从啊？喜欢你啊？"

吴倩拿起手机看了一眼，又愤而扔下，继续玩游戏。

保姆装好了冰糖燕窝放在桌子上，问道："小姐，你要送去给谁喝啊？"

"我家倩倩。"吴倩放下平板电脑，随意地把头发扎起来，提起冰糖燕窝走向门口，"我不回来吃午饭了。"

"哦，好的。"

司机把吴倩送到了许倩拍代言广告的地方。下车后，许倩给吴倩发信息说在咖啡厅，吴倩便上了楼，直奔咖啡厅。

一推开咖啡厅的门，吴倩就四处寻找许倾，终于在角落里看到了穿着紧身裙的许倾。她一扬眉，高兴地走过去。

然而刚走近，她就看到了坐在许倾对面的顾随以及刚把文件放在顾随面前的陈顺。陈顺抬起头，镜片后的眼眸看了过来。

四目相对，吴倩猛地攥紧了装冰糖燕窝的袋子。

吴倩的内心如台风过境，一阵凌乱一阵羞耻。

陈顺冲她点点头，面色沉静："吴小姐好。"

吴倩也跟着点点头："好。"随后，她上前将袋子放在桌上，拿出里面的冰糖燕窝放在许倾的面前："倾倾，我给你带了燕窝。"

"谢谢。"许倾有些惊喜。

顾随在对面冷哼一声。吴倩也冲顾随"啧"了一声，带着挑衅，余光看到顾随身边的陈顺，咬了咬下唇。

顾随签好字后，陈顺将文件收起来，看了一眼腕表，说道："老板，那我先走了。"

顾随点点头。陈顺又对许倾说道："老板娘再见。"

"慢走，陈助理。"许倾笑着说道。

陈顺也笑了笑，接着看到吴倩，似是犹豫了一下，才冲吴倩点点头。他明明只是礼貌的行为，吴倩却心脏狂跳。她的手拽着包包链子东扯西扯。

离吴倩最近的许倾一转头便看到了，不禁眯眼打量吴倩，只见女生的指甲上涂了各种颜色的指甲油，显得生机勃勃。

许倾又抬头看了一眼陈顺，就见陈顺一转脚跟就要走。她犹豫了两秒，问道："陈助理，快到午饭的时间了，要不吃完饭再走？"她又问顾随："可以吧，老公？对你的下属好点儿。"

顾随正在看邮件，闻言抬起眉梢，含笑说道："听你的。陈顺，留下来吃完午饭再走。"

陈顺听罢，说道："好的，老板。谢谢老板娘。"

"不客气。不过我们这桌也没位子了，你们去对面那桌吧。倩倩，我请你吃饭。"许倾直截了当地牵着吴倩的手说道。

吴倩呆呆地抬起头，对上许倾那双漂亮的眼眸，也不知道是不是自己太敏感了，怎么觉得倾倾的眼睛里带着戏谑？

吴倩嘟嘴："我想跟你坐一起，让顾随去那边坐吧。"

她的话音刚落，顾随低沉的声音传来："你做梦呢？"

许倾"哈哈"一笑，拉着吴倩的手把她送出去，说道："去吧，想吃什么自己点。陈助理也不要客气哦。"

陈顺转身去了一旁的餐桌。吴倩揪着小包走过去，磨磨蹭蹭地在陈顺的对面坐下。

陈顺用手机扫了码，点完自己的那份餐后，把手机递给吴倩："吴小姐，请点。"

吴倩匆忙伸手接过他的手机，感觉手机上还有点儿他的温度。她低头盯着屏幕上的菜单，滑动了好几下，然后鬼使神差地点开他点的餐食——一份菲力牛排，外加一杯冰咖啡，简简单单。

看完后，她立即关掉，然后看了看菜单，也选了一份菲力牛排加冰咖啡。随后，她故作镇定地将手机递给他："就这个。"

陈顺接过手机看了一眼，点点头，提交了菜单，接着把手机放在一旁，低头翻起那些文件。

吴倩无所事事，看着他问道："你很忙啊？"

陈顺："嗯。"

"等一下吃完饭你要去哪儿？"

"回公司。"

吴倩："那你顺便送我回家吧。"

陈顺抬起头，眼神显得格外认真："吴小姐，凌盛跟你家是两个方向。我帮你叫车？"

吴倩一下子憋红了脸，咬紧下唇，接着眼眶也红了。陈顺一愣，没有张嘴哄或者说"别哭"，只是低头继续翻看文件。

吴倩也不知道自己怎么了，一被他拒绝就想哭。她抽了纸巾擦脸，小声地说："我知道你烦我。"

陈顺没吭声。吴倩撇嘴，只是擦泪水，没有再往下说。

很快，餐食上桌。陈顺收起文件，拿起刀叉开始吃。吴倩其实不喜欢吃菲力牛排，也不喜欢喝冰咖啡。她端起咖啡，招来服务员，说道："你给我放点儿糖，这个也太苦了。"

服务员一愣，低声说道："这是意式浓咖啡，苦是它的特点。"

吴倩问道："就不能放一点点糖吗？"

这就为难服务员了。服务员看向同桌的陈顺。

陈顺握着刀叉的手一顿。他对吴倩说："吴小姐，以这咖啡的浓度，你得放很多糖才能尝到甜味。你别为难人家，要不我给你叫一杯果汁？"

吴倩看着他，陈顺面色沉静。最后，吴倩说："不要。"

陈顺："那你就不能逼着人家给你放糖。"

吴倩的眼眶又是一红，连鼻子都红了。那委屈的样子让旁边的服务员下意识地看向陈顺，眼神仿佛在说他是个渣男。

陈顺的眉心拧了几秒。他对服务员说："你先忙去吧，不用管她。"

"好的。"说完，服务员便走了。

陈顺没再搭理吴倩，看了一眼腕表，专心解决自己那份餐食。吃完后，他起身去跟顾随和许倾告别。

许倾下意识地看了一眼他们那桌，只看到吴倩的小包链子，心想：这活泼开朗的女生怎么不说话了？最终，她只能笑着跟陈顺点头："慢走。"

陈顺提着文件袋，一边看手机一边走向电梯。许倾收回视线，看向自家老公："陈顺谈没谈女朋友啊？"

顾随给许倾剥虾："应该没有。"

"那，他……"

"我叫他追吴倩，他不愿意。"顾随把剥好的虾肉放进许倾的嘴里。许倾没法儿说话了，看着那边的餐桌，想起身去看看吴倩，谁知手机来信息了。

许倾拿起来一看。

吴倩："倾倾，我先走了。谢谢你的午饭。我得回家啦！"

许倾："怎么不多坐……"

许倾还没打完字，就见吴倩已经站起身，背着包走向了电梯。许倾支着下巴，晃了晃长腿，看着吴倩的背影发呆。

顾随那句"我叫他追吴倩，他不愿意"被吴倩听到了。她进了电梯，狠狠地吸了一口气，靠在电梯壁上，低头胡乱地按着手机。

谁稀罕他追？他配吗？他不配。她在心里狠狠地骂人。

她刚走出大厦，突然雨水兜头而下，淋得她一阵激灵。好好的天气突然狂风暴雨。她匆忙地转身回到大厦门口，但一身衣服已经湿透，顿时觉得心情无比烦躁。她抱着手臂低头点开手机，手机屏幕却湿淋淋的，怎么弄都不干净。

这时，一辆黑色轿车从地下车库开出来。吴倩抬起头，一眼便认出那是陈顺的车，因为车牌号实在很好记。

这辆车配置挺高的，价格也贵，即便在他们这些千金和公子哥儿的眼里，也算有点儿档次，这也意味着陈顺的品位不错。

车子就这么从吴倩的跟前开过。陈顺不经意地一转头，便看到了站在大厦门口的女生。她抱着手臂，浑身湿透，头顶的丸子已经被雨水压垮。

楚楚可怜。突然出现在脑海里的四个字让陈顺愣了一下。他摇了摇头，收回视线，一踩油门，转了个弯即将离开大厦前的这片空地。

中控台上的手机突然响起来。陈顺拿起来一看，手机屏幕上显示来电：吴小姐。他按了接听键，也松了松油门。

吴倩的声音传来，软绵绵的："你开回来送我回家吧。我淋雨了。好冷……"话音未落，女生打了一个喷嚏。

陈顺："吴小姐，我赶着回公司。"

"那我跟你去公司。我在车里等你。"

陈顺："你家司机呢？"

吴倩："我之前让他们不要来接我，现在又叫他们来，我不要面子吗？"

陈顺实在无法理解，这么一件小事为什么还要讲究面子，难道感冒发烧很好玩吗？他直接挂断了电话。

吴倩怎么都没想到，陈顺居然把电话挂断了。她难以置信地盯着手机，随后狠狠地打了一个喷嚏。

"陈顺，你们都不是人。你跟你的老板一样，都坏。"她用手背抹着泪水，紧紧地环抱着自己。她其实可以叫人来接，而且多的是人可以叫，可她就是不想叫。

这时，一辆黑色的轿车转了一个圈，车轮溅起了水。雨水滴滴答答落在车身上，使车身显得越发明亮。随后，车子停在大厦门口的台阶下。车窗缓缓摇下，陈顺转头看着吴倩。

吴倩缓缓地放下手臂。此时的她鼻子、眼睛、脸颊都红了，黑色的吊带裙紧贴在身上，当真是楚楚可怜。

陈顺取了两把伞，推开门下车，打开一把自己撑着，随后走上台阶来到吴倩的面前，把另外一把黑色的伞递给她。

吴倩扫了一眼戴眼镜的男人，又看了一眼他递来的伞，喃喃道："谢谢。"然后她伸手拿过那把伞。

陈顺见她拿了伞，转身就走。吴倩赶紧撑开雨伞，跟着他的步伐下了台阶，一把拉开车门坐了进去。

车里很暖和，还带着一股淡淡的檀香味。吴倩收了伞，扒拉了几下刘海儿。

陈顺拍了拍手臂上的水珠，说道："吴小姐，我得回公司。我带你一起去，等我三点半开完会再送你回家。这两个小时，你要在车里休息还是跟我上楼？不过我劝你还是在车里休息。顾总等会儿会回公司，看到你不太好。"

"好，我在车里等你。"两个小时，她在车里玩手机，很快就过去了。吴倩完全不知道自己干吗要像牛皮糖似的贴着陈顺，但就是这么做了。

陈顺点头，启动车子，驶向大路。

这一场雨很大，满天乌云。吴倩拿着纸巾擦拭脖颈、手臂，然后问道："你的车里怎么会有两把雨伞？"

陈顺："偶尔要接老板，所以会准备。"

"哦。"那就不是给女朋友准备的。

很快，车子开到凌盛的地下车库。整栋大厦都是凌盛的，车库里也都有专属的车位，所以陈顺放心地让吴倩独自待在车里。他没有拔车钥匙，下了车，弯腰对吴倩说："你好好待着。"

吴倩定定地看着他，突然有些脸红，嗯了几声。陈顺放心了，拿起文件袋转身上楼。

吴倩看着他走后，撩了撩裙摆，衣服干了很多，没那么黏了。她拿起手机，低头开始玩游戏。

车里很暖和，令人昏昏欲睡。

进了公司后，陈顺通知各部门开会。开完会，见顾随回来了，陈顺便进办公室给顾随汇报工作。

顾随说道："聂总等会儿过来，你接待一下。"

陈顺："好。"

从办公室出来，陈顺看了一眼腕表，快两个小时了。他估计没这时间休息，于是在茶水间泡了一杯奶茶，又下楼去餐厅取了一份蛋糕，随后下楼往地下车库走去。

因为下雨，地下车库的地面全是水迹，有点儿潮湿。他走近自己的车位，听见车里有少许的音乐声，松了一口气，看来这位大小姐有乖乖地听话。

他走到后座打开车门，一眼便看到躺在后座上的女生。她脱掉了鞋子，屈膝侧卧，头发凌乱，两手枕在脑袋下，车里的抱枕也被踹落在鞋子旁。

陈顺沉默了一秒，把蛋糕和奶茶放在车顶上，随后捡起抱枕，拉开拉链将抱枕打开，取出抱枕里的小毛毯，俯身进去给她盖上。可盖上后，他仍微微拧眉。

这儿不是睡觉的地方。她醒着的时候待着还好，睡着了就不太好了。想了一下，他伸手拍了拍吴倩的肩膀。

吴倩受到打扰，微微仰起头，迷迷糊糊地睁眼："干什么啊？不让人好好睡个觉吗？"

陈顺："吴小姐，你还是起来吧，到我的办公室……"

他的话还没说完，吴倩已经有些清醒了。她撑起身子，肩带随着动作滑落，脸颊跟他贴近。陈顺愣了一秒，想直起身子离开。吴倩便伸出手臂，钩住他的脖颈。

陈顺脸色一僵："吴小姐，你今天没喝醉，别耍这种……"

话还没说完，吴倩便亲上他的薄唇。女生柔软至极的滚烫的唇瓣带着芳香。陈顺僵了将近十秒，才伸手去拉她柔软的手臂。拉扯间，吴倩的肩带全都滑落，春光一览无余。

吴倩没接过吻，不知道该怎么办，只能贴着他。他的嘴唇也很软。两个人拉扯了好一会儿。

陈顺将一只手撑在座椅上，另一只手握着她的手臂，脸色阴了很多。接着，那只握着她手臂的手来到她的脖颈处。他扣住她的后颈，用舌尖撬开她的唇瓣，辗转地吻着她。

吴倩的心一直狂跳。她从主动变成被动，呼吸困难。他谈不上吻得多有技巧，估计也没怎么吻过人，看似凶狠，实则带着温柔。

不知过了多久，陈顺放开了吴倩。

陈顺站了起来，取下奶茶和蛋糕递给她。吴倩靠坐在椅背上，呆呆地看着他，接过奶茶和蛋糕。

陈顺的脸色依旧不太好，哪怕他刚刚尝过了甜味。他说："我还得去工作。你若是还想睡觉，就直接上楼找我。"

吴倩："哦。"

陈顺又看了她几秒，最后轻扯了一下领带，走向楼梯。电梯门关上，吴倩赶紧喝了几口奶茶，又吃了几口蛋糕，紧接着拿起自己的小包下了车，关上车门，直接往地下车库的出口走去。

外头还在下雨，雨水溅在地面上。吴倩在大厦门口招了一辆出租车，报了家里的地址，伴着"噼里啪啦"的雨声回到家里。

保姆看到她回来，赶紧上前接过她的小包："吃饭了吗？"

"吃了。"

"你手里拿着什么？蛋糕？奶茶？吃这个怎么行？你是不是没吃饭？我去给你下碗面？"

"不用，不用。"吴倩不想继续跟阿姨说话，转身上楼。

保姆发现她的身上有些潮湿，担心地问："倩倩，你是不是淋雨了？"

"没有，我说没有。别问了，也别上来烦我。我要睡觉。"吴倩在楼梯口大声地吼道。

进了房间后，吴倩把门反锁，把奶茶和蛋糕放在茶几上，盘腿坐在地毯上，狠狠地叹了一口气，整张脸贴在桌面上。

她完蛋了。她是不是瞎了眼？她居然喜欢上陈顺了。她喜欢他的吻、他的唇。啊——

她一路都在思考究竟是哪里出了错。或许是从美国开始，他拍的照片很合她的意。或许是顾随拉黑了她，但是陈顺没有，她找不到顾随就找陈顺，陈顺每次都会搭理她，哪怕他是公事公办。

但是……他的吻真的好温柔。想到这儿，吴倩捂住脸，她的初吻呢……没了，他得负责。

吴倩："啦啦啦。"

小姐妹："干什么？有病啊？"

吴倩："开心。"

小姐妹："昨晚不是哭得要死要活的吗？今天就开心了？你抢走顾随了？牛啊姐妹。"

吴倩："滚滚滚。"

小姐妹："不是？那有什么好开心的？"

吴倩："恋爱的事，你不懂。"

小姐妹："你单相思的事，我也不懂。"

吴倩气死，懒得搭理小姐妹，想等自己谈恋爱了就天天秀给她看，让她认清楚事实，单相思的人到底是谁。

不知道陈顺发现她已经不在车里了是什么心情，要不要跟他说一声？吴倩滑动手机，犹豫着要不要给他发个微信消息，但最后还是没发，觉得让他着急一下也好。

吴倩一边胡思乱想一边等着陈顺联系自己，一等就到了晚上，依旧没有等到半点儿信息。她看着漆黑的房间，看着被风吹得飞起的窗帘以及泛着白光的手机屏幕，呆呆地坐着。

房门被敲响，保姆的声音传了进来："倩倩，吃饭了，你开下门。你是在睡觉吗？"

然而房门纹丝不动，也没有人搭理她。保姆心急如焚，擦了擦额头上的汗，转身看向吴父。

吴父拧眉："她在睡觉？"

保姆："没开灯，应该是的。"

吴父黑着脸说道："让她睡，两个小时后再不起来就开门进去。"

"好的。"

一个半小时后，吴倩打开房门下楼。来到一楼见到灯光，她还有些不适应，遮了一下眼睛。

吴父看到女儿下来，问道："饿了没？"

吴倩松开手，看了一眼父亲，点点头："饿了。"

"你怎么了？发生什么事了？"吴父一眼看出女儿的不对劲，"怎么不穿鞋子？"

见吴倩赤着脚，保姆赶紧上前在她的脚边放了一双拖鞋。

吴倩摇头，说道："我觉得地上凉，舒服，不用穿了。我想吃蛋炒饭。阿姨，你给我做好吗？"

"好好，我立即给你做。"保姆点点头，往厨房走去，走了几步觉得不太对——吴倩没换裙子，所以就这样湿漉漉地去睡了吗？

保姆停下脚步，想说一说这件事，可是看到吴父的表情，又怕他们吵架。她犹豫了一下，还是先钻进厨房，准备做完蛋炒饭再说。

吴倩接过父亲倒好的温水喝了一大口，低头看到茶几上放着一份合同，见上面的抬头是凌盛，喃喃地问道："爸，你去凌盛了？"

吴父看她虽然精神不太好，但是肯喝水，也没有闹，便放松下来。他说道："是啊，刚从凌盛回来。"

吴倩："那你……见到顾随的助理了吗？"

"他那么多个助理，你问哪个？"

"陈助理。"

"见到了。你可不要老是支使人家，顾随打算培养他当合伙人的。"吴父想起女儿对陈助理的态度，确实是挺不讲道理的。

吴倩："我哪敢支使他？"

她感到喉咙一阵酸痛。

他看到她爸爸就没想起她吗？就没想着联系她吗？他就是被她强迫的。他根本不会喜欢她。

吴倩越想越生气，越想越烦躁，放下水杯大步走去餐厅。

保姆正好做好了蛋炒饭，端出来放在桌上："小姐，喝果汁吗？"

"不喝。"吴倩快速地拿起勺子开吃，速度很快，跟硬塞似的。

保姆拧眉，有些担忧。吴父看着女儿的背影也若有所思。

吃完蛋炒饭，吴倩说道："我好困，回去睡觉了。"说着，她走向楼梯。

吴父喊道："倩倩。"

吴倩的鼻子已经红了，她低头揪着衣服。吴父轻声说道："你有什么事情可以跟爸爸说，有什么想要的也可以跟爸爸说。不要自己一个人在外面横冲直撞，很容易受伤的。"

吴倩的性格有些缺陷。因为她从小缺了母爱，父亲又忙，只会宠她，很少责备她，以致她的任性让一些朋友都受不了。尤其是对于顾随的感情，她一个劲儿地撒泼，像一个得不到糖果的孩子一样。

顾随是看在吴父的面子上才没有收拾吴倩，可不是每个人都是顾随。吴父怕她在外面闯下大祸，所以希望她若是再有喜欢的人，可以跟他说，由他去交涉，去了解对方。

吴倩也有个优点：看清了也会放弃的。

"吧嗒——"泪水掉在地面上。

吴倩摇头："没事，爸爸，我没事。我最近也没有闯祸。"说完，她"嗒嗒嗒"地上楼，回到房间把门反锁。她快走两步拿起手机，点开一看，发现依旧没有任何信息，浑身攒着的劲儿一下子就泄掉了。

这两天她好像一直在哭，就没停过。但此刻她趴在地毯上，已经哭不出来了。

她又趴了一会儿才起身，摇摇晃晃地拿了睡衣去洗澡。她平时洗澡都会放一些玫瑰花瓣，今晚懒得弄了，直接放水泡澡。

等她洗完出来，已经是晚上九点多了。她觉得头有些晕，揉揉额头直接躺在床上，却不舍得睡，拿起手机，迟疑了一下，点进和陈顺的聊天页面，看之前的聊天记录。

他很明显地烦她。也是，她做什么事情都让人烦。

她点进他的朋友圈，发现他新发了动态，是一条凌盛的新闻，还附带了一个短视频。

视频是凌盛收购一家食品公司的现场记录，时间是昨天下午。视频的主角是凌盛的合伙人。而陈顺站在台下，旁边站着刘燕，两个人低头聊天。刘燕说话时，他的脸上带着笑容。

吴倩看着看着，鼻子又酸了。

他喜欢刘燕这种类型的女性吧，所以不会喜欢她。所以他今天这样吻她，只不过是气愤，被她强迫的而已。

吴倩一把将手机扔开，拉过被子蒙住头。她没有哭，就是睁着眼在被窝里呼气，慢慢地觉得越来越困，头也越来越疼。熬到天亮，她才昏昏沉沉地睡去。

"几点了？她还没起？"吴父放下报纸，问一旁的保姆。

保姆犹豫了一下，说道："倩倩向来都是睡到十二点的。这个点儿还早吧。"

吴父却拧了一下眉，说："我上去看看。"说完，他拉开椅子，走上楼梯。

另一个保姆听见动静，从厨房里出来，担忧地看着楼梯。她想了想，擦擦手，飞快地走向楼梯，跟上吴先生的脚步。

两个人一前一后来到三楼。吴父在吴倩的房间门口敲门。

保姆小心翼翼地陪在身边，斟酌了一下，说道："昨天小姐好像是淋了雨。"

敲门的动作停了，吴父转头看向保姆："你说什么？"下一秒，他黑着脸说，"开门。"

保姆吓坏了，赶紧掏了一下衣袋，却没掏到钥匙，于是到一旁的储物柜里"哐哐当当"地一阵翻，终于翻出钥匙递给吴父。

门被打开，吴父大步走进屋里。屋里温度很高。床上的吴倩满脸通红，额头上全是汗，被子也没盖好。

吴父上前摸了一下吴倩的额头——滚烫。他脸色铁青地说道："去叫医生，立即，马上！"

"倩倩，倩倩——"吴父把吴倩扶起来。

吴倩迷迷糊糊的，觉得难受得很，抓着爸爸的手臂说道："爸爸，我要陈顺。你叫陈顺来。陈顺，我要陈顺。"

吴父一愣，简直不敢相信自己听到了什么，问道："你说谁？"

"爸爸，我要陈顺。"

陈顺不是顾随的助理吗？他们昨天才见过。

吴父瞬间反应过来昨晚女儿为什么那么问，但此时顾不上其他的，说道："爸爸这就给他打电话。"说着，他拨了电话过去。

电话很快被接起。陈顺清朗的声音传来："吴先生？"

"陈顺，我不管你跟我女儿发生了什么，但是她现在发烧了，你来家里一趟看看她，麻烦你了。"

陈顺一愣，说道："好，我现在过去。"

吴父听罢，挂了电话，扶着女儿喂她喝水。她烧得脸颊通红，浑身无力。保姆们进进出出，又是喂水又是摸额头。

不一会儿，保姆在门口喊了一声："陈先生。"

吴父顿时来了精神。陈顺来得挺快的，比家庭医生都快。吴父赶紧叫保姆把人请进来。

可话音刚落，床上的吴倩就挥着手摇头："不要，我不想见他。别让他进来，我不想见他。"

屋里的人都愣了。吴父拧眉："你刚刚说想见他，我才叫他来的。"

"我不想！我不要见他，爸爸你拦住他。爸爸你拦住他！我不想见他，你拦住他啊！"

吴倩一会儿想见一会儿不想见，让吴父十分无措。他咬了咬牙，对保姆说："跟陈先生说一声，让他先回去吧。"

门外的陈顺自然听见了房里的声音，尤其是吴倩的一句句"不想见他"。保姆走出来，看着他说道："陈先生，你先回去吧。我们的家庭医生快来了，倩倩暂时不想……"

陈顺挽了挽袖子，没有继续听下去，而是直接走了进去。保姆吓到了，"哎"了一声："陈先生……"

陈顺没有应她，直接进了卧室。那是吴倩的闺房，散发着淡淡的香味。

吴父看到他，瞬间拧眉："陈助理你……"

陈顺礼貌地点头："吴总你好。"

说完，他走上前，把吴倩扶起来抱在怀里，拨开她的湿发，看着她通红的脸，说道："什么事情都是你说了算？想见就见，不想见就不见？你听我的意见了吗？"

吴倩烧得厉害，却没糊涂，无力地推搡着他。

陈顺握住她软绵绵的手腕，低头说道："你这性子真行，但我喜欢你。"

喜欢了，他才会抵挡不住诱惑。

这句告白让在场的所有人都愣住了。

吴家发展多年，早先也是从政的，但时间更早，又曾撤出过黎城，后来回到黎城，又因发展不善差点儿走投无路，直到吴父这一代才又慢慢步入正轨。

不过瘦死的骆驼比马大，吴家在黎城好歹有些声望。平日里跟吴倩来往的都是黎城的千金小姐，一个个生活无忧，家庭背景都十分优越。

陈顺居然敢开这个口，吴父觉得这个男人挺有勇气。即使他知道顾随在培养陈顺，可那不是还在培养吗？吴父的表情有些一言难尽。

吴倩却愣住了，满脸泪水，接着摇头推他："你骗人，你骗人，你骗人！你刚刚说了什么？你什么意思？"

陈顺抓着她的手腕，冷声说道："不记得了？"

吴倩渐渐地冷静下来，低着头一声不吭。

她在美国留学那几年，其实根本没学什么，只是换个地方寻求更多的自由，换个地方做一些无厘头的事情，跟来自世界各地的同学不是泡吧、玩跑车，就是聚餐、旅游，别提成绩多糟了。

后来顾随去了美国，她才觉得生活有意义，于是变着法子让顾随陪她。有一次她非要顾随陪她去游泳，顾随没搭理她。她为了让顾随愧疚，在游泳池边坐了很久，坐到最后身子都快冻僵了。

最后，来的人不是顾随，而是陈顺。他拿着浴巾包住她，把她抱进屋里，开了暖炉，又倒了热水给她，还让她去泡个热水澡。

她倔强，不肯去，偏偏又不停地打着冷战，于是直接钻进了陈顺的怀里。陈顺本想推开她，可是接触到她冰凉的肌肤，最后不得不伸手抱住她，又拿了被子将两个人裹住。

他的本意是让她快点儿暖和起来，希望她千万别出事，否则自家老板也要遭殃。就这样，两个人在沙发上盖着同一床被子，抱在一起待了一个晚上。

第二天早晨起来时，陈顺有些迷糊，低头看到怀里睡得正熟的女生，松了一口气。吴倩这时往他的怀里钻去，还钩住了他的脖颈。那个瞬间，他听见了自己心跳加速的声音。

接着，吴倩醒了，看到陈顺后也愣住了，从他的怀里起来，裹着被子，语气冰冷地说道："你可不要对我有想法，你不配。你占我的便宜这事，我不跟你计较。你现在就滚。"

陈顺极快的心跳缓缓地放慢下来。他站起身子，说道："吴小姐，希望你以后别再用这样的方式让顾总为难。任性也该有个限度。这个世界上，没有人会永远包容你的任性。"

他的声音冷静自持，吴倩却听得冒火，指着门口让他走。

陈顺收拾好自己，转身离开，并给顾随打电话告知吴倩没事。哪怕在最后一秒，他依然在公事公办。离开了吴倩的小洋楼，他在楼下伫立了一会儿才离开。

又过了几天，吴倩又给顾随找麻烦。顾随派了陈顺去处理。陈顺刚到现场，吴倩见是他来，瞬间没了闹腾的劲儿，直接让他走，陈顺便走了。

这是在美国的日子里的一段小插曲，两个人却默契地从没提起过，像是都把它忘记了。此时，陈顺的话却再次勾起了那段回忆。

家庭医生也来了，提着医药箱站在不远处，没敢靠近。吴倩还在流泪。陈顺捧着她的脸，问道："记得吗？"

吴倩咬着下唇，双眼通红，摇头说道："不记得。"

"好，那等你慢慢记起来。"陈顺说完便松开她，准备把位置让给医生。

吴倩见状，猛地拉住陈顺的袖子："抱我，你抱我。"

陈顺一愣，低声说道："吴倩，医生来了。"

"我叫你抱我。"吴倩哭着大叫。

陈顺抿紧嘴唇，镜片后的眼眸里满是无奈，最后俯身抱住她的腰。吴倩顿时心满意足，紧紧地靠在他的怀里，手臂紧紧地钩着他："陈顺，你喜欢我……你什么时候喜欢我的？"

陈顺不想回答她——现在是说这个的时候吗？

"陈顺，陈助理。"吴倩心情一好，立即就换了一副嘴脸。陈顺没有应，看了一眼一旁的吴父，希望吴父开个口让吴倩松开他，躺下让医生诊断。

吴父此时也冷静下来，从他们的言语中大概能猜到，他们之间可能发生了不少事情，那么陈顺跟自家女儿的关系也得重新评估。他正想张嘴说话，却陡然发现吴倩此时睡衣凌乱，只穿着吊带睡裙，连内衣都没穿，就这么贴着陈顺，而且还有家庭医生在。

吴父开口："吴倩，你先放开陈顺。你……你……"这就是单亲父亲的无奈，他上前去拉开不是，不上前去拉开也不是。他指着一旁的保姆，说道："过来，把小姐拉开。齐医生，麻烦你先出去一下。"

齐医生点点头，转身先出去了。保姆赶紧上前，朝陈顺点头示意了一下。刚刚这个男人直接进来时，带着隐隐的压迫感，不声不响的压迫感才更惊人。

保姆对这个男人越发谨慎："陈先生……"

陈顺此时也松开了吴倩，把她的肩带拉好，又拉起被子给她挡了挡，这才让保姆上前拉。

吴倩不乐意了，喊道："我又不是不能自理。我就是想抱着他。你们拉我干吗？我没事。我真的没事。陈顺，你别松开我啊！我想你抱着我……"

她的声音软到不行，那种撒娇的娇软声音砸在在场的两个男人心里，让他们的心跟着一软。吴父不用说，根本无法拒绝女儿的任何要求。

陈顺的心也软了些。他把手臂拢了回去，搂着她的腰问道："吴小姐，你现在这个样子，能弄清楚自己的情况吗？"

"你别叫我吴小姐。你不是喜欢我吗？你喊我老婆啊！"

陈顺抬起手，按着她的额头把她的脸推开。吴倩咬着唇，眼里全是水光，目不转睛地看着他。陈顺低头在她的唇上落下一吻："那行。如果不松开，你可以吃点儿药吗？"

"可以啊。你什么时候喊我老婆？"

陈顺："你吃了药再说。"

"好吧。"

陈顺看向吴父。吴父此刻的心情十分复杂。他让保姆去把医生送走，现在只能先让吴倩吃退烧药，后续再说。

医生走后，吴父接过保姆端来的温水和退烧药放在床头柜上，接着对陈顺说："陈助理，麻烦你了。"

陈顺："吴总客气了。"

吴父点点头，转身走出去。

门被关上，房里一下子安静下来。

陈顺说："你能不能先吃药？"

吴倩虽然烧得迷迷糊糊，眼皮很重，但是心情好，点点头回道："能，你喂我。"

陈顺："怎么喂？"

吴倩的脸一红："你说怎么喂？"

陈顺看了她的表情半响，伸手拿过药，把药丸放到她的唇边。吴倩翻了一个白眼："是这么喂吗？这么喂我不能自己吃啊？"

陈顺磨牙："这是药。你消停点儿。"

"我就知道你烦我。"吴倩狠狠地说。

陈顺迟疑了几秒，咬住药丸的一头凑过去，眼眸盯着她。吴倩的脸更红了，心跳加速。

他怎么看起来还那么冷静？她胡乱地想着，凑过去咬住药丸另一头。陈顺松了口，端了温水过来。吴倩就着温水咽下药丸，接着药丸的苦味在喉咙里炸开。

吴倩一下子受不住："啊啊啊，好苦！"说着，她直往陈顺的怀里拱，想去吻他。

陈顺哪能不知道她是什么意思。他抵住她的嘴唇，品尝她口中的药味。

几分钟后，陈顺问道："你是打算再睡一会儿还是起来？"

吴倩搂着他的腰，想了想："吃了退烧药，我等下就该困了。"

"那你睡。"

"你呢？"吴倩仰头看他。

陈顺："我晚上还有一个酒局，推不掉，所以我陪你一会儿，等下就得走。"

吴倩立马噘嘴，但再闹腾也抵挡不住药效，很快便在陈顺的怀里昏昏欲睡。

陈顺松了一口气，扶稳她的身子，把她放在床上。女生身材姣好，他目不斜视地拉了被子给她盖上，随后拿起床头柜上的粉色保温杯，去倒了点儿温水再放回去，最后才理了理她的头发，起身离开。

关好房门后，陈顺下楼。吴父坐在客厅里，见他下楼，心情非常复杂，怎么都没想到顾随的助理会跟自家女儿牵扯到一起。

陈顺昨晚思考了一个晚上，也料到如果自己和吴倩继续往前走，迟早会面对吴父，只是没想到来得这么快。

"陈助理，坐会儿，我们聊聊。"吴父叹了一口气，指了指自己对面的位子。

陈顺坐下，抬手轻轻地推了一下眼镜，看起来很斯文，不显山不露水，实际上多少有点儿顾随的影子。

吴父道："估计在美国那段时间，吴倩没少麻烦你吧？"

陈顺："还好。"

吴父："你可以直说。"

陈顺笑了笑，看着吴父："吴总，已经过去的事情，我们暂时就先不谈吧。对于我跟吴小姐的发展，我也是始料未及。但是我可以明确地跟您说，我对吴小姐动过心，在很早之前，这不是临时起意。您可以放心。"

一番话瞬间让吴父安心下来。他也隐约想起了一些事情，比如当初吴倩在朋友圈发了在美国街头的照片，一个劲儿地抱怨顾随的拍照技术太烂，幸好身边还有陈助理，否则真的要气死了。所以，这两个人从一开始应该就有苗头了。

顾随现在给许倾拍照就能拍得很好看，因为顾随认真对待了，不是真的技术烂。

吴父："即便如此，我还是希望你能多方面考虑。吴倩这孩子被我宠坏了，任性、肆意妄为。你若是做不到继续宠着她，那还是算了。"

陈顺点头："您放心，我不是那种一拍脑门儿做决定的人，也是经过深思熟虑的。"

"好。"吴父点头，很满意。

他原先是希望顾随成为自家女婿的，毕竟如果顾随真喜欢吴倩，有财力、有能力给吴倩一个特别好的未来。但既然吴倩和顾随没有缘分，选择陈顺也不错。以后说不定自己公司的继承人也有了着落，只是不知道陈顺愿不愿意要。吴父开始思考这方面的问题。

陈顺还需要回公司，所以起身跟吴父告别。

下午三点多，吴倩醒了，出了一身汗，烧也退了。她饿得发慌，给楼下的保姆打内线电话："我要喝粥，还要鸡蛋，顺便再弄一杯牛奶上来。"

"好好好。你再躺躺，先别洗澡啊。"保姆听见她报菜名，开心得很，还不忘嘱咐道。这出了一身汗就洗澡，等会儿又感冒了。

吴倩平日里很爱干净，有时因为一点儿烦心事都要洗个澡让自己舒服一下，何况此时身上带着那么多汗渍。

吴倩晃着腿："知道了。"

她拿起粉色的保温杯，拧开盖子，咬着吸管喝水，吸到一半才反应过来，这杯子里原来是没水的——昨晚她喝完水后就懒得倒了。

所以呢？所以肯定是陈顺倒的水。

想到这里，她美滋滋地拧开杯盖，看到杯子里的温水，笑眯眯地侧身拿起手机，点进聊天页面，飞快地编辑信息。

吴倩："是你给我的粉色小猫倒了水？"

信息发出后，吴倩等了将近十分钟，捏着手机的手指都泛白了，那边终于回了语音信息。

陈顺："你醒了？"

陈顺："嗯，水是我倒的。你饿不饿？"

吴倩听见他的声音，顿时满脸通红，只觉得他的声音好好听。

与此同时，刘燕将文件放在陈顺的手边，听到他摁着手机在发语音，声音温柔缱绻。她一愣，见他放下手机，低声询问："你女朋友？"

陈顺回头笑了一下，说："差不多吧。"

刘燕的眼中带着少许失落："差不多是什么意思？"那到底是有还是没有？

陈顺支着下巴看了一眼手机，手机上又多了一条微信消息。他笑道："还没追呢。"

刘燕："哦。"

刘燕走后，陈顺才拿起手机点开看。

吴倩："饿饿饿。"

他笑了一声，回复："你想吃什么？"

吴倩："你想干吗？"

陈顺："给你点外卖。"

吴倩看到这条信息，立即扑到床边拿起内线电话拨了一楼的电话，保姆很快接听起来。

吴倩说道："不用给我做了，我不吃……不对，我不吃这个。"

保姆一愣："那你想吃什么？"

"你不用管，反正等一下我有东西吃就是了。"吴倩的语调都扬了起来。

保姆愣了愣，说道："你有什么吃的啊？你可不能叫炸鸡什么的，很上火的。我给你弄点儿粥上去，吃完了洗个澡休息一下啊。晚上想吃其他的再说。"

"不要，啰唆。我不吃炸鸡，挂了啊。"吴倩说完直接放下话筒。

保姆疑惑得很，放下话筒后看了一眼一旁的吴父。吴父看着文件顿了顿，然后挥挥手示意不要管吴倩了，听到她的声音知道她没事就行。

吴倩又拿起手机给陈顺发信息。

吴倩："我想吃……"

陈顺："我给你点，你别点餐。"

陈顺也知道她点的都不像样，直接替她做决定。吴倩埋在枕头里，吃吃地笑起来，随后给他回了一句："好！"

陈顺那边没再回复，毕竟他还在上班。吴倩百无聊赖地在床上折腾，等了半个小时后，手机响起，来电是一个外卖号码。

对方说："您的外卖到了。我进小区了，请问是送过去，还是您出来拿？"

"你送过来。"吴倩说完，立即下床穿鞋子，接着一把拉开房门跑下楼，一阵风似的往大门而去。

客厅里的吴父和两名保姆齐齐地看着吴倩，不到一分钟，就见吴倩披头散发、脸蛋儿红润地提着一大袋外卖回来。

保姆上前想帮她提，吴倩却说："不用，我自己来。"然后她把外卖放到小客厅的小桌子上。

小客厅里铺着地毯，还有榻榻米，是平时吴倩看剧、玩手机的地方。

吴父看着外卖袋子，有些惊讶："你居然会点素味居的外卖？"

素味居是很有名的素食馆，一天只供应二十份外卖。虽然都是素菜，但能做出肉味，滋味乃是一绝，最重要的是营养价值高。

吴倩笑嘻嘻地拆开外卖，说道："不是我点的，是陈顺点的。"

吴父无语。以女儿的性子，吃东西不会那么讲究，像素味居这种店更不在她喜欢的范围内。这下倒好，陈顺点了她就吃。

吴父："那多吃点儿。他点这么多，你能吃完吗？"

"当然能。这里有百合粥。"

"嗯，吃吧吃吧。"

"我先拍张照片。"

"拍吧。"

吴倩没心思再跟父亲说话，拿起手机对着这堆外卖拍照，拍完后直接发了朋友圈。

吴倩："开心。"她还配图九张。

几秒后，就有很多人来评论、点赞。

"哟！素味居的？你什么时候换口味了？"

"天哪！你居然吃得这么素。"

"我震惊了。你终于要开始养生了吗？炸鸡、啤酒不是最好的搭配吗？你连吃火锅都要喝汤底，现在居然吃素味居？"

"这家好吃，但是太难订了。你怎么有本事订到？下次能不能别自己吃独食，喊一喊我？谢谢。"

小姐妹："我怎么觉得你是在炫耀？你有情况。你谈恋爱了？"

不得不说，小姐妹的直觉真是太灵了。

接着，许倾点赞，陈顺点赞。陈顺的点赞让吴倩更加开心。她放下手机，开始喜滋滋地享受美食。

她之前看不上这种全素宴，哪怕需要预约才能吃上，都懒得看一眼，以为口味清淡不值得吃，却没想到味道还真的不错。百合粥好喝，酸笋好吃，粗粮包也好吃，都好好吃。

吴倩胃口大开，吃完后拿起手机，发信息给陈顺。

吴倩："好好吃。"

陈顺可能在忙，没回复她，但是小姐妹发了信息过来。

小姐妹："你说，你是不是有情况？"

吴倩："你猜啊你猜啊。"

小姐妹："哼哼哼，肯定有。快说，是谁？"

吴倩："不告诉你。"

小姐妹："你完蛋了，居然连我都瞒。那个人肯定不是我们圈子里的，否则对方会比你先吹。能让你先吹出来的，肯定是个不错的小伙子。"

吴倩："哈哈哈哈，小伙子。你滚。"

小姐妹："今晚有空吗？出来，让我看看你恋爱的样子。"

吴倩："去哪儿啊？"

小姐妹："看你喽。"

吴倩："不想去酒吧。要不我们去逛街吧？"

小姐妹："听你的！"

放下手机后，吴倩哼着歌去把外卖盒子丢了，然后上楼洗澡。吴父坐在客厅看着女儿，眉眼间含了些笑意。

吴倩洗完澡后看了一眼手机，发现陈顺已经回复她了。

陈顺："好吃就行。"

吴倩："你晚上还要忙？我去你的公司接你？"

陈顺："嗯，晚上要忙，别来。你晚上没事做？"

吴倩："我小姐妹喊我出去逛街。"

陈顺："好，我忙完发信息给你。"

吴倩："好啊。"

想到晚上还能见面，吴倩很兴奋，换了衣服上了妆，精神抖擞地出了门。

司机把吴倩送到购物中心时，华灯初上。小姐妹拉着她上下打量，心想：这精神，这气色，肯定情况很多。没事，今晚慢慢套。

不过吴倩像个蚌壳似的，一晚上都笑眯眯的，就是不说那个人是谁。小姐妹见状猛翻白眼。

晚上九点左右，吴倩的手机响了。她说："我得走了。"

"去哪儿？回家？"

吴倩转身下楼梯，说道："差不多。"

"差不多什么？你说回还是不回？"

吴倩不回她话了。

两个人走到购物中心的门口时，一辆黑色的轿车恰好停下，接着车门打开，高大的男人从车里下来，怀里抱着一束玫瑰花，轻轻扯着领带，看起来有点儿风尘仆仆的样子。

小姐妹眼尖，狠狠地拍了吴倩一下，说道："这不是顾随的助理吗？天哪，他抱着玫瑰花，是不是给我的？仔细一看，他长得也很不错啊，五官立体，就是戴了眼镜，看起来温和很多。"

小姐妹的眼睛都冒星星了。吴倩舔着冰激凌看着陈顺，看到他怀里抱着的玫瑰花，不禁想：这是给谁的？

吴倩心里正念叨着，陈顺走过来将玫瑰花递给她："走吧，回家。"

小姐妹震惊得下巴都要掉了，下意识地松开了挽着吴倩的手臂。吴倩笑眯眯地舔着冰激凌，看了小姐妹一眼，然后把小包递给陈顺，又单手抱过玫瑰花。陈顺接过小包，朝小姐妹点点头，然后牵着吴倩的手走向轿车。

吴倩看着他，问道："你怎么买玫瑰花了？"

陈顺打开车门，把她摁在副驾驶座上，说道："虽然我们算是在一起了，但追你这道程序还是不能少。"

吴倩呆呆地看着他，几秒后又舔了一下冰激凌，眼眶微红，说道："好吧。那你好好追，我好好考虑。"

陈顺轻笑："好。"随即他关上车门，绕去驾驶座，启动车子。

吴倩很少坐副驾驶座，因为她出门有司机接送，不然就是打车。这次坐了陈顺的副驾驶座，她忍不住问："你的副驾驶座载过女人没有？"

陈顺一愣，没有回答。

吴倩瞬间明白："谁啊？你载过谁？"

陈顺看了她一眼，说道："同事。"

"刘燕？刘燕是不是坐过？"吴倩一下子就炸毛了，狠狠地问道。

陈顺微叹一口气："工作的时候没有想那么多。偶尔跟同事出来吃饭，我也不能给人家当司机啊，所以就安排他们坐副驾驶座。以后这个位子就是你的专属，好吗？"

吴倩撇嘴。等红灯的时候，陈顺转头看她。

吴倩咬紧下唇，说道："那你在这个位子上贴个'吴倩专座'。"

陈顺："你真行。"

"你贴不贴？"

陈顺："回头再说。"

"贴不贴？"

陈顺："贴贴贴！"

吴倩顺心了，继续吃她的冰激凌。等陈顺把她送进小区，她又问道："怎么不去你家啊？"

陈顺："我们才在一起，那么快去我家做什么？"

吴倩被冰激凌呛了一下，说道："女朋友去男朋友家里，你说能做什么？"

陈顺瞬间握紧方向盘，没应。

很快，车子抵达吴家门口。吴倩正好吃完冰激凌。陈顺下车，绕去另一边给她开门，站在车旁低头看着她。吴倩舔了一下嘴唇，没动，也没解开安全带。

陈顺："吴倩？"

吴倩："喊老婆。"

陈顺一时无语。

"你喊不喊？"

陈顺无奈，叹了一口气，俯身伸手给她解开安全带，说道："老婆，出来。"

话音一落，吴倩一把钩住他的脖颈："我想接吻。"

陈顺一僵，近距离地看着她的眼睛。吴倩咽了一下口水，几秒后，却见陈顺摘下眼镜。她这才发现他的那双眼睛是狭长的丹凤眼，非常好看——原来镜片后是这样的。

吴倩正想说话，他已经凑过来堵住了她的嘴唇。她舌尖还没化开的冰激凌全被他钩走了。她"呜"了一声，缩着肩膀。他吻得深入，温柔却带着一丝不经意的强势，吴倩很喜欢。

陈顺退开一些，贴着她的唇瓣问道："你从吴小姐过渡到我的老婆，还不到一天，能不能矜持一点儿？"

吴倩猛咬牙："你要不要？"

陈顺微微眯眼。

"要不要？"她抬高下巴问，即使已经满脸通红。

陈顺："我怕你哭。"

"怎么可能？怎么可能会哭？"吴倩一脸很有经验的样子。

陈顺顿了顿，眸色有些黯："那你还是做好准备吧。"

后来，吴倩颤抖着发了一条朋友圈动态，像是要昭告天下："疼——"

这条朋友圈动态一出，所有人都给她发信息表示关心，还有人打电话给陈顺。陈顺当晚差点儿被气吐血，直接关机。

第二天，顾随在会议结束后看着陈顺："我老婆担心了一个晚上。你们这是闹什么呢？"

陈顺：这能说吗？我已经够温柔了。她可真行。

（二）

海城的天气有点儿凉。孟莹从秀场出来时风很大，吹乱了她的发丝。她踩着高跟鞋走到路边等自家的保姆车，旁边还站着一个女人。

孟莹转头看去，认出了对方："杨老师。"

杨彤抱着手臂，踩着细细的高跟鞋，疏离而高贵。她转头，看到孟莹："你好，孟莹。"

圈内有人说孟莹和杨彤有些像，网络上也有人在议论这件事，于是两个人渐渐地被拿来比较。

孟莹突然面对杨彤，多少有些心虚，抬手钩了一下耳边的发尾。杨彤没再搭理孟莹，却又因为孟莹的这个动作，上下打量了孟莹几眼，尤其是在孟莹的耳朵上多看了几眼。

这时，一辆黑色的轿车开过来，停在两个人的跟前，车身锃亮。杨彤裹紧披肩，走上前拉开车门，弯腰坐了进去。

"砰"的一声，孟莹下意识地后退了一步。

这时，车窗缓缓摇下，驾驶座上的男人转头朝孟莹看了过来。光线有些暗，俊美的男人高贵冷淡，镜片后的桃花眼盯着孟莹的脸，不动声色地打量着她。

一看到那张脸，孟莹的心就突突突地直跳——是他。她甚至没法儿自控地伸手整理被吹乱的发丝。

几秒后，车窗摇上，车子启动。车后座的杨彤略带讽刺地看着在路边矫揉造作地顺头发的女人。

黑色轿车开走后，孟莹只觉得全身僵硬，好在接她的车也来了。她弯腰上车。刘芹赶紧把保温杯递给她，说道："喝点儿温水。我怎么感觉海城的温差很大呢？"

孟莹接过来，"嗯"了一声，打开杯盖喝了一口。暖气上来，她的心却依然在狂跳，她想着许殿。

他刚刚看了她好几眼，对吗？

一个星期后，孟莹回了黎城，接拍了几个代言广告。恰好这天品牌公司安排了一个酒局，孟莹便参加了。但她忙完后时间有点儿晚，她到的时候酒局已经开始了。

她穿着拍广告的白色裙子去赴局，一推开门就捂着胸口鞠躬道歉："抱歉，抱歉，来迟了……"

她一抬眼，便看到了坐在对面的俊美男人。他夹着烟正在跟人说话，听见她道歉便转过头来，镜片泛着反光，桃花眼眨了几下。孟莹的心脏猛地漏跳了一拍。

品牌总监笑着说道："没关系，孟莹，快坐下吧。"

孟莹这才回过神，按捺住心跳，拉开椅子坐下，正好坐在许殿的对面。品牌总监跟许殿介绍："这是许少爷，许殿。"

孟莹抬起头："你好，许少爷。"

"你好，孟莹。"许殿带着几分慵懒风流，弹了弹烟灰，微微偏头看了一眼她的耳垂，含笑夸她："耳钉很漂亮，配你。"

她下意识地抬手摸了一下耳朵——这对红色的耳钉是拍广告时需要才戴上的，她刚刚离开时忘记摘下来了。

她满脸通红地说道："谢谢。"

"巧了，我刚在 HG 参加了一个珠宝展，顺手买了些东西，觉得很适合孟莹。"许殿的声音低沉好听，但听得出语气里的疏离。他从一旁拿起一个锦盒放在桌子上，直接推给孟莹。

孟莹有些呆愣地看着那个锦盒，仿佛中了大奖一般，而他骨节分明的手指就摁在锦盒上。餐桌上的人羡慕不已，直到议论声和起哄声响起，他才收回手，只将锦盒留在原处。

品牌公司的几个美女笑着说道："快接下啊！许少爷从不送女人礼物的，你可是独一份。"

"是啊，我都有点儿羡慕了。"

孟莹的心跳很快。她抬手摁着锦盒，准备将盒子推回去。可她的手刚碰到锦盒，那只夹着烟的手就摸上她的手背。她对上他含笑的目光。他点了点她的手背，问道："微信号多少？"

他想要她的微信，这是孟莹的第一反应。瞬间，她整个人跟炸开了似的，在起哄声中拿出手机跟他交换了微信。

看到他的名字出现在自己的微信好友列表中，孟莹感觉跟做梦似的。至于后来酒局是怎么结束的，她已经忘记了。直到回到家里，洗完澡躺下，她仍觉得像踩在云朵上似的。

孟莹点开他的聊天页面，斟酌着想要发一条信息给他，可是编辑了很久也没打出一句话，最后只能点进他的朋友圈。

一条横杠拦在她的面前——他的朋友圈并没有对她开放。

孟莹满脑子的热气散了一些。她犹豫了很久，再次点开他的聊天页面，但确实不知道该说什么，最后发了一个微笑的表情过去。

几分钟后，他回复了语音。

许殿："不喜欢耳钉，你喜欢什么？"

他的声音带笑，低沉好听，最重要的是似乎离她很近。

孟莹觉得胸口呼之欲出的情感澎湃而汹涌，头脑一热，按着语音键说道："你。"

这次，信息发出去没多久——没有等几分钟，可能也就二十秒，他就回了一声短促的笑声，很低，很沉，但依旧好听。

孟莹紧紧地握着手机，反反复复地去听他的这声笑，觉得羞耻，又觉得他理解自己的心情。一直到第二天刘芹过来接她去品牌方站台时，她还在回味。

刘芹说了很多话，却发现孟莹似乎没听，推了孟莹一下："你怎么了？"

孟莹猛地回过神，看向刘芹，笑着摇头，有些掩饰地说道："没事。"

"怎么傻傻的？"刘芹探究地看了孟莹几眼，随后觉得可能是因为孟莹最近比较忙，于是继续跟孟莹说等一下要注意的事情。

孟莹点点头，摩挲着手机，趁着到活动现场前的时间，点开微信页面，发了一条信息给许殿。

孟莹："在忙吗？"

但直到品牌活动结束，对方都没有回复。孟莹有些失望，晚上回到家洗完澡，斟酌了一下，又发了一个表情过去。

孟莹刚发完，刘芹就给她发了一张堵车的照片，说道："堵车，太堵了。我妈还在家里等我吃饭呢。"

孟莹点开那张照片，看到满眼的豪车。她问刘芹："这是结婚呢？"

刘芹："不知道啊，应该不是吧。据说是黎城李家的车。那都是有钱人啊。李家娶的媳妇可是杨家的。没错，就是杨彤那个家族的。"

孟莹："哦，你不要急，塞车也没办法。"

刘芹："嗯。"

跟刘芹发完信息，孟莹又回到和许殿的聊天页面，看了一眼许殿的头像。他没有回信息，直到晚上睡前。

许殿："你最近有空吗？"

孟莹几乎是瞬间清醒，握紧手机，编辑回复。

孟莹："有空。"

许殿含笑用语音回道:"好。明晚陪我吃个饭?"

孟莹:"好。"

那头没再回复,孟莹却在床上翻来覆去,想着要不要再给他发条信息。她还想继续跟他聊会儿,于是编辑道:"今天三环路很堵。我经纪人堵车堵到刚刚。"

然而过了一个晚上,许殿都没有回复。第二天早上,孟莹看着微信发呆,思考自己是不是说错话了,或者他并不想聊这些。

就这样熬到下午,孟莹放下正在啃的剧本,赶紧收拾自己。她想了想,最后换了一条白色的吊带裙,将头发披散,穿上细高跟鞋。

这时,手机来电。她一看到号码,脸就红了起来。

"喂。"

"我在你家小区的南门。"

南门比较偏僻,是躲记者的好地方,许倾就经常走那边。孟莹应了一声,挂断电话后提着小包匆匆地下楼,然后往南门走去。南门有点儿远。她一出南门,便看到一辆黑色的路虎车停在门口。

车窗缓缓降下,车里的男人咬着烟看着她,镜片后的桃花眼紧紧地盯着她这一身白色裙子,眼眸里有少许隐晦的情绪。

孟莹走过去,拉开副驾驶座的门上了车,笑着问道:"你怎么知道这里有南门啊?"

许殿含笑回道:"随便开开,恰好就停这里了。"

他的目光在她的侧脸上游移,不经意地扫过她的耳朵。随后他启动车子,夹着烟在窗沿轻轻地弹了弹。

这顿晚饭,孟莹吃得很开心,止不住地心脏狂跳。坐在对面的男人是她梦寐以求的人,她在大学时就对他一见钟情。

这顿晚饭过后,孟莹和许殿一直断断续续地有联系,但他几乎不会主动找她。他偶尔找她的那两次正好是晚上。在她准备睡觉之前,他打电话来浅聊两句,没等孟莹开心,便挂了电话。

许殿行踪不定,孟莹除了紧紧地抓着两个人唯一有联系的微信外,别无他法。直到那天晚上,他再次约她吃晚饭。

许殿订的餐厅叫影子,是一家很私密的餐厅,在郊区。孟莹到那时,他正靠在车旁抽烟。看到她来了,他站直身子,扯了扯领带,含笑带着她进去。

包间挺大,但两个人挨得很近。许殿拿着菜单钩了几道菜,随后又把菜单给孟莹。孟莹接过菜单,看了他一眼,他镜片后的桃花眼含笑,仿佛很深情。

孟莹被他的眼眸晃了眼。这时，他抬起手指点着她的耳朵："这儿有点儿东西。"

孟莹一愣，侧过头想让他把东西弄下来，结果他拿出一对儿红宝石耳钉，直接给她戴上。

感觉到耳朵上冰凉凉的，孟莹惊了一下，偏头想说话，他却低头猛地吻住她的耳垂，低声在她的耳边问道："今晚到希尔顿喝杯酒？"

一时间，孟莹的心脏再次狂跳。希尔顿是什么地方？那是酒店。喝酒只是借口，想喝酒去什么地方不行？

她的指尖微微颤抖。这是他们可以更进一步的机会，她怎么可能拒绝得了？哪怕她还很生涩，但跟他总算要进一步了。此时他离她那么近。

于是，孟莹点了点头。

吃过晚饭，两个人来到酒店的套房。套房的环境很好。孟莹看了他几眼。许殿戴着眼镜，轻扯领带，随后俯身，手撑在沙发椅背上，含笑问道："你打算先洗澡，还是我跟你一起洗？"

孟莹的心猛地一紧。她满眼无措，一把推开他，跑进了浴室。长这么大，她第一次颤抖着洗澡。头发全被淋湿了，擦了好几次都没擦干，索性穿着睡袍从浴室里出来，翻找吹风机。

许殿坐在沙发上，神情冷漠地看着她吹头发。孟莹吹得差不多时，往许殿那儿看去，却见许殿低头一笑，起身掐灭了烟，也走进浴室。

见他进了浴室，孟莹放下吹风机，走到床边拿起手机随意地按着。她一直关注着浴室那边，听到浴室的门开了，按手机的动作猛地一顿。

接着，男人搂着她的肩膀把她压在床上。他穿着黑色浴袍，领口大敞，带着水汽。他摘掉了金丝边眼镜，桃花眼里含着笑意，又透着几分深情几分风流。他的薄唇直接落在她的脖颈上，然后往上咬住她的耳朵。

孟莹只听见擂鼓一般的心跳声，下意识地抓着被单。他的大手覆上来，握着她的手腕，随后加深了吻。

她好喜欢他，喜欢他的一切。她甚至主动去亲他的薄唇，可惜他的薄唇恰好往下移，没有被她吻到。

孟莹有一瞬间的失落，但很快便咬着唇哭起来，推搡他。许殿一顿，抬起头看她，半晌，轻笑一声，亲了亲她的额头，温柔了一些。

两个小时后，孟莹靠在他的怀里，捏着他的手指玩。这时，他的手机响了。他伸手拿起来。孟莹随意一扫，却看到手机屏幕上是华影某总监的名字。

孟莹浑身一震。他是华影的谁？

许殿接起电话，坐起身下床，懒懒地支着手肘，声音低沉："说。"

电话那头，一个男声问道："许总，杨彤想要那部电视剧的女一号，要不要帮她拿？"

"帮。"

"好的。"

所以他是华影的总裁？也是，那天在海城，他开车来接杨彤，他们本就是认识的。

挂了电话，许殿放下手机，回头看到孟莹在发呆。她此时穿着白色睡袍，头发披散，雪白的肌肤上有一些他不知轻重留下的痕迹，耳钉上的红宝石熠熠生辉。

他看着看着，凑过去偏头亲吻她的耳朵，也落在那颗宝石上，问道："发现了？"

孟莹回过神，觉得他的呼吸灼热，顿时红了脸，而后反应过来，他是指她发现他是华影的总裁吗？她点点头："嗯。"

许殿笑了一声，说道："那我们的关系要保密。"

孟莹："好。"

只要能跟他在一起，要她怎样都可以。

（三）

好作品难寻，许倾拿了奖、生了孩子后就没之前那么拼命了，一方面在等一个好故事，另一方面也是给自己休假。

顾随当然乐意陪着许倾，毕竟老婆完全属于自己了嘛。但他也没办法一直陪着许倾，偶尔得出差。

这个暑假，顾随要收购几家公司，在几个城市间飞来飞去。许倾便带着顾星辰去一座四线城市度假。

这座城市位于南方，有悠久的历史。母子俩住在半山腰，日出而作，日落而息。为了远离喧嚣，许倾把手机关机，对外联络只用房里的固定电话。

而这一年的六月，黎城电视台播出了一部电视剧，名叫《上仙》。剧还没播完，女主角沐夕便火了。同时，沐夕和经纪公司的合同到期，正面临解约。于是各家经纪公司纷纷出动，私下接触她，想以高价签下她，其中也包括欢颜。

八月的时候，沐夕成功与欢颜签约，并以协议方式约定，三年后能持有欢颜的股份。

八月底，许倾打开手机，才在各大新闻中得知这件事，也看到沐夕如今的热度。她擦着头发坐在床边，听着苏雪在电话那头说道："还有一件事我得跟你说，跟沐夕谈对赌协议的时候，顾总也在公司里。"

许倾的动作微顿。她轻轻地摇晃着长腿："然后呢？"

"然后听说是顾总答应给她股份的，而且有传闻说沐夕跟顾总走得很近。为了这件事，我一直在犹豫着要不要给你打电话。"

许倾想起前天刚从这里离开的顾随，没发现这个男人有多大的问题。当然，他也没跟她说这件事。

苏雪紧接着问道："沐夕很年轻，才二十五岁。倾倾，你担心吗？"

许倾站起身，将毛巾递给顾星辰——顾星辰八岁了，读二年级。他接过毛巾，转身去挂好。

许倾看着他又走回来，伸手揉揉他的头发，对苏雪说道："我担心什么？我不担心。顾随要是出轨……啧。"

苏雪点点头："行吧，那你赶快回来。"说完，她挂了电话。

许倾也放下手机，低头看到顾星辰正看着自己。顾星辰眨着眼睛问道："妈妈，是不是爸爸干坏事了？"

许倾挑眉："你觉得会吗？"

顾星辰虽然老跟爸爸作对，但还是摇头道："妈妈，爸爸多爱你，你不知道吗？他怎么可能干坏事？"

许倾拨弄他蓬松的头发，说道："那不一定。男人嘛，食色，性也，遇见年轻的女孩儿就走不动路。这很正常。"

顾星辰翻了一个白眼："妈妈，你是说你自己老了吗？"

"不老，但年纪摆在这里。"许倾看了一眼全身镜，说，"你都八岁了。"她怎么可能还年轻？

顾星辰叉腰："妈妈，你还记得我的同学说你就像我的姐姐吗？"

许倾收回视线，看了他一眼，说道："走吧，先回去。"

"哦。"

过了一会儿，母子俩拿上行李下山。山路带水，有小溪沿着山路往下流，到了山下成了泉水。

顾随这几天在京市，跟京市的顾家谈合作。或许是都姓顾的原因，这几年两家的合作倒是越来越多。顾随的关系网也达到了一个前所未有的巅峰。

也正因为如此，今天母子俩自己回黎城。

飞机抵达黎城时正是中午。把顾星辰送去陪顾老爷子后，许倾便前往欢颜。她一踏入欢颜办公区，苏雪便迎了过来，看着她说道："气色好了很多嘛。"

许倾含笑道："还行。对了，你上次说的那部剧本到手了吗？"

"到手了。本来打算晚上发给你看看的。"苏雪说着停顿了一下。

这时，对面会议室的门打开，一行人鱼贯而出。现任副总裁看到许倾，立即笑着喊道："老板娘回来啦？"

许倾站定，微微一笑，说道："是啊，刚下山。我带了点儿特产，大家尝尝。"

"哇，谢谢老板娘，哈哈。"

其他人都欢呼起来。副总裁更是恭敬地说道："老板娘真是太好了。老板娘还是那么美。"

许倾含笑："谢谢，你也还是很帅。"

"哈哈哈，哎哟，老板娘，说得我脸都红了。"副总裁一开口就逗笑了所有人，接着他抬手介绍，"对了，老板娘，给你介绍一下，这是沐夕，我们刚签的演员。"

沐夕站在副总裁的身边，温柔地喊道："许老师，久仰大名。"

许倾淡淡地看着沐夕。她还没看过沐夕参演的电视剧，倒是偶尔见这个女生出现在综艺节目里几回，不过也是现在才见到真人。她觉得这个女生确实年轻，也很漂亮。她点点头："好好加油。"

沐夕："会的，老师。"

"喊什么老师呢？喊老板娘。"苏雪笑着调侃道。

其他人紧跟着笑，沐夕笑笑，却没有应，也没有喊老板娘。许倾倒也没计较，本来就是欢颜的员工为了讨好顾随才称呼她为老板娘的。

许倾和苏雪进了办公室，关上门。苏雪转身看着许倾说道："看到没？愿意喊老师，不愿意喊老板娘。"

许倾拿起剧本，看了苏雪一眼："别那么敏感行不行？你说她跟顾随有牵扯，有证据吗？"

苏雪顿了顿，拿出手机点开一张照片，递到许倾的面前。许倾一看，照片里是沐夕在抽烟，抽的那款烟是顾随常抽的那一款，而背景是在欢颜的吸烟区。

苏雪看着许倾的眼睛："下面的人传给我的。顾总抽的这款烟，你不陌生吧？这是定制的。她的烟难道不是顾总给的？"

许倾眯眼，抱着手臂说道："你把照片发给我。"

苏雪："好嘞。"

又过了十来分钟，有人敲门。苏雪去开门，一个小助理探头说道："老板娘，老板在楼下等您，说来接您。"

苏雪有些诧异："顾总这么快回来了？"

许倾合上剧本，说道："谁知道？他也没跟我说。"

"那你快去吧，别让他等久了。"

许倾"啧"了一声，拿起手机玩消消乐，说道："我现在没空。"

苏雪挥手，让小助理去回复顾随。小助理应声而去。

五分钟后，一抹高大的身影走出电梯，手里提着一杯咖啡和一份蛋糕。西装革履的顾随抬手轻扯了一下领带。

顾随一出电梯，便有很多人朝他喊道："老板。"

"老板，来接老板娘啊？"

顾随点头："是啊。"

"哎哟……"

顾随用指尖挠了一下眉心，来到许倾的办公室外，屈指敲门。几秒后，门打开，苏雪出现在门后："顾总。"

顾随直接抬眼往屋里看去，一眼便看到正在单人沙发上按手机的女人。她穿着黑色的紧身上衣，白色的紧身裙，一头鬈发披散在肩膀上，整个人看起来懒洋洋的。

顾随进门，示意苏雪出去。苏雪低着头出门，顺便带上门。

顾随轻轻地把咖啡和蛋糕放在办公桌上，随后抱着手臂靠在一旁，垂眸看着她"忙"消消乐。许倾当然知道顾随来了，不过懒得搭理他，一边按着键盘，一边计算分数，玩得很入神。

当许倾在一个关卡卡了很久后，男人俯身，声音低沉地在她的耳边问道："需要帮忙吗？"他的呼吸温热，带着淡淡的烟草味。

许倾："滚一边去。"

顾随挑眉，维持着这个姿势，问道："怎么了？是生气了？"

许倾语气淡淡："那倒没有，纯属不爽。"

顾随："哦？老婆大人为何不爽？顾星辰又干什么坏事了？"

他这么一问，许倾便想起早上顾星辰的问话，觉得这对父子真是出奇地一致，于是抬起眼皮看了他一眼。

顾随："那小子真的又气你了？"

许倾："当然没有。"

顾随看看她的眼睛，再看看她手里的手机，站直身子，从身后拿起蛋糕，抽出小勺子挖了一大勺放到许倾的唇边："吃点儿，想生气等下给你咬。"

许倾"啧"了一声，推开他的手："我要戒糖，你不知道？"

顾随看着她："我只知道你一直惦记这家蛋糕店的蛋糕。"

许倾顺着他的视线看去，才发现这款蛋糕是她上次在山上无意间念叨的那个口味。她咳了一声，说道："不吃。"

顾随眯眼，放下蛋糕，挽了一下袖子，把她转过来，随后看着她："说说，生我什么气？"

许倾抱着手臂看着他，问道："为什么跟沐夕签那种协议？为什么要给她股份？"

许倾真不是小气，但有时女人就是有直觉——来者不善。

顾随原以为是什么大事，闻言愣了一下，说道："老婆，就为了这事？签她是公司高层商量安排下来的，我仅仅点个头而已。再者，公司签人都是生意，怎么签都是为了这桩生意的稳固。怎么了？沐夕得罪过你？"

许倾观察着这个男人的表情。她跟他在一起多年，自然感觉得到他确实把这件事当成一桩生意。她眯了眯眼，思考半晌，随即说道："蛋糕拿来。"

顾随一听，笑了，拿过蛋糕，俯身喂她。许倾嘀咕："吃完了我又得去糖。"

顾随含笑："又没说不让你去。"

许倾吃了一些，说道："剩下的你吃。"

顾随一愣，看了一眼剩下的蛋糕，认命地吃。许倾则伸手端过咖啡喝了一大口。

顾随两三口吃完蛋糕，觉得太甜了，抬手扔了盒子，随后接过她手里的咖啡，就着她喝的位置喝了一口，然后伸手搂着她的腰，把她带起来："回家了。"

许倾站起身，拿着手机和剧本。顾随垂眸看了一眼她手里的剧本，问道："准备接这个？"

许倾："嗯。"

顾随轻轻揉了一下她的腰，说道："又要开始拍戏了。"

许倾跟上他的脚步，说道："再休息下去，身子骨都要散了。"

顾随低声一笑："哪儿呢？我摸摸。"许倾踢了他一下。

外面的员工看到他们出来，纷纷捂脸笑着围观。许倾看了一眼其他人，正好扫到沐夕，只见沐夕戴着墨镜，一脸温柔地站在不远处。

许倾挑了挑眉，当着所有人的面，转头在顾随的脸颊上留下一个吻。顾随一愣，转头看她，下一秒猛地掐住她的腰。

许倾轻轻一笑。顾随盯着她点点头，直接带着她进了电梯。电梯门合上，他单手将她按在电梯壁上，堵住她的嘴唇。她钩着他的脖颈，跟他接吻。

时间控制得刚刚好，电梯来到一楼，顾随用指腹擦拭她的嘴角，搂着她的肩膀走出去。

回到家里，两个人直接上楼。许倾被抵在墙上，抱着他。

顾随含住她的耳垂："又馋我身子了，对吗？"

许倾一笑："是啊！"

两个小时后，许倾洗完澡坐在床边，看到苏雪发的微信消息。

苏雪："你有没有给顾总看那张照片？"

许倾："还没有。"

苏雪："为啥呢？"

许倾："给他看干什么？我要看看他是怎么处理的。"

苏雪："啧啧，牛啊！"

许倾这些年确实吃定了顾随，当然也是因为顾随的纵容，毕竟顾随早就成了圈子里众所周知的"宠妻狂魔"。

接下来许倾准备进组拍戏。这次的拍摄地点在东市的科技园。

巧的是，饰演这部戏女二号的演员就是沐夕。许倾心想：欢颜确实给了沐夕不少好资源。

而这部电影的导演，正是因执导孟莹参演的《双胞胎》一炮而红的那位。他的拍摄节奏整体上很快，对演员的要求也很高，所以许倾一进组就跟沐夕对戏。

不得不说，沐夕的演技不错，尽管在许倾的面前还有些不够看。而且沐夕也挺努力。许倾看到她一有空就在学习，在这一点上，她倒觉得这个女生不错。

顾随经常来探班，总是抱着许倾在化妆室里聊天。许倾有点儿烦他，老推开他。顾随轻笑："那你有空来看我工作啊。"

许倾："我在拍戏。"

顾随冷哼："你什么时候来公司看过我？都是我来看你，给你送上门。"

许倾："然后呢？你可以不干啊。"

顾随挑眉："不，我愿意干。"

许倾推他。顾随揽住她的腰，把她按在怀里，说道："不管多少年，我还是那么爱你。你给我下了蛊吧？"

许倾："你猜？"顾随又是一笑。

这时，剧组的人通知许倾要开拍了。许倾推开顾随，整理了一下头发和衣服，说道："我先出去了。"

"好。"

许倾转身出门。化妆师拉住她，给她整理妆容。

顾随觉得许倾一走，自己心里就空落落的，于是拿起一旁的杂志随意地翻看。几分钟后，他放下杂志，拿了烟和打火机，推开门走出去。

不远处就是片场，许倾正坐在单人沙发上跟另一个演员拍戏。顾随的视线一落到她的身上就没再挪开。他嘴里叼着烟，远远地看着。

这时，一名演员匆匆地从片场里走出来。她刚刚在拍戏时被水淋到了袖子，正一边走一边整理着袖子，紧接着就跟顾随迎面遇上了。她顿时停住脚步，多看了这个高大的男人一眼。

沐夕旁边的经纪人见状，喊了句："沐夕。"

沐夕一顿，回了神。经纪人又喊了一声顾随："顾总好。"

顾随听见声音，偏头冷漠地看过去，随即点点头，仿佛都没看到沐夕似的。沐夕的手指微微发抖，经纪人拉着沐夕大步离开。

顾随继续看着自家老婆，同时思考晚上带她去吃什么。他站了一会儿，有人搬来椅子给他坐。他刚坐下，化妆室的门就打开了。一道身影走出来，嘴里咬着一根烟。

顾随随意地扫了一眼，看到那个人嘴里的烟跟他的一样。他眯了眯眼，收回视线，看了一眼自己手里的烟，随即掐灭，扔在一旁的垃圾桶上，然后发信息让陈顺给他换烟。

陈顺："好的。"

几分钟后，陈顺发了信息给许倾："老板娘，老板要换烟了。"

许倾刚从镜头前下来，拿到手机便看到这条信息。这时，沐夕走过来。许倾转头对上沐夕的脸，同时也看了她嘴里的烟。

沐夕拿下烟，对上许倾，笑着说道："许老师，我们今晚有戏，请多多指教。"

"好啊。"许倾笑着点头，垂眸看了一眼对方指间的烟，轻声问道："平时有烟瘾吗？"

沐夕顺着许倾的视线看了一眼烟，停顿了一下，摇头说道："没有，偶尔压力大了会抽。"

"哦，是吗？我老公也抽这款烟。不过他刚刚打算换另外一款，真是不巧。"许倾抱着手臂含笑说道。

闻言，沐夕脸色微变。

许倾紧接着说道："烟多伤身，少抽为妙。"说完，她抬手拍了拍沐夕的肩膀。

沐夕僵在原地，看着许倾踩着高跟鞋从她的身边走过去。她在原地站了许久，才转身看过去。只见不远处，男人站起身，搂着许倾的腰，垂眸跟许倾说话。

许倾看了男人一眼，问道："你怎么突然想换烟了？"

顾随挑眉："看到有人跟我抽一样的，啧，换了算了。"

许倾微挑嘴角，在他的嘴角亲了一口。

顾随一愣，随即轻笑着说道："最近我真是受宠若惊，天天被你主动亲。"

许倾："你就知足吧。"

"哈哈哈。"他笑起来。

这时，他的手机上有微信视频通话邀请跳出来。他一看是顾星辰发来的，立即挂断。

许倾见状，顿时无语。

（全文完）